U0641082

献给杨靖宇将军诞辰一百二十周年

献给中国人民抗日战争暨世界反法西斯战争胜利八十周年

　　毛泽东手迹："抗联干部领导抗联斗争及近年参加东北的斗争是光荣的。此种光荣斗争历史应当受到党的承认和尊重。"（根据毛泽东1949年5月14日为中共中央起草的致东北局并告有关负责同志及中原局电手稿复制，原件存中央档案馆）

　　杨靖宇　中共南满省委委员、东北抗日联军第一军军长兼政治委员、第一路军总司令兼政治委员

　　周保中　中共东北委员会书记、东北抗日联军第五军军长、第二路军总指挥、教导旅旅长

　　赵尚志　东北抗日联军第三军军长、北满抗日联军总司令

　　李兆麟　东北抗日联军第六军政治部主任、第三路军总指挥、教导旅政治副旅长

青年时代的杨靖宇

1930年4月，赵一曼决定把儿子送到汉口时，到照相馆照了这张照片。这是赵一曼跟儿子留下的唯一纪念。

冯仲云　东北抗日联军第三军政治部主任、第三路军总政治委员

魏拯民　中共南满省委书记、东北抗日联军第二军政治委员、总政治部主任兼第一路军副总司令

赵尚志（前排中）与张甲洲（后排中）在巴彦反日游击队

东北抗日联军教导旅部分官兵合影

东北抗日同盟军第四军总司令部行营办公处

地处密林深处的东北抗日联军密营房舍

东北抗日联军战士的露营生活

东北抗日联军第一路军部分指战员

长篇纪实文学

东北抗联

李发锁 著

上

时代文艺出版社
SHIDAI WENYI CHUBANSHE

图书在版编目（CIP）数据

热血：东北抗联：全二册 / 李发锁著. -- 长春：
时代文艺出版社, 2024.3
　ISBN 978-7-5387-7267-8

　Ⅰ. ①热… Ⅱ. ①李… Ⅲ. ①纪实文学－中国－当代
Ⅳ. ①I25

中国国家版本馆CIP数据核字(2023)第211468号

热血：东北抗联（全二册）
REXUE：DONGBEI KANGLIAN（QUAN ER CE）
李发锁　著

出品人：吴　刚
选题策划：陈　琛
责任编辑：李贺来　闫松莹
装帧设计：张　帆　孙　利
排版制作：隋淑凤
支持单位：吉林省作家协会
　　　　　中共吉林省委党史研究室

出版发行：时代文艺出版社
地　　址：长春市福祉大路5788号　龙腾国际大厦A座15层　（130118）
电　　话：0431-81629751（总编办）　　0431-81629758（发行部）
官方微博：weibo.com/tlapress
开　　本：710mm×1000mm　1 / 16
字　　数：632千字
印　　张：45.75
印　　刷：三河市万龙印装有限公司
版　　次：2024年3月第1版
印　　次：2024年3月第1次印刷
定　　价：168.00元

图书如有印装错误　请寄回印厂调换

编辑委员会

主　任：于　强　王　珂

副主任：张晶昱　王宜田　郑文东

成　员：（按姓氏笔画顺序排列）

于丽娜　王金弋　邓淑杰

刘　兮　闫松莹　李荣鉴

李贺来　时磊章　吴　刚

陈　琛　高　伟　焦　瑛

曾艳纯

目　录

下　册

第一章
岛国象心

1. 补偿的逻辑

日本版图由 4 个大岛与无数散碎小岛构成，如一条布带漂泊在北部太平洋上，最宽处 300 余公里。日本自然条件较差——坐落于环太平洋地震带上，地震、海啸、火山爆发等自然灾害频繁；国土的 70% 为山地，耕地面积少，限制了粮食生产；火山岩浆堆积成的新生陆地，可供开采的矿产十分有限，而人口密度却遥遥"领先"于世界诸多国家。

生存危机意识、焦灼情绪，由此催生的"大陆政策"，以及日本式的"补偿"逻辑思维，实为世界史上罕见的特例。

处于地震带与火山缝隙间的岛国日本，早就把侵占广袤无垠的中国作为其"大陆政策"之基本内核。

400 多年前的中国明朝万历年间，首次完成国家统一的日本庄园主丰臣秀吉，在向荣立战功的将领们分发领地时，就明确意识到日本本土狭小贫瘠的局面必须改变，岛国的领土必须扩张。扩张的方向在哪里？

丰臣秀吉将目光投向了一水之隔的中国。那里有无边无际的肥田沃土，不仅少有岛国的海啸、火山爆发，而且地下有无尽的矿产资源。他发誓，终有一天要让日本天皇到中国当皇帝。其扩张目标为："不屑国家之隔，山海之远，直入大明国，使四百州化我俗，施王政于亿万斯年。"

数百年来，日本侵占别国土地以弥补弹丸岛国狭仄的大陆扩张政策，不断得到拓展，到了18世纪初德川幕府掌权的江户时代，日本人并河天民在其《开疆录》一书中，提出将"小日本"变成"大大的日本国"，"大日本国之威光，应及于唐土、朝鲜、琉球、南蛮诸国……"直指中国的扩张目标得到日本朝野的广泛认同。

100多年来的近现代史证明，与日本做邻居，委实不是一件轻松的事情。中国周边近邻众多，若说与哪一个国家的关系最难讲清楚，恐怕就是日本。汉唐以来，日本几乎原封不动地从中国学去很多文化精髓；但历史上日本给中国造成的巨大伤害，几乎超过了所有国家。

日本也曾是一个被侵略的国家。1853年，美国一支舰队在马休·佩里率领下，打开了日本国门，并于1854年逼迫日本签订了第一个不平等条约《神奈川条约》，向美国开放下田、函馆通商口岸。接下来，日本又被俄国强迫签订了《下田条约》，划定两国在千岛群岛的疆界。1863年至1864年，美、英、法、荷四国联合舰队炮击日本下关港口，控制日本关税，取得日本驻兵权。[1]

西方的坚船利炮带给日本伤害的同时，也打开了日本的眼界，于是有了1868年的明治维新。比日本明治维新早6年发生的变革是大清国的洋务运动，直接动因是攻入北京的英法联军在辉煌的圆明园燃起熊熊大火。一衣带水、同处危难中的两个国家的变革有着共同的急迫性，隐含着竞争性。最终，"保守主义"的洋务运动败给了明治维新，成为大清国"没落过程中留下的一个小阳春"（美国学者玛丽·K·赖特夫人语）。清政府依旧僵化封闭，国虽庞大，却落后腐朽，成为一衣带水邻邦便利的宰割对象。明治维新打破了日本社会的凝固与停滞，但同时，这场激进式改革也"促使"日本走上了战争扩张道路。

至今头像仍印在 1 万日元纸币上的福泽谕吉，因《脱亚论》与《文明论概略》受到日本长久以来的最高致敬。《脱亚论》核心观点是：我国不能再"盲目等待邻国达成文明开化，共同振兴亚细亚，莫如与其脱离关系而与西洋文明共进退。"福泽眼里的邻国指的是谁呢？文章特别提出："支那和朝鲜是日本的邻邦，同他们打交道用不着特别客气，完全可以模仿西洋人的方式处理。"[2]

用着 1 万日元纸币的日本人，并不认为福泽的思想与日本后来的法西斯主义有关联，但其《文明论概略》中"侵略战争正义"的观点、《脱亚论》中弱肉强食的观点，皆成为日本军国主义思想的源头。就在福泽发表《文明论概略》的 1875 年，日本侵入琉球，强迫琉球废清朝咸丰年号，改用日本明治年号。1879 年，为让当地人忘记"中山国"这个名称，日本又将地名改为冲绳。

演绎"侵略战争正义"的重要思维逻辑为"补偿论"。

"补偿"从哪儿下手呢？站在逼仄的海岛上，放眼望去，对面的硕大中国，仅东北一隅的面积便有日本国土的 3 倍以上，人口在相当长时间只有日本的三分之一左右。这块土地太过丰饶了。人类居住的这个星球仅有三块著名的黑土地：一块在北美洲的密西西比河流域，一块在欧洲的第聂伯河流域，另一块就在中国东北的三江平原（黑龙江、松花江、乌苏里江）流域。这块土地地下富含数以亿计的铁、煤及数百万吨铜、铅、铝等有色金属，足以使贫瘠岛国上的一些人垂涎不已。

更难得的是，从日本望向中国东北，中间有一个朝鲜，它就像一块搭在海上的巨大跳板。这块跳板，大大方便了日本进入中国。于是，"补偿论"的鼻祖吉田松阴提出了以竹岛（韩国称独岛）作为"直入"

中国的跳板，"一是君临满洲朝鲜，竹岛是最好的落脚点"，它是"日本将来进军大陆的基地和雄略航海的浮城"。[3]

"直入""进军"的目的是什么？获得补偿："我与美俄的媾和，既成定局（与沙俄、美国亲善已成定局），不可由我方断然背约，以失信于夷狄。"但"割取易取的朝鲜、满洲、中国，在交易上失之于美俄的，应以朝鲜和满洲的土地求得补偿"。[4]

"补偿论"的基本含义是，在西方强国面前，隐忍所有屈辱和损害，同时向比自己弱的国家动武，把在强国那儿的损失——包括物资上和精神上的，通通补偿回来。

这种逻辑违背了常理。常理应当是，受到劫掠，弱者顺从屈服，强者奋起反抗，二者必居其一。极度狂妄和偏执者，多内心极度自卑；凡对强者奴颜顺从者，多对弱者残忍凶狠。自卑和凶残需要相互补偿，欺弱怕硬，才是"补偿论"的精神内核。

"侵略正义""补偿合理"的逻辑，随着对外侵略不断得以丰富与发展。中日甲午战争爆发后，日本内阁参事官德富苏峰发表了《大日本扩张论》，把日本对华战争的"合理"，归结为地缘对日本的"不公平"："时至今日，就像住一间房子里的两个人一样。在贫穷的国土上，每年增加四十万人口，照此计算，这样不断积累的话，人就只能住在人上面了……如果我们日本能战胜土地是我们十五倍、人口是我们的十倍的大清国，不仅可以扬祖宗之名，留名于子孙，面向世界，永远立步，还可以增强我们站稳世界的自信心"。[5]

德富苏峰的观点是，日本人的"自信心"是建立在对他国广大土地的占领上。他的辩解词是，侵略"对周边国家来说，给世界上的顽固主义以一大打击，把文明之荣光注入野蛮的社会"，"不对大清国进行十二分的惩罚是不可能的"，"我们之所以与清政府发生战争，是因为大清国反对保有我们的正当权利，国运振兴和国民的向外扩张。"[6]

《大日本扩张论》的逻辑是，自己家房子小，人口多住不下，需要新的住处，但身边那个房子宽敞的邻居却不肯把房子让出来，就是侵害了"我们的正当权利"，就要给予"十二分的惩罚"。

1895 年，战败了的清政府被迫与日本签订《马关条约》，除向日本割让大片国土外，同时向日本赔偿白银 2 亿两（约折合 3 亿日元，1 两白银折合 1.5 日元），后又支付辽东半岛回赎费 3000 万两（以上总计约折合 3.5 亿日元）。

2.3 亿两白银，在日本是多大一笔钱呢？在获得这项赔款以前，日本的财政官从未读到数亿的大数字。因此，这笔巨款流入国内，在朝在野的人都认为是无尽的财富。

资料表明，1893 年日本实际财政收入相当于 7585 万两白银（约折合 1.14 亿日元），《马关条约》使其获得的赔款相当于日本 3 年的财政收入。

"无尽的财富"从天而降，令日本朝野惊喜异常，同时悟出了一个浅显而深刻的道理：战争是一本万利的好买卖，尤其向庞大却软弱的国家下刀子，事微而功倍。

当然，抢劫宰割的刀子要更加锋利无比。为此，日本从 3.5 亿日元中列支 2.2 亿日元用于扩充军备。1896 年，日本通过了高额的军事预算案，把陆军军力由 6 个师团扩充到 10 个师团，海军舰队吨位由 8 万吨扩大为 27 万吨。军费开支比中日甲午战争前增加了 1 倍，占国家总支出的 50%，战争机器全马力启动开来。

似乎是尝到了甜头，在饱饱吮吸了第一管子甲午战争的"鲜血"后，日本军阀一发而不可收。仅仅过了 6 年，日本又雀跃加入 1900 年八国联军侵华的队伍。尤其对中国之中枢北京，日本更加强横用狠。进入北京的 1.8 万余名八国联军中，有 8000 名是日本军人。在烧杀抢掠后的"战果"《辛丑条约》中，日本再获赔款 3479 万两白银（约折合

5000 多万日元）。由于甲午战争赔款已使大清国囊空如洗，列强们"宽宏"地开出了 39 年还清、年息 4 厘的条件，并以海关、厘金、地方官卡税收及盐务作保证：[7] 这便是列强对全中国人均 1 两，共计 4.5 亿两罚金、屈辱至极的"庚子赔款"。

需要特别指出的是，《辛丑条约》令日本获得了在中国天津和北京以及华北的驻兵权，驻军名为"清国驻屯军"。这便是为什么 37 年后，日本不是在国境线，而是在中国内陆最中枢的部位——北平卢沟桥，发动全面对华战争的历史原因。令人不得不承认，日本在数十年前就埋下了鲸吞中国的棋眼。

说到中日两国关系，诸多学者在两个方面基本达成一致认识。一方面，19 世纪中叶，衣衫褴褛、饥肠辘辘的日本武士、浪人，曾经备受西方列强打压及《神奈川条约》盘剥。瘦小衰弱的日本，是靠着盘剥、掠夺肥大而软弱的近邻中国，才逐渐长大而强壮起来的。

另一方面，日本侵略庞大肥壮中国的胆量，是因后者一再退缩妥协，方才壮大起来的，而中国当政者这种退缩妥协长达数十、上百年之久。

1874 年，日本试探着出兵肢解琉球，清朝重臣李鸿章竟秉承"外须和戎，内须变法"的主张，不顾驻日公使何如璋"隐忍容之，养虎坐大"的警告，信奉"万国公法"，一味避战，对国力逊于中国的日本"晓之以理"，竟然请美国前总统格兰特调停；[8] 不仅丢掉了阻挡日本对华扩张的第一道海上"屏障"，而且壮大了日本的胆量。

百年历史进程表明，位于中国、俄罗斯、日本几大势力之间的朝鲜半岛，既是大陆性强国冲向海洋的桥梁，也是侵略强国登上大陆的跳板。

因而，日本"补偿论"鼻祖吉田松阴才给予半岛"基地""浮城"等一系列定义。中国的有识之士当然也看到了，何如璋"琉球既灭，行及朝鲜"的话音刚落，抢占琉球后的日本，乘1882年朝鲜"壬午兵变"，又向朝鲜伸手了。

在中日两国半岛争斗的重要关头，李鸿章仍然选择息事宁人。主张对日强硬政策者，被他斥为"多事"。他最不该犯的重大错误，是竟然容忍了日本与朝鲜签订《济物浦条约》，使日本获得了在朝鲜（当时为清之属国）的驻兵权——日本终于站到"跳板"上，而中国则失去了抵挡日本扩张的第二道屏障。

清政府的退让妥协不久后便招致更大的伤害。1894年的甲午战争，进取的日本终于狠狠"切割"了退缩的大清。这几乎致命的一刀，使众多列强涨红了双眼，无数把刀一齐举了起来。

日俄结成不共戴天之仇，皆同中国东北有关。日俄争夺的过程，就是酿成并加深东北苦难灾害的过程。

在对中国"切割"的列强中，中国近邻沙俄实为捷足先登者，百余年时间，夺取了中国黑龙江以北、乌苏里江以东100多万平方公里的土地。地处极寒地带的俄罗斯，几代人的梦想是进发至较为温暖的太平洋沿岸。在相当长的年代里，俄国人都是从克里米亚西出大西洋，但1856年的《巴黎和约》成了一个节点。之前3年，当时的世界强国英国联合土耳其与法国，击败了沙皇俄国。失去了达达尼尔海峡和西部出海口的俄国转头向东，谋求夺取"南部"出海口。南部最理想的天然不冻港，就在中国东北的旅顺。

1886年，沙皇亚历山大三世宣布修建世界上最长的铁路——西伯利亚大铁路，计划建设工期为12年，投3.5亿卢布巨资。沙俄皇储尼古拉为主持开工典礼，率7艘军舰绕了大半个地球，抵达开工（东段）典礼现场海参崴（今俄罗斯符拉迪沃斯托克，后同，不再标注）。昏聩的清王朝对此举将带来的后果懵懂木然，没有半点儿察觉。然而，此事却震动与惹恼了一旁在心里早把旅顺港纳入自己囊中的日本。

1891 年，尼古拉访问日本，他要实地查看一下这个与自己有着同一个扩张目标的潜在对手。5 月 11 日，抵达大津城的沙俄皇储突然遭遇刺杀，凶手竟然是负责安全保卫的警察津田三藏。狼狈的日本政府并未判处被告死刑，因为凶手"对天皇忠心"。[9] 头上带伤的尼古拉归途中愤怒咒骂日本人是"野蛮的猕猴"，立下誓言，要扭断他们的脖子。

2．嗜血的巴登巴登

1894 年 7 月爆发的中日甲午战争进行到 10 月 24 日的时候，日军第一师团在辽东半岛的庄河花园口登陆。为对清军实施两路包抄夹击，25 日，日军第三师团从"跳板"朝鲜冲过鸭绿江。11 月，日军攻陷旅顺。

1895 年 3 月，日军击溃清朝的王牌——湘军，几乎控制了整个辽东半岛。4 月 17 日，中日《马关条约》规定，中国对日本除了 2 亿两白银赔款以及割让国土台湾（含澎湖列岛）外，还割让了辽东半岛。

正当日本人扬扬得意之际，不料半路杀出了个打劫者。俄国公使让清政府推迟履约。4 月 23 日，俄、德、法三国联合向日本递交照会，要求日本向中国退还辽东半岛，史称"三国干涉还辽"。

国家之间的行为，无不以谋求最大的利益为出发点。据解密的俄国档案，头上有着日本武士刀伤的沙皇尼古拉二世，即位后第一个御前会议的中心议题，便是对日作战时机和占领满洲问题。综合意见为：虽然俄国海军在远东占有优势，陆军尚不足以开战。只能先忍下一口气的尼古拉二世决定，联合德、法两国干涉日本在辽东半岛的霸权。

法国是俄国盟友。德国虽为俄国对手，却想借此把沙皇的注意力从西方引向远东，三国一拍即合。当然，年轻的沙皇绝不只是打嘴仗，在递交照会的同时，下令集中到烟台的 10 艘俄国战舰脱下炮衣，在日本长崎港内的俄国军舰全天升火待航，官兵进入战位。

已在甲午战争中与中国打得手软的日本，面对三个强国，无奈吐出了已吃到口里的肥肉。日本举国激愤。明治天皇以"卧薪尝胆"激励臣民，首相伊藤博文在内部告称"以十年为期"予以报复。

所谓列强，本质乃国家级强盗而已。俄日双方争夺的中国东北并非俄日自己国家领土，但在强盗的逻辑里，世界上所有土地与财富的主权归属，是依据拳头大小、刀锋锐钝而决定的。

"三国干涉还辽"以中国再出 3000 万两库平银的"赎辽费"，以一手交钱、一手交地——"银货两讫"，日本退出辽东半岛告一段落。自此，俄日宿仇加深，埋下了东北下一场熊熊战火的隐患。

辽东半岛失而复得，昏聩的清政府大喜过望。曾吞并了中国 100 多万平方公里国土的沙皇顿时成了"恩人"，清政府甚至梦想"引俄制日"。沙皇索性"好人"做到底，对无力支付日本巨额赔款的清政府主动提供贷款。1896 年 5 月，尼古拉二世在莫斯科举行加冕典礼，盛情邀请清政府重臣李鸿章参加，给予破格礼遇。结果，1896 年 6 月 3 日，双方签订了《中俄密约》。

此密约曾长期未对外公开。

其中最重要的条款是：中国允许沙俄建造一条穿越北满洲的铁路，无论战时平时，俄国均有权使用该铁路运送兵员与军械。铁路是一个国家的命脉，犹如人体的动脉血管，将其出让给别国，无疑是巨大的卖国行为。掌权多年的李鸿章应当知晓其中的利害，但仍积极将密约转呈给年轻的光绪皇帝，并电催其画押用玺。十月革命后建立的苏维埃政府公布的档案表明，为达成此密约，沙皇俄国私下付给李鸿章个人 300 万卢布（当时 1 卢布折合 1 两白银）之贿赂。[10]

《中俄密约》签订的第二年年底，俄国舰队硬性闯进垂涎已久的旅顺港，仍然是威胁和利诱并用，迫使清政府于1898年3月签订了"租借"大连、旅顺25年的协定，干涉"还辽"的真实用心，昭然若揭。

接下来的1900年，借八国联军（含俄国）攻进北京之机，沙俄出动17万大军占领了整个东北。在同八国"切割"中国的《辛丑条约》之外，沙俄逼迫清政府再订密约，获得了东清铁路及哈尔滨到旅顺的筑路权。这一"丁"字形铁路贯穿整个东北腹地。战后，中俄虽有沙俄撤军规定，但俄国只撤走了部分军队。到1902年，俄在东北驻军仍达7万人，其中"不冻港"旅顺驻军3万人。

综观日军战争史，突出特征是，多年一直惯用不宣而战的伎俩，突然袭击，并屡屡得手。最让俄国人切齿痛恨的是，1904年2月8日，日军对俄驻旅顺舰队的夜袭。三国干涉还辽时，伊藤博文"以十年为期"的报复誓言，迅速演变成"十年军备计划"。日本在中国获得的甲午、辛丑两次巨额赔款，多数用于扩张军备。日军突袭旅顺前一年，世界上吨位最大的战列舰"三笠"号，成为联合舰队司令官东乡平八郎的旗舰。

2月8日夜，在没有宣战的情况下，日军舰队突然封堵了旅顺港俄军太平洋舰队的出海口，并向麻痹中的俄军猛然发动袭击；同时以自朝鲜半岛与辽东半岛东部登陆的强大陆军从岸后包抄，实施海陆夹击，重演了甲午中日旅顺争夺战的第二幕。

怀着仇恨的日军相当顽强，在付出伤亡6万人的惨重代价后，于1905年元旦逼降了旅顺俄国守军。歼灭旅顺港俄太平洋舰队后，又在奉天与俄进行了陆上大决战，日军以25万对决俄32万大军，毙伤俄军6万，生俘2万。5月的交战中，日舰队在对马海峡击沉俄战舰19艘，俘虏5艘。[11]

西伯利亚到东北铁路未开通之际，海上运输是俄军军备补给的主要渠道，制海权的丧失，致使沙俄败局已定。日俄战争打了16个月，俄军阵亡5万余人，日军阵亡8.6万人，双方伤者无数。日军以高昂代价险胜。精疲力竭的两个强盗接受了隔岸观火者美国人的调停，于1905年9月在美国签订《朴茨茅斯和约》。

日俄在中国土地上燃起战火，给中国带来了巨大灾难。人民死伤无数，仅财产损失折合白银就高达700多万两。那时，正是光绪皇帝当政的第二十五个年头，清王朝已是风雨飘摇。两个强盗闯进家园，为争夺主人房间与屋里财物，把主人家里砸得稀巴烂。令人悲哀的是，主人毫无底气地宣布"中立"，任由强盗重新瓜分家里的财物。

战败了的俄国将大连、旅顺及附属地区的"租借权"，长春至旅顺铁路及支线附属矿业全部让渡给日本，同时又将库页岛部分割让给了日本，勉强保住了在中国"北满"的利益。至此，中国东北由俄一家独霸，变为被日俄两家瓜分。双方势力范围以长春为南北分界线，长春以南的铁路称"南满铁路"，也称满铁。除拥有铁路外，日本还将势力延展至铁路两侧16.7米至3000米不等的满铁附属地，总面积达482.9平方公里。[12]

由肢解琉球始，到武装侵占朝鲜，再到同俄国开战，日本士兵的战靴终于踏上了中国东北大地。

《朴茨茅斯和约》还有一个要命的《附约》，规定在铁路沿线地区，每公里可驻留护路兵15人。日本正是以此名义，在日俄战争后留下了一个师团"护路"。这就是后来给中国尤其是东北人民带来巨大伤害的日本关东军生成的雏形期。

新兴小国日本打败了庞大俄国的事实，成为众多学者与众列强研究的重要课题。就两国实力而言，沙俄领土为日本的几十倍，人口是不到5000万人口的日本的3倍。日本年钢产量几万吨，远不及俄国200万吨。日本财政只能供养20万陆军，而俄国常备陆军却有230万。日胜俄其中一个重要原因是英美之支持，贫瘠小国日本所需战争费用"8亿多日元的缺口全靠美英贷款弥补"，[13]东乡平八郎那艘"三笠"号旗舰，就是英国制造的。

日俄战争实际上是列强抢夺瓜分中国领土时的尖锐矛盾大爆发。换言之，在中国这块偌大蛋糕呈现于列强餐桌上时，任何列强要独吞，除了会引起被侵略国的数万万人奋起反抗外，还冒有遭遇内讧被群起而攻之的危险。

小小日本敢于独吞象大般的中国吗？

1921年，一个秘密聚会在德国莱茵河畔的巴登巴登温泉举行。3个军衔均为少佐的日本驻外青年武官永田铁山、小畑敏四郎、冈村宁次，泡在蒸汽浴室里义愤填膺地讨论日本国家命运，共同立下"消除派阀，刷新人事，改革军制，建立总动员态势"，全力推进日本军国主义国家改造的誓言，史称"巴登巴登密约"。[14]

这3个人皆为日本陆军中的骄子，后来被称为"三羽乌"（日语"三只乌鸦"之意）。巴登巴登秘密聚会的内容虽然浅薄，但在日本近代史研究界地位甚高，因为"巴登巴登集团"的11个青年军官，都成了后来日本军界的主要人物。"三羽乌"与"巴登巴登"集团的首领是永田铁山——裕仁天皇决定投降的时刻，还在地下室挂着他的遗像。

实际上，参加巴登巴登秘密聚会的还有一个人是东条英机——后来的日本首相、头号战犯。只是因为在士官学校中比"三羽乌"低了一个年级，在聚会那天除了替永田点烟和在浴室门口放哨，并未参与讨论，最终也未被史学界列入"三羽乌"之内，但仍被"三羽乌"第一个吸纳进"巴登巴登集团"。

另外7个人，是后来曾任过日军参谋总长的梅津美治郎，日本陆军大将、满洲第一方面军司令官山下奉文，日本陆相中村孝太郎，日军华中方面军司令官、进攻南京总指挥松井石根，南京大屠杀最凶残的刽子手之一、日军第六师团长中岛今朝吾，华北方面军司令官、日本陆相下村定和日军第十师团长、日据时期首任香港总督矶谷廉介。[15]

以上 11 人是日本赖以发动侵华战争的昭和军阀集团的核心骨干，给中国造成了无尽灾难。3 个未入日本陆军主流的青年军官何以有如此大的能量？如何能组成庞大的令世界毛骨悚然的军阀集团？

20 世纪 20 年代后，日本军阀政治中出现了一种独特的"下克上"现象，即低级军官通过暴力手段左右高层政治决策，从而形成了他国少见的"暗杀政治"。

就在巴登巴登密会结束的一周后，即 1921 年 11 月 4 日，日本首相原敬在东京车站被 19 岁的中冈艮刺杀，凶器是在车站附近五金店买的一把白鞘短刀。

在对偌大的中国这块肥肉进行"切割"的过程中，日本朝野有两类政策时常纠结、矛盾，甚至激化为"下克上"的暴力：一类是以少壮派军人为骨干的激进派，主张以直接的武力强行"切割"；一类是相对稳健派，主张"慢火煮青蛙式"的蚕食。后者较前者更为阴柔险恶。两种方式的矛盾角力促进"暗杀政治"不断膨胀，致使一段时期内，首相成为日本最危险的职业，而这种危险几乎每次都与中国有关。为尽快吞下中国这块肥肉，几届首相人头落地。

原敬首相只不过代表日本政府宣布收回与袁世凯签订的"二十一条"中暂时无法兑现的部分条款，先退一步，再进两步，却没想到被强硬派指责为软弱卖国而殒命。

1930 年 11 月，在日本军部支持下，法西斯组织"爱国社"成员佐乡屋留雄乘首相滨口雄幸视察之际，在距离 3 米处向其开枪，造成滨口雄幸重伤，不久身亡。凶手刺杀的理由之一是"干扰天皇统帅权"。

1932 年 5 月 15 日，日本少壮派海军青年 9 人，闯入内阁首相犬养毅官邸。海军中尉三上卓与黑岩勇一齐吼叫着，对准首相开了枪，犬养毅满身血污，当场毙命。[16]

1936年2月26日，日本少壮派军官再次发动军事政变，袭击首相官邸及一些高级军官的住宅，杀死了前首相斋藤实。时任首相冈田启介因叛军错将其秘书当成他被杀而幸免一死。[17]

日本军界"下克上"的"暗杀政治"屡屡得手，强大的势力——皇权成为其牢固的靠山。1919年，日本大正天皇因脑血栓不能亲政，权力已落入皇太子裕仁手中。

1921年11月，裕仁正式摄政，年仅20岁。这年的春天，裕仁出访欧洲，一件计划外的事对后来的历史走向产生重大影响。出访途中，皇室长辈明治天皇的女婿东久迩宫向裕仁引见了一大批少壮派军官——多半是驻欧武官与观察员。也许是有意对少壮派军官加以笼络，便亲政后获得他们的鼎力支持，裕仁特意为这批少壮派军官举行了宴会；也许是偶然中的必然，就在这一年，巴登巴登集团形成，参加那天宴会的少壮派军官，大部分都上了巴登巴登集团的名单。

据史料记载，裕仁摄政后办的第一件紧要事，便是将以巴登巴登集团为基础的"为理想献身的年轻人"，集中到皇宫东面幽静的宫廷气象台"大学寮"，聆听日本第一个法西斯组织犹荐社创始人大川周明讲"述大亚洲主义"与"法西斯主义"。

1926年12月25日，25岁的裕仁正式成为日本第一百二十四代天皇，改元"昭和"。上述3位首相被刺杀，均发生在裕仁正式摄政或继位天皇期间。他的意志对军人铁血政治的火焰是暴雨还是添油，关乎日本国家的走向。

刺杀天皇任命的首相，是对最高权力的公然挑战。但是，"对自己的大元帅权威受到侵害这一点，裕仁没有责怪反乱的将校军官，而是把批判的矛头指向了以政党为基础的内阁。与军队的叛乱者相比，他更不信任议会政党，他要通过削弱政党内阁的权力——这本来是一项不可动摇的根本原则，来加强天皇的权力。"[18]

刺杀犬养毅的"所有被告获得了轻重不一的'监禁'惩罚。法庭在判决词里说他们是'忧国之至情，有可谅鉴之处'"。[19]

日本军阀的暗杀每一次都被冠以"爱国至诚"的名义，但他们却忘记了英国文学家塞缪尔的一句名言："爱国心在不少场合，是被流氓当作隐身衣来使用的。"

3. 当年的马贼与中尉

在日本侵华史上，田中义一的名字占有重要位置，是与其臭名昭著的《田中奏折》密切相关的。

田中义一曾参加过侵略中国的甲午战争。日俄战争期间，他担任"满洲军"作战参谋，后来逐步晋升为日本陆军大将。在中国东北的较长时间，田中义一出过一个册子《滞满所感》，核心观点是"大陆扩张乃日本民族生存的首要条件"。日俄战争期间，田中义一干的一件事，对后来的历史走向产生了重要影响。

1904 年，马贼张作霖被日军以俄国间谍罪名捕获。在要将其枪毙的当口，日本陆军中尉参谋田中义一向司令官福岛安正少将请命，从枪口下救出了张作霖。[20] 20 年后，马贼张作霖成了中国"东北王"，中尉参谋田中义一成了日本第二十六任首相。

1927 年，受命组阁的田中义一上任伊始，第一件大事就是主持"东方会议"，讨论"满蒙问题"，制定对华政策纲领。7 月 25 日，田中义一向裕仁天皇呈送了《帝国对满蒙之积极根本政策》的奏报，史称《田中奏折》。

《田中奏折》中，至今令中国人印象深刻的一句话是："惟欲征服支那，必征服满蒙；如欲征服世界，必先征服支那。"这个侵略纲领的核心是：第一步，将"满洲"作为中国的特殊地区和中国本土分离；第二步，以"满洲"为基地向整个中国扩张。再以后呢？"奏折"描绘的前景方略是"支那完全可被我国征服，其他如小中亚及印度、南洋等异服之民族必畏我而降于我，使世界知东亚为我国之东亚，永不敢向我国侵犯"。[21]

再以后的第三步，便是以富庶的广大中国为基地，向东南亚进军，使整个东南亚成为日本的疆域。弹丸岛国制定出如此猖狂的扩张计划，不能不使世人惊掉下巴。后来的历史证明，日本人果然这么干了。

不过，"务实"的田中义一采取了稳步推进的策略："我大和民族之欲步武于亚细亚大陆者，握执满蒙利权乃其第一大关键也。"[22]

张作霖同日本，尤其是同田中义一的关系，一言难尽。在群雄并起、军阀割据的乱世，张作霖从一个马贼成为独霸一方的枭雄，与其同日本人的勾结，以及获得日本的支持是重要因素。但是，日本人绝不做亏本的买卖。某种意义上说，奉系军阀的坐大与日本对中国东北的渗透同步增长。

在田中义一进入日本首相官邸那一年，张作霖也从东北打入关内，住进了北京顺承郡王府，成立安国"摄政府"，自封为"中华民国陆海军大元帅"。

对攫取东北，日本有两套方案：一套是田中义一内阁的"内科方案"——慢火煮青蛙；一套是日本军部的"外科方案"，直接用武力解决。比较起来，田中的方案更为老谋深算。

田中方案的第一步，是让张作霖同意日本承建5条铁路：敦化至图们江、长春至大赉、吉林至五常、洮南至索伦、延吉至海林。这5条铁路一旦完成，日本势力在东北将似蛛网一样铺开，包括日本未曾涉足的吉林、黑龙江腹地也难幸免，整个东北的经济命脉就会被日本死死卡住。田中义一的全权代表、满铁总裁山本条太郎傲然地说："这等于购得了满洲，所以不必用武力来解决了。"

田中义一说："张作霖如我弟弟。"张作霖也知道，欠债早晚要还的，但当他看了山本条太郎的《满蒙新五路协约》后，还是倒吸了一口冷气，签上一个"阅"字后，步履踉跄，一夜之间，憔悴了许多。张作霖爱东北，也爱张家，于公于私，他都不能批准这个协约，于是采用了多年惯用的搪塞、拖延战术，总算保住了最后的底线与骨气。

田中义一胸有成竹地不断向张施加压力，日本人也知道，"不战而屈人之兵"乃兵法最高境界。田中自以为有信心与条件最终逼张作霖就范，不承想一旁惹恼了日本关东军。"不战而屈人之兵"，关东军上哪儿吃饭？

其实，早在1927年的"东方会议"上，日本关东军司令官武藤信义就表达了不同意见："满洲问题非以武力不能解决，武力解决应成为国家方针。"面对不肯就范的张作霖，出面的不是继任关东军司令官的村冈长太郎，而是高级参谋河本大作。1928年6月4日，河本大作在沈阳皇姑屯制造爆炸，将张作霖乘坐的那辆慈禧太后的花车炸翻。张作霖被炸出三丈远，不治而亡。爆炸事件的具体操作者是时为日本关东军独立守备队大尉中队长、后来被称为"满洲开拓团之父"的东宫铁男。

河本大作明知除掉张作霖是村冈长太郎的意愿，之所以亲自策划暗杀，是防止"万一的时候，不要给军方或国家负任何责任，而由（我）一个人去负一切责任"。河本大作暗杀的目的很明确："只要打倒张作霖一个人，所谓奉天派的诸将，便会四散。今日人们之所以要由张作霖统治满洲，就可以维持其治安的这种想法是错误的。"[23]

陆军大佐河本大作的背后是以村冈长太郎为代表的整个关东军。

河本所说的"今日人们"指的就是田中义一。内阁要玩傀儡游戏，少壮派军官就要将田中手里的傀儡张作霖彻底砸碎。

河本暗杀张作霖的目的，是要使东北军群龙无首，产生内乱，好让关东军乘机占领东北。好在张学良很快由北京（着士兵服装，混在运兵车厢中）秘密潜回。"我父亲早就死了，但那时没有公布。"张学良说，"我父亲的图章还在，我会写他的字。所以下的所有命令都是我下的，等到把这些事情都安置好了，才宣布我父亲死了。"[24] 正因为张学良接管了军政大权，控制并稳住了东北军，关东军才未敢轻举妄动。

河本制造爆炸案不仅仅炸死了中国东北王，同时也炸塌了日本田中内阁。得到消息的田中流着泪，写信给满铁总裁山本条太郎："一切都完了。"田中伤心的主要不是傀儡张作霖之死，而是日本军部自此脱离内阁控制，走上了自我意志的道路。

河本擅自暗杀的行为是典型"下克上"，实质上是日本关东军踢开内阁重要的一脚。在军部与内阁的角力中，天皇裕仁再一次站到了军队一边。

"裕仁已经认同了陆军的处理方针……相关者仅仅给予了行政处罚。"而对于内阁，"当田中首相第二次非正式报告时……裕仁已决意要责备田中首相，让田中内阁辞职"。[25]

通过甲午、辛丑及日俄战争，日本在中国获得了以往做梦都想不到的巨大利益与财富，继而日本军阀对战争掠夺的狂热达到了沸点。以巴登巴登 11 人集团为核心扩张开来的法西斯组织疯狂蔓延。整个 20 世纪，日本军队中出现了 100 多个法西斯团体。人数最多最重要的两个团体为"一夕会"与"樱会"，突出特征是云集了众多佐级与尉级下层所谓有志、能干的少壮派军官。

成立于 1929 年的"一夕会"中，除了河本大作，还有后来弄出九一八事变等一系列惊天事件的板垣征四郎、石原莞尔、土肥原贤二这三人的关东军"三羽鸟"。成立于1930年的"樱会"中的军官，相对职务要更低些，但更年轻，更狂热，以桥本欣五郎为核心。

"一夕会"与"樱会"等组织的运作规则，有些类似中国的帮会，一般以入会资历决定尊卑秩序。虽然一些军官在军界的军衔不高，但在"一夕会"与"樱会"中，却可以指挥军衔高于自己的军官。

每一个民族都有自己的热血青年，都想用热血为国家与民族的前进开辟理想的道路。令人遗憾的是，日本这些青年用热血走的却是损害与毁灭他国与民族的一条邪恶之路。

土肥原贤二，1913年进入中国北平特务机关后，在中国整整活动了30年，是个中国通，熟读《三国演义》《水浒传》，能说流利的北京话，还会几种中国方言。土肥原是要用中国文化陶冶情操吗？这是他一开始给中国上下的印象。实际上，他是要熟悉中国政治，要同中国军阀和政要建立个人关系。果然，他给张作霖当了多年顾问，又给阎锡山当顾问，并被阎锡山奉为座上宾。他不仅将中国军阀的内幕瞧了个透，而且对中国的重要山川河流了如指掌。

强大的对手，不光是敢于搏杀、勇于牺牲的志士，更可怕的往往是工于心计、善于谋略的敌人。后者的巨大破坏力远远超过一个庞大而整齐的师旅。

土肥原还是士官生时就长于地图测绘。20世纪20年代，他多次在山西各地旅行，尤其对雁门关、桑干河一线非常上心地侦测和勘察，详细记录了重武器可通过的地点，为此吃尽了苦头。为了久居中国，他甘愿影响个人晋升。七七事变后，当日本重武器突然从茹越口附近的铁甲岭钻出来时，国民党守军大吃一惊，自己对山西地形远不如日本人熟悉。

日本军阀大多都懂中国《孙子兵法》中"知己知彼，百战不殆"的名言，因而居心叵测的，大有人在。巴登巴登集团11名骨干中，多数人有在中国长期生活的经历。

侵华日军总司令冈村宁次，早在1914年就踏上了中国土地，1925年当上了孙传芳的高级军事顾问。1926年7月，当时直系军阀南昌指挥官卢香亭把一大堆作战地图交给冈村宁次时，他如获至宝，立马舍弃了全部行李，带着这些五万分之一比例的地图，坐在一条小木船上秘密潜逃，辗转回到日本，交给了参谋本部。后来在武汉会战中，军政部长兼军事委员会参谋长何应钦曾表示，中日双方军队在同一地点交战，中国军队手中的地图，还没有日军手中的地图准确。

早在20年代初，被派往中国的石原莞尔，处心积虑地利用一年多时间，考察了湖南、四川、上海、山东等地，搜集政治、经济与军事情报，形成了"大陆扩张"侵略的战略构想。据说，石原热衷于化装成中国人四下侦察。一次，他扮成装卸工，扛了半个月麻包，却被警察抄走了最后一个铜板。

石原莞尔被称为"日本陆大有史以来最杰出的大脑"、日本杰出的战略理论家，著作颇丰。他的《现在和将来的日本国防》和《战争史观》，被列为日本陆军大学的教材。石原最重要的战略扩张思想是："满洲对日本的重要性，即使与世界为敌也不足惧。"因为日本可以从"满蒙"获得战争需要的大量物资和经费。因而石原的思想，成为日本侵占东北的战略指导。

在侵占东北这一方针上，石原莞尔是理论的积极实践者。史学界比较一致的看法是，1929年夏秋季，石原莞尔以游山赏水为名组织的两次日本关东军参谋大旅行，不仅让少壮派军官的思想达成统一，也完善了具体方案。

这年7月的"北满旅行"，石原莞尔从长春前往哈尔滨，重点研究哈尔滨攻防作战问题；而10月的"辽西旅行"，主要研究未来日军在锦州地区作战问题。[26]

石原莞尔后来被日本军政界称为"冷静的战略家",又因为成功预判东条英机当政日本必败,而被称为"恐怖预言家"。在日军占领整个东北后,石原莞尔被挤出了东条英机当权的军政府。主要原因是,他力主日军撤回长城以北,第一步先全力经营"满洲",不要急于向中国内陆进军,同中国全面开战。因为以目前日本的国力,征服偌大的中国是无望的冒险。征服中国的目标不变,但要慢火煮青蛙。

这一点倒是与中国战略大家蒋百里对中日之战的看法——"中国对日本不怕鲸吞,只怕蚕食",颇为吻合。后来曾有人分析,假设日本军政府全力经营东北,不拉长战线,历史恐怕会改写。但是,历史不容许假设,侵略者的贪婪野心,靠理智是无法扼制的。

日本军界素有"石原之智、板垣之胆"的说法,其中的板垣,就是指日本关东军"三羽乌"首领板垣征四郎。可以说,石原莞尔的方略与计划只是一堆稿纸,是板垣将其变成了行动。上述日本关东军参谋大旅行的团长是板垣,拉上石原的也是板垣。自参加1904年的日俄战争、开赴中国东北始,到1948年作为7名被判处绞刑的甲级战犯之一,几十年来,板垣把自己的全部生命都用在了侵略中国,以及日本扩张的阴谋与嗜杀中;虽然,在军阀争权夺利的倾轧中,板垣时而被冷落,一度被边缘化,但他尚武好战的疯狂,始终未有消减过。

还有那个九一八事变时,擅自下令向东三省发动侵略的关东军司令官本庄繁,也是一个以"效忠天皇"为最高荣誉、以"日本帝国利益"为最高目标的战争狂魔。即使在畏罪自杀前,他仍然极力袒护天皇裕仁,反咬东北军一口,为日本的侵略行为寻找理由:"当时关东军数目只有1万余人,中国兵力约20万,如不及时采取行动,我军有被歼灭之虞。"[27]

还说土肥原:在最后上绞刑架前,他竟然高呼"天皇万岁""大本营万岁",法西斯主义可谓浸透了他的骨髓。[28]

诸多学者认真研究了日本昭和时代军国主义迅速崛起的原因，查找日本法西斯主义疯狂成长的"土壤"。一部名为《啊，野麦岭》的日本电影，反映了当时日本社会的真实情景，其中一个镜头：衣衫褴褛的缫丝女工听厂长说"我们出口的丝换回了军舰大炮，在对马海战中消灭了俄国舰队"时，马上欢呼起来。

当日本疯狂的军国主义集团，在皇权的纵容与支持下强势崛起，当这种法西斯狂热席卷岛国民间，战争扩张成为民族意识与行为时，一个生死攸关的问题摆在了我们面前：古老而沉睡的中国，在磨刀霍霍的强敌面前，你准备好了吗？

注释：

[1][2]金一南：《苦难辉煌》，华艺出版社，2009年1月第1版，第41页，第42—43页。

[3]林庆元、杨齐福：《"大东亚共荣圈"源流》，社会科学文献出版社，2006年11月，第24页；转引自王树增：《抗日战争》（第一卷），人民文学出版社，2015年6月第1版，第5页。

[4]（日）井上靖：《日本军国主义》（第三册），《军国主义的发展与没落》，商务印书馆，1985年第1版，第223页；转引自王树增：《抗日战争》（第一卷），人民文学出版社，2015年6月第1版，第5页。

[5]王树增：《抗日战争》（第一卷），人民文学出版社，2015年6月第1版，第12—13页。

[6]林庆元、杨齐福：《"大东亚共荣圈"源流》，社会科学文献出版社，2006年11月，第191—192页；转引自王树增：《抗日战争》（第一卷），人民文学出版社，2015年6月第1版，第13页。

[7]（美）费正清、（美）刘广京：《剑桥晚清中国史》（1800—1911），下卷，中国社会科学出版社，1985年2月第1版，第152页。

［8］戴旭:《戴旭讲甲午战争:从晚清解体透视历代王朝战败的政治原因》,人民日报出版社,2018年12月第1版,第15页。

［9］［10］［11］徐焰:《苏联出兵东北》,解放军出版社,2015年8月第1版,第25页,第28页,第34—35页。

［12］(日)山冈庄八:《太平洋战争》(第一卷),金城出版社,2011年7月第1版,第6页注释①。

［13］徐焰:《苏联出兵东北》,解放军出版社,2015年8月第1版,第36页。庄严:《民族魂:东北抗联》(修订版),吉林出版集团有限责任公司,2014年8月第1版,第7页。

［14］王树增:《抗日战争》(第一卷),人民文学出版社,2015年6月第1版,第17页。

［15］金一南:《苦难辉煌》,华艺出版社,2008年12月第1版,第52页。

［16］［17］徐天新等主编:《世界通史》(现代卷),人民出版社,1997年4月第1版,第500页,第501页。

［18］(美)赫伯特·比克斯:《真相:裕仁天皇与侵华战争》,新华出版社,2004年9月第1版,第177页。

［19］(日)猪野健治:《日本的右翼》,东方出版社,2013年版,第139页。

［20］金一南:《苦难辉煌》,华艺出版社,2008年12月第1版,第149页。

［21］［22］秦孝仪:《中华民国重要史料初编——对日抗战时期》绪编(一),(台湾)中国国民党中央委员会党史委员会,1981年9月第1版,第58页,第59页。

［23］(日)河本大作:《我杀死了张作霖》,载吉林省档案馆:《九一八事变》,档案出版社,1991年9月第1版,第47页。

［24］毕万闻主编:《张学良文集》(第二册),新华出版社,1992年版,第115页。

［25］(美)赫伯特·比克斯:《真相:裕仁天皇与侵华战争》,新华出版社,2004年9月第1版,第147页。

［26］［27］童青林:《东北! 东北!》,人民出版社,2015年9月第1版,第14页,第33页。

［28］金一南:《苦难辉煌》,华艺出版社,2008年12月第1版,第369页。

第二章
割肉饲虎

4. 东瀛是福地

甲午年、辛丑年日本两次对中国的侵略，给中国带来的主要是痛楚与屈辱。而 1904 年日俄战争，弹丸小国日本竟然打败了世界上疆域最广的沙俄，引发了中国对日本的极大好奇。成千上万的中国人涌向日本考察、留学，探究日本发展强大的秘密与经验。

1908 年初，在涌向日本的庞大队伍中，有一个 20 岁出头的年轻人，来自浙江奉化的蒋志清，后改名中正，字介石，此行的目的是学习日本军事。这是蒋介石第二次东渡日本，为接续一年多前在日本未完的学业。临行前，蒋介石给表兄一张照片以作留念，背后题诗一首以言志：

腾腾杀气满全球，力不如人肯且休！光我神州完我责，东来志岂在封侯！

自此开始，这位影响了中国历史走向的大人物，与日本便有了千丝万缕之剪不断、理还乱的关系。

蒋介石进的是日本东京振武学校，在那儿学习了 3 年。1910 年毕业后，他又以"士官候补生"的身份，被分发到野战炮兵联队（团）实习 1 年。

4 年的日本军校及部队的生活，对蒋介石一生产生了重要影响，尤其是"日本军队的'大和魂'和'武士道'精神"，以及"严格的等级制度和下级必须绝对地服从上级"的原则对他影响最深。[1]

美国著名政治传记作家布赖恩·克罗泽，形象地描述了蒋介石作为下级士官对日本军校长官的服从与尊敬：

"1910 年 1 月一个凛冽的早晨，蒋介石站到了驻扎在高田的野战炮兵第十九联队队长日奉大佐面前，'啪'一个立正，打了个敬礼。他俩的顶头上司是'大胡子将军'长冈外史，他统率着日本陆军第十三师团，日奉大佐的联队就隶属这个师团。"[2]

后来，长冈外史冥思苦想试图找到蒋成功的秘密："他写了篇文章回忆说：1927 年在东京，他邀请蒋和日奉大佐一起喝茶，和往常一样，蒋穿戴得笔挺'象（引按：应为"像"）个潇洒的影星'，谦恭有礼得有点过分，告别的时候，蒋献给长冈一个条幅，上书'不负师教'四个字。长冈外史认为正是忠心耿耿和知恩必报，才是蒋介石成功的秘密。"[3]

有评论认为，正是 4 年的日本军校生活，奠定了蒋介石对日本军人的感情。同窗之谊，往往是一生挚友的基础。因而，临行之前，学校举行了小型的告别宴会。席间，日本官兵们以武士道的礼节，以清水代酒，与蒋介石传杯共饮……蒋介石带着对高田联队日本官兵们的惜别之情回国。

此后，蒋介石曾数次往返日本。1912 年 1 月 14 日，蒋介石刺杀光复会元勋陶成章，首选逃难避祸的地点就是日本。[4]

日本巴登巴登法西斯集团创立的 1921 年，中国上海诞生了一个名为中国共产党的政党，在后来反抗日本侵略的战争中，成为抱有最不妥协态度并拥有最顽强意志的政党；只是，在日本昭和军阀集团已发展到十分庞大之时，这个政党的力量还十分弱小，全国党员仅有 50 余人，党的第一次全国代表大会，参会代表仅有 13 人。

彼时排名十分靠后的毛泽东，后来成了这个强大政党的领袖，其他 12 位代表，除董必武参加了开国大典外，有的牺牲或病逝，有的退党、脱党，有的叛投国民党，也有两个人——陈公博与周佛海，却投靠侵略中国的日本，成了中华民族的汉奸、卖国贼。

1927 年，对于中国而言，是一个极其重要的年份。

自这年始，中华大地血流成河，曾经追随孙中山先生革命的蒋介石成了反革命，对正在成长中的年轻的中国共产党挥起了屠刀。从 4 月 12 日第一刀起，到次年上半年，死在蒋介石反动军阀屠刀下的共产党员、共青团员、工农群众及其他革命人士达 33 万多人。这些人都是中华民族的精英。

还是在这一年，打着革命旗号的蒋介石正在北伐中不断谋求自身利益最大化，与各军阀积怨日深，于 8 月遭受了第一次被迫下野的挫折。同刺杀陶成章那次一样，蒋介石再次选择前往日本。

日本仿佛是蒋介石的福地，每次都不虚此行。1927 年的日本之行，蒋介石办成了两件对其后来事业崛起至关重要的大事。

第一件事是拜谒宋太夫人，争取其对蒋宋婚姻的认可。

欲在乱世中国称雄，必得强大财阀支持。宋美龄的背后是富可敌国的江浙财团，而江浙财团与英美财阀有千丝万缕的联系。《大公报》创办人胡霖曾评论说："蒋的婚姻是一次精心预谋的政治行动。他希望通过成为孙中山的夫人（宋庆龄）和宋子文的妹夫来赢得他们。那时蒋也开始考虑寻求西方的支持。如果美龄成为他的妻子，他便在与西方人打交道时有了'嘴巴和耳朵'。此外，他一直十分欣赏子文在财政方面的才干。"[5]

有评论认为，在宋氏三姐妹中，大姐宋蔼龄爱钱，嫁给了孔祥熙；二姐宋庆龄爱国，嫁给了孙中山；小妹宋美龄爱权，嫁给了蒋介石。

实现蒋宋联姻，宋美龄本身不存在障碍。在宋子文那儿，商人靠上了政府，有百利而无一害。鉴于蒋介石以往在婚姻关系方面复杂的情况，宋美龄已明确向蒋说明，没有宋母的同意，她不会和他结婚。

10月3日，蒋介石由宋子文安排住进有马大旅社，拜见了在有马温泉养病的宋太夫人。宋太夫人同意了蒋介石和宋美龄的婚事，蒋介石非常兴奋。当然，作为获取巨大收益的代价，蒋介石舍弃了相守7年的女人陈洁如。

蒋介石与宋美龄联姻，是中国近代史上具有重大意义与影响的事情——中国最大的军阀与财阀在1927年完成了实质性结合。军阀靠财阀支持崛起，财阀靠军阀保护扩张；军阀的刺刀杀向哪里，财阀的势力便扩张到哪里：这是国民党统治集团与四大家族得以崛起与扩张的根本原因之一。

第二件事，争取并获得了日本政府的支持。

在日本期间，蒋介石辗转通过日本黑龙会首领头山满，与日本新任首相田中义一以及军部搭上了关系，进行了深入会谈密商。田中义一要求蒋介石答应3个必须条件：必须坚持反共（含苏联），必须不牺牲日本在华利益，必须先行巩固中国南方。蒋介石全部应承下来，以此获得了日本四千万日元的借款支持。[6] 这笔款项对企图东山再起的蒋介石来说，无疑是雪中送炭。

"先行巩固南方"隐含了日本的巨大阴谋，背后的意思是，蒋介石可以在中国"南方"实现统治。北方，尤其是东北，尽管现今是奉系军阀张作霖的势力范围，但不在蒋介石谋求的地盘之内，那是《田中奏折》中日本首先要夺取的目标。

顺利完成了两件大事后，蒋介石在日本发表了热情洋溢的《告日本国民书》，大力呼吁中日亲善。从留学日本至今，人们发现，蒋介石在思想感情、政治意向、经济利益诸方面，与日本如此藕断丝连。一旦面对日本的疯狂进逼与侵略，他是战，是屈，还是和？

获得了江浙财团及日本政府支持后，被迫下野的蒋介石很快东山再起；复起后，第一重大举措是"北上讨奉"，打倒盘踞北京的张作霖。

20 世纪 20 年代，中国已陷入军阀割据混战、四分五裂的状态，人民盼望安定与和平。因此，"统一"与"革命"便成为军阀发动战争、扩张地盘的"亮旗"。蒋介石虽将北上讨奉冠以"第二次北伐"之名，这个举动实质上却是国民党新军阀与北洋旧军阀之间再次争夺地盘、夺取国家最高领导权的又一场混战。

开始于 1928 年初的北上讨奉，一路顺利。至 4 月，讨奉军已攻下重镇徐州，5 月杀入山东境内。5 月 1 日，蒋介石已率司令部进驻济南。正在其扬扬得意之时，不料日军第六师团长福田彦助奉命率兵，由青岛进入济南，阻止国民革命军北上讨奉。

日本人曾一度为蒋介石感到一丝骄傲，因为中国元首蒋介石接受的是他们严格的军事训练与培养，但现今蒋却成为他们实施夺取中国北方计划的威胁。在日本看来，中国北方——不仅仅是"满洲"，长江以北，尤其是山东也是其势力的计划染指地区。蒋介石违背了对田中义一"先行巩固南方"的承诺。

面对中日两军一触即发的对峙局面，蒋介石决定隐忍，派人与日方秘密联络，表示愿意承担日军军费，条件是日军撤回青岛。然而，日本人知道，讨奉军的北进将成为日本控制中国东北乃至华北地区的严重威胁。

5月3日，日军炮轰济南城区，中国守军被迫还击。深夜，日军包围了山东省交涉公署。中国战地政务委员会外交处长、山东特派交涉员蔡公时与日方交涉，因拒绝向日军下跪并破口大骂，被日军割掉耳朵、鼻子和舌头后，连同其下属共17人遭枪杀。国民党政府外交部部长黄郛再次前去与日方交涉，日军军官胁迫这位中国外交部长在所谓中国军队枪杀了一个日本军曹的"调查报告"上签字，直到黄郛被迫签上一个"阅"字才将他放回。

面对日方的肆意逼迫挑衅，蒋介石却步步退让，下令部队退出济南，绕道继续北上讨奉。然而，日军并未停止进攻。11日，济南全城沦陷，日军烧杀抢掠，奸淫妇女，中国军民被打死6100多人，打伤1700多人，[7]济南成了一座人间地狱：史称"济南惨案"。

济南避战，蒋介石开国民党对日妥协退让之先河，使日军初试了蒋介石骨头的软硬强度。面对软弱的新对手，日本人的胆量陡然高张。济南惨案也使中国人民认识了蒋介石的另一面。马君武先生写信批评蒋介石说："有谓介石兄对内则面狞如鬼，对外则胆小如鼠。十七年（引按：1928年）在津浦路有兵20万，为福田一师吓走。"[8]

虽然蒋介石的"外战外行"初露端倪，但人们很快见到了他的"内战内行"。

1928年6月，蒋介石率北伐军攻入北京，将奉系军阀赶回了东北。当年10月10日，蒋介石选择"双十节"，在南京就任新的国民党政府主席，宣布中国实现了"统一"。

"然而，这不过是一个残酷的假象。"美国作家布赖恩·克罗泽认为，"1928年国民党统治下的中国就像一个看起来很健康，但实际上是不愿承认自己患有癌症的病人。"中国仍然处于军阀割据、四分五裂的状态。

"冯玉祥称雄于北方，同时又是有名的西北王，控制了山东、河南、陕西、甘肃、青海以及宁夏等省。而蒋的对手阎锡山则从他那坐落于山峦的山西省大本营中向河北、察哈尔、绥远等省发号施令。在南方，李宗仁控制着广东、广西、湖南、湖北……蒋介石只在长江下游的五个省里享有无可争议的权力。"[9] 这一带为中国最富庶地区。

大凡独裁者，断容不得他种势力存在。蒋介石作为国民党政府主席，可以名正言顺地抢夺其他军阀的地盘，但他明白，不能同时与各军阀为敌。他的策略是以派制派，各个击破。

1929 年初，蒋介石首先对逼迫自己下野的桂系军阀开刀，策略是"扶唐拉粤败桂系"。

开战前，蒋以任命唐生智为第五路军总指挥为条件，让唐接收其被白崇禧收编的旧部，从而孤立了白，继而策动粤系军阀陈济棠倒李宗仁。3 月底，陈济棠等通电声称"粤系为中央统治下一省"，粤桂同盟随声瓦解。在对桂系动刀前，蒋又重金收买桂军大将俞作柏、李明瑞、杨腾辉。5 月，在蒋的大力扶持下，粤军于广东白尼大败桂军，蒋遂任命俞作柏为广西省主席，挖了桂系根基。

在桂系败局已定的同时，蒋拉开了打击冯系战争的序幕，仍然采用分化瓦解策略，"联阎击冯分化西北军"。在即将开战的关口，蒋策反冯的大将韩复榘、石友三。

挥金如土是蒋的一大特征。当韩复榘通电"拥护中央"后，蒋立即给韩、石送去 500 万元，并分别任命韩、石二人为河南省与安徽省主席。蒋对韩的收买，对冯玉祥是致命的一击，韩"带走了 3 个师长以及冯玉祥的 10 万精锐部队"。[10]

在对冯开刀的同时，蒋对阎锡山许诺高官予以拉拢，以南京政府名义任命阎为陆海空军副总司令。原本答应"共同反蒋"的阎转而拥护"中央"，与冯玉祥对立，并夹击冯军。12月1日，蒋军占领陕州，西北军完败。

1929年冬，蒋继续借力打力，击败了唐生智与石友三的"反叛"。唐的政治倾向本是拥汪（精卫）反蒋，投靠蒋是为借蒋之力把旧部军队夺回来，石投蒋叛冯是为金钱与高官。当蒋许诺的安徽省主席旁落陈调元手中时，石便与唐一齐反蒋。

蒋当初借助唐与石的力量是为打击桂军与冯军，当目的达到后，唐、石不仅不再有使用价值，而且成了"异己"。这一次，蒋仍然以派制派，收买拉拢阎锡山、张学良、杨虎城、何键等众多军阀，对唐、石两军分而处置：一方面牵制石部，另一方面袭击、夹击唐部。唐军大败，唐化装潜逃。

1929年，是蒋介石大获丰收的一年。一个简便的检验方式是："实施税收的能力是对政府进行衡量的尺度。在击败了桂系军阀后，国民政府可以在全国22个省征收税金。"[11] 这尚不包括冯玉祥倒出的一部分地盘。

但是，蒋氏军事集团的扩张，以诸多军阀的割肉与倒台为"代价"，因而蒋与众多军阀的矛盾越积越深。在连续挫败桂系、西北军及唐生智后，蒋介石骄横跋扈，独裁野心更加暴露。蒋的目标是号令在全国各地通行无阻；而唇亡齿寒的危机，使众军阀结成了反蒋联盟；终于在1930年，中原大战爆发了。

主战场在河南的中原大战，也称"蒋冯阎李战争"。在众军阀中，阎锡山是精于算计的，蒋与各派军阀大战，阎多游离于各派之间，以求晋绥军自保。中原大战的导火索是阎帮助蒋消灭唐生智后，蒋自食诺言，没有将河南支配权给阎锡山。

反蒋联军声势浩大，共集结兵力70万人。大战期间，阎、冯、李同时进行政治倒蒋活动。8月7日，中国国民党中央党部扩大会议在北平召开，另行选举阎锡山为国民党政府主席。

蒋介石的军队虽然装备精良，但数量并不占优势，仅40万人。但对派系关系通透彻晓的蒋介石，立即发现了壮大己方力量的对象——置身事外的30万东北军。蒋介石先是把青岛的地盘让给张学良，接着又委任张学良为陆海空军副总司令。

挥金如土的蒋介石历来办事先付钱，当东北军少帅张学良通电"吁请各方即日罢兵"，表明"静候中央措置"的倾向性态度后，蒋介石立即电请宋子文速汇出兵费用500万元，并另筹公债1000万元，对东北军入关予以支持。

随即，张学良率东北军精锐入关。9月21日占领天津，22日进入北平。中原大战局势急转而下，反蒋联军以失败告终。阎锡山逃匿大连，冯玉祥避居山西。

关于中原大战胜败原因，当时天津一家报纸登载了一幅漫画：蒋介石一手拿洋钱，一手拿着机关枪；阎锡山一手抱秤杆，一手抱算盘；冯玉祥一手拿窝头，一手握大刀。评论认为，是蒋介石的洋钱打垮了对手。

自5月至11月长达7个多月的军阀混战，兵力总投入110余万，双方死伤达30万人之巨，其中至少有一半是冀鲁豫等省的青壮年男子。双方军费总数达2亿元以上。

中原大战使国家元气大伤，战火波及河南、山东、安徽、河北、湖北多地。战火所到之处，工业衰败，农业破产；尤其是主战场河南省，因战事死亡达12万人，逃亡在外者118万人，被军队拉夫者达129万多人，百姓财产损失总计6.5亿多元，全部损失估计10年之后方可恢复。

中国新军阀为争夺地盘打得头破血流，大海对面虎视眈眈的岛国正在崛起的日本军阀集团，能给中国老百姓 10 年的时间休养生息吗？

5. "奉谕，仍不抵抗"

在蒋介石对共产党人大开杀戒的 1927 年 8 月 1 日，共产党人在南昌武装起义，打响了武装反抗国民党压迫的第一枪。起义策划者中有周恩来，军事指挥者中有贺龙、叶挺、朱德、刘伯承等。

这年 9 月，毛泽东领导秋收起义。起义前，在去往铜鼓起义军驻地途中，毛泽东被国民党地方民团抓住。民团队长坚持要把毛泽东带到团部执行枪决。在距团部 200 米时，毛泽东抓住机会逃跑到一个水塘边的草丛中，躲过了团丁反复搜查。这是毛泽东此生唯一一次同死神擦肩而过。[12]

有人说，这也是中国革命的一次绝处逢生。

秋收起义队伍遭到国民党军连续攻击，9 月 29 日到达永新县三湾村时，只剩不足千人。本着自愿革命的原则，200 多人选择离队。毛泽东带着 700 余人上了井冈山，在那儿建起了第一个红色政权——茶陵县工农兵政府。

1928 年 4 月下旬，朱德带着为数不多的人马，在宁冈县的砻市与毛泽东相见了：这就是后来中国革命史中所说的"井冈山会师"。6 月，会师的队伍正式定名为"中国工农红军第四军"，中国革命史上第一支红军由此诞生。

对于阶级对抗有着高度政治敏锐的蒋介石，在中原大战激烈进行的当口，于前线急电何应钦统办剿杀红军事宜。1930 年 8 月 29 日，何应钦奉命召集湘、鄂、赣三省"绥靖会议"，计划 3 至 6 个月彻底消灭共产党人及工农红军。

至少从常识上讲，国民党军队与工农红军之间无法构成军事对峙局面，因为双方力量悬殊。国民党中央军连同各地坚决反共的军阀，总兵力达 200 余万人，而分散在各地的工农红军及农民自卫队等武装，人数不及国民党军队的十分之一，且相当部分装备为大刀、梭镖。但蒋介石在这一年双十节《告父老文》中，仍将"肃清匪共"列为"五项政治措施"之首位，"务使歼灭根株"。

1930 年 11 月，国民党军开始第一次"围剿"，由第九路军总指挥鲁涤平指挥，出动 7 个师又 1 个旅，兵力达 10 万人。

始于 1931 年 4 月中旬的第二次"围剿"，蒋命令何应钦代任行进剿总司令，兵力增至 18 个师又 3 个旅，达 20 万人。

第三次"围剿"自 1931 年 7 月开始，蒋介石亲自担任"围剿"总司令，调集 23 个师又 3 个旅，总兵力达 30 万人。两个月后，日本人发动了九一八事变。

三次"围剿"，国民党军队均遭失败，多路部队被歼灭或击溃。红军在反"围剿"中不断发展，到 1932 年 5 月，中央红军及江西、闽西的红军达 6 万余人，根据地发展到 10 多个。1931 年，以毛泽东为主席的中华苏维埃共和国临时中央政府在瑞金成立了。

在蒋介石发动中原大战与对红军"大规模'围剿'"的 1930 至 1931 年，日本关东军参谋历时两年的"满洲大旅行"收官，先后完成了《满蒙问题处理案》与《对占领区统治的研究》一整套方案。前者是占领"满洲"的具体计划，后者是占领"满洲"后的统治方案。方案将日本对"满洲"的占领划分为三个时期：

第一个时期，预计半年至 1 年，为作战期，将部分地区置于军政控制之下；第二时期，预计 1 年至 2 年，为占领整个东北，东北三省收入（估算为 1.2 亿元至 1.3 亿元）的 40%—50% 被列为日本关东军开支，不足部分由日本军费填补；第三时期，预计东北三省收入将达 2 亿元，将其中 1.6 亿元至 1.7 亿元作为日本在"满洲"的统治经费，从而实现长期占领。[13]

计划方案报经日本军部同意，很快形成了参谋本部《解决满蒙问题方案大纲》，唯有一条，军部没有同意日本关东军少壮派计划的行动时间。要求："在今后一年内，日本须采取隐忍持重的策略，让国内外彻底了解满蒙的实际情况和日本的立场，充分做好准备，然后再转入军事行动。"[14]

对"一年以后行动"的意见，板垣征四郎、石原莞尔等人不加理睬，决定自行颠覆张学良政权，于 1931 年春，完成了柳条沟（湖）概略计划的制定。

日本军阀诸事都要找借口：抢夺别人财富时，必先表明财富本应为他所有。别人若不同意，便是侵犯到他的权益，如此就有理由对别人予以惩罚。

1931 年 5 月与 7 月间，日本关东军先后制造和利用"中村事件""万宝山事件"挑动事端。张学良致电蒋介石："日本推展其大陆政策，有急侵满蒙之意，已无疑问……吾人应早为之计。"[15]

正忙于剿杀红军的蒋介石复电，不仅对张学良要求早做准备的意见不予理睬，反而替日军开脱："发生全国的排日运动时，恐被共产党利用……故官民须协力抵制排日运动。宜隐忍自重以待机会。"[16]

其时，张学良年方 30 岁，血气方刚，重新进驻中国之中心平、津地区，完成了老父张作霖生前夙愿。据著名社会活动家、曾任国民党政府外交部长的顾维钧回忆，对日军的不断挑衅，张学良曾主张予以武力对抗："早在沈阳事件之前的夏天，他（蒋介石）就在庐山举行扩大会议，讨论当时提出的，特别是少帅在东北的集团提出的对日采取强硬态度，和直接抵抗日本侵略的政策等要求。委员长是个现实主义的政治家；他觉得必须对日谈判。"[17]

8月16日，蒋介石又给张学良发来铣电："无论日本军队此后如何在东北寻衅，我方应予不抵抗，力避冲突，吾兄勿逞一时之愤，置国家民族于不顾。"[18]

其时，日本关东军少壮派军官在板垣征四郎、石原莞尔组织下，已私下做好了所有准备：精通爆破的河本末守中尉，被从独立守备队调到爆破地域柳条湖分遣队；经"三羽乌"首领、军务课长永田铁山协调，两门口径240毫米重型榴弹炮被秘密从神户运到沈阳，对准了北大营。奉天特务机关少佐花谷正已私下串联军部与朝鲜驻屯军骨干少壮派军官，所有人都做了计划分工。多年后，花谷正交代说："我们原来预定于九月二十八日炸毁铁路的，以爆炸声音为信号，装设在奉天营房（步兵第三十九联队）内的二十八公分要塞炮，将炮轰北大营的中国军营房。与此同时，驻奉天部队将进行夜袭，以占领奉天。"[19]

实际上，当时知道这个阴谋计划的人不多，了解的程度也有多有少：桥本欣五郎、根本博（参谋本部支那课班长）、建川美次（作战部次长）、重滕千秋（参谋本部支那课长）知道大部分计划，永田铁山、小矶国昭（军务局长）、二宫治重（参谋本部次长）只知道一部分计划，当时关东军参谋长三宅光治以及手下的不少参谋幕僚并不知道这个计划。对于本庄繁司令官，花谷正等人也没有说明细节，而根据他们平常的观察，认为有事时，他必定很可靠。[20]

根据蒋介石的指示，张学良于9月6日电令奉天省代主席臧式毅、东北边防军参谋长荣臻："现在，对日方外交渐趋吃紧，应付一切亟宜力求稳慎。对于日人，无论其如何寻事，我方须万方容忍，不可与之反抗，致酿事端，即希迅速密令各属切实注意为要！"[21]

蒋介石还是不放心。9月12日，他专程从汉口赶来，同从北平赶来的张学良在石家庄秘密会谈。会谈后，张学良对当时担任警卫独立第九旅中将旅长的何柱国转述了蒋介石的话："我这次和你会面，最主要的是要你严令东北全军，凡遇日军进攻，一律不准抵抗，如果我们回击了，事情就不好办了。明明是日军开衅的，他们可以硬说是我们先打他的。他们的嘴大，我们的嘴小，到那时就分辨不清了。"

张学良最终放弃了"对日采取强硬态度和直接抵抗"的想法，忠实服从且不打折扣地执行了蒋介石的"不抵抗政策"，并且贯彻到基层部队。

日军频繁以北大营为攻击目标实施演习，驻守北大营东北军第七旅旅长王以哲，曾携有关情报材料赴北平禀报请示。张学良答复说，已派人将情况报告给了蒋介石。蒋指示暂不抵抗，准备好了再干，一切事先从外交解决。王以哲回到沈阳后，制定了"衅不自我开，作有限度的退让"的对策。

后来，东北军军官郑殿起回忆"上级害怕日军进攻时中国军队中下级军官和士兵抵抗，所以枪支不发子弹"。[22]

就在一切安排妥当之际，板垣与石原等人的阴谋却遭遇了挫折。

回东京串联与筹款的花谷正借酒兴说出了秘密。9月5日前后，日本关东军要在"满洲"发动事变的消息先在东京流传开来。从国内传来的风声让日本驻奉天总领事林久治郎大为不安。于是，"9月15日，外务大臣币原喜重郎收到一封来自奉天总领事的绝密电报，告诉他关东军将要发动一场大规模的侵犯行动。之后几天的报告使币原全面掌握了关东军的阴谋。"[23]

收到密电后，在当天的内阁会议上，币原喜重郎向陆相南次郎提出"质询"。大部分阁员闻知此事，纷纷表示反对。南次郎决定，派参谋本部作战部次长建川美次，前往"满洲"阻止关东军的行动，并交给建川美次一封信，让他亲自交给本庄繁。

令南次郎未想到的是，建川美次早就知道板垣征四郎与石原莞尔的计划。临行前，他故意将军部阻止的决定透露给"樱会"首领桥本欣五郎，并将自己与板垣征四郎之间的电报密码借给了桥本欣五郎。桥本欣五郎接连给板垣征四郎发出三封密电，其中一封警告他要迅速行动："密谋泄漏，建川到之前干起来。"[24]

接到桥本欣五郎电报后，板垣征四郎、石原莞尔、花谷正，今田新太郎（张学良军事顾问助理）等七八个人密会。对于要不要干的问题，彼此争论得很厉害。抗命军部，忤逆天皇，都是掉脑袋的事情；面对兵力悬殊的东北军，事变成功与否也难以预料。花谷正首先打了退堂鼓，今田新太郎在坚持，于是他们用猜拳决定，花谷正的意见占了上筹。

当晚，"猜拳"的结果令众人不欢而散。第二天，仍未死心的部分核心骨干再次商议，决定把原计划于9月28日行动的时间提前10天，于建川美次赶来之前的9月18日晚上发动事变。

建川美次的"阻止"之行，反倒加速了事变的爆发。从东京出发的建川不紧不慢地赶路，不坐飞机，坐海船，再乘火车，18日上午11时半才慢慢悠悠抵达本溪，到沈阳已是晚7时了。到达后，他没有急于找本庄繁下达"阻止"命令，却接受了花谷正的宴请。

因"酒后泄密和主张中断行动，被石原视为'危险分子'的花谷正""陪着穿了浴衣的建川喝酒，暗中刺探他的意向。喜酒的建川，其风采是从容不迫的豪杰。但他的脑筋却非常细密，警觉力又强。他好像懂得我的意思，但却想到今天晚上要采取行动。总之，我觉得他似乎没有意思要来阻止我们的行动"。[25]

1931年9月18日夜10时20分，日军铁路独立守备队第二大队第三中队工兵河本末守中尉率军曹七八人，带着今田新太郎准备的炸药，将柳条湖附近的南满铁路一侧单轨炸毁一小段，用随身携带的电话机，将此事报告给大队本部与奉天特务机关，并将3具穿着中国士兵服装的尸体抛在现场，诬称中国军队破坏南满铁路，袭击日军守备队。

正在北大营附近待命的日军独立守备队第二大队600余人，听到爆炸声，当即对北大营展开进攻。守候在特务机关的板垣征四郎得到报告后，以代理关东军司令官的名义，同时下达了攻击北大营与进攻沈阳城的命令。花谷正则以奉天特务机关长土肥原贤二的名义向日本国内发出颠倒黑白的报告。

驻守北大营的是东北军的精锐第七旅8000余人。日军进攻时，部队已经就寝，对于日军进攻毫无准备。旅长王以哲不在营中，3名团长中有2名回家睡觉，致七旅群龙无首。日军冲入营房，见人就杀。面对日军的疯狂攻击，许多官兵砸开仓库大门，夺取部分枪支弹药，并且装弹入膛，准备还击。

此时，传令兵冒着炮火跑来跑去，为的是传达一项不许开枪的命令："官兵一律不准轻举妄动，更不能还击，原地待命。"

原来，东北军参谋长荣臻向北平张学良请示了意见："奉示，尊重国联和平宗旨，避免冲突，令不抵抗。"

彼时，迫击炮厂、火药厂均被日军袭击，王以哲等又向张学良报告。部队得到的仍是"奉谕，仍不抵抗"。

于是，不抵抗命令一个接一个地传到北大营，"任何人不准开枪还击，谁若起事端，谁负责任。"

打又不准打，走又不让走，那些原地待命的士兵，被日军的刺刀活活捅死在床上。

旅参谋长赵镇藩要求荣臻收回成命，荣臻却执意坚持按张学良的指示办，下达命令说："不准抵抗，不准动，把枪放到库房里，挺着死，大家成仁，为国牺牲。"[26] 不过总算说了一句"必要时可以向东移动移动"。

19日凌晨3时许，赵镇藩下令突围，全旅由北大营撤至东大营。

据日军战报记载：经过了一昼夜进攻的北大营，营内各处仍在燃烧，死尸遍地，死马也到处可见。

据统计，是役，第七旅伤亡惨重，死亡官长 5 人、士兵夫 144 人，负伤官长 14 人，士兵夫 172 人。共计伤亡官兵夫 335 人，士兵失踪生死不明者 483 人。

需要记录一笔的是，六二〇团团长王铁汉在日军逼近本团营区时，下令开枪还击，毙伤日军 40 人。[27] 这可算作是巨大屈辱黑暗中的一星亮光。王铁汉后任国民党第四十九军中将军长，积极参加抗战。1948 年 4 月与抗日名将马占山回访北大营时，两人抱头痛哭流涕。

那时的东北军，除了手中有枪，已不具备军队的基本特征，似待宰却不会挣扎的一群羔羊。

东大营是东北军讲武堂所在地，有学生数千。七旅官兵刚避撤至此，又遭日军攻击。由于有不抵抗命令，部队不得不悉数撤出，官兵抱头痛哭，"悲号之声，闻名遐迩"。

负责夺取沈阳的日军经过 5 个多小时的战斗，于凌晨 6 时 30 分，以死亡 7 人、负伤 30 余人的极小代价占领沈阳。此时的沈阳市已是一片狼藉，日军飞机在空中盘旋扫射，装甲车在大街上横冲直撞，大炮置于沈阳鼓楼上，日军封锁交通要道，盘查行人，稍有不满或反抗的即予杀害，街头尸体遍布。另有一些日军，专门搜捕中方文职、军职官员，迫使被捕军官签字承认是中国军人破坏南满铁路，先行发起攻击，并将他们反捆双手，看管于街头。

日军攻占沈阳后，抓捕了辽宁省主席臧式毅等若干高级官员。坚决执行张学良"不抵抗"命令的堂堂东北军总参谋长荣臻，竟然男扮女装，乘混乱之际，侥幸混出沈阳，逃之夭夭。

日军在城内大肆洗劫，烧杀抢掠，省市衙署、学校银行、官私宅邸均在劫难逃。中国银行 4000 万两白银被劫掠，连张学良、汤玉麟的公馆也被洗劫一空。

损失最大的，是东北军兵工厂及武器装备。

张学良引以为豪、倾注张氏父子两代心血，1921 年建成、1924 年扩建的沈阳兵工厂，仅工人就达 2.5 万人，聘有德、美、俄、日等多国技师，为中国最大的，能够生产各种炸药、地雷、枪械及火炮的兵工厂。日军枪杀了守卫工厂的中国士兵后，将工厂贴上"日军占领"的标签。

东塔飞机场，拥有从意、德、英、美多国购进的各种类型的轰炸机、侦察机、战斗机等 200 多架，当九一八事变发生时，机场接到"今天不准飞机起飞，以免出事"的命令。9 月 19 日上午，日军占领机场，东北军苦心经营十多年的空军毁于一旦。

事后，据不完全统计，官方损失的财产达 18 亿元以上，损失飞机262 架、坦克 60 余辆、轻重火炮 3000 余门、轻重机关枪 4000 余挺、步骑枪 12 万余支、军用汽车 2300 余辆、火车 5000 余列（节），以及可装备 10 个师的子弹。

更为严重的是，以上军械装备全部落入敌手，使装备不如东北军、连两门大口径榴弹炮都要现从国内偷运过来的日军，如虎添翼。

九一八事变，并不是一个自上而下的完整军事战略行动，而是板垣征四郎、石原莞尔等佐尉级军官导演的一场疯狂的战争豪赌，是典型的日本少壮派法西斯军官"下克上"的产物。它最终能操纵并推动了日本内阁、陆军本部和关东军高层间互动，证明日本高层内法西斯土壤已相当肥沃。

9 月 19 日凌晨，在东京的陆军大臣南次郎、参谋总长金谷范三被值班军官从熟睡中叫醒。南次郎迅即下令各部门首脑 7 点到参谋本部。日本内阁得知消息比军部晚了好几个小时。外相币原喜重郎吃早餐时翻看当日报纸，眼中的消息令他大吃一惊，接着，他收到了驻奉天总领事林久治郎的 3 封电报。

花谷正与林久治郎分别发的消息几乎同时传到东京，两者的激烈碰撞发生于 19 日上午 10 时的内阁会议上。会议一开始，币原站起宣读外务省的情报证明：关东军寻衅，中国军队并未抵抗；领事林久治郎赶到现场，受到花谷正拔刀威胁。南次郎倒吸一口冷气，军方完全把内阁撇在一旁，如果真是关东军的预谋行动，无疑在中日关系上捅了大娄子，对于可能引起的后果，军部要承担严重责任。

最终，内阁形成了"努力不使局势扩大"的处理方针。根据内阁上述决议，参谋总长金谷大将向日本关东军发出了等于停止军事行动的训令，同时电命驻朝鲜军停止出兵。

在整个事变的演进中，日本关东军司令官本庄繁的作用至为重要，扩大与中止事态尽在其一句话、一念中。

日军占领沈阳后，当板垣征四郎要求扩大战果，向沈阳以外攻击时，本庄繁曾一度沉吟不决；因为内阁"努力不使局势扩大"的处变方针他已知悉，但最终本庄繁还是下达了命令。9 月 19 日 11 点，本庄繁到了奉天，住进了东拓大楼。他一步步走上楼梯，走到大厅前时，转头对板垣吩咐说："继续推进吧！"

就是这"继续推进吧"轻轻 5 个字，将中国人民推向了灾难的深渊，也给他带来了"甲级战犯"、最终畏罪自杀的可耻下场。

原本犹豫不决的本庄繁最终为什么下达了灾难性的命令？有两件事，为其恶胆再注兴奋剂：

一件是 19 日内阁会议之后，桥本欣五郎用建川美次给的密码再次给关东军发电表示，参谋本部停止军事行动的命令是对付内阁会议的表面文章，参谋本部的意思并不想停止军事行动。桥本欣五郎在日本投降后，被远东国际军事法庭判处无期徒刑。

而发生在 19 日下午的另一件事，是参谋总长金谷范三给关东军司令官的一封电报：1. 9 月 18 日夜以后，关东军司令官之决心和措施深合时宜，提高了帝国军队之威望。2. 鉴于事件发生后中国之态度，且有内阁关于事件处理不得超越必要无限度的决定，故今后你军之行动，须照此精神妥善处理。

对这封措辞含混、态度暧昧的电文，据参谋本部《机密作战日记》记载，金谷范三愉快地签了字。一个小时后，参谋本部收到了关东军回电："现在以最大决心……全部陆军勇猛前进。"

6. 找国联告状去

由"不抵抗政策"导致的九一八事变，实为中外战争史上罕见的奇耻大辱；自济南惨案后，又一次开了中国政府军队软弱惧敌的"口子"，一夜之间，军事重镇沈阳丢失。

当时，日本关东军在东北的正规部队与非正规部队各有 1 万余人，而东北军除入关参加中原大战的 10 余万，留在东北的尚有近 20 万人。吃亏之后，若以 10 倍兵力的绝对优势，实施后发制人，胜算是绰绰有余的。令世界百思不得其解、中国人气得跳脚的是，蒋介石继续实施"不抵抗政策"。

9 月 19 日后，蒋介石责成外交部发了两次抗议，却没有"抵抗"二字。

9 月 21 日，蒋介石从"剿共"前线返回南京，在党、政、军干部会上再次声称："余主张以日本侵占东（三）省事实先行提出国际联盟与签约非战公约诸国，此时唯有诉诸于公理，一面则团结国内，共赴国难。忍耐至于相当程度，乃出以最后自卫之行动。"[28]

就在蒋介石宣称诉诸国联后的 21 天，日军继占领沈阳后，又迅速攻占了辽阳、鞍山、本溪、长春等 20 余个城市。强盗闯入家门，抢劫杀人，主人却在那儿喋喋不休地讲演，自己既不抵抗，也不许家人抵抗。

9 月 22 日，蒋介石在南京召开国民党党员大会，发表讲话称："我国民必须上下一致，先以公理对强权，以和平对野蛮，忍痛含愤，暂取逆来顺受态度，以待国际公理之判断。……此时务须劝告民众——严守秩序，服从政府，尊重纪律，勿作轨外之妄动。"[29]

言外之意，不逆来顺受，奋起抵抗，就是不尊重政府的"轨外之妄动"。

7 月 23 日，国民党中央发表《告全国同胞书》，大敌当前，首次提出了"攘外必先安内"的国策："惟攘外应先安内，去腐乃能防蠹，故不先消灭'共匪'……则不能御侮。"[30]

9 月 23 日，张学良委派万福麟，专程到南京向蒋介石请示。蒋介石明确要求，"外交形势，尚有公理，东（三）省地位，必系整个，切勿单独交涉。"[31] 言外之意，东三省是个局部，必须服从全国"整个"利益，不能单独与日本打交道。

事变发生 10 天后，全国各地的请愿学生涌入南京，达 7 万多人，要求政府与军队抗日，收复东北。蒋介石接见请愿代表，并发表一番讲话："只要对日本宣战，全国国民一定称赞我。我为什么不这样做，反给一般人疑我不抵抗呢？不是我怕死，而是我不能把国家的命脉断送，不能使民族的生命危殆……为个人名誉而使中国灭亡！"[32]

作为一国政府元首，这番话背后是难以解读的逻辑：面对日本的侵略，他不是不抵抗，而是为了国家的命脉不能抵抗，因为抵抗了就会使民族危殆，国家灭亡。为什么抵抗了反而亡国，不抵抗就不会亡国呢？蒋介石没有解释，但日本人替他做了解释。

就在蒋介石对国人发表了上述讲话的时候，仅仅10天之内，日本人就侵占了辽宁、吉林两省。1931年10月中旬，日军北犯黑龙江省；11月19日，攻陷省会齐齐哈尔；1932年1月3日，攻陷锦州；1932年2月5日，哈尔滨落入敌手。自九一八事变至哈尔滨失陷，4个多月，东三省全部沦陷，3000万东北父老陷入亡国奴境地。

一个合格的史学研究者，不仅要忠实还原历史事实，而且要着力探求历史轨迹的因由，这对"后事之师"有重要意义。

持续14年之久的抗日战争，开始的标志是1931年9月18日的那个夜晚。那一刻，第二次世界大战东方战争策源地正式形成。自那一刻起，14年的战争苦海沸煮，数千万中国人失去生命。这本来是可以避免的，但是，打开潘多拉魔盒的钥匙就是"不抵抗政策"。

不可否认，蒋介石与张学良后来逐渐成为抗日战争的领导者与坚决主张抗日的将领。但是，在1931年，面对日本侵略者，他们的抉择是忍让，是"不抵抗政策"的制定者与执行者。他们缺乏对日本国体政体的深入研究与本质认识，对战争对手发生了严重误判。

几十年后的1990年，张学良在接受美籍学者唐德刚采访时说："我对'九一八'判断错误了。可是你要骂我是封疆大吏，没有把日本的情形看明白，那我承认。我判断日本不能这么做，因为这么做对他不利，我这个人胆大妄为，假如我真知道日本人要政变，我当时可能跟日本人要拼的。"[33]

张学良没有看明白日本的政治。尽管当时日本政府确实并不主张与中国开战，但是"下克上"的法西斯主义最终控制了政府的趋向。由政治误判造成的是对日军进攻的极大麻痹。

九一八事变发生当晚，张学良在北京中心戏院观看梅兰芳表演京剧《宇宙锋》；东北军长官公署参谋长荣臻忙着为父亲做寿；黑龙江省主席兼东北军副总司令万福麟也在北平，军政大权交给了儿子；吉林省主席兼东北军副总司令张作相为奔父丧回了锦州，军政大权由参谋长熙洽代理；东北军政的大员在那一晚，个个安闲自在，一片和平景象。

蒋介石为获得奉系军阀支持，绞尽脑汁地对张学良予以笼络。1930年6月3日，蒋介石派50岁的李石曾代表自己为30岁的张学良祝寿，甚至别出心裁地派出记者萧冬竹。萧之所以能成为一名使者，是因为他会打高尔夫球，爱跳舞，还能喝酒，而这些又都是张学良最喜爱的消遣。

中原大战取胜前后，蒋介石不仅许诺给张学良节制奉、吉、黑、晋、察、热、绥、鲁八省军队的权柄，并将北平、天津、青岛3市及河北、察哈尔两省划归奉系管辖，俨然与少帅平分天下，而且给予了其极大的荣耀。

九一八事变前一年的11月20日，接任了中华民国陆海空军副总司令的张学良到达南京，中央政府接待礼遇之隆重，前无古人，后无来者：当张学良过江时，江中的军舰和狮子山上炮台齐鸣礼炮；船至下关码头时，早已恭候的国民党政府各路大员齐声欢呼；一路上，目光所及之处都张贴了"欢迎张学良将军"的标语；进了国府大门，蒋介石降阶相迎。

那时的蒋介石在张学良眼中，是有分量的。于公，自1928年12月29日"东北易帜"后，张氏家族已不再是独立于国民党政府之外的割据军阀，而是有了名副其实的"中央"，张学良有责任服从并维护中央统一；于私，蒋介石亦兄、亦友、亦师，张学良对其感谢中有敬重，或者说对横扫诸军阀、打遍中国无敌手的蒋介石还有些许迷信。

甚至在蒋介石因实行"不抵抗政策"丢失了东北、万夫所指、在党争中下野（1931年12月15日）回老家奉化后，张学良仍然致电蒋介石，向其讨教方略："公今旋里，毋任痛心！日寇近迫锦州，河北局面如何善处，乞公赐予最后指针。"[34]

张学良将自己、将东北军、将整个东北命的运押在蒋介石身上，帮他打赢了中原大战。后人只记得1931年的"九一八"是张学良的凶日子，实际一年前的9月18日，自张学良通电入关参加中原大战那一刻起，他就为自己埋下了悲剧的伏笔。作为军阀的张学良，摆脱不了扩张地盘的勃勃野心，面对蒋介石抛出的肥硕果实，巨大的欲望使其犯了一个无可挽回的错误。

自1930年9月21日晨起，东北军每隔3小时，即发一列运兵车南下。9月21日占领天津，22日进驻北平，仅用十多天的时间，东北军就完成了对华北、平津的占领。东北军占领华北的速度，与一年后日本关东军占领东北一样迅速。

张学良带领东北军主力入主华北且久居北平，并不断抽调主力入关，造成东北防务空虚。

同样，作为国家元首的蒋介石，本质上是中国最大的军阀，也有自身割据地盘的利益问题。蒋介石坚持认为日本过于强大，中国尚没有力量与日本全面开战，战则必败。九一八事变之后，蒋介石甚至悲观地认为，"以中国国防力薄弱之故，暴日乃得于二十四小时内侵占之范围及于辽吉两省，若再予绝交宣战之口实，则以我国海陆空军备之不能咄嗟充实，必至沿海各地及长江流域，在三日内番为敌人所蹂躏，全国政治、军事、交通、金融之脉络悉断、虽欲不屈服而不可得？"[35] 这是蒋介石诸多不抵抗言论中的代表语录。

明明是"不抵抗政策"使日军在数日内侵占辽、吉两省，蒋却引例为日军三天便可占领"沿海各地及长江流域"。这段对日极度恐惧的话，无意间暴露一个秘密：不抵抗是为了不给日军留下"绝交宣战之口实"。否则，日军必至沿海各地及长江流域，那可是蒋介石的核心地盘，而东北并不在蒋介石集团22个税收省份之内，那儿归奉系税收。

1932年1月28日，为转移西方列强对独占东北的不满与视线，日军在英、美、法有巨额投资的上海制造事端，引发淞沪之战，一下子戳到了蒋介石的痛处，他"未暇就寝而忙到天明"，于1月30日发表《告全国将士电》："沪案发生，对渠要求，且已茹痛接受，而倭寇仍悍然相逼，一再向我上海防军进攻，……轰炸民房，掷弹街衢，同胞惨遭蹂躏，国亡即在目前，凡有血气，宁能再忍？"[36]

这一次，蒋介石虽然只"酌派部分嫡系部队参加"，但并未限制中国军队抵抗。十九路军的英勇抵抗，打得日军三易主帅。蒋介石"一面抵抗，一面交涉"，日军乘机下台阶。淞沪战火旋即停息。

史学界共同的看法是，蒋介石奉行"不抵抗政策"的思想基点有两个：一是日本人只是"疥癣之患，共产党乃心腹之患"，二是"攘外必先安内"的思想。

1933年，日军集结10万日伪军进犯热河。张学良急电蒋介石，"职部军队实力不足分配"，"拟请迅赐电调中央军及晋军即日开赴热东一带，以增实力。……事机紧近，间不容发，万望迅赐定夺。"[37]

其时，正在江西"剿共"的蒋介石，却声称"剿灭长江流域之赤匪，整理政治，为余之中心工作"，坚持"剿赤部队不能调用"，[38] 竟不发一兵一卒于热河对日前线。后在全国汹涌舆论下，蒋介石将原许诺张学良的6个师人马派出3个师前往热河，但部队抵达前线之前，热河已经失陷。在山海关丢失之际，阎锡山、傅作义、蔡廷锴均请缨北上抗日。蒋介石一概电令"静候命令"。中央军不出战，也不让地方军阀出战。

如今，热河丢失，总要找个人背黑锅，蒋介石遂与何应钦、宋子文等逼迫张学良辞职："处此公利得失成败关头，非断然决策不可。利害相权，惟有重公轻私，无愧于心而已。"[39]

至此，紧跟蒋介石的张学良已经丢光了所有奉系地盘、军队和富可敌国的私人财产，丢掉了中华民国陆海空军副总司令等一切职务，唯一剩下的是独自背负失土丧权之罪，以及全国齐声谴责"不抵抗将军"的声名。

据记载，对不抵抗造成的失土丧权，张学良并未做一句辩解。蒋介石自以为得计，索性一不做二不休，当即把京、津、河北、察哈尔等奉系地盘划归已有，同时将东北军编为4个军，归何应钦的北平军分会指挥，从而将张学良的东北军抓到了手里。

蒋介石把张学良的什么都算计到了，却不曾料到一贯顺从的少帅在几年后胆大妄为地发动了"西安事变"。

注释：

[1][4]周海峰：《蒋介石传》，作家出版社，2006年2月第1版，第7页，第13—14页。

[2][3][5]（美）布赖恩·克罗泽：《蒋介石》，内蒙古人民出版社，1995年7月第1版，第33页，第34页，第106—107页。

[6]王尧：《蒋介石与大国的恩恩怨怨》，台海出版社，2013年7月第1版，第356页。

[7]翁有为、赵文远：《蒋介石与日本的恩恩怨怨》，人民出版社，2008年1月第1版，第52页。

[8]《马君武致蒋介石与汪精卫》，载《胡适往来书信选》（中），中华书局，1979年版；转引自翁有为、赵文远：《蒋介石与日本的恩恩怨怨》，人民出版社，2008年1月第1版，第53页。

[9][10][11]（美）布赖恩·克罗泽：《蒋介石》，内蒙古人民出版社，1995年7月第1版，第113页，第126—127页，第130页。

[12]王树增：《长征》，人民文学出版社，2006年9月第1版，第30页。

[13]童青林：《东北！东北！》，人民出版社，2015年9月第1版，第

15 页。

[14]（日）小林龙夫、岛田俊彦编:《现代史资料》(7),みすず書房,1964 年版,第 164 页;转引自王明伟:《东北抗战史》,长春出版社,2016 年 8 月第 1 版,第 30 页。

[15][16]王明伟:《东北抗战史》,长春出版社,2016 年 8 月第 1 版,第 30—31 页,第 31 页。

[17]顾维钧:《顾维钧回忆录·第一分册》,中华书局,1983 年第 1 版,第 425 页。

[18]全国政协文史资料研究委员会:《文史资料选辑》(第 6 辑),文史资料出版社,1979—1986 年版,第 24 页;转引自王明伟:《东北抗战史》,长春出版社,2016 年 8 月第 1 版,第 31 页。

[19][20][24][25]花谷正:《我们如何发动满洲事变（节录)》,载《东北抗日联军史料》编写组:《东北抗日联军史料》(下),中共党史资料出版社,1987 年 12 月第 1 版,第 769 页,第 769 页,第 770 页,第 770 页。

[21]《张学良致臧式毅等电》,载《辽宁文史资料》(第 18 辑),辽宁人民出版社,1986 年出版,第 57 页;转引自王明伟:《东北抗战史》,长春出版社,2016 年 8 月第 1 版,第 32 页。

[22]郑殿起:《我对"九一八"的片断回忆》,辽宁大学中国现代史研究室存稿,载易显石等:《"九一八"事变史》,辽宁人民出版社,1981 年版,第 165 页;转引自王明伟:《东北抗战史》,长春出版社,2016 年 8 月第 1 版,第 31 页。

[23]（美）赫伯特·比克斯:《真相:裕仁天皇与侵华战争》,新华出版社,2004 年 9 月第 1 版,第 155 页。

[26]《文史资料选辑》(第 6 辑),中国文史出版社,1986 年版,第 6 页;转引自王明伟:《东北抗战史》,长春出版社,2016 年 8 月第 1 版,第

33 页。

[27] 李云汉编:《"九一八"事变史料》,(台北)正中书局,1977 年版,248 页;转引自自王明伟:《东北抗战史》,长春出版社,2016 年 8 月第 1 版,第 35 页。

[28](日)古屋奎二:《蒋总统秘录》(第八册),(台湾)中央日报,第 43 页;转引自周海峰:《蒋介石传》,作家出版社,2006 年 2 月第 1 版,第 129 页。

[29][31][37] 转引自周海峰:《蒋介石传》,作家出版社,2006 年 2 月第 1 版,第 130 页,第 130 页,第 147 页。

[30][38] 军事科学院历史研究部:《中国抗日战争史》(上卷),解放军出版社,2005 年 4 月第 2 版,第 80 页,第 219 页。

[32] 蒋纬国:《抗日御侮》(第一卷),(台湾)黎明文化事业公司,第 31—32 页;转引自王树增:《抗日战争》(第一卷),人民文学出版社,2015 年 8 月第 1 版,第 31 页。

[33] 毕万闻:《张学良文集》(二),新华出版社,1992 年 2 月第 1 版,第 1155 页。

[34] 李书源、王明伟:《东北抗战实录》,长春出版社,2011 年 5 月第 2 版,第 33 页。

[35] 秦孝仪:《中华民国重要史料初编——对日抗战时期》绪编(一),(台湾)中国国民党中央委员会党史委员会,1981 年 9 月初版,第 317 页。

[36](日)古屋奎二:《蒋总统秘录》(第八册),(台湾)中央日报,第 152—154 页。

[39](日)古屋奎二:《蒋总统秘录》(第八册),(台湾)中央日报,第 152—154 页;转引自张秀章:《蒋介石日记揭秘》(下),团结出版社,2007 年 1 月第 1 版,第 486 页。

第三章
汪洋大海

7. 铁血义士

民族是一个神圣的词语，是千百年来形成的文化认同。

异族强盗野蛮侵占，不仅断了繁衍生息的根脉，对百姓而言是直接失去家园甚至生命。令人不解的是，百姓拿钱养活的政府却不许反抗。这既是广大百姓的不满，也是诸多东北军官兵的疑惑。

很少有人知道，在九一八事变那个夜晚，第一个留下姓名的牺牲者，是一个警察——供职于沈阳公安局商埠一分局南市场分所的警士高曙光。当晚 11 时，高曙光闻耗冒险前往管区东北大戏院门前窥探敌情，遭遇日寇，遂饮弹死亡，极惨。第二天，中国新闻记者孙华三冒险拍下照片，并题写"忠勇警士高曙光"的文字标识。

发生动乱时警察仍坚守岗位，与辽宁省警务处长兼沈阳市公安局长黄显声有直接关系。黄显声是深受张学良信任的将领，曾任东北军第一旅（卫队旅）旅长。九一八事变前，黄显声请示张学良同意，扩充各县公安队编制，把所属公安总队和各县警察编为 12 个总队。9 月初，经张学良批准，他将沈阳库存原东北军历次入关作战所获枪支约 20 万支尽数发到各县，发放范围至辽宁 58 个县。这批枪械为后来辽宁义勇军的创立发展打下了良好基础。[1]

九一八事变发生后，在黄显声指挥下，公安总队成为当时沈阳唯一未执行不抵抗命令的武装队伍，与日军展开巷战至 9 月 21 日。因势单力薄，武器落后，在关东军坦克大炮轰击下，公安总队伤亡很大，黄显声遂下令队伍有序经新民撤往锦州。

9 月末，黄显声开始组织抗日武装，分片召开各县公安局长会议，从各县抽调警察，与从沈阳撤出的公安武装一起，统编为 3 个公安骑兵总队，又将绥中、锦西、北票等县公安大队、分所警察和民团等，统编为辽宁公安总队，先后编成 8 个总队，约有三四万人。

只有 5000 万人的日本，面对 4.5 亿人的中国，虽野心勃勃，但终有蛇吞大象之困难；于是收买汉奸，实行中国人打压中国人，成为侵华战争的重要策略之一。

1931 年 10 月中旬，关东军重金收买了《国民日报》驻沈阳的特派员凌印清，给钱给枪，支持其成立所谓"东北民众自卫军"，凌自任伪司令。日军派出仓冈繁太郎等 15 人进入该部，指挥其对盘山、台安、辽中进行骚扰，窥伺锦州。

黄显声派出两个公安骑兵总队前往剿办，大败凌部伪军 8000 余人，将凌印清及日本顾问擒获，只留 1 人，其余均就地枪毙。对剿灭凌印清等的有功人员项青山，张学良奖现洋 5 万元，并委任其为东北民众抗日义勇军第一军司令。

九一八事变后第十天，张学良在接见北平各界代表，回答提问时说，"不抵抗主义"实是误会，事前为防日人挑衅，故令部队不抵抗，绝未料到后果如此。现各军已至相当地点，诸事均听命于中央。"我张学良如有卖国行为，请你们将我打死无怨。"[2]

此时，张学良的态度已转向对日"抵抗"。虽然蒋介石依然坚持依靠国联对日和谈，并于10月24日以南京国民党政府名义"向全国发电禁出排日法令"以媚日军，幻想其收手侵略行动；但张学良却于此前的9月27日暗中支持成立了"东北民众抗日救国会"，并对东北军部分将领参加群众抗日团体予以默许。

东北民众抗日救国会是由东北同学抗日救国会、东北同乡反日救国会、救国会3个抗日团体联合统一组成的，其宗旨是"抵抗日本侵略，共谋收复失地、保护主权"。东北民众抗日救国会实际上是在中国共产党的推动和领导下，由爱国人士和各阶层人民组织起来的民众抗日团体，其主要负责人中就有后来大名鼎鼎的红色国际特工、辽北省长阎宝航。

凌印清被剿灭后，日本关东军仍不死心，又挖空心思收买扶持了张学良的堂弟张学成。本庄繁亲自接见并委任其为"东北自卫军"总司令，加大扶持，使其拥有18个旅的番号。

张学成的父亲张作孚，任警察署长剿匪时饮弹身亡。张学成打小由张作霖抚养成人，曾任张作霖的卫队营长和奉系山东军阀张宗昌部的师长。

知道张学良很重视感情与家庭，民众抗日义勇军将预备刺杀汉奸张学成一事报给他，经同意后，派两支骑兵总队，将张学成及日本顾问击毙，并生擒伪旅长荣庭等多人。

12月14日，黄显声下令把辽西各县抗日武装收编为东北民众自卫义勇军，编成二十二路，基本中坚力量是黄显声带出的警察队伍。正是这支队伍，在向锦州且战且退途中，歼灭了凌印清与张学成的汉奸武装，并由此进行了扩军。二十二路义勇军少则一两千，多则万余人，共计6万余人。

九一八事变后的东北，尤其是吉、黑两省原有的警察系统遭到很大破坏。日军沿铁路线突进，收缴各地警察武装，捣毁警署，一些警察缴械投降。而辽宁省的大批警察被黄显声带上了抗日之路。在14年抗战中，涌现了许多抗日英雄与领导者，例如邓铁梅、赵庆吉、张凤岐等。他们都是警察出身。

1932年秋，黄显声所部改编为骑兵第二师，参加了长城抗战。1936年，黄显声被张学良任命为五十三军副军长兼一一九师师长。同年，黄显声被中共中央北方局吸收为特别党员。七七事变后，黄显声毅然拉出队伍，在漳河前线与日军激战。

1938年2月，黄显声被国民党特务秘密逮捕，先后关押于贵州息烽、重庆白公馆等看守所十余年之久。1949年11月27日，一代抗日名将黄显声将军，惨遭国民党暗杀，年仅53岁。但是，人民并未忘记他，这应当是"黄将军"出现在红色经典小说《红岩》中的原因。

邓铁梅，并非中共党员，却是中国共产党中央委员会（"八一宣言"）肯定的民族英雄。他也曾经是一位警察，担任过辽宁凤城县公安局长、牡丹江警察分署署长。九一八事变后，邓铁梅在凤城县揭竿而起，创建了以农民为主体的一支抗日队伍——东北民众自卫军，自任司令，队伍到12月份已发展至1500余人。

邓铁梅善战，有谋略。自卫军成立仅两月余，便夜袭凤城，一举震惊日军。凤城为重镇，驻日军守备队、自卫团、伪警察400余人。进攻前夜，邓铁梅已派出一批义勇军装扮成农民，潜入城内，并安排两支打援队伍策应。当夜，邓铁梅以大刀队为前导，重兵围攻日军警备队，旨在击溃伪警察。

战斗自午夜打响，至翌日凌晨4时，自卫军已毙伤日伪军50余人，捣毁了伪县署、公安局，砸开监狱，释放出 100 余名被捕爱国志士，同时缴获步枪 300 余支，轻机枪 3 挺，迫击炮 2 门及大批弹药。待敌增援部队乘铁甲车赶来时，邓铁梅指挥部队早已从容撤出县城。

邓铁梅"夜袭凤城"是辽东地区抗日队伍抗战的重要战斗，虽非大仗，但对日军心理却是一次沉重打击。《盛京时报》载文惊呼："安奉线匪警频仍／凤凰城被袭焚／通信断绝形势严重。"遭袭的凤城火车站长事后仍心有余悸："从那以后，大约一周左右根本不能入睡。"[3]

邓铁梅一战威震敌胆，引起东北民众抗日救国会与共产党的关注，救国会派出东北大学学生苗可秀，到邓铁梅部任总参议兼军官学校教育长，中共满洲省委常委邹大鹏也到邓部任政务处长。二人的加入，对这支队伍发展起了很好的促进作用。邓铁梅提出了"抗日救国，保民第一"的口号，制定了严格保民纪律，部队十分注意搞好群众关系，被百姓称赞为"冷饭队"。能有如此格局，对于一个旧警察出身的义勇军首领来说，实属难得。其下部队发展很快，最多时达 1.5 万余人。

因仇恨日伪军的猖獗，邓铁梅率部不断出击。1932 年 5 月，邓铁梅率部在卡巴岭智歼伪骑兵 1 个连；7 月，再袭凤城南之龙王庙镇，毙伤敌 100 余人；8 月，又会同友军及庄河大刀队协同作战，使安东、凤城、庄河等县方圆数百里农村成为义勇军之天下；10 月，面对重兵围剿，于 20 日突发奇兵夜袭黄土坎，毙伪营长李怀臣等 10 余人，围遂解；11 月，会同友军 2500 人围攻大孤山镇达 20 余日，致敌弹尽粮绝；17 日，又击毙伪军营长赵书怡。12 月中旬，日军调重兵"讨伐"，邓铁梅率部与日军巧妙周旋，于 12 月底摆脱追剿的日军，突然奔袭岫岩县文家街、红花岭，并攻克尖山窑，粉碎了日伪军的第一次"讨伐"。

打不赢就重金收买。其间，伪凤城县日本参事官友田俊章、警务指导官白井成明一行 6 人，曾信心满怀地前往邓铁梅处进行劝降。日本人太高估自己刺刀的威力与金钱的魔力，低估了中国人的抗战意志，以及烧杀掠夺在中国人心中铸就的仇恨，因而付出了惨重代价——愤怒中的邓铁梅下令将劝降者 6 人全部处决。[4]

自 1933 年春起，日军在一年多时间内对邓铁梅等诸路义勇军，连续进行了 4 次讨伐，义勇军陷入困境。此时，恰逢邓铁梅患重病离队养伤，由于汉奸出卖，不幸被捕。对赫赫威名的邓铁梅，日军曾企图收买利用，邓铁梅题诗"五尺之躯何足惜，四省失地几时取"以明志，严辞斥敌以拒绝。1934 年 9 月，邓铁梅在沈阳被秘密杀害，时年 42 岁。

在东北抗日义勇军抗战史上，苗可秀的名字时常与邓铁梅联系在一起。苗可秀，辽宁本溪县人，本是东北大学文学院的高才生。九一八事变后被迫流亡北平，曾作为"东北民众赴京请愿团"负责人之一，南下南京请求国民党政府派兵收复东北。

苗可秀曾迷信国家主义，幻想国民党能使中国强大，加入了国民党。南京之行使他认识到，中国的事情还得靠民众的力量，因此，他毅然奔赴东北杀敌保家救国。

1932 年 8 月 13 日，邓铁梅的义勇军打下岫岩县城。除日指导官岗村逃脱外，城里几个日本人全被活捉，成了邓铁梅部的人质。义勇军派出苗可秀与日军谈判。一日本商人愿出 2 万双胶鞋赎出人质，邓铁梅与苗可秀提出要 20 万发子弹才将人质释放。围绕上述条件，双方进行了长达两个月的"谈判"。

日本人的算盘是"招抚"反日的义勇军，既节省了"大和男子高贵的鲜血"，又除了屡剿而不得的"匪贼"。疲惫至极的义勇军打算借"谈判"之机进行休整与补充，用邓铁梅的话是"戴个鬼脸找个阴凉地方喘喘气，若能搞些弹药立刻就反正"。为争得更多休整时间，苗可秀假意应酬，误导日伪当局，使"谈判"呈现"马拉松"状态，先从红旗堡谈到凤城；9 月初，又把谈判桌移到奉天。日伪方面参与"谈判"的人员级别不断提高，先是伪警处，再是情报处，后来是司令部：日伪多部门都贪图"招抚"之功。日本人误认为对方讨价还价，是想弄顶大大的官帽。

苗可秀觉得部队休整补充得差不多了，提出要回去同邓铁梅商定一切。县参事官友田俊章、警务局指导官白井成明等5个人，要求随苗可秀面见邓铁梅，揽下这天大的"功劳"。

两个月的周旋谈判，有利有弊。义勇军虽然得到了休整与补充，但毕竟是"戴个鬼脸"谈和的两个月，导致一些人认为抗战前途渺茫，想借机假戏真做。苗可秀认为，应当果断处置，借日本人的人头断了这些人的念想，此正合邓铁梅之意，于是有了5个日本人与1个随行翻译立马人头落地的一幕。

苗可秀本为饱读诗书的大学生，胸中谋略自然不乏，更可贵的是文质彬彬中不乏血性。面对恼羞成怒的日军的疯狂报复，苗可秀设伏鸹鸹窝，打死打伤日伪军多人。在夺取尖山窑之战中，苗可秀冒死爬上墙头，骑墙指挥，官兵大受鼓舞，一举攻克敌堡。

邓铁梅牺牲后，苗可秀另创少年铁血军，下设四路军，在凤城、岫岩、庄河等地坚持抵抗战斗到1935年上半年，是东北抗日义勇军坚持最久的几支队伍之一。6月中旬，苗可秀部40余人被500余日伪军包围，奋勇突出重围却负重伤。下旬，苗可秀在凤城乡下疗伤，因汉奸告密被捕。

敌人将苗可秀押到凤城，又用装甲车送他去安东疗伤。苗可秀说："你们休想从我嘴里得到任何东西，也用不着假惺惺来这一套！"在凤城南山沟，苗可秀被绑在一棵松树上。一个日本军官说："你打死那么多日本人，他们的家属都要求对你处以极刑。如果你现在投降，还可以不死。"

苗可秀轻蔑地一笑："打死日本人是我的天职。抗日不怕死，怕死不抗日，你就来吧。"面对黑洞洞的枪口，他高声吟道："尔农松下折颈枝叶茂，可秀日久还田重复生。"

1935年7月25日，中国少年铁血军总司令苗可秀被日军杀害于凤城二龙山，年仅29岁。

苗可秀牺牲后，余部在阎生堂、白君实带领下继续转战杀敌。难能可贵的是，他们在极艰难的情况下，竟坚持抗战数年之久。阎生堂牺牲于1936年12月，而白君实一直坚持到1939年1月，被捕后英勇就义。但白君实殉国前说的话，却一直留到了今天："我活一天就当一天中国人，当一天鬼奴也不干！"

邓铁梅、苗可秀等义勇军领袖，留给后人的，不仅有奋勇杀敌、重创侵略者的赫赫战绩，更有中华民族在面对异族侵略时，传承古今的大无畏牺牲精神与民族气节。

苗可秀在狱中曾分别给老师王卓然，同学张雅轩、宋忧修遗书两封。一是告诉恩师，自己的6岁儿子，须人教育，"拟名此子为苗抗生，勉其继余之志耳"。恳请恩师能将幼子教育成才。二是说明自己选择赴死原因："须知牺牲是兑换希望的一种东西。我们既然有希望，便不能不有牺牲。"[5]

苗可秀眼中的希望是什么呢？就是"重整山河"，赶走日本侵略者。为了这个希望，他认为牺牲自己是值得的。

赵庆吉，辽宁岫岩人，曾在辽宁凤城县警察局担任巡官。九一八事变后，目睹东北军之不抵抗，他愤而解职回乡，于1932年初组织60余人，宣布举旗抗日。在半年多的时间里，部队发展至150多人。同年，赵庆吉率部参加邓铁梅的辽宁自卫军，任第十二团团长，在岫岩、凤城、大孤山一带不断袭击日伪军。1933年初，部队扩编为旅后，赵任旅长，曾一度攻入凤凰城。

邓铁梅牺牲后，赵庆吉在苗可秀成立的铁血军中任第二路军总指挥，其参谋长便是妻子关世英。赵庆吉为满族人，使双枪，极勇猛。关世英本为传统女性，在随丈夫行军作战中，学会骑马与使枪，也使双枪，成为一位传奇式女指挥官。

他们的诸多亲属——赵庆吉的岳母、妻叔，包括儿子都被日伪逮捕，作为要挟他们投降的人质，最后均被残忍杀害。怀着国仇家恨，赵庆吉夫妻对日伪军展开了持续打击。

1932 年 10 月，赵庆吉部参加对大孤山伪军集团围攻战，毙伤敌 60 余人，之后掉头奔袭红花岭，打死日军守备小队长提岛及 2 名日本兵；1933 年夏，在鸡冠山袭击伪军驻地，获枪 27 支；1934 年，设伏白旗堡，击毙日警察署巡长、巡监、监督官 4 人。

1937 年 10 月，赵庆吉、关世英率 40 余名义勇军被日伪军包围。激战中，赵庆吉负伤。关世英上前抢救他时，被敌机枪击伤双腿，无法行动，大呼："我死了算什么，你带队冲出去……报国仇家恨！"遂留下掩护，命令卫士背赵庆吉突围。日伪军蜂拥而至，呼喊"抓住关世英，抓住铁血军参谋长！"关世英毅然饮弹自戕，年仅 22 岁。[6]

苗可秀及赵庆吉等义勇军抗战区域属于辽南，地靠大海，是关内接济义勇军的重要通道，因而也是日寇镇压抗日活动最严酷地区之一。1938 年 1 月，赵庆吉被偷袭负伤，治伤时不幸被捕。3 月，他在凤城镇西沟刑场被日军杀害，年仅 38 岁。[7]

赵庆吉、关世英这对铁血抗战夫妻，队伍最多时不过数百人，坚持到 1937 年时，已不足百人。每次参与作战歼敌的人数，多为几个、十几个，但他们的战斗从未停息，仅 1935 年与日伪军作战就达 30 余次。在几十万国民党军放弃抵抗、撤离东北之际，他们仅凭自己微薄之力，与强大的关东军血拼到底，直到流尽最后一滴血。这是笔者关注这对铁血夫妻的原因之一。

王凤阁，出身于教师家庭，幼读私塾，中学毕业后从军，任军官，因不满军阀混战辞职回乡。九一八事变后，王凤阁揭竿而起，组织了一支 200 余人的抗日队伍，成员主要是伐木工人，骨干多为中小学教师。

队伍拉起的第一仗是攻打柳河县城。举旗抗日，人心所向，一路上不断有人加入，一举攻入城内，捣毁伪县公署、日本驻柳河领事分馆，砸开监狱，放出政治犯。

攻下柳河县城，王凤阁即到县里电台向全国通电："凤阁生于斯土，不甘坐视国家之沦亡，本国家兴亡匹夫有责之义，号召同胞，共伸义愤，爰组织义勇军……此后拚掷头颅，牺牲一切，此头可断，此志不移……"[8]

王凤阁连打胜仗，队伍发展至近万人。在参加了唐聚五成立的辽宁民众抗日自卫军后，王凤阁的队伍被编为十九路军，并由他任司令。在日军强力镇压下，辽宁民众自卫军的一些方面军、路军首领，大多都进关了，但王凤阁不走，他要与侵略家乡的日本人拼杀到底。

教师家庭，自幼遍览群书，使王凤阁对战争的一般规律自有独特见解。1933 年起，他带领队伍在高山密林中修筑多处要塞作为根据地，设置战争后勤供应部门。凭借这些根据地，王凤阁的抗日队伍在极艰难的环境中坚持 6 年之久，发动的奇袭通化东江沿三分所、七道沟口袋战等名震一时。

在东北抗日义勇军中，队伍规模如此之大，如此熟悉地形且善游击，坚持抗战时间如此之久，如王凤阁者，实属少有。他本人被伪满政权称为"东边道的反满抗日匪巨头王凤阁"，敌人如鲠在喉，必欲铲除而后快。从 1936 年 10 月至 1937 年 3 月，日本侵略者出动重兵进行长达 5 个月的"大讨伐"，王凤阁几番苦战，终至粮尽弹绝，被敌捕获。

应当承认，对有影响力的英雄人物，日本人也是敬佩的，往往极力争取为己所用。日伪特务机关，在通化城最有名的"东江春"饭店摆下酒席，邀请各界名流为王凤阁"接风"。王凤阁略略一瞅，微微一笑，伸手掀翻了桌子。

也应当承认，无论有多大影响力的英雄人物，一旦不与日本人合作，他们的报复兽行残忍到令人发指。1937年4月6日，通化全城戒严。伪保长大清早便挨家挨户通知人们，要站到路边观看处决"反满抗日匪巨头王凤阁"。

刑场设在玉皇山下，日伪军前一天就在柳条沟挖了两个坑。王凤阁与妻子和3岁的孩子被押到坑前，妻子脸色苍白，两腿微颤地向丈夫靠拢。王凤阁鼓励她说："别怕，坚强起来！人不总有一死吗？这死值得！"

行刑的时间到了，鬼子让王凤阁下到那个大坑里去。他抬起头，站定，高声道："诸位父老弟兄们！诸姑姐妹们！我王凤阁通化生，通化长，就是我的小名大家也知道。为了中华民族的存亡，为了把日本鬼子赶出中国去，我和日本鬼子战斗了这些年，不幸被俘。现在我要和乡亲们永别了。希望大家不要泄气，一个王凤阁倒下去，还会有千万个王凤阁站起来！人心不死，国必不亡！乡亲们战斗啊！中华民族万岁！……"而后跳下坑去，昂首站立。伪军骑兵中尉用日本战刀将王凤阁斩杀。

这时，鬼子又叫他妻子抱着孩子下到那个小土坑去。她说，自己与王凤阁活着一处做人，死也要一处做鬼，抱着孩子跳入大坑。一个伪警先向她开了一枪，然后又向孩子开枪。头一枪未打死，孩子哇哇大哭，伪警又开了一枪，哭声又自坑中传出，直至第三枪响后，孩子的哭声消失了。[9]

8. 锦西不是北大营

唐聚五，1899年出生于吉林省双城县（现属黑龙江省），满族，原名唐福隆，字甲洲。张学良任奉军三旅旅长时，唐聚五因作战勇敢，被张提为军官，并送讲武堂深造，后任团附驻防凤城。

九一八事变，日军突袭凤城，团长被俘投降，唐聚五只身赴北平面见张学良，痛陈抗日意志。张学良感其忠义，升任他为团长。在东北军大部队陆续撤往关内情况下，唐聚五逆袭返回东北，收拢残部，联络各方。

1932年3月，唐聚五在桓仁举行秘密会议，与东边道各县代表30余人共商成立辽宁民众自卫军。4月下旬，自卫军总司令部举行誓师大会，推举唐聚五为总司令，下辖十八路义勇军。唐聚五发表了誓死抗日通电："聚五等份属国民，兴亡有责；职为军人，尤须杀敌，今而不举，更待何时？"说着，取出锐刀，划破中指，血书"杀敌讨逆，救国爱民"八个大字。[10]辽宁民众自卫军总兵力达3万人。

1932年5月，桓仁、通化、新宾等县相继被义勇军克复，唐聚五指挥自卫军开始向日伪控制地区进军。日伪军调动了3000余人，进逼新宾。驻守新宾的自卫军第六路李春润部，设伏于新开岭与老城，一战击毙伪军少校刘芷藩以下官兵数十人，随军日本顾问大冢农昔也被击毙。

8月间，自卫军第九路包景华会同李春润、王凤阁部，大闹沈（阳）海（龙）线，扒铁路，断交通，先后攻克南达木、营盘火车站，围困海龙县城50余日，致城内日伪守军几乎弹尽粮绝。

更难能可贵的是，部分义军首领在国难当头之际，捐弃党派偏见，只要是主张抗日，便予以认可接纳，表现出伟大的民族胸怀。

包景华，系黄埔军校四期生，曾任国民党奉天党务特派员、辽宁省党务指导员，因派系之争被免职。九一八事变后，蒋介石仍然顽固坚持"剿共第一"的国策，在众多国民党军政机构及官员极力反对、排斥共产党的情况下，包景华的民众自卫军第九路，却允许共产党人到部队开展活动，允许共产党员担任领导职务，还允许在部队中建立共产党组织。共产党员王仁斋与刘山春就是这样进入这支义勇军队伍的。

大部义勇军溃散后，包景华所部没有像有些部队那样，或散伙，或进山为匪，而是在王仁斋、刘山春带领下，组建了中共海龙游击队，后编入杨靖宇领导的东北人民革命军第一军第一师。[11]

包景华的民族情怀得到了人民的认可：中华人民共和国成立后，他被辽宁省政府聘为省政府参事。

王仁斋、刘山春均为山东省人，都是在1929年加入中国共产党的。他们从山东老家北上东北参加抗日斗争，入党早期均从事地下秘密工作。在义勇军大部溃散后，他们继续领导组织民众开展抗日武装斗争。王仁斋1936年任东北抗日联军第一军第三师师长，于1937年在战斗中牺牲。刘山春1933年任中共海龙游击队政委，1933年也牺牲于战斗中。两人牺牲时都甚年轻，王仁斋31岁，刘山春年仅22岁。[12]

民众自卫军第十一路军司令梁锡福也是一位传奇人物。他本是农民出身，行侠仗义，自幼加入大刀会，练就一身好武艺。九一八事变后，梁锡福以大刀会形式招收队伍，举旗抗日，其队伍被编入唐聚五民众自卫军第六路李春润部的武术大队。部队打出威风的第一仗，是在1932年5月伏击入侵新宾的日伪军。当敌人进入伏击圈后，梁锡福手持大刀率众突袭敌群，当即斩杀敌连长1人，排长2人及20余伪军士兵，连日军顾问小原也稀里糊涂成了刀下之鬼。梁锡福乘威势奋勇追击，又斩杀敌军十数人。一时间，大刀会声名鹊起，敌人闻之丧胆。

6月初，乘收复新宾之声威，梁锡福部奉命向清原挺进。8日，大刀会兵分三路涉过浑河，以迅雷之势杀向清原县城。这一天正是农历端午节，清原百姓见到久闻大名的大刀会，纷纷拿出粽子上前劳军。此战自卫军虽缴获了4门迫击炮，但惯耍大刀长矛、全凭不惧流血牺牲的勇猛会员们却不会使用。尽管两天战斗伤亡会员100余人，队伍仍斗志昂扬。

鉴于大刀会屡建奇功及打出来的赫赫威名，辽宁自卫军总司令部将梁锡福部扩编为第十一路军，梁锡福任司令。十一路军编为4个步兵团、1个警卫营、1个骑兵连，共2000余人，武器除一些杂牌枪械外，其余全是大刀、扎枪。

1932年9月15日，梁锡福率部攻打抚顺，路经平顶山后，又奔向东岗等地。其间，部队打死杨柏堡炭矿长渡边宽一、自卫团长平岛善作等数人，烧毁了杨柏堡采炭的工场及老虎台事务所、安全炉室、卷扬场等设施。

一支手执大刀长矛的农民武装，居然能够突破日军重兵防守，冲入市区，破坏日军严密防守的矿井设施，搅扰得日军惊恐万状，丑态百出。这不仅是日军经济上的严重损失、军事上的重大失利，而且是政治上的一次重大挫折。

日军夜间未敢出击，自第二天白天起，开始对平顶山手无寸铁的无辜百姓进行大肆屠杀、报复，制造了平顶山惨案。亲历者方树荣说：

> 平顶山惨案前我家共有八口人：爷爷、奶奶、父亲、母亲、姑姑、两个弟弟和我。平顶山惨案后，只剩下我一人。
>
> 一九三二年农历八月十五晚上（中秋节），我听到外边有喊"杀""杀"的声音，当时我很害怕。第二天，我和弟弟在门

口玩，看见很多汽车载着戴铁帽子、扛枪的日本鬼子，我问我的祖父："爷爷，那是什么？"我父亲看情况不好，乘机翻墙逃走，鬼子就"啪"的一枪把我父亲打死了。接着鬼子就连推带拉，把人都赶到山顶，说要给我们照相。到了山上，妇女、小孩有的坐在地上，有的站着，鬼子就向人群开枪。我爷爷抱着我，把我压在身底下，这时我昏迷了。后来我睁开眼一看，只见我的爷爷、奶奶、弟弟……都被打死了，我母亲的头被打破了，白白的脑浆流了很多，两岁的小弟弟还在我母亲身边爬着叫："妈呀！妈呀！"鬼子用刺刀一扎，往远处一摔。这时，我一动也不敢动……[13]

惨案亲历者杨占有说：

这时我抱着四岁小女儿杨玉英，子弹就从我的左胳膊穿过去，我倒下了。我眼看着我妻子、孩子、嫂子都被打死，他们的尸体压在我身上。我就假装死了。屠杀进行约有一个多小时，鬼子要走了，看见还有人没有死，又用刺刀把受伤未断气的人扎死，刺刀从我的腰边扎过，幸好未扎中要害……我从尸体中挣扎起来，扶起我的两个姑娘。只见我的妻子和姓顾的老婆子的肚子都被剖开，七八月的婴儿及大肠流在地上。我背上四岁的小女玉英，手里领着七岁的姑娘玉凤，血从我的脸上淌下，眼泪从眼眶中涌流下来。两个姑娘也在哭着，叫着，妈呀！妈妈呀！

当时有的人不愿上山来，就躲在自己的房子里，鬼子干脆就点起火，把房子烧光，没有出来的人也全部被烧死了。第二天，鬼子叫了很多朝鲜人，用铁钩子把尸体钩在一起，浇上汽油，用火烧掉。我的七弟杨占岸，哥哥杨占远因胳膊、腿部受了重伤，已爬离开死人堆很远，被发现后也钩回去活活烧死了。

我一家原有二十四口人，这次惨案中就被杀死了十八口，剩下了六个人。这血海深仇终生难忘。[14]

平顶山惨案是日军抚顺守备队长川上精一指挥的一场灭绝人性的大屠杀，致使平顶山及附近区域 3000 余人死于非命。[15]

在世界诸多军队中，信奉武士道精神的日本军队的残暴嗜杀之血腥，令人发指。这是中国人民顽强浴血抵抗的重要原因之一。

1932 年 9 月 25 日，即平顶山惨案发生 10 天之后，蒋介石召令在赣各将领赴庐山会商第二步"剿共"计划，要求各部"须抱'有匪无我，有我无匪'之决心"，奋勇"剿灭"红军。[16] 中国政府与军队，打击重点仍然在红军，而不是日本人。

但也不是一点点气力不出。11 月，国民党政府外交部发表《就平顶山惨案问题向日本政府提出抗议》，[17] 算是打了一通嘴仗。12 月 12 日，蒋介石"偕夫人回奉省亲"。

平顶山惨案发生后，梁锡福失声痛哭，自恨未能攻下抚顺，杀尽日本侵略者，致使百姓遭此大难，发誓此生只要还有一口气在，必与日寇血战到底。

1932 年 10 月中旬，敌兵出动 3 万多日伪军，动用飞机、重炮、坦克等重武器向辽宁民众自卫军发动空前"大讨伐"，梁锡福部为日伪军重点"讨伐"对象，自卫军遭敌重创，几乎溃散。梁锡福潜入北平找东北民众救国会资助。有人劝他，东北危险，不如留在北平找点儿事干。

梁锡福说："东北同胞正在受难，我在这儿怎么能待得下去？打不走日本鬼子，我什么也不干。"得到一笔经费后，梁锡福再返东北，重召旧部，又组织了一支百余人的队伍，在险恶情形下，坚持不断打击敌人。

1936 年，梁锡福在新宾县被大批日伪军包围，激战中壮烈牺牲，年仅 33 岁。

2015 年，中华人民共和国民政部公布第二批 600 名著名抗日英烈和英雄群体名录，梁锡福名列其中。

1932 年 1 月 9 日，日军第十九师团混成第三十八旅团骑兵第二十七联队长古贺传太郎，率 80 余名骑兵出了锦西县城，向龙王庙地区扫荡。出发前，汉奸县长婉言劝说："城外义勇军太多，出城危险。"

古贺传太郎狂言道："几十万东北军都望风披靡，几个老百姓算得了什么？是不堪一击的。"古贺所言不虚，但他有一点并未弄明白，国民党政府和军队拍拍屁股走掉的地方，正是老百姓世代繁衍生息的家园，无处可走的老百姓是要拼命的。

古贺扫荡的地方，正是义勇军第三十四路刘纯启部的活动区域。古贺一出动，情报便被刘纯启获知。他遂派出千余人埋伏于古贺必经之路上的坡子村，自己亲率 500 余人埋伏于西园子村，以切断古贺回城之路。

当古贺率队扬扬得意到达上坡村时，义勇军奋起攻之。古贺当即命令反攻，却不料陷入义勇军三路夹击之中。古贺招架不住，慌乱退却，其先头部队石野小队试图迁回龙王庙，遭 300 余名义勇军痛击，石野重伤毙命。

在刘纯启部与古贺酣战的同时，另一路义勇军乘锦西空虚，一举攻入城内，守城的村上中尉惊慌不已，军曹武川美直当场被击毙。惊魂未定的古贺，忽然接到锦西遭袭的报告，遂率部向县城回审。当其抵达西园子村时，埋伏于此地的刘纯启一声令下，日军纷纷中弹落马。

古贺传太郎，毕业于日本陆军士官学校，曾参加过日俄战争，久经战阵。遇袭后，他急率一部日军夺路冲出包围，没想到逃到村东口时，早已埋伏在公路旁碉楼内的12名义勇军一齐开火，古贺当场翻身落马。日军在野口茂三中尉指挥下，力攻碉楼。密集的子弹击中他的头部，使其当场毙命。残余的日军勉强逃入锦西，和攻入城中的民团发生巷战。由于第二天日军援兵赶到，民团退出锦西县城，使日军未被全歼。

古贺在出发扫荡前，命令松尾秀治少尉率一部辎重兵从锦西去往锦州。途中行至钱搭屯时，松尾部队陷入义勇军千余人重重包围之中。两小时激战，松尾以下25名日军全部毙命，大批车辆、马匹、枪械、弹药被义勇军缴获。

锦西不是北大营。

没有正规军番号的民团，却让日本军队见识了中国人的真正血性。锦西之战，古贺联队共被击毙50余人，伤30余人，其中少尉以上军官7名。被日军誉为"大和武士精华"的古贺联队遭此重创，日军哀叹："这实在是满洲事变以来最大的悲惨事件。"

据著名军史专家萨苏先生考证，击毙古贺传太郎的武器为当年清军普遍使用的半制式火器——抬枪。因多年使用，这种抬枪逐渐产生了一个特殊改型，即霰弹型抬枪，使用铁砂为弹。打中古贺这两枪，虽然瞄得不太准，也足以致命：一枪弹丸打穿了古贺的肩部，从后背穿出；另一枪正中其腰部，造成大面积伤口，血流如注。古贺身边的一等军医立花中尉，对这样的伤也爱莫能助。当天下午古贺死去。[18]

武器装备是东北抗日义勇军抗战的瓶颈，大大限制了军队战斗力。辽东抗日义勇军第一路司令张海天（报号"老北风"）拆卸日俄战争中搁浅在辽东湾的俄军舰废炮，重新改装成前膛炮使用，竟然成了义勇军的重武器；上述梁锡福的大刀会，也曾有一门土制"榆树炮"。为了把侵略者赶出去，东北抗日民众把什么办法都用上了。

在整个东北抗战过程中，消灭日军一个联队长，应当算是不小的战果。在东北抗日义勇军风起云涌的两年多时间，丧命锦西的古贺传太郎绝不是孤例。在古贺丧命不久，一个名叫森秀树的联队长，即步其后尘，被中国的大刀片，"咔嚓"砍掉了脑袋。

九一八事变后，日军从安东经大孤山向庄河进攻，并占领了县城。庄河大刀会纷纷举刀抵抗。至年末，大刀会已发展到3000余人，控制了全县一半地区。如火如荼的大刀会，成为日军的眼中钉。1932年12月中旬，森秀树率部前来"围剿"。

斩杀森秀树的，是一个名叫鞠仁卿的年轻人，毕业于奉天高等警官学校。九一八事变后，义愤满腔的鞠仁卿回到家乡庄河，组织创办了大刀会邱家沟团，应当算作庄河大刀会所属的一部。他捐出家中几十石粮食和上千元钱作为大刀会活动经费，请来10余名武师，教练部众武术。由于大刀会邱家沟团办得如火如荼，当年秋季，庄河各村庄大刀会成立总团"联庄自卫团"，鞠仁卿便被推举为联庄自卫团的参谋长。

森秀树，毕业于日本陆军士官学校，1930年晋升为骑兵大佐，担任伪满洲国靖安军游击第十三联队联队长。12月15日，在森秀树带队向庄河"讨伐"的途中，夜宿一个只有几十户人家、名叫土城子的屯子。

这个情报被大刀会邱家沟团团长娄子敬获悉，娄子敬立即将其报告给鞠仁卿。鞠仁卿传令联庄各团迅速赶往土城子，几千人将森秀树所部围了个水泄不通，并趁夜色，突然对其发起猛烈袭击。

森秀树同古贺传太郎犯了同样的致命错误，在行军途中居然分了兵。他这一路仅有骑兵160余名，且多数是伪军。战斗打响后，伪军纷纷上马逃命。大刀会一路杀进森秀树的指挥部，毙伤数十人，缴获颇丰。

森秀树与几位日军另住在一村民家中，仓促中边打边试图突围。

大刀会会员对其实施分割围攻,先是击毙森秀树身边的 4 名警卫日军,森秀树见状企图翻墙逃走。大刀会会员赵义举长矛一枪刺中其臀部,森秀树应声落地。鞠仁卿抢上前去,一刀砍下其头颅,然后示众。

值得一提的是,森秀树被斩杀过程有些怪异,军服被砍坏多处,前胸后背却毫无伤损。事后发现,他衣服里居然有一层"铠甲",很可能是日军第一代防弹服。[19]

森秀树战死后,被特晋一级为"满洲国"陆军少将。这次战斗后,日军派重兵对庄河大刀会进行血腥报复与屠杀,娄子敬等多名大刀会会员英勇战死。鞠仁卿后改名字为鞠抗捷,1938 年加入中国共产党,中华人民共和国成立后,曾任中国计量研究院院长。

9. 无政府之抵抗

严酷的现实刺痛了张学良,他对执行"不抵抗政策悔之晚矣"。为此,他全力支持救国会。许多他不便出面的事,都通过救国会出面。例如,调拨现款与物资,由东北民众抗日救国会转交东北抗日义勇军。仅 1932 年 11 月,就有 20 余吨军用物资转给义勇军第二、三军团,由义勇军首领李纯华率队由海路运往辽东。这批军用物资计有山炮 4 门、重机枪 4 架、轻机枪 4 架、炮弹 2000 发、手榴弹 5000 个、小枪子弹 30 万粒、无线电 1 台、被服衣帽两三千件及其他。

九一八事变后,日军很快侵占了辽源,进犯通辽,加紧实施"满蒙政策"。他们联络部分蒙古王公密谋,成立以蒙匪甘珠尔扎布为首领的伪蒙军。

东北军事训练委员会少将组长高文斌急赴北平,建议张学良对"蒙古自治军"中有抗日意向的将领进行宣抚,举旗抗日。张学良甚是赞成。当时，哲里木盟各族统领中，有包善一、韩色旺、李胜、刘振玉4支人马最为强壮。高文斌先说服李胜、刘振玉两统领，并带二人去北平面见张学良。

张学良即委任二人为辽北蒙边第一、第二路骑兵司令，同时成立"辽北蒙边宣抚专员公署"，由高文斌任公署专员，并委派东北民众抗日联络员黄宇宙，持自己亲笔信出关赴辽联络抗日志士。专署成立后，高文斌又派人说服了包善一、韩色旺二人，挫败了日军"蒙古独立"的阴谋。

1932年初春，日军大佐松井清助率日军四五十人，在甘珠尔扎布部500余伪军配合下，进犯开鲁，企图一举摧毁辽北蒙边专署，消灭辽北抗日武装。蒙边骑兵第二路司令刘振玉获悉情报，即会同热河驻军崔旅长部，两队共600余人，埋伏于开鲁之东抬头营子附近。日军进入伏击圈后，刘振玉以百余骑兵风驰电掣，从侧部冲杀过来，将其拦腰切断。甘部伪军先作鸟兽散，日军遂成困兽，被击毙十数人。松井大佐逃窜不及，被生擒。松井为煽动"满蒙独立"的核心人物，挑拨离间汉蒙关系，制造若干血案，士兵恨之入骨，当即将其处决。

日军受重创后，又集结700余人，攻击开鲁，以施报复。刘振玉率部于王家油房阻击，由拂晓战至黑夜，虽重创日军，但因弹药不足，渐渐不支，遂撤退。

80余名日军凭优良武器攻入王家油房。担负掩护任务的一个连队人马奋勇拼杀，弹尽则拼刺刀，或以砖头石块与敌恶战。双方战至次日夜，日军80余人逃生6人。义勇军70余人，仅剩5人，余皆战死。日军遭此打击，退回通辽。[20]

1932年5月，辽、吉、黑、热四省民众抗日后援会在开鲁设立分会，把辽、热两省划为5个军区。高文斌兼任东北抗日义勇军第五军区司令，管辖区域为辽西、辽北20余县。高文斌既将包、韩、李、刘改编为一、二、三、四梯队，又将解国忧、刘海泉两部民团武装收编为五、六梯队；尔后展开对日寇的主动进攻战——组织攻打通辽和辽源县城，并收复了康平县城。

6月，高文斌指挥刘振玉、解国忧两个梯队计5团人马进攻通辽。进攻队伍分两路：一路由高文斌率800余人攻打西门，张扬声势，目的是调虎离山，诱敌于城西；另一路由刘振玉、解国忧率2000余人主力从东门杀入。此计果然奏效。战斗自拂晓打响，至上午7时，义勇军已攻占了城东、西、北三门及街道。下午3时，敌军全部被压缩至马道尹府日军司令部高墙大院内。

解国忧即组织200人敢死大刀队，用胶皮缠住刀把（绝缘），砍断电网，翻墙冲入院内，砍杀日军60多人。战斗至晚9时，因弹药不足，且无重火器与炸药，无法炸毁敌炮楼，义勇军无奈抱憾撤回。

辽西、辽北义勇军波澜壮阔的抵抗运动，沉重打击了日军，使其寝食不安。1932年末，日军纠集大批日伪军向兴城、绥中一带进军，疯狂扫荡辽西义勇军各部。义勇军各部伤亡惨重，分散突围后，大部退往关内。同时，日军第十六旅团及伪军数千人向辽北康平扑来，意在一举消灭义勇军高文斌部。

11月下旬，高文斌部陷入日伪军重重包围，激战5昼夜。高文斌下令各部向开鲁方向转移，亲率余部掩护，陷入敌人重围，不幸被俘。所部队伍逐渐分化、溃散。

刘振玉、李胜率部前往察哈尔，加入冯玉祥"抗日同盟军"。谢国忧在日军占领开鲁后被日军诱骗杀害，部下溃散。韩色旺被日寇捕获两次，始终正气凛然不动摇，最后死于辽源狱中。[21]

沈阳北大营的惨败充分证明，面对手持屠刀的敌人，"不抵抗政策"就是一剂散骨的烈性"泻药"，使数十万正规军瞬间丧失了军人应有的战斗力。但是，确有少数东北军官兵，未执行"不抵抗"命令，奋起抵抗，给日军以沉重打击。历史不应忘记他们。

九一八事变发生后的第二天，1931 年 9 月 19 日，驻守长春的东北军官兵同样是一群刚烈而血性的军人。

长春驻军主要驻扎在南岭。1907 年，清政府调北洋陆军第三镇出关，在此修筑兵营，统称为南岭大营。东北军驻扎时期，大营占地 30 万平方米，火炮可直接覆盖关东军守护的南满铁路。张作霖与张学良父子都曾派人或亲自来此检阅过驻军。

九一八事变前，此处驻防部队为二十五旅六七一步兵团、东北炮兵第十团，总兵力近 4000 人。其炮兵团拥有野炮 36 门，实力雄厚，颇为日军忌惮，因而是九一八事变的策划者板垣征四郎与石原莞尔第一批夺取的目标之一。

鉴于沈阳北大营的轻松得手，9 月 19 日凌晨，日军仅用驻防长春第二师团第四联队的一个大队，向南岭发起攻击。但是，南岭不是北大营，日军为其骄横轻敌吃了大苦头。

得到日军进攻的消息，守军立即上报，收到的却是决心降敌的长官公署参谋长熙洽的"不抵抗"命令。日军进入兵营迅速占领炮兵一营营地，仅 15 分钟就将其所属 16 门大炮全部破坏。见此情景，守军怒发冲冠，强夺军械库武器反击日军。炮兵二营营长张瑞福少校命令部属，将山炮对准日军向前运动的密集队形，以榴霰弹近距离射击，给日军很大杀伤。占据兵力优势的东北军官兵，很快将冲进营区的日军打了出去。

上午，日军的攻击又增加到两个大队，仍然占不到便宜。

战至中午，日军驻公主岭骑兵第二大队又赶来增援。同时，关东军司令官本庄繁下令从旅顺开来步兵第三十联队，从海城开来野炮第二联队第二大队，加入对南岭大营的攻击，攻守双方一时众寡悬殊。

熙洽乐得日军取胜，不发一兵一卒援军。南岭守军战至下午 4 时，见后援无望，乃焚毁弹药库所有弹药后突围，日军始得攻占已成废墟的南岭大营。[22]

应当承认，长春守军最终都实施了坚决抵抗，不过在突临大敌之际，也曾有过片刻的犹豫与彷徨，吃了大苦头之后奋然反抗，仍不失为血性而刚烈的军人。

长春城外宽城子兵营是重要驻兵基地，守军为东北军第二十三旅六六三团第二营，共600余人，营长名为傅冠军——典型的"不抵抗"命令的受害者。

9月19日凌晨4时30分，日军第四联队主力第一大队，机关枪中队、步兵与山炮小队，对宽城子兵营不宣而战。

守军被打了个冷不防，迅速将棉被淋湿，堵在窗口充当掩体仓促应战，结果日军破门而入。傅冠军先是同日军交涉——事前数次接到上峰"力避冲突"的严令，傅营长未敢抗命硬顶，只想守住最后一条底线——为避冲突可以撤出兵营，枪不能缴，那是军人第二生命。

傅营长以为，崇尚武士道的日本人应当答应自己这个要求，因为自己先退一步，表示同意撤出兵营。日本人的"回答"是当即开枪射击。傅营长当即中枪，不久后身亡。

看见营长中弹倒地，守军群情激昂，立即持枪反击，密集弹雨将闯入的日军打出门外。由于宽城子营区没有战壕，守军临时以坚固的俄式营房充当掩体与日军对峙。

日军突然袭击，兵力上占有优势，装备精良，傅营长所部仓促应战，群情激昂，竟然将日军一个联队硬生生挡在门外。早晨6时30分左右，日军仅占领东侧营房一角，后续部队通过开阔地时，遭守军猛烈火力阻击，进展缓慢。两小时后，日军派出一个小队向营房后迂回，被守军识破，迂回部队指挥官熊川少尉被当场击毙。

日军之所以急于占领此处，是因为宽城子兵营扼守着长春的北大门。此时的日军指挥官一定后悔，若是开始时同意了傅营长撤出，自己早就完成了此次任务。直到上午 10 时后，赶来助战的日军携带 3 门大口径平射炮，才占据优势，但仍然攻不进营区。

此时，长春警察分署署长孙佩琛奉熙洽之命，带"避免冲突"急令，前来劝守军撤出。宽城子二营守军失望已极，乃于 11 时冲出军营突围。

9 月 26 日，日军公布了长春之战中伤亡情况——显然是经过大大压缩了的数字：亡 66 人，伤 105 人，共计伤亡 171 人。[23] 其中战死者有陆军少佐仓本茂，重伤者有步兵中佐小河原浦治、少佐鹿野新一郎。

长春一役给日军造成如此重创，主要原因是：守军顽强抵抗，且在武器装备上与日军并无多大差距；从总体兵力上看，东北军绝对多于日军好几倍。如若东北处处皆是南岭大营与宽城子，如若南岭大营与宽城子不是孤军作战，日军怎么能肆虐于这块土地？

写到此处，不禁再次喟叹，东北军如此雄厚之兵力（20∶2），如此精良之武器，为什么总体上如此温顺如绵羊？"不抵抗政策"把东北坑惨了！

都说军人以服从命令为天职，但是有血性的军人不是简单服从的工具，在上级命令面前，一定要做出有骨气的正确抉择。

吉林省的抗日义勇军，主要以驻省境内原东北军组建而成，组建过程中，吸纳了一些民众与绿林武装。

九一八事变前，吉林东北军兵力为 9 个旅、1 个卫队团，总兵力达 6.5 万人。[24]

事变当时，因省府主席张作相不在吉林，临时代行军政大权的熙洽，在日本人支持下，成立了伪吉林省政府。在日伪大兵压境与高官厚禄的诱降下，吉林东北军迅速分化为抗日义勇军与投敌附逆军两部分。

由熙洽亲自掌握（含散兵游勇与"胡子"）的原有兵力 5 万人，投降兵力约 4 万人，投降日期为 1931 年 9 月 28 日。[25]

在吉林东北军一片倾倒附敌的大势下，1931 年 9 月 24 日，吉林依兰镇守使兼二十四旅旅长李杜，以区区一旅之兵，奋起反抗。李杜在东北军将领中颇有威望，曾因军功升为东北军第十五师中将师长。第二次直奉战争时，因拒绝入关打内战，被张作霖降职。熙洽成立伪政府，曾以伪公署参谋长一职劝诱李杜降日。

在决定举旗抗日的讨论会上，李杜对军人的天职做了新的阐释："守土抗战，保国卫民是军人的天职。现在国难当头，大敌当前，军人不能苟且偷生，除了奔赴疆场……再无别路可走。"[26]

李杜下令所辖各地设自卫团督办处，训练民众，登记民枪，决心以武力保一方民众平安。同时，他暗中侦察，将通伪的六六七团团长及桦川县县长撤职，并严令所属各县不许将税收交予伪政权。一时，竟在依兰周边创造出一片"净土"。

李杜举旗抗日后，获得了吉林东北军第二十六旅旅长邢占清、二十二旅旅长赵毅响应。第二十五旅旅长张作舟原驻省城吉林市，省城被日军占领后，他全部撤至榆树，宣布抗日。

吉林东北军长官公署卫队团团长为 32 岁的冯占海，所部 3000 余人，装备精良，训练有素。九一八事变后，冯占海成为日伪争取的重要目标。熙洽曾对其 3 次劝诱，先是派伪长官公署参议携自己亲笔信，许官为"护路司令"，继而又诱以"送往日本留学，先发数万元留学费用"等等。冯占海慨然回绝："占海身为中国人，只知效命国家，对于卖国求荣之辈，决心与之周旋，虽是亲友亦在所不顾。为此，占海将生命置之度外，何况身外浮物耶？"[27]

冯占海将省府大批军械悉数带走，移师省城吉林附近官马山、三家子一带。日军甚为忌惮，派天野旅团骑兵进驻口前车站，以防冯占海进攻吉林。

日本关东军制造九一八事变后，就全面侵占东北步骤上，同军部意见不一致，并发生争执。日本军阀虽然疯狂，但不乏个别清醒者。9月20日，日本军部作战部次长建川美次少将，对关东军司令部参谋课长明确表示，鉴于"中东铁路的性质和目前一般形势"，可以"不向长春以北派兵"。[28]

什么是"中东铁路的性质"？

1905年，日俄战争次年签订的《朴茨茅斯和约》中规定，以长春为界，以南的南满铁路属日本，以北的中东铁路属俄国。日本人清楚记得，为保证这条铁路的占有权，苏联曾于1929年8月调集重兵，在飞机、军舰配合下，与张学良6万大军大战近百日，迫使张学良"恢复中东铁路原状"，即由两国共同管理。[29]

所谓"目前一般形势"，日军军部认为，以目前关东军区区几万人，对付"绵羊般"的东北军尚可，可对付强大的苏联，并不具备条件。为防止关东军贸然行事，11月2日，总参谋长金谷范三特向关东军发电命令："如向远离嫩江的北满出兵，无论有何项理由，非经我批准，都不许出兵。"[30]

当时，黑龙江省会设在齐齐哈尔。哈尔滨属吉林省境，是中苏共管的中东铁路总枢纽，也是北满最大的国际贸易市场。因此，哈尔滨作为一块诱人垂涎三尺的肥肉，虽有日本军部的严令，关东军不便公开招惹苏联，但若由中国人代替出头，当没问题。

于是，日本关东军便让熙洽出面，支持早已被撤职的原东北军骑兵第十六师师长于琛澂为吉林省"剿匪军司令"，编成8个旅伪军，每旅派日军1个小队监军，进攻哈尔滨。

为拱卫哈尔滨，10月下旬，冯占海率部向舒兰、五常方向挺进，一路受到热烈响应。吉林东部一带活动的绿林宫长海、姚秉乾部加入抗日队伍，冯部声威大震。

为否定熙洽伪省政府，11 月，张学良委托诚允组织吉林省临时政府。政府成立后，诚允为吉林省代主席，李振声代吉林边防军副司令，丁超代护路军总司令，冯占海为吉林警备司令兼新编第一旅旅长。[31]新的吉林省政府成立，恢复了对吉林并松花江下游 28 个县的管辖权。

舒兰与榆树为进犯哈尔滨的必经之路。面对来势汹汹的两旅伪军，冯占海诱敌深入，先行放弃舒兰，退往内城。进入舒兰的伪军冯锡麟旅遂志得意满，追击冯占海部。

冯占海命姚秉乾部正面阻击，命宫长海佯装败退至五常，绕敌后包抄。在姚、宫两部展开后，冯占海率军从阿城杀来，三路夹攻，冯锡麟部伪军大乱，不顾日军督战，乱纷纷溃逃。冯占海乘势收复舒兰县城。

为保卫哈尔滨，李杜、冯占海率部进入哈尔滨。此时，哈尔滨局势日益复杂：驻哈市的东省特别区（管辖火车铁路沿线地带，省级行政区）长官张景惠已与日军暗中勾结，驻守哈市滨江镇守使兼二十八旅旅长丁超处于观望状态。李杜、冯占海多方奔走游说，力图团结多部，共保哈尔滨。

艰难工作之际，日本人"帮"了李杜、冯占海一把。熙洽根据日本关东军指示，任丁超为吉林公署高等顾问，免去原任各职，引起丁超不满。至此，李杜、冯占海终于同丁超、邢占海、赵毅等各部，达成哈尔滨保卫战一致意见与部署。

泱泱中华，屡屡为外敌小国侵略欺侮，皆因一盘散沙。实践证明，只要中国人齐了心，任何强大敌人也奈何不了。

汉奸于琛澂 5 个旅的伪军，自五常与哈（尔滨）长（春）线，兵分两路夹击哈尔滨。1 月 27 日，日军 4 架飞机飞抵战场上空助战，其中 1 架，被丁超部用步枪击中，机上的日军大尉清水着陆后负隅抵抗，被义勇军战士愤而击毙，飞机被焚毁。[32]守城官兵发起排山倒海般的攻势，伪军大败而逃。

伪军进攻哈尔滨失败之后，日军决定直接出兵攻打哈尔滨。1932年1月28日，关东军驻长春第三旅团长谷部少将率步兵第四联队、野炮兵第八联队一部做先头部队，同时集结驻吉林的第二师团主力、驻奉天的第二十九联队等大队人马北进。

日本关东军为何违背军部先前命令出兵北满？原来，日军已将苏联的底细摸了个透。

日苏宿仇已久，两国关系一言难尽。日军出兵东北最大的忌惮是苏联出兵干涉。时任参谋本部作战课长的今村均后来回忆说："计划中，我把最大的注意力放在这样一点上，即当我们在满洲用兵时，怎样做好万全的准备以防御来自北方的实力行动。"[33]

苏联方面清楚，日军占领东北目的之一，是建立进攻自己的桥头堡。但在九一八事变后，苏联只不过在道义与精神上对中国表示同情，并未像日本人担心那样出兵东北。

九一八事变前，美国在东北地区的贸易与投资有较快增长（主要是修筑西满铁路），但其在中国的利益大头并非东北，而是长江下游地区。此外，美国对日本的贸易与投资大大超过中国，对日贸易占其远东贸易额42%，对日投资和贸易是对华的2到3倍。[34]

更重要的是，美英法等国"希望日本以东北为跳板，北上攻苏"，[35]借日本力量遏制苏联；因此，九一八事变之初，美国仅仅表示"惊讶""遗憾"，甚至认为"此事尚未能视作侵犯开洛格非战公约"，美国"并无警告日本在非战条约下所负义务之必要"。[36]

此时的日本，犹如一个手持炸药、火把、砍刀的顽劣恶棍，闯入地球村东。村西的富豪不想招惹，极力纵容挑唆他再向东。东边的大户望着其手里的炸药与火把，生怕引火烧身，采取了退让自保的态度。

1931 年 9 月 29 日，苏联政府发表声明，称苏联方面对于"满洲冲突"采取"不干涉主义"。11 月 14 日，苏联外交人民委员季维诺夫致函日本驻苏大使广田弘毅说："苏联之采取严格的不干涉政策乃起自不可更改历来之和平政策，乃尊重对华条约与他国独立之信念。"[37]

至此，日本在北满用兵已毫无顾忌了。同时，由于既无政府支持，又无国际援助，义勇军陷入孤军作战境地。

1932 年 1 月 30 日，日军由谷部少将率领的第二师团第三旅团进抵双城堡车站。早已埋伏在车站周围的东北军第二十二旅旅长赵毅，指挥所部对日军三面夹击，毙伤日军数百人。31 日，日军以优势兵力出击，出动装甲车、坦克和 20 多架飞机参战。赵毅旅官兵伤亡 700 多人，撤至上号一带，未经休整，又投入战斗。

二十二旅双城堡之战给日军长谷旅团主力以重创，故日军攻占双城后，对自卫军实施野蛮报复，将负伤未来得及撤出者全部刺死，连阵亡官兵的尸体也不放过，残忍地剖腹、挖心、剜眼，曝尸一周。

31 日，各将领在哈尔滨举行军事会议，联合组成吉林自卫军。公推李杜为总司令，丁超为中东路护路军总司令，冯占海为自卫军副总司令兼右路总指挥，邢占清为中路总指挥，赵毅为左路总指挥，王之佑（吉林警务处长）为前敌总指挥。第二次哈尔滨保卫战展开。

自卫军成立当日，李杜所部在老少沟痛击日军，击翻铁甲车 2 辆，歼日伪军 600 余人。[38] 2 月 4 日，日军对哈尔滨各防线发起总攻击，自卫军拼命死守，奋勇杀敌。终因武器落后，西线、南线相继失守。

李杜亲赴前线，组织第二道防线，众将士浴血拼杀至夜间，暂时守住市区。2 月 5 日，日军攻占哈市火车站，突入道里。自卫军全线告退，北满重镇哈尔滨遂陷敌手。

哈尔滨保卫战同马占山江桥抗战一样，是中国守军（义勇军性质）一次大胆抵抗日本侵略者的战斗，虽然以失败告终，却显示了中国人民不屈不挠的斗争精神。尽管吉林自卫军各位首领此后走上了不同的人生道路，但他们在哈尔滨保卫战贡献，应当载入史册。

李杜退出哈尔滨，率部至宾县、方正一带坚持抗战。在其极困难之际，熙洽等汉奸曾4次派人劝降，李杜痛斥游说者："只有杀敌李杜以光我中华民族，决无降敌李杜以污我中华战史。"

1933年，李杜率残部经苏联回到内地，与诸多将领联名具呈蒋介石，提议策动义勇军扰乱日军与伪满军、中央出兵关外、内外策应等策。蒋介石答称"事关抗日举动，应由中央统筹兼顾"。亲上庐山递呈的李杜对蒋介石的敷衍极为失望，写了《牯岭小住》一诗曰：

转战归来只此身，茫茫沧海劫余尘。

欲识庐山真面目，几度徘徊看白云。[39]

至此，李杜对国民党心灰意冷，虽3次欲返东北参加抗战，均因国民党及日方阻挠而未成行。此后他积极参加中共抗日统一战线工作，为促成第二次国共合作做出了贡献。

冯占海在哈尔滨失守后，退往方正，转战下江、香坊一带，后率部南下，队伍扩大至万余人。他将吉林自卫军改为吉林义勇军，向省城吉林市发动攻击；但终因孤军作战，后援不济，辗转进入热河，参加热河保卫战与长城抗战。

吉林抗日义勇军后被张学良改编为六十三军，冯占海为中将军长。张学良下野后，冯占海遭排挤，脱离军界。1963年，冯占海去世，享年65岁。

赵毅原为东北军二十二旅第六六二团团长，在旅长苏德臣投降日伪后，拒不附逆，继任旅长。熙洽为轻取双城，曾多次派人对赵毅劝降。赵毅将计就计，虚与委蛇，在日军攻击双城前，一举击溃监视己部的伪军刘宝麟旅。赵毅后来参加淞沪抗战，曾任国民党陆军一二〇师中将师长、副军长，积极参与张学良发动的西安事变。中华人民共和国成立后，赵毅任内务部参事。

第二十六旅旅长邢占清在哈尔滨失陷后，率部与进犯的哈尔滨日伪军大战于珠河。1932年4月，义勇军反攻吉林，邢占清被委以中路副总指挥。珠河一战，中路军虽歼日伪军数百，但伤亡200余人。1933年7月，邢占清率部进入苏联，后辗转入新疆，不幸遇害，实为抗日英烈。

在抗战血与火的残酷与牺牲面前，上述原东北军将领，尽管政治信仰不同于中国共产党人，但他们在外寇入侵时，凛然冲天的民族大义，以及付出的鲜血与牺牲，却符合中华民族的利益。这是他们得以载入中国共产党光荣抗日史册，并被人民敬仰纪念的主要原因。

大浪淘沙。确有部分东北军将领，在抗日的路上只走了半程或小半程。

1932年11月下旬，日军以3个师团的兵力向松花江下游进犯。在日军强大攻势面前，丁超、王之佑先后投敌，所属部队尽被缴械。[40]

丁超降日后，先后任伪通化、安东省长，虽极力媚日，但日军并不完全相信他，最后调任他为伪参议府参议——正是此前日军想调其为吉林省公署高等顾问同样的虚职岗位。那时处于动摇状态中的丁超，就因此而加入反日自卫军。由此可见，怀抱谋私之心抗日者，终不能久长。"八一五"后，丁超被苏军逮捕，后被遣返中国。20世纪50年代初，丁超病逝于抚顺战犯管理所。

据说，王之佑凡事善于计算。投降日伪后，曾任伪满陆军训练学校校长、伪满第一军管区司令。"八一五"后亦被苏军逮捕，后遣返中国，在抚顺战犯管理所关押改造到1961年获赦出狱。近12年的汉奸生涯，换来了16年的囚徒生活以及终生摘不掉的汉奸帽子，看来，王之佑的人生之账算得并不明白。

注释:

[1][2]李书源、王明伟:《东北抗战实录》,长春出版社,2011年5月第2版,第3页,第12页。

[3][4]《东北抗日联军史》编写组:《东北抗日联军史》,中共党史出版社,2015年9月第1版,第114页,第116页。

[5]辽宁省委党史研究室:《党史纵横》,1993年1月,第36—37页。

[6][7]萨苏:《最漫长的抵抗》,西苑出版社,2013年6月第1版,第183页,第184页。

[8]谭译:《东北抗日义勇军人物志》(下),辽宁人民出版社,1987年1月第1版,第231页。

[9]中央档案馆、中国第二历史档案馆、吉林省社会科学院:《日本帝国主义侵华档案资料选编 东北"大讨伐"》,中华书局,1991年4月第1版,第299页。

[10][11][12]《东北抗日联军史》编写组:《东北抗日联军史》(上),中共党史出版社,2015年9月第1版,第123页,第125页,第126页。

[13][14][15][17]中央档案馆、中国第二历史档案馆、吉林省社会科学院:《日本帝国主义侵华档案资料选编 东北历次大惨案》,中华书局,1989年9月第1版,第6页,第8—9页,第10页,第11—13页。

[16]周海峰:《蒋介石传》,作家出版社,2006年2月第1版,第155页。

[18][19]萨苏:《最漫长的抵抗》(上),西苑出版社,2013年6月第1版,第173页,第196页。

[20][24]《东北抗日联军史》编写组:《东北抗日联军史》,中共党史

出版社，2015年9月第1版，第111—112页，第112页。

　　［21］［28］《东北抗日联军史料》编写组：《东北抗日联军史料》（下），中共党史资料出版社，1987年12月北京第1版，第410页，第773页。

　　［22］萨苏：《最漫长的抵抗》（上），西苑出版社，2013年6月第1版，第35页。

　　［23］长春市政协文史资料委员会、长春市档案馆：《"九一九"长春抗战史料辑录》，第117页。

　　［25］［29］丘树屏：《伪满洲国十四年史话》，长春市政协文史和学习委员会，1998年4月，第60页，第11—12页。

　　［26］刘化南：《吉林抗日自卫义勇军的兴起和瓦解》；转引自温永录：《东北抗日义勇军史》（下），黑龙江人民出版社，1987年4月第1版，第477页。

　　［27］冯占海：《吉林军抗日救国简略战史》，载《抗日义勇军》（新华专号），暨南影片公司1933年1月出版。

　　［30］［33］童青林：《东北！东北！》，人民出版社，2015年9月第1版，第59页，第59页。

　　［31］［38］［39］李书源、王明伟：《东北抗战实录》，长春出版社，2011年5月第2版，第25页，第46页，第124页。

　　［32］［35］［36］［37］［40］《东北抗日联军史》编写组，《东北抗日联军史》，中共党史出版社，2015年9月第1版，第130页，第60页，第60页，第60页，第136页。

　　［34］徐天新、许平、王红生：《世界通史》（现代卷），人民出版社，1997年4月第1版，第510页。

第四章
抗日万岁

10. 爱国官兵的抵抗

江桥抗战，是爱国的东北军官兵违背蒋介石"不抵抗政策"，进行的较大规模抵抗日本侵略者的战斗。毛泽东曾以其为例子，"马占山在东三省的抗日行为，也是统治者营垒中的一个分裂"，[1] 有力阐述了建立抗日统一战线的可能性与必然性。

江桥，嫩江桥之简称，是洮（南）昂（昂溪）铁路北段的一座铁路桥，位于泰来县北部、黑龙江省省会齐齐哈尔以南65公里处，跨嫩江北与大兴火车站相望，是通往齐齐哈尔的咽喉。

日军侵占辽吉两省后，即欲染指黑龙江省。当时，苏联对日本侵略东北尚未表态，日军只将魔爪伸向吉林、长春等地。日本关东军自身不敢公开北进，却绞尽脑汁设计出一"高招"：诱降蒙边地区督办张海鹏，许诺其任黑龙江省省长、黑龙江军司令，并援助洮辽军步枪3000支、子弹20万发、金票20万元等，全力支持其接管黑龙江省军政大权。

为套牢张海鹏，日方还让已掌握在关东军手中的溥仪（住天津）派肃亲王之子宪原和宪基，携"圣旨"前往洮南，封张海鹏为"黑龙江将军"兼"满蒙独立军总司令"。[2] 由此，张海鹏雀跃地向黑龙江省进军。

在东北三省中，东北军驻军最多的是辽宁省，其次是吉林省，最少的是黑龙江省。九一八事变发生之际，黑龙江省主席万福麟因带两个国防旅主力进关，参加讨伐石友三而未归。全省部队多半为战斗力不强的省防部队，共约3万余人，且分散于海拉尔、黑河、扎兰屯等处。

其时，黑龙江省主战与主和的两派势力相持不下，形势危急。1932年10月10日，张学良驰电任命黑河警备司令兼步兵第三旅旅长马占山为黑龙江省代主席兼代东北边防军驻黑龙江省副司令长官，任命谢珂为军事副指挥兼参谋长，[3] 暂时稳定了浮动的人心。

10月13日，张海鹏命所部徐景隆旅为先锋向黑龙江省杀来。15日，张海鹏率伪军司令部抵达泰来时，日军随行20余人，并有2架飞机到黑龙江附近上空侦察示威。此时，马占山尚未到任，战事均由谢珂调度指挥。

16日拂晓，徐景隆指挥所部向江桥守军发起攻击。谢珂指挥部队沉着应战，以重炮向敌射击。徐景隆误触地雷，当场毙命。江桥守军乘徐景隆部群龙无首，冲杀过桥南岸。敌3个团溃不成军，落荒而逃。为阻敌再次犯境，谢珂下令毁坏了三孔江桥。受此重挫，徐景隆部军心已散，加上江桥已断，张海鹏于18日撤军返回。

历史应补记一笔的是，大败伪军张海鹏的徐景隆部，打响了黑龙江省抗日第一枪，揭开江桥抗战序幕的，实为谢珂将军。

谢珂先后毕业于保定陆军军官学校、北平陆军大学，为著名军事干才。他正直爱国，富有大局意识，全力帮助和支持马占山江桥抗战。

在被张学良任命为军事副指挥兼参谋长之前，他就是黑龙江省部队公署参谋长。

九一八事变后，在军政长官不在任的情况下，谢珂主持军事会议。他将骑兵劲旅1个团调驻泰来县，保证了江桥左翼安全，同时派出工兵部队构筑北岸坚固工事，于南岸遍设地雷，对江桥抗战大量杀伤日伪军起了重要作用。

黑龙江省沦陷后，日伪当局知道了谢珂的能力和影响，曾以伪黑龙江省省长官衔诱降。谢珂不为所动，于1932年下半年组建东北民众救国军，担任总参谋长，坚持抗战到底。

马占山，字秀芳，辽宁怀德（今吉林省公主岭市）人，幼年家贫，上山落草，善谋略，精骑射，讲义气，逐渐成为绿林首领，后当过清军哨长，因战功做到东北边防军骑兵师师长。他长得瘦小，人称"马小个子"，但其胆略与个头反差甚大。

马占山接张学良委任后，即发电催促逃到哈尔滨的黑龙江省政府官员，速速回省工作，不得躲避。10月19日夜，马占山抵达齐齐哈尔。三日后，他发表了振奋人心的抗日宣言："三省已亡其二，稍有人心者，莫不卧薪尝胆，誓救危亡。虽我黑龙江一隅，尚称一片净土……凡侵入我江省境者，誓必决以死战。"[4]

张海鹏伪军败退后，日军见伪军占领齐齐哈尔无望，便集结兵力，亲自出马。日本人不论干什么事都不忘找个借口，为混淆国际视听，10月27日出兵前，日军少佐、齐齐哈尔市特务机关长林义秀，以日本关东军司令官名义向马占山提出要求书："限黑省政府于11月3日前将嫩江桥修复，否则日方以实力掩护自行修理。"

11月2日午前10时，林义秀又偕日领事清水面见马占山，声称"因洮昂路修筑，原有日人（引按：满铁）借款，既有借款关系，嫩江桥应由日方派满铁工人修理，并派兵来监护工作"。

这理由找的，我不是来打仗的，是来派兵保护修桥的，因为桥是借我钱修的。

日本人不知，马占山不仅武仗厉害，嘴仗也甚是了得，岂能让日本人居舆论上风？马占山据理答道："南满铁路对于洮昂路仅有借款关系，债权者不能代债务者修理；且洮昂路并非黑省所属，故不能代为承认由满铁兴修，可由黑省代为通知洮昂路自行修理。"[5] 绵里藏针的一席话，堵得林义秀哑口无言，悻悻而去。

此前的 10 月 30 日，马占山率各相关旅长、团长侦察研究防务，发现江水初退，江岸及铁路西侧多是泥泞沼泽，突然计上心来，遂定下两条防守要则：一是诱敌深入。突然受到攻击的敌人必然仓皇后退，慌乱中陷泥沼之中，我则拼死猛打，追至桥梁即停止，回原地坚守。二是近战搏杀。鉴于我军子弹缺乏，枪械不良，日军不进至百米射程内，绝对不准射击。当时，马占山与众旅、团长约定："我必亲自来火线，与弟兄同生死。"[6]

为夺占嫩江桥，日本关东军作战科主任参谋石原莞尔亲临前线指挥，集结步兵、炮兵、空军、骑兵、工兵共 4000 余人，抢占江桥南岸有利地势。11 月 3 日上午，百余满铁工人在 30 名士兵、5 架飞机的掩护下强行修桥，并向守军提出，江桥南北两军各退出江桥 10 公里，至江桥修竣为止。

谢珂一眼看穿了日军阴谋：江桥阵地非常坚固，阵地距江桥头正面约四五里，是日军甚感头痛的桥头堡，我军后撤，无异于让防日军。

不料，有人反对与日军作战：社会名流赵仲仁与李维周等以我军兵力不足、武器不济，及中央有避免与日军直接冲突命令等理由，要求马占山"顾全地方，和平应付"。

赵仲仁原为黑龙江省府委员，曾任市政筹备处长，早年留学日本，为投降派首领。李维周为乡绅，二人挑头闹事，一时间，妥协投降的气焰嚣张。

马占山深知，城内后方不稳，势必影响前方将士军心，遂拍案而起，大声道："我是一省长官，守土有责，决不能将黑龙江寸土寸地，让与敌人。我的力量固然不够，他来欺负我，我已决定对日本拼命，保护我领土，保护我人民，如果我打错了，给国家惹出乱子来了，请你们把我的头割下，送到中央去领罪。"邪不压正，办坏事的人总是心虚，马占山一吼，他们只能规矩起来。

江桥抗战从击败张海鹏部揭开序幕后，马占山部便开始与日军直接对垒，持续时间自 11 月 4 日至 11 月 19 日，历时 16 天，大致分为两个阶段，第一阶段是 4 日至 6 日，为江桥阻击战阶段。

4 日中午，日军嫩江支队主力 3000 人，以伪军为头队，在 5 架飞机空中支援、数门重炮掩护下，以 4 列铁甲车开路，向江桥守军左翼及正面大兴一线主阵地同时展开攻击。待敌进入有效射程后，守军一齐开火。日军猝不及防，死伤甚多。守军跃出战壕，与日军展开白刃格斗。日军大败后撤，又遭事先埋伏于芦苇丛中的伏兵堵截，有的陷入泥沼，有的跳入江中溺毙。日军派出增援部队，又遭左翼守军骑兵拦腰夹击。

5 日，日军集结重兵，在猛攻中路的同时，乘船从桥两侧强行渡江。守军按战法"半渡而击之"——日军船至江心时，守军突然射击，日军死伤落水者甚多。战事紧张时，马占山亲临战场督战。

是役，守军阵亡官兵 262 人，伤 143 人；日军死亡 167 人，伤 600 余人，伪军死伤达 700 余人。[7]

6 日，战斗极为惨烈，日军集结野炮 40 余门、重炮 8 门、飞机 8 架、铁甲车 4 辆，自拂晓起，向守军阵地全线猛攻。马占山再次亲临前线，守军士气大振，从早至晚，数次肉搏，竟日苦战，被敌炮摧毁的阵地几乎全部失而复得，得而复失。眼见援军无望，弹药告罄，部队伤亡很大，6 日晚，马占山下令撤至三间房，构筑新的防线，开始了江桥抗战第二阶段。

江桥抗战第二阶段自 7 日始，即三间房阻击战。

三间房位于江桥以北，距齐齐哈尔市 35 公里，是洮（南）昂（昂溪）铁道线上的一个车站。三间房若不保，齐齐哈尔门户洞开，省城必失。马占山派 6 个团担任正面阻击，两个机动性强的骑兵旅，配置两翼防线，总兵力为 5000 余人。7 日上午，日军发动进攻，遭遇顽强抵抗后败走，战场一时沉寂下来。

原来，骄横的日军不承想在黑龙江遭此顽强抵抗，第一阶段江桥之战，滨本步兵联队几乎被全歼，高波骑兵队亦死伤殆尽，可谓九一八事变后，日军遭遇的空前惨重损失。[8] 日军故而止步于三间房前，准备筹集兵力再战。

沉寂了 4 天的战事于 12 日重新沸热。武战前，日军照例先开文仗——舆论战。林义秀送来本庄繁通牒，要求马占山下野，黑龙江军从齐齐哈尔撤出，"日本军之一部应向洮昂线昂昂溪车站出进"，理由是为保证洮昂路安全。

马占山当然不能让日本人在嘴仗上占便宜，"彬彬有礼"地答复道：1. 下野本无不可，但须有中国中央政府命令，派人前来，方能交代，如张海鹏一类者，虽有中央命令亦不交与政权；2. 关于退兵一事，在我国领土，我有自主权，非日本所能干涉；3. 昂昂溪车站为中国与苏联合营的铁路站，贵军要求进兵，殊与日本芳泽谦吉（引者：外务大臣）在国联所声明的日本无领土之野心一语自相矛盾。且余奉命保守疆土，同时在法律、事实两方面，亦非贵国所应该要求。[9]

马占山言之凿凿的反驳，经英伦《每日邮报》、上海《密勒氏评论报》等中外媒体采访报道后，使日军侵略行径大白于世界诸多地方。日军恼羞成怒，调集关东军主力多门师团及伪军共 1 万余人，轮番攻击三间房一线守军。战至 18 日拂晓，守军仅剩 4000 余人，而日军除伪军外，已增至 7000 多人。

马占山在一份报告中陈述当时战场的情景："我军武器既劣、复无阵地凭藉，伤亡枕藉，但士卒有必死之心，将校无偷生之念，故虽血肉相搏，终不稍退。"[10]

战至 18 日中午，守军阵地官兵已不足 2000 人。马占山亲率队伍反攻，守军士气激昂，于午后 2 时，重新夺回三间房阵地。史册应特别记上一笔的是，骑兵一旅炮团迫击炮炮手庞振海向敌连续发 80 余炮，忽遇炮筒震裂，仍"徒手奋呼杀杀不已"，"跣足裸体奔赴敌阵"，壮烈殉国。

18 日全天，守军水米未进，空腹应战，击退日军 10 余次进攻。至晚，三间房左右两翼相继失守，日军对三间房形成包围态势，马占山遂下令各部撤出战斗。

11 月 19 日上午 9 时，日军进占齐齐哈尔，历时 16 天的江桥抗战结束。

江桥抗战虽然失败了，却是东北军爱国官兵违反国民党政府"不抵抗政策"、奋起抗击日本侵略者的壮举；而且这个抵抗是在以寡对众的极大劣势中，在没有后勤补给支持，没有后续援军情况下展开的，给日伪军以沉重打击："敌军死伤约在 4000 左右，冻伤约数百名，其校官死者亦不少。"[11]

1931 年 11 月 22 日，《国际协报》著文评论："日军侵我东北，辽吉当局于不抵抗主义之下，未及一旬，将两省重镇完全放弃，仅一黑龙江省，赖军事当局数人之力，得以不堕……其丰功伟绩，在中国历史上，亦终有不能磨灭。"[12] 江桥抗战，守军付出重大代价，伤亡约 5000 余人。

正如该评论所言，若辽宁、吉林两省都似黑龙江一样顽强抵抗，日军的阴谋岂能不胎死腹中?

在江桥抗战中,马占山曾一度抱有两个希望:一是苏联出兵干涉,理由是日军侵占中东铁路损害了苏联的利益。

结果,在日军发动对三间房最猛烈攻击的当口,苏联人民委员季维诺夫再次声明不干涉"满洲事件"。1933年3月28日,日军甚至强行关闭满洲里车站轨道转辙器,断绝中东铁路与苏联西伯利亚铁路的联运。占领中东铁路东端的绥芬河后,日军又于5月31日强行关闭了绥芬河火车站,切断了与苏联乌苏里铁路的联运。[13]

对此,苏联只是进行了口头抗议,并于1935年3月,将中东铁路以1.7亿日元(引按:含3000万日元职工安置费)卖给了日本控制的"满洲国"。[14]

马占山的另一个希望是国民党政府的中央军和东北军能派兵东北给自己以支持。

但在他与日军血拼、阵地失守的次日,蒋介石虽然在国民党第四次全国大会上公开说,我们一方面要"很诚意地信仰国际联盟会,希望国际联盟会拥护正义,主持公道",一方面要"切实的准备";[15] 但他并未有向东北派出中央军的意思,连东北军也不许抵抗,因为担心触怒日本人。张学良给予马占山的最大支持是,当日军进攻三间房并要求马占山下野时,于11月12日电示马占山"饬死守,勿退却",[16] 给了马占山抵抗日军的令牌。不过,张学良也未发出一兵一卒。

这些最终酿成了马占山江桥抗战的悲剧,也悲状地显示出马占山之所以成为民族英雄之原因所在。

江桥抗战失利后,马占山率部退守克山、拜泉、海伦一带,在海伦宣布成立黑龙江省政府,与日军对峙。12月9日,马占山召开军事会议,决定沿齐克铁路布置第三道防线,同时通电全国称:"唯有谨率黑龙江省民众从事自救，此身存在，誓不屈服……与其奴颜婢膝以苟生，曷若救国卫民而早死……"

日军对马占山的顽强抵抗实为头痛。故而祭出老套路，打不赢便收买。在马占山召开军事会议前的 12 月 6 日，板垣征四郎飞赴哈尔滨，与张景惠、赵仲仁密谋后，与马占山通电话，要求会谈，被马占山拒绝。板垣不死心，于翌日携赵仲仁、韩云阶（汉奸，后任伪满洲国经济部大臣）亲到海伦劝降马占山，又遭拒绝。[17]

1932 年 2 月 16 日，马占山到沈阳，与汉奸张景惠、臧式毅、熙洽参加所谓东北"四巨头"会议，会议名为讨论"联省自治"，实为筹建伪满洲国。

马占山以不识字为由，未在日方草拟的"建国宣言"上签字，但接受了伪黑龙江省省长职务，于 2 月 24 日就任伪黑龙江省省长职。

3 月 9 日，马占山在长春参加了溥仪就任伪满洲国执政典礼，被任命为伪满洲国军政部长。马占山并未在长春赴任空有虚名的军政部长，而是急急返回齐齐哈尔，唯恐失去黑龙江省的地盘与军权。

马占山参加"四巨头会议"后，他的旧部中有不少误解之士坚决反对，有的愤然离他而去，有的部队不听调动。在其接受伪职后不久，部下李海青哗变，率部冲出省城齐齐哈尔，并攻占郭尔罗斯后旗（今肇源县）旗府所在地老爷屯。

李海青，原名李青山，海青是他早年加入绿林的报号。李海青虽为著名"胡匪"，但不同于俗匪，专门杀富济贫、除暴安良。后李海青因命案被关押在齐齐哈尔监狱，马占山任省主席后，亲赴监狱将其释放。李海青毁家纾难，联络绿林，组织抗日武装，其部队是马占山主力之一。在江桥抗战一役中，李海青因功绩卓著，被马占山提升为旅长，又被委任为第三自卫军司令。

李海青出兵反日，沿途号召救亡，群情响应，队伍骤增至万余人。

3月中旬，所部一度攻克扶余县城；下旬，挺过松花江，占领哈拉海子，进至农安城下，直逼伪国都"新京"（长春）。日伪恐慌震动，集结重兵驰援农安。此时，李海青得知马占山重举抗日旗帜，于是挥师北上，与马占山会合。

4月2日，马占山从齐齐哈尔出走；3日，在拜泉县召开军事会议，研究对日作战；7日，返抵黑河，再组黑龙江省政府，成立黑龙江省抗日救国军，自任总司令，并通电全国，揭露日本制造伪满洲国之阴谋真相，即对东北民众"迫勒威胁，无所不用其极。所谓民意，纯出日人制造而已"；12日，再次通电全国："虽明知势孤力薄，难支大厦，然救国情殷，义无反顾，济河焚舟，早具决心……一息尚存，誓与倭奴周旋到底……"[18]

对马占山这一段40余天的"不光彩"历史，有人认为，马占山短暂的投降变节，是受惑于板垣征四郎"联省自治"以图自保；不料就任伪省长后，日本人处处要挟刁难，事事均要服从日本顾问，毫无自主"自治"权力，故而决意反正。

有人认为，马占山起始就是诈降，故而不在卖国文件上签字。因为马占山不签字的理由很牵强，他虽文化不高，但自己的名字还能写。马占山自己曾说（4月19日）："在弹尽援绝的情况下，为保全实力，窥察日人组织伪政府种种真相"，"暂取沉机待时办法，因之忍辱一时，虚与周旋者四十余日。"[19]

不管是真投降还是假投降，马占山接受伪职还是引起很大震动，以致全国一片骂声，马占山的卫队还抢了其黑河的老家。

也有一种意见认为，土匪出身的马占山，为达目的各种手段都能使出来，甚至认为，卫队抢自家与李海青拉队伍出走，系奉诈降的马占山之命。马占山对李海青有救命栽培的再造之恩，李海青视马占山为再生之父母，如此机密大事，马占山肯定会交付于他。

"虚与周旋的四十余日"，从伪省长返回到义勇军首领，经过周密计划的马占山，"竟然从日军手中弄到伪满币2000多万元（相当于银圆200万元）、300匹战马和十几卡车各种物资，成为此后黑省抗战的重要经济和物资保障"。若真是诈降，也算天下诈得最多的"降"了。要知道，江桥抗战出兵的费用，总计才30万银圆。[20]

重举抗日旗帜的马占山，把大刀会、红枪会等民众抗日武装编成11支义勇军，原有的抗日队伍整编为9个旅，共同组成了黑龙江抗日救国军，他自任抗日救国军的总司令。

哈尔滨虽为吉林省辖，却是北满地区的中心，夺取哈尔滨不仅可切断吉黑两省之联系，而且可使日本控制的中东铁路瘫痪；故而，队伍整编后，马占山电令骑兵第一旅长吴松林和骑兵第四旅旅长邓文等主力迅速进攻哈尔滨。

4月27日，救国军烧毁松浦镇呼海机车房等处，攻击哈尔滨对岸的马家船口，俘敌15名，残敌逃往哈尔滨。5月15日，马占山组织救国军主力再攻哈尔滨。20日，部队在呼兰以南与日军激战一天，敌乘船逃走。救国军士气高涨，积极收复江北各镇，准备对哈尔滨发起总攻。

为守住战略要地，日本关东军司令官本庄繁命令关东军主力第十师团、第十四师团集结于哈尔滨附近，并亲赴哈尔滨指挥，对马占山救国军实施围剿。

5月24日，日军第十师团向呼兰一带救国军发起猛烈进攻。在飞机、大炮狂轰滥炸和步兵、骑兵的轮番攻击下，救国军与日军顽强肉搏，激战两昼夜，终因武器落后，于26日撤往绥化。日军乘势跟进。到6月中旬，绥化、海伦、克山、拜泉等县相继失守。

马占山遂要求部队放弃铁路沿线城镇，撤往农村，不死守，不攻坚，避实击虚，或袭击小股日军，或攻击伪军，或截其辎重，开展游击战，给日军以不断打击。

6月11与12两日，救国军邓文部，一部兵力攻击，一部兵力伏击，在海北镇天主教堂南赵家店附近的战斗中歼敌150余人。[21]

6月间，马占山将所部重编为3个军。其中第三军委亲信李海青担任军长。李海青部已发展至8000余人，6月10日进占庆城，7月11日攻克通北县城。其他各部通过游击战，先后袭击并攻克了克山、东兴、通河等县；数次袭击中东、洮昂等铁路，致使齐（齐哈尔）、克（山）筑路工程一拖再拖。6月中旬，马占山欲往松花江南与李杜协商，吉、黑两军联合会攻哈尔滨。

日军对马占山恨得咬牙切齿，必欲除之而后快。自1932年6月开始，在不到两个月的时间里，日军连续对马占山发动了8次攻击，被称为"八伐马占山"。但马占山如同狡狐一样的谋略与战术，加之黑龙江省军民对日军同仇敌忾，顽强抵抗，使日军连连扑空，却又无可奈何。

6月下旬，日军间谍侦得马占山已到绥棱的情报。本庄繁飞抵绥化，部署捕捉和消灭马占山的方案。日军调动第十师团、第十四师团、骑兵第一旅团及关东军野战汽车队，一齐向马占山司令本部压来。战斗持续半个多月，日军始终未找到马占山的司令部。

7月29日，马占山率千余人行至绥棱与海伦交界的罗圈甸子，遭遇伏击，被日伪军近万人包围，这便是"八伐马占山"中最凶险的第八次战斗。经三天三夜激战，马占山受伤，队伍溃散。马占山只带少数军官及随从冲出包围，部队阵亡及失踪者约500人，[22]其中少校连长于俊海麾下100余人的马驮子队全部战死。

战死者中，还有马占山重要幕僚韩述彭（家麟）。韩述彭生于吉林省梨树县，曾任马占山的副官长。九一八事变时，他冒死进关找到黑龙江省主席万福麟，陈报东北情况，并谢绝万福麟留用，坚持回东北老家抗日。

1931 年 10 月下旬，韩述彭受张学良委派，穿越日占区，回到齐齐哈尔，并几次冒险往返于关内与黑龙江之间，可算马占山与张学良之间的联络员，并安排马占山等一些将领家属秘密转移天津。1932 年 2 月，韩述彭任少将参议，在马占山总部参与军机，并负责保管印信、重要机密文件。

马占山陷入包围时，韩述彭正随其左右，协助马占山成功突围。不料，日军根据马蹄印跟踪追击，3 天后，再次突袭马占山总部。激战中，总部被打散。韩述彭率总部部分人员向北冲出重围，因其携带部分辎重，人数又较多，被日军误认为是马占山"本部"，不顾其他，舍命追逐。

29 日拂晓，韩述彭所率官兵陷入重围。全体官兵仅凭民房及围墙作掩护，与敌死战，被敌集中全力围攻一天。面对日军劝降，全体官兵无一人投降，悉数战死或被杀害，竟致日军根本无法找到活着的中国官兵来指认马占山是否在其中。韩述彭重伤数处，仍裹伤再战，最后面部中弹，壮烈牺牲，年仅 35 岁，为抗战开始后，阵亡的第一个中国将级军官。[23] 中国人民应永远铭记这位牺牲在东北战场上的民族英雄。

和韩述彭同时阵亡的还有中校秘书李继渊、少校参谋佟玉衡、少校副官刘景芳等，其中李继渊是韩述彭介绍到马占山部队的共产党员。[24]

在韩述彭向北突围的同时，马占山乘混乱向东突围，后又遭遇日军阻截，最危险时，战马被打死，身边仅剩 1 名卫士，并被 4 名日军紧追不舍。马占山遁入树林，施展绿林中练就的手段，静静等待日军松懈，而后与卫兵突然出手，将 4 名日军全部击毙，并夺其战马遁入深山；途中幸遇突围入山的卫队旅长邰斌山、参谋处长容聿肃及随从，双方合兵共计 42 人。他们进入深山老林，在无人区行军 40 多天，千辛万苦，死里逃生，终于到达尚未沦陷的龙门县。[25]

因为韩述彭个头与马占山差不多，也同马占山一样蓄有短须，且带有马占山的名章和用具，日军误认为马占山已死，将"马占山"人头割下，挂在海伦城头示众，照相登报，并报天皇裕仁邀功。

马占山的存在本身就是一种号召，一次次反攻哈尔滨，成千上万的义勇军，似乎一切源头皆出自马占山。因而，日军邀功同时，大肆宣传"黑龙江的暗云扫清""全省治安得以恢复"，一时得意扬扬。[26]

9月9日，马占山将其在龙门将脱险消息电告黑河。驻在黑河的代理省主席郎官普立即派队伍给马占山送去了弹药、粮饷、被服和电台，马占山迅速恢复与关内外各地联系，着手组建各部义勇军，与日军再战。[27]

11. 不管用的"中立区"

1932年秋，原东北军各部在日军强大攻势下，或战败，或投降；即便如马占山等还在抵抗，也经过了多少次重编。东北最后一支相对完整的成建制部队，只剩下海满地区的苏炳文所部。

海满地区，海拉尔与满洲里地区简称，这两个地方是呼伦贝尔的两个明珠城市。呼伦贝尔广阔无垠的大草原，早为日本人垂涎。只是因李杜、马占山对哈尔滨、齐齐哈尔轮番攻击，日本人无暇向海满地区分兵，只能加紧对苏炳文进行诱降与控制。

苏炳文，字翰章，辽宁新民县（今辽宁省新民市）人，保定陆军军官学校第一期毕业生。九一八事变前，任黑龙江省呼伦贝尔地区警备司令兼中东铁路哈满线护路司令、第二旅旅长。马占山江桥抗战时，苏炳文第二旅曾派出一个主力团参加阻击战。

1932年4月初的一天，一架飞机从哈尔滨飞来海拉尔，飞机上走下了日军少佐宫崎，带来了本庄繁的盛情诚邀，"中东铁路总司令，满洲国军政部长，黑龙江省省长等三个位置，您可任选其一，以资借重"云云。苏炳文"感谢"日本人的高抬与信任，以"才力和威望不足，难以胜任"，婉言辞谢。[28]

苏炳文心知肚明，日军已对自己产生怀疑，所以还在虚与委蛇。一是部队饷项、给养、服装等均归省城发给，一旦破裂，必被截留，姑且赚一月是一月；二是呼伦贝尔一马平川，无险可守，举旗抗日要一些时日准备。

日方虽有怀疑，仍存一线幻想，几次邀请苏炳文去齐齐哈尔参加军事会议。苏炳文担心被扣留，均找理由不予参加。日军又派出120人组成"国际警察部队"，驻扎海拉尔，名为警戒苏联，实为监察苏炳文部。给高官不去做，通知会议又不奉调，日军决定釜底抽薪，以汉奸冯广有替换掉苏炳文部第一旅旅长张殿九，并限期交割——冯广有已在履任的路上。

忍无可忍之下，9月27日，苏炳文率部举起义旗；10月1日，在海拉尔成立东北民众救国军，自任总司令，张殿九为副总司令，谢珂为参谋长。

起义同日，苏炳文首先对国际警察部队痛下杀手，对区区120人的警察队派出两营兵力，以迫击炮击毁其营房，毙伤敌20余人，其余竖白旗予以缴械收押；同时，逮捕了日本驻满洲里领事山崎诚一、特务机关长小原重孝，国际警察队长宇野等，切断了与富拉尔基以东地区的联系。[29]

9月27日举事当日，日军一架飞经海拉尔的飞机，不知苏炳文部已反正，因飞行较低，遭起义部队射击。该机辗转飞到碾子山附近时，因油料不够，降落于甘南境内一处山梁上，机上日军遭当地抗日自卫队攻击，8名日军官兵全部被打死。事后，据日军披露，被击毙者中有渡边中佐、胜目少佐、井上少佐、飞行员坂仓功郎、特务部员户山四郎、岩村佐治等。[30]

这应当是日军执行特殊任务的一支队伍。因为 10 月 8 日，日军专门派出侦察机到该机失事现场侦察，又于 10 月 15 日派轰炸机第十二大队的重型轰炸机第一中队飞至海拉尔将这架飞机炸毁。[31]

历史时常有若干秘密，因多种原因沉淀下来，至今未解。

日本关东军是要消灭某种证据吗？因为飞机上 8 名日军，"于焚烧文件后被打死"。希望此疑案在将来的某日能够破解。

苏炳文举旗反日，义勇军声势大振。马占山重整兵力，除原有 3 个军番号不变外，又编制了 3 个军，遂与苏炳文及黑省内各部义勇军首领联络，决定以攻为守，四路大军一齐围攻齐齐哈尔，从而使日军首尾不得兼顾。其中：东路、南路由自己旧部朴炳珊、邓文、李海青负责，意在牵制日军；西路由苏炳文负责，由中东铁路西线进攻，攻克富拉尔基，稳定海满地区；马占山自己率主力由北路主攻拉哈站。如能拿下拉哈，则齐齐哈尔门户洞开。

马占山作战凶狠，迅若奔雷。10 月 20 日，他率部进抵省城齐齐哈尔以北拉哈附近，首先破坏日军铁路运输，使日军不能靠铁路迅速派兵增援。次日，马部便围攻拉哈站日军。

鉴于拉哈站于省城安全攸关，日军小泉联队 2600 人驻防，火力配置甚强。马占山的卫队在冰天雪地中打哑了日军机枪后，曾跃马冲锋，以套索拉倒木栅冲进镇内，用马刀砍杀日军步兵，异常剽悍，在日军重炮还击中才不支而退。此战拉哈日军被围困半个月，几次援敌都被马占山硬生生挡在镇外。

10 月 31 日，义勇军用自制的"木炮"轰垮了坚固的车站外侧楼房，又往地窖内注入煤油，点火焚烧，并攻占了拉哈街区。日军退缩车站坚守。马占山无重火器，双方打成僵局。

此时，日军调 4000 余人，外加伪军 1 个旅增援赶到。马占山果断下令撤离拉哈。此役，据日本人原敬一的《满洲，夕阳的原野》一书记载，日军被打死 144 人，伤 207 人。[32] 义勇军也付出重大牺牲，但马占山不屈不挠，集结兵力准备再战。

西路苏炳文部同时勇猛出击，于 10 月 22 日攻克富拉尔基。23 日，日军调重兵争夺富拉尔基，双方激战数日，反复争夺，富拉尔基还是落入日军之手。月底，苏炳文命张殿九率 1500 人进兵，再次夺回富拉尔基。

东路朴炳珊部于 10 月下旬攻克依安、克山等县城，切断了齐（齐哈尔）克（山）铁路。邓文沿中东铁路进攻安达县城，经两昼夜激战，毙敌百余人，占领了县城。日军携伪军檀自新部复来抢夺安达。檀自新原为邓文部下，此时被邓文策反，与邓文部联合攻打安达，激战五昼夜，歼敌 300 余人，收复了安达站，沿中东路直逼齐齐哈尔。

南路李海青也经历了西路同样的反复争夺。10 月下旬，李海青部攻占昂昂溪不久，便被日伪军赶出。11 月初，李海青再度集结 1000 余敢死队，冒着猛烈炮火奋勇冲杀，日伪军不支溃退。昂昂溪的占领，对齐齐哈尔的敌军构成实质性威胁。

应当指出，马占山组织指挥的四路大军围攻齐齐哈尔，是敌强我弱情况下的以攻为守，谋略可谓高明。如若有强大的政府支持与统一调度指挥，东三省一齐有组织地联合战斗，必然使日军疲于奔命，拿下齐齐哈尔并以之为基地，实现持久抗战应当说是可能的。

但是东三省的各路义勇军，一是得不到南京政府的支持，无粮，无饷，无装备，无后勤，与装备精良的日军差距太大；二是没有统一指挥系统，均为自发性的松散组织，缺少配合协作，尤其辽宁省义军不相统属，尽管人数众多，却形不成整体合力，遂被日军各个击破；三是没有明确的抗日救国纲领，一些义勇军互相摩擦损耗了内力，尤其在蒋介石"不抵抗政策"影响下，一些将领缺乏抗战胜利的信心，虽然有收复失地的要求，但缺少持久抗战的政治远见。

综上，铸成了义勇军抗战悲剧的结局。包括马占山轰轰烈烈"四路大军围攻齐齐哈尔"等的壮举，实质上均是东北抗日义勇军不怕牺牲、冲向侵略者的最后挽歌。

正当黑省各路义军逼近并准备拿下齐齐哈尔之际，日本关东军从南满、吉东抽调大批兵力，以第十四师团为主力，向黑龙江义勇军发动了空前攻势。11月中旬，李海青部在昂昂溪车站阻击日伪军，激战两昼夜，被包围于车站内，后奋力冲出重围，伤亡达四五百人。[33]

11月中旬，日军以第十师团为主力，以精锐服部骑兵旅团为先驱，辅以装甲、重炮、飞机，向富拉尔基发动攻势。此时，江河已结冰封冻，日军装甲、坦克运动便利，加之陆空紧密协调，很快突破苏炳文部防御。朱家坎一战，苏部官兵伤亡600余人，不得不退守三线阵地碾子山。不料，日军的服部骑兵旅团运动骤速，截断了前线守军与后方基地联络通道，使碾子山守军陷入孤立状态。

围攻齐齐哈尔失利后，马占山所部相继撤退，主力由邓文率领撤回拜泉附近。11月29日，日军向拜泉发动总攻击，义勇军各部与敌血战两日，弹药用尽，无力支持。30日，拜泉失守。12月1日，苏炳文部三线阵地碾子山被日军攻占。2日，扎兰屯失守，苏炳文东北民众救国军总部遭敌袭击，伤亡殆尽。

马占山在满洲里获知拜泉基地失守后，悲痛欲绝。12月3日，日军快速追击苏炳文部。苏部仅剩2000余人，无力扭转败局；3日，由海拉尔抵达满洲里。马、苏二人商定，率一部分官兵乘火车退至苏联。

1932年12月4日夜，苏炳文组织6列客货车，装载行李、辎重、给养、3000多匹马、2890名官兵、246名铁路员工、307名百姓，会同马占山及随行人员，由满洲里退至苏联境内。12 月 20 日，马占山和苏炳文等到达苏联托木斯克收容所。

此前，即 1932 年 4 月 1 日，马占山从伪满洲国潜行逃走后，于黑河重新组织省政府抗战。日军也集结大军对马占山部进行"围剿"，并于 7 月将马占山部在海伦安古镇、罗圈店等地包围。马占山率 40 余人，在深山老林中辗转 40 余日突围，在 9 月 9 日抵达龙门县城。而日军在罗圈甸子突围战中，将被捕的韩述彭认作马占山，还一直坚持马占山未死是谣言。

日军这样做有两个重要原因：一是关东军已向裕仁天皇报功，消灭悍匪首领马占山，不愿轻易改口；二是马占山活着就是一面反日旗帜，此旗不倒，从者如云。

直到 1933 年 4 月，撤退到苏联的马占山辗转到达德国柏林，日本关东军的西洋镜方被戳穿，只得承认出错，并被指欺骗天皇。于是，九一八事变的"功臣"、日军陆军中将多门二郎，被转入预备役。

退至苏联前，马占山命所属各部转进热河继续抗日。根据马占山的命令，邰斌山率黑龙江抗日救国军 1600 余人向热河转进，途中与苏炳文部东北民众救国军 1700 余人会合，一路千辛万苦，经关门山、索伦山，于 1933 年 1 月抵达热河，后参加了察哈尔抗日同盟军的抗战。

黑龙江抗日救国军第一军军长邓文率 9000 余人且战且走，于 12 月 5 日到达肇东，与救国军第三军军长李海青部 3000 人会合。1933 年 1 月中旬，会合的队伍经肇州、瞻榆（今通榆）到达热河开鲁，后参加了热河抗战。[34]

苏炳文留在海满的余部 3 个团，先是在扎兰屯以南地区坚持抵抗，后因伤亡过重，转移到张家口以后，参加了冯玉祥的抗日同盟军。

马占山、苏炳文领导的义勇军虽然以惨烈失败而告终，但义勇军对日本侵略者顽强不屈的抵抗意志，尤其是失败后不屈不挠、坚持抗战到底的精神，值得后世景仰。现今，齐齐哈尔市建有马占山"江桥抗战纪念馆"，呼伦贝尔市海拉尔区建有"苏炳文广场"。

日军在东北肆虐，攻城略地，蒋介石抱定了主意，不发一兵一卒，反正有肥硕的东北，足以喂饱日本人的胃口。为了将日军隔阻于东北，南京政府曾建议在关内外重要通道——锦州，设立中日两军之间"中立区"。

"日军策划进攻锦州时，南京政府代理外长顾维钧向英、美、法提出'锦州中立化'方案：驻锦州中国军队撤到山海关，日本向三国和国联保证不占领锦州，国联派军驻扎'中立区'。"[35] 1931 年 11 月 25 日，国民党政府将此方案上书国联。

12 月 2 日，国联理事会讨论在锦州设立中立区问题，认为日军已履行北宁路撤兵之诺言，拟使中日间有一协定，俾中国军队可退入关内，双方不得派兵越境。

日方表示，中国仅将军队撤入关内，尚不充分，必须将张学良设于锦州之辽宁省府同样撤退，使袁金铠管理锦州。讨论陷入僵局。袁金铠曾为张作霖的秘书长，九一八事变后任伪奉天地方维持会委员长，后任伪满洲国尚书府大臣。

同日，国民党政府通知英、德、美三国公使，同意将军队撤出锦州和山海关，但日本要做出使法、英、美三国满意的保证。12 月 5 日，顾维钧向记者声明，政府同意外国军队在各国领事监督下，驻守"中立区"。

顾维钧后来说："我的计划是要求日本停止前进，并开始谈判。在谈判得有结果前，使日本当局正要占领的锦州暂时中立化，在要求日本军人不进入锦州时，中国军队亦离开锦州，停驻城外，以避免出现导致严重敌对行动的冲突（日本曾暂停向锦州前进）。政府批准了这个计划，但这个计划显然是不得人心的。"[36]

蒋介石面对杀到家里的强盗，自己不抵抗，不自力更生，进行自救，还把命运交到外国人手里，恳求国际施舍"公理"，竟幻想英美法三国对此予以担保。有这样的领袖，真是中国人的耻辱与莫大悲哀。

蒋介石企图以锦州换取日军罢手，但张学良却不想让出锦州。

12月20日，顾维钧向世界发表宣言，谓"满洲问题非仅中国之问题，乃一国际问题"。全篇核心宗旨是蒋介石"信赖国际公理断处"政策，以及"上下一致，服从政府"的要求。

这对张学良造成很大压力。次日，他指示第一军于学忠部说："我军驻关外部队，近当日本来攻锦州，理应防御，但如目前政府方针未定，自不能以锦州之军固守，应使撤进关内。届时以迁安、永平、滦河、昌黎为其驻地。"[37]

吉、黑两省东北军大部分被日军击溃，或投降，或转为义勇军，辽宁东北军残部已退守锦州一线。根据国民党政府设立"中立区"的决定，张学良只能做撤入关内的打算了。

此时，一个突如其来的重大变化，几乎使张学良放弃"不抵抗政策"，转而奋起抵抗了。这个重大变化便是蒋介石下野了。

九一八事变后，全国强烈要求一致抗日，反对内战，而使国民党内部发生分裂。12月，世界政党史上罕见的一幕发生了，蒋介石的宁派、胡汉民的粤派、汪精卫的沪派，分别召开了3个国民党大会。三方角力的结果是：1931年12月15日，南京国民党中央常委会临时会议决议，批准蒋介石辞去国民党政府主席、行政院院长、陆海空军总司令职务的请辞。当日，蒋介石通电下野，与宋美龄飞往奉化老家。12月22日至29日，国民党宁、沪、粤三方达成一致，推举林森为国民党政府主席，孙科为行政院院长。

蒋介石因奉行"不抵抗政策"而下台，孙科执政后即任命"铁腕外交家"陈友仁，取代执行蒋介石"不抵抗政策"的外交部长顾维钧，提出"积极外交""收复东北失地"等口号，并电令张学良"保卫锦州"。

12月下旬，日军集结2个师团及6个混成旅团，以强大兵力进击锦州。张学良急电国民党政府，务请一周内调拨大批枪弹运往前线，并乞调遣大部援军增援。26日，国府复电称"已由政府密令财政、军政、参谋各部迅即筹发"。28日，张学良又直接急电林森，谓锦州危急万分，"款弹两缺，敌如大举前进，即举东北士兵尽数牺牲，亦难防守"，请火速拨放款弹，以济眉急。当日，国民党政府即复电"已分交参谋，军政两部核办"。31日，东北军下级军官在锦州发出谴责国民党政府不抵抗罪行的联合通电，指出："日军三路攻取锦州，血战五日死伤枕藉，营沟线田庄台，京奉线白旗堡，大通线向山等处，尸骨暴露，鹰犬争食，触目伤心，无已逾此。""三次转电中央，请发弹药接济，无一应者，是中央抗日能力仅于一纸电文，数张标语，其视我东北将士，不过政治上理应送死之牺牲品而已。"[38]

其时，孙科内阁已是焦头烂额，蒋介石虽已下野，仍牢牢把控中央嫡系军权，军队根本不听孙科指挥。

打仗是需要大把银子的，但江浙财团不仅不予支持，且多方掣肘。所谓国民党中央政府，实际上是蒋介石的军队与江浙财团银圆的结合产物。这个中国最大的军阀与财阀结合体，它的军队、银圆的投入方向与地域，一定要与自己地盘与财源的保值增值密切相关，这注定了远离长江下游的东北之悲惨命运。

接下来发生的一系列怪异的事情，便可以解释得通了。维持了不足一个月的孙科短命内阁，向蒋介石告饶了："国事不易收拾，先生平昔爱党爱国，想不忍袖手而坐视也，务望莅京坐镇，则中枢有主，人心自安。"

一时，请蒋主政的电报纷纷飞往奉化，蒋介石把握火候，表示"效命国难"。1932年1月18日，蒋介石在杭州表态：如果他不入京，则政府一定会与日本绝交。（如此则对抗日）没有通盘规划，只是凭一时血气，孤注一掷，则国家必然灭亡。因此他方决定不顾一切入京，帮助林森主席挽救危机。这是他的良心，也是他的天职。

1月31日，国民党中央召开紧急常委会，从鞭挞陈友仁"强硬外交"和孙科内阁财政危机入手，逼孙下台。此前的1月24日，公议否决了陈友仁对日绝交的主张。25日，行政院长孙科、外交部长陈友仁、财政部长黄汉梁被迫辞职。[39]

难得一见的政府抵抗，昙花一现；妥协的"不抵抗"政策，重新占据了中国政坛上风。

可见，由军阀与财阀结合的怪胎，占据中国政治舞台中央，中国老百姓只能悲惨无奈地任由侵略者宰割了。悲乎！

在国民党政府为争夺最高权力闹得不可开交之际，日军已经完成了攻占锦州的各项准备，出动3个师团，计4万余兵力，从三面完成了对锦州的包围。

眼见国民党中央支援无望，东北大势已去，为保住东北军最后本钱，张学良责成参谋长荣臻，以"兵力过疲，损失过重，枪弹缺乏，后援不及"为由，自1931年12月29日起，陆续向关内撤退东北军。

为减轻撤军东北的舆论压力，1932年1月3日，东北军前线下级军官第二次署名发表联合宣言声明："东北为中国之东北，非东北人之东北。故言抵抗，必须全国以整个力量赴之。"同日，东北民众反日救国会致电国民党中央和国民党政府，声称："我东北民众固犹为国家之民众也，未知政府负责诸公，尚有无有效办法解救此种危急。"

东北没有了正规军，只有义勇军顽强奋战，终难抵御强敌。日军遂势如破竹：1月3日，攻克锦州；4日，占领锦西与葫芦岛；7日，攻占绥中车站；10日，进犯山海关附近的前所车站。自此，山海关、长城一线实际处于日军控制之下了。

山海关，也称榆关。"两京锁钥无双地，万里长城第一关。"

1933年1月2日的守关之战，应当是东北军正规部队在家门口的最后一次顽强抵抗。守关的部队是东北军独立步兵第九旅旅部和所属六二六团，旅长何柱国同时兼临永警备司令。

1月2日凌晨1时，日军山海关守备队76人全副武装，蜂拥至山海关城南门，并大摇大摆列队于城门前，声称遭抗日义勇军袭击，怀疑袭击者已入关内，要求进关搜查，被拒。

10时，日军中尉儿玉利雄指挥部队架梯强行登城。守军奉有不得先开火的命令，只好用石头向下砸。此时，有日军士兵向城上扔手榴弹，守军将手榴弹掷回，当即将儿玉中尉炸死，并杀伤日军士兵2人。日军架设在民房上的机枪、迫击炮当即开火。守军还击，双方展开武力冲突，史称"榆关事变"。

当日，日本驻北平公使馆向张学良递交通牒，要求驻关中国部队撤退。

张学良表示，中方"无扩大事态之意图"，但拒绝将军队撤走。此时，被抢占了整个东北老家的张学良对日军已怨恼在胸，遂回复日方，决定停止谈判，并向何柱国发出抵抗命令。何柱国为此发布了"愿与我义勇军将士，共洒最后一滴血于渤海湾头，长城窟里"的《告士兵书》。

山海关守军主力六二六团共有官兵2277人，机枪12挺，平射炮4门，迫击炮6门。受《辛丑条约》限制，山海关不能修建永久工事，守军只能依靠13尺高的城墙防御，大大增加了抵抗困难。

1月3日上午，日军飞机、战舰、重炮同时对山海关南城墙开火，步兵随即向轰塌的缺口发起冲锋。守军沉着应战，自连长刘虞宸以下大半阵亡，拼死不退。

后来，制高点魁星楼被日军夺占。午后1时，团附孙良玉指挥一营一连与三营十连两路反攻，复将南门和魁星楼夺回。

日军遂向南门发射烧夷弹，守备于此的三连连长关景泉在指挥作战中中炮阵亡。午后2时，日军以铁甲战车开路，再攻南城门。四连连长战死，南城门又落入日军手中。

面对蜂拥而入的日军，一营营长安德馨大喊"我安某一日在山海关，日人一日决不能过去。日本人要过去，只能从我们的尸首上过去"，亲率仅剩的两个班预备队反击，击毙日军中队长1名。激战中，安德馨营长头部与腹部两处不幸中弹，壮烈牺牲。此战，日军落合甚九郎大尉被守军击毙。

团长石世安见阵地已全线动摇，官兵伤亡惨重，遂下令撤退。遭受重大损失的日军追来，被掩护撤退的五连死死挡住。五连长谢镇藩战死在阵地上。

1933年1月3日下午3时，山海关落入日军之手。

从整个战局看，山海关之战是一场小仗，但东北军参战部队英勇顽强、为国为民的牺牲精神，史册应予以记叙。山海关之战表明了两点：

一是在全国人民看来，中国军队基层官兵是好样的，但是少数上层官员的抵抗意志太差、太烂。在全国舆论一片骂声中，山海关守军终于为自己赢得了同情的声音。

二是在部队看来，山海关之战表明，不抵抗是没有出路的；即便是退到关内（山海关属热河境），仍不可避免遭到日军的追杀。侵略者贪得无厌，只有抵抗一条路可走。

12. 抵抗者被暗算了

热河，原为省级行政区，辖区分布在今内蒙古、河北、辽宁，曾属于东北地区，为东北四省关内的省份之一。东北抗日义勇军的抗日斗争史册，不能缺少热河抗战的篇章。

1933 年初，东北抗日义勇军遭日伪军残酷"讨伐"后，约有 10 万人以上转入热河省，参加了热河抗战与长城抗战，谱写了不屈不挠的英雄史诗。

"不抵抗政策"使得东北的国土轻易丧失，但日军并未像蒋介石期望的那样止步于东北。1933 年初，日方集结 10 余万日伪军向热河发起总攻。

此前，张学良数次请蒋介石发兵中央军，或亲临北平坐镇，调度晋绥察等地方军阀抵御日军，蒋介石均以"北方军事已全权托付吾兄，并请吾兄负其全责"等不痛不痒的话语推托。山海关丢失后，阎锡山、宋哲元、傅作义、蔡廷锴等关切致电询问："已否确定大计？北平张学良主任有无抵抗决心？"均表示愿率所部北上抗日，蒋介石一律电令制止："切实整顿部属，静候命令。"[40]

无奈之下，张学良为保卫热河、华北，将退入热北、热东的东北抗日义勇军编为 7 个军团，与东北军配合作战。

曾经在辽西数次袭击攻占新民、彰武、锦西等县城的抗日义勇军首领耿继周，在 1932 年退守热河后，布防于朝阳寺区域。——该区是进入热河的重要通道。锦州沦陷后不久，日军侵占了朝阳寺车站，等于在朝阳寺设置了一处进攻热河的桥头堡。

为斩断日军窥探热河的魔爪、拱卫热河之门户，耿继周率义勇军与日军大战于朝阳寺车站，歼敌 70 余名，夺回了朝阳寺这个重要战略支点。1933 年，日军再集重兵向朝阳寺车站发起猛攻，企图重新夺回该桥头堡，进而侵入热河。当时，驻守朝阳寺区域的尚有东北军驻热河守军的董福亭旅，其见日军攻击耿继周部驻守的朝阳寺车站，不仅不出手援助，反而在风闻日军枪声时，弃城逃往凌源，致使耿继周部陷入孤军作战的境地。

耿继周率部顽强抵抗后陷入重围，弹尽粮绝之际，奋勇突围至叶松寿一带，虽伤亡惨重仍不退缩，与另一路义勇军合军后，又同日军血战三昼夜。

综观热河保卫战，令人扼腕的是，一些正规军打得太烂，与日军稍一接触，或风闻日军将至之声息，即如董福亭那样"迅捷"溃逃。可耻的是，他们在逃跑与撤退时，纷纷让义勇军为其担任掩护。如孙殿英部撤退时，下令义勇军阻挡追击自己的日军，致义勇军伤亡惨重。万福麟也是由耿继周部奋力掩护撤退到喜峰口的。

更令人义愤的是，国民党热河守军第十七旅旅长崔兴武阵前投敌，掉转枪口，突袭义勇军邓文、李海青部，使两支义勇军劲旅不得不撤出热河，奔往察哈尔。

堂堂热河省主席汤玉麟未做抵抗便率千余人放弃省会承德，携万贯家财逃之夭夭。日军仅以 128 名骑兵轻易占领省城，[41] 致使成千上万义勇军的鲜血白白泼洒于焦土之中。

应予郑桂林一些笔墨。

郑桂林，吉林双阳人，东北讲武堂毕业后任作战参谋。九一八事变后，他放弃大好前程，弃职逆袭，出关组建义勇军万余人，报号为"郑天狗"，取"天狗吃日"之意，表达抗日到底之意志；历任东北民众抗日义勇军第四十八路司令、第五路军总司令；在东北率部参加凌南、辽西等多次战斗。东北被日军占领后，郑桂林率 1.2 万余人退至关内，参加长城保卫战。

1933 年 3 月上旬，日军进攻东北军第十六旅防区，攻陷板城峪，义院口也岌岌可危。郑桂林部奉命驰援，激战 6 小时，夺回板城峪，稳定了第十六旅防线；仅义院口一战，击毙日军 200 余人。自 2 月战至 4 月，虽然重创日伪军，但郑桂林部损失很大，仅余 7000 余人，被国民党改编为暂编第一师，并移驻天津马厂，郑桂林任师长。

改编后，郑桂林不满于蒋介石对日妥协，热衷内战，遂于 1933 年 7 月下旬毅然起义，率部冲出马厂，去张家口参加了吉鸿昌领导的民众抗日同盟军（后改名为抗日讨贼联军），继续参加抗日。

9 月，在日伪军和国民党军夹击下，察哈尔抗日讨贼军不幸战败。郑桂林率数名随员去北平、天津，多方奔走，联络旧部，准备再次出关抗日。

11 月上旬，郑桂林在天津法租界找到吉鸿昌时，被国民党宪兵团的特务秘密逮捕。下旬，郑桂林被以"反蒋""图谋不轨"等罪名，秘密杀害于北平，年仅 44 岁。

一代抗日英雄未死于同日军搏杀之战场，却被国民党反动派背后捅了刀子，实为壮士抱憾与不甘。

退入关内的义勇军均参加了热河保卫战、长城抗战，作战数百次，给日伪军以重击，自身遭受严重损失，减员达 3 万余人。一些义勇军流落他乡，失去原家乡民众基础，没有军饷来源，断了弹药补给，陷入极为艰难的境地。

此时，一个天大噩耗传来：1933 年 5 月 31 日，中国代表熊斌中将与日方代表日本关东军副参谋长冈村宁次，在塘沽签订了停战协定。

《塘沽停战协定》为日军起草，不许中方改动一字。

昭和八年 5 月 25 日，关东军司令官武藤信义，在密云与国民党政府军事委员会北平分会代理委员长何应钦所派军使、该分会参谋徐燕谋谈判。中日双方正式接受停战提议。协议正文主要部分如下：

一、中国军，即撤退至延庆、昌平、高丽营、顺义、通州、香河、宝坻、林亭口、宁河、芦台所连之线以西，以南之地区。尔后不越该线而前进，又不行一切挑战扰乱之行为。

二、日本军为确认第一项之实行情形，随时用飞机及其他方法，以行视察，中国方面对之应加保护及与以各种便利。

三、日本军，如确认第一项所示规定，中国军业已遵守时，即不再越该线追击。且自动归还于长城之线。

四、长城线以南，及第一项所示之线以北，以东地域内之治安维持，以中国警察机关任之。

右述警察机关不可用刺戟日本感情之武力团体。

五、本协定盖印之后，发生效力，以此为证据，两代表应行记名盖印。[42]

除公布项目外，尚有未公布的"日方希望"4项，内容为：丰宁以南之骑兵第二师即撤去，天津附近之四十师即他调，白河附近堑壕及其他军事设备即拆去。中日纷争的"祸根"——排日部队，即日被彻底取缔。

《塘沽停战协定》是一个丧权辱国的协定，它在事实上把热河在内的整个四省拱手让给日本，冀东、平北地区也在所谓缓冲区的名义下，主权名存实亡。

浴血奋战了两年，成千上万的义勇军付出生命，被蒋介石一纸城下之盟完全断送了，实际等于中方承认长城线是"满洲国"的边界线，日本军人拿到了入侵华北的一张特许证。

在全国人民一片叫骂声中，爱国将领冯玉祥揭竿而起，于1933年5月26日在张家口通电宣布就任察哈尔民众抗日同盟军司令，以"还我山河""收复失地"为旗号，召集抗日义勇军。一时各地蜂拥响应，除二十九军留察哈尔旧部，还有方振武的抗日救国军，吉鸿昌的第二军，以及冯占海、李海青、邓文的东北抗日义勇军。他们均加入到同盟军中来，一时人马集结达12万余众。

6月20日，抗日同盟军方振武、吉鸿昌等26名将领联名通电，宣布"重整义师，克日北指，克复察省失地，再图还我河山……四省不复，此心不渝。"[43]

日军侵占热河后，便把目光移向察哈尔省。

察哈尔省建于1928年，管辖区包括今河北西部和内蒙古的锡林郭勒盟。此前，日军已派重兵攻陷宝昌、康保两个城市，不久又攻下重镇多伦。多伦位于滦河上游，是内蒙古与华北交通的中枢。日军不惜血本，拿下此城，目的是将此地作为进犯察哈尔与绥远的大本营，同时作为守护已占热河的屏障。为此，日军派西义师团与茂本旅团并配以大量伪军驻守。

为此，同盟军起兵之初，冯玉祥便下令吉鸿昌的第二军及邓文、李海青义勇军要夺回多伦，以保证察省安全。自1933年6月下旬至7月初，同盟军浴血苦战，先后克复康保、宝昌、沽源等地，直逼多伦。

此前，对东北各地风起云涌的抗日义勇军，蒋介石既怕刺激日本人，又怕民众武装对国民党政府形成威胁，遂于1932年4月4日，以国民党政府行政院名义发布规定意见，称各地义勇军请赴国难，热忱深堪嘉许；然国防武力，有国防军为主体，参加战事必须召集补充，由政府统署办理，决无自行组军之理，特调令各部会，今后一切义勇军及类似组织，一律禁止，以重法令而维秩序。

那时，义勇军主要集中于辽、吉、黑三省，躲在江南的蒋介石鞭长莫及。待到一年后东北抗日义勇军溃败，撤入关内，蒋介石遂于1933年3月12日，下令北平军分会委员长何应钦（支持义勇军的张学良已下野）对义勇军"改编调遣"。

4月27日，北平军分会颁布《整顿河北省境内义勇军办法四项》，将入关的东北抗日义勇军相继统编或遣散。郑桂林的一个师，统编后只剩了1个旅辖、3个团和1个教导队。

冯玉祥脱离政府统筹，自行组军，蒋介石既怕他拥兵自立，又怕因此惹恼日本人，破坏了好不容易通过《塘沽停战协定》换来的和平，遂于6月11日通过中央社播发冯玉祥"联俄投共"的谣言，饬令冯"即日停止一切异动"。15日，蒋介石密电何应钦，一面令庞炳勋的四十军沿平绥路北进，对张家口构成军事压力，一面派宋哲元等人出面劝冯玉祥取消抗日同盟军。

7月3日，蒋介石密电行政院长汪精卫，统一思想，部署围剿同盟军。

6日，何应钦做出围剿兵力部署，并要求冯玉祥：（1）即日结束军事"交卸兵符"；（2）通电取消同盟军名义；（3）宋哲元返察（哈尔）省主政；（4）冯就全国林垦督办职。

7日，抗日同盟军已兵分三路围攻多伦，守城日军危急。冯玉祥坚持攻下多伦。蒋介石则断绝给养，劫截捐款，企图逼迫同盟军在粮弹不济中溃散。

8日，冯玉祥通电全国，揭露当局不予接济，反而重兵压迫，表示同盟军要"于血泊中求挣扎"。

12日，同盟军经五昼夜血战，终于收复了沦陷72天的多伦城，竖起了阻止日军染指察哈尔及绥远的屏障。

捷报传出，举国振奋。怒火中烧的蒋介石于7月15日电令何应钦，"速筹军事之彻底解决办法"。

18 日，蒋介石调集钢甲车 6 列，兵力 8 个师，计 12 万人，由何应钦亲临前线指挥，向察哈尔推进。日本关东军趁机派遣平贺旅团、茂本旅团联合伪军 2 万余人，也向察哈尔推进，使同盟军处于日伪军与蒋中央军夹击之中。

冯玉祥被迫向全国呼吁。各地纷纷仗义执言，电请中央"速停入察之师"。蒋介石迫于压力，由封锁（扣发给养、器械，截留慰劳品与捐款）、造谣（"不秉命中央""多伦无激战"等）、以毒攻毒政策（驱使同盟军进入日军飞机大炮覆盖之阵地），转而采取收编——解散——取消政策。[44]

31 日，冯玉祥驳斥蒋介石与汪精卫所谓"抗命""割据""赤化"等诸多指责，电称"晋人抗日，诚方有罪，而克复多伦，则尤罪在不赦……如中央严禁抗日，抗日即无异于反抗政府"。该电报被蒋下令扣发，并增调入察围剿部队至 15 万人，"决以武力解决"。

8 月 3 日，冯玉祥迫于压力，通电表示"困难严重，不忍自相残杀，愿收束军事"。

若不是蒋介石后来成为抗战的民族主义者，凭其以上行为，说其是日本人之内奸，当半点儿不为过！

冯玉祥离开察哈尔后，方振武、吉鸿昌结盟继续抗日，但处境更为艰险。8 月 16 日，二人联名通电，申明说：他们反蒋，是因为蒋卖国；他们抗日，是要保住祖宗留下来的江山。一息尚存，奋斗到底，杀倭灭贼，宁为玉碎，不为瓦全，并改"抗日同盟军"为"抗日讨贼联军"。

25 日，方振武就任"抗日讨贼联军"代理总司令，吉鸿昌为总指挥。这支近万人的抗日队伍东下，转战两个多月。10 月中旬，在小汤山一带，方、吉突遇中央军商震、庞炳勋、关麟征等部和日军联合夹击，死伤惨重，余部被宋哲元二十九军收编。察哈尔民众抗日同盟军至此完全瓦解。

蒋介石悬赏10万元缉捕以方振武、吉鸿昌为首的170余名同盟军要员。1934年11月9日，匿居天津的吉鸿昌被军统特务绑架，押解北平后遭杀害，时年仅39岁。吉鸿昌死得很壮烈。在刑场，他望着满地的雪，捡起一根树枝，以雪为纸，写下四句气壮山河的就义诗：

恨不抗日死，留作今日羞。

国破尚如此，我何惜断头。

写毕，他厉声喝道："我为抗日而死，不能跪下挨枪，给我拿把椅子来，我得坐着死！"当刽子手举枪时，他用尽力气高呼"抗日万岁！"，一颗罪恶的子弹穿过了他的左眼。

数年间，避居香港的方振武一直在进行抗日救国活动。1941年12月，香港被日军占领，方振武遂潜回内地；刚入广东省境，便被追杀多年的国民党军统特务逮捕，并残忍杀害。

与方振武、吉鸿昌一起战斗的马占山抗日救国军第一军军长、察哈尔抗日同盟军第五路总指挥邓文，1933年7月被国民党特务刺杀于张家口，[45] 年仅40岁。

第三军军长李海青于七七事变后重整旗鼓，率1000余人北上抗日，不幸死于汉奸之手，年仅42岁。

剿杀察哈尔抗日同盟军，是一桩丧失民心、损害抗战的严重事件。蒋介石作为民族主义者，虽然自1937年以来的抗战总的看是比较坚定的。同盟军奋起抗日，应当同后来国民党政府的抗日目标是一致的，但为什么蒋介石对其痛下杀手而有利于敌呢？

有评论认为，20世纪30年代末期，蒋介石基本完成了在中国的独裁统治，这也是他毕生的个人追求。

但凡独裁者，一个突出特征是强迫所有人服从。在他那儿，须一言九鼎，权力要超过一切，因而他的是非标准往往表现在其他人对自己的态度上：只要服从他，明明错了也是对的；只要反对他，对了也是错的。

哪怕是抗日这种关乎国之命运的大事，他也要先通过"割肉"，阻止日军全面侵占中国。有人反对了，就是比日军还要坏的政敌，必欲灭之而后快。这是蒋介石个人的悲剧，也是 20 世纪上半叶中国的悲剧。

九一八事变后，在东北大地风起云涌的抗日义勇军，人数之多、规模之大，范围之广，在中国人民抗击外敌侵略历史上是空前的。

1932 年，义勇军全盛时期，总人数达 30 万以上。在对日作战中牺牲约 5 万人，负伤约 8 万人。[46] 1933 年总体失利后，尚有一部分坚持抗战数年之久，为中国共产党领导与发展东北抗日联军打下了良好基础。若干义勇军官兵成了抗联的卓越领导者与坚强战士。

东北抗日义勇军艰苦卓绝的战斗，表现了中华民族在面对强敌入侵时，坚韧不拔、不屈不挠的伟大民族精神，最为可贵的是冲破了抗战初期国民党政府"不抵抗政策"的禁锢，揭开了抗日游击战争的序幕，给日本侵略者以沉重打击。

据亲日的《盛京时报》报道："关东军战死将校 99 名，准士官以下 1750 名，共计战死 1849 名。关东军负伤将校 243 名，准士官以下 4819 名，共计 5062 名，死伤合计 6911 名。"这显然是被日军大大缩小了的数字。[47] 实际上，据不完全统计，东北抗日义勇军前期抗战主要战斗 1499 次，歼日军 4.35 余万人（含死、伤、俘、病、冻等），歼伪军（警）7.89 余万人（含死、伤、俘、降、逃、反正等）。[48]

东北抗日义勇军在中国的抗日战争中占有重要地位，具有重大历史意义与深远影响。著名剧作家田汉先生与音乐家聂耳先生，为此创作了著名歌曲《义勇军进行曲》。新中国开国大典前，歌曲被确定为中华人民共和国国歌。

注释:

[1] 中共中央文献编辑委员会:《毛泽东选集》(第一卷),人民出版社,1991年6月第2版,第146页。

[2] 丘树屏:《伪满洲国十四年史话》,长春市政协文史和学习委员会,第50—51页。

[3][17] 李书源、王明伟:《东北抗战实录》,长春出版社,2011年5月第2版,第17页,第31页。

[4] 温永录:《东北抗日义勇军史》(下),黑龙江人民出版社,1987年4月第1版,第681页。

[5]《东北抗日联军史料》编写组:《东北抗日联军史料》(下),中共党史资料出版社,1987年12月第1版,第393页。

[6] 尹秀峰:《江桥抗战日记》,载全国政协黑龙江省政协文史资料研究委员会:《马占山将军》,中国文史出版社,1987年10月第1版,第43页。

[7][8][9]《东北抗日联军史料》编写组:《东北抗日联军史料》(下),中共党史资料出版社,1987年12月第1版,第394页,第395页,第396页;以上并参考《东北抗日联军史》编写组:《东北抗日联军史》,中共党史出版社,2015年9月第1版,第98—101页。

[10][11]《马占山关于日军侵占齐齐哈尔经过的报告》(1934年4月),载中央档案馆、第二历史档案馆、吉林省社会科学院:《日本帝国主义侵华资料选编 九·一八事变》,中华书局,1988年8月第1版,第233页,第236页。

[12][13][18]《东北抗日联军史》编写组:《东北抗日联军史》,中共党史出版社,2015年9月第1版,第102页,第250页,第150页。

[14]童青林:《东北! 东北!》,人民出版社,2015年9月第1版,第60页。

[15]周海峰:《蒋介石传》,作家出版社,2006年2月第1版,第130页。

[16]《东北抗日联军史料》编写组:《东北抗日联军史料》(下),中共党史出版社,1987年12月第1版,第395页。

[19][27]李书源、王明伟:《东北抗战实录》,长春出版社,2011年5月第2版,第60页,第81页。

[20]萨苏:《最漫长的抵抗》(上),西苑出版社,2013年6月第1版,第233页。

[21]《东北抗日联军史》编写组:《东北抗日联军史》(上),中共党史出版社,2015年9月第1版,第152页。

[22]中央档案馆、中国第二历史档案馆、吉林省社会科学院:《日本帝国主义侵华档案资料选编 东北"大讨伐"》,中华书局,1991年4月第1版,第52页。

[23][24][25][26]萨苏:《最漫长的抵抗》(上),西苑出版社,2013年6月第1版,第240页,第242页,第242页,第242页。

[28]《东北抗日联军史料》编写组:《东北抗日联军史料》(下),中共党史资料出版社,1987年第1版,第420页。

[29][33][34]《东北抗日联军史》编写组:《东北抗日联军史》,中共党史出版社,2015年9月第1版,第154页,第157页,第158页。

[30][31][32]萨苏:《最漫长的抵抗》(上),西苑出版社,2013年6月第1版,第109—111页,第109页,第254页。

[35]中国社会科学院近代史研究室:《中华民国史·第七卷》(1928—1932),中华书局,2011年7月第1版,第503页。

[36]顾维钧:《顾维钧回忆录·第一分册》,中华书局,1983年5月

第 1 版，第 422 页。

［37］［38］李书源、王明伟:《东北抗战实录》，长春出版社，2011 年 5 月第 2 版，第 33 页，第 37 页。

［39］周海峰:《蒋介石传》，作家出版社，2006 年 2 月第 1 版，第 134 页。

［40］［41］翁有为、赵文远:《蒋介石与日本的恩恩怨怨》，人民出版社，2008 年 1 月第 1 版，第 99 页，第 102 页。

［42］王铁崖:《中外旧约章汇编》（第三册），生活·读书·新知三联书店，1962 年 3 月第 1 版，第 940—941 页。

［43］［44］周海峰:《蒋介石传》，作家出版社，2006 年 2 月第 1 版，第 166 页，第 167 页。

［45］［47］李书源、王明伟:《东北抗战实录》，长春出版社，2011 年 5 月第 2 版，第 121 页，第 129 页。

［46］《东北抗日联军史》编写组:《东北抗日联军史》，中共党史出版社，2015 年 9 月第 1 版，第 165 页。

［48］庄严主编:《民族魂:东北抗联》，吉林出版集团有限责任公司，2014 年 8 月第 1 版，第 99 页。

第五章
揭竿而起

13. 烽火红地盘

九一八事变后，在中国拥有强大军队的政党——中国国民党，实施超于异常的妥协"不抵抗政策"；而被国民党军队围困于一隅的弱小政党——中国共产党，却发出了与国民党完全相反、令全国振聋发聩的强大声音，为黑暗的中国大地燃起了一抹希望的曙光。

1931 年 9 月 20 日，中共中央发表《为日本帝国主义强暴占领东三省事件宣言》。同一天，中华苏维埃共和国中国工农革命委员会发表《满洲事变宣言》。

世事往往有惊人的巧合。九一八事变四天后的 9 月 22 日，就在蒋介石抛出著名的"公理对强权""和平对野蛮""忍痛含愤""逆来顺受"等绵软得令人丧气的论调同一天，中国共产党中央委员会再次发出《中共中央关于日本帝国主义强占满洲事变的决议》：

> 进行广大的反对日本帝国主义的暴行的运动……提出武装群众的口号，使这些武装的群众团体变为游击队与工人自卫队。

> 加紧在北满军队中的工作，组织他的兵变与游击战争，直接给日本帝国主义以严重的打击。[1]

今天看来，这是一个很了不起的历史决议（也包括后来的一系列抗战宣言等）。它的重大意义在于，在国家与民族存亡的危急关头，在执政的政治集团放弃抵抗的前提下，中国共产党提出了拯救国家与民族的庄重宣言。

这个政策最正确之处在于，不是把国家与民族的命运交到外国人——国联手中，不是靠割肉退让满足侵略者的贪欲胃口，而是依靠广大人民拿起枪杆子，将侵略者彻底赶出去。

九一八事变发生在东北，东北的中国共产党组织当仁不让地担负起了抗战重任。可惜，由于历史原因，东北党组织实在太弱小了，到1932年1月，所属党团员共有2132人，[2] 其下几乎无一兵一卒一枪一弹。同中共中央一样，中共满洲省委在九一八事变之后也发布了一系列抗战公告，最有影响力的是在九一八事变第二天发表的《中共满洲省委为日本帝国主义武装占领满洲宣言》。[3]

处于秘密状态下的中共满洲省委没有舆论平台发出自己的声音，只能将自己的主张写成标语与传单，或用铁笔蜡纸钢板刻成文章，再油印出来。

共产党人当年干的是正经的大事，那种艰难困苦，若非身临其境，是很难想象出来的。9月25日后，沈阳、大连、哈尔滨等地街头陆续出现了以罢工、罢市、罢课来动员群众、表达愤怒的传单和标语，如

"反对日本帝国主义侵占满洲!""打倒日本帝国主义!"等标语和传单，这些没有话语权的声音虽然微弱，却喊出了广大老百姓的心声。

应当指出，当时中共满洲党组织，一度受到了奉系军阀（日军尚未占领区域）与日军（已占领区域）的双重打压。1931 年 11 月底，设在奉天的中共满洲省委机关遭到严重破坏，包括中共满洲省委书记张应龙在内的许多共产党人被捕。12 月，中共满洲省委被迫迁往日军尚未占领的哈尔滨，仍处于地下工作状态。

后来的历史证明，正是由于中共满洲省委的正确领导，才形成了东北抗日联军如火如荼的燎原之势。其中，在 1935 年中国苏维埃政府、中国共产党中央委员会发布的《八一宣言》中被列为民族英雄的罗登贤，[4] 功不可没。

那是九一八事变几天后，在哈尔滨江桥下一个叫牛甸子的小岛上，党的联络站冯仲云的家里，北满党的高级干部在召开紧急会议，主持会议的年轻人叫罗登贤。这年夏天，他作为中共中央驻东北的代表，巡视东北工作，正赶上这场震惊中外的大事变。

罗登贤表示，国民党的"不抵抗政策"，出卖了东北和东北同胞，共产党人一定要与东北人民共患难，同生死。敌人在哪里蹂躏我们的同胞，共产党人就要在哪里和人民一道与敌人抗争!

罗登贤还申明，党内任何人不得有离开东北的要求，直至驱除日寇；否则就是恐惧动摇分子，不是共产党员。

以上，是罗登贤的一个工作片段。

强敌当前，共产党人不像国民党或其他军阀那样，政府与军队一齐逃向关内。这是弱小的共产党能够获得人民拥护支持的根本原因。

罗登贤，原名罗举，曾化名达平、光生，1905 年生于广东南海，1925 年加入中国共产党，为中国共产党领导工人运动的先驱之一，曾任中华全国总工会委员长，中共六届一中全会当选为中央政治局候补委员。张应龙被捕后，罗登贤继任中共满洲省委书记。

罗登贤突出的贡献有两个。

一是提出了中共满洲省委的中心工作任务，即领导人民用"民族自卫战争"反抗日本侵略者。他在中共满洲省委制定的《抗日救国武装人民群众进行游击战争》中提出，党要支持、援助和联合其他非党的一切抗日武装力量，共同反抗日本帝国主义的侵略。

1932年7月20日，《中共满洲省委代表何成湘给中央的报告》指出："在这些客观形势与主观条件下无疑的发动满洲游击战争，领导反日的民族战争，开辟满洲新的游击区域与苏维埃区域是满洲党目前最中心最迫切最实际的战斗任务。"[5] 而《中共满洲省委对满洲事变第四次宣言》最后一句话是个响亮的口号："民族革命战争胜利万岁！"[6]

这等于道白了正在东北进行的这场战争是一场民族革命战争，而不是土地革命战争，从而将东北"特殊"了出来。尽管还没有明确提出统一战线主张，但联合一切可以联合的爱国力量、共同进行民族战争，都与当时以博古为首的中共中央的路线方针政策相违背，因而受到批判便不可避免了。

罗登贤另一个突出贡献是在东北全力创建党所领导的抗日武装，广泛开展游击战争。为此，他将东北最强的干部都派往基层，派往农村，派往义勇军中。中共满洲省委历任军委主要负责人杨林、周保中、赵尚志、杨靖宇、李兆麟，先后被派到磐石、宁安、巴彦、珠河、汤原等地。同时，冯仲云、童长荣等得力干部也都到了北满、东满等地区。这对后来威震敌胆的东北抗联第一、二、三、四、五、六军的形成，起到了重要作用。

多年后，已担任哈尔滨市政府秘书长的杨君武回忆，1932年除夕后几天，省委书记罗登贤找自己谈话，交代到磐石组织反日武装的事。那时，哈尔滨刚被日军占领没几天，人民在悲愤与严寒中度过九一八事变后第一个春节。罗登贤的神情很激动："我们坚信，东三省不会被灭亡。劳苦大众的反日斗争，正在各地风起云涌地开展起来。在这个时候，我们党的责任，就是把这些自发的斗争，变成有组织有领导的斗争！同时要建立党领导的工农义勇军。"

杨君武，也叫杨佐青，1930年加入中国共产党，曾任共青团满洲省委秘书长、中共北满特委兵运负责人。罗登贤将杨君武这样一批年轻、懂兵运的共产党员都派了下去——杨君武到磐石去担任反日义勇军的政治委员。

磐石，是吉林省中部的一个县，山峦起伏，河流纵横，哈达岭山脉横亘县城中部，饮马河、辉发河流经全境，吉海（吉林—海龙）铁路连通南北。与东北多数县不同的是，磐石县中共党组织力量较强，1930年8月已经成立了中共磐石县委，同时建立了共青团、农民协会等组织。

县委所在地点有一个怪怪的名字——玻璃河套，却成了远近闻名的"红地盘"。在九一八事变之前，县委升格为中心县委，相当于地区级，辖磐石、桦甸、双阳、伊通等县。

九一八事变后不久，县城里没有日本军队，只有两个连的"国民党降队"和一个"日本领事馆"。日寇兵力不济，打着"民族自治"旗号，成立"保民会"，直属日本领事馆。1932年2月9日，磐石"保民会"会长朴春圃率60多伪军，抓走了拒不加入保民会的磐东区委书记朴东焕及反日群众共23人。

中共磐石县委在很短时间内，组织了700多百姓。在3名女共产党员带领下，大家赶到伪军驻地，将其围困了三天三夜。"放人""杀走狗""打倒日本子"的口号山呼海啸，入夜后，灯笼火把将夜空照得如同白昼。敌人不得不全部释放被捕人员。

4月3日，不甘心失败的日本领事馆，派伪警察署巡查部长松尾亲自出马，率领伪军骑兵又逮捕了党团员和坚定反日群众9人。磐石县委迅速布置了一个"夺回被捕同志"运动。

县委巡视员李东光带领赤卫队绕道堵截，磐东区组织委员赵杰率反日妇女会员与儿童团员150余人循路追赶。伪军骑兵走到小孤山时，被前面的赤卫队员挡住去路，马缰绳也到了赤卫队手中。僵持中，追赶的群众陆续拥上来，将敌人马队团团围住。众人在群情激昂中，抢上前去，一面将沙子扬撒上马头，一面抢上囚车，剪断被捕同胞身上绳索。

气恼的松尾下令开枪，但伪军只朝天放了几枪。松尾见状，扔下绑人的大车，打马夺路而逃；一直到天色已晚，才仓皇躲进三道岗林家烧锅大院。李东光乘势追击，带领300多反日群众将烧锅大院围得水泄不通，松尾慌不迭地不停呼救……

自5月1日起，中共磐石县委组织1000多群众，连续几天在共产党员孟杰民、李红光的带领下，举行声势浩大的反日大示威，组织反日群众组成民众法庭，对民愤大的汉奸申在均、朱钟兴、何昌根，进行法庭审判并就地处决。

示威活动在吉海铁路工人配合下进行，群众扒毁铁路数里，烧毁枕木，抛扔铁轨于深山，致敌铁路运输中断10余日。伪军奉命抓捕破路"群众"。孟杰民单身闯进伪军连部声讨，血脉偾张，慷慨陈词。伪军连长低头不语，下达了撤退命令。

继杨君武之后，罗登贤又将张振国派到磐石。张振国又名张汝衍、张敬山，当时是中共满洲省委驻吉林市特派员。到了4月份，罗登贤再将杨林派到了磐石。杨林原名金勋，曾用名杨宁、毕士第，朝鲜平安北道人，1925年加入中国共产党，参加过广州起义；1930年，任中共东满特委军委书记；1931年12月，任中共满洲省委军委书记，也是九一八事变后的中共满洲省委第一任军委书记。

杨林到磐石后做了一系列筹建抗日武装的工作。由于其曾任黄埔军校教官，杨林最有成效、惠及长远的一项工作是开办培训班，培养了一批兼具政治和军事素养的干部，如孟杰民、李红光、初向辰、王兆兰、朴翰宗、韩浩等。这些年轻有为的爱国青年，后来大多成了抗日武装的骨干。李红光、朴翰宗、韩浩等分别成了抗联军与师一级的卓越领导。

罗登贤对东北各地抗日基础及局势有着清晰的了解，故而将中共满洲省委负责军运工作的干部，接二连三派往"红地盘"磐石。在我之力量最强、敌之力量最弱的地区，用上最得力的干部，犹如利斧劈朽木，使磐石很快成了南满反日的风暴中心。东北抗联第一军诞生于磐石，罗登贤便是那播撒种子的第一人。

磐石反日武装源于李红光领导的劳农赤卫队（20 余人）与磐石特务队（7 人）。磐石特务队，老百姓称之为"打狗队"，主要任务是对付"保民会"中的那些走狗，同时保卫县委机关。

那时的共产党实在是太穷了，不像东北军有数千门大炮、几十万支枪、数百架飞机，也比不上高墙大院内有数十支钢枪的地主大排。磐石"打狗队"只有 5 件不太好的老旧手枪和 2 颗手榴弹，李红光的劳农赤卫队除了数杆抬枪，再没有像样的武器。

有枪的一些人不打日本侵略者，没枪而又想打日本侵略者的人便想办法把枪夺过来。呼兰镇西南 20 余里一个姓李的地主李保董，养着有 20 余支枪的大排队，家里开着赌场。

李红光带着队员，摸近大排队的房子，在大门口架上了"二人抬"土炮，然后与杨君武带着 5 个人装成赌徒混进了赌场，迅速抢占了赌场内四个大角。"不许动！"李红光大喝一声，枪口从四个角落亮了出来。

大排队员还在发愣时，20 余支长短枪已悉数被抢到了赤卫队员手中。李红光声明：自己是工农义勇军，不伤性命，只是借几条枪去打日本鬼子。

枪还是少。共产党员孟杰民等人便打入伪吉林警备军第五旅十四团七连当兵。七连原为东北军部队，不少官兵降日乃不得已。孟杰民经过一个多月的艰苦工作，于 1932 年 5 月 16 日晚 10 时，率部分官兵宣布起义。该连连长下令阻挠，双方发生激烈枪战，孟杰民带领起义士兵边打边撤，最后带出了 30 余人枪，部分士兵愿意参加抗日队伍。

1932 年 6 月 4 日，磐石工农反日义勇军在磐东小孤山正式成立，对外称号为满洲工农反日义勇军第四军第一纵队，下设 3 个分队，共 30 余人。罗登贤派来的张振国与杨君武，分别担任总队长与政治委员，李红光担任参谋长。

有了自己的武装，群众得到很大鼓舞。在中共磐石县委领导下，工农反日义勇军保护并协助群众开展分粮斗争。7 月 10 日到 8 月 18 日，共计开展分粮斗争 16 次，踊跃参加斗争的群众达 800 名。[7] 在斗争中，百家长组织会兵（保民会的武装）300 余人前来围剿。工农反日义勇军虽然人少枪劣，却都勇猛异常，击溃了会兵队伍，缴获了一些洋炮抬枪。8 月底，队伍发展到 50 余人，长短枪达 50 余支，编成 4 个分队。

抗联的创立发展，看上去似乎很顺利，但这只是个表象。抗联的敌人除了日本侵略者，还有降日的反动地方武装，以及被推到敌人一方原本动摇的地主阶级。

工农反日义勇军打着红旗，对地主不加区分地搞分粮斗争，侵犯了地主阶级的利益，致使一些大地主勾结土匪，图谋联合剿杀这支新诞生的抗日武装。

应当承认，一些大地主既有经营发达家业的本事，在阶级斗争方面也不乏谋略。磐石工农反日义勇军成立之初，磐东郭家店反动地主便派了两个奸细，伪装进步，打入义勇军队伍，并表现得十分积极，深受信任，可参加决策会议。于是，义勇军的一切底细活动均在敌人掌握之中。结果 10 天之后，悲剧便发生了。

6 月 14 日，义勇军一分队被诱骗到郭家店东沟。早已下网设局的敌人里应外合，打死反日义勇军队员 3 名，打伤 2 名，其中政委兼一分队队长杨君武身中 4 弹。是役，反日义勇军损失枪支 10 支、子弹 180 发。[8]

得手的敌人乘势而进，接连对义勇军进行攻击，大肆逮捕反日群众。《中共磐石中心县委紧急报告》中写道："在这些事件中，死二十六人，伤五人，被捕去七人，被毒打、强奸的不计其数。""目前磐石的党，由县委到支部每个同志，都不能在家中住。""磐石党旧有的基础，在目前已经被敌人破坏了，一般党和团的同志均过着山林中的生活。""目前磐石党已处在存亡的紧急关头……"[9]

袭击反日义勇军的是地主大排、会兵、胡匪、守卫队等。

生死存亡关头的抗日武装，应当怎么应对？

其时，中共满洲军委书记杨林先前已回省委了，磐石中心县委拿不准主意。8 月下旬，县委派工农反日义勇军队长张振国赴哈尔滨，向中共满洲省委汇报请示。

满洲省委会给出什么指示呢？

哈尔滨正东，紧挨着哈尔滨的是巴彦县。巴彦亦称马彦苏苏，蒙古语意为富贵之乡。巴彦县里有一支东北工农反日义勇军，又称巴彦游击队，创始人是共产党员、清华大学学生张甲洲。

张甲洲是巴彦人，1930 年加入中国共产党，曾任中共北平市委宣传部长和代理北平市委书记。九一八事变后，东北沦陷，不少东北籍大学生流亡关内。1932 年 4 月，张甲洲"逆袭"东北，联络东北籍大学生回家乡组织抗日队伍，同行的有张清林、夏尚志、张文藻、于天放、郑炳文等人。他们化装成商人来到哈尔滨，找到了中共满洲省委。省委对夏尚志与于天放做了另行分工。

张甲洲与另三人回到家乡，很快拉起了一支队伍；5 月中旬，在巴彦七马架宣布成立"巴彦抗日义勇军"。张甲洲任队伍总指挥，王家善任副总指挥，巴彦中学校长孔庆尧任参谋长。因为领导层多为读书人，老百姓称之为"大学生队"。队伍下设 2 个中队，有 100 余人。[10]

抗日义勇军成立伊始，立足未稳，即遭地方反动势力破坏。地方反对势力一方面组织军警围剿，另一方面挑拨分化领导层，致使王家善、孔庆尧拉走了自己的人马，队伍减员一半。为挽救这支队伍，张甲洲将余部 50 余人带到巴彦与呼兰交界的山里，报号"平洋"，并联合马占山部的一队溃兵山林队，共同组成一支抗日队伍。

罗登贤很是重视巴彦这支由共产党员领导的武装。6 月，他派中共满洲省委军委书记赵尚志到巴彦游击队，先任省代表，后任参谋长。为加强力量，罗登贤还将已回呼兰的共产党员夏尚志也派往巴彦。

赵尚志，1908 年出生，辽宁朝阳人，1925 年加入中国共产党，曾就学于黄埔军校，是一位坚定的无产阶级革命者。在到达中共满洲省委工作前，赵尚志曾两次遭东北奉张当局逮捕，身陷囹圄，总计度过将近四年的铁窗生活，受尽了酷刑折磨与考验。出狱后，他先是担任全满反日总会党团书记，又于 1932 年 5 月被中共满洲省委任命为中共满洲省委军委书记，为省委常委。[11]

赵尚志找到张甲洲这支队伍时，武装人员已达 200 余人。队伍编为 3 个大队，第一、二两个大队由共产党员张清林和夏尚志当队长，第三大队长为绿林呼青山。

张甲洲的宗旨是，只要打鬼子，什么人都要，整个队伍中，土匪便有七八股。赵尚志同意张甲洲的观点，但主张对部队进行改造，但改造的办法不是简单的说教。他借鉴黄埔军校的经验，提出了"建立中心队伍"的意见，在各队中选调 20 余名年纪轻、体格壮、品质好的战士，成立了一支"模范队"。

人世间有正义感的人，本就是学好向善的。"模范队"以赵尚志为榜样，对老百姓和气，遵守纪律，作战勇敢，逐渐影响并带动了部队发生变化。赵尚志又同各股土匪头目反复申明抗日政治主张，顺理成章将部队旗号由"平洋"改为了"东北工农反日义勇军"。

张甲洲、赵尚志早已在共产党组织内练就了宣传组织群众的看家本领，部队每到一处，都召集群众开会，张贴标语，动员说服（而不是强迫）地主有钱出钱，有枪出枪；号召团结一致，共同抗日，救国保家。

赵尚志深知，打败敌人是最有力的宣传。为此，1932 年 7 月上旬，他带领部队攻下了龙泉镇。受胜利影响，许多群众，包括一些农民、游民、地主和官绅子弟，都自带枪、马加入工农反日义勇军。

1932 年夏的东北大地，天灾人祸，淫雨连绵，导致遍地泽国，加之匪患横行，破产农民揭竿而起。一些地主、大户不甘日伪盘剥压榨，也打起了反日旗号。8 月，反日义勇军已发展至 600 余人，而且全部为马队，其中"模范队"增至 100 余人。

7 月 11 日，日军一个大队占领了巴彦县城，不久即建立了伪县政权。日伪统治下的巴彦县城，冷落萧条，加之松花江水泛滥，灾民流落街巷，饥饿、瘟疫弄得市民人心惶惶。为给刚成立的日伪政权以致命一击，张甲洲、赵尚志决定攻打巴彦县城。

巴彦县城内驻有伪军步兵营、警备队各 200 余人，商兵团 50 余人。赵尚志、张甲洲与马占山旧部才鸿猷团（简称"才团"）以及山林队"绿林好"联络，决定三方联合，于 8 月 30 日鸡以叫头遍为号，共同攻打巴彦县城。

8 月 30 日，东方天色尚未发白，巴彦城南门、东门、城东北角突然一起响起枪炮声。城内伪军与警察乱作一团，三路抗日队伍杀入城内。伪军步兵营长沈某当场被击毙，伪县长程绍廉仓在皇逃出北城壕外时被生擒，县城遂被抗日武装占领。

工农反日义勇军联合其他反日武装攻占巴彦县城，是九一八事变后，共产党领导的武装力量首次攻占县城。这次战斗为党以后提出抗日统一战线，做了一次成功的尝试。

遗憾的是，抱着个人目的抗日的人，终究不可能坚决抗日到底。原东北军军官才鸿猷的一切行为，目的是个人升官发财。打进巴彦城后，才鸿猷自行晋升为旅长，为扩大势力，封官"绿林好"为团长，将其纳入自己所属；为吃掉实力最强的反日义勇军，提出"合并"、实为吞并的方案。

张甲洲、赵尚志当然反对。不料才鸿猷以封官许愿手段引诱，致使工农反日义勇军内若干小股"山林队"，及一些游民纷纷投奔了"才团"。部队流失了三分之二，只剩下"模范队"和基本队伍200余人。张甲洲、赵尚志率队离开了县城。从队伍力量上看，这是一个不小的损失，但留下的都是自愿接受共产党领导的人，实际上，队伍更精悍了。

清华大学与黄埔军校的经历，使张甲洲、赵尚志深知培训干部的极端重要性。两人商量成立教导队，初期选拔培训20人，期限两个月。两人亲自教授学科，除军事科各项技术外，还开设政治科（讲授时事）与品德课。教导队经常学唱爱国歌曲《苏武牧羊》《满江红》等。其中，《赴战》的歌词是：

不忘大刀环，沙场死当善终看。

宝刀挥善鄯，金甲耀楼兰。

风餐雪饮，枪林为弹。

腰中剑，秋水寒，颈血残，

人人但愿马革裹尸还。

《抗战歌》的歌词是：

> 国事千钧重，头颅一抛轻，
> 昂藏七尺躯，怕死不从戎。[12]

通过整训，部队面貌大变。新成立的教导队、少年队、士兵委员会、反日同盟会等组织十分新颖，远非其他山林队等武装可比，令他们十分羡慕，有的前来打探，也想仿学。

其实，有一点其他反日武装怎么也学不了：赵尚志深谙带兵之道，身教胜于言教，让士兵做到的，他带头做到。作为省代表，又是省委军委书记、省委常委级的高级干部，他却同士兵一样站岗放哨，一样穿破衣吃粗饭，丝毫没有其他武装头目当官做老爷的做派。

赵尚志个头仅一米六多一点儿，尤其是近4年牢狱经历，对他身体造成严重损害。赵尚志回忆道："敌人把我吊起来，用子弹壳刮我的两肋，开始一条条的肉被刮下来，火辣辣地痛，后来血一滴滴地淌下来，我就不知道疼了，敌人听不到我半点儿哭叫声是多么恼火！这就是我的胜利。"

赵尚志个头矮，又长得瘦，一张娃娃脸，少年队的战士都称他为"李大哥"，别的队干部则叫他"小李先生"。因他到巴彦化名"李育才"，且很有韬略，别人便加上了"先生"的称呼。

张甲洲、赵尚志头脑中共同的想法是，反日就要对日军不断地打击，在打击敌人过程中不断壮大自己。

一天夜晚，张甲洲、赵尚志率领挑选的100名精锐骑兵，长途奔袭康金井车站，将车站南行铁路扒断两处，掐断呼兰与海伦间的电话线，将车站伪警护卫队打得狼狈逃窜，敌人为之震惊。几股山林队，包括才鸿猷的部分部下，纷纷前来投靠，队伍很快增加到 700 余人，其中第一、二队、少年队、教导队和洋炮队约 230 余人，是由党组织直接领导的骨干队伍。

1932 年 10 月，中共满洲省委巡视员吴福海来到巴彦工农反日义勇军，带来了省委新的指示精神，给蓬勃发展的巴彦游击队兜头浇了一盆冰水，而这盆冰水来自远在南方的上海。

14. 首先要分清敌友

1931 年 1 月 7 日，中国共产党六届四中全会在上海召开。会议受共产国际驻中国代表巴维尔·亚历山大罗维奇·米夫操控，捧抬了王明（陈绍禹），使其成为中央政治局委员，并逐渐掌握了中共中央实际领导权。不久后，王明赴苏联工作（中共驻共产国际代表）。经共产国际远东局提议，成立中共临时中央政治局，年仅 24 岁的博古（秦邦宪）被指定为总负责人。博古的思想相当部分受王明的影响。

1931 年 9 月 20 日，九一八事变后两天，中共临时中央发出由陈绍禹起草的一份决议，决议的名字长长的——《由于工农红军冲破第三次"围剿"及革命危机逐渐成熟而产生的党的紧急任务》。

在日本悍然侵略中国的时局下，生怕共产党在面对新情况时"迷失"革命方向，决议明确指出："目前中国政治形势的中心是反革命与革命的决死斗争"，要求苏区的党和红军"取得一两个中心的或次要的城市"，"扩大苏区到中心城市"，强调指出"目前主要危险还是右倾机会主义""富农路线"。

10 月中下旬，中共临时中央明确，中共中央代表团代表中央领导苏区一切工作。11月初，代表团主持中央苏区党组织，在瑞金召开第一次代表大会（即赣南会议）。会议指责毛泽东的一些做法为"狭隘"的"经验论""富农路线"，批评红军"没有完全脱离游击主义的传统"，忽视"阵地战""街市战"，会议强调要集中火力反右倾。

月底，毛泽东当选为中华苏维埃共和国中央执行委员会主席与人民委员会主席，却被排挤出了党和军队的领导岗位。无公可办的中华苏维埃政府主席毛泽东，于1932年初到江西瑞金城郊东华山一座破旧寺庙中养病。

作为中华苏维埃共和国主席，毛泽东并没忘记中华民族的首要敌人是日本侵略者。病休中，他时刻关注着这个凶恶的敌人。当得知日军突然进攻上海的消息，他抱病起草了对日战争宣言："中华苏维埃共和国临时中央政府特正式宣布对日战争。"[13]

对一个国家宣战并非轻而易举之事，那是要举全国之力，与被宣战国血拼到底的行为。蒋介石领导的国民党政府，即便首都南京被攻占、军民被屠杀30万，也未曾对日宣战，直到毛泽东对日宣战9年多之后，于1941年12月9日才对日宣战。个中缘由后文叙述。

有评论认为，毛泽东思想最核心的观点之一，是《毛泽东选集》第一卷第一篇《中国社会各阶级的分析》中的第一句话：

> 谁是我们的敌人？谁是我们的朋友？这个问题是革命的首要问题。中国过去一切革命斗争成效甚少，其基本原因就是因为不能团结真正的朋友，以攻击真正的敌人。[14]

毛泽东对日宣战的基点是，九一八之后的日本已成为中国的主要敌人，但博古对日军占领东北的解释是："朝着进攻苏联而迈出的危险而具体的一步。"毛泽东发表的不同意见是"在全民国防的爱国努力中团结中国所有阶级"共同抗日。

那是在一次会议上，会场情绪热化了。最后有人当面斥责毛说：日本占领东北就是为了攻击俄国，如果你看不到这一点，你就是一个右倾机会主义者。接下来是一片沉寂，毛站起身来，大步走开了。[15]

1932 年 6 月，中共临时中央政治局在上海法租界秘密召开了直、鲁、豫、陕、满北方五省省委代表会议，简称"北方会议"。

会议由博古主持，参加会议的中央负责人有张闻天、康生、李竹声，以及各省委负责人及代表。会议的中心思想是要求北方各省武装起来保卫苏联，实行土地革命，建立工农红军与苏维埃政权。

中共满洲省委出席会议的代表、省委常委、组织部长何成湘认真汇报了东北的情况，提出东北与关内情况不同，在日本已占领的东北进行土地革命，建立苏维埃政权，不完全符合东北实际，应当有所区别。

应当承认，"北方会议"要求东北党组织加强对义勇军的领导、建立党领导的武装力量、开展游击运动是有一定指导意义的，但会议总体上是对王明"左"倾路线的贯彻。

身处反日第一线、以罗登贤为代表的中共满洲省委认识到，现今东北与关内最大不同是，日本侵略者已成为使中国亡国灭族的头号敌人，东北人民包括一些地主阶级面对压迫，也会起来反抗日本，头号敌人的敌人，应当成为同盟军。

在这种情况下，再像关内那样实行土地革命，打土豪，分田地，建立苏维埃政权，不仅会把同盟军推到头号敌人日本一方，还会使共产党多一个强劲敌人。

但是，北方会议否定了中共满洲省委的正确意见，通过了《革命危机的增长与北方党的任务》等 3 个指导性文件，提出把"反日战争与土地革命密切联系起来"。

鉴于中共满洲省委与临时中央方针政策的原则分歧，"北方会议"结束后，临时中央派李实（又名魏维凡）到东北贯彻会议精神，并决定由华岗代替罗登贤任中共满洲省委书记。华岗到任前，由李实代理省委书记。

1932 年 7 月 10 日至 12 日，中共满洲省委在哈尔滨召开省委扩大会议，通过了《中共满洲省委扩大会议决议——关于接受中央北方会议的决议》等文件，[16] 要求各级党组织和党员必须无条件执行。

北方会议确定的"左"倾冒险主义方针政策，给东北刚刚兴起的抗日斗争带来了诸多影响，尤其是没收地主土地、游击队公开打出工农红军旗号等政策，使处于弱小阶段的抗日武装很快陷入了孤立境地。

罗登贤被调离东北后，被安排担任中华全国总工会上海执行局书记，他积极组织反帝大同盟，领导上海日本纱厂工人反日大罢工。1933 年 3 月，罗登贤不幸被捕，在狱中受尽酷刑，坚贞不屈。虽多方营救，包括宋庆龄等亲自出面，但鉴于其反帝爱国志士身份，国民党仍秘密将其杀害，牺牲时年仅 28 岁。

罗登贤任中共满洲省委主要负责人的时间虽然短暂，却恰逢九一八事变之际需要共产党及时指明前进方向的关头。他以求实的态度，提出符合东北实际的正确方针政策，精心点燃和播撒武装抗日的星星之火与顽强种子。1934 年，中共中央将革命根据地信康县改名为登贤县，以兹纪念。

当革命航船遭遇风浪打击后，回到原本正确的轨道，这位民族英雄的思想价值才越发体现出来，这是我们让罗登贤在革命史册占有重要一页的主要原因。

1932 年 10 月，中共满洲省委派巡视员吴福海到巴彦工农反日义勇军，带来了省委贯彻"北方会议"精神与指示。其主要内容：一是打出工农红军的旗号，将东北反日义勇军改编为中国工农红军第三十六军江北独立师；二是成立军事委员会，张甲洲为司令，赵尚志、吴福海为第一、第二政委，两人都是省委代表；三是执行土地革命政策，打土豪、分田地。

10月的东北大地，山林落叶，天气渐凉。为冬季战斗做好准备，张甲洲、赵尚志联合"绿林好"所部，由巴彦向东挺进，攻打东兴设治局。

"兵者，诡道也。"

赵尚志历来重视计谋的运用。部队行至离东兴35里处的邵家店时，他不动声色先缴了伪警察分驻所的枪械，而后以这个分驻所名义报告东兴设治局说，发现一支队义勇军正由此向南（东兴相反方向）移动。待麻痹了东兴之敌后，大队人马迅速向东兴奔去，一直杀到东兴城下，城内敌人才仓皇应战。不到半小时，陷入被动的守敌不得不从东门撤出，东兴城遂被占领。

占领东兴后的第三天，敌人纠集大队人马——包括以前与抗日武装相安无事的红枪会和一些地主大排，一齐对江北独立师发起攻击。赵尚志在十字街口临时工事内指挥反击时，突然被飞来的弹片击中，顿时左眼受伤，殷红的鲜血满面淋漓。双方僵持到傍晚，敌军逼近指挥部，独立师各部乘夜色相继撤出城外。

此战，江北独立师损失很严重。第二队队长夏尚志左腿中弹，士兵牺牲30余人，枪械损失50余支。赵尚志经月余治疗，左眼内部组织已损坏，终生丧失了视力。

赵尚志养伤期间，打着工农红军旗帜的江北独立师离开巴彦，西进呼兰，经青冈，进入安达县境活动。一路上，红军独立师发动群众没收地主财产，分粮抗租，使原本一些正在分化、动摇的地主富农很快成了敌人。这种情况与部队现状产生了相当大的矛盾。

原本部队中有不少大户子弟，有的还加入了党团组织，成了部队的骨干。巴彦县委在给中共满洲省委的报告中说："介绍了一批同志，是11人。这些人的成分，雇农贫农很多，只有两个人是富农和地主的儿子。"

作为省委代表和第二政委的吴福海，在坚决贯彻省委指示精神时遇到的头一个难题是张甲洲，他家也是远近有名的地主家庭。张甲洲地主儿子的身份使一些接受"北方会议"精神的同志认为，其创建反日游击队时就"走向资产阶级和地主路线"，因而开会时要求"避免张甲洲的注意"，并主张"发动反张甲洲的斗争"；又因为赵尚志与张甲洲思想观点一致，便认为他"放弃党赋予的任务，给土匪（引者：联合作战）做忠实俘虏，从小赵（按，尚志）起都是忠实地执行土匪式的地主富农路线。[17]

由于"北方会议"精神及中共满洲省委指示的贯彻，仅仅一个来月，红军江北独立师便陷入孤立与分化状态：一是张甲洲被孤立，部队领导层之间矛盾裂痕加大；二是一些地主富农子弟纷纷脱离队伍，部队受到削弱；三是一系列"左"的口号，导致联合作战的"绿林好"等山林队，不再与独立师合作。

赵尚志在这个时候回到了部队。身处基层的赵尚志，当时并没有意识到是临时中央的方针政策出现了问题，只是感到中共满洲省委指示不符合当地斗争的实际，认为省委不了解基层情况，因而采取了"决议归决议，行动归行动"的策略，拒不执行土地革命政策。

有队员用东西找地主换子弹，他予以批准；有人杀了富农家的猪，他让花钱买。对于反张甲洲斗争，他同吴福海产生很大分歧，时常争吵不休，一次竟被同为省委代表的吴福海殴打。中共满洲省委为此于1932年11月20日给予吴福海警告处分。

眼见赵尚志顽固坚持违背党中央"北方会议"精神与中共满洲省

委指示的行为，受了处分又无力纠正赵尚志的吴福海两次回省委汇报，终于使中共满洲省委做出了《关于撤销小赵同志工作的决议》。决议认为，赵尚志搞了"右倾机会主义"，执行"富农路线与军事投机军官路线"，持有"北方落后论""满洲特殊论"观点。省委决定，"撤销赵尚志过去省委所附托的省委代表任务。"[18]

"北方会议"精神的贯彻，使红军江北独立师陷入困境。艰难中，又突发一桩意外事件：所属一部误缴两名鄂伦春族猎人两支步枪，因而遭到鄂伦春族猎人、伪自卫团、山林队联合攻袭，部队伤亡惨重，辗转返回巴彦时，仅剩五六十人的溃军陷入弹尽粮绝、士气低落的境地。为避免被敌军围歼，张甲洲、赵尚志研究决定，队伍化整为零，队员分散隐蔽，听令再集。实际上，红军江北独立师以解体、失败而告终。

1933 年春节前夕，赵尚志、吴福海找到中共满洲省委，向省委代理书记李实、组织部长何成湘、军委书记吉密汇报。省委已经开过几次会了，认定赵尚志犯有"右倾主义"错误，导致部队遭到毁灭性打击，要他承认错误，进行检查，并由何成湘与他耐心谈话，做思想工作。

本来赵尚志对省委撤销职务的处分就想不通，现在省委又把巴彦游击队失败的责任落到自己头上，便产生了抵触情绪。他认为，省委执行的是"左"的路线，导致游击队失败，组织应负的主要责任，却要由他个人承担，因此不认错，也不做检查。

应当指出，有严明纪律的中共党组织，对于事业损失和工作失败绝不会轻纵，一定会吸取教训追究有关负责人；同时，党允许干部犯错误，但必须要承认错误，改正错误。

中共满洲省委认为赵尚志犯有严重错误，且拒不认识并检讨错误，决定给予其开除党籍处分，分配他担任哈尔滨市总工会主席职务；同时被处分的还有吴福海，被给予留党察看处分，分配到哈尔滨市道里区任区委书记。

赵尚志被开除党籍，内心一度很苦闷。作为一个革命者，被组织剥夺政治生命，那种精神打击，不是亲身经历是感受不到的。这期间，赵尚志给在狱中结识的朋友写过一封信，信中附有一首小诗，其中几句是：

> 风打麦波千层浪，
>
> 雁送征人一段愁，
>
> 披靡无术，
>
> 被屏逐于千里之外。[19]

从这几行诗句里，可以看出赵尚志的心境，愁苦伤感之情跃然纸上。可喜可赞的是，赵尚志并没有失望与悲观，他没有服从省委分配的工会工作，并不是对降职不满意，而是想要到一个能够直接给日本侵略者以致命打击的战场上去。

在离开哈尔滨前，赵尚志去向夏尚志道别。夏尚志发现，赵尚志虽然被开除了党籍，又失去了一只眼睛，但已完全走出愁戚，踌躇满志地要去干一件大事情。赵尚志诙谐地对夏尚志说了一个愿望，将来革命成功，能在"狗不理"饭店，吃一顿包子就行了。

最惨是张甲洲，赵尚志被开除党籍时，还留了一个余地："如果×××（指赵尚志）在工作中改正自己的错误，随时随地可以恢复党籍。"而张甲洲从北平回东北时没带组织关系，省委认为他已经不再是党员了，因而也未给他分配工作。

张甲洲在清华大学读书时，与胡乔木是同学。胡乔木说："张甲洲同志是我在清华的同学，当时他是党员，我是团员。他为人非常正直，对党十分忠诚，很有能力和魄力。对我教育很深。"[20]

应当指出，当时的中共满洲省委因为巴彦游击队的失败和所谓

"地主路线"错误，对张甲洲采取弃置的态度是不应该，不公平的。但张甲洲与赵尚志一样，不论受到了何种不公正待遇与处置，共产主义信仰和抗日救国的意志始终坚定不移。

与赵尚志分手后，张甲洲去往位于松花江下游的富锦中学，化名张进思，以教师身份作掩护，继续开展反日斗争。1937年8月，他在去往抗联独立师（后为第十一军）途中，不幸遇敌，中弹牺牲。东北抗联早期重要武装巴彦游击队创始人张甲洲，牺牲时年仅31岁。

15．兵运王之殇

磐石工农反日义勇军政委张振国回中共满洲省委请示工作后不久，磐石县委书记全光面对恶劣环境，为保存已有的武装力量，取消了反日义勇军的队名，与报号"常占"的山林队穆荣山合股。穆荣山任总队长，张振国任政委，全光担任参谋长。

1932年9月初，合股后的"常占"队参加了东北抗日救国军第八路军及大刀会、红枪会联合攻打磐石县城的战斗，取得较好战果。之后，"常占"队挥师伊通，经周密准备，仅用两天便打下了曾数次攻打而未拿下的反动会兵何家大院，缴获长短枪30余支。县委深深体会到联合作战的威力。

1932年10月初，张振国回到磐石，带回了中共满洲省委贯彻"北方会议"精神的指示信。省委指责磐石游击队与"常占"队合股是右倾投降，提议将磐石工农反日义勇军改名为中国工农红军第三十二军东北游击队。磐石中心县委接受了这一指示。

10月下旬，乘穆荣山外出之机，反日义勇军处决了"常占"二当家和穆荣山的两个心腹，带着收缴的几支枪，脱离了"常占"队。

之后，反日义勇军陷入了孤立境地。因搞土地革命，部队不断受到地主武装的攻袭，且就下一步方向问题产生了严重分歧：党支部几次开会，52名同志中有42名主张去东满。他们认为，磐石的群众基础已被破坏，还面临被"常占"队报复的危险。只有10名同志坚持回磐石，因为县委在磐石，游击队不能离开党的领导。由于达不成一致，会议决定部队暂不移动，由张振国回磐石看看省委是否有人来。

没料到，张振国一去就没有再回来。他在磐石未见中共满洲省委来人，又去省委找——游击队的发展方向得省委才能决定。张振国找到省委后，却被留在了省委工作。就在这段时间，磐石游击队接连遭受了两次严重打击。

磐石、伊通两县毗邻西集场子，有一个大屯落，名字很特别，叫长胳膊屯。屯里有一个大地主张辅卿，拥有15支长枪。游击队根据县委指示，决定索取这批枪支，同时讨要粮食生猪，令其支援游击队抗日。

总队长孟杰民把队伍开到距屯子二里地时，与参谋长带一名战士前往张家大院。他们先礼后兵，约定如有意外鸣枪为号，以武力解除张家武装。没想到，张辅卿不仅未买账，反倒先下手枪杀了孟杰民，抓捕了那名战士，参谋长侥幸逃出。游击队愤而围攻张家大院，攻打了一天，消耗甚多弹药，且伤了两个队员，被迫沮丧撤出。

祸不单行。1933年1月，游击队在磐东活动时，被名为高锡甲的地主武装包围袭击，代理总队长王兆兰、政委初向臣双双中弹牺牲。军政主官同时牺牲，部队顿时陷入溃散状态：一些队员离队，原本160余人的队伍减至不足百人。

受此重大挫折原因是多方面的，"北方会议"影响是主要原因。对一些地主不加区分是否投降日伪，便硬性上门索要枪支、物品，把处于动摇中的地主一律变为敌对方，故而不断遭到地主武装的袭击。另外，学生出身的总队领导缺乏政治、军事斗争经验，不善于处理复杂的阶级与民族关系，缺乏应对突发变故的能力也是重要原因。

牺牲的3位总队领导均为20岁出头的年轻人。

孟杰民在九一八事变之前，就加入中国共产党，入党时年仅18岁，牺牲时年仅20岁。初向臣、王兆兰同年出生，只比孟杰民大两岁，3个人都是磐石人。九一八事变后，他们目睹国破家亡，毅然投笔从戎，初向臣、王兆兰先后在反日战斗中入党。残酷的斗争夺去了他们太年轻的生命和大好人生，使他们像流星般一闪而过，但作为东北抗日武装早期的创建者，历史应永远记住他们。

需要补缀的是，张振国于1935年被中共满洲省委派往珠河（今黑龙江省尚志市），任东北人民革命军第三军政治部主任，同年在战斗中壮烈牺牲，年仅35岁。[21]

鉴于南满，尤其是磐石的重要性，1932年深秋，中共满洲省委安排杨靖宇以省委特派员的身份，前往磐石及海龙巡视，扭转那里濒临颓败的危局。

杨靖宇，原名马尚德，化名张贯一，河南省确山县人，1905年生人，1927年加入中国共产党，是河南确山农民暴动的主要领导人。1929年，杨靖宇被中共中央派往东北，由中共满洲省委书记刘少奇派往抚顺任特支书记，之后担任满洲反日总会党团书记、哈尔滨市委书记，巡视南满时担任代理中共满洲省委军委书记。

杨靖宇曾被捕入狱，始终英勇不屈。[22] 尤其在抚顺被捕那次，日本警察用尽了"上大挂"、蹲水牢、灌煤油等多种酷刑，他遍体鳞伤、伤口感染、腐烂，发高烧，患赤痢，命悬一线……

长期艰苦的革命斗争经历，使其具有丰富的斗争经验和顽强的意志。

杨靖宇化装成商人，带着"大久保洋行采办"的名片，经吉林去磐石。他尚不知道反日义勇军已同"常占"队分离，并结下仇怨。一进"常占"队，杨靖宇便被反绑了双手。穆荣山气恼地问道："是张瞎子和全胖子派来的吧！不是你们要分家？还来干啥？"

张振国是近视眼，外号"张瞎子"，县委书记全光是一个大胖子。

穆荣山手下的人大声吵嚷说，正好给"二当家"报仇，拉出去枪毙！

杨靖宇立即发现情况不妙。面对凝重紧张的气氛，他镇定自若："我是满洲省委代表，这次专为解决分家拆组问题而来，特意与你们和好，你们却用绳子捆绑我，太不够朋友了！"

一招反攻为守果然有效，见穆荣山安静下来听自己讲话，杨靖宇首先诚恳承认，反日游击队那样对待友军"常占"队是不对的，自己就是来纠正这个问题的；同时，耐心说明两家和好，联合抗日于国于家、于双方队伍发展都有好处的道理。杨靖宇对矛盾发生的是非不偏不向，以诚感人。穆荣山也是一个有民族正义感的汉子，表示不计前嫌，愿再次携手共同抗日。

"常占"队一行，虽有险象，应当算是南满巡视的良好开局。折服了穆荣山这位势力较大、在山林队颇有影响的绿林好汉，对下一步联合各方武装对日伪作战具有重要示范作用。

杨靖宇到达反日游击队时，正赶上午饭时间，他就同队员们一起吃饭，给人的感觉除了平易近人外，还有一种"庄严政治家"的印象。面对回磐石还是去东满两种尖锐对立的不同意见，杨靖宇不是以上级特派员的身份简单裁决和下命令，因为他清楚，对思想疙瘩不能用剪刀，而要慢挦细拆地破解。

大概从领导确山起义开始，多年做基层群众宣传鼓动工作历练的原因，杨靖宇做思想工作的独到之处是从大家看得见、挨得着的日常生活入手，不经意间会告诉你一个看似浅显实为深刻的道理。

那天晚上，二大队党小组会开到深夜，灯碗里的油快耗尽了，灯火逐渐暗了下来。杨靖宇指着油灯意味深长地说："你们看这盏灯，没有碗就盛不住油；但光有碗没有油，灯就点不着。咱们游击队是磐石的子弟兵，在那里土生土长，那儿山深林密……没有根据地，就没有家，为什么要做没油的灯芯呢？"

一天，杨靖宇来到队员们中间，问大家打鬼子，除了枪还靠什么。见大家面面相觑不知说什么好，杨靖宇提示是粮食，可粮食从哪里来？一位战士恍然大悟，是咱根据地的群众呀！

杨靖宇抬高声说："对的，是群众！群众是游击队的命根子，游击队是鱼儿，群众就是大江大河，鱼儿离开水就得死，咱们打鬼子离开群众就不行哩！"

杨靖宇就这样以极度耐心细致的方式开展思想工作，使严重分裂面临溃散的队伍重新黏结成一个整体，一致同意回磐石，依靠家乡父老开展抗日游击。

在如此艰险的敌情环境下，拿出大块时间做思想工作，实为超乎常理之举。善于带兵的杨靖宇心中有一个理念，一支队伍的统一意志和团结一致，是战斗力的基本要素。他超常的举动，值得今人认真研究与学习。

鉴于磐石游击队的危急现状，杨靖宇向中共满洲省委请示并经批准，留在了磐石游击队。经过教育与整顿，磐石游击队改名为中国工农红军第三十二军南满游击队，杨靖宇为代理政治委员，袁德胜为总队长。

此前，杨靖宇一直以张贯一的化名从事工作。留在游击队后，为稳定部队情绪，考虑因伤离队的第一位磐石工农反日义勇军政委姓杨（杨君武），人称杨政委，便改张姓为杨，队员们就都叫他杨政委。这样做的好处是，大家以为杨（君武）政委还在队伍上。[23]

整顿后的游击队开始回返磐石地区，途中每到一地，都召开群众大会，宣传抗日救国的道理和游击队的宗旨。在桦甸北头道沟，游击队将大地主陈连万的粮食分给当地穷苦百姓。在磐东郭家店，得知当地保卫团头于宪庚横行乡里，欺压百姓，并想趁游击队立足未稳，收缴游击队的枪械，杨靖宇指挥部队迅速突袭郭家店保卫团团部，活捉于宪庚，召开群众大会，公审处决，并遣散了保卫团，收缴枪支29支。群众拍手称快，队伍士气为之大振。

之后，杨靖宇又指导磐石中心县委召开了代表大会，批评并纠正了县委放弃对游击队的领导与退出根据地等错误行为。会议改组了县委，由朴元灿任书记。

写史当秉笔，因为英雄不是圣人，也有认识的局限。从某种意义上讲，世间的正确是不断修正错误后结出的硕果。

当"北方会议"精神贯彻到中共满洲省委时，囿于当时的历史条件，同其他同志一样，杨靖宇也曾受到"左"的倾向影响，跟着错误方针批评省委"本身是右倾机会主义"。[24]

可是等他到南满巡视，接触到了抗日斗争的实际后，认识发生了变化。他主动将省委贯彻"北方会议"精神的决议搁置下来，不谈武装保卫苏联，不进行土地革命。勇于改变错误认识，并在实际工作中予以纠正，这是务求真实的杨靖宇的可敬之处。

1932年10月，中共满洲省委结合东北各地党的基础情况，对创建反日武装提出了重点区域率先突破的策略："以盘石（引按：磐石，后同）的游击队、巴彦和汤原的武装队伍做基础，发动南满以盘石为中心与松花江从巴彦到汤原这一区域的游击战争。"决定"这三个地方，省委必须派五个以上的得力干部去工作。"[25]

汤原县位于黑龙江省东北部，西、北依小兴安岭，东南依松花江，县域总面积 2 万多平方公里，山区面积达 90%，且大部被茂密森林覆盖；汤旺河、格节河、梧桐河等 20 余条河流流经境内，是开展游击战争的天然理想场地。

汤原县为中心县委，领导汤原及周边依兰、佳木斯、富锦等地党组织，1932 年秋，中共党员达 200 人以上。汤原第一支共产党领导的武装于 10 月 10 日成立，共 40 余人，都是各区委选送的，其中三分之一是党团员，还有 3 个女队员。这些人当时被称为"坚决分子"。队伍名称为中国工农红军第三十三军汤原民众反日游击中队，中队长为李福臣。这支 40 余人的队伍，共有 20 余支老旧枪支：1 支俄造连珠枪，1 支别拉弹克单发猎枪，2 支匣子枪，十来支单发手枪"铁公鸡"，还有几支老式抬枪。

李福臣告诉大家，这些枪支多半是县委与各区委省吃俭用凑钱买的，或各级党组织费劲收集来的。枪支不够，再去弄！

这支一半徒手的队伍出发了，目标是石场沟杨家屯杨发家。黑夜中，李福臣带着几个身手敏捷的队员，悄无声息地翻过了高楼。等杨发发现时，他身边已围上了一圈大汉。

李福臣先讲抗日道理：枪放着生锈，先借给他们，为打鬼子正经使用，还搏个抗日好名声。杨发见来人不是土匪，便矢口否认有枪，表示自己也是中国人，早有反日的心，只是枪被胡子起走了。李福臣再做工作，表示打借条，用完就还。见杨发仍不"交枪"，李福臣等人便把枪口对向了他。就这样，5 支包着油布的三八大盖从地窖里被抱了出来，全队精神为之大振。

尽管如此，现有的装备还是难以同快枪利炮的鬼子战斗，且随时有可能被各色山林、土匪武装吃掉。为此，各地游击队初创时，通常向杨发式的地主小自卫队、小帮土匪下手，几支、十几支地夺枪。待他们逐渐壮大起来，再同日伪军正规部队死磕。游击队初创时期，几乎相当于赤手空拳，等于把脑袋别在裤带上，剧烈跑跳中，随时可能会把脑袋甩掉在地上。

经研究，汤原游击队下一个夺枪目标是梧桐福丰稻田公司（日本企业）保安队。这个保安队虽然力量不是很强，但以游击队现有武器装备，硬攻不行，只能智取：稻田公司春节前开佃户会议，趁机派人混进去，里应外合，打他个措手不及，才能得手。

离春节还有一个来月，队员暂时放假回家。游击队没有后勤，穷人供不起吃喝，地主富农自打"北方会议"要求实行土地革命以后，对游击队敬而远之，已没有主动提供给养的了。

枪怎么办？往回返的路上，一个队员带枪开了小差。于是李福臣决定，把枪都收上来，分几捆包好，存放在一家百姓的地窖中。

什么都想到了，就是没想到年前土匪要进村搞吃的。一伙筹集年货的土匪一通乱翻胡找，没找到好年货，倒把枪翻腾出来，一支不留，全部劫掠而去。

土匪，乃政治与社会土壤结合的衍生群体。处于乱世之中的东北，遍地起土匪。规模小的可以几人、十几人，大的或几十、几百、几千人之众。土匪干出了名堂，成了气候的，如张作霖，便不再是匪。若非得称匪，那也是"官匪"。东北谚语，不当胡子当不了官，不下窑子成不了太太。

丢了枪的李福臣悔青了肠子，恨不得一头撞死在墙上。他带着第一小队长戴鸿宾冒死前去交涉，要求返还枪支。吃到饿狼嘴里的肉岂可吐出来？汤原反日游击中队的第一次挫折，便是失去了全部家当。

震怒的汤原县委，把中队长李福臣调离了，游击队任命杨树明（人称"老杨"）接替了中队长。

一个枪子也没有，不便再去夺枪，汤原县委于是盯上了钢枪利炮的伪军。驻鹤立岗伪军迫击炮排有一个姓杨的上士，是抗日救国会会员。经过一段时间工作，杨上士争取了两个士兵，于是与县委接头人约定了方案：他们拟在一个晚上，负责打开枪炮仓库，携炮带枪冲出营房，游击队负责在营房外接应。

到了约定时间当晚，老杨带着40余名徒手游击队员到达指定地点，准备接应起义队伍；左等右等，过了约定时间，却不见伪军营内有动静。老杨带部分队员前去摸情况，不料刚接近营房，一阵排子枪便打了过来。

原来杨上士缺乏经验，心里搁不下事，晚上翻来覆去睡不着，被班长接到小饭馆套话，遂将计划泄露给伪装反日的班长。伪连长杀害了杨上士，并预先部署了防制措施。老杨带着徒手游击队员，沮丧地返回了驻地。[26]

还是在游击队初创阶段，汤原中心县委不断向中共满洲省委报告，要求省委调派军事人才来汤原。老杨便是省委派来的干部，与老杨一块派来的，还有王永江、张旋风二人。

3个人都是行伍出身，王永江在东北军中当过排长。1929年，张学良因中东铁路归属问题，与苏联发生战争，东北军战败，数千人被俘，中苏双方签订"伯力预备会议记录"息争。[27] 王永江与杨树明被俘于苏联半年，回国后加入了中国共产党。王永江30来岁，九一八事变后一直做兵运工作，人称"兵运王"。老杨年纪大些，老成持重。张旋风年纪虽小，文化最高。

汤原游击队成立不久，接连遭遇两次严重挫折。汤原县委下了最大决心，把省里派来的三名军事人才，全部派出去做创建队伍工作。

3个人将工作目标定在依兰县境山林队，那儿有不少溃散的东北军。山林队乃不正当行为之团伙，故而只报字号，不说姓名；只说山头，绝不许翻蔓子、盘根子（匪语，指问姓名、家属、地点等）。报号五花八门，稀奇古怪。

王永江去的是报号"仁宇"的山林队，头目是原东北军的一个连长，名叫孙仁宇，双方谈得还算投机。处于困境中的孙仁宇，表示接受共产党的主张，杨树明、张旋风对其他几支队伍的工作也顺利。几支队伍凑在了一起，竟有 1000 余人，10 多挺机关枪，1 门迫击炮。

接下来，在谁当团长的问题上，王永江犯了一个错误。杨树明与张旋风要王永江当，王永江说，这支七拼八凑起来的队伍多半是旧东北军，我们当团长，孙仁宇会不高兴，也影响以后别的山林队来投靠。

杨树明、张旋风担心，"把 1000 多号人交给他，党的领导怎么办？"

王永江坚持说，他当团长听咱们的，这不就是党的领导嘛。

靠 3 位共产党拉来了这么多人，又想靠着共产党，帮助解决给养供应，开始孙仁宇还听话。孙仁宇是秋天时进的山林，天还没冷，转眼冬天就压了过来。王永江很着急，不断向县委请示报告，县委也着急。1000 多人的队伍，有一半没有棉衣，发动群众紧赶慢赶，还是没做出来。

在这个关键当口，驻依兰日军送来劝降信，答应保持原队建制，官升一级还发"赏金"。一直听话的孙仁宇不听话了，说你们的纪律不抢不夺不绑票，可吃穿解决不了，队伍要散架子呀！孙仁宇提出"假投降"，白捞鬼子一把，再出来打鬼子。面对即将散架的队伍，王永江一咬牙，决定"假投降"，白赚鬼子一身棉衣，捞一些给养弹药，再把队伍拉出来。

杨树明、张旋风不同意，又想不出好办法，但总感觉事关重大，研究决定由王永江、杨树明两人回县委汇报，张旋风与几个党员留下随大部队进依兰。

孙仁宇进了依兰县城，便掉进了日伪当局设置的温柔乡与安乐窝中。原本就是有缝的臭鸡蛋，没多久便生出了蛆虫。结果，张旋风与几名共产党员，还有一些不肯投降的坚决反日者，被孙仁宇绑在依兰城南门外。枪声中，有人扑倒了，还用最后力气喊出："打倒小日本！孙仁宇狗汉奸！"

1933年初，根据中共满洲省委指示，汤原中心县委以戴鸿宾等游击队员为基础，吸收一部分反日同盟会员，共计60余人，再次组建了反日武装。队伍名字为"汤原反日游击队"，是对内的番号；对外则报号"仁合"，便于联合其他抗日武装共同作战。队伍编成1个中队，由王永江为党代表，杨树明为队长。部队开赴敌人统治力量相对薄弱的萝北县活动，并收编了报号"九江"的山林队，壮大了队伍。可没过多久，长久为匪的"九江"恶习不变，偷抢绑且屡教不改，败坏了游击队声誉，使老百姓敬而远之。

王永江最恨祸害老百姓的人。他与队长杨树明、政治指导员裴世铁（锡哲）商量后，请示当地鸭蛋河区委同意后，决定除掉"九江"，以严明共产党游击队的钢铁纪律。

除掉"九江"不是轻易可为的事。他们选定了一个叫桦皮营子的地方，这里有个叫韩占发的"把头"，是反日救国会会员。

一间马架木房里，长条桌两边各坐了三个人：一边是王永江、韩把头、裴世铁，对面是"九江"、二当家、炮头"老来好"。锅里煮着韩占发做的野猪肉，队伍散在外边吃饭，以打碗为号，由杨树明指挥一齐动手，打碗的任务交给王钧。

王钧，1914年出生于汤原县，就是这一次组建游击队时入的伍，当时年仅18岁。他于1935年加入中国共产党，曾任抗联第三路军第三支队参谋长，抗战胜利后曾任黑龙江省军区副司令员等职。

那天，杨树明琢磨木屋里已喝得差不多了，就给王钧递了个眼色。王钧起身去锅里盛饭，假装被树杈摔了一跤，一个蓝瓷大海碗"啪"掉地上了。土匪最忌讳打碗，碗碎了，吃饭的家什等于没了。"九江"在里边惊呼一声，杨树明指挥机枪手抱着机枪冲进了木房，"九江"手底下在外边的人也都被枪口逼住了。

王永江历数"九江"抢掠民财、祸害百姓的种种罪状，当场将其处决，并将几个公开追随"九江"的人开除出游击队，但却留下了一个伪装积极的祸患——炮头"老来好"。"老来好"在王永江面前，让干什么就去干什么，从无二话，而且干得利索。除掉"九江"后，王永江亮出反日游击队底细，"老来好"还要求入党。

王永江有严重肺病。为了创建游击队，他累得吐血，恨不得把命搭上。他处事果断，但有一个突出毛病，就是凡事主观。对"老来好"亲近王永江，旁观者清。杨树明与裴世铁都提醒过王永江要警惕，但他都没听进去。

那一段，部队发展顺利。到了6月中旬，树叶遮天，满世界都是绿意，游击队的好时节到了。王永江与杨树明正计划着跟小日本子好好干上几仗。

一天晚上，部队在格节河一处炭窑宿营，3个黑影闪进王永江、杨树明、裴世铁3位领导加机枪手老韩住的小房子。接着，枪声炒豆般地响了起来。王钧在晚年时回忆，当时自己睡得太死了，枪响好一阵子才醒，起来时看到游击队的人都叫"九江"的人拿枪逼上了。黑暗中，"老来好"声嘶力竭：没别的意思，就是替大当家报仇！

"老来好"带人走了。王钧等人跑进小屋子，血腥气呛鼻子，摸哪儿都是黏糊糊的。点亮油灯，摸摸看看，几个人身上都中了好几枪。队长老杨身中八枪，还有气儿。几个人赶紧扯衣服包扎，弄木棒、树条子绑扎担架。那挺捷克式机枪是队里唯一宝贝，所以平时机枪手都跟队领导一块住，这次也让"老来好"抢走了。

几十年后，已是省顾问委员会的王钧老人，说起这件事，依然掩不住满面悲戚。那晚儿，好多人都哭了，他也哭了。主要领导死的死、伤的伤，枪也没了，游击队又垮了。他们把烈士遗体掩埋了，抬上老杨队长，退了回来。

应当看到，游击队屡创屡败，既有"左"的影响与经验不足的问题，也不能排除游击队领导人自身的一些缺点。但是，创建抗日武装的先驱们，包括王永江、杨树明、张旋风等人，他们尽了自己所能做出的最大努力，直至流尽了最后一滴血。

同时，也应当看到，正是他们以自己宝贵生命为代价的勇敢探索与实践，才使后来继任者明白了，哪些路可走，哪些路不可走。这是笔者在此书中，为这几位并不那么知名的先烈做片段实录的初衷。他们兵运经历时长虽不足一年，却是他们短暂人生最为辉煌的一刻。

从1932年10月汤原第一支反日游击队诞生，到1933年上半年，其间反日武装三起三挫，而第三次挫折最为惨痛：中共满洲省委派来的3位军事干部王永江、张旋风、杨树明两死一重伤，汤原反日游击队还能再起吗？

注释：

[1]中共中央文献研究室、中央档案馆：《建党以来重要文献选编》（一九二一——一九四九），第八册，中央文献出版社，2011年6月第1版，第555页—569页。

[2]朱姝璇、岳思平：《东北抗日联军史》，解放军出版社，2014年1月第1版，第32页。

[3][4]《东北抗日联军史料》编写组：《东北抗日联军史料》（上），中共党史资料出版社，1987年12月第1版，第33—35页，第164页。

[5][6][10]中央档案馆、辽宁省档案馆、吉林省档案馆、黑龙江省档案馆：《东北地区革命历史文件汇集》，甲10，第221页，第3页，第

381 页。

[7][8][9] 中央档案馆、辽宁省档案馆、吉林省档案馆、黑龙江省档案馆:《东北地区革命历史文件汇集》,甲 36,第 48 页,第 43 页,第 50 页、54—55 页。

[11][12] 赵俊清:《赵尚志传》,黑龙江人民出版社,2015 年 8 月修订版,第 56 页,第 61 页。

[13] 中共中央文献研究室:《毛泽东年谱》(一八九三—一九四九),修订本上卷,中央文献出版社,2013 年 12 月第 1 版,第 370 页。

[14] 中共中央文献编辑委员会:《毛泽东选集》(第一卷),人民出版社,1991 年 6 月第 2 版,第 3 页。

[15](英)菲力普·肖特:《毛泽东传》,中国青年出版社,2004 年 1 月第 1 版,第 237 页。

[16] 中央档案馆、辽宁省档案馆、吉林省档案馆、黑龙江省档案馆:《东北地区革命历史文件汇集》,甲 10,第 147 页。

[17] 中共黑龙江省党史研究室资料室存:《满洲×××同志关于巴彦游击队事变的经过报告》(1933 年 2 月);转引自赵俊清:《赵尚志传》,黑龙江人民出版社,2015 年 8 月修订版,第 63 页。

[18] 中共黑龙江省党史研究室资料室存:《满洲省委关于撤销小赵工作的决议》(1933 年 11 月 20 日);转引自赵俊清:《赵尚志传》,黑龙江人民出版社,2015 年 8 月修订版,第 64 页。

[19]《访问刘作垣(刘树屏)同志记录》(1965 年 9 月 25 日);转引自赵俊清:《赵尚志传》,黑龙江人民出版社,2015 年 8 月修订版,第 64 页。

[20] 胡乔木:《给中央巴彦县委办公室的信》(1983 年 1 月 18 日);转引自赵俊清:《赵尚志传》,黑龙江人民出版社,2015 年 8 月修订版,第 71 页。

［21］《东北抗日联军史》编写组:《东北抗日联军史》（上册），中共党史文献出版社，2015年9月第1版，第183页注释。

［22］［23］赵俊清:《杨靖宇传》，黑龙江人民出版社，2015年8月修订版，第51页，第84页。

［24］中共黑龙江省委党史研究室资料室存:《中共满洲省委扩大会议记录》（1932年7月12日）；转引自赵俊清:《杨靖宇传》，黑龙江人民出版社，2015年8月修订版，第69页。

［25］中央档案馆、黑龙江省档案馆、吉林省档案馆、辽宁省档案馆:《东北地区革命历史文件汇集》，甲11，第141页。

［26］《东北抗日联军史》编写组:《东北抗日联军史》（上册），中共党史文献出版社，2015年9月第1版，第241页。

［27］丘树屏:《伪满洲国十四年史话》，长春市政协文史和学习委员会编，第11—12页。

第六章
三跌四起

16. "南方高客"原是红色的

九一八事变后，吉林省境内较大的一支抗日武装为中国国民救国军，是由原东北军一个下级军官王德林所创建的。

日本侵略者占领东北后，急于修筑极具战略意义的吉会铁路。这条由朝鲜会宁到中国吉林的铁路，是 1909 年日本与清政府签订"间岛条约"时攫取的特权。由于延边地区各族人民反对，一直未全线贯通。

王德林，1875 年出生，山东沂水人，原系绿林出身，后被东北军收编，任第二十七旅第六七六团第三营营长，其部经多次整编，仍为三营。王德林任营长长达 15 年，人称"老三营"。九一八事变后，46 岁的王德林便下定决心抗日，但受到已投降日军的旅长吉兴的牵制，始终未找到举事机会。

不久，急于修路的日本测量队在一队日军保护下，进入三营防区开展测量工作，并蛮横占领了三营的哨所。正愁找不到机会的王德林震怒中下令向日军开火，当场打死日军 2 名。吉兴怕日军怪罪，又怕王德林再生事端，急令他离开防区，远调吉会铁路这条"导火索"，开赴黑龙江省五常、舒兰一线。

王德林佯作服从离开，中途毅然改变行军路线，进驻小城子（今汪清县春阳），宣布起义。1932 年 2 月，王德林成立吉林中国国民救国军，以"老三营"500 名官兵为基础，吸收了周边各县反日警察、保安队及青年农民与学生，共计 1200 余人。

王德林任救国军总指挥，任命始终相随自己的十连连长孔宪荣为副总指挥，任命自己老部下、拜把兄弟吴义成为前方司令，不久又任命旧识、延吉县盐榷运局缉私连连长李延禄为参谋长。[1]

中共东满特委得知王德林的义举，即派胡泽民等 10 余名党团员参加起义活动，中共汪清县委也派遣李光组织党团员和反日青年若干人加入。救国军以他们为骨干编成别动队，后来成为救国军战斗力很强的一支队伍。需要肯定的是，国民党吉林省蛟河基层党部，也难得地派出盖文华前往王德林部，帮助组织抗日。[2]

救国军成立后，王德林还是把目光盯向了吉会铁路。熟谙战术的王德林并未直接攻击吉会铁路，而是率部攻打了修筑吉会铁路的据点敦化县城。由于出敌不意加上勇猛作战，救国军仅 1 小时便攻入城内，击毙日军警备队长长谷大尉以下 18 人，俘虏 11 人。

敦化之战后，救国军在撤退途中，乘势又攻下了重镇额穆，四天后攻下蛟河。在海林之战后，救国军将兵力大部移至镜泊湖附近。此时，接连的胜利使救国军扩大编成 7 个旅，总兵力达 2 万余人，引起日军注意。1932 年 3 月，日军上田支队、葛目支队等与部分伪军 2000 余人开往镜泊湖，寻求救国军主力决战。

王德林接受李延禄的建议，以李延禄部补充团设伏于镜泊湖南湖头"墙缝"地带崇山密林中。3 月 18 日，大批日伪军被假扮猎人的救国军战士陈文引入伏击圈。救国军发起猛烈攻击，走在前面的伪军一个营听到枪炮声当即投降。双方激烈交火后，日军在其他部队掩护下逃脱。是役，救国军击毙了日军大尉小川松本以下日伪军120余人，己方也有多人伤亡，陈文被日军杀害。[3]

21日，日军出动重兵，在大炮与飞机配合下疯狂报复，以燃烧弹引燃森林，火攻救国军。李延禄所部官兵奋勇抵抗，但寡不敌众，连长朴重根（永和）等71人壮烈牺牲。副总指挥孔宪荣亲临一线指挥，陷入敌军重围，幸得前方司令吴义成率部拼死救援，方得突出重围。[4]

镜泊湖地区系列战斗，后被称为"镜泊湖连环战"。它是抗战初期诸多战斗中较有影响的战例，给了骄横的日军以沉重打击。救国军中诸多共产党员、共青团员，不怕牺牲，英勇赴死，起到了先锋模范作用，产生了良好影响。

对吉林救国军的抗日行动以及不断壮大的形势，中共满洲省委十分重视。虽然此前，中共满洲省委曾派出不少党团员，以参军方式进入救国军，不少都担任了重要职务，例如胡泽民任前方司令部参谋长、孟泾清、刘静安分别任救国军总部正副参谋长，李成林、贺剑平分别担任总部宣传正、副部长，王毓民任前方司令部秘书长，等等。但经研究，中共满洲省委还是决定派出一位更为得力的干部到救国军去，争取进入到领导层。于是，省委派出了周保中。

周保中，1902年出生，原名奚李元，字绍黄，白族，云南大理人。他幼时出过天花，得以幸存；15岁入伍，曾就读于云南讲武堂；参加过北伐战争，25岁即被国民革命军授予副师长（少将级）。[5]

1927年，在蒋介石大肆屠杀共产党、一些人忙于退党之时，周保中却加入了中国共产党。1928年11月，周保中被中共中央派往苏联莫斯科中山大学培养学习。周恩来为他弄到了一张写着"周保中"名字的出国护照，从此奚李元便改名为周保中。[6]

1931 年 10 月，周保中结束了在苏联的学习，返回中国。大约两个月后，他在上海找到了中共中央军委机关，仍然是周恩来接见他，并派他到东北从事武装抗日工作。[7] 1932 年 2 月，周保中到了中共满洲省委后，省委书记罗登贤安排地上接替派往磐石的军委书记杨林的职务。

九一八事变后，诞生于吉林境内最大的两支义勇军，一支是李杜的自卫军，一支是王德林的救国军。自卫军的基础构成为东北军旧部，救国军则以农民、山林队为基础。

周保中原本要打入王德林的救国军，却不想被李杜所部驻宁安自卫军逮捕。1932 年 5 月的一天，周保中在宁安县花脸汤村召集群众开会，协助县委组织抗日武装。自卫军有个士兵发现一个大个子，操外地口音，又随身带有谁也没见过的药棉（周保中当时正闹眼疾），便认定他是日本人派来的密探，不由分说地抢上前去，将周保中用绳子捆了个结实，并将枪口对准他的胸口，在他脸前晃动锋利的刺刀，要周保中交代来路。接着，周保中又被绑到连部，再送到营部。营部姓白的营长也弄不准他是否是日本密探。但白营长倒会办事，先招待周保中吃了一顿狍子肉后，把他绑住放在一辆牛车上，以一个排的士兵押解，将这块烫手的山芋，送往自卫军左路军前线指挥部。

一路上，经过前线阵地，一些士兵不时询问绑的什么人，听押解的士兵说是"日本探子"，就有士兵跳上车拳打脚踢，愤怒喊道："杀掉算了。"好在白营长有远见，派一个排押送，若是一个组或一个班，说不定被日本鬼子打死了同伴的愤怒士兵早就动手杀人了。

乱哄哄的世道、残酷的战争，死人如同闹瘟疫的鸡场，多死个把人本不是什么大事。老牛车走走停停，一连三天的颠簸，周保中又面临一场审讯。

有人说，周保中同其他出身东北的抗联志士不同，他是从四季如春的云南，来到冰天雪地的东北，面对的困难将更多更大些；而且从周围有成千人簇拥保护的副师长，到目前的孤身一人，周保中时刻面对失去生命的危险。在世俗目光中，反差似乎太大了。

3天颠簸中经历遭受打骂的冷遇，周保中想了些什么？

害怕、焦急、沮丧、愤怒？统统都没有！周保中情绪受到了鼓舞，他从普通士兵对日本密探的愤恨中，看到了中国人民强烈的民族自尊心和旺盛的抗战意志，更加增强了共产党做好义勇军工作的信心。他原本要去王德林的救国军，现今被捆绑至自卫军左路军指挥部，正好见机行事，打入自卫军中。

前线指挥部从周保中的身份开始审讯。自被逮捕那一刻起，周保中一直声称自己叫黄绍元，是上海反日会派遣援马（占山）团人员。面对审讯中冷冰冰的目光，久经多种阵势的周保中立即反守为攻："我原本打算找马占山参加抗日队伍，但马占山投降了日本人。听说你们抗日，才转道投奔你们来了，可你们这样对待我。"他指了一下身上的绳索，趁众人一愣的当口，一番抗日救国大道理脱口而出。

坐在审讯座上的自卫军第二旅马宪荣司令大吃一惊，未想到这个30岁左右的年轻人竟有如此学问，把他视为"南方高客"，好酒好肉招待后，当晚即安排一名军官陪同周保中去了左路军总指挥部。

指挥部听说送来了一位有胆量、有见识、有来历的爱国志士，便请他详细阐释救国图存主张。这正中周保中下怀。他侃侃而谈，一共讲了辽吉黑三省义勇军的联合、争取老百姓支持不断扩大队伍、必守城市及阻击战法、做10年长期斗争准备、不要期待南京出兵东北、争取苏联支援等6个方面，条分缕析，一口气讲了两个钟头，可谓崇论闳议、条条在理，都是义勇军当前需要解决的问题及长远筹谋的大事。总指挥部欣然决定，将周保中留在左路军总指挥部宣传部做指导工作。

这6条意见，是周保中对义勇军运动的深刻认识，真实反映了那段波澜壮阔的历史，新中国成立后被收入《周保中文选》之中。

可惜的是，自卫军的复杂构成，使之不可能真正接受共产党人这些正确主张及策略。自卫军的溃败和周保中在自卫军中开展工作的挫折结局，便不可避免。

同救国军不同，自卫军将领几乎都是原东北军的军官，相当多官佐与国民党有密切关系，有的本身就是国民党员，深受蒋介石"不抵抗政策"的影响；有的面对日本侵略者的压迫，虽然也进行反抗，但属于消极自卫。这是问题的一个方面。

另一方面，受"左"的错误影响，共产党内一些人一度认为自卫军首领抗日是为了扩充自己实力，提出"拥护士兵自由，打倒反动长官""转变自卫军为红军"的主张；因而不少自卫军首领对共产党存有戒心，反对共产党参加自卫军，即是我"拥护你，因为你反日；我反对你，因为你要'共产'"。更有一些对共产党成见颇深的自卫军首领，采取各种手段排挤队伍中的共产党员，使他们离开自卫军，甚至大开杀戒。

周保中在自卫军左路军总指挥部做宣传指导时，经常公开宣传共产党的抗日救国主张，尤其是批评蒋介石"不抵抗政策"。自卫军上层对其很是不满，认为周保中是共产党派来的异端可畏之人。为了将周保中这个有威望的"南方高客"排挤走，已升任左路军总指挥的马宪章，下令取消了宣传部，无奈之下，周保中只能离开了。

1932年8月的一天，马宪章对指挥部作战参谋、共产党员佟同说："你是共产党，我是国民党，论私情咱们是好朋友，论公事咱们是仇敌。"还没等佟同开口辩驳，马宪章的枪响了。[8]

幸亏周保中在自卫军动手之前离开了，好险！

离开自卫军的周保中经李延禄举荐，到了救国军前方司令部。王德林与马宪章不同，他的观点是"我不问其人，只问抗不抗日"。

周保中到救国军前方司令部前，便已与胡泽民等共产党员取得了联系。在前方司令部，他很快就站稳了脚跟。前方司令吴义成对周保中很是佩服信任，凡事同他商量。

不久，王德林交给周保中一项任务，让其带100余名士兵，打下东宁城，不知是不是要看看这位理论上头头是道的"南方高客"，是否具有真才实学。

周保中虽侦得日军主力已外出扫荡，城内空虚，但还是让当地士兵化装成百姓到城下叫门。守城伪军刚一开门，便被手枪逼住了。周保中一挥手，城外树丛中隐蔽的队伍便冲了上去，顺利抢占了东宁城。尔后，周保中意犹未尽，于日军的返城救援必经之路打了一个漂亮伏击战。

此后，周保中深受王德林赏识，被委任为救国军总参议兼前方司令部参谋处长。这表明，周保中已经打入救国军上层，初步实现了影响组织义勇军对日抗战的计划。

接下来，周保中率救国军一部先后两次参与攻打宁安城的战斗。宁安，古称宁古塔。周保中抢占的东宁城便是宁安的属辖地，曾为唐代渤海国都城，盛极一时。宁安是清朝发祥地之一，又是重要的流放地，因其战略地位之显要，为王德林必取之地。

攻打宁安一战由救国军副司令孔宪荣任总指挥，救国军各部5600余人分五路展开攻击，为保证重点突破，还组织了3个攻城别动队，其中第二别动队由周保中为临时指挥官，指挥三、四两路进攻，计带兵300名。

10月上旬一个夜晚的11时，战斗打响。三、四两路攻城部队在周保中的指挥下，猛烈攻袭预定目标。第三路郑团顺利攻占伪县署，第四路邹团也在推进，但第一、第二两路进展缓慢，致使打进城的各部遭敌反扑，失去联络，孔宪荣不得不下令撤出。

此战，周保中左腿中了一枪，一时血流不止。中枪时敌人反扑势头甚凶，周保中简单包扎后，强忍疼痛，一面组织部队堵住被日军打开的缺口，一边组织向外转移收缴的战利品。此战在县署击毙日军大尉2名，炸毁了敌军火库，缴获子弹1万余发。

周保中被抬下阵地，经检查发现一颗子弹卡在小腿腓骨、胫骨中间。当时没有医疗手术器械，又没有麻醉药剂，卫生兵急得满头是汗，不知如何是好。周保中让他用铁工钳子，硬是把两根腿骨间的子弹掐了出来，又递过一把刀子，让他把被子弹打烂的皮肉刮下来。

周围的人见豆大的汗珠从周保中额头上流下来，他却不叫一声疼，甚为佩服。说过去只听说《三国演义》里有关云长刮骨疗毒，今天亲眼见周参议刮肉取枪子，真是了不得的一条硬汉子。[9]

仅过十日，不甘心的孔宪荣下令二打宁安县城。重伤未愈的周保中坚持上前线，协助吴义成指挥第三、第四路军。二打宁安城，救国军毙敌300余人，己方牺牲官兵197名，负伤112名，无功而返。

两次攻打宁安城，虽未达到目的，却显示了周保中的指挥才能，尤其是他身先士卒，重伤不下火线，赢得了官兵的一致赞扬，威信陡增，在救国军中，除了王德林，他已不在任何人之下。

当时，东北各地共产党领导的反日游击队正是初创阶段，数量不多，力量也不大，抗战的主力军还是救国军、自卫军、大刀会、红枪会等义勇军。虽然在这些义勇军中，共产党活动得很艰难，但周保中还是努力坚持在救国军中，毕竟这支队伍已发展到3.5万余人，成为日军的劲敌与心头之患。

这期间，中共满洲省委根据"北方会议"精神，给派往各义勇军中的共产党员下达严肃指示，要求"必须用一切力量使义勇军的反日民族战争与土地革命联系与汇合起来""没收地主、豪绅、军阀、资本家的土地财产""使义勇军转变为工农红军，创建苏维埃政权"。

难能可贵的是，周保中抵制住了"北方会议"精神，没有去搞土地革命，没有组织士兵去反对救国军上层官佐，始终致力于团结、引导，以率先士卒的模范作用，影响带动救国军上层、中层、下层官兵，全力进行反日战斗。

面对不断打击，日军集结了近两个旅团和大批伪军围攻王德林所部救国军。此前的1932年7月，经周保中等共产党员积极建议，自卫军与救国军在宁安下城子召开联席会议，成立联合军，公推李杜为联合军总司令，各军保留原建制，实行联合作战，互相支援。

但是，救国军与自卫军内部人员构成复杂，受国民党影响很深。此期间，周保中与吴义成率数千人前去进攻敦化，途中突然传来凶信，护路军司令丁超指挥部下，在密山枪杀了救国军第二补充团团长苏怀田、副团长田宝贵（共产党员）等36名官兵。

周保中深感痛惜与愤恨，这种"煮豆燃萁"的行为极大破坏了抗日队伍的团结。攻打敦化之战也不顺利，攻城部队各揣心事，有的临阵脱离战场，致使攻城半途而废。在撤出战斗时，周保中腹部中弹，强忍剧痛，指挥部队转移。

祸不单行。出身国民党军官的孔宪荣见丁超动了手，也扣押了救国军中的共产党员李成林、贺剑平等人，欲行杀害，万幸被王德林阻止。但孔宪荣坚持解除了他们在总部的职务，将其赶出了救国军。

前方司令部的吴义成虽然也有那个"红帽子（指周保中）……不定哪天我把他赶出去"的想法，但周保中的才能与勇敢令其内心佩服。周保中虽为共产党，并未鼓动士兵反对长官，说话办事极有分寸，原则与灵活拿捏得甚是得当，处处维护前方司令权威，加之吴义成处处以王德林意愿为准则：所以国共双方还算相安无事。

自卫军、救国军首领毕竟皆出身于国民党军官，虽在抗战大局上，他们的目标一度是一致的，但各自心志不一，寻求的利益不同，因此这种联合与团结是难以持久的。

不久，自相残杀的内讧便发生了。救国军副司令孔宪荣挖了自卫军的墙脚，将自卫军第二旅旅长刘万奎拉了过去，并唆使其包围了自卫军左路军指挥部，将总指挥马宪章杀害，[10] 在削弱了自卫军的同时，破坏了两军的联盟。日军乘势攻击，意欲将自卫军、救国军各个击破。

在日军的强大攻势下，自卫军总司令李杜率部向北转移，途中屡遭攻击，部队损失惨重。1933 年初，日军又攻占密山，李杜再退往虎林，几天后退往苏联境内。

日军乘胜把攻击目标对向救国军，先攻救国军副司令部。孔宪荣率部英勇抵抗，但苦于孤军无援，只好退守穆棱，伺机向王德林总部靠拢。尔后，日军兵分两路攻打救国军：一路攻打在绥芬大甸子的前方司令吴义成部，一路攻打在东宁的救国军总司令王德林部。

1933 年初，救国军总部陷入重围。11 月 13 日，王德林、孔宪荣率 600 余官兵伤员及眷属退入苏联境内。

李杜、王德林，连同此前的马占山、苏炳文相继入苏，标志着义勇军大规模抗战的严重失利，义勇军的溃散说明了共产党对义勇军争取领导与改造政策的失败。

虽然周保中、胡泽民等共产党人对孔宪荣、马宪章等义勇军上层的行为无法左右，但大批共产党员进入义勇军队伍，积极宣传抗日救国主张，勇敢战斗、奋勇牺牲的模范行为，对影响与推动义勇军的民族革命战争，具有不可磨灭的历史贡献。

堡垒最容易从内部攻破。自卫军与救国军内讧再一次说明了这个简朴而深刻的道理。

马宪章向自己队伍里的共产党人开刀，是自毁队伍柱梁的开端，而孔宪荣诛杀了马宪章，则祭起了内讧的第一刀。正是这一刀，斩断了义勇军之间原本并不牢靠的联盟链索，使得日军顺着链索断开的缺口，杀了进来。

内讧、自相残杀，削弱了义勇军，致使亲者痛、仇者快。国民党人马宪章、孔宪荣均有不可推卸的历史责任。应当看到，内部不和、分裂倾轧是国民党自身胎里带来的痼疾，自其成立之日起一直到今天，从未停止过。看看国民党如今在台湾的表现，便可一目了然。

不过，在国难当头、蒋介石实施"不抵抗政策"之时，马宪章与孔宪荣高举民族大旗，英勇抵抗日本侵略者的爱国行为与民族气节，应当予以充分肯定。

退往苏联的孔宪荣1933年再度潜回东北，率部活动于东宁老黑山一带。1934年，已坚持不下去的孔宪荣辗转回到上海、天津、重庆等地继续宣传抗日，抗日胜利后任国民党东北党务特派员。1948年参加伪国大时，因心力交瘁而自杀。[11]

孔宪荣坚决抗战对其家庭带来良好影响：夫人高俊凤在孔宪荣随王德林起义后随夫加入救国军，报号"金蝴蝶"，亦称"孔夫人"，1932年参加攻打宁安、东宁战斗。孔宪荣入苏后，她留在境内与义勇军首领姚振山部坚持战斗，转战于汪清、穆棱、东宁等地，后在战斗中负伤被俘，在宁安监狱英勇就义。

王德林入苏前，委托前方司令吴义成兼代救国军总司令。吴义成得知王德林、孔宪荣都入了苏联，也要退避苏联。周保中将何以处之？他能够影响吴义成留下来，率数千残部继续坚持抗战吗？

17. "小李先生"与大个杨

没有了党籍，又不去中共满洲省委安排的哈尔滨市工会岗位工作，省委已不知赵尚志去哪里了，只知道他离开了哈市。离开前，他与夏尚志道别的最后一句话是："我走了，我还是要革命的。"夏尚志清楚记得，他这句话说得很郑重。

赵尚志去哪儿了呢？夏尚志也不知道。

3月的哈东，天寒地冻。心中揣了一团火的赵尚志已经在宾县东部山里独行多日了，之所以要走进险象环生的山里，是要找到孙朝阳。

孙朝阳，本名孙兴周，热河朝阳县人，曾任马占山部龙江骑兵第二旅营长，1932年秋率部联合一些胡匪山林队在宾县宣布起义反日。因他是朝阳籍人，故报号"朝阳"。孙朝阳的这支队伍是哈东一带规模较大的一支抗日武装，赵尚志欲以同乡身份进入朝阳队。

作家张正隆曾详细描述了赵尚志急于参加抗日山林队的过程：

在宾县东部山里，赵尚志见到"朝阳队"的一支队伍，人家根本没把他放在眼里。

赵尚志那样子也实在太不起眼了。黑裤子黑袄，腰间扎条麻绳，头上狗皮帽子，像那两只"手闷子"（只分出拇指的棉的或皮的手套）一样油渍麻花的。这些都没什么，"朝阳队"那人也不比他强哪去，关键是个头小，身板也单薄。那眼睛倒是贼亮，亮得叫人心动，透着股刚劲硬气精神头，左眼眶下却有块月牙形伤疤，那眼珠一动不动，瞎了。

是个独眼龙，有人喊了声。一些人就凑过来，嬉皮笑脸地取笑着。这个说就你这小样还要打日本子呀？给日本子垫马蹄子都不够个。那个说俺看行，现成的一只眼，瞄准多方便省事呀？一些人就哄堂大笑。

赵尚志不理不睬，见过来个骑马的头目，就上前抱拳施礼道：这位当家的，俺要打日本子，"朝阳队"是打日本子的，俺要上队，请当家的收留。

头目瞅了赵尚志一眼，面无表情，只管策马向前。

赵尚志一把抓住缰绳：国家兴亡，匹夫有责。俺是中国人，俺要打日本子！我是中国人，我要打日本子。

如果赵尚志有枪，或是有匹马，是不用费这番口舌的。不过，"国家兴亡，匹夫有责"八个字，能从这样一个人口中说出来，而且朗朗上口，这个头目就由不得打量起这个脾气好像挺拗的小伙子。

赵尚志适时地追上一句：俺是热河省朝阳县人，跟你们大当家的是同乡，俺是来投奔他的。

头目说：打日本子可不是"打哈哈"（开玩笑）的事，你能干什么吗？

赵尚志说：只要能为反日出力，干啥都行。

这个头目正好缺个马夫。

赵尚志是一个心气很高、自尊心很强的硬汉子，从他不惧千难万苦，千央万求、宁肯当马夫也要加入朝阳队的举动足以看出，只要能打鬼子，个人的一切痛楚，包括自尊都可以被人踩在脚下。这种赤诚的救国情怀，实在令人动容不已。

为了能在这支打鬼子的队伍里留下来，赵尚志努力表现：他的马夫当得十分认真，为头目牵马、喂马、遛马、洗马。行军时，他帮着人家背东西；宿营时，他帮着挑水、生火、做饭；哪个队员头痛脑热，他就端水送饭。不久，头目与队员们都喜欢上他了。

才能是难以遮掩的。一起生活、行军、打仗，赵尚志讲笑话、说故事，无意中带出了许多历史典故、救国大道理，以及战略战术。开始队员们从他那儿寻乐子，慢慢觉得这个人非同一般了。

不久，孙朝阳部遭日伪军三面围攻，包围圈日渐缩小，形势很危急。此时，赵尚志在队员中"围魏救赵"、奇袭宾县的议论传到了孙朝阳耳中，于是他破例邀请"马夫"参加军事会议。赵尚志的退敌之策，众人深以为然。

豪侠的孙朝阳也不含糊，指定由赵尚志指挥，约定若成功解围，即委托"马夫赵尚志"为参谋长。为了壮行，孙朝阳还将自己的坐骑大红马、驳壳枪交给赵尚志使用。

获得指挥权后，赵尚志指挥朝阳队兵分三路：一路为精心挑选的精锐，由自己带领奇袭宾县县城宾州镇；一路作为疑兵转入附近山中佯动，以吸引牵制敌军；一路为大部队，做好跳出包围圈之准备。

宾州离哈尔滨60公里，为哈东重镇，守备森严，此时日军主力已出发去讨伐朝阳队了。赵尚志指挥奇袭部队突然发起攻击，空虚的城内守军慌作一团。攻击正要得手时，赵尚志却下令停止，单枪匹马到城门下大喊："快找你们县长，就说李育才要和他谈判。文谈，赶快开城门让我们进去，给你们个缴枪活命的机会；武谈，我们打进城去，按卖国贼治你们罪！"

城内之敌见攻城队伍来势凶猛，又是攻打巴彦城大名鼎鼎的"小李先生"带队，便把城西门打开了。守城伪县长留了个心眼——土匪最忌之事是进出西门，认为开了西门，攻城队伍也不敢进来。岂不知指挥者是共产党人，天地不惧的赵尚志根本不信那一套，一挥手，队伍冲进了城内。

丢了老巢的日伪军，顿时解除了对孙朝阳部的包围，急急回师救援县城。孙朝阳部乘机冲出包围圈。化险为夷后的孙朝阳兑现诺言，赵尚志便成了这支抗日队伍的参谋长。后来，孙朝阳得知赵尚志曾是巴彦游击队的"首领"李育才，又是朝阳同乡，对他愈加器重起来。

朝阳队积极抗战，引起中共珠河中心县委的关注。1933年6月，中心县委派出县委委员、兵委负责人李启东及李根植、朴德山等7名共产党员打入朝阳队，经过一段工作，站稳了脚跟。他们在上层，取得孙朝阳的信任；在下层，秘密组织了 17 人参加的反日会。

李启东还获得了"秧子房掌柜"的职务。

秧子房，关押人质的地方。"秧子"就是人质，俗称"肉票"，是山林队给养的重要来源。朝阳队不管多么抗日，说到底还是胡匪，后来统一战线需要，改称山林队。好一点儿的山林队专绑富家，恶劣的山林队不管穷富，不给钱粮就撕票。能当上秧子房掌柜，除与大当家关系不一般，其能力与智谋必得大当家认可。

具有能力与智谋的李启东，凭着直觉感到，马夫赵尚志来历不一般，是不是上级党组织派入朝阳队的同志？李启东在努力观察并向上级求证。

赵尚志是何等精明的人，尤其是当了参谋长之后，可以公开同"秧子房掌柜"商谈事宜。几次下来，隔在两人中间的那层窗户纸便捅破了。撕掉了纸，原来都是党的同志，两人万分高兴。

李启东希望赵尚志能在中心县委领导下做更多争取山林队的工作。赵尚志表示，对中心县委的领导，他可以接受，离开党组织半年多，使他犹如孤雁离群般痛楚，但他顾虑的是，中心县委执行什么方针、路线？怕重蹈巴彦游击队的覆辙。

于是，中心县委多次向中共满洲省委做出报告："孙朝阳的书记官（应为参谋长），听说他从前在巴彦游击队时当过政治委员，那时他有严重错误，因此被开除。他对 × 同志讲要找关系，是很勇敢的。"[12]"可是他对省委仍然表示不满意，省委应指示我们对他采取什么态度？"[13]

1933 年 7 月，孙朝阳部遭日伪军袭击，队伍仅剩百余人，这对孙朝阳打击很大；但在赵尚志与李启东的鼓励与队内反日会士兵支持下，孙朝阳振奋了精神。

8 月，在赵尚志的协助下，朝阳队联合其他几支山林队，再次突袭仅有 40 余名日军及诸多伪军的宾县县城。在赵尚志的指挥下，义勇军攻占了伪县公署，烧毁伪警察局、税捐局，枪决了伪警察局长，生俘日军 10 余名，逮捕汉奸若干人，缴获大量军械与物资。朝阳队声名大振，附近山林队与一些乡民纷纷前来入队。

在赵尚志、李启东等的运作协助下，驻乌吉密的伪军五队、黑龙宫的大排武装、珠河伪警队先后起义，朝阳队再次发展至 700 余人。

9 月，孙朝阳又联合其他反日义勇军山林队攻打了方正县城，日伪当局"推定损失约 10 万元"。[14]

1933 年秋，日军为扑灭哈东抗日烈火，集结大量兵力，采取"剿""抚"结合的策略，将攻击矛头首先对准朝阳队。几次攻击，致使朝阳队再次遭受惨重损失，已不足百人。原先联合作战的山林队有数支降敌，朝阳队陷入孤立境地。

此前，为改变朝阳队内成分，赵尚志、李启东曾建议孙朝阳吸收珠河反日会组织的青年加入抗日队伍。孙朝阳开始同意，后来听说反日会是共产党领导的组织，便断然拒绝了，以致在得知反日会青年来队消息后，竟率队连夜出走。

孙朝阳出身富户，曾在吉林、阿城经商。国难当头，他毅然将资本献出作为抗日经费，拉起 1500 余人抗日队伍。但作为东北军旧军官，孙朝阳对共产党又有天然的排斥。作为一个英勇作战反日的民族主义者，这种态度于抗日事业实为一大憾事，注定了他的悲剧命运。

面对朝聚夕溃的局面，孙朝阳长叹"大势已去"，提出要将队伍拉到山里"猫冬"。赵尚志力主重整旗鼓再战，孙朝阳不接受。

于是，赵尚志与李启东商定，请求县委拟将已掌握的部分队伍拉出来，由共产党自己掌握。他认为，没有党直接领导的自己的武装，仅在别人队伍里活动是不行的。这是一条符合当时实际情况的正确意见，面对即将溃散的队伍，也是保存实力的有效办法。

遗憾的是，县委没有批准赵尚志、李启东的请求。理由是，省委有"在反日义勇军中不采取哗变"的政策。无奈，赵尚志、李启东等只能跟着孙朝阳残部转移进山了。

朝阳队几乎每天都有逃跑的，个别的还投降了敌人。此时，朝阳队已仅剩 80 余人，其中，还包括报号"容易""宝胜"等的原小股土匪等。孙朝阳已失去队员的信任，而赵尚志的威望却与日俱增。为了保护这支打鬼子的队伍不溃散，讲情义的赵尚志极力维护孙朝阳。

"容易"是孙朝阳的堂兄，在队伍躲山猫冬、还是奋起再战方面，与赵尚志曾经发生激烈争吵，加之忌妒赵尚志在队伍里的威信，不断在孙朝阳那儿吹"歪风"。开始，孙朝阳尚不为所惑，待到"容易"说赵尚志有共党嫌疑时，孙朝阳动了杀心。

万幸的是，他们的谈话被"炮头"王德全听到了。王德全是反日会会员，曾在巴彦游击队干过。对孙朝阳的变化，精明的赵尚志已有察觉，决定再次冒违背县委决定之风险，与李启东商定了几天后组织"哗变"的计划。

王德全认为形势紧迫，必须马上行动。当晚，趁孙朝阳睡觉之际，王德全溜进孙的房间，将一挺宝贝机枪背了出去。赵尚志见事已如此，便分头通知李启东、李根植等人立即脱离朝阳队。7 个人共带出 5 支马步枪，5 支手枪，加上那挺捷克机关枪，趁夜色脱离了朝阳队。

那一夜，正是中秋节。皓月当空，灿明如镜，薄云远逝，月光似水。然而，赵尚志、李启东等人却无心赏月，心情焦虑沉重，紧急撤出中，两个战友尹二胖、朴吾德没有通知到，生死未卜。

在"容易"蛊惑孙朝阳对共产党人开刀之际，紧急撤出无疑乃是赵尚志的果断决定。但并不了解基层斗争残酷的中共满洲省委巡视员，将这次违规在义勇军中组织"哗变"的行为，评价为"因为韩国同志（李启东是朝鲜人）的动摇，失去领导作用能力，结果一个新同志（指王德全）领导旧同志去哗变来了。连最基本第三队都未能坚决领出来，是逃命或跑出来，带出来十一支枪，内中有一挺机关枪"。[15]

凡事务求实际且性格耿直的赵尚志，在十余年抗日生涯中，有多次违背上级不正确指示要求，在原则上，不肯有半分让步，以致同志一时误解，使自己吃尽了苦头。此为后话。

中秋节的第二天，赵尚志等7人在秋霜的晨凉中，找到了中共珠河中心县委。县委决定以从朝阳队出来的7个人为基础，再增派6个人，并补充2支手枪——共13个人、13支枪，组建游击队。县委派出的6个人也是精挑细选，其中有县委组织部长李福林、团委组织部长朱新阳。

1933年10月10日，名为"珠河东北反日游击队"的抗日队伍在珠河县铁道南三股流，正式宣告成立。

朝阳队出来的7人中唯一的"群众"赵尚志被推举为队长，王德全为副队长，李福林为政治指导员，李启东为经济部长。成立大会上，赵尚志带领全体队员鸣枪宣誓：

> 我珠河东北反日游击队全体战士，为收复东北失地，争回祖国自由，哪怕枪林弹雨，万死不辞；哪怕赴汤蹈火，千辛不避，誓必武装东北三千万同胞，驱逐日寇陆海空军滚出满洲，为中华民族的独立，解放奋斗到底。[16]

有人或以为赵的誓词有些言过其实的"大"，13个游击队员的对手是数十万的日伪军，但仔细研讨却大有深意：赵尚志13人是要以自己的星星之火，点燃"武装"东北3000万同胞、烧死日军的燎原大火，虽万死不辞！

正是这13个人的游击队，奠定了东北抗联第三军的最初基础。

游击队成立后，赵尚志心头一直如吊个秤砣——从朝阳队撤得紧急，丢下了两位同志。7人走了后，"容易"便将朴吾德、尹二胖绑到孙朝阳面前，按胡匪的规矩，携枪叛队，死罪无疑，"容易"便要求孙朝阳下令杀掉二人。

孙朝阳却是极具民族正义感的汉子，说道："咱们不能打日本，人家要出去打日本，杀人家干啥？放掉！"

孙朝阳，义士也！

当朴吾德、尹二胖辗转找到珠河游击队时，赵尚志与李启东等人欢欣鼓舞起来。

此前，在朝阳队兴盛时，日军曾在重兵讨伐的同时，派出奸细携带伪造证件与金钱，冒充是北平国民反日义勇军后援会派来的，邀请孙朝阳去北平参加张学良主持的义勇军首领会议，企图诱捕孙朝阳。

赵尚志感觉蹊跷，坚持劝孙朝阳莫去北平，防止落入圈套。赵尚志离开后，孙朝阳于1933年10月24日，在哈尔滨去北平的火车上被俘，拒不降敌。1934年春，孙朝阳被日军杀害于哈尔滨南岭。[17] 人头被切割下来，悬挂于哈尔滨、宾县等地"示众"。

孙朝阳，作为东北军旧军官，虽然信仰与共产党人不同，但他的民族大义，以及在敌人面前的凛然气节令人钦佩。他为抗日救国所做出的努力与贡献，历史应当如实记上一笔。

中国共产党领导的反日游击队的建立，都经历了千淘万漉的磨砺与艰难。在周保中冒着随时被国民党顽固派"反共"军官谋害的风险、坚持在救国军中之时，在赵尚志拼死从孙朝阳部拉出抗日骨干、组建游击队之际，杨靖宇正面对着几经挫折、几乎溃散的队伍，他能使磐石游击队奋起吗？

自1932年6月磐石游击队在磐东小孤山成立，至1933年1月的半年多时间里，几经波折——挫折——奋起——又挫折。其间，不算重伤离队的杨佐青，最严重的一次挫折，导致孟杰民、初向臣、王兆兰三位游击队领导全部遇难。

当时，磐石游击队里弥漫着一股沮丧的氛围，杨靖宇能挽救这支几乎溃散的队伍吗？这句问话应当是游击队官兵的一致疑虑。

杨靖宇深知思想鼓动工作的重要性，但更清楚最有效的振奋士气的方式是打胜仗，尤其初战，必求一胜，而打胜仗的诀窍是先向弱敌开刀。

经过周密侦察，杨靖宇将第一仗选择在一个叫蛤蟆河子的地方，那儿是"保民会"的一个据点"会房子"。那天，杨靖宇率队出其不意地展开袭击，土匪改编的"保民会"会兵不堪一击。游击队一举缴获长短枪 10 支，逮捕会兵头目在内的 5 名汉奸地主，没收其猪、羊、粳米、白面、衣物等大量物品，没收的粮食被分给穷百姓。经此一战，一些青年农民纷纷要求加入游击队。

随后，杨靖宇又把目光盯上了日军。因为歼灭战斗力强的日军，最能振奋士气、民心。在铁路工人的配合下，磐石游击队对吉海铁路沿线老爷岭日军守备队一个小队展开偷袭，毙伤日军 9 人，毁坏敌铁甲车 1 辆。两次胜利，游击队军心大振，同时也引起日伪当局的高层关注与仇恨。

1933 年 1 月下旬，伪吉林省省长、大汉奸熙洽亲自发布围剿命令："迅即整饬警团，严重痛剿，务将零星小股，克日歼除，以靖地方。"[18] 同时，调集重兵，对磐石游击队连续展开了四次"围剿"。

第一次"围剿"的主力竟然是投降了日伪当局的土匪"东江好"和伪满军毛作彬团——简称毛团，共计三四百人。在少量日军率领与监督下，"围剿"的敌人于 1 月 29 日闯入南满游击队根据地玻璃河套。当时，游击队正在海龙一带活动。敌人没寻到游击队，便大肆抢掠，奸淫妇女，共青团满洲省委巡视员刘过风不幸被捕遇害。

次日，游击队陷入"东江好"六七百人与"毛团"所辖"四季好"300余人两路夹攻与包围。杨靖宇指挥游击队沉着应战，占据有利制高点，待敌人冲至近前，集中火力射击，给敌人很大杀伤；同时，展开政治攻心战，组织队员向敌人高喊"兵士不打兵士""中国人不打中国人""杀死你们投降日本的走狗长官"等口号，使一些被裹挟降日的伪军失去斗志。

双方进入僵持状态后，杨靖宇调动游击队一部组成奇兵，绕到"东江好"侧后，突然发起迅猛攻击。毫无防备的"东江好"死伤多人，落荒而逃。杨靖宇随即迅疾集中兵力夹击"毛团"。

此战，面对大批敌军，杨靖宇将阻击战、攻心战、运动战结合运用，游击队以亡伤各一的较小代价，毙伤敌包括连长以下20余人。

一个月后，日军侦得南满游击队驻地，再次率"东江好"与"毛团"六七百人，突然将游击队包围。杨靖宇率队迅速抢占浅草沟山巅，居高临下给敌人以杀伤；同时，组织游击队展开新一轮政治攻势，唱抗日救国歌，高呼口号"打倒日本帝国主义"，喊话"拖枪哗变过来"，激战历经3个小时。望着阵地前12具同伙尸体和10名伤员，听着一浪高过一浪的口号、歌声，伪军军心大乱，任凭带队日军官如何吼叫，纷纷溃逃而去。

此战之后，震怒的日军对"东江好"百多人全员缴械。"毛团"兔死狐悲，迫于压力，拉出了队伍，举旗哗变。

两次"围剿"失败后，日军亲自出马，调动守备队约700余人，携机关枪、大炮，向南满游击队杀来。面对强大之敌，杨靖宇将游击战、运动战用到极致：偷袭——打了就跑；隐蔽——我暗处瞄着你，你却不知子弹从哪射出来；分散——拉长战线，自玻璃河套到杨宝顶子二十多里的狭长地段处处伏击。

气势汹汹的日军从下午 1 时攻击至夜幕降临，浪费了若干枪炮弹，始终未抓住游击队影子，却被毙伤 20 余人；尤其在守备队长被打死后，丧失了斗志，沮丧收兵。此战，游击队以伤亡各一代价取得胜利。

4 月底，日军纠集伪军对南满游击队发起第四次"大规模'围剿'"，向游击队驻地萝卜地包围上来。得知消息的杨靖宇事先将部队移到敌人来路上的大泉眼，设下埋伏。以为游击队会望风而逃的敌人，没想到游击队反而会前进设伏。当他们大摇大摆通过大泉眼村时，突遭猛烈机枪、步枪扫射。

受到突然攻击的日伪军一阵慌乱后，立马稳住阵脚，凭着 3 门迫击炮，七八挺机关枪的优势火力与游击队展开决战。战斗正酣时，日伪军背后突然又遭猛烈攻击——杨靖宇预先埋伏的马队从敌后方发起攻击。遭遇前后夹击的日伪军顿时乱了阵脚，各自慌忙夺路而逃，又在逃至半路时遭遇伏击——杨靖宇早已在敌人逃窜路上设下伏兵。此战，杨靖宇的队伍毙敌 10 余人，其中包括日军 6 名，伤敌 20 余人。

杨靖宇以高超的军事指挥艺术，以弱胜强，在 4 个多月里，率部与日伪军大小战斗达 60 余次，粉碎了日伪军 4 次"大规模'围剿'"，共歼灭日伪军 100 余人。4 次反"围剿"胜利，使游击队声威震撼南满各地。南满游击队发展至 230 余人。

一支小小的抗日武装，短短时间取得如此成果，影响了整个东北，甚至远在西北的中央苏区中央局机关刊物《斗争》，也以《南满赤色游击队的新胜利——冲破日本帝国主义四次进攻（满洲通讯)》为题，对其进行了详细的报道。[19]

南满洲游击队的胜利，不仅鼓舞了人民群众，也动摇了一些伪军。一些伪军说："我们与红军没有仇恨，再让打红军，我们不瞄准了。"伪铁道警备第五旅十四团迫击炮连，有不少士兵抱有这种想法。

伪迫击炮连驻扎在磐石县烟筒山镇，因为离镇子不远处，有座像烟筒似的山，烟筒山镇便由此得名。

伪迫击炮连原为东北军二十七旅，即上述王德林那个上司投降了日军的旅长吉兴所部。炮连住在镇上一家烧锅大院里，连队里乱糟糟，当官的克扣军饷，喝兵血，老兵打骂欺负新兵，似乎对应了"烟筒"一名——烟熏火燎般受气。底层士兵内心里已揣满怨恼的"火药"，只差一根火柴便可爆炸。

令伪连长没料到的是，连里偏偏"混"进了3个共产党，其中两个是学生兵，都是吉林永吉人，而且是甥舅关系：舅舅曹国安原名于德俊，1900年生人；外甥宋铁岩，原名孙肃先，比舅舅晚出生10年，两人都是1931年加入的中国共产党；另一个叫张瑞麟，由曹、宋二人发展，当时化名张秉文，也读过几年书。

三个人以当兵名义打入炮连。曹国安因字写得漂亮，被连长安排到连部当了"贴写"（文书），宋铁岩（打入炮连用名宋占祥）与张瑞麟则分别在炮一排与二排当兵。部队是军官占地盘混饭吃的本钱，大到旅长，小到连长皆然；因此对所部官兵，如同对待钱串子、枪杆子一样看管甚严，策动起义时刻面临危险。稍带一点儿"赤色"（反日），甚至牢骚话语，轻则被杖责、皮鞭处罚，或赶出部队，重则会立马失去脑袋。

"赤色"话语只能对绝对亲密的人开口。如今，我们已很难得知3个人如何第一次向某个人说了"反日""起义"的话语。现存的片段可构成的基本脉络是从拜把子——结成生死弟兄入手的。之前的铺垫是给士兵写家信，给生病的士兵端水、打饭、递毛巾，劝止打人的老兵并安慰被打的新兵等。

尔后在某一天，连部"贴写"年龄最大的曹国安，在江边的一个小庙里，与20多人拜了把子，并成了盟兄弟的大哥。有了这种"不求同日生，但求同日死"的关系，反日"救国"的话便在某一天某一刻，借某个事由，例如某位盟兄受了连排长盘剥打骂后，说出了口。

点燃士兵内心的"火药桶",在一个本应喜庆快乐的好日子——端午节。那天对连长来说倒真该喜庆快乐,因为那一天他由连长被提升为少校团长。之所以能越级提升,是因为他的舅舅是旅长吉兴。

那天,新任少校团长大摆宴席,鸡鸭鱼肉应有尽有。三营营长和3个排长都赶来祝贺巴结,可是炮连士兵们的伙食却还是高粱米饭,连点儿肉腥也没有。

曹国安、宋铁岩、张瑞麟3人凑了钱,买了些酒肉给大家过节。席间,士兵们借酒发怂,骂连长不是东西,眼里只有小鬼子。曹国安决定当晚即行动,并分头通知了骨干。

夜半,3个人在3个排宿舍同时高喊:"弟兄们快起来,日本子来缴械了!"假睡的骨干翻身跃起,抓起枪,顶上了子弹带头往外跑。士兵们随着跑了出去,兵营乱成一团。

刚被提升为团长的伪连长尚未到位,从连部骂骂咧咧地出来,见院内一片混乱,大声喝道:"你们上当了!皇军来缴械我能不知道?都他妈回去睡觉。排长,班长给我到连部开会!"

眼见"哗变"要露馅,黑暗中,曹国安当机立断,低声对宋铁岩、张瑞麟说道:"干掉他!"3个人3支枪对着伪连长,几乎同时开了火。随着伪连长应声仆倒,一些骨干以枪为号,对着排长也开了枪,一、二排排长均被击伤。

曹国安继续高喊:"日本子就要进来了,快跑啊!"宋铁岩、张瑞麟和一些骨干一齐大喊,带着众人往门外跑,士兵们潮水般跟着跑出了大门。

跑着跑着,张瑞麟停住了脚,想起了炮库里有3门迫击炮,又往回跑。他动员了几个夜班烧锅的工人,砸开炮库,由4个人抬一门炮,余下的人每人扛两箱炮弹,自己用长枪挑两箱炮弹,趁黑夜掩护,往事先约定地点狂奔。待他们赶到烟筒山下时,太阳已经冒红了。焦急等待的曹国安、宋铁岩见到张瑞麟，都长舒了一口气。

经过清点，全连 120 来人，除了值勤的五六名士兵与被打死、打伤的连排长外，几乎全部跑了出来。同时还带出迫击炮 1 门、炮弹 80 发、步枪 100 余支、子弹 2 万发，实为一次少见的成功起义。起义队伍加入南满游击队，编入游击队迫击炮大队，曹国安任队长，宋铁岩任政委。[20]

曹国安、宋铁岩、张瑞麟成功策反迫击炮连，如一枚重磅炸弹，在汉奸吉兴的第五旅十四团基层士兵中轰然爆响。炮连起义后一个半月，十四团机枪连 6 名士兵携机关枪 1 挺、步枪 6 支投奔了南满游击队。又 10 天后，十四团士兵 30 名，携步枪 33 支、子弹 300 发，投奔了南满游击队。

一连串的胜仗和起义队伍加入，使得南满游击队如虎添翼。杨靖宇指挥的这支队伍，已经成为令日伪心胆俱寒的抗日武装。

后来，曹国安与宋铁岩在杨靖宇领导下，转战南满，成为杨靖宇的得力助手与战将。曹国安曾担任第一军第二师师长兼政委，1936 年在战斗中不幸牺牲。宋铁岩曾担任第一军政治部主任，1937 年在战斗中不幸牺牲，年仅 27 岁。[21] 甥舅二人的事迹，容当后叙。

18. 枪毛成了"机关枪"

1932 年 10 月，中共汤原中心县委创建第一支党领导的抗日游击队，近半年来三起三挫，致使中共满洲省委派来的兵运骨干王永江、杨树明、张旋风 3 位同志，两死一重伤，游击队遭受惨重损失。

中共满洲省委对汤原游击队的数次失败十分关注，1933 年 7 月，派出省委常委兼军委书记吉密（胡世杰），同省委职工运动委员会委员王亚堂来到汤原，改组了汤原中心县委：由王亚堂任书记，原县委书记裴治云改任县互济会负责人。

汤原反日游击队第三次严重挫败后，队伍基本溃散了。原队中的一些共产党员戴鸿宾、徐光海等人，都打入到报号"青山""占中央"等义勇军与山林队之中。新的县委成立后，组织协调汤原地区几支抗日武装，联合组成了"东北民众联合反日义勇军"，推选队伍最大的"青山"头领为总指挥，共产党员张文藻、宋赢洲分别担任了政治部主任、秘书长职务，并无直接指挥部队的权力。

8月中旬，联合反日义勇军又联合其他山林队，共计1400人进攻汤原县城。"青山""占中央"两队首先攻入城内，但其余联合的各部行动迟缓观望，以至此次进攻未能达到攻克伪县公署的目的，在日伪军顽抗反扑下，不得不退出县城。

联合作战的失利，暴露了义勇军内部政治薄弱、结构松散的痼疾。此次作战后，各支队伍便各行其是，联合反日义勇军已经徒具虚名。这种情况同时也警示中共汤原中心县委，必须组建共产党人自己领导的坚强队伍，哪怕困难再多，再难！

就在中共汤原中心县委再次积极筹建汤原反日游击队时，一场大祸突然降临汤原。

1933年10月4日，正是农历八月十五中秋节。汤原县原中共中心县委书记、时为互济会负责人的裴治云召集县委一些干部开会，研究再次组建游击队的计划，会议在县委委员、县妇女主任金成刚家里召开。

60余年后，曾担政务院（国务院）机要秘书的抗联老战士李在德女士，回忆起当年那天的惨烈情形，仍然悲戚不已。

李在德回忆，日寇占领了汤原鹤立岗后，在伪军汉奸配合下，疯狂剿杀共产党组织和抗日游击队。李在德家所在的村屯群众基础好，就成了汤原中心县委的临时驻地。为防备汉奸和日寇破坏，县委的同志和本村干部，在村西山脚下、鹤立河边挖了几个地窖，有一人多深，窖顶用草皮覆盖，每个地窖可容四五个人。

为安全起见，地窖之间相隔几十米，县委领导和一些党团骨干都躲在地窖里。地窖里的人进村先看暗号——村口指定柴堆上挂一件白衬衣或白布。如果不见白布，说明村里又进了日伪军或汉奸特务。

李在德回忆，自己的妈妈金成刚平时不在家里住，晚上回屯子里组织群众开会。中秋节前一天，大家觉得明天是八月十五了，敌人不会出来了，就决定回屯子里住。在县委领导和党员骨干在李在德家里正开会的当口，日伪军和伪警察突然包围了村屯。

包括其他村屯在内总计300余人在此次日伪军和伪警察的突然袭击中被抓走，其中有裴治云、金成刚和崔圭复（县委组织部长兼团县委书记）3位县委领导，共产党员丁重九（郑承九）、孙哲龙、金术龙、李振永、林国镇，共青团员石光信、孙明玉、金峰春、积极分子柳仁龙，共计12人。[22]

14年的艰苦抗战证明，共产党人与抗联的若干次挫折与失败，几乎都与汉奸、叛徒有关，是他们给原本"睁眼瞎"的日本屠刀指明了目标。

中共汤原中心县委几乎被日军一网打尽，是因一个叫李元晋（李元珍）的叛徒的告密。李元晋开始表现积极，并且被吸收加入了共青团，党团组织上一些事，他大多都知道，日伪当局就收买了他。12位县委领导及党团骨干隐在300多群众之中，日本鬼子是无法辨别出来的；但李元晋先是向日本人报告了县委领导已进了村，而后逐一指认了12人。

中共汤原中心县委的12位领导及党团员，被日军关在了一间破房子中，共十几天，压杠子、灌辣椒水、尖竹签子钉指甲缝等酷刑轮番用在他们身上。令敌人失望的是，12人无一人屈服。最后，残暴的日军将12人全部投入一口井里头活埋了。

现今，在十二烈士殉难地，有中共汤原县委、汤原县人民政府肃立的纪念碑。[23]

在日本人突然的大搜捕中，新任县委书记王亚堂因不在村中，幸免于难。日伪当局对"红地盘"村屯统治愈来愈严，特务密探四处活动。党团员骨干和积极分子都不敢在村屯里住了，梧桐河边又增加了一些地窖子。隔三岔五，屯子里的亲属和未暴露的人给这些党员骨干等送些粮食什么的，一般是在下半夜来，送了后赶紧趁天亮前赶回家去。

党团骨干们着急，记着这笔血债，等着县委领导拿主意，领着大家跟日本人干，为亲人报仇。因为密探早晚会找到这儿来，就这么等，不起来反抗，只有死路一条。

可是等了一个多月，天气渐渐凉了，却等来了一个比初冬还令人寒战的消息：新任县委书记王亚堂失踪了，是因恐惧逃跑了！[24]

没有史料记载，得知王亚堂逃跑消息的党团骨干是什么心情？少有的片段记录是，地窖子里蓬头垢面、眼窝凹进颇深的人们，或默不出一声，或摇头叹气。

11月的一天夜晚，黑暗潮湿的地窖子里突然进来一个人，是近一米八的"夏大个子"——夏云杰（夏云阶）。夏云杰是中共汤原中心县委除王亚堂外仅剩的一位领导，为汤原中心县委兵委负责人。

夏云杰，1903年生人，山东沂水人，逃荒至黑龙江省汤原县，在黑金河金矿做苦工。九一八事变后他投身抗日，1932年加入中国共产党，任中共汤原中心县委军事委员。中秋节惨案前，他被县委派往报号"长江"的山林队里开展工作，因而幸免于难。

夏云杰在县委濒临塌台时主动承担了县委领导工作。他的到来，使大家精神一振，特别是夏云杰重建汤原反日游击队的决定，说到大家的心坎儿上了。

但不少人的眼眸又低了下来，大家想起了汤原游击队初创那会儿，党团员和反日同盟会成员纷纷捐钱捐粮，县委集合大家的捐款，拿出所有家底，以每支 6000 斤大豆的价格，从地主、溃兵手中买了 13 支步枪、2 支小撸子。可是三起三落，现今一根枪毛都没了。没有爪子和牙齿的老虎，还敢去猎熊？

"谁说咱没有枪？"夏云杰笑吟吟地从腰间摸出了两支撸子，立即被身边的人抢去了。有当过游击队员的，摆弄几下说，这一支是坏的，打不响啊！

夏云杰苦笑道："脱裤子当袄，也就能买这样的两支枪了。"望着众人并不热切的目光，夏云杰提高声音说："我知道大家心里想什么，要是有十几、几十支枪，就可以跟敌人讨还血债了。可我们共产党是个穷党呀，既比不上国民党，比不过土匪山林队，连地主大排队也不如。可我们不怕死，敢跟日本鬼子拼命。这种民族精神，比那些有枪却不打鬼子的强百倍。没有枪咱们从他们手里夺！"

对！夺枪！同鬼子干到底，才有活路。

夺枪！夏云杰统一了大家的思想和决心。

首战夺枪目标瞄向了鹤立岗东部黄花岗屯伪自卫团。心思缜密、凡事计划周全的夏云杰不愧为帅才，接连派出三拨人马：第一拨是 20 来岁单薄秀气的中共汤原县团委书记于永顺，五大三粗的党员山东大汉、外号"徐镐头"的徐振江，任务是打进自卫团院子；第二拨是翁大成和王钧，两位游击队老队员，任务是解决掉门口的哨兵；第三拨是几位装成要买谷草的庄稼汉子，任务是前两拨人马的接应。

于永顺与徐振江走到了自卫团门口，哨兵大喝一声："干什么的？"

于永顺嗔怪道："大哥你咋把我忘了！我是你们伙房大师傅的小舅子呀，我娘肚子疼，让我来找他帮买点儿大烟土。"

哨兵听说有大烟土，便说："你给俺捎儿点呗！"

于永顺痛快答应说："好吧。"于是他与徐振江走进院子，又进了屋子，一眼瞄到墙上挂了一溜步枪。屋里睡觉的、打牌的、看热闹的，乱哄哄的。

"不准动！"只听见徐振江镐头砸铁一声巨吼，两只撸子对准了南北炕上十几个人。按夏云杰的计划，他们的任务是训话，为后两拨人进去争取时间。徐喊道："老实听着，我们是红军游击队，来取枪打鬼子。日本鬼子烧我们房子，杀我们男人，奸我们女人，你们倒帮着鬼子看家护院，还算中国人吗？老实让我们拿枪不要你们的命，谁动一下打碎他的脑袋！"

见于永顺与徐振江进去了，装作捡粪的翁大成和王钧就往哨兵跟前凑。哨兵还没反应过来，一支匕首和藏在衣服里的酒瓶子便对向了自己，那支步枪就到了翁大成手里。两个人把哨兵交给第三拨"买谷草"的庄稼汉子一人看守，同众人一齐抢进了院子。

屋子里形成了对峙局面：南北炕上的人不敢动弹，于永顺与徐振江也不敢去墙上摘枪。

僵持中，一个人欠起屁股就想去抓墙上的枪，于永顺刚要去搂火——虽然是那支能打响的撸子，不知此刻能否卡壳，只见一挺"机关枪"从捅破窗户纸的窗格子伸了进来，并伴随一声"敢动的立马让你身上成筛子"，欠起的屁股立马瘫了下去。随着话音，第三拨人马抢进屋子，摘下了墙上枪支。此次行动共夺枪 14 支。[25]

原来，那个血腥之夜，翁大成在收拾王永江等人的遗体时，从机枪手老韩的衣兜里掏出了一个焚火帽——学名应当叫机关枪消焰器，算是游击队垮掉后留下的唯一"枪毛"。翁大成将它套在门口哨兵那支步枪口上，吓傻了屋里所有伪自卫团兵丁。

虽经 3 次惨痛挫折，但倒了再爬起来，擦干身上血迹，沿着战友未走完的道路，汤原民众反日游击队终于第四次又站立起来了！

正是这第四次顽强复起，成了东北抗日联军第六军的最初种子。

以上惊险的夺枪过程，可谓是赌命的行动，实在是贫穷的共产党人的无奈之举。在游击队初创阶段，类似的夺枪行动绝不是孤例。

中共鸭蛋河区委书记李凤林也是通过这样的办法智取伪自卫团的枪支。

智取就得有短枪。短枪藏身，在接近敌人后，突然逼向敌人，但是区委没有短枪。李凤林通过中间人找一个胡子借枪。胡子外号"阎王"，倒也有点儿正义感，只是说自己就两支匣枪，万一夺枪失手，自己的吃饭家什岂不折了进去？

李凤林亲自去会"阎王"说："你不就怕我把枪弄丢吗？这样吧，我把全部家当除了人都押给你。这事败了，家当全归你；成了，匣枪还你外，再随你挑两支缴获中最好的大枪。"

李凤林是个大户人家，一个大院内十几间房子，养着大骡子大马大车，"阎王"当然会算账。双方签字画押后，"阎王"借给了李凤林两支短八分匣子枪。[26]

腰里别着匣枪的李凤林与舅舅在自卫团大门口打了起来。被舅舅冷不丁抽了重重一记耳光后，李凤林吵着要找自卫团长评理。旁边一个地下党员王居选假装拉架，哨兵拦也没拦住，3个人拉扯着一块闯了进去。

听到外边一片吵嚷声，伪自卫团长高魁一趿拉着鞋，叫骂着出了屋："跑到我的地界撒野，找死……"话未说完，他就被匣枪逼住了，同时被逼住的，还有几个看热闹的伪兵。大门外的游击队员也各司其职地动了起来。接下来的情形同黄花岗屯类似，伪自卫团同样当了俘虏，乖乖被缴去了14支枪。

王德林退往苏联时，救国军前方总指挥吴义成与参谋长周保中，正在奔往宁安的路上，虽然得到了代理救国军司令的职务，但毕竟是一个脑袋挂在腰带上的职务。吴义成虽为大老粗，却天生聪慧，而且好作愚钝状，自称"吴傻子"。若说吴义成怕死也不公平，他主要是遭受失败失去了信心，也要退避苏联。

周保中力劝，并给他分析形势，说日军才多少人？只能占几座县城。城外还是我们的天下，我们完全可以收拢队伍跟鬼子干下去。吴义成倒是听进去了，接受了王德林的委托。

王德林入苏后，对救国军余部的影响很大。最重要的打击与其说是军事上的，不如说是从心理上的信心陡挫。其所属各部更加分散，已形不成真正集中统一系"军"的组织。

好在周保中的威望与日俱增。在艰难的日子里，周保中不辞辛劳与危险，说服动员各部首领，收拢、汇集、整顿救国军残部，与吴义成一道，将救国军重新编成了四路军与一个游击军。

这四路军的首领分别是：第一路司令姚振山，第二路司令柴世荣，第三路司令郭希武，第四路司令李玉珍，游击军司令李延禄。整编后的救国军人数虽然少了，但组织上集中了，更有战斗力了。日伪当局撰写的《满洲国警察史》一书不得不承认："反满抗日匪团比起建国（伪满洲国）初期在意识上有所加强，更有训练更加组织化了。当时具有相当实力的东北义勇军的编制是：在前方总指挥吴义成下设四路军制……其组织与活动都有很大改进与加强。"[27]

在自卫军、救国军大部溃散情况下，吴义成部反倒"有很大改进与加强"，可见周保中付出了相当艰苦的努力。

关于周保中在面临溃散的救国军中的作用，中共满洲省委组织部长何成湘曾经有一份报告称，救国军吴义成部是"反日游击队中最坚强的部队"，源于"党有一个军事经验丰富的同志过去在吴处当参谋

（长），吴的一切军事计划大多出之这个同志（周麻子，过去省兵委书记）的意见，得了无数次胜利"。[28]

曾作为中共满洲省委军委书记的周保中在收拢、整顿救国军残部时，便有意识地将素质较好的义勇军首领与队伍尽力推向救国军领导岗位，为后来组建党领导的武装，打下良好基础。第二路司令柴世荣，为救国军中最倾向共产党的进步代表人物，不久即加入中国共产党，历任东北反日联合同盟军第五军副军长、东北抗联第五军军长职务。第一路司令姚振山部后来参加了东北抗联第二路军。

周保中在这一系列整编中，最有远见的做法，是单独编成一个救国游击军，由补充第一团、第二团为基础组成。1933 年初，救国军参谋长李延禄率补充第一团和补充第二团第三营 500 人、救国军第十七团 500 人与总部卫队营，与日军第十师团第八旅团第三十九联队，激战于磨刀石车站，给敌部分杀伤后，部队也受到重创，突围后撤退至五虎林方向。

后来，李延禄率救国游击军奔赴密山，与那里的密山游击队共同组成东北人民抗日革命军，为最终成长为党所领导的东北抗联第四军，植下了坚强的树苗。

1933 年 4 月中旬，吴义成、周保中率部袭击了延吉县小城子镇，毙敌 70 余，下旬，乘势一举攻克安图县城。这是自上年 8 月，该县城被克复后，救国军的卷土重来。救国军占领安图后，将日本顾问、伪县长、伪警察局长逮捕关押，收编了安图伪军团，控制了邻近的抚松、桦甸、敦化、蛟河等地，并建立了辽吉地区根据地。一时间，许多义勇军、山林队前来投奔。

在一片好形势下，吴义成已经不是王德林退走苏联时的灰心沮丧状。他被胜利冲昏了头脑，先是在安图县城好吃好玩，住了下来，接着又接受了伪警察局长家人送来的金银首饰、虎皮、貂毫等，放了伪警察局长。

最失策的是，吴义成竟然让新收编的伪军团仍驻扎在城内，救国军的基干主力驻扎城外。结果，伪军团在奸细策动下突然反叛，吴义成仓皇逃往东宁、汪清一带。

在吴义成退往东宁之际，周保中决意在安图稳住根据地，以救国军总参谋长的名义，组织建立救国军辽吉边区留守处，自任留守处主任，以辽吉地区军300余人队伍为基干，形成独立于吴义成的领导体系。由于其威望，救国军傅学文、罗明生等部都愿接受他的领导，"在安图的山林队更变救国军即千余人""安图救国军多拥护他作领袖"。[29]

应当承认，在共产党领导的抗日联军尚未建立起来时，属义勇军性质的救国军，成了抵抗日军的主力军。在李杜、王德林退苏后，吴义成领导的救国军仍然是义勇军的主力。1934年初，中共满洲省委吉东局做出决定，"保中同志在保持旧有的救国军形式下与王（引者：德林）、孔（引者：宪荣）、吴（引者：义成）分离。"[30]

所谓"分离"，是要求周保中脱离救国军。周保中根据决定，即率辽吉地区第一、三连脱离救国军，着手组建由共产党直接领导的反日同盟军。

在离开救国军时，周保中有目的地留下了陈翰章、王润成等一批党员在吴义成部中。留给陈翰章的任务：一是稳住吴义成，团结该部坚持抗战，保护统一战线关系；二是留心吴义成的变化，一旦发现其动摇或逃跑，即相应处置，防止他将队伍带走或溃散。

陈翰章，1913年出生，吉林敦化人，九一八事变后参加救国军，1932年加入中国共产党，后任东北反日联合军第五军第二师参谋长、抗联第二军二师师长，抗联第一路军第三方面军指挥，被誉为"镜泊英雄"，1940年壮烈牺牲。

王润成，又名马英，黑龙江宁安人，1910年出生，1930年加入中国共产党，九一八事变后，被党派入吉林救国军工作，后任东北抗日联军第二军第二师政委等职。1936 年底，王润成去莫斯科向中共代表团汇报工作，被留在莫斯科东方大学学习，后被苏联内务部错误逮捕入狱至 1946 年。1954 年，王润成回国，被恢复党籍并安排工作。

陈翰章年轻俊秀，小学教员出身，多才善文，办事沉稳，深得吴义成信任与赏识，被提拔为总部秘书。1934 年 2 月，被蒋介石限制于关内的王德林，曾"派代表到宁安去，他首先是找周保中，并且带来2000 元，一切问题都问周保中，后来才找吴义成，不见孔宪荣"。[31]

原来，吴义成退到宁安后，对抗日前途迷茫起来，总是寄希望国民党政府从关内出兵东北。王德林派人来后，吴义成打算让心腹可托的陈翰章入关找王德林，打探准国民党政府的真实意图，并争取当局出资援助抗战。

经请示周保中，陈翰章以救国军总司令部特派代表身份进关，活动于天津一带，并拜见了王德林。当他讲到原救国军将领柴世荣、傅显明、史忠恒等人，都率部加入周保中领导的反日同盟军时，王德林连声叫好，认为柴、傅、史等人做得对，跟着周保中没错。说到吴义成让王德林做南京工作出兵东北时，王德林苦笑说："吴傻子真是犯起傻来了，现在国民党哪里有兵出关抗日？在南方围剿红军还不够呢。"

当陈翰章说到为支持吴义成继续奋起，在自己临行前，周保中还将一批枪支弹药送给蹲在老黑山里的吴义成时，王德林表示，周保中对吴义成已是仁至义尽了，能留住他在东北抗日最好，留不住就任他去吧，不要在他身上花那么多精力。他让陈翰章回去劝吴义成投奔周保中去。临别时，王德林说国民党不让自己去东北。他拿出自己从各界人士募捐的 8000 大洋，让陈带回去帮助救国军抗日。[32]

听了陈翰章的汇报，周保中认为要将这笔钱花出政治效果来，于是把这笔钱分给吉东地区所有抗日部队。救国军各部分别在牡丹江、宁安、敦化一带召开军民大会，每个抗战人员发给 1 元以慰问，说明关内人民对东北抗战的支持，大家并不是孤军作战，使指战员都受到激励。

尽管周保中多方努力，对吴义成的工作仍然成效不大——主要是吴义成对国民党始终抱有幻想。对陈翰章转达老长官王德林要其投奔周保中的意见，吴义成的态度是：一方面，对共产党，他是"我赞成你的人格，反对你的主义"；另一方面，虽然他对共产党有误解，但不似马宪章、孔宪荣那样仇恨。他对陈翰章说："要投奔周保中你去吧。"

吴义成在老黑山等地坚持了一段时间后，最终率七八十人经苏联去新疆，后投奔参加了蒋介石的部队，1948 年被人民解放军俘虏。因其在东北抗战中的贡献，曾受到格外优待。1949 年新中国成立前夕，吴义成病逝。[33]

作为一位颇有影响的抗日志士，吴义成的结局无疑是悲剧性的。每个生活在社会中的人的思想、立场，都不可避免带上生活经历及时代局限的印迹。

共产党人之所以赢得了广大民众，是因为虚怀若谷的伟大胸怀。只要是做过对民族、对人民有益的事，都不会因其迷途与错误，而抹杀其全部人生，包括其做过的贡献。这是我们如实记录吴义成在救国军总体溃败、仍然坚持留在东北抗战一线（哪怕只是一二年）的原因所在。

周保中是最早进入救国军工作的中共领导人之一，其间，他曾面对巨大危险与压力。这种危险与压力不仅来源于救国军中的孔宪荣等国民党，在共产党组织内部，也时常有对周保中的严肃批评与指责。

周保中在最危险与艰难的时候，是什么样的意念使他坚持下来？

　　哪管饥饿疲乏，断指裂肤，

　　不顾暴风烈日，雷电雪雨，

　　捐躯轻鸿毛，荡寇志不移。

在东北抗联各军高级领导中，周保中多文才，每当艰难苦恼至极，便时常吟诗捉句，这几句话应当符合周保中的心境。[34]

注释：

［1］［3］李书源、王明伟：《东北抗战实录》，长春出版社，2011年5月第2版，第48—49页，第56页。

［2］［4］《东北抗日联军史》编写组：《东北抗日联军史》（上册），中共党史出版社，2015年9月第1版，第138页，第139—140页；

［5］［6］［7］［8］赵俊清：《周保中传》，黑龙江人民出版社，2015年8月修订版，第24页，第25页，第33页，第47页。

［9］王效明、王一知：《他为党奋斗到最后一息》，载中共吉林省委党史工作委员会编《回忆周保中》，吉林人民出版社，1989年6月版，第6页；转引自赵俊清：《周保中传》，黑龙江人民出版社，2015年8月修订版，第49页。

［10］［11］赵俊清：《周保中传》，黑龙江人民出版社，2015年8月修订版，第52页，第63页。

［12］［13］［15］中央档案馆、辽宁省档案馆、吉林省档案馆、黑龙江省档案馆：《东北地区革命历史文件汇集》，甲38，第18页，第309页；甲16，第301—302页；以上分别转引自赵俊清：《赵尚志传》，黑龙江人民出版社，2015年8月修订版，第74页，第75页，第77页。

［14］赵俊清：《赵尚志传》，黑龙江人民出版社，2015年8月修订版，第75页。

［16］熙文：《英勇奋斗的东北抗日联军第三军》，载巴黎《救国时报》，1937年9月18日；转引自赵俊清：《赵尚志传》，黑龙江人民出版社，2015年8月修订版，第82页。

［17］朝阳县地方志编纂委员会：《朝阳县志》，辽宁民族出版社，2003

年 12 月，第 769 页。

[18]《盛京时报》，1933 年 1 月 22 日；转引自赵俊清：《杨靖宇传》，黑龙江人民出版社，2015 年 8 月修订版，第 85 页。

[19] 中共苏区中央局机关：《斗争》，第 26 期；转引自赵俊清：《杨靖宇传》，黑龙江人民出版社，2015 年 8 月修订版，第 88 页。

[20]《东北抗日联军史料》编写组：《东北抗日联军史料》（下），中共党史资料出版社，1987 年 12 月第 1 版，第 476 页。

[21][24]《东北抗日联军史》编写组：《东北抗日联军史》（上册），中共党史资料出版社，1987 年 12 月第 1 版，第 197 页注释②，第 347 页。

[22][25] 李在德：《漫漫抗战路》，载张正隆、姜宝才：《最后的抗联》，人民日报出版社，2016 年 1 月第 1 版，第 299 页，第 303 页。

[23] 国家图书馆中国记忆项目中心：《我的抗联岁月：东北抗日联军战士口述史》，中信出版集团，2016 年 9 月第 1 版，第 9 页。

[26] 张正隆：《雪冷血热》（上），长江文艺版社，2011 年 4 月第 1 版，第 60 页。

[27] 东北沦陷十四年史编写组等编译：《满洲国警察史》，第 343 页；转引自赵俊清：《周保中传》，黑龙江人民出版社，2015 年 8 月修订版，第 56 页。

[28][29][30][31]《东北地区革命历史文件汇集》，甲 16，第 348 页；甲 30，第 14 页；甲 45，第 47 页；甲 18，第 395 页。以上分别转引自赵俊清：《周保中传》，黑龙江人民出版社，2015 年 8 月修订版，第 58 页，第 64 页，第 69 页，第 73 页。

[32][33][34] 赵俊清：《周保中传》，黑龙江人民出版社，2015 年 8 月修订版，第 74 页，第 75 页；再版序言，第 3 页。

第七章
上兵伐谋

19. 文明胡子

1933 年 1 月 26 日，中共驻共产国际代表团写了一封《中共中央给满洲各级党部及全体党员的信——论满洲的状况和我们党的任务》，即后来通称的《一·二六指示信》。同年 6 月 10 日，该信由中共上海中央局在中共中央机关刊物《斗争》第四十四期刊发。[1]

《一·二六指示信》全面分析了日本侵占东北后中国阶级关系的变化和民族矛盾尖锐的形势，将中国东北的抗日队伍按照各抗日武装的社会成分以及组织领导的差异，划分为 4 种类型；指出中国共产党领导的游击队，是一切游击队中最先进、最革命、最大战斗力的队伍；要求党组织采取不同统战政策，对东北军改编而成的抗日武装，对红枪会、大刀会等旧式农民武装，对其他群众性武装，分不同情况采取作战协约、订立反帝联盟，共同反对日本侵略者。

《一·二六指示信》发出时曾有一附注，于同年 7 月以《对中央给满洲各级党部及全体党员的信〈论满洲的状况和我们党的任务〉的说明》为题，在《斗争》上发出。

这个附注指出："北方五省联席会议决议中对满洲问题的决定及中央和代表团过去所研发的关于满洲问题的文件，在策略上有许多严重的错误。望各级党部根据中央这封信重新审查自己的策略，根据这一封信的原则来重新计划自己的工作。"[2]

此前的 1933 年 1 月 17 日，中华苏维埃临时中央政府、中国工农红军革命军事委员会曾发表《为反对日本帝国主义侵入华北愿在三个条件下与全国各军队共同抗日宣言》（简称《一·一七宣言》），提出"在下列条件之下，中国工农红军准备与任何武装部队订立作战协定，来反对日本帝国主义的侵略：（一）立即停止进攻苏维埃区域；（二）立即保证民众的民主权利（集会、结社、言论、罢工、出版之自由等）；（三）立即武装民众，创立武装的义勇军，以保卫中国及争取中国的独立统一与领土的完整"。[3]

《一·一七宣言》，特别是《一·二六指示信》，对于中国的抗日战争，尤其是东北地区抗日游击战争的开展，以及东北抗日民族统一战线的形成具有重要推动作用，成为中国共产党在东北开展工作的纲领性文献。

后来的一系列实践证明，抗日联军关键在一个"联"字，因为党领导的基本队伍，在数万东北抗日联军中，常常仅占四分之一至三分之一，而统一战线则是"联"的桥梁与纽带。

经历了半年多"北方会议"，把反日战争和土地革命密切联系起来、自杀式四面树敌的策略再次被"修订"，历史又回到了罗登贤时期那个起点上。原先通过组织下层"哗变"，极力架空自卫军上层，力图缴械山林队，着力打击的地主（未叛投）武装，重新成了团结、联合的对象。三种原来的"敌对势力"成了友军，共同反对日本侵略者。

由于敌人的严密封锁及交通通信严重落后，《一·二六指示信》传达到中共满洲省委时，已经是1933年4月份了。上旬是口头的，中旬传来了抄写件，用显影剂药水涂出来。显示原文后，中共满洲省委内部产生了意见分歧，曾在"北方会议"上当面被博古严厉指责的何成湘更是心有余悸。

分歧的意见有两种：一种认为文件是假的，理由是文件不是来自上海，而是苏联。省委的同志并不知道在上海的临时中央已迁往苏区瑞金。认为假的理由还有，这份文件与中央原来的精神发生根本变化。

一种认为文件是真的。理由是驻共产国际的中央代表团根据共产国际指示起草文件，以中共中央名义发出并不违反原则，并且认为，这份文件符合东北实际情况。

当时的中共满洲省委代理书记是魏维凡（李抱一）。

经过反复争论研究，省委统一的认识是，文件是真的，要认真贯彻。[4]

以上历史说明，制定一个符合实际的政策与策略不容易，贯彻执行正确的政策与策略也不会一帆风顺。

东北多土匪。日本侵占东北后，土匪势力一度达到鼎盛阶段。

位于中东路滨绥线道南的浅山区，有两个与水有关的地名，一叫三股流，一叫石头河子。三股流有个陡山包，前有凹地，后有漫冈，地形便于作战，石头河子距乌吉密火车站较近，信息灵通，进可攻，退可守，有较大回旋余地。上过黄埔军校的赵尚志，十分重视游击作战环境的选择，于是率13人的珠河东北反日游击队，将根据地定在此处。

13个人的队伍从哪儿着手发展壮大呢？赵尚志从"文明"的纪律开头。

部队刚开进三股流，百家长便找上门来"劳军"，带来了鸡、鸭、鱼、肉，大烟和烧酒，说是各家百姓"自愿"凑集的。

赵尚志一阵心痛，老百姓都被土匪祸害到什么地步？他诚恳地对百家长说："我们不是胡子，是打日本鬼子的游击队，不要老百姓的东西，是我们共产党的纪律。"

百家长十分不解，自古兵匪一家，哪有送礼不收的理？一定要赵尚志收下，如若嫌不够，他再去想办法。

赵尚志坚持说："这些东西如果是你买的，你就自己处理。如果是各家摊派的，就退还各家。"百家长见赵尚志态度坚决，狐疑而忐忑地拿回了东西。

天气变冷了，不少战士还穿着单鞋，赵尚志拿钱让百家长买几双靰鞡。百家长想不明白这胡子头儿要搞什么花样，说什么也不收钱。赵尚志也不勉强，便不让他代买了。几天后，百家长提着几双崭新的靰鞡送上门来，说是乡亲们一点点心意。赵尚志连忙掏出钱，百家长坚持不要钱。赵尚志和颜道："如果您不收钱，这几双鞋我们就不能要，您只能拿回去，您若收钱，我就留下鞋。"

百家长十分不解：活这么大岁数，第一次见到"仁义"的胡子，抢劫、绑票是胡子的本性。送礼不要，买东西给钱，那还是胡子吗？

见百家长越发顾虑与害怕，赵尚志耐心解释道："我们是共产党领导的抗日游击队，是老百姓自己的队伍，保护老百姓是我们的本分，怎么能随便拿老百姓的东西呢？"

百家长摸着口袋里的钱，好像一块热烙铁，整不明白胡子保护老百姓要多大的价码。三股流有许多三五成群的小股土匪，无恶不作，老百姓敢怒不敢言。不久，打家劫舍、绑票淫女的土匪"孤丁手"和"小线"，在柳树河子和双马架被处死。处死地儿贴了告示，上面写着"孤丁手"与"小线"扎了谁家的"孤丁"，为何处死？告示最后还写了一句："这就是土匪的下场！"告示署名为"珠河东北反日游击队"。

又不久，赵尚志率队在大荒顶子将绰号"王大爷"的当地著名汉奸王福山逮捕。王福山是地方上一个鱼肉乡民的恶棍。赵尚志召开群众大会，列举其害民投日罪状，将其当场枪决。这些事情在三股流与石头河子引起反响。游击区内的农民都认为，这才是真正的反日队伍呢！[5]

接下来，赵尚志又把斗争矛头对向了伪警察署与汉奸地主大排队。地主大排也称自卫团，遍布珠河全县，数量达 1139 名。他们同全县 409 名伪警察一样，是日本殖民统治老百姓的帮凶。

自 1933 年 10 月 29 日缴了西五甲伪警所的枪械后，赵尚志又于 11 月、12 月连续收缴了东五甲、板子房等七八处伪警所与汉奸大排队的枪械。赵尚志对伪警所与大排队各个击破，打掉了骑在老百姓头上的"二鬼子"，老百姓拍手称快。在对张家湾伪警所缴械的当天，孙朝阳队就有十四五人慕名前来投奔珠河游击队。

赵尚志为珠河游击队制定了铁的群众纪律：住在老百姓家中，对群众态度和气礼貌；晚上睡觉时，老乡睡炕上，游击队睡地下；与群众吃同样饭菜，人吃马喂一律付钱。游击队员还要帮老乡挑水、拉磨、扫院子。队伍离开时，赵尚志总是在最后检查完群众纪律，再与老乡话别。

一段时日后，珠河游击队使许多老百姓异常惊奇。有的说，这是啥"胡子"？不抢不夺，不说黑话，不抽大烟，买东西给钱，还帮老百姓干活，缴获的粮食与物品还分一些给老百姓……他们实在搞不清这支队伍的性质，有的群众就叫他们"文明胡子"，[6] 更多的群众就叫"仁义军"。

老百姓最朴实最纯真，谁对他们好，他们就把心掏给谁。他们争相请游击队到自己家去吃饭；妇女自动集款，捐助游击队手套并愿意给游击队做衣服；猎户自愿拥护游击队，送野鸡和纸烟；农民帮助队伍去站岗，每次群众大会上都表现得非常热烈。

以上情况，说明赵尚志领导的游击队，一开始就深深扎根于人民群众之中。至1933年底，珠河反日游击队已发展至60余人。

在珠河一带有许多股义勇军、山林队，报号"九江""容易""白龙""朱万金"等大小约三四十股。这些队伍的人数、成分、目的各不相同：有"爱民"这样群众关系好、抗日坚决的，有以土匪为根基、惯匪势力颇大的，还有由旧东北军遗留下来的部队演化而成的。

这些队伍除部分保存原军队形式外，大多是按土匪帮派形式编成。头目称为"大当家"或"大掌柜"，下设炮头、粮台、总推、字匠等，各队自立山头，枪支私有，按枪劈财。

日本人打进来后，这些队伍开始发生变化：他们既有抢掠、绑票欺压乡民的一面，还有揭竿而起、举旗抗日的一面。

大敌当前，如何阻止、克服、改造其扰民的一面，团结、利用、发挥其抗日的一面，是关乎反日斗争前途及胜败的大局，也是《一·二六指示信》否定"北方会议"的主要原因。

赵尚志在巴彦游击队与朝阳义勇军时，曾多次与这些山林队打过交道，对其反复无常、扰民害民的劣根性有深刻感悟。赵尚志离开朝阳队，直接原因是"容易"意图加害，而且"宝胜""容易"过去缴过游击队的械。珠河游击队成立第二个月，曾冒险通知并带领自己脱离朝阳队的王德全（已任珠河游击队副队长），便被报号"爱国"的山林队误杀。

在如何正确处理与山林队关系上，赵尚志经历了痛苦的思想转变过程，在处理同"爱国"与"容易"关系上，曾同中共珠河县委发生矛盾、争执，最后由中共满洲省委出面予以裁断。

中共满洲省委在给珠河县委和游击队的信中，对赵尚志提出了严肃批评："小赵同志错误的出发点在于把个人的感情与政党的策略混而为一，甚至个人感情重要性超过政党的策略。感情用事，感情超过一切。"[7]

赵尚志接到中共满洲省委来信后，认真思考并进行了深刻的思想反省，结合斗争现实，逐渐加深了对抗日统一战线的思想认识，在给省委的回信中说："对于布尔什维克的政党只有无条件地接受领导……中央和省委新路线的正确，我申明完全接受和忠实执行。"[8]

英雄不是圣人，英雄是普通人，也会犯错误，也有七情六欲。赵尚志是一个疾恶如仇且感情丰沛的汉子，王德全被误杀使他悲愤欲绝。

世上所有正确都是对错误不断修正的结果，这种修正包括对自我思想的痛苦改造。在抗战大局面前，为了民族不灭种，国家不灭亡，赵尚志将个人的痛苦与感情深埋心底，与严重伤害过自己的人一道共事，这是真正的英雄。

1934 年 3 月，赵尚志率珠河游击队与"青林""爱民""北来""七省""好友"等义勇军、山林队各部首领，举行联合军会议，根据中共满洲省委提出的三项条件（不投降、不卖国、反日到底；没收日本帝国主义及其走狗一切财产和土地充作战经费；保护民众利益，武装群众共同抗日），成立东北反日联合军司令部，赵尚志被推举为总司令。[9] 虽然这是一种初步的抗日武装联合形式，但它说明了共产党领导的珠河反日游击队，已经成为珠河、宾县、延寿一带抗日武装的核心。

自珠河反日游击队成立那一天起，赵尚志头脑中始终有一个固定不变的思想，即"打"字当头：扩展队伍靠"打"，统一战线也靠"打"，赶走侵略者更靠"打"。

4 月初，珠河游击队接连攻下老虎窝、新开道、古扎子三处伪警察分驻所，缴获步枪 40 余支；4 月下旬，又攻占了地势险要、几年来未曾被攻破的秋皮屯，收缴反动大排武装。亲日民团炮头黄英（"黄炮"）被迫起义参加抗日。然后，赵尚志以联合军总司令名义，在秋皮屯召开义勇军首领会议，决定组织珠河游击队与"白龙""北来""吕绍才"等部共 400 余人，联合攻打黑龙宫（属延寿县）。

此战，赵尚志率珠河游击队担任主攻，"北来"等义勇军与山林队从侧部助攻。在联合军的围攻下，60 余名伪警察及反动大排狼狈逃窜。黑龙宫被攻占次日，延寿县伪警察大队长常万祥（绰号"常罗锅"）率 250 余名伪警察向黑龙宫增援，反日联合军与常万祥部激战 3 小时，伪警察支援队弃尸 10 余具溃逃。黑龙宫大排队长赵维甲见大势已去，遂率余部向联合军投降。

黑龙宫伪警署是日伪设在中东路道北地区一个重要据点。它被攻占产生了重大的影响。赵尚志的"打"字当头，打出了威望，震慑了敌伪。附近的"铁军""白龙""双胜"等山林队积极向珠河游击队靠拢，延寿伪警队朱金一部慑于游击队的压力前来投诚。其中，曾与游击队有仇的"容易"，也表示愿意参加反日联合军司令部，携手抗日。

此前，"容易"曾写信给赵尚志说："你在我队（朝阳队）拿枪出来，能变出抗日，现在你的名誉很好。我和你'合绺子'将队归你带。"赵尚志认为"容易"并非真心，写回信骂了"容易"。在收到省委批评信后，赵尚志重新表示欢迎"容易"参加反日联合军，并在 5 月联合军首领会议上，郑重表示欢迎"容易"共同抗日。

见到赵尚志与曾经鼓动孙朝阳枪毙自己的"容易"冰释前嫌、握手言和，不少山林队首领一时转不过弯来。当听了赵尚志会上一席话，他们都为共产党人的民族情义与胸怀感动。

赵尚志在会上表示，两年前东北那么大规模义勇军反日运动为啥失败了？就是因为各路义勇军东一股、西一股，张三不管李四，李四不管张三，你挨打，我看热闹：结果一个个都让日本鬼子收拾掉了。要反日，单蹦地干是不行的，要想干就得大家合起心来，一齐干才行。只要大家一条心，一个目的，一致动作，虽然没有好枪炮，也一样打胜仗。

当然，一些土匪出身的山林队，不是参加了联合反日军司令部就能改掉匪性的。反日游击队与"北来"攻占黑龙宫后，他们乘机大抢大夺。"赶边猪"（不分穷富大群绑票），趁火打劫的"振东"，绑票达50人，给珠河游击队造成很坏影响。对此，赵尚志绝不姑息："反日者一律欢迎……坑害百姓者天理人情难容。"择其突出者，杀一儆百。对大肆绑票且很多"花票"（妇女）的"四海"，赵尚志以反日联合军司令部名义将其缴械、解散。在各义勇军、山林队保求下，"四海"虽未遭枪毙，却被罚打一百军棍，其队内罪恶较大的一个帮凶被处死。[10]

一些山林队首领难免有兔死狐悲的感觉，但慑于赵尚志之威，更服于珠河游击队纪律严明，也就无话可说。这期间，珠河反日游击队出台了自身《反日游击队纪律暂行条例草案》，其中违抗军令及群众纪律惩戒条款两项，计15条，重则开除直至枪决。

有了"四海"的前车之鉴，再加上共产党游击队的"条例草案"标杆摆在那儿，中东铁路道北地区山林队扰民害民之风，一时有所收敛。

获得了老百姓的拥护支持，珠河反日游击队迅速发展为5个中队，130余人为基本骨干，联合义勇军、山林队达1500余人。赵尚志谋划了对日伪更沉重的打击，将下一个进攻目标定为宾县县城——宾州镇。

20. 戏耍他个"武人龟鉴"

1933年5月，和煦的暖风吹遍广袤的南满大地，烂漫山花竞相开放，山川田野翠绿欲滴，山雀儿啾啾鸣唱。中旬，杨靖宇应中共满洲省委之邀由磐石来到哈尔滨领受研究《一·二六指示信》精神。

当时，杨靖宇假扮来哈市办货的生意人，以远房"舅舅"名义，住在省委宣传部姜椿芳家。这里是阴暗潮湿的地下室，较为隐蔽。

5月28日，正好是端午节，省委领导李实（即魏维凡）、李耀奎、何成湘等人，以节日聚会的名义在姜椿芳家召开专门会议，决定取消土地革命色彩的"工农红军"番号，改"中国工农红军第三十二军南满游击队"为"东北人民革命军第一军独立师"，并尽快付诸实施。

早在《一·二六指示信》到来之前，在反日斗争实践中，杨靖宇已经感觉到土地革命路线与客观实际的距离。在南满地区，多股反日义勇军、山林队达数千人之多。他们有的"合绺"活动时，动辄数百、上千人。而党领导的南满游击队总数仅250余人，且游击区仅限于磐石、伊通、烟筒山之间。

杨靖宇也曾力图团结一些山林队一道抗日，但没有上级公开的联合政策，效果不尽如人意。例如在去哈尔滨前，杨靖宇曾就联合作战致信"毛团"首领毛作彬，但"毛团"顾虑红军以联合为名对己缴械，而且自己也曾几次围攻过游击队，所以没有答应。

从哈尔滨返回磐石的路上，杨靖宇已蓝图在胸。他决定召开成立反日联合军大会，将更多分散孤立的抗日武装联合在一起，共同对日作战。似乎是时局作美，联合会议未开，联合宣言未形成，杨靖宇就以实际行动将胸中的联合反日蓝图，先行描绘了出来。

活动在磐北地区的"赵团"（赵宝林）、"马团"（马立三）原为东北军旧部，九一八事变后一直坚持抗日。这两支队伍都攻打过南满游击队，想缴械游击队壮大自己。不久，两支队伍在板凳沟遭日伪军包围，数次突围未果，形势十分危险。正在玻璃河套活动的杨靖宇率部突然向日伪军的后路攻击，致敌阵脚大乱。马、赵二部乘机反攻，腹背受敌的日伪军丢下几十具尸体仓皇逃走。

突围后的"赵团"对杨靖宇说："我非常惭愧，以前我打了你们，今天你们却救了我们，这回我知道谁是我们的朋友了，以后我姓赵的再三心二意，天理良心不容。""马团"也说："红军是真打鬼子，不计私仇，够朋友。"

"毛团"是南满地区最大的一支反日队伍，也是对南满游击队伤害最多的一支山林队。最让游击队官兵怨恨的是，磐石游击队初创时期遭遇第一次大围剿的主力，便有"毛团"。

报应很快来了。1933年6月，"毛团"与南满游击队相遇，陷入围困的"毛团"官兵十分害怕被游击队缴械，但杨靖宇制止了游击队一些官兵缴械"毛团"的行动，理由是"毛团"如今已经反正抗日了，多一个反日的人，就多一份抗日的力量。这在"毛团"官兵中引起不小的震动。

1933年7月下旬，杨靖宇在桦甸八道河子，主持召开南满反日联合军参谋部成立大会，参加会议的有"毛团""马团""常占""殿臣"等各部首领70余人，所辖部队达1500余人。[11] 会议一致推举杨靖宇为政治委员长，"毛团"毛作彬为总司令，李红光为参谋长，傅殿臣为军需长，通过并发布了《联合抗日宣言》。

把不同性质、不同信仰、不同目的武装联合在一起，是需要宽广胸怀的，需要把自己的恩怨情仇放下，让步于民族大义。

胸怀有多宽广，事业就会有多阔大。南满游击队以200多人的队伍，团结联合了1500余人的武装，这种事情只有共产党能够做到，因为他们胸中只有老百姓的利益。为了老百姓不受欺压凌辱，共产党人可以牺牲自己的情感与尊严，去团结任何伤害过自己但能够抗日的人。

联合的作用很快显现出来。8月13日，南满游击队联合"毛团""殿臣""赵团"等各路义军1500余人，连续三昼夜攻击日伪重要据点东集场子，被围之敌急切要求县城派兵救援。来自磐石的200余伪满骑兵气势汹汹赶来增援，不料被联军打得丢盔弃甲而遁。

当日伪第二波大批援军再来时，集镇内反动汉奸自卫团大队长高锡（希）甲，趾高气扬地率队杀出集镇向游击队示威："看见没有，高老爷出来了。"其声未尽，这个残杀王兆兰、初向臣，作恶多端的反动地主，被南满游击队狙击手一枪毙命，众伪自卫团员鼠窜回镇。此三昼夜，联军毙日军军官中岛等四五人，伤敌 16 人，俘敌 40 人，缴获步枪40 余支、军马 30 多匹及若干军用品。[12]

当敌众我寡时，南满游击队待"赵团""殿臣"等部先行退出战斗后，才最后有序撤出。杨靖宇料到受重创的东集场子一定会补充损失的给养，安排侦察人员密切注意东集场子敌之动向。

不数日，被围攻之敌果然去磐石县城领取损失的给养、枪支弹药。杨靖宇率部于敌返城必经之路哑巴梁子设下埋伏。待满载给养弹药的运输车队进入伏击圈，杨靖宇一声令下，子弹、手榴弹一齐砸向敌护卫队伍，10 余名敌军被毙伤。丢掉给养弹药逃回的敌人心惊胆战地说："到哪都遇到红军。"

1933 年 9 月 18 日，即九一八事变两周年之际，东北人民革命军第一军独立师在磐石县北老末沟正式成立，2000 多名群众参加了大会。独立师由杨靖宇担任师长（司令）兼政治委员，李红光为参谋长，宋铁岩为政治部主任，全师 380 余人。

为把部队打造成一支铁军，杨靖宇制定了一系列规则条例。其中，《东北人民革命军独立师暂行规则》共 20 条，主要内容为：

①临阵偷逃者枪决。②拖枪逃跑者枪决。③强奸妇女者枪决。④勾结敌人破坏，组织一切反革命阴谋者枪决。⑤造谣扰乱军心，泄露军事秘密者枪决。⑥偷子弹与军需品者视情形开除与枪决。⑦烧杀人民者枪决。⑧打骂人民者按情形轻重开除或警告。⑨无命令检查人民的财产偷抢者，除将该

物还本主外，并按情节轻重留队查看（引按：应为"察看"）或开除。⑩同志间相互冲突动武装者警告或开除。⑪随意放枪者开除。⑫走火者罚岗5点钟（放枪伤人者按情形处罚）。⑬破坏武装者按情形警告或开除。⑭漏岗者罚岗二点钟到五点钟。⑮秘密行军时吸烟及喧哗者罚岗五点钟或警告。⑯丢子弹与军需品者按情形处理。⑰随意扰乱者警告或开除。⑱丢文件者罚岗五点钟。⑲对于英勇作战及一切有功之战士分别予以：A. 物品奖励；B. 升级。⑳如果有特别功绩时得给以名誉奖励（勋章）并升级。[13]

"20条规则"属于惩处性质的18条中，触犯即处枪决的共有7条，处以开除的亦有7条。如此异常严厉、特别强调对违反群众纪律的严惩，体现了党领导的武装与人民群众的血肉关系，体现了人民军队与义勇军、山林队的根本区别。因此，中国共产党领导的这支队伍成为反日统一战线的一面旗帜，成为各反日武装的核心，便不足为怪了。

独立师成立之际，一个扩大游击区的方案，已经在杨靖宇头脑中形成——进军辉发江南。

辉发江（现今辉发河）为松花江最大一个支流。"辉发"为契丹语，《辽史》里写作"回霸"，清著中写作"回跋"，意思是"往来无禁"。相传辽灭渤海国后，对靺鞨人限制很严，不许他们自由往来；对辉发部落则宽待许多，可以"往来无禁"。

1933年10月底，杨靖宇将第一团与少年营留在江北磐石老区，率独立师主力踏破薄冰，跨过辉发江。此举也许为江南江北策应而"往来无禁"。渡江时，他把坐骑让给个小的战士，率先涉入齐腰深的冰水。挺进辉发江南，改变了部队以往困定一隅、只在狭窄磐石和伊通一带活动的局限，把游击区域一下子扩展至辉南、濛江（今靖宇）、金川、柳河、通化、清原等地，有了更大的回旋余地。

杨靖宇进军辉南，日伪当局十分不安，急令伪满军团长邵本良率部追剿，企图趁独立师立足未稳，一举将其歼灭。

邵本良为匪达十数年，后被东北军招安收编。此人精明善计，颇受张作霖赏识，由连长升为团长。九一八事变后，邵本良率整团投降了日军，死心塌地投靠，被日本人称为"武人之龟鉴"，委任其为东边道少将"剿匪"司令。

邵本良的第七团是他起家的老底子，部众多为当年为匪时铤而走险的"铁杆"，骄横、凶悍。有报告称，邵本良在南满一带"剿匪"最出力，也最有名。南满一带的山林队被他打得落花流水，没有不怕他的。在山林队中通常发誓就是：如果我做坏事，出门就遇见邵本良。

11 月中旬，远离独立师主力的后卫部队，在金川汉龙湾，突遭邵本良部袭击。激战中，后卫部队奋勇反击，击毙伪军 7 人，击伤 6 人，但随军活动的中共满洲省委常委金伯阳等 4 人不幸牺牲，鲜血染红了纷纷扬扬的第一场雪。

金伯阳原名金永绪，化名"北阳"。出生于 1907 年，18 岁加入中国共产主义青年团，22 岁成为中国共产党党员，曾做过地下秘密工作和工运工作；因此被逮捕入狱，判处"管束三年"，于吉林第三监狱服刑。张学良易帜后，金伯阳"大赦"出狱，1931 年底任中共满洲省委常委时年仅 24 岁。

1933 年 6 月，金伯阳作为省委巡视员巡视南满，协助杨靖宇联合各方义勇军与山林队组建独立师，做了大量他人不可替代的工作，牺牲时年仅 26 岁，应当是东北 14 年抗战，共产党内第一个牺牲的、职务最高的烈士。

金伯阳文艺情结浓烈，同作家萧军、方未艾等人的交往很有传奇性，还做过散文家杨朔的日文老师。为了赶走日本侵略者，他26岁的人生轨迹就像一颗瞬间划过夜空的流星，那么短暂，却令人难忘。让我们永远记住这位年轻的英烈。

在汉龙湾袭击金伯阳的实际只是邵本良的一个连。金伯阳的牺牲，使杨靖宇十分悲痛。汉龙湾战斗后，邵本良狂妄宣称要"包打红军"。杨靖宇深知，不敲碎这条恶毒的地头蛇，独立师在辉发江南便无法立足。

三源浦位于通化与柳河两座县城之间，是东边道中部的重要集镇，也是邵本良的主要巢穴。杨靖宇虽决定先攻占此地，却将兵锋先指向了金川县凉水河子镇——邵本良部的后勤兵站基地，邵的家眷也在那儿。杨靖宇使的是调虎离山之计，攻击凉水河子只是虚晃一枪。他让王仁斋率独立师游击一连虚张声势，向凉水河子佯动。

尚未吃过游击队苦头的邵本良，不顾日本顾问提醒，率着第七团奔向凉水河子前去"讨伐"，只留下一个连留守老巢三源浦。1933年11月下旬一个晚上6时许，杨靖宇率独立师主力200余人，突然向三源浦发起攻击，镇内留守百余名伪军顿时乱作一团，被打死打伤10余人，余者溃散逃命。占领三源浦镇后，独立师指战员按杨靖宇令，除收缴日寇、汉奸财产外，其余一律秋毫无犯。

此战，独立师捣毁伪铁路工程局与伪警察署，焚烧伪军营房数十间，次日离开三源浦时，街内商户纷纷杀猪备酒买米面相送，"红军名声威震柳河一带"。[14]

三源浦被攻占后，自知中计的邵本良慌忙集中3个连伪军主力自凉水河子火速回援，却不见独立师半个人影。此时，杨靖宇正以绝对隐蔽的行踪撤至大小荒沟一带深山密林中休整。望风捕影的伪军搜寻多日，徒劳无功而返。

狡猾的邵本良心生一计。为诱使杨靖宇进入自己的圈套，他给驻通化的伪军旅长廖弼辰写了一假信，信中佯称所部一营已开至柳河东部回头沟一带堵击独立师，某日自己将率主力前去包围会歼，并故意将信落入独立师部队手中。

杨靖宇看过此信，一眼便识破了邵本良的诡计：如此军中机密的传递不走大道而走我军活动区域的小路？而且轻易为我军获得？识破了敌人诡计的杨靖宇并未道破，而是将计就计予以"回敬"。

杨靖宇佯装上当，也发出了一封同样性质的信，佯称已得知邵本良一部已至回头沟，以第一军独立师司令部名义，"命令"留在辉发江北的第一团，火速赶往回头沟，在邵团主力到达前，歼灭其先来的一部，并且也故意让信落入邵本良手中。

邵本良收到独立师司令部的"命令"信件后，求功心切，自以为得计，率主力全速向回头沟开去，企图围歼独立师第一团，以报失陷三源浦之仇。岂不知，在邵本良主力开拔之际，杨靖宇已连夜率队绕往邵部防地背后，于12月下旬一举攻下其兵站基地金川县凉水河子，击毙伪军20人，俘虏10余人，缴获一批枪支与军用物品后，从容撤出。

邵本良在回头沟一带没有等来独立师第一团，却等来了凉水河子被攻占的消息。他气急败坏地掉头向凉水河子杀来，眼前除了数名伪军、汉奸的尸体、一片狼藉惨状的兵站外，不见杨靖宇的独立师的人影。此时，一个消息更令他心慌意乱：杨靖宇将乘胜攻击柞木台子。

柞木台子失守，独立师挺进通化，邵本良将吃不了兜着走。"攻打柞木台子"的假消息，是独立师主力撤退时沿途散布的，为的是扰乱邵本良之心。邵本良果然按着杨靖宇的假消息，派兵增强柞木台子防守。

《孙子兵法》曰："兵者，诡道也。"又曰，"上兵伐谋。"杨靖宇以攻打柞木台子的"假消息"，惑乱敌方将领心智，是为了掩盖我军真实意图，即联络"老常青""四海山"等义勇军、山林队，共同进攻临江县八道江镇。

1934年1月中旬的一个夜晚，杨靖宇率部与义勇军两部共300余人，神不知鬼不觉地摸进八道江镇，突然发起攻击，街市上火光冲天，双方激烈交火，守敌据坚固炮台顽抗，战至天亮。我军毙敌10余人，虽未攻下炮台，却缴获大批军需品，从容撤出。

几番较量，邵本良部被杨靖宇打得狼狈不堪，日军的"武人之龟鉴"，曾大言不惭"包打红军"的邵本良懊恼地承认："我就够鬼（引按：计谋多端）的了，红军的杨司令比我还鬼。"他手下那些惯匪们说："红军我们打不了啦。"[15]

不过，邵本良毕竟不是等闲之辈的惯匪军人，抗联一军与他斗了3年多，最后才将其消灭掉。此为后话。

作为河南确山暴动领导人的杨靖宇对武装斗争并不生疏，加之勤于思考，在东北抗战中创造并实践了诸多游击战术，被一军战士称道的有"三大绝招"：半路伏击、远途奔袭、化装袭击。

半路伏击，即以侦察手段掌握敌之动向，在敌必经之路选择有利地形，出其不意对敌攻击。1934年9月，杨靖宇率部设伏于山城镇附近，一次击毙日军汽车护卫队大佐以下官兵28人，缴获机枪1挺。

远途奔袭与化装袭击都是利用敌之麻痹，给予出其不意的打击。

同时，内外夹击与诱敌深入也是常用之战术。

内外夹击，常用于攻打敌之据点，事先派便衣潜入，战斗打响后从敌之内部发起进攻。

诱敌深入，以虚假攻击引诱敌人追击，待敌人至不利地域，歼灭之。1934年夏，杨靖宇率部事先将敌追击路途中的桥梁破坏后，虚敷伪装，当满乘日伪军的两辆车过桥时，前面车辆陡然跌入水中，我军乘敌慌乱发起攻击。

杨靖宇还为部队规定了"四不打"：

不能予敌以痛击的仗不打，

于群众利益有危害的仗不打，

不能占据有利地势的仗不打，

无战利品可缴的仗不打。

尤其在战场选择上，杨靖宇的部队尽量远离村屯，以免伤害群众。一次，部队驻兴京县红庙子一村屯，因汉奸告密，400 余日伪军逼上来，有人提议打出去。杨靖宇说："我们能把他们打得屁滚尿流，为什么不能打？因为打完了当地老百姓要遭殃。你想日本鬼子能不拿老百姓出气吗？他们肯定会再来这里搜呀，杀呀的！"

于是，杨靖宇率队在山上隐蔽两天，敌人搜查一阵，没有找到我军踪迹，就撤退了。

因其高超的游击战争战略与战术的应用，杨靖宇曾被巴黎《救国时报》誉为"东三省第一个执行游击战术的人"。对于这一点，连日伪当局也不得不承认："第一军总司令杨靖宇有才干，是真正具有将才的人物。"[16]

杨靖宇率独立师挺进辉发江南，取得连续胜利，令人鼓舞。各义勇军、山林队纷至沓来，与独立师接头，要求联合作战。1934 年春节过后，独立师与 16 支抗日义勇军齐集一堂，成立东北抗日联军总指挥部。

这个指挥部较此前成立的南满抗日军联合参谋部，无论组织形式，还是实质内容上都有新的突破。联合参谋部为相对松散的联合体，而联军总指挥部则是具有一定权威性的军事领导指挥机关。

参加抗日联军总指挥部的，共约 4000 余人。除了独立师外，其余

16 支义勇军共编成 8 个支队,各支队与总指挥部是领导与被领导的关系。因而,总指挥部的领导机关,尤为各义勇军及山林队所重视,因为这种建制形式等于将队伍及命运交到他人手里。

在选举总指挥部领导成员时,会议气氛热烈而郑重。"皆采用投票方法",当时"室内鸦雀无声,选总指挥,共 17 张票,16 张写着杨司令。"[17] 副总指挥由隋常青当选,总政治部主任由宋铁岩当选,总参谋长由李红光当选,外交部长由赵铭思当选。

从选举结果中可以看出,东北人民革命军第一军独立师的领导干部威望极高,从而形成了以独立师司令部为核心领导、以独立师部队为骨干的抗日联军武装。

共产党为什么能与各类抗日武装组成统一战线并成为其领导与核心?靠的是威望与实力。威望与实力要靠不怕牺牲、奋勇作战。换言之,这种威望与实力是共产党人用鲜血与生命换来的。

抗日联军总指挥部在南满成立的重大意义在于,第一次打出了"抗日联军"的旗号。"联军"作为反日统一战线的重要创举与基本形式,发展并非一帆风顺。受以博古为首的中共中央《二月指示信》影响,杨靖宇组建抗日联军总指挥部的做法,一度受到了中共满洲省委的严厉批评:"忽视并放弃统一战线内部的阶级斗争,在反日义勇军放弃下层统一战线,不去夺取下层士兵群众(在下层士兵中建立公开的反日会,士兵代表会,士兵委员会,党的秘密支部等等),而作了上层勾结的错误……"[18]

实践是检验对与错的标准砝码。尽管被指责为"上层勾结",但杨靖宇先行提出并一直坚持实践的"抗日联军"方式,在两年后的 1936 年 2 月 20 日,终于被中共驻共产国际代表团采纳,形成了中共中央实行统一战线的重要文献《东北抗日联军统一军队建制宣言》。[19]

在团结抗日力量、组织抗日统一战线这个问题上,杨靖宇不唯上,不唯书，一切从实际出发，敢于和善于坚持真理。这应当成为今日我们崇敬他的重要原因之一。

21. "平南洋"的义务抗日

1934年1月，中共满洲省委吉东局做出决定，要求周保中在保持旧有救国军形式下，与王、孔、吴分离。

王、孔、吴指的是王德林、孔宪荣和吴义成。所谓"分离"，是要求周保中率所部脱离救国军。周保中根据吉东局的决定，立即率辽吉边区军第一、第三连脱离吴义成领导的救国军，着手组建中国共产党直接领导的抗日武装。

从反日游击队到人民革命军，从人民革命军再到抗日联军，东北抗联大都经历了这样一个过程，如杨靖宇、赵尚志创建的第一与第三军。而周保中创建的第五军，一开始就给人留下了"联军"的深刻印象——绥宁反日同盟军。这是周保中深思熟虑后定下的名号。

根据"保持旧有的救国军形式"的原则，周保中一方面提出"复兴救国军"的口号，号召并协助地方党组织动员已接受共产党领导的柴世荣、李延禄部队加入；另一方面，成立"反日同盟军办事处"，以救国军总参谋长的名义，联络绥宁各抗日武装联合抗日。

绥宁反日同盟军最终能够发展成为抗联第五军，是因其中有一支响当当的抗日队伍起了重要作用。

这支队伍名为"平南洋"，首领名叫李荆璞（李玉山）。1955年，中华人民共和国首次授衔，4位将军出自东北抗联，李荆璞为其中之一。

李荆璞出身贫苦，3岁丧母，10岁给大粮户当"半拉子"（未成年的长工），因常为东家打猎，练就了一手好枪法。九一八事变后，豪气在胸的李荆璞与几个好兄弟刀削锯拉，做了几支"匣子枪"，用锅底灰拌豆油染上漆亮，夜半黑翻墙进了大粮户魏奸头家，假枪缴了几支真枪，拉起了一支12人农民反日队伍，报号"平南洋"——削平南洋鬼子之意。

队伍发展后，加入了王德林的救国军，被编成一个连。1932年5月，救国军在日军进攻下退守东宁。李荆璞接到撤退命令后，对救国军大失所望，将所属营部枪械全部缴下后，把队伍单独拉出来，同日伪军作战。

这支由失业工人、破产农民组成的反日队伍，引起中共宁安县委的高度重视，共产党员于洪仁被派进驻该队工作。这支队伍发展很快，最多时达数百人，由李荆璞任总队长，于洪仁任副总队长。1933年4月，"平南洋反日游击总队"改名为"吉东工农反日义务总队"（简称工农义务队）。李荆璞认为，打日本要靠工农，至于说义务，这支队伍无人给发薪饷，抗日保国卫民是自觉自愿在尽义务。

工农义务队在1933年5月发展到200余人，队里成立了党支部，于洪仁任支部书记，李荆璞也入了党。后来，陈翰章等多名共产党员也进入了这支队伍，全队党员团员达13人。[20]

1934年2月，周保中在宁安县东南山主持组建绥宁反日同盟军会议。会议决定：以辽吉边区第一、第三连（80余人）与工农反日义务总队（150余人）两支队伍为骨干，联合救国军余部柴世荣旅、王毓峰团、傅显明团共600余人组成反日同盟军；周保中任军长，张建东、胡仁分别任参谋长与政治部主任，并成立同盟军党委，周保中任书记。

反日同盟军这种组织形式，是契合了当时吉东地区各反日武装实际现状做出的正确选择，也是建立抗日统一战线的一种尝试。

同盟军成立的首次战斗是袭击新官地伪壮丁团，缴获步枪21支，手枪1支，处决铁杆汉奸伪团长，遣散30余名伪壮丁。此战，拔掉了日伪设在东南山的一颗钉子。4月初，四五十名日军连同200余伪警察，携9挺机枪进攻工农义务队根据地平日坡。此时，周保中与李荆璞率部在外，根据地留守部队与日伪军激战一整天，虽毙敌20余（含伪警察中队长一人），伤15人，但平日坡密营仍被敌捣毁，所存粮食被烧掉，造成很大损失。

外出归来的周保中与李荆璞组织有力反击：4月末，工农义务队会同边区军第一、三连，缴了光棍屯、大荒地、上马莲河等地反动大排的枪械，并捣毁日本人经营的"大柜"，处死盘剥的"大柜"经理、副经理；5月初，又进攻卧龙屯，活捉伪警察署长，缴获步枪20支，匣枪1支；之后，又将镜泊湖12名日军守备队一举端掉。

在组织领导反日同盟军的同时，周保中时刻关注着其他抗日武装，尤其是救国军余部的动向。吴义成躲到东宁后，其他各部救国军由于对其失望，纷纷自立门户，其中一些又无可奈何地重新沦为土匪。

尽管多次受到上级党组织的批评与指责，周保中还是顶着"上层勾结""极端右倾"等多顶大帽子的压力，坚持做各种反日武装"联合"的工作。

面对周边同志的误解，周保中耐心说明道理：一方面，现今或今后一段时间，东北反日队伍之中，我们共产党的武装力量还很弱小；在数量与力量上，义勇军、山林队仍然是大多数，这是联合他们的主要原因。另一方面，山林队虽有诸多不好，毕竟没像伪军伪警那样当汉奸；即使他们不愿意参加战斗，也不会像汉奸伪军警那样攻打我们。从这个角度看，山林队是民族革命的同盟者。当然，对他们的毛病也要反对。

也许正是对时局，对敌我双方力量，对中间力量本质的正确把握与清醒判断，才使得周保中如此忍辱负重，坚韧不拔。

宁安西北山有丁超、李杜旧部400人左右，分为8个大队，故称"西北山八大队"。八大队装备精良，弹药充足，多次与日伪军作战，胜多负少。

1934年端午节前夕，"八大队"之一"晴天队"向甲长陈子庚征收抗日物资，主要是换季的单衣。陈子庚已经如数做够了，但因为"九占队"先到拿走了一批，"晴天队"头目于长和便发火了。

陈子庚是当地大户，也养了不少炮手、家丁，说："你们都是爷，俺哪个敢不伺候？"于长和野性发作，下令攻打陈家大院。陈家自然不含糊，双方枪声爆豆般响作一团。结果陈家没打下来，"晴天队"的炮头"刘大炮"被陈家打死了。于长和越发怒不可遏，定要血洗陈家全院。

就在此时，周保中带领边区队与"九占队"赶到了。他走到"刘大炮"跟前，蹲下，将死者散在脸上的凌乱头发理了理，又掏出毛巾一点儿一点儿将脸上血污揩干净——这是一个神枪手，打仗不要命的汉子。一次，他用一支步枪逐一给日伪军"点名"，将20余个被围的弟兄解救出来。

近的远的，认识的不认识的，在上百双打红了的眼睛的注视下，周保中两道犀利目光在于长和脸上停留片刻，脸上的麻子变成酱紫色："刚才还活蹦乱跳个人，就这么死了，他死得值吗？！"

"弟兄们！"周保中环视四周，南方口音有些沙哑，却激昂而又悲愤，"咱们是反日军，日本鬼子杀中国人，可咱们在这里干什么？他陈甲长不是不帮忙，是一时半会儿做不出来，那就再等几天呗，有什么大不了的？非得打个你死我活不可吗？'刘炮头'死了，谁在那儿偷着乐？就算你把陈家大院平了，那算什么英雄好汉？又得死多少弟兄，添多少孤儿寡妇？日本鬼子杀了多少中国人，还嫌他们杀得不够吗？"

慷慨陈词，道理入心。"晴天队"官兵眼里的杀气渐渐减弱了、消失了。于长和突然扑到"刘炮头"身上号啕大哭："兄弟呀，俺对不起你呀，俺可怎么向你的高堂去交代呀？"

在大院门楼上看得一清二楚的陈子庚，这时开门出来了，双手抱拳向各路人马施礼道："听了周总参谋长一席话，俺陈子庚说什么也难表一家老小的心情，只想用行动说话。俺愿出 300 大洋发丧'刘炮头'，他的父母妻儿俺供养了；再出 10 担苞米、10 担小米、10 担大豆作为八大队的给养。今儿个晌午，俺杀猪宰羊，为周总参谋长和众位首领、弟兄接风洗尘。"

说着，陈子庚走到周保中与于长和跟前，再次施礼道："周总参谋长与长和兄弟，二位若是不嫌弃俺，今儿请赏个面子，俺想跟你们和众位首领交换金兰大帖，结拜成生死弟兄。"

这虽有些出乎意料，却也在情理之中。见于长和一时还有点儿别不过劲儿来，周保中高声说："就照陈甲长说的办，结拜兄弟，共同反日！"

到了这个份儿上，于长和倒也豪侠，痛快答应道："好，听周总参谋长的。俺是个粗人，对诸位多有冒犯，可打日本子绝不含糊。"

包括"九占队"的营以上首领，共 65 位，黑压压地跪在陈家场院里，对天盟誓："同心协力，反日到底，驱逐日寇，万死不辞！"[21]

一场流血的火并，被周保中化解了。

这些既奋勇抗日杀敌又拥兵自重的悍匪，为什么会那么听从周保中的？是救国军参谋长那头衔吗，显然不是。

《张中华、柴世荣给春山兄的信》中说："五军之建制，完全建制在周保中个人威信与信仰上面。只有他在军事上和政治上，较为完全。在政治理论和策略上的实际运用，都赖其一人。"[22]

威望是在实践中，靠正确办事与人格魅力树立起来的；同时，威望也要建立在实力的基础上。处理于长和与陈子庚火并那一天，周保中不是单枪匹马，而是带着所部第一、第三大队一齐去的。

同共产党领导的各支抗日联军一样，绥宁抗日同盟军的成长与发展，走的也是一条充满艰难与挫折的坎坷之路。

中共满洲省委认为，反日同盟军中的边区队和李荆璞的宁安工农义务队，仍属于义勇军的性质，还不够"赤色游击队"的条件，要求宁安县委另行建立工农游击队。

1934年5月，宁安县委正式组建了宁安赤色游击队，由白殿贞任队长，共26人，编为2个小队，并加入绥宁反日同盟军之中。结果，游击队成立不到一周，即遭严重挫折。在一次行动中，游击队突遭敌围攻，队长白殿贞在率队奋力抵抗中，与其他3位队员牺牲，另有2人负伤，2人失踪。参与此次行动的一个小队12人中，仅剩4人在弹雨中生还。

这仅仅是绥宁反日同盟军创建中数次挫折中的一次。此前一个月，反日同盟军在取得诸多战绩的同时，打击也接踵而至，可谓损益参半。最为严重的一次挫折是在5月份，边区军第一、三连转移途中，连长张蓬印在救国军李少校、郑营长鼓动下，借战士渴望返回安图县家乡之机，缴械并驱逐队内七八名共产党员，率30余人返回安图。几乎同时，裴振东团（全部十几人）因所部结伙进山当土匪，自己成了光杆团长，遂投奔了吴义成。

在绥宁反日同盟军艰难成长的过程中，周保中不幸身负重伤。1934年6月，周保中率反日同盟军150余人，会同中共东满特委领导的东北人民革命第二军独立师50余人，以及救国军史忠恒、孔宪荣、柴世荣等部，共计650人，攻打汪清县绥芬大甸子街，目的是以此作为二军与反日同盟军的根据地。

此战，联军攻入了大甸子街，占领了伪警察署、西山炮站等处，俘敌19人，缴枪12支，子弹200余发。但由于攻城部队单位多，使消息外泄，敌人大量援兵又至，进攻没有达到预期目标，不得不撤出战斗。

数支队伍中，周保中知道人民革命军第二军作战较其他联军勇敢，且奋不顾身，故格外予以关注。在指挥部队撤退时，一发炮弹片击中周保中腿部，血流不止，伤势严重。此时，他见二军撤退时落在后边，忍着剧痛一再说："你们大家别把革命军丢了。"救国军史忠恒听到喊声，立即下令自己的队伍停止撤退，复返回去，把东满人民革命军接应出来，并把负伤者送走。

东满人民革命军第二军独立师率队参加绥芬大甸子街战斗的是金日成。这次战斗使其与周保中结下深厚情谊。

金日成，又名金成柱，1912 年出生于朝鲜平壤万景台；少年时随父母来到中国东北，曾在吉林毓文中学读书。九一八事变后，年仅 19 岁的金日成积极开展反日斗争。

1932 年初，受共青团东满特委指派，金日成在安图县明月沟创建抗日武装。他先是在大、小沙河一带建立少年先锋队、赤卫队，锻炼培养了一批青少年反日骨干。

7 月初，反日人民游击队在安图县小沙河正式成立，金日成任队长兼政委。1933 年初，金日成的反日人民游击队在汪清编入汪清游击大队，由其任政治委员。金日成后任东北人民革命军第二军独立师第三团政委、东北抗日联军第二军第三师师长、第一路军第二方面军指挥。

多年后，金日成曾深情回忆起大甸子街那场残酷的攻坚战斗：当自己率人民革命军占领西山炮台并插上红旗时，周保中身负重伤，却张开两臂，挡住动摇的反日士兵，高呼："你们没看到西山炮台上飘扬的红旗吗？"反日士兵这才停止退却，呐喊着冲向敌阵。

虽然重伤致身体极度衰弱，周保中却片刻不得休养将息。鉴于边区军内部张蓬印与裴振东因溃散叛逃的教训，此前，宁安县委与同盟军党委为纯洁队伍，对工农义务队进行了整顿，将匪习不改的第九、第十一两个大队相继清出队伍。工农义务队整顿后，仅剩第一、三、五共3个大队计50余人，整顿力度不可谓不大，但队伍仍未全部肃清。不能否认的客观原因是，反日工农义务队经济上捉襟见肘，生活太过艰苦，土匪头目煽动曾经大碗喝酒、大块吃肉的土匪旧部便有了基础。

叛乱发生在8月一个炎热的中午。一场由已被清理出队伍的惯匪头目胡宝贵与尚在队的惯匪小金山里应外合、共同导演的惨剧开始了：先是由叛乱头目小金山开枪打死了毫无防备的党支部书记于洪仁，并将队长李荆璞捆绑起来，将25名党团员和坚定反日的战士驱逐出队，其余50余人被缴械裹挟去山林为匪。

工农义务队是反日同盟军中重要的骨干队伍。叛乱事件使工农义务队瓦解，严重消弱了同盟军实力。

于洪仁，1908年出生于宁安县农家，1930年于宁安省立四中高中毕业，年初入团，不久入党，算作那个时代的知识分子。1932年，他被宁安县委派到"平南洋"队伍中。

于洪仁对李荆璞的"改造"帮助从教他识字开始，什么"官兵平等""为穷人打天下"等道理，李荆璞都是从于洪仁那儿学到的。党代表于洪仁认定，出身穷苦的李荆璞是一个共产党干部的好苗子，在李荆璞入党问题上，绥宁县委一度认为于洪仁是在搞"上层勾结"。于洪仁据理力争，几经周折，终于使李荆璞加入中国共产党。

于洪仁没有看错李荆璞。叛乱的小金山等人之所以带走李荆璞，让他当土匪头儿，是考虑到他的威望。李荆璞当然不会同意，在被裹挟途中巧与周旋，找机会脱逃了。赶回驻地后，李荆璞抱着血葫芦似的于洪仁恸哭失声。于洪仁牺牲时，年仅26岁。

20世纪80年代，宁安史志办曾采访过李荆璞将军，留下了十多盘老式录音带。谈到于洪仁，老将军说于洪仁是他的领路人，没有他就没有自己的今天；谈到于洪仁被害情节时，老将军声音不时哽咽。

于洪仁的牺牲，成了李荆璞几十年来不能释怀的隐痛，不可否认其中包含了浓浓战友情；但更主要的原因是，李荆璞一辈子感恩共产党组织的培养，使自己由一个农民无产者，成长为坚定的共产主义战士。

后来，担任抗联第五军师长的李荆璞，给了日伪诸多沉重打击，敌人想尽办法剿杀却劳而无功。为劝逼他投降，甚至将他的父亲、母亲和爱人、孩子都抓了起来，但敌人算盘打错了，李荆璞将劝降者枪毙，发表声明，印发传单表明心迹。

他为何如此坚定？李荆璞说："于洪仁同志给我的印象太深刻了。他的革命精神，时刻激励着我永远跟共产党走，坚决抗日到底！"[23]

考虑到工农义务队的影响，周保中与中共宁安县委共同决定，重新组建工农义务队。县委从八道江农民自卫队、宁安游击队调入部分人员，连同李荆璞收拢的十几个人，共计20余人，组成义务队。李荆璞仍任队长，陈翰章担任政治指导员。

带垮了队伍的李荆璞仍然当工农义务队的队长，在山林队中产生很大反响大家共同的一个印象是，只要跟着共产党，总是会有前途的。因为"平南洋"不跟着共产党，早就完蛋了。因此，要打日本鬼子，非随共产党不可。

一连串的挫折，致使党内对周保中的批评多了起来。绥宁反日同盟军这种"联军"方式是否符合绥宁抗日的实际，要靠反日战争实践来检验。

1934年9月，日伪当局在宁安有1000余名日军，派往反日同盟军活动地东南山的达700余人。西北山"八大队"因死守山沟营地，损失严重，死100余人，降100余人，队伍溃散了。绥宁反日同盟军所属的柴世荣旅与"傅团"活动于汪清，与总部失去联系，其他同盟军"王团""张祥队"等兵力有限，而宁安游击队刚刚重建，工农义务队刚恢复不久，周保中手中党领导的基本兵力仅百人左右：那是周保中最为艰难的阶段。面对众多精锐日军及大批伪军，周保中运筹帷幄，分兵游击敌之侧背及薄弱环节，打了若干虽小但都利落的漂亮仗。

12月初，被日伪遍寻不见踪影的宁安游击队，突然出现在狍子沟，突袭该地一伪警察中队。激战中，伪警察中队长马志超被当场击毙，引起原本放肆的伪警察一片惊慌。

至12月中旬，40余伪靖安军前来进剿，李荆璞率19名游击队员设伏岔沟屯。敌排长带3名哨兵到前方侦察，当抵近设伏住房时，敌排长被一枪毙命，3名哨兵被生俘。敌大队涌来，李荆璞指挥所部以寡击众，依靠住房掩体，对暴露之敌予以猛烈打击。

两军对垒中，通晓战术的李荆璞似乎有意寻机对敌指挥官下手。此战击毙日军指挥官谷本，毙伤敌10余人，缴获步枪10支，子弹2000余发，另有皮大衣20余件等战利品若干，同时缴获机枪筒1个。为夺取敌机关枪，游击队追击敌人三四里，虽未夺得机枪，但敌已十分胆寒。

为打破日伪当局的冬季"大讨伐"，周保中以绥宁反日同盟军军委主席名义致函东满特委，邀请东满人民革命军前来协助。金日成率革命军第二军独立师2个连的派遣队伍再次来到宁安。周保中不顾腿上化脓伤口的疼痛，拄着拐杖，在他人搀扶下走到离养伤窝棚很远的地方去迎接，还说道："这样重逢，我不知有多高兴。"

周保中与金日成的会面，是反日同盟军与人民革命军——共产党武装的联合作战，为其他联军做出了榜样。

12月下旬，100余名伪靖安军进犯同盟军活动区域石头河子，第二军独立师派遣队与敌激战6小时。此战异常激烈，打死伪军10余人，打伤20余人。二军派遣队也有较大损失，两名连副牺牲。一周之后，宁安游击队与二军派遣队联合反日同盟军"张祥队"，在东京城附近猴石屯再次激战，毙伤敌 20 余人。

屡受挫折打击的工农义务队、宁安游击队，几起几落，在敌强我弱的反"讨伐"战斗中，采取灵活机动的游击战术，化整为零，时散时聚，避实就虚，不断给敌人以打击，终于站稳了脚跟。反日同盟军各部，在周保中的协调指挥下，较好地实现了联合对日作战 30 余次，积小胜为大胜，1934 年秋冬季反"讨伐"中，共毙伤日伪军达 150 余人。[24]

绥宁反日同盟军成立与发展于逆境中，挫折坎坷奇多，几乎中途夭折，诸多重大压力集中于周保中一人身上。除了外部有强大的日伪军多次围剿"讨伐"，还有来自内部及他自身的压力与问题。

反日同盟军，尤其是党领导的基本队伍宁安游击队与工农义务队遭遇的每次挫折，几乎都会引来党内的一些质疑与批评。一段时间里，中共满洲省委一直认为反日同盟军这种形式是"上层勾结"的产物，妨碍党直接领导的基干队伍发展，应予以取消。

1934 年 12 月，在中共满洲省委和宁安县委派来的胡仁（同盟军政治部主任）的领导下，绥宁反日同盟军在石头河子召开党团扩大会议，会上就同盟军继续存在与取消问题发生激烈争论，争论表决结果以 7∶6 赞成取消。但周保中以负责领导人身份提出严正声明，坚持保留。会议最后决定暂时保留，等待省委巡视员到来后，再做最后决定。[25]

但是，这次会议上，周保中因"一贯右倾"，热衷"上层勾结""帮助国民党"变到所谓"错误"，被罢免了同盟军党委书记职务，改为常委、宣传委员。胡仁担任同盟军党委书记。[26]

周保中自身的问题与压力是伤重不愈，不能跟部队活动。1934 年底，中共宁安县委给满洲省委的报告说，周保中"身体太成问题了，几次的负伤，流血太多，身体受不了冻"。

1935 年 2 月，中共满洲省委巡视员报告称，周保中"受伤七八次……没有休养，身体都弄坏了，都成为一个严重问题"。[27]

最后，中共驻海参崴联络站负责人，向中共驻莫斯科代表团请示："打算在我们这边找位置，如果不能时，是否可送来莫?"[28] 去莫斯科养病，周保中肯离开吗？

其实，周保中另一个强大的敌人是寒冷，从四季如春的云南来到冰天雪地的东北，时常在零下三四十度的严寒中露宿山林，一个无伤无病的正常人尚且难以承受，何况多次严重受伤的人，这需要多么超出常人的顽强毅力？如此众多超越身体与精神极限的压力，周保中如何挺过十四年？

22. 东满一只虎

东满，大体相当于现今吉林省东部延边地区，包括延吉、和龙、珲春、汪清、安图、敦化、额穆（今属敦化）等县。东满地区东邻俄罗斯，南隔图们江与朝鲜相望，长白山脉贯穿全境。

东北抗联第二军诞生于东满。由延吉、珲春、汪清、和龙四县抗日游击队组成，也是同抗联第一军一样，先从一个独立师起步，而后发展为一个军。

四个县的游击队都经历了艰难惨烈的起步阶段：相对力量大一点儿的是珲春反日游击队，起步便有"15 人的别动队"；汪清反日游击队起步时为"8 名赤卫队员"；和龙反日游击队的起步则是买来 2 支手枪，建立了手枪队。

东北抗联第二军首任军长为王德泰，之前任二军独立师政委。王德泰生于 1908 年，原籍山东，后随家迁入延吉，1931 年加入中国共产党，曾任延吉县反帝同盟会组织部部长。

延吉县于 1932 年夏便有了 3 支游击队。其中，依兰沟区游击队有队员 30 名，老头沟区游击队有队员 20 余名，游击战争开展得有声有色，除从敌人手中夺取武器外，还建有地下兵器修造厂，打造出一些刀矛，修理了部分损坏的枪支，造出了令敌恐惧的"辣椒面炸弹"和威力较大的土炸弹——"延吉炸弹"。游击队对敌连续打击，招致敌集重兵"讨伐"。1932 年 9 月，花莲里游击队 30 余人，突遭日军守备队围攻，20 余名队员牺牲。

为加快发展反日队伍，负责兵运工作的王德泰来到报号"长江好"的山林队中。那是 1932 年一个炎热的夏天，躺在炕上抽大烟的"长江好"，瞅着眼前这个中等个、长方脸、浓眉亮眼、身材结实的年轻人，冷冷问道："你为什么来找俺入伙？"

王德泰说："俺开的'小铺'（小卖店）叫日本子烧了，家里人也死了，找你俺要打日本子报仇。"

话音刚落，"啪"的一声炸耳根子的脆响，"长江好"手中的烟枪瞬间变成匣子枪，一颗子弹从王德泰耳边掠过，他却纹丝儿未动。有这样的胆魄，在任何山林队都不难立足，何况王德泰还有一手好枪法。

几个月后，王德泰从"长江好"山林队中拉出了一支 20 余人的队伍回到依兰沟。中共延吉县委新成立的反日游击队、赤卫队都陆续来到依兰沟。1933 年初，延吉县委以这些队伍为基础，正式成立延吉县反日游击大队，下设 3 个中队，有队员 130 人，枪支 80 余支。[29]

被金日成说成"具有一种能够准确地透视人们心灵深处的惊人能力"的王德泰，人称"东满一只虎"。

东满特委书记的正式报告评价其为："工作积极、勇敢，比较精细，有游击战争的相当经验，对党对革命很忠诚，政治问题知道得很少，在队员中有信仰，在安图一带亦有不少的信仰。"[30] 所说的"信仰"，当指威望之意。

王德泰没读过书，却在"长江好"山林队里当过"字匠"（文书），可见除了天分，悟性，个人后天的刻苦更为重要。

1934年春，中共东满特委将延吉、汪清、珲春、和龙4个县的反日游击队，合编为东北人民革命军第二军第一独立师。全师共9000人，辖4个团，由4个县游击队各编成1个团。同年夏，东满特委又从第一团（延吉），第三团（汪清）各抽1个连组成独立团。独立师由原延吉抗日游击队长朱镇、政委王德泰分别担任师长、政委。[31]

王德泰出身贫苦，种过田，烧过炭，养成了吃苦耐劳的品格，打仗勇猛且多谋善计。1934年7月，他指挥独立师与山林队近千人，突然包围了安图县城西北的大甸子镇，隔绝了该镇与外界的联络，卡住安图敌人援军来路。我军主力却按兵不动，每天只派出小股部队偷袭、骚扰。尤其在晚上，这边枪未停，那边枪又响，镇里守敌被闹得惊恐不安。

此时正是一年最热的节气，烈日暴晒与大雨瓢泼交替降临，蚊虫脸前脑后"嗡嗡"地向围城部队袭扰，不仅山林队，连纪律严明的独立师官兵也有了意见。王德泰解释说："你看敌人那坚固工事和亮枪光炮，我们一个痛快是能冲进去，可要死多少人？我们骚扰他浪费子弹，再过几天吃喝没了，他就得弃城逃跑。"

围到第十一天头上，守敌果然弃城而逃，独立师与山林队一顿穷追猛打，缴获无数，我方只有几个人受伤。大甸子镇轻易被独立师占领。

8月上旬，独立师二团联合义勇军一部，攻击大沙河镇，毙伤伪军30余人，俘虏70人，缴获枪支100余支。

8月中旬，侦探获悉敌大队来犯，王德泰下令撤离占领了一月之久的大甸子，并佯装慌乱逃跑状。就在敌庆贺"收复"大甸子时，王德泰却挥师东南的县城安图，出其不意地攻占了安图部分街市，点火焚烧敌之兵营，待敌回兵救援时，兵营几乎被大火焚尽了。此战毙伤敌军15人，俘10人，缴枪7支，迫使伪军300人哗变，其中部分加入独立师。

1934年秋，东满特委与第二军独立师联合10余支义勇军、山林队组建了东满（西部）抗日联合军指挥部，王德泰被推选为总指挥，标志着东满抗日统一战线进入一个新阶段。

根据敌伪档案记载，自1934年4月至10月，东满抗日武装共对敌伪出击103次，3537人次。其中，独立师出击53次，1350人次，[32]给日伪以沉重打击。

令人扼腕的是，独立师师长朱镇于1935年初逃离部队，后被敌宪警逮捕叛变。朱镇逃离部队的起因是，被错打成"民生团"，并遭到刑讯逼供；但作为1930年入党的老党员，他在被俘后叛党，并为害昔日同志与战友，却罪不该赦。1945年，朱镇在安图被人民政府处决。不过，此事的起因在"民生团"，致上千人被无辜杀害，这个惨痛教训，须认真总结。

在王德林救国军面临瓦解之际，李延禄率其残存一部——救国游击军北上密山，与密山游击队合编为东北抗日同盟军第四军，其间经数次打击，几乎溃散，但数挫数起，终于站稳了脚跟。

1932年底，救国军1000余人在磨刀石车站与日军园部支队第三十九联队展开激烈战斗。此战由救国军参谋长李延禄指挥。磨刀石位于牡丹江东20余公里，中东铁路从这儿开始进入老爷岭，是重要的战略支点。战斗打得很惨烈，日军凭着重炮、装甲车，给防守车站的救国军造成很大杀伤，李延禄不得不率部突围。突围的队伍有500余人，突围转移的方向为宁安县五虎林（五河林）。

在从磨刀石突围时，30多匹驮马物资及大部分钱款都丢失了，部队人心涣散。撤到五虎林当晚，原补充团团部副官（吴姓）等人逃跑投敌，带走了仅剩的钱款与药品。万幸的是，发觉及时，李延禄当机立断，下令部队分散撤出驻地，虽然躲过敌人围击，但却散失了100多人，全队只剩300多人。

王德林退入苏联后，继任司令吴义成与总参谋长周保中整顿救国军余部，在编成四个路军同时，又编成一个救国游击军，以李延禄为司令，[33] 救国军旧部王毓峰团、杨太和团均被编入救国游击军。

队伍扩大后，与日伪军打了几仗，负多胜少。考虑到密山日伪势力相对薄弱，又有救国游击军第一团在那儿活动，李延禄决定北上密山。但游击军成员多为汪清、敦化一带的农民，恋家恋土，一些人坚决反对开赴密山。一个叫王凤山的人，鼓动80余人，打死了阻止的连长，绑架了营长。李延禄连夜赶去平息，表示只要继续抗日，可以留在宁安，他们这才放了营长。

部队思想混乱，与党的领导薄弱密切相关。此前，中共吉东局将派入游击军中的共产党员孟泾清、张建东等先后调离。待发生动乱后，才又将共产党员张文偕、张奎派入，分别担任救国游击军政委（代理）和参谋长。

1933年6月，李延禄率东北抗日救国游击军400余人到达密山，与杨太和率领的第一团会合。

当时，活跃在密山地区的抗日义勇军、山林队有80余支。救国游击军到达后，不少义勇军、山林队慕名而来，表示愿意接受收编，联合进行反日作战，其中有实力颇强的"小白龙"队（首领苏衍仁）。

救国游击军出师不利，到了密山后也不顺。在收编山林队问题上，几位主要领导意见分歧，代理政委张文偕与参谋长张奎认为这是原则问题，应听取中共密山县委的意见，结果县委并不支持，"恐怕犯勾结上层的错误"。[34]

中共密山县委的顾虑来自满洲省委，受以博古为首的中央《给满洲省委指示信》（1934 年 2 月 22 日）影响，直到 1934 年，中共满洲省委在《给密山县委和勃利区委的信》中，还批评密山县委"右倾机会主义严重""与上层领袖作可耻的勾结"。[35]

举步维艰之际，来队不久的两名党员领导先后被调出救国游击军：参谋长张奎被派往密山县南部平阳镇伪军中做兵运工作，代理政委张文偕在赴上级汇报工作时，被直接派往饶河工作。

此时，救国游击军初到密山，环境生疏，加之部队内部党组织不健全，不能完全掌控队伍。不久，李延禄军部遭遇日伪军袭击，迅速转移，闻讯前往接应军部的第二团王毓峰部误入敌阵，致 15 人牺牲，再次引发一波思乡潮。

眼见队伍要散，李延禄急派交通员向中共吉东局反映情况。吉东局常委吴赤峰来到救国游击军，开始在部队中建立了党团组织，以巩固部队。

7 月，游击队在小石头河发展了第二团团长王毓峰、军部副官长陈荣久（后任抗联第七军军长）等 10 余名骨干加入中国共产党。部队稳定后，又召开反日山林队联席会议，10 余支反日武装首领参加会议，议定建立东北抗日革命军，公推李延禄为总负责人。

1933 年 9 月初，为解决给养与冬季服装，抗日革命军与各山林队商定联合攻打平阳镇。不料消息走漏，抗日革命军突遭伪军与地主大排袭击，政治保安连长戴启发等 34 人牺牲，数十人负伤，刚刚编入抗日革命军的原自卫军李秀峰部突围后，被迫退往苏联。

连续遭受严重挫折，部队士气低落，加上给养与冬装均无着落，多半由宁安人组成的王毓峰第二团思乡心切，开小差者日益增多。考虑多人强烈要求回乡，部队已难掌控，经军部研究同意，王毓峰的第二团与冯守臣的骑兵营共 400 余人，返回家乡宁安开展反日游击战争（后参加了周保中领导的绥宁反日同盟军）。

一拨又一拨，呼啦啦先后走了数百人，李延禄手中的基本队伍，仅仅剩下军部保安连和第一团，区区不足百人了。

中共吉东局和满洲省委都认为这支队伍"塌台了"，"塌台的根本原因便是勾结上层的右倾机会主义路线下所断送的。"[36]

自打到达密山以来，中共密山县委对这支部队仍以救国军残部对待，生怕犯"右倾"错误，一直未能给予积极支持和领导，密山游击队也不曾给予合作。

打击接踵而至，屡战屡败，基本队伍几乎丧失殆尽，中共满洲省委既已给出严厉的政治定性，密山县委便"敬而远之"了。遍查档案，没有找到李延禄当时是什么心境；但历史档案却真实记载了李延禄在打击挫折面前，并未灰心，而是奋而再起。

稳定并让部队存活下来的当务之急，是解决给养与冬装问题。李延禄把目光瞄向了密山县城知一镇，多渠道不停地侦察收集情报；9月底，终于获悉密山县城的伪军主力将开往200多里外的虎林。由于李延禄手头兵力单薄，便与几支山林队联合商议攻袭方案。

为出敌不意，李延禄采取了声东击西战术。他事先通知半截河商会，令其筹集棉花、布匹等物资，限期交付，否则攻城灭除商会；同时派出一支部队，大张旗鼓在半截河周边佯动，诱敌产生错觉。敌信以为真，迅速从密山县城知一镇抽调兵力防守半截河镇。

1933年10月初，暗中集结于知一镇周边的各支队伍，迅速奔袭密山县城。战斗于午夜打响，由于救国游击军第一团杨太和的事前工作，把守西门的保安队打开城门，第一团率先攻入城内，围攻伪警备营营部，将1个连的伪军全部缴械，其余各山林队疾速跟进。

此战，缴获步枪100余支，子弹万余发，尤其缴获300余匹布和大量棉花及过冬物资。部队于次日凌晨3时撤出县城，满载而归，低落士气为之一振。

眼前吃饭穿衣的存活问题解决了，但长远发展仍然迷茫。1933 年末，李延禄化装入关，寻求援助，部队由第一团团长杨太和与军部副官长陈荣久掌控。是年 7 月，李延禄从关内经海参崴返回密山。在此期间，部队未有大的战斗。

经过一系列艰苦准备，1934 年 3 月，中共密山县委共产党员金百万靠着 4 支手枪 5 个人的武装小组，先后从伪军与地主大排手中夺取20 余支枪，成立了一支游击队，对外称民众抗日军。游击队代理队长张宝山、副队长金百万，全队总共 34 人，并与"亮山""交得宽"等山林队建立了协作关系。

不久，密山游击队在杨树河子与 150 余伪军遭遇。激战中，游击队利用有利地形毙伤伪军数名。在撤离战场时，代理队长张宝山动摇，胁迫 14 名队员叛逃为匪。

张宝山原为自卫军士兵，过不惯游击队艰苦生活。对当时并不执掌政权且处于地下状态的中共密山县委而言，某种意义上，枪支比人还要重要且难以获得。

中共密山县委与游击队经过全力搜捕追剿，最终使 5 人携枪 4 支主动归队，其余枪支除被张宝山携走 2 支外，陆续被追回。

叛逃事件惊动了中共满洲省委及吉东局，省委及吉东局经慎重选择，派出宁安县委书记朱守一担任密山县游击队队长，另调穆棱县委书记李范五接任宁安县委书记，游击队集中整训。5 月，整训后的游击队又增至 25 人。

密山县地处偏僻，交通通信不畅，获得《一·二六指示信》要晚些。不久，中共密山县委得知依兰县土龙山农民暴动和组织民众救国军的消息，也酝酿在密山举行反日暴动。密山游击队与"大鸣字""交得宽"等抗日山林队成立"民变指挥部"，公推朱守一为总指挥。由于意见不一致，暴动消息走漏，日军守备队突袭，密山反日游击队长朱守一指挥作战时，不幸中弹牺牲，反日暴动失败。

朱守一似一颗流星一闪而过，为抗战流尽了最后一滴血。他短暂奋斗的一生档案中却少有记载，只有他的中共宁安县委书记的继任者李范五，留下了不多的回忆文字片段。

宁安县是"红地盘"，让红地盘中共县委书记去当游击队长，可见当时中共满洲省委对反日武装的重视。李范五在中共穆棱县委书记任上就耳闻宁安朱守一的大名，见到朱守一是在一个农户的场院上：一个高个块头很大、黑黝黝的脸盘、嘴巴上胡子拉碴、衣裤上好多补丁、脚上一双"水袜子"（胶鞋）的"老农民"，竟然是久闻大名的县委书记朱守一！

朱守一出生于1905年，原名周子歧，奉天人，比李范五大7岁，哈尔滨工业大学毕业，本是个衣食无忧的资本家，开着一家规模挺大的罐头厂。九一八事变后，朱守一扔了工厂，抛妻离子参加抗战。从奉天到哈尔滨，再到宁安，他做着危险的地下工作，组织抗日武装。在向李范五交代工作，说到游击队给养困难时，朱守一长叹了一口气："早知这样，当初把工厂卖了，带着钞票来就好了。"

李范五在回忆录《燕山黑水风云录》中，写到已成为"老农民"的县委书记时，深情记下了这样的一段话：

> 这一天我们走了八十多里路……一个过去车接车送的资本家，几年以后变成了一个铁脚板的爬山虎，这该是多么大的变化！从过去的锦衣玉食、一掷千金的生活，而变成今天食淡衣粗的苦日子，是什么力量使他发生如此巨变？[37]

朱守一临去游击队前，留给李范五最后一句话是：大个子（李范五个头也高大），过得惯吗？等赶走了日本子，俺请你到奉天家里做客，让俺老婆好好做几样"好嚼谷儿"，咱哥俩好好解解馋。

令人心痛的是，朱守一没有等到"好好解解馋"的那一天，牺牲时年仅29岁。类似朱守一这样英年牺牲的抗战英雄，不计其数，而历史对他们的文档记录却屈指可数。这是笔者绞尽脑汁，奋力翻阅搜索档案典籍的主要动力与原因所在。

李范五是生存概率甚低的东北抗战中的幸存者之一，后担任吉东特委代理书记，1936年被党组织派往莫斯科东方大学学习，1938年回到延安。他历任中共中央东北工作委员会秘书长、中共合江工委书记等职。1941年3月，李范五（化名张松）被中央政治局指定为出席"七大"的东北抗联代表。[38]

有资料记载，那年李范五去苏联学习临走前，途经密山县哈达山口，特意让交通员老戴头领他去看了朱守一的坟，拨开没顶的枯蒿和棒柴棵子，只见没膝深的雪地上，隆起一个膝盖高的雪包，松涛阵阵，寒风凛冽，他好像看到"老农"朱守一笑吟吟站在面前，关切地问："大个子，过得惯吗?"

驻足良久，李范五环视周边山势地貌特征，对老戴头说："咱俩不管谁能活到胜利那天，一定要在这坟前立一块碑！"

密山游击队命运多舛，就在朱守一牺牲、反日暴动失败的同时，打入朝阳镇伪军第四旅机枪连的中共地下党员胡伦、张奎策反伪军起义，也做成了"夹生饭"，因酝酿不成熟，起义后大部分士兵没有参加游击队，乘机另立山头离去。

不久，中共密山县委书记召集各反日山林队首领开会，点名严厉批评"亮山""邱甲长"等侵犯群众利益，结下了愤怨的"梁子"。在一次"共同"行动结束时，"亮山"乘机将密山游击队缴械，游击队仅剩七八支枪，濒临瓦解。

纠正山林队侵犯群众利益并无不妥，但应谋求愿望与效果的一致性，采用适当方法与时机。当然，最重要的是壮大自己。在那个弱肉强食的乱世，面对部分匪性十足的狼性山林队，当你成长为杨靖宇、赵尚志那样强壮的雄狮时，狼必然臣服；当你还处于羔羊阶段，万不可天真地向狼下达禁令。

处于衰弱状态的救国游击军与密山游击队怎样才能尽快成长壮大起来呢？

注释：

［1］中共中央文献研究室、中央档案馆:《建党以来重要文献选编》（一九二一——一九四九），第十册，中央文献出版社，2011 年 6 月第 1 版，第 36—55 页。

［2］《东北抗日联军史》编写组:《东北抗日联军史》（上册），中共党史出版社，2015 年 9 月第 1 版，第 273 页。

［3］中共中央文献研究室、中央档案馆:《建党以来重要文献选编》（一九二一——一九四九），第十册，中央文献出版社，2011 年 6 月第 1 版，第 28 页。

［4］《东北抗日联军史料》编写组:《东北抗日联军史料》（下），中共党史资料出版社，1987 年 12 月第 1 版，第 485—486 页。

［5］《中共满洲省委巡视员巡视珠河报告》（1933 年 10 月 9 日），载中央档案馆、辽宁省档案馆、吉林省档案馆，黑龙江省档案馆:《东北地区革命历史文件汇集》，甲 16，第 302 页；转引自赵俊清:《赵尚志传》，黑龙江人民出版社，2015 年 8 月修订版，第 85 页。

［6］《尚志人民抗日斗争史调查材料》（1959 年）；转引自赵俊清:《赵尚志传》，黑龙江人民出版社，2015 年 8 月修订版，第 84 页、86 页。

［7］《中共满洲省委给中共珠河县委、队内支部及赵尚志同志的信》（1934 年 2 月 15 日），载《东北地区革命历史文件汇集》，甲 20，第 11—

12 页；转引自赵俊清：《赵尚志传》，黑龙江人民出版社，2015 年 8 月修订版，第 92 页。

［8］赵俊清：《赵尚志传》，黑龙江人民出版社，2015 年 8 月修订版，第 92 页。

［9］《中共满洲省委巡视员给团省委报告之三》（1934 年 3 月 9 日），载《东北地区革命历史文件汇集》，甲 18，第 304 页；转引自赵俊清：《赵尚志传》，黑龙江人民出版社，2015 年 8 月修订版，第 93 页。

［10］赵俊清：《赵尚志传》，黑龙江人民出版社，2015 年 8 月修订版，第 96 页。

［11］团满洲省委：《关于反日游击运动的现状与团的工作情况报告》（1934 年 1 月 7 日），载《东北地区革命历史文件汇集》，甲 17，第 212、214 页；转引自赵俊清：《杨靖宇传》，黑龙江人民出版社，2015 年 8 月修订版，第 102 页注释①。

［12］赵俊清：《杨靖宇传》，黑龙江人民出版社，2015 年 8 月修订版，第 103 页。

［13］中央档案馆、辽宁省档案馆、吉林省档案案馆、黑龙江省档案馆：《东北地区革命历史文件汇集》，甲 44，第 27 页；转引自赵俊清：《杨靖宇传》，黑龙江人民出版社，2015 年 8 月修订版，第 111 页。

［14］［15］［17］《韩光关于南满抗日游击运动的报告》（1934 年 4 月 23 日），载中央档案馆、辽宁省档案馆、吉林省档案馆、黑龙江省档案馆：《东北地区革命历史文件汇集》，甲 18，第 369 页，第 370 页，第 377 页；转引自赵俊清：《杨靖宇传》，黑龙江人民出版社，2015 年 8 月修订版，第 119 页，第 128 页，第 135 页。

［16］伪满军政部军事调查部：《满洲共匪之研究》（1936 年），转引自赵俊清：《杨靖宇传》，黑龙江人民出版社，2015 年 8 月修订版，第 131 页。

［18］《中共满洲省委关于南满人民革命军存在的错误及目前的战斗任

务给人民革命军政委、政治部及全体党员的信》(1934年5月15日),载中央档案馆、辽宁省档案馆、吉林省档案馆、黑龙江省档案馆:《东北地区革命历史文件汇集》,甲18,第105页。

[19]《东北抗日联军史料》编写组:《东北抗日联军史料》(上),中共党史资料出版社,1987年12月第1版,第168页。

[20]《东北抗日联军史》编写组:《东北抗日联军史》(上册),中共党史出版社,2015年9月第1版,第319页。

[21]张正隆:《雪冷血热》(上卷),长江文艺出版社,2011年4月第1版,第257—258页。

[22]《东北抗日联军第五军张中华,柴世荣给春山兄的信》(1936年7月6日),载中央档案馆、辽宁省档案馆、吉林省档案馆、黑龙江省档案馆:《东北地区革命历史文件汇集》,甲46,第134—135页;转引自张正隆:《雪冷血热》(上),长江文艺出版社,2011年4月第1版,第258—259页。

[23]李荆璞:《从"平南洋"到"工农义务总队"》,载《东北抗日联军史料》编写组:《东北抗日联军史料》(下),中共党史资料出版社,1987年12月第1版,第484页。

[24][25][26][33]赵俊清:《周保中传》,黑龙江人民出版社,2015年8月修订版,第96页,第94页,第94页,第56页。

[27]吴平《中共满洲省委吉东巡视员(平)的报告》(1935年2月),载中央档案馆、辽宁省档案馆、吉林省档案馆、黑龙江省档案馆:《东北地区革命历史文件汇集》,甲21,第106页;转引自赵俊清:《周保中传》,黑龙江人民出版社,2015年8月修订版,第106页。

[28]《程宇通信第四号》(1935年3月5日),载中央档案馆、辽宁省档案馆、吉林省档案馆、黑龙江省档案馆:《东北地区革命历史文件汇集》,甲21,第364页;转引自赵俊清:《周保中传》,黑龙江人民出版社,2015

年 8 月修订版，第 106 页。

　　［29］［31］《东北抗日联军史》编写组：《东北抗日联军史》（上册），中共党史出版社，2015 年 8 月第 1 版，第 210—211 页，第 301—302 页。

　　［30］《中共东满特委书记冯康的报告》（之一，1935 年 12 月 20 日），载中央档案馆、辽宁省档案馆、吉林省档案馆、黑龙江省档案馆：《东北地区革命历史文件汇集》，乙 2，第 179 页。

　　［32］《满洲评论》第 8 卷第 7 号《在间岛抗日军与共产党势力的展望》（1935 年 2 月版），载吉林省社会科学院：《东北抗日斗争史论丛》第一辑，1983 年编印；转引自《东北抗日联军史》编写组：《东北抗日联军史》，中共党史出版社，2015 年 9 月第 1 版，第 309 页。

　　［34］［35］中央档案馆、辽宁省档案馆、吉林省档案馆、黑龙江省档案馆：《东北地区革命历史文件汇集》，甲 27，第 318 页；甲 19，第 39、43 页。

　　［36］龚惠、马彦文《东北抗日联军第四军》，黑龙江人民出版社，2005 年 5 月第 2 版，第 51 页。

　　［37］李范五：《燕山黑水风云录：李范五回忆录》，黑龙江人民出版社，1991 年 6 月第 1 版，第 140 页。

　　［38］辽宁社会科学院地方党史研究所：《可歌可泣的诗篇：毛泽东与东北抗日联军》，中央文献出版社，2013 年第 1 版，第 131 页。

第八章
围城必阙

23. "中心干部"夏云杰

吴平是东北抗战史上的一位重要人物，为东北抗联与吉东党组织建设做出过重要贡献。

1934 年 9 月，吴平到达吉东。

吴平原名吴兆镒，又名杨松、华西里等，1907 年生于湖北大悟县，1927 年到莫斯科中山大学学习，1929 年初加入中国共产党，1931 年在海参崴任红色工会国际太平洋工会书记处中国部主任，兼负责中共驻共产国际代表团与中共满洲省委联络工作，1933 年夏秋调共产国际东方书记处工作。

吴平来吉东之前的同年 4 月，共青团满洲省委书记刘明佛（胡彬）与宣传部长杨波（杨安仁）被捕后叛变，导致中共满洲省委、哈尔滨两区委，吉东局等地党团、工会组织遭到大破坏。吉东局书记孙广英恐惧，脱党逃跑。6 月，中共满洲省委做出《关于取消吉东局的决定》，原由吉东局管理的东满特委、饶河中心县委、绥宁地区各县委改由省委直接领导。

大浪淘沙，生死于一瞬间的残酷革命斗争，考验着每个共产党员的信仰与意志，有些不坚定者，只能走半程。

孙广英，辽宁新民人，于白色恐怖的 1927 年加入中国共产党，入党时年仅 19 岁，曾任中共满洲省委委员兼省委吉东巡视员，并从海参崴带回了《一·二六指示信》抄件。[1] 可惜，在中共吉东局遭到破坏，极需要党的主要领导人坚守岗位、力挽狂澜之际，他当了逃兵。

而更令人不齿的是刘明佛，他是 1928 年就担任中共河南省委常委、1932 年任中共满洲省委组织部部长的老共产党员，叛变后向敌人供出了党的秘密，致东北多地 30 余主要干部被捕，使党组织遭受严重损失。

古往今来的历史似乎证明了一个规律，降将易纳，叛臣难容。作为变节者，一般说来，都不会受到接受方的尊重。刘明佛供出了同志，日伪方面用过了他的情报，仍然让他死于狱中。[2]

吴平就是在上述险恶环境中，以中共满洲省委巡视员身份，率先来到了密山。他根据《一·二六指示信》的精神，着力纠正中共密山县委"左"倾关门主义错误。针对此前省委严厉批评密山县委右倾，致使县委领导心有余悸的问题，吴平毫不退避，代表省委进行了检查并承担了责任。

吴平指出，《一·二六指示信》前，东北党执行的"北方会议"路线，满洲省委于 5 月会议已经做了检查，这是党犯的错误，同志们不要背包袱；同时，我们也要检查自己，过去在统一战线中存在什么问题；过去认为义勇军上层领导是反动的，和他们统一战线就是"上层勾结"的认识也是错误的。

被扩大进密山县委会议的李延禄，在振奋中感到，这回手脚可以放开了，甚至对这位比自己小 12 岁的年轻人，有了一些崇拜。以至于在几十年后的回忆录中，李延禄表示，吴平的眉目之间，发出一种聪慧过人的光辉。

密山县委一度"左"得厉害，曾公开鼓动山林队士兵造反夺权，与反日山林队关系势同水火。吴平在信中写道："（东三省无产阶级比民族资产阶级相对强些……）还未估计到目前反日游击战争那怕是不在我们领导之下，甚至那怕是反对共产主义的，但是只要在目前不投降日本帝国主义，和他做武装流血斗争，在客观上都是使日本帝国主义统治减弱，因此在客观上是革命的斗争。这一点你们是未了解的。"[3]

县委团结联合山林队态度明确，但山林队并不完全相信。"亮山"那次缴了密山游击队步枪 9 支、匣子枪 4 支，外加 1 部望远镜。李延禄部与密山游击队成为一家后，"亮山"深感力量不支，带队跑得老远。游击队与中共密山县委一些人意见是：对其通令，限期交还枪支，既往不咎。

吴平的意见是，给"亮山"写信说明，枪在你那儿只要打日本子，就送你了，今后咱们还联合抗战。"亮山"见信后，大为感动，连忙赶来道歉。其他山林队一下子全服气了，与游击队的关系大为改善。

吴平实事求是，大刀阔斧，纠正错误极具针对性，同时注重当时客观实际情况。在改组县委时，他注意关心爱护干部，获得了同志们的认可。

路线对了头，一顺连十顺。会后，密山游击队便加入了李延禄领导的东北人民抗日革命军，正式组建抗日同盟军司令部，李延禄任总司令，密山游击队编为东北抗日同盟军第二团，并抽调若干党员骨干加入同盟军。

密山游击队与抗日革命军合并，不仅仅是反日力量的叠加，主要意义在于李延禄领导的这支反日队伍，至此才真正融入了地方党组织，原先漂游不定的浮萍，终于扎下了根。换言之，党的正确领导与坚实的群众基础，是抗联生存发展的根本。

吴平到吉东的另一重要任务是组建吉东特委，代替已撤销的吉东局，并担任特委书记。一个南方人，一口南方话，在汉奸、密探遍地的东北，是很危险的，吴平只能化装冒险赴宁安。

望着眼前这个戴眼镜、留八字胡、着深灰袍、提黄褐色药包的"种花（牛痘）先生"，正患感冒的李范五并不怎么感兴趣。当"种花先生"说道：

"你是这家的老弟吧？你的气色不好，我给你摸摸脉，说对了用我的药，说错了算我歇歇脚，傍晌我还得赶到东京城去。"

轻轻几句话入耳，化名"张松"的李范五心头一阵狂跳，这是接头暗语啊！随即答道："庄稼人头疼脑热不算个啥，干点儿活，出身透汗，啥病都好了。"

吴平上前一把抓住"张松"的手："你就是李大个子！"

几十年后，李范五回忆，其担任穆棱、宁安县委书记以来，第一次听到上级领导如此明确地阐述有关抗日统一战线的策略方针，透彻分析东北抗日斗争形势。听了吴平的一席话，他心里顿时感到十分亮堂。

从李延禄"聪慧过人的光辉"，到李范五心里"十分亮堂"，说明吴平在纠正吉东党的"左"倾关门主义方面，起到了决定性作用。当时固然有国际大背景及《一·二六指示信》等前提条件，但他个人的魄力与胆识，历史应当记上浓重一笔。

吴平1935年赴苏联，在中共驻共产国际代表团负责"满洲"工作，勤奋积极，也多有建树。1938年，吴平回国，在延安任中共中央宣传部副部长、《解放日报》总编辑，宣传东北抗联事迹，总结抗联经验教训，为党中央提供了大量第一手材料。

在延安，已化名杨松的吴平同毛泽东结下了深厚友谊。在东北及延安长期超负荷的劳动，损害了杨松的健康。1942 年 11 月 23 日，杨松不幸因病逝世，年仅 35 岁。11 月 25 日，中共中央为杨松举行公祭仪式，毛泽东亲笔题写的挽词是：

　　　杨松同志办事认真，有责任心，我们应当记得他，学习他。[4]

　　东北抗日联军第六军创始人、第一任军长夏云杰被中共满洲省委誉为"中心干部"："他勇敢坚决，是汤原长期斗争中产生出来的最好的干部，有能力和相当工作经验……他在汤原党和群众有很大的威信，是汤原党与队伍中一个中心的干部。"[5]

　　"最好的干部""中心干部"的评价，对夏云杰而言，并不过誉，毕竟在新任县委书记王亚堂恐惧逃跑、汤原县委班子除了他之外全体被害的惨烈、恐怖形势下，他硬是拉起了一支队伍，向日伪讨还血债。

　　夺取黄花岗伪自卫团枪支后，汤原民众反日游击队被重新建立了起来，各山林队中的党员干部都陆续被抽回了游击队，其中有宋瀛洲、戴鸿宾，二人分别担任了游击队正、副队长。

　　新成立的游击队能否站住脚跟，与敌硬碰硬的战斗是最适合的"考试"。1934 年 3 月下旬，伪军装备精良的一个骑兵连追踪而至。游击队迅速躲入密林，然后瞄准来犯之敌突然进行猛烈射击，当场毙敌 5 人，伪军退走。这是汤原游击队自 1932 年底三挫四起后的第一场胜仗，部队士气陡然高涨。

　　鉴于汤原地区的重要位置及反日群众基础，中共满洲省委一直希望在此建立一支东北人民革命军。1934 年 5 月，中共满洲省委专门给汤原中心县委及游击队发出指示信，重申《一·二六指示信》精神，要求"在坚决反对'左'倾关门主义的基础上，去团结一切反日反满的力量"。这等于给中共汤原县委与游击队大力发展统一战线，彻底松了绑。

6月，夏云杰率游击队连续3次主动出击。15日，游击队三面包围并攻打太平川伪警察分驻所；19日，攻下黑金河金矿，缴获一批物资；21日，攻打了西大岗反动地主联防的连环院落。战斗中，夏云杰头部中弹，带伤指挥，士气大振，战士们一举攻下敌据守的炮台，缴获长短枪10余支。

资料记载，夏云杰是一个毅力顽强的人，战斗中身先士卒，以致多次负伤。1934年6月负伤后，他在年底再次负重伤，很重，在密营中治疗5个月才好。枪伤剧痛，医疗条件几乎没有，当时通行以大烟止痛，治疗中，夏云杰不幸一度染上烟瘾。为了戒烟，在实在挺不住时，夏云杰就漫山遍野地狂奔。1937年7月10日，《救国时报》曾报道了夏云杰戒烟瘾情形："自行倒悬梁上，以抗烟瘾，卒将鸦片戒除。"

由于勇猛作战，游击队迅速发展。8月，游击队扩编为汤原反日游击总队，县委书记夏云杰改任政委，戴鸿宾任总队长，下辖4个中队共150余人。

抗联第六军的发展史上有两个人物，六军的两员虎将——冯治纲（亦有文献写作冯治刚）与张传福立下了很大功劳。两个人后来一个担任第六军参谋长，一个担任第六军的师长。

冯治纲，1908年出生于吉林怀德。小学毕业后，因成绩优秀，人又聪慧俊朗，被县政府录用为雇员，不久晋升为科员。小小年纪就如此出息，谁看都是一片光明前途，但冯治纲似乎不甘心在政府里当官。这种看法的依据是，他特喜欢读兵书，尤其是《孙子兵法》。

九一八事变后，痛恨蒋介石与张学良的不抵抗，汤原县县长季国珍与秘书（也是他的女婿）冯治纲双双愤而辞职。年长的季国珍回了老家，冯治纲则到了格金河金矿当了文书、会计。

小兴安岭东北侧有三个金矿，黑金河、亮子河两个金矿已经被日本人霸占，就剩格金河金矿还在中国人手里。面对日本人的跃跃欲"夺"，冯治纲为矿经理刘纪三出谋划策，组织护矿队，阻止日本人来夺矿。无奈刘纪三是扶不起来的阿斗，扔了金矿逃回老家保命。

血性的冯治纲不听刘纪三"保命要紧"的好心劝告，自己拉起了队伍，报号"文武队"，由7个人起家，不断给伪自卫团与反动大排以打击，很快发展为60余人的反日队伍。

1934年9月，"文武队"接受汤原游击总队邀请联合作战，先后解除了太平川南部长发屯、姜家屯两个伪自卫团（地主大排）的武装，共缴获枪支与洋炮（土枪）100余支，[6] 其中有实力极强、人称"梁二爷"的伪自卫团。跟汤原游击总队一样，"文武队"陡然声名大震。

与汤原反日游击总队几次联合作战，"文武队"首领冯治纲看明白了一件事：抗日武装由共产党领导，谁也比不了。1935年下半年，冯治纲率"文武队"加入汤原反日游击总队，担任第四中队队长，并加入了中国共产党。

冯治纲的抗日行为引起了日伪当局的愤恨与恐惧，日伪当局便从他的家人着手，企图以其全家要挟。日伪当局试图让其岳父季国珍出面，维持伪满县政权，并将冯治纲收为己用。季国珍既不替日本人出面干事，又不劝女婿不要反日，而是领着一家老小躲进了深山。

冯治纲心思缜密，作战奇猛，后来担任抗联第六军参谋长、抗联第三路军龙北指挥部指挥等重要职务，打了许多漂亮仗，让日伪闻风丧胆。不幸的是，1940年冬，他在激战中壮烈牺牲，年仅32岁。

自从加入抗联，冯治纲的曾居住地汤原县耿贵屯便没断了日伪汉奸特务。冯治纲父亲冯邵忠有兄弟3人，这3支冯氏家族中均有人遭到株连迫害，几家人大都先后逃离了耿贵屯。

冯治纲是一位叱咤战场的血性汉子，也是一位柔情似水的男儿。原黑龙江省军区副司令员王钧，一直跟随冯治纲征战，其回忆录中记载了冯治纲牺牲前 3 天晚上说的一席话，说自己"十分想念他那躲在深山里的老母、妻子，不知他们在那个严寒的冬天是怎么过的？能不能活下来？他长叹道，现在顾不得家了，没有国哪有家呀。"

笔者遍查史料，没有冯治纲岳父季国珍及冯治纲妻子下落的准确记载，只是写季国珍抱病上山，宁肯病死也不投靠日本人。冯治纲的母亲、妻子及岳父见到了抗战胜利和全国解放了吗？没有确切的记载。

抗日英雄冯治纲应该被历史与后人记住，同样应该被记住的，还有他的母亲、妻子、岳父等亲人。他们也是为了抗战，与冯治纲一样把自己奉献于祭坛上勇于牺牲的人，不应该湮没于滚滚红尘。这是笔者写下上边这段文字的初衷。

张传福，1902 年出生于吉林公主岭，后随家族迁至汤原太平川。张氏全家族 30 余口人，叔伯兄弟排位老九的张传福，虽未念过多少书，却因为精明强干当上了掌柜。张家家大业大，有房 15 间，地上百垧，有车有马有买卖，特别是张家粉坊，在太平川一带远近皆知。

九一八事变后，为保护家业，张传福接受日伪任命，担任伪自卫团团长。张传福有一手百步穿杨的枪法，自卫团 30 余人大多是"炮手"，论战斗力，在那一带无有出其上者，方圆几十里的胡子都惧他。

不过，凭一好一坏两支"撸子"起家的夏云杰，把队伍拉得这么大，把"梁二爷"自卫团都缴了械，加上冯治纲老丈人季县长弃官不当躲着日本人，这些对侠义的张传福都是刺激，他也想给后代留个好名声，可游击队怎么看自个儿？

此时，夏云杰也想着争取张传福反正，加入汤原游击队。不久前参加过中共满洲省委培训的夏云杰，眼光自然深远了许多。如果这么个大地主、这么强的自卫团反正了，对汤原的反日运动来说，无疑是一个标杆。

稳重的夏云杰派出了试探的人。那一天，王甲长与蔡玉斌找张传福唠家常。张传福虽不知道王甲长是反日会会长、蔡玉斌是地下党，但知道两人同游击队有联系，便表达了反正的愿望，希望给传个话。

夏云杰翊决定亲自去找张传福，给他一个"定心丸"。

戴鸿宾不同意："夏书记你是拿大事的人，万一有个好歹损失就大了。"戴鸿宾表示要代夏云杰去，其他人也一致反对夏云杰亲自去伪自卫团部。

站在游击队方面，戴鸿宾的顾虑不是没有道理。张传福那么大的家业，反正后参加了队伍，日本人奈何不了他；但跑了和尚跑不了庙，日本人可以拿他的家人开刀；即便家人都躲了，几十年创下的那么大的一片家业，是不是毁于一旦？

如今看，富甲一方的地主张传福反正抗日，也是一件挺了不起的壮举，不仅仅要征得家族兄弟的同意；而且在普通农民看来，张传福起码要在列祖列宗祠堂前跪着说明白，偌大家业毁在自己手中的原因何在。

戴鸿宾，1911 年生于辽宁抚顺雇农之家，8 岁随家走北荒迁入汤原县西北沟，10 岁出去扛活，是有名的"戴半拉子"。1932 年，戴鸿宾加入中国共产党，为汤原游击队创始人之一，先后任小队长、中队长、总队长、第六军的团长等职，军长夏云杰牺牲后，任第六军第二任军长。

没有上过学的戴鸿宾，在社会底层生活中学到了若干生存道理与经验，他人聪明，善计谋。前篇曾说到，汤原游击队初创时，枪支被土匪搜走后，队长李学福带着第一小队长戴鸿宾去找土匪交涉还枪，那主意就是戴鸿宾出的。当时，两人着长袍，戴礼帽，自称是"县政府便衣队"，连蒙带唬，虽未将枪弄回来，也足见其智慧与谋略。至于代替夏云杰赴会，更显示其忠诚与胆识。

中共满洲省委巡视员对戴鸿宾曾经有个考察意见："总队长老戴（鸿宾），26岁，雇农，'九一八'时入党，参加过汤原第一次游击队（后失败消灭）及第二次新游击队的创造，作过区的宣传两月，在义勇军'春山'队内作过四个月工作。斗争坚决，弱点是有些恐怖情绪。能执行党的路线，党内斗争坚决，在群众中有信仰，军事上有些经验，学习精神稍差。"[7]

说戴鸿宾"弱点是有些恐怖情绪"，后来历史证明，此话好像有一些预见性。

会见那天做了两手准备：夏云杰把游击队埋伏在伪自卫团附近；会见地点定在王甲长家，王甲长家周边也派了几个党团员暗中保护。

名为会见，实为谈判。谈到最后，张传福伸手撩开大衣，掏出匣子枪拍在桌子上，戴鸿宾也做同样动作，两人对枪明誓，谁要是口不对心，让他吃枪子!

经过周密策划，1934年11月，游击队兵分两路：一路由夏云杰率队伏击追敌，一路由戴鸿宾率队接应张传福。结果张传福率伪自卫团成功反正。加入游击队后，张传福任中队长，不久加入中国共产党，后历任第六军第三团团长、第二师师长等职。1938年，张传福在战斗中身受重伤不治身亡，年仅36岁。[8]

张传福加入游击队后，家人受到日伪当局多次恐吓、要挟，企图逼张传福再次"回头"。"张传福动员哥哥、弟弟，卖掉车马、油坊、粉坊和土地，一把火烧了张家大院，带家人和自卫团参加了游击队"。

汤原游击队的迅速发展及一系列攻击伪自卫团与反动地主大排的胜利，使太平川反日斗争形势发生重大变化，尤其是冯治纲与张传福的加入，使游击队声威大震。一时间，附近同情抗日的中小地主富户纷纷献枪给游击队，一些有识之士也倾力帮助抗日队伍。汤原县教育局长刘显，把家中的5支枪全部捐献出来。

刘显，字惠远，山东诸城人，1904 年生人，1929 年升任汤原县教育局局长。九一八事变后，刘显当即辞官参加反日同盟会，1934 年参加汤原反日游击队。

抗联老战士李在德曾回忆刘铁石，说他是汤原知名人士、教育局长，原名刘显，为表示抗日到底的铁石决心，改名为刘铁石，后加入中国共产党，成为汤原游击队及后来抗联第六军的军需官。刘铁石的妻儿被接到密营后，他们的亲友有的被日伪抓走，有的被杀害。为了不让敌人利用自己的家产，他一把火烧了自己苦诣经营多年的家。刘铁石后来到苏联学习报务，1943 年在抗联教导旅无线电营时，与于保合（李在德爱人）先后担任无线电教官。

刘铁石是幸运的，在生存概率甚低的东北抗战岁月中，他是少数看到日本投降的抗联战士。抗战胜利后，他先是到家乡汤原担任县长，后到国家地矿部门工作，任吉林省地质局副局长，享年 88 岁。

24. "板子队"和小铁环

另一位毁家纾难的抗联英雄黄有，却没有刘铁石那般幸运，其鲜活的生命壮烈定格在 39 岁。

黄有，1899 年生于黑龙江省呼兰县沈家乡，少年务农，后迁往汤原县前太平川开垦荒地，先后开出 4500 余亩土地，成为当地少有的富户。他还开油坊，养炮手，被百姓称为"黄家大粮户"，百姓甚至一度称该屯为"黄有屯"。

夏云杰在太平川召开群众大会，动员富户捐助游击队，黄有带头捐献。1935 年，黄有参加汤原游击队，先后任司令部副官、稽查处处长，负责后方密营创建工作。

1936 年冬，黄有被敌人抓获，敌人知道他是负责抗联密营建设的，就逼迫他带领日伪军进山。黄有真就领着日伪"讨伐队"进山了。他将敌人带到一幢九间大房前，误导敌人，使他们相信那就是抗联的密营。实际上，部队从未在那儿住过。敌人放火烧了房屋，相信了黄有的"忠诚"，又要求他带领着去"讨伐"抗联的部队。

黄有满口应承，却将敌人引入了小兴安岭深处兜圈子，让敌人迷了路，自己则借机溜走了。

失去向导的日伪"讨伐队"，像没头苍蝇一般，在茫茫原始森林中转了数日，怎么也出不来。暴雪封山，天气奇冷，敌人的粮食吃完了，饿死冻毙了许多人。

黄有一个人从小兴安岭逃脱后，没有吃的，又没有火柴，饥寒交迫，昏倒在返回密营的路上。后来万幸，他被游击队发现，背回了密营。当时，黄有的两只手和两只脚全冻掉了，只剩下无手脚的四肢与胸腹无恙，只能卧在床上。

醒过来的黄有说出了事情经过，密营领导马上组织 40 余名战士（营地人员本来不多），去袭击日本"讨伐队"。已失去战斗力的日本"讨伐队"被消灭四五十人，其余的溃逃。黄有以自身严重伤残的高昂代价将敌人引入绝境的英雄壮举，在抗联战士，尤其抗联第六军中引起强烈反响。

多年后，曾任抗联第六军政治部主任的冯仲云，在《东北抗日联军十四年苦斗简史》《党史专题丛刊——东北抗日联军中战斗生活的回忆》等作品与报告中，都满怀深情地谈及黄有。

黄有的壮举到底使多少敌人葬身于茫茫林海？冯仲云曾回忆说有"数百人"。[9] 学者史义军先生在《黄有牺牲地考》一文中曾记述，鹤北跃峰林场的 4 名职工，曾 3 次发现了 60 个日军的钢盔，[10] 说明仅死掉的日军就应从 60 人计起。

东北抗日历史有一个突出的规律：日伪"讨伐"队伍几乎少有日军单独行动的，几乎每次都有伪军及伪警察一起行动，而且伪军都要超出日军若干倍数。故而，除60名日军外，还有多少伪军葬身林海？我们已不得而知。

1936年下半年，是抗联发展的鼎盛阶段，第六军已发展到8个团，1500余人，[11] 所以，日伪军"讨伐"队伍组成人数都不会少。因此，冯仲云"数百人"的说法，当有一定根据。

黄有几乎以一己之力，消灭上百敌人，应当是东北抗战史上了不起的大功劳！可惜现存档案资料无法还原全貌，这是笔者靡费笔墨的原因。失去了手脚的英雄黄有，得到了抗联无微不至的照顾：指派专人侍奉他，他溃烂的伤口也逐渐愈合。日伪当局恨死了黄有，一直没停止搜捕他。

1938年冬天，敌人终于侦探到黄有休养的东梧桐河抗联密营。伪汤原县特务股长、日本人竹下亲自带队，伙同伪警察大队长廉成平（外号廉秃爪子）等20余人，袭击了密营。当时密营只有6个人留守。黄有被捕时，大骂且反抗，被伪警察邓汉卿开枪杀害，[12] 一同被杀害的还有另两位奋起反抗的抗联战士。

需特殊说明的是，卖力缉捕杀害黄有的始作俑者都是中国人。日本人在东北原本是聋子与瞎子，是汉奸为他们安上了耳目。侦察并发现黄有藏身地，领路袭击密营的是特务杨海楼，亲手开枪杀害黄有的邓汉卿，是日本特务股长竹下的铁杆亲信特务，他原本在方正县任伪职，竹下通过伪警务厅将他调入汤原县。

从某种意义上说，出卖民族的汉奸，起到了日本侵略者起不到的作用。有些情况下，他们比日本侵略者的危害还要大。对汉奸现象，笔者将专章描述。

抗联第七军发源地为饶河县。饶河县位于黑龙江省东北部。

饶河南邻虎林，西接宝清、富锦，北靠同江、抚远。该地最重要的一个特殊之处是与当时的苏联隔江相望，是实实在在的边境县。当时，全县仅 3 万人左右，通晓俄语的人却很多。冬季冰冻封江，两岸往来如履平地，使饶河成为极易出故事的地界。而它的西南为完达山脉，全县多半属未开发的山林地带，地僻荒远，交通不便，这对开展游击活动十分有利。

虽然县境人口极少，但共产党的力量却很强，九一八事变前，这里就建立了中心县委，负责领导饶河和抚远两区委、宝清特支、虎林支部。抗联第七军诞生于饶河特务队，特务队队长叫崔石泉，即后来鼎鼎大名的朝鲜劳动党中央副委员长、朝鲜民主主义人民共和国副主席崔庸健。

崔石泉出生于 1900 年，又名金治刚、崔庸健，朝鲜平安北道人。他 1924 年来中国上海，不久入云南陆军讲武堂学习，毕业后，担任黄埔军校教官，1926 年加入中国共产党，1927 年参加广州起义，1928 年到东北从事革命活动。九一八事变后，时任中共饶河中心县委委员的崔石泉与其他 5 名共产党员，以仅有 1 支手枪的家底成立反日特务队，被称为"六人组"，并在重要乡村组织后备游击队。

崔石泉发展队伍的办法与众不同，即"获得 1 支枪，发展 1 名队员"，没有牙齿与爪子的老虎绝不纳入队伍。经过 5 个月努力，队伍已发展了 40 余人枪。1933 年 4 月，饶河工农兵反日游击队成立，崔石泉为队长，金文亨为政治部主任。

为了壮大游击队，饶河中心县委做出两项决定：一是举办军政训练班，由曾在黄埔军校当过教官的崔石泉担任训练班主任，训练培养了 370 余名骨干，其中就有后任抗联第七军第二任军长的李学福。

另一项决定是加入救国军高玉山部，主要考虑虎林、饶河地区的主要抗日力量，还是拥有 2000 余人的救国军。游击队在保持独立性原则下，编入救国军第一旅特务营。全营 100 余人，移驻虎林。营长金文亨、政治部主任崔石泉。

1933 年冬，救国军攻打虎林县城，特务营作为先锋部队（一部），率先攻入城内却遭受重大损失：三连长以下 25 人牺牲，营长金文亨负重伤。救国军中一些怀有歹意者，欲乘机缴特务营的械。崔石泉当机立断，率队脱离救国军，返回饶河整顿。不久，特务营中共党组织开会决定，特务营改为饶河反日游击队，由李学福任队长，崔石泉任参谋长。[13]

饶河游击队的发展令日伪当局深感不安。不久，200 余名伪军乘爬犁前来围剿。爬犁以光滑硬木代轮，用快马牵引，在东北遍地冻雪的路上，机动速度堪比汽车。为打破围剿，李学福与崔石泉决定设伏十八垧地。

十八垧地是个只有十几户人家的小山村，三面是山，只有一条积雪没膝的南北向狭口可进入。敌人只能从离屯数百米处徒步进屯，失去机动性。当敌人行进至离屯百米左右伏击圈时，突遭游击队猛烈排枪射击，当即有 10 余人被毙伤。敌指挥官下令反攻，双方激战两小时。伪军原本战斗精神本就萎靡，丢下 30 余名死伤者，仓皇退兵。

十八垧地伏击战，对抗联第七军早期的饶河游击队有重要意义：一是提振了游击队的士气，此战一扫兵败虎林的阴影；二是为创建一片方圆数十里难得的根据地打下了基础。

为发展建设饶河反日根据地，1934 年春，曾任李延禄领导的救国游击军（人民抗日革命军）代理政委张文偕，受中共满洲省委吉东局派遣到达饶河，任游击队大队长，崔石泉任政治部主任，李学福改任军需长。

饶河境内游击队活动范围内有两支力量较强的反动队伍，分别是盘踞在爆马顶子的范福堂和大别拉坑的李喜山。尤其是范福堂活动的爆马顶子，地势险要，工事坚固，范福堂手下有 70 余人枪。

张文偕决定拔掉这两颗钉子。为出其不意，一举击敌，张文偕于该年六月初三亲率游击队主力与其他山林队 100 余人，实施长途奔袭，直插范福堂老巢。范福堂部溃退，游击队遂占领爆马顶子。与此同时，崔石泉率领游击队 50 余人，乘夜突袭大别拉坑，一举击溃李喜山部，缴获枪 10 支、军马 20 余匹。

鉴于爆马顶子距饶河县城较远，地势易守难攻，饶河中心县委迁入了此处。自此，以爆马顶子为中心，十八垧地与大叶子沟方圆 40 公里一带的饶河抗日游击战争根据地初步形成。

7 月，反日游击大队已发展至 140 余人，同时联合或收编"九龙""得胜"等山林队 300 余人，对要求收编的，少数择优编入基本队，多数组成联合作战的协作队。

善于突袭、远征、击敌于不意是张文偕的作战风格。以饶河爆马顶子根据地为中心，不久，张文偕又率领游击队远征抚远县别拉基小街，击溃敌 60 余名，缴获枪 14 支和一批物资，继而又率队进击虎林县三人班街。不料因目标暴露，部队遭遇敌重兵包围，双方激战 6 小时。张文偕在率队突围时，不幸中弹牺牲。

张文偕，1907 年生人，原名王修穆，山东掖县人，工人出身，大革命中加入中国共产党，后被派往苏联海参崴列宁学校学习，1933 年 6 月回国，牺牲时年仅 27 岁。张文偕作战勇敢，政策水平高，深受同志爱戴。他牺牲后，饶河反日总会曾经有一篇为牺牲同志的集体（4 人）悼文，涉及他那一段的话是：

> 张大队长，文偕同志！你的胆包括了天地，领导着几十
> 个拿着砂枪、别列旦的武装同志，时常进攻敌人的镇市，你把

敌人看作小儿，直着腰在最前线上指挥如意。结果，因此而牺牲！能不使人追忆！你红的脸儿，黑的眼睛，顽而长的个子，时常在我（们）的脑海里！山林队说，假设有你的存在，游击队的发展，尚不止如此！……我们追悼牺牲的同志，用不着烧香烧纸，也知道用不着哭，但是禁不住呜咽！……[14]

张文偕的不幸牺牲，极大触痛了游击队官兵的心。据史料记载，应全队官兵的强烈要求，游击队于7月23日力克三人班。见到游击队来拼命，"日伪军溃逃至独木河"。[15]游击队"又追击到独木河街，将该街包围"，[16]因敌工事坚固，遂改变攻击方向。

接下来的8月上旬，游击队与联合的山林队在回师饶河途中，连续攻下两个据点：一是怒攻五林洞（又称雾林洞）伪军，击毙日本教官和伪军10余人，缴枪10余支、手榴弹200余枚；二是夜袭小佳河，击溃伪军一个连，缴获反动大排队30余支枪。

1934年，饶河反日游击大队已发展至200余人，成为虎林饶河地区抗日武装的核心力量。

饶河游击队对敌人的沉重打击及以爆马顶子为中心的根据地建设，引起日伪当局恐慌与愤恨。1934年冬，日伪当局集结重兵对爆马顶子进行"讨伐"。饶河游击队在继任大队长李学福与崔石泉领导下，采取伏击、夜战、偷袭等战术，连续给敌人以打击。虽然敌人占领了爆马顶子，不过是几处空空的房子而已。

最令敌人胆寒的是游击队的"板子队"。为应对日伪军的马爬犁机动队，饶河游击队创建了滑雪队，据说是受一些山林队的启发，而山林队又跟猎人学的。在没膝及腰的密林雪地，滑雪板是猎人理想的交通工具。最初，游击队做了80副滑雪板，挑选了80名年轻力壮的队员，在大叶子沟两公里多长的沟趟子里训练。

训练也是有代价的，除了惯常的摔跌，还有伤亡。有个队员飞快滑下，失控的身体撞到树上，因为是两腿分叉骑上去的，当场便活活劈死了。队员虽无比悲痛，却没有泄气的。谁都看明白了：这"板子"太适合冬季游击，尤其是对付敌人的马爬犁队了。现在个别人的牺牲，总比以前两条腿没膝于深雪中、被四条腿的马爬犁追杀的牺牲要小。

1935 年初，日军从佳木斯等地集结 800 余人，企图一举歼灭饶河反日武装。李学福与崔石泉指挥部队先是与敌在深山中周旋近一个月，待敌疲惫时调集主力 250 余人，设伏于大旺砬子——该处地势险要，积雪非常深，不便敌人骑兵行动，然后派小股游击队边打边退，诱敌进入预设阵地，结果有日伪军 300 余人进入伏击圈。两侧弹雨齐下，打得雪烟四溅，雪白血红。敌人慌乱退却，却不料游击队的"板子队"，雀群般旋风一样刮过来，接着弹雨呼啸而至，敌人成片被毙伤在雪地上。骑兵快于步兵逃出伏击圈，觉得安全了，又不料，一溜溜雪烟中，"板子队"眨眼便到了跟前，未等他们反应过来，已中枪落马。

从某种意义上讲，速度是军队战斗力的基本构成要素，速度可以解决诸多战争中的传统难题。

此战日军步骑兵死伤 100 余名，而游击队倚仗伏击加速度，仅伤亡 6 人。[17] 当夜气温零下 40 多度，被打乱冲散的敌人中有一些迷失了方向，冻毙于深山老林中。

游击队趁势在李学福的带领下，夜袭爆马顶子。此前在五林洞缴获的 200 枚手榴弹派上了用场。仅 3 个小时，伪军连长以下 10 余名伪军便被毙，剩余 40 余名伪军举手投降。此战，缴获军需品甚多，得枪 60 支，爆马顶子根据地复归游击队之手。

大旺砬子伏击战，"板子队"威名大振。东北抗联有一首《雪地游击》歌，歌词中有这样的句子：

穿踏板，扶长杆，不用喂草粮。

登高岭，走洼甸，步履比马快。

此战影响广泛，三四年后，抗联第二、第三路军总指挥周保中、李兆麟分别发出建立"板子队"的指示信。周保中表示应预选踏板木材，以便必要时制作踏板，练习穿踏板。李兆麟则要求山林游击部队、铁路电线破坏队，立即着手学习踏板技术。

有资料说，"板子队"起头于王贵祥。他在参加饶河游击队前是猎人，与报号"君子队"的反日山林队有联系，滑雪的技巧应当是很高。王贵祥后来担任抗联第七军第三师第八团团长。1935 年初夏，在得知日军将"归大屯"（建"集团部落"）、扫荡村子前的一个晚上，王贵祥趁黑夜将一家子接到了抗联队伍上。从此，王贵祥不到 8 岁的女儿王铁环成了东北抗联年纪最小的一名女兵。

王铁环，1928 年 1 月生于黑龙江虎林，1935 年参加抗日部队后，一直没离开过部队；1938 年冬，调抗联七军补充团；1939 年冬，随母亲及部分同志到过苏联；1946 年后回到家乡，翌年加入中国共产党，参加了土改与剿匪斗争。她先后在佳木斯、沈阳、北京、青海等地工作，1992 年离休。

王铁环 1935 年加入抗联，到 1946 年归国时，已在抗联队伍中待了 10 年之久，应当是在抗联队伍里长大的孩子。从孩童的视角，她真实地感受了东北抗联艰苦惨烈的斗争过程，是东北抗日战争重要见证人。

王铁环有一哥一弟，是兄妹 3 人。她参加游击队，长期离家，哥哥被伯父接走。那天晚上，王贵祥只接走了妻子与女儿、小儿子，从此大儿子便失去联系。在 77 年后的 2012 年 5 月 19 日，东北抗联史研究学者史义军、姜宝才先生采访王铁环，谈到哥哥被大伯领走时，老人说"这家也就散了"。[18]

手足情深，失去了哥哥，王铁环便把对哥哥的情感都投到两岁的小弟弟身上。战争环境下，抗联环境艰苦，领导曾动员王铁环，要把弟弟交给老百姓抚养。王铁环不干。爸爸妈妈无暇看管，因为他们带着武器，带不了孩子。王铁环能背就自己背，他成天背着弟弟，走哪背到哪。那时候没有奶吃，只有小米粥啊，苞米楂子什么的，弟弟也抢着跟着吃。王铁环吃得快，吃完了就喂弟弟。

现今，我们很难想象，一个七八岁小女孩，正是需要大人照料的时候，却承担了照顾幼小弟弟的重担。不要以为王铁环只是部队养活的一个孩子，其实除了照顾小弟弟，王铁环还做大人的事，到密营不久，她便学会了打枪。10多岁时，王铁环进入苏联，被编入远东军边防部队，跟大人们一块儿训练，枪打得蛮准。

应当说，加入抗日部队头几年，王铁环还是一个天真无忧的快乐女孩，印象最深的是战斗间隙抗联的文艺活动：

> 那时候歌曲多，十几首歌，咱都忘了，一到开晚会，一唱唱半宿。男女对唱，什么曲子都有……话剧那更多，也逗乐。
>
> 反正一到过年过节的时候，都回密营了，晚上开晚会，结婚。平时顾不上……他们两个人在那儿偷偷分开了，不经常在一块儿……我愿意参加那个。吃糖啊，我那时候小，七八岁，谁都多拿点儿给我往兜装，我就偷偷装着。

王铁环快乐的抗联生活，在三年后逐渐消失了。1938年，王铁环的父亲——抗联团长王贵祥牺牲了。王铁环感觉好长时间没见到父亲了，逢人便打听父亲上哪去了？被问到的人都说不知道。其实大家都知道，只是不忍心告诉她，直到半年后，才告诉她。

1938年开始，东北抗日战争进入艰难时期，抗联部队遭受严重损失。王铁环看到，密营中伤员多了起来，牺牲的人也多了起来。

今天还好好的，明天就没了……你要看见谁没回来，以前都问一问上哪去了，后来都不让问。那没回来就没回来。后来也就都明白了，你问那不好，问人家也不告诉，尤其小孩儿家属，不告诉，告诉完了哭天抹泪的。

到地方一点名，一看缺几个，咱们就心都凉了，也都掉眼泪了。唉，难受啊，那时候牺牲了多少啊！……战争不饶人啊！我们那一个单位，好几百人，到解放的时候剩下十几个人了……[19]

王铁环说，自己能够活下来看到日本鬼子投降，多亏抗联里那些叔叔大爷们关心照顾；尤其一打上仗，就非得把她拽到他们身边儿，她一辈子忘不了，尤其那些牺牲的叔叔大爷们。

2017年3月7日，东北抗联老战士、少数幸存者之一王铁环女士病逝，享年89岁。让我们永远记住她，还有她的那些英雄的战友们！

25. 木炮打宾州

1934年5月上旬，赵尚志率队攻击宾州。

宾县县城宾州镇是日伪当局在哈东地区的重要支撑点，赵尚志在朝阳队当"小李先生"（李育才）时，曾率队打进去过一次。之后，敌人加固了城防设施，城周围设有炮楼、暗堡等，城壕上边还拉了电网。

此次攻打宾州镇与上次不同的是，赵尚志已兵强马壮，游击队加上各路义勇军达 1500 余人。攻城前，为不战而屈守敌，减少士兵伤亡，赵尚志打电话给伪县长李春魁令其投降。

李春魁闻赵尚志之名，虽心中惊慌，但自恃工事坚固，且游击队没有重型火器破城，故在饬令严防的同时，急派日参事官木谷吉弥亲赴哈尔滨求援，殊不知赵尚志早已为其准备了"秘密武器"。

"围城必阙。"通晓兵法的赵尚志仍然指挥联军分东、南、西 3 路围城。3 路之中的东、西两路佯攻，自己亲自指挥主力攻打南门。北门不围，留作敌人逃跑之"生路"。赵尚志再密派一队精锐于北门外埋伏，待敌人溃逃时突然截杀。

掌灯时分，联军开始攻城，枪声激烈，喊杀震天，守敌依靠坚固工事顽强抵抗。突然"轰"一声震天巨响，南城门炮楼被炸得七零八落，又一声"轰"，城墙被轰塌一角。硝烟中，10 余名少年队员顺着缺口杀进城来，冲进南门旁一伪警察所。十几名伪警察或跑或卧，抱头簌簌发抖。联军喝令他们站起来，只见他们指着一个带火药味的东西——一个铁秤砣，胆怯地说道："快爆炸了!"

轰塌城墙的是一门木制巨炮。据传，这门炮是用湿柳木包着一根粗铁管，外用五道铁箍箍牢，炮身长六七尺，炮口内径斗尺余，架在一辆车上。柳木炮可装 10 多斤火药、三四十斤碎铁铧、大秤砣等。

"将为军中魂，炮乃军中胆。"

炮声吓坏了李春魁，一小时内，他连续 7 次向哈尔滨日伪当局打电话求救。战斗至次日上午，日军几架飞机赶来助阵，向联军投弹轰炸，大批日伪军急速向宾州镇扑来。义勇军几部率先撤离。赵尚志下令停止攻击，撤出阵地。此战虽未攻克宾县县城，却取得毙伤敌七八十名的战果。游击队付出牺牲 2 人、受伤 4 人、被俘 1 人的较小代价。[20]

攻打宾州战斗后，增援日伪军陆续撤离宾州。5月中旬，赵尚志突然又率队逼近宾州，先是攻下了宾州镇西部20公里的满家店，切断宾哈之间的交通、通讯。宾州的敌人再次"告急"，陷入一片惊恐之中。《盛京时报》惊呼，"前曾一度被匪袭击之宾县，迄至最近虽经大军开到……匪已由四周撤退，然距城不远，仍在紧紧包围中，故实际仍未脱离危险时期。"

待日伪军再次派出大批部队开来，赵尚志则挥师西进，逼近距哈尔滨市40公里的蜚克图和市郊黄山嘴子一带，又将敌人吓了一跳。

攻打宾州之战，极大地震慑了宾（县）、五（常）、阿（城）一带的敌人。初查了一下赵尚志的征战史，他应当是打下敌伪县城最多的一位东北抗联将领。

赵尚志之所以屡屡把枪口对准县城，一方面是为了扩大政治影响，对日伪心理、精神上的锤击、震慑，对老百姓与游击队，包括山林队的鼓舞激荡，意义十分重大。"木炮打宾州，声威震敌胆"的战例，较长时间被传为美谈。宾州之战后，不少青壮农民要求加入游击队。"黄炮""铁军"等山林队一直紧随游击队活动不愿离开，认为跟着赵司令的队伍安全。另一方面，这类的战斗在军事上的价值是解决给养、没收敌伪物资、获取枪支弹药。

珠河游击队成立以来最为激烈的一场战斗是三岔河突围战。

自宾州之战后，日伪当局时刻注意侦探珠河游击队的动向。1934年6月初，赵尚志率队开进三岔河，即有汉奸告密。三岔河距宾州东部仅仅20公里。这天傍午，来自宾州、珠河、哈尔滨的600余日伪军，从东、西两个方向来到三岔河，迅速包抄上来。

战斗首先在八里岗展开。面对险恶局势，一直跟随珠河游击队的"白龙""黄炮"抢先逃跑。赵尚志及所部骑兵队与一中队被围困于一处中院之中，遭敌重炮、机关枪轰炸与扫射；而隔壁一处大院炮台，由于山林队"铁军"弃守逃走，被敌人夺占，居高临下攻击中院里的游击队。只有夺回炮台，才能扭转危局。

游击队战士数次搭木梯欲越墙夺回隔壁大院，均被敌猛烈火力压制。赵尚志急中生智，带领数人奋力将院墙底部掏空，钻入隔壁大院，击毙敌人3名，余敌逃走。游击队重新夺回炮台后，居高守固，给敌人很大杀伤，数次击退敌人的猛烈攻击，终于坚持到夜幕降临，趁黑突出重围。

三岔河突围战是一场硬仗、恶仗，激烈程度自游击队组建以来是从来未有过的。仅火炮，敌人就发了180多发，游击队据守的院中就中了五六发。此战中，游击队共毙敌五六十名，击伤多名。游击队牺牲2人，其中一名为骑兵队长李根芝（植），另外一名打死了日伪军18名，后因夺取机关枪而牺牲，重伤1人，轻伤3人，均系队内勇敢善战的官兵。[21]

牺牲时年仅19岁的李根植是珠河游击队创始人之一。与赵尚志一起从朝阳队脱身的7个人中，便有李根植。李根植曾任珠河游击队少年队队长，后调任骑兵队队长。他作战异常勇敢，总是冲在队伍最前边。1933年底，为解决初建不久的游击队的越冬物资问题，在消灭反动地主兼自卫团长刘林祥武装的战斗中，李根植第一个冲进刘家大院，为部队打开攻击通道。李根植，还有那位一人毙敌18名至今未留下姓名的烈士（赵尚志一定知道）的牺牲，使赵尚志非常悲痛。1940年，赵尚志为战友于保合与李在德夫妇生的第一个男孩取名于根植，让他们的后代永远不忘这位朝鲜族抗日英雄。

对三岔河之战，赵尚志自责并吸取了教训。后来，每逢反"讨伐"，他就说："一定要到敌人包围圈外作战，无论如何不能叫敌人围住。"

失败是成功之母。无数历史证明，任何伟大的阶级，正如伟大的民族一样，无论从哪方面学习，都不如从自己所犯错误的后果学习来得快。

三岔河突围战后，珠河反日游击队影响日益扩大，日伪当局被搅得寝食难安，竟对赵尚志开出了高价的悬赏，谓"无论何人如将匪首赵尚志拿获送案，奖赏国币壹万元"。

布告一出，立即便有了赵尚志"一两骨头一两金，一两肉一两银"的说法。这等于给游击队做了免费广告，立即产生两个效应：一是一些小股伪军及警察分驻所，在赵尚志率队抵达前，往往闻风而逃或接洽投诚；二是周围一些义勇军、山林队对赵尚志敬佩有加，纷纷要求直接编入珠河游击队。还有一些实力雄厚的地主大排，如声名颇壮的宾县七区王甲三、三岔河的李靖远等，主动联络要求抗日。一时间，各种武装都换上了标志抗日的红袖标。

1934年6月底，在省委巡视员张寿篯（李兆麟）及团省委特派员晓梦（小孟）的指导下，中共珠河县委召开党团扩大会议，吸收赵尚志（尚无党籍）参加，形成了建立东北反日游击队哈东支队的决议。

哈东支队设司令部，由赵尚志任司令，李兆麟代理政委兼政治部主任，支队辖3个总队，计8个大队。除3个总队外，还建有炮队、骑兵队、教导队、少年队，每个总队内都分配有党的基本队伍，以便发挥骨干作用。

"黄炮"、王甲三、李靖远等分别担任总队长、副总队长等职，3个总队政治委员由共产党员李兆麟、马宏力、晓梦分别担任，体现了党的领导。全支队共计450余人。

哈东支队的成立，标志着党所领导的抗日联合军发展到一个新的阶段。

一些抗联老战士回忆说，赵尚志一向强调"要压倒敌人"。三岔河之战后，赵尚志表示，敌人是人，咱们是人。敌人怕死，咱们不怕死，咱就能压倒敌人。但是，赵尚志打仗绝不仅仅是勇敢不怕死，而是富于计谋，善打运动战，善于在运动中发现敌人软肋，而后痛击之。

哈东支队成立后，赵尚志将部队分为3部分，各部飘游移动，多处打击敌人，使敌首尾不能相顾。

1934年7月上旬，赵尚志率联合军400余人，乘雨夜攻袭五常县城。战斗中，游击队率先从南门攻入城内，砍倒电线杆，割断电话线，逼近日军佐藤司令官门前；但由于"压东洋"等队未及入城即先行撤退，游击队占领部分街区3小时后，不得不退出。日伪当局却极度恐慌，机关各头目督视，昼夜巡查防范。等敌注意力被吸至县城及各大镇后，赵尚志又从敌人另一软肋——铁路，下了刀子。

有资料显示，当时遍布东北的铁路大小有50余条，总长1.4万公里，几乎占全国的一半。日本最大的"吸血"机构"南满洲铁道株式会社"，经营铁路数量达"1万余公里"。[22] 铁路是那个时期经济、军事的命脉，沙俄与日本进入东北，无不把铁路建设作为重要战略。在20世纪初叶，发生在东北的日俄战争，以瓜分中长铁路为南满铁路与中东铁路作为结束标志。"东北王"张作霖因为拒绝《满蒙新五路协议》而殒命皇姑屯。日本人独占东北后，通过蛛网式的铁路将木材、大豆、煤炭等物资，源源不断运往东洋，滋补他那资源贫瘠的岛国。因而，中国人有一百个理由破坏尚被日本霸占的铁路。

赵尚志是破袭铁路的一等高手。

早在1932年4月12日，当时还是全满反日总会党团书记、年仅24岁的赵尚志，便在哈尔滨市郊成高子车站附近丁家桥涵洞，成功颠覆了一趟日军专列。

经过事先周密的侦察研究，赵尚志没有采用惯常的爆破方式，而是把路轨枕木道钉起下，拆掉路轨接头的螺栓。当晚10时40分，风驰电掣般驶来的列车从四五米高的路基翻下来，货车里装载的军火、汽油在碰撞中发生爆炸，火光冲天，浓烟滚滚。军列上的日军毙命54人，伤93人。[23]

据历史学者萨苏先生考证，此军列乘坐的是九一八事变中的"功臣"——日本陆军中将多门二郎第二师团所部，"讨伐"延寿、方正抗日武装归来。事发两日后，4月14日《盛京时报》的《日军由方正向哈凯旋中，列车颠覆和伤者多》的报道也证实了这一点。

还应补记的是，当晚与赵尚志一起颠覆军列的还有一名共产党员，名叫范延桂，是哈尔滨市商船学校的学生。事后，日伪当局逮捕数十人，范延桂不幸暴露被捕，牺牲时年仅20岁。[24]

如果说两年前赵尚志与范延桂颠覆日军列车，相当于单枪匹马，而今哈东支队司令赵尚志对日军列车，几乎是连续不断地集团式攻击。

1934年8月，按赵尚志的部署，晓梦（小孟）带领第三总队和第二总队一部约100余人，在中东路滨绥线南北两侧，频繁袭击敌军列、铁路设施。8月30日晚11时，晓梦率部将奔驰的列车颠覆出轨。是时，埋伏在附近田地中的游击队员70余人蜂拥而上，向列车上的日伪军猛烈开火，毙伤敌多人、携缴获物资后撤离。

仅8月间，赵尚志率部颠覆列车16起，破坏线路41起、桥梁31起、通讯18起，袭击停车场91起，毙敌50余人。这些打击给日伪当局造成直接经济损失130余万元。日伪当局惊呼："北满铁路东部线可称名副其实的'交通地狱'。"[25]

就在日伪当局调集重兵严密布防中东路之时，赵尚志却突然将主力锋刃一转，向五常、双城一带杀过去，把攻击目标瞄向了五常堡。

五常堡在五常县城北部15公里左右，是五常县的大镇，又富过五常县城，商家大户林立，城高壕深，炮台坚固。各大户重视武装，商团兵、大排队，加上伪警队武装力量达300余人。据说，40余年间，五常堡从未被攻破过。九一八事变后，曾有千余义勇军攻打过这里，白白伤亡多人，却无功而返。

1934 年 8 月中旬，赵尚志与义勇军"邓山""奉天云"等部会议，拟定以 300 余人攻打五常堡，300 人中抽出 100 人阻援，以 200 人攻城。以 200 人打 300 人，义勇军的首领觉得不可思议，但听了赵尚志的谋划，加上以往"赵司令"的善战威望，决议形成了。

赵尚志善战且多谋。他认为善战首先是勇敢，精神上压倒敌人；同时，战争又是指挥员智力的较量。智力上胜过敌方，就能调动、麻痹敌方，让敌方按自己的设计行动：

第一是在攻打五常堡之前，赵尚志通过多种方式造出攻打五常县城的舆论，把敌人兵力诱至五常县城。此为声东击西。

第二是攻其不备。战斗在夜间突然发起，由 16 名游击队员先摸进城内，迅速占领 3 个炮台，控制制高点，而后点火为号。游击队发起的勇猛肉搏战令敌丧胆，"阵亡十余，伤不详"。[26] 炮台守敌先行弃城逃走。

第三是政治攻势。黑夜中，救国口号、抗日歌曲、伴随着枪炮声，此起彼伏，响彻夜空，使原本松散的商兵团、大排队联合体迅速分化瓦解。

经 2 小时激战，游击队攻克了五常堡，焚毁了伪警署与炮台，缴获枪支 40 余支，3 大车布匹，若干弹药，4 小时后有序撤出。敌援军虽到，却未敢长追。"五常堡之役，我军声誉威震五常……如果我军移至小山子、蓝彩桥等，不打自开。"[27]

26. 土龙山的半程同路人

在日本侵华史上，有一个在日方史料中职低誉高的人物，名字叫东宫铁男。他在关东军独立守备队大尉中队长任上，曾亲手"操刀"，炸死了张作霖。后来，他在中佐大队长任上，被中国军队于华东战场击毙，了结其独特而罪恶的一生。

东宫铁男的阵亡，对日军是一个重大打击。尽管他被追晋一级，升为陆军大佐，但仍然算作中级军官。其葬礼上送花圈的尽是"名流"，包括头号战犯东条英机、七三一细菌部队司令官石井四郎、日本战后首相岸信介等。[28]

需要说明的是，东宫铁男被如此敬悼，绝不是因为炸死张作霖，而是缘于他在开拓团建立过程中的"功勋"。直到今天，日本一些研究者仍把东宫铁男视为殖民主义时代的一面旗帜，称其为满洲开拓团之父。

狭小的岛国面积与膨胀的人口，造成了日本由来已久的危机，形成了他们的扩张意识。早在九一八事变之前，日本就设有拓务省，当时主要是向巴西、朝鲜及中国台湾等国家和地区移民。九一八事变之后，面积为日本领土 3 倍之大、人口仅为日本二分之一的中国东北，成为日本扩张移民的首选之地。但采取什么方式与策略，尤其如何吸引日本国民背国离乡，日本当局还一片茫然。

曾经自费到中国考察并学习中文、日军中的"中国通"、伪满吉林军顾问的东宫铁男，完成了《垦拓意见书》，建议以在乡军人为主，组成武装开拓团与移民点。

1932 年 10 月，在东宫铁男亲手策划导演下，493 名日本武装移民进驻桦川县孟家岗，第二年建成以"弥荣"为名的、日本人居住的村庄。成为鹊巢鸠占的武装开拓团样板之后，东宫铁男又动员到达东北的狂热日本青年组成"日本开拓团青少年义勇军"。

1933 年，东宫铁男亲自作词、后来在日本广为传唱的歌曲《新日本女性要嫁到大陆去》，鼓励日本女子参加开拓团，平衡其性别比例。

东宫铁男的移民政策与措施毒辣之极，对日本在东北建立殖民统治十分有利，得到了日本国会的支持与广田内阁的批准，成为伪满洲国"三大国策"之一。

1936 年通过的《日本移民计划》，计划 20 年内要向中国东北移民 100 万户、500 万人，相当于东北总人口的 10%（20 年后按 5000 万人计算）。并将占用 200 万町步（1 町步 =0.99 公顷）土地。移民将把日本农业人口（550 万户）中 25% 的贫苦农民移居国外，大大削弱日本国内反军国主义力量，并改变中国东北人口比例。[29]

由于开拓团为武装集团，使得日本殖民统治在获取土地物力资源的同时，增加大量人力资源。

东宫铁男一手炮制的"弥荣"开拓团，又名"吉林屯垦第一大队"，493 户编为 4 个中队、12 个小队，大队长为市川益平中佐。由于是第一个试点开拓团，除几乎各户配枪外，大队还配有 4 挺机关枪、2 门迫击炮。[30]

为吸引日本农民移居东北，日本规定，最早的本国移民，每户可无偿获地 150 亩。[31] 后来日本还规定，移民每户拥有土地达 300 亩，[32] 但这些土地主要靠武力抢夺霸占。面对武装到牙齿的开拓团，1933 年 6 月 12 日，桦川县民众代表李东升等 6 人，专程前往哈市，向哈尔滨日本总领事森岛递交一封请愿书，其词甚哀：

> 我四屯村民，共有官发地契的熟地 1195 垧，荒地 4535 垧，大房 96 间，井 26 口，磨 5 个。本年贵国屯垦军到来，把我等四屯的土地、房屋全部归其所有……我们无土地耕种而不能糊口，无房屋居住又如何得以安身……欲迁往适当地域也无资金，这是何等困苦之境况。

大概是李东升等人也明白，日本人抢到手的土地与房屋，犹如饿狼咬到嘴里的肉，绝不会再吐出来，只提了一个卑微的要求，即请求对日本屯垦军为被强占土地房屋的百姓发给相当的价款，以示抚恤，仅防离散，以安民生。

紧挨着桦川的是依兰与勃利两县，日本关东军计划先从这两个县下手。为强力推进，关东军第十师团赤裸裸地冲上了第一线。为表示并不白拿土地，日方象征性地给了价格补偿：宣布收买价格为每垧熟地10元，每垧生地1元；但实际操作时，却变成了生地、熟地一律每垧1元，比当时平均熟地价格低87倍（引按：原文如此），相当于黑市1斤高粱的价格。[33] 这是靠机关枪、迫击炮实施公开抢夺。更主要的是，计划抢夺的土地已分别占这两个县熟地与生地面积的75%与97%，等于使75%以上的农民失去世代依赖的、唯一活命的生产生活资料，怎么活？

无数历史证明，面对蛮霸的强盗，哀告与讲理是没有用的。强盗是因为不讲理才成为强盗，活下去的唯一途径是勇敢反抗，被日本开拓团逼上绝路的东北老百姓的反抗暴动首先在土龙山炸开了花。

东北抗联第八军源于东北民众救国军，而救国军则源于土龙山农民武装暴动队。

土龙山是依兰县的一个行政区，位于依兰、桦川、勃利3县交界处，因西北角有一龙形山峦而得名。这里是通往县城的一扇门户，东北部多山峦，西南部为平原，七虎力等4条河流横贯全区，河川秀美，美中透着灵气，是庄稼人的乐土。光绪三十年即有人在此开发。全区40多个自然屯划为6个保，居民7万余，可耕地多达13万垧，约半为熟地（第一年为生荒地，第二年为半生荒地，第三年为熟地），盛产大豆、玉米等多种农作物。这儿的庄稼人说，俺们黑黝黝的地，攥在手里，指缝滴油呢。

不幸的是，日本开拓团也看上了这里。

此前，桦川县孟家岗，以及勃利等地开拓团强占土地的消息已传入土龙山；尤其是收缴地照同时强收民间枪支的消息，对土龙山各地主大排、自卫团刺激颇深。

东北民间多枪，穷人有枪可上山打猎，富家用枪看家护院，防胡匪。现今日本人既缴照又收枪，是要将少地的小户农民与大户的地主一起扫荡出土龙山吗?！

坚决反抗的种子，在各位保甲长心里头生长出"芽苗"。"芽苗"生长最快的是3个人：五保甲长景振卿、二保保董曹子恒、五保保董兼自卫团长谢文东。景振卿、曹子恒利用春节拜年访友，到大洼、来才河、双龙河一带串联，以自卫团为骨干率先拉起了一支队伍。谢文东表面不动声色，暗地里也在准备，不久被推举为这支自卫队伍的首领。

谢文东，原名谢文翰，满族，1887年生于奉天宽甸（今辽宁宽甸），念过四年私塾，16岁当家，种过地，拉过脚（用车子载人或替人运货），养过蚕，卖过牲口。人长得短粗胖，孔武有力，颇有头脑。因他买地欠债，绑了当地富户的票，被缉拿，举家逃走，辗转来到土龙山。

九一八事变后，谢文东曾在李杜领导的自卫军里担任过团长，打过日本鬼子。谢文东在土龙山有房10余间，地45垧，牛、马20多头(匹)，大车2挂，也算是富甲一方了。

得知土龙山拉起了队伍，1934年3月上旬，依兰县伪县长关锦涛亲率一个连的伪军骑兵到达太平镇（今桦南县土龙山镇），并通知各保董到镇上听县长训示。

次日，谢文东、景振卿等"应召"赴太平镇，却带上了步枪、土炮及大队人马。一路上，不断有人加入这支队伍。到太平镇时，队伍已浩浩荡荡聚集起2000多人。

到镇上后，队伍先闯入警察署，缴了伪警察20余支枪，又袭击了那一连伪军，击毙10余人，缴枪15支，子弹数千发，并将关锦涛和骑兵连铁桶般包围在一户商号大院内。

驻依兰主持武装移民事务的日军第十师团第六十三联队长饭塚朝吾大佐闻变大怒，在伪警察大队长盖文义的陪同下，率一队日伪军警分乘5辆卡车和2辆小汽车，气势汹汹地杀奔太平镇。殊不知，在围攻伪县长与骑兵连的同时，谢文东与景振卿让曹子恒、景龙潭率队在太平镇西4公里左右的白家沟安排了伏兵。

白家沟是太平镇通往依兰县城之间一个拐弯处的屯子，有3个有名的大院套，院套里都有炮楼。白家沟公路两侧制高点上，几百支样式各异的步枪、匣子枪、老洋炮、大抬杆一齐对向了公路。上午，当日伪军车队驶到预设的路障前被迫停住时，刹那间，密集的子弹伴随暴动人群震天响的喊"杀"声，一齐射向车队。

面对如此猛烈的枪炮，日伪军误认为是自家的队伍。小汽车打开的窗口伸出一个脑袋，大喊："别打了，俺是盖文义。"枪响得更猛了。

饭塚见势不妙，指挥日伪军退到路边抵抗。此时，太平镇里听到枪声的暴动队伍200余人与周围不少老百姓，拿着土枪、砍刀什么的也往白家沟奔。仅1个小时，日军大佐饭塚、少尉铃木以下17人、伪警察大队长盖文义被击毙，另有26名伪警察束手就擒，轻机枪5挺、步枪10余支被缴获。[34]

3月中旬，土龙山农民武装撤到半截河子整编，宣布反日起义。部队称其为东北民众救国军，编为6个人队，号称2000余人，推举谢文东为总司令、景振卿为副总司令兼前敌总指挥，移至九里六屯。

一周后，得知佳木斯日军大部队将乘57辆汽车前来征讨，谢文东、景振卿当即率大队转移，留下景龙潭中队伏击牵制日军。景龙潭选择了保甲所、孙家小铺、石家店3个坚固院套作为阻击阵地。

这日中午时分，不知屯内已有伏兵的日军长驱直入，完全暴露在火力网下。景龙潭一声令下，民众救国军、村自卫队的密集子弹、手榴弹、土炸弹纷纷投向日军，车队被截成几段，顿时尸横遍野。训练有素的日军在指挥官平岗指挥下，迅速抢占制高点还击，并依托火力、人力优势发起轮番冲击。

救国军依据3个坚固据点围墙、炮楼作掩护，顽强抵抗并杀伤日军。围墙几乎被炮火推平了，官兵就在废墟中还击敌人。老百姓送水送饭，给伤员包扎、喂饭，青壮年男子接过牺牲战士的枪，不会打枪的，学会拉大栓，装子弹。子弹不多了，孙家小铺主人将埋在地下的2000多发子弹全拿了出来。

从午时战至天黑，日军也未攻下3个据点。夜幕中，日军停止了攻击，却封锁了救国军的出屯路。救国军几次突围，均未成功。10时许，在老百姓的引领下，救国军终于突出重围。此战，共击毁日军军车17辆，毙伤日军大尉北川以下数十人。民众救国军中队长景龙潭身负重伤，28名队员牺牲。

九里六屯阻击战是一场以寡敌众、比较成功的战斗。应当说明的是，此战之所以能和日军对峙并成功突围，也有得到了抗日武装"明山"队的配合与外部策应的原因。"明山"队首领为祁致中，后为抗联第十一军军长。[35]

不久，日军对九里六屯进行凶残报复，血洗了村庄。全屯几十户人家被全部杀死，男女孩童无一幸免，房屋遭全部焚毁，屯子被夷为平地。实际上，九里六屯只是日军毁屯灭户的一例。整个土龙山暴动中，日军先后血洗了12个村屯，杀死无辜百姓1100余人，死伤大牲畜290余头，焚毁民房1000余间，毁掉粮食70余万斤。[36]

民众救国军回师土龙山后，连续向日军展开攻击：4月中旬，救国军官兵怀着愤恨，北上围攻了日本武装开拓团第一村孟家岗的"弥荣村"；4月中旬，又联合一些抗日山林队攻克了驼腰子金矿，歼灭日伪军60余人，缴获大量物资与枪支弹药；5月初，这支农民武装再袭湖南营日本武装移民团"千振村"。战斗中，景振卿不幸牺牲。

景振卿，1880年出生，吉林长春人，为土龙山暴动首倡者、组织者与主要领袖，民众救国军成立后任副总司令兼前敌总指挥。在救国军面临危险时，他让自己的儿子景龙潭率队在九里六屯阻击日军，掩护大部队撤离。景家可谓一门忠烈为国。2015年8月，景振卿被列入民政部公布的第2批600名著名抗日英烈和英雄群体名录。

景振卿作为救国军前敌总指挥，不甚善兵，但他作战勇敢，多靠前指挥，其牺牲对救国军领导层是很大损失。袭击"千振村"武装移民团后，日伪当局调集重兵围剿民众救国军，同时采取分化瓦解策略。救国军很快陷入困境，尤其是弹药消耗很大且无接济途径，部分合股的队伍已动摇或呈溃散状态。

为得到给养补给，与日军再战，谢文东率部分主力远赴虎林，在虎林三人班街找到了共产党的游击大队长张文偕与军需长李学福。谢文东的目的就是想通过共产党的关系取得苏联的帮助。

张文偕与李学福如实告诉谢文东，苏联对抗日队伍只是道义上给予支持，饶河游击队的枪支弹药，粮食服装都是从日伪军手里夺取的，现今没有更多力量支持他。

这对谢文东的心理是一个很大的打击，但其与日军血战的决心仍未动摇，又把希望寄托在国民党身上。早在去虎林前后，谢文东曾三次派人进关，找国民党政府寻求支持援助，结果均空手而返。

为了解决粮秣问题，谢文东重返老家土龙山，当初1500余人的部队，已溃散减员至300余人。10月中旬，部队在桦木岗遭日军第三师团阿久津部围攻。谢文东指挥官兵奋勇冲杀，侥幸冲出包围圈，向牡丹江东岸深山转移。途中，又遭日军小柴部袭击，几乎溃不成军，伤亡殆尽。谢文东仅带10余名亲信逃入勃利县吉兴河深山中，后收拢旧部，仅剩三四十人。

土龙山暴动的第一个冬天，是谢文东七年（含李杜自卫军团长阶段）抗战生涯（1932年至1939年3月）中最难熬的一个冬天。

土龙山农民自发组织的武装暴动，在东北抗日战争史上有重要意义，在国际上产生了较大反响。

中外诸多重要媒体《纽约时报》《大公报》《救国时报》《盛京时报》等都对其进行了报道。这场暴动虽被日伪当局血腥镇压，却影响了日本国民移民东北的情绪——已经移民的，面对救国军及抗日武装的屡屡袭击，有些申请离开，或径直回到日本，致使第一批五年移民10万户的计划，只完成了4.36万户、10.2万人及青少年义勇队2.1万人，不及计划任务的一半。第二个五年计划自1942年起，计划移入22万户，青少年义勇队13万人。到日本战败的近四年时间，仅完成移民4.1万户，其中80%为青少年义勇队转化过去的。青少年义勇队仅完成1.8万人。两个五年计划，日本共计向中国东北移民8.8万户21万人，及青少年义勇队1.8万人。[37]

有评论认为，综观百年历史，日本侵略者在亚洲殖民各国，有一整套完整的统治思想及策略。应当承认，日本侵略者20年100万户500万人移民计划，是企图永久变中国东北为其殖民地的一项十分恶毒的策略，如若实施成功，后果不堪设想。它的最终流产，主要原因是中国人民奋起反抗。这里，包括了土龙山农民武装暴动的影响。

1991年8月1日，中共桦南县委员会、桦南县人民政府设立了土龙山镇土龙山农民暴动抗日纪念碑。[38]

一段时间以来，由于涉及了土龙山暴动主要领导者谢文东，一些资料对其起的主要作用语焉不详，或有所回避，但谢文东是东北抗战与抗联史上绕不开的一个人物。述史者必须以马克思历史唯物主义的解剖刀，对其实事求是进行分析。

谢文东在向苏联与国民党求援无果的情况下，一度陷入绝望境地。

在最艰难处境中，共产党及时向其伸出了援手。

1935 年春，东北人民革命军第三军军长赵尚志会见处于绝境中的谢文东与李华堂，成立东北反日联合军总指挥部，赵尚志为总指挥，谢文东被推举为军事委员长，当时谢文东部仅剩 30 余人。此后在联合战斗中，谢文东逐渐收拢恢复了人马。1936 年夏，在中共道北特委与抗联第五军第二师政治主任刘曙华（后为抗联第八军政治部主任）等多名共产党员的帮助下，谢文东的队伍，由百余人迅速发展至 300 人，编成了 4 个团。1936 年 9 月，谢文东担任东北抗联第八军军长。

1939 年 3 月，在东北抗联最艰难的阶段，谢文东率残部投降日伪，死心塌地当汉奸，投靠日本侵略者，奴役中国劳工，做了若干伤天害理的坏事。1945 年 8 月，谢文东组织反动武装，被国民党委任为第十五集团军上将总司令，遂摇身变成对解放区人民烧杀抢掠、无恶不作的悍匪，欠下了累累血债。1946 年冬，谢文东被东北民主联军俘获，于年底被公审处决于勃利县。

历史是镜鉴，包含了诸多历史人物的警示作用。如果用镜子比喻，谢文东的人生呈现了复杂的两面性：既有光鲜亮丽的正面（1932 年，含自卫军团长阶段至 1939 年 3 月），又有黑暗肮脏的背面（1939 年 3 月以后）。

一般说来，人都是有追求的（不论高或低），或曰有信仰的。分析谢文东的人生轨迹，他的追求主要是发家致富。这本没有错，但他骨子里是极端利己主义者。

这是他同前文所叙开明地主黄有、也曾为伪自卫团长的张传福、县教育局长刘铁石等人，在人生追求上的根本区别。作为土龙山的地主、保董、自卫团长，谢文东所以奋起反抗，是日本人侵害到了他的切身利益。当日本人对其进行了收买，又给他更大利益时，他便投降了侵略者，起到了很坏的"叛变旗帜"作用。

历史是公正的裁判官，善恶报应或迟或早总会公正兑现。从奋起抗战的联军首领，到残害百姓的人民罪犯，谢文东走过了59岁的人生旅程。

性格决定命运。人性的善与恶、格局的高与低，决定了一个人行为的优与劣、人生道路的正与邪。

有评论认为，谢文东性格中最大的缺陷是寡情薄义，一切以自我为中心。这从他年轻时赔了买卖绑架"肉票"之事便可见一斑。最恩将仇报的是，他默许怂恿部下将对民众救国军及后来的第八军帮助最大的军政治部主任刘曙华等一批共产党政工干部杀害。[39]他在暗自庆幸摆脱共产党领导的同时，没料到的是，自己亲自动手摧毁了第八军（他自认为是自己私产的武装力量）存在的根基。

注释：

[1][2]《东北抗日联军史》编写组：《东北抗日联军史》（上册），中共党史出版社，2015年9月第1版，第274页，第275页注释④。

[3]《吴平致陈亚的信——关于纠正吉东党组织的错误及改造各县党的机关等问题》（1934年12月8日），载中央档案馆、辽宁省档案馆、吉林省档案馆、黑龙江省档案馆：《东北地区革命历史文件汇集》，甲20，第357—358页。

[4]中共中央文献研究室：《毛泽东年谱》（一八九三—一九四九），修订本，中卷，中央文献出版社，2013年12月第1版，第468页。

[5][7]《东北抗日斗争的形势与各抗日部队的发展及其组织概况》（1935年1月），载中央档案馆、辽宁省档案馆、吉林省档案馆、黑龙江省档案馆：《东北地区革命历史文件汇集》，甲44，第339页，第340页。

[6][8][11]《东北抗日联军史》编写组：《东北抗日联军史》（上册），中共党史出版社，2015年9月第1版，第351页，第352页注释②，

第 568 页。

[9]史义军:《冯仲云年谱长编》,国家图书馆出版社,2019年5月第1版,第333页。

[10][12]史义军:《最危险的时刻:东北抗联史事考》,中信出版集团,2016年9月第1版,第326页,第331页。

[13]《东北抗日联军史》编写组:《东北抗日联军史》(上册),中共党史资料出版社,2015年9月第1版,第231—232页。

[14]《饶河反日总会悼文——追悼东北人民革命军第四军第四团牺牲同志》(1935年),载中央档案馆、辽宁省档案馆、吉林省档案馆、黑龙江省档案馆:《东北地区革命文件汇集》,甲39,第333—335页。

[15][34]朱姝璇、岳思平:《东北抗日联军史》,解放军出版社,2014年1月出版,第144页,第204页。

[16][17]《东北抗日联军史料》编写组:《东北抗日联军史料》(下),中共党史资料出版社,1987年12月第1版,第714页,第715页。

[18][19]国家图书馆中国记忆项目中心:《我的抗联岁月:东北抗日联军战士口述史》,中信出版集团,2016年9月第1版,第265页,第271—275页。

[20][21]《中共珠河中心县委报告》(1934年8月26日),载《东北地区革命历史文件汇集》,甲38,第71—72页,第77页;以上分别转引自赵俊清:《赵尚志传》,黑龙江人民出版社,2015年8月修订版,第101页,第104页。

[22]丘树屏:《伪满洲国十四年史话》,长春市政协文史和学习委员会,1998年4月,第296页。

[23][28][31]萨苏:《最漫长的抵抗》(下册),西苑出版社,2013年6月第1版,第290页,第575页,第572页。

[24]赵俊清:《赵尚志传》,黑龙江人民出版社,2015年8月修订版,

第 56 页。

〔25〕满铁经济调查会:《满洲共产党运动概观》;转引自赵俊清:《赵尚志传》,黑龙江人民出版社,2015 年 8 月修订版,第 109 页。

〔26〕〔27〕《中共满洲省委巡视员霞珠河巡视报告（第二次）》（1934 年 9 月 28 日），载中央档案馆、辽宁省档案馆、吉林省档案馆、黑龙江省档案馆:《东北地区革命历史文件汇集》,甲 20,第 225 页,第 225 页。

〔29〕〔33〕〔37〕张辅麟等:《史证:中国教育改造日本战犯实录》,吉林人民出版社,2005 年 9 月第 1 版,第 454 页,第 457 页,第 455 页。

〔30〕张正隆:《雪冷血热》（上）,长江文艺出版社,2011 年 4 月第 1 版,第 335 页。

〔32〕〔36〕〔38〕庄严:《民族魂:东北抗联》（修订版）,吉林出版集团有限责任公司,2014 年 8 月第 1 版,第 191 页,第 243 页,第 205 页。

〔35〕《东北抗日联军史》编写组:《东北抗日联军史》（上册）,中共党史出版社,2015 年 9 月第 1 版,第 357 页注释①。

〔39〕《东北抗日联军史》编写组:《东北抗日联军史》（下册）,中共党史出版社,2015 年 9 月第 1 版,第 825 页。

第九章
大浪淘沙

27. 只有编号，没有名姓

有人说，东北抗联，特征为联。无联则孤，有联乃合。若无联合，便无抗联。

面对强大的日伪军，无论是共产党游击队，还是义勇军及山林队，谁都不想孤军作战。联合，不仅是发展壮大的需要，而且是生存的必须。但是由于利益、信仰的不同，以及以往仇怨的纠葛，真正联合到一起也不是那么容易。

东北军军官出身的王凤阁领导的自卫军一部，曾将第一军一师六团的连长，指导员等4人枪决，并抢去12支枪。面对如此血债仇怨，还要不要联合？历史档案的真实记录是，杨靖宇表示要"尽力恢复抗日同盟军连部，与冲突之抗日军，亦尽力用统一战线来进行工作"。[1]

但是，杨靖宇不是简单地下命令，做决定。为统一部队官兵思想，他围绕着"对王凤阁部队是打掉他，还是团结他们共同抗日"的题目，连续两天进行讨论、争论。杨靖宇与官兵们一起讨论。他的分析是，王凤阁部队是一支抗日武装，是反对日本侵略东三省的。他打日本人，日本人也打他。王凤阁打日本人，牵制日本人很大一部分兵力，把敌人兵力分散了。如果我们打掉王凤阁，日本人就会把兵力集中起来对付我们，我们自己把自己孤立起来，这有什么好处呢？其实，王凤阁手下的人打了我们，自己也很气愤；可气愤不能代替政策，我们要从大局着想。

为什么共产党人能够将若干抗日武装联合在一起，并成为东北抗日联军的核心与领导？因为共产党人有海一样宽广的胸怀。

杨靖宇是个爱兵如子之人，战士被残杀，"自己也很气愤"；但是从大局着想，他掩埋了战友的遗体，不计前嫌，同严重伤害过自己的人联合，为的是国不灭亡，民不为奴。

从中我们发现，在抗战岁月中，共产党人牺牲的不仅仅是肉体，还要牺牲情感，把无法施放的怨恨埋藏心底，默默地、艰难地、痛苦地努力化解掉。这种境界、胸怀，也只有中国共产党人能够做到！

杨靖宇的胸怀与大义感染影响了王凤阁，两军建立了友好的联合作战关系。王凤阁学习抗联第一军培训干部的做法，提高所部军事、政治素质，使他的部队成为东北义勇军中坚持抗战斗争时间最长的部队之一。

正确的政策策略，无一不是来源于对现实清醒客观的分析与认识。杨靖宇在上级多次要求不许"上层勾结"的情况下，坚持同各类抗日武装加强联合，源于他在实践中，对日本侵略者与山林队双方的深刻了解与认识。迷信暴力的关东军的"铁血"政策（尤其九一八事变发生后的最初几年），使得无路可走的单个山林队，只有参加抗日联军才能生存。

1933年下半年，日伪当局曾发布通令表示，为了给山林队等抗日队伍所谓"自新"之路，承诺凡取保人并缴械者，发给良民证，不纠

（咎）既往。

之后，日伪当局虽收降了"殿臣"部下百余人，却将投降了的"殿臣"枪杀。为收买人心，日伪当局又花2000元将其厚葬，并用传单、画报大肆宣扬其"归正"。

另一股报号"大老疙疸"的山林队受降后，所部被缴械，二三十人被日军屠杀。报号为"野骡子"者，日军将其缴械后，又将100多人完全绑起来用机枪射死了，只跑出来一人。[2]

杨靖宇真诚支持山林队，使共产党的威望日益提高，他本人也获得山林队的尊重。山林队中颇有实力与威望的"老常青"（隋常青），第一次与杨靖宇见面便双膝跪地，向他叩了一个头，表示"我奔波半生，过的都是黑暗日子，如今见着共产党就是见着了太阳"。"老常青"恳请共产党收下他的队伍，跟着杨司令走抗日救国道路。

"老常青"当时有100余人枪，结识杨靖宇后，就随第一军转战濛江、辉南等县，患病时就将队伍交给一军指挥，其部队被中共磐石县委与第一军认为是山林队中"第一好的部队"。

以第一军为核心的抗日联军的形成，跟杨靖宇本人的人格魅力有极大关系。杨靖宇对山林队无论大小，是否善战，只要一心抗日，一律尊重有加。通化报号"海乐子"的山林队自恃能力很强，不承想与日军打了几仗，都吃了亏，耳闻红军"杨司令"多谋善战，便邀同杨靖宇会面，但又恐被赫赫威名的杨司令瞧不起。

没想到，那天一见面，杨靖宇巧妙一句话，就把朱海乐孤傲的心房烘软乎了："你是朱（猪），俺是杨（羊），咱们是朱（猪）杨（羊）一圈，日本鬼子可是要杀朱（猪）宰杨（羊）的啊。"接着，又送上两支步枪作见面礼。

距离一下子就拉近了，朱海乐大为感动。看到杨靖宇使的是一支旧三号匣子弹，朱海乐便把自己大镜面匣子解下来，双手递上，一定要杨靖宇收下，说这是自己心爱之物，送给杨靖宇以表抗日心意。杨靖宇明白江湖上赠送心爱佩枪的厚重情义与分量，便欲拒绝，朱海乐脸上挂不住了："杨司令不收我的枪，那是瞧不起我了"。

杨靖宇欣然接受了这份心意，又把自己的佩枪解下来，双手递过去："既然这样，我们就把自己的佩枪作为团结抗日的信物，互相交换留作纪念吧。"

杨靖宇与朱海乐换枪建友谊的佳话，在义勇军、山林队中广泛流传开来，反响热烈。朱海乐赠的那支大镜面匣子枪，成了杨靖宇一直使用的得手武器。

第一军的胜仗加上杨靖宇的人品，使许多有志之士纷纷前来参军，其中就有原义勇军唐聚五部兵工厂的马技师。一日，忽然有人指一白面大个汉子称："杨司令。"坐着的马技师立马站起身，恭听杨靖宇说话，大家让座也不坐。约听一个小时，杨靖宇讲完了意见，马技师先跪下叩了三个响头，然后才坐下说："这回我才有座。"马技师兵工技术一流，在一军修械所发挥了很大作用。

在艰苦对敌斗争中，杨靖宇不拘泥于上级文件规定，对不同敌人采取了不同政策，对伪满军警中的顽固分子、宪兵、特务毫不留情地打死；而对其中动摇者，则积极分化瓦解为我所用。这在当时"左"的影响较重的政治氛围下，实在难能可贵。

伪满军三旅一团三营六连连长林进忠，在一次战斗中亲自释放了第一军一名被俘虏的战士。杨靖宇便亲笔写信做工作，感谢并鼓励其带着民族情怀的行为。林进忠早就耳闻杨司令大名，接信后更加敬佩，以后多次向杨靖宇递送敌人"讨伐"情报。得知部队缺子弹，他便派可靠人员送去匣子枪子弹150发、机关枪子弹1500发。

杨靖宇的人格魅力还表现在对同志极其真诚、对战友无微不至的关爱。一次，少年营战士王文清侦察敌情被抓，敌人用烙铁烙他，要他承认是红军。王文清拒不承认，敌人信以为真，便放了他。就在这六七天中，杨靖宇脸上呈现悲戚表情，说："小王这些天没回来，一定是没有了。"后来小王被战友背回了部队，杨靖宇看到他屁股上的烙铁伤痕，心疼地流下眼泪，亲自给他上药，有时还给小王端屎，擦屁股。

杨靖宇对官兵不完全靠命令，也以自己的模范行动影响带动大家。他从不摆司令的架子，为人和气恭敬，战士吃啥自己吃啥，关心战士胜过关心自己。跟他相处的官兵认为，杨靖宇既是军长也是战士。

这应当是古今中外，士兵对首长的最高评价！

大浪淘沙。严酷斗争洪流中，总有人禁不住汹涌波涛的冲击而落伍。对于犯了错误，意志不坚定者，只要没有叛变投敌，杨靖宇总是努力教育挽救，实在挽救不过来，也给予活路。

军部参谋高国忠（南方人）畏惧东北的艰苦游击生活，与收编队长之妻私通，工作消极，几次找理由要求脱离队伍回城市工作。虽然经多次耐心批评教育，他仍不改悔。为纯洁队伍，杨靖宇将其开除党籍，开出队伍。

抗战是一种以命相搏的壮烈事业，需要有大无畏的、自觉自愿的牺牲奉献精神，任何强迫都毫无意义。杨靖宇对想到舒适岗位工作的人实行"双开"除名，无疑是正确的。但在高国忠被清除离开队伍时，杨靖宇做了一件令很多人意外的事情：为了高国忠的安全着想，送给了他1支手枪，10余发子弹。[3]

没有史料记载，杨靖宇对革命意志不坚定者为何如此。他是想到高国忠毕竟为抗联做过一段工作吗？还是认为高国忠虽知道抗联若干秘密，但并未投降敌人换取向往的舒适生活，中国人的良心未泯？这是笔者的无端猜测，但此举起码说明了杨靖宇善良的人性与高尚的人格。

杨靖宇自担任南满游击队政委之时起，就十分重视创建抗日游击区和根据地。这一点，中共中央与满洲省委都有明确要求。即便是"左"的色彩比较浓厚的历史时期，博古当政时发出的《中共中央给满洲省委指示信》(《二月指示信》）也要求："满洲党必须把建立和扩大革命政权与革命根据地的任务，提到实际的工作日程上来。"[4]

1934 年 5 月，中共满洲省委分别致信杨靖宇和中共磐石县委，专门谈到"建立临时革命政权机关与创建革命根据地"问题，指出"革命根据地的创造，绝对不是死守原有游击区，恰正相反，只有扩大游击区，才能真正走向根据地的创造"。[5] 这显然比蒋介石调集重兵围剿苏区时，中共临时中央负责人"御敌于国门之外"的政策要更实际些。

杨靖宇以极大热情与相当精力投入抗日游击区和根据地建设，根据不同区域与群众基础，在南满地区建立了三种类型根据地：一是较为固定的根据地，这里有党领导的抗日武装，有抗日政权，例如农民委员会，有地方武装，如农民自卫队、青年义勇军；二是临时根据地，这里有反日会、秘密联络点；三是后方基地，亦称"密营"，处于深山老林之中，有粮食储存仓库、枪械修理所、卫生治疗站、被服厂等。

据统计，1934 年末，南满各县共有反日会员 6000 余人，妇女反日会员 700 余人，反日会组织遍布南满地区 18 个县，各地建立农民委员会 300 余个。在辉发江北老游击区，农民自卫队、青年义勇军达 1500 余人。江南新区农民自卫队、青年义勇军 120 余人，武器有洋炮、快枪等，成为"人民革命军的后备军"。桓仁县一部分农民自卫队，被编成东北人民革命军第一军第一师第四团。

位于濛江、桦甸、抚松三县接合部，东西 90 余里、南北 200 多里狭长地带的那尔轰抗日游击区和根据地，是杨靖宇指派南满第一游击大队与当地党组织，于 1934 年初开始创建的，其中建有"密营"60 多处。位于金川县龙岗山脉密林中的河里后方基地的一处粮食仓库，竟存储足够四五百人吃三四个月的粮食，被战士们称为"人民革命军的老家"。

毛泽东对东北抗联等根据地建设给予充分肯定，他在《抗日游击战争的战略问题》一文中写道："山地建立根据地之有利是人人明白的，已经建立或正在建立或准备建立的长白山、五台山、太行山、泰山、燕山、茅山等根据地都是。这些根据地将是抗日游击战争最能长期支持的场所，是抗日战争的重要堡垒。"[6]

这里所说的长白山根据地，就是杨靖宇领导的东北人民革命军第一军及第二军（后合编为东北抗联第一路军）所创立的，在这段论述中，毛泽东把长白山根据地列为首位的，给予高度评价。

需要特别记上一笔的是第一军军需部长、出身富豪之家并受过良好教育的韩震。他本是朝鲜人。日本人占领朝鲜后，他与一些有志青年准备到中国东北从事反日活动。父亲为了拢住他的心，继承富足家业，给他娶了一位漂亮媳妇。面对日本人的暴虐奴役，1928 年，韩震终于挣脱了家庭羁绊与温暖，来到磐石县，以教师身份为掩护进行地下工作。

1932 年，妻子从朝鲜找来，想把他劝回家，他则劝妻子留下，妻子也爱他。只是同样出身豪门的娇妻，如何吃得了他那种苦？两人泪眼相对，韩震不想回国看日本人的脸色，妻子咽不下东北的玉米糁子，一咬牙，两人离了婚。

韩震在极其艰难中做出的突出贡献是，建立了以老秃顶子为中心的密营网，其中重要原因是他跟老百姓关系特亲近。韩震刚到高俭屯，住在彭玉堂家。彭玉堂要杀鸡"慰劳大军"，韩震说了句"我来杀"，接过来就把鸡放了，说："你这么外道，还让俺咋住你家啊？"韩震方脸膛、浓眉毛，两只大眼却有一只不会动——瞎了右眼（没查到眼瞎原因），老乡叫他"瞎部长"，他也痛快答应，大人孩子就往家拽他，做好的吃。

韩震领导的军需部不光管后勤供给，还负责发展党组织，建立反日会、农民自卫队等多项工作。1936年春一个晚上，韩震在仙人洞一个农户家开会、研究扩大几支地方武装事宜时，因汉奸告密，被日本守备队包围，开会的十几个人大多牺牲，韩震在指挥突围时倒在一片撂荒地里，年仅36岁。

杨靖宇深知人民军队与老百姓的鱼水关系，也深知创建抗日游击区和根据地的后方密营尽管重要，但第一位的是取得人民群众的支持，况且，密营等建设也离不开老百姓。

桓仁县老秃顶子山，峰峦叠嶂，山高林密，素有"辽东屋脊"之称，且地势险要，沟壑纵横，南至宽甸，西连本溪，东望通化。进，可向任何方向深入；退，则如鱼儿潜入大海。深山老林，天高皇帝远，日伪势力还未渗透到这儿来，是个天然的游击战场。

老秃顶子山下有一个40多户人家的村庄，村庄起了一个很好的名字，叫仙人洞。杨靖宇在1934年初春率队进入仙人洞，发动群众建立根据地。六十多年后，著名作家张正隆先生采访了当年的村民潘国权老人。[7]

潘国权老人回忆，那一年他刚18岁。下半夜的时候，队伍进屯子了，狗叫了好一阵子，就听到屋外边有脚步声，潘国权心里"咯噔"了一下：黑天半夜进屯子的不会是官军，八成以上是胡子。深更半夜找上门还能不是胡子吗？是不是都得开门啊。把人家惹火了，不是找死嘛！

门开了，人家却不进屋，说让家里人先穿好衣裳。潘国权心里寻思这帮胡子还挺讲究。那时候他家男男女女有20来口人，南北大炕，一边穿衣裳，一边赶紧倒出热炕。他们说不要倒炕，找几捆谷草就行，没有谷草，秫秸也行。潘国权寻思着是要喂马，也没有马呀？他们几个人把谷草铺在地上，灶房里地下也铺了。大冬天的，谷草上都是雪，也抖落不净，抱屋里就化了，潮乎乎的，就那么躺下就睡。

潘国权老人这半宿翻来覆去睡不着觉，心想这世道，怎么还有这样一帮胡子？还说自个儿不是胡子，可那是什么？第二天天亮了，他们才看清这些人都戴着袖标。有认字的看出上边写着"东北人民革命军独立师"。两年后，袖标又变成上红下白两色的，写的是"东北抗日联军"字样，屯子里人都叫他们是"红军"。

正月十五元宵节，村子里扭秧歌。潘国权扭得好，唱得也好。大家喊他唱一个，他开口就唱"十三大辙唱江洋，杨司令在上听真详……"唱完了，也扭完了，杨靖宇给秧歌队的人挨个发香烟。这在民间是最高的礼遇，红军大司令给的洋烟卷，不少人几天都舍不得抽。

然后，杨靖宇就站到石头台阶上讲话，说红军是穷人的队伍，抗日救国的队伍，谁愿当兵，俺们欢迎，不愿当兵，部队常来，跑个腿，送个信，也是抗日救国。日本子占了东三省，咱不能光顾自己家小日子，没有国哪有家呀？小日本也不让咱过安生日子嘛！

潘国权老人说，村里老人还记得杨靖宇模样：大高个儿，挺瘦的，瓜子脸带点儿棱角，大眼睛，高鼻梁，声音洪亮，关里口音，管日本子叫"儿本"，革命叫"给命"。

不到一个月，仙人洞、高俭地等几个村落，50多人参加了红军。

王传圣，后来给杨靖宇当了警卫员，抗联第一军少年铁血队政治指导员。当时他家在仙人洞的头道岭子沟，满打满算才15岁，长得个儿小还单薄，缠磨着父亲要去当红军。父亲说："你才多大点儿呀？"王传圣说："前院小柱子都去了，还有李向山都当红军了。"

李向山可是桓仁县文武双全响当当的人物。文，是铧尖子三乐学校校长；武，为铧尖子一带大刀会的首领。李向山参加部队后，任人民革命军第一师副官，大刀会成员编入了一师四团。王传圣举起李向山这面旗帜，父亲同意了。

王传圣趴在地上给父亲磕了个头，就跟着部队走了。下午行军时，他看到前边有个人好像分家另过的大哥王传清，赶上去一看，兄弟俩几乎同声说道："你也来了！"后来，王传圣的五叔和姑父也都参加了抗联。

当时参军要有保人，怕不是正派人、二流子，也是防备奸细需要。家里人还得同意，不能领走了孩子，气着了父母，影响了群众关系不说，作为两个孩子的父亲，将心比心，杨靖宇心有不忍。

潘国权是村子里积极分子，没敢告诉爹妈，自己跑到部队上，去了就要了。几天后，他的妈妈撵去了，抱着哭着要求他回去。杨靖宇见他妈哭成泪人，心先软了下来，做工作让潘国权回去，并帮助找理由说，后方也需要有人支援前方。

当时，部队扩大发展需要更多的人。当年 15 岁的樊万林跑去队伍上，杨靖宇看他个头太小，怕行军打仗累坏了，用手比画着自己的脖子下边笑着说，再过两年，长这么高了，就要你。

当然也有实在撵不回去的。杨效康父母双亡，扔下他和两个弟弟、一个妹妹。父亲生前欠的 12 元地亩捐，百家长追着要，一口一个"父债子还"。他和大弟弟一商量，把小弟弟送了人，又给妹妹找了个人家当童养媳，就到了部队。

杨效康个头瘦小，弟弟更瘦小，又无保人，部队哪儿肯要？哥俩赖着不走，部队走哪跟到哪，跟了十来天。杨靖宇望着两个无家可归的孩子，叹了口气，算是收下了。不料，两个月后，最小的弟弟受不了主人家的打骂，也找到了部队上。

在本溪县光荣院里，抗联老战士丛茂山告诉作家张正隆，[8] 自己老家是本溪县兰河峪刘堡的，参加抗联一走就是 6 年。后来他才知道，自己走的第二天，汉奸特务领着日本警察把家里房子烧了，把爸妈和两个哥哥都抓到碱厂镇子上，他妈一股火死了。说到这儿，老人叹了一口气。

后来，为了保护抗联战士的家庭亲属不受迫害，抗联发展队伍时，便采取了两个措施。抗联老战士单立志（离休前为辽宁省轻工业厅副厅长），参加抗联时是救国反日会员。那一日，伪保长通知他去县里"挑国兵"——当伪军体检。于是，他找到县反日会长商量约定个日子。到了这天，抗联队伍进屯，假装胡子"绑票"，一起"抓"走了9个人，其中就有单立志和弟弟单有志。这个措施可以保护家人不受或少受祸害。

光有这一条还不够。那时节，汉奸特务鼻子灵得很，得知某家有人在抗联还会迫害其家人。因此，抗联战士只要一到队伍上，就只有编号，没有姓名。平时唠嗑、开会、点名、战场下达命令，都只称号数。若问你贵姓，家住哪儿，都是严重违反纪律。每个战士的自然情况，只有连长和指导员掌握。

对各级干部也只称呼职务，顶多前边加个姓，"刘连长""马副官"等。所以，现今相当多抗联史料上，许多人没有姓名，多为"姓名不详""×××"，尤其是连以下官兵；即便是团级以上干部，许多人都有若干个化名：这实在是历史的巨大遗憾。

1934年夏，杨靖宇率部队进入一个名叫窟窿榆树的村子。正在铲地的人们第一反应是：撒丫子往山里头跑。后来当了大四平政治委员、又成了特区政府主席的张锡祯（原名张德山），慌乱中一头撞到杨靖宇身边的一个士兵身上。杨靖宇立马让官兵把端着的枪都背起来，说别吓着老乡，然后坐在地上跟他唠起嗑来。

抗联战士牺牲概率高得相当惊人，仅就张正隆先生对杨效康、王传圣、丛茂山、赵明山几位健在的抗联老战士的访问中，我们得知：杨效康兄弟三人中，两个弟弟都牺牲了；王传圣兄弟俩及叔叔、姑父四人，仅有他一个人活了下来；丛茂山说自己刚入伍时是"六号战士"，后来当到了"二号战士"（前边牺牲一个递进一号）；赵明山开头是"八号战士"，后来也当到了"二号战士"。"红地盘"的窟窿榆树地区，先后有100多人参加抗联，60多人光荣牺牲，其中包括特区政府3个成员，还有张锡祯的弟弟张锡鸿。

为什么面对这么大的牺牲，人民群众仍然前仆后继地将自己的儿子、丈夫送往抗联？这真是一个值得史学者认真思考与研究的课题。

其实，几位活下来的抗联老战士，都是九死一生的侥幸生还者。

丛茂山是1940年初，在濛江县马架子山突围时被俘的。当时他在后面打掩护，因为好几天没吃东西，肚子里只有些黄蜡、树皮、树叶子，没几粒粮食。

丛茂山是机枪手，歪把子机枪压满子弹有30来斤。当时他饿得站不稳，只能趴在雪地里，留口气要把子弹打出去。打死一个够本，打死两个赚一个。丛茂山一个点射，打倒了一个小鬼子，后边还有受伤的。可这工夫，自己的胳膊、大腿和肋巴骨下边共挨了三枪，接着人就倒下了，什么也不知道了。

丛茂山醒来后，发现自己躺在炕上，旁边坐着个老太太。丛茂山不知自己怎么到了这里，只知道不少老百姓家都住着伪军、伪警察的伤员。鬼子伤员都住医院里。一个多月后，伪军、伪警察都走了，只剩丛茂山还住在这家里——男主人叫张善堂。一个多月里，只有个朝鲜族医生来给他换过一回药，便再也没有人管他了。或许因为他是个不知建制的小孩兵，没人重视？

丛茂山穿的是一身伪警察服，那时抗联穷得没服装，天又太冷，打死敌人扒下衣服就穿，张善堂一家和敌人都把他当成了"白军"而非红军，老太太就问："他们（指伪警察）咋不来接你呀？"

自打知道丛茂山是红军后，老太太第一句话是"你这孩子胆儿怎么那么大呀"，对他更好了，他就认了老太太当干妈。三个月后，丛茂山能下地了，第一件事就是跪地上磕头；半年后离开时，跪地上头磕得咚咚响。20世纪50年代后，丛茂山专程回濛江谢恩，遗憾的是干妈、干爹都去世了，他找到干妹妹领着自己，去坟头烧纸磕头。

王传圣是跟随杨靖宇突围时受的伤，右小腿骨头断了，不能走路了。杨靖宇看了伤口后，叹了一口气，没办法带他走了，就让战士将他背到一个隐蔽的地方——背风、暖和的阳坡，并给他留下了三袋高粱米、一条牛大腿、拳头大的一袋盐。什么药都没有了，只有一块挺大的白布用来包扎伤口。怕冻坏他，还留下一张狗皮、一张狍子皮和一条关东军的军毯。铺好盖严，能否活下去，只有听天由命了。

当时最低气温为零下42摄氏度。几天后，王传圣断了骨头的右脚冻坏了，大脚趾黑了半截，另外四个脚指甲一碰就掉了。

当时，总部一匹被打死的军马，大腿和胸脯肉虽被剔光带走了，却招来一群狼在噬咬。狼群吃光了马，就奔王传圣来，就离他30多米，嗥叫声瘆人。夜晚，王传圣燃了堆火，怕火的狼不敢近前。白天，他把枪抓在手，就这样对峙了几天。

原说五天一个联络期。王传圣在身边雪地上插根树棍，插了三根雪棍，也不见有人来，林吼狼嗥，有时一觉醒来，发现自己被大雪埋上了。富有斗争经验的王传圣，对那三袋高粱米自一开始就做细水长流的打算。晚上那堆火虽然可防狼的袭击，但也可能会引来敌人。有时他盼望敌人被引来，自己用剩下的100多发子弹够轰轰烈烈干一场，肯定稳赚不赔！

两袋高粱米袋空了，腿脚的枪伤、冻伤一天天发痒，在长肉芽。王传圣渐渐可以扶棍子站起来，忍着刀割般的剧痛锻炼了。当第三袋高粱米剩10来斤时，他挂着棍子下山了。

参军6年3个月的王传圣对这一带很熟悉，知道30里外有个极秘密的密营，负责人外号"王罗锅"，是很坚定的一个人。王传圣很幸运，半路竟然碰到了少年铁血队的几个战友。

有评论说，王传圣那么重的伤，在那么寒冷的野地里，无医无药能够活下来，实是幸运的奇迹。应当看到，人垮下来首先是意志衰败，意志力超强的人，就会创造超越人生常规的奇迹。王传圣能够活下来，不全靠幸运，而是靠超乎常人的顽强意志力与勇敢挑战命运极限的勇气与决心！

赵明山也是负伤后被俘的。赵明山是机枪手，蹚着插裆深的雪往山顶制高点爬，果然第一个爬上了山头，没等卧倒，胸腔子里一阵火热，"哇"一口血喷出老远，接着又两口。赵明山以为是胸部挨了枪子，没想到是累吐了血，头晕乎乎，眼前发花。半里多远处就是伪军。赵明山一个点射，雪烟四溅，随后是机关枪响，伪军们就跑了。部队也开始撤，赵明山咬牙爬起来，晃悠了两步，就一头栽到了雪窝子里。

他醒来后，发现自个儿躺在一棵横倒的树旁，身下铺了张狍子皮，身上盖了条毯子。旁边还有 3 个战友，一个肚子受了伤，两个断了腿。部队撤走时，给他们留下了多半袋子苞米粒子，说 10 天内有人来接应。

结果，晚上那堆火把日伪当局豢养的汉奸坐探马小六引来了，下半夜，一群伪警察把 4 个伤员全带走了，审问部队多少人？哪去了？赵明山挨了两个耳光，就气恼反抗骂："日本子是你爹啊！"结果被打得昏死过去，扔到外边煤堆上，是烧锅炉的刘姓老头把他背回锅炉房，掐人中喂水，总算又活了过来。

意外的是，赵明山于几天后被释放了，跟 30 多人一块放的，每人发给一张"行路证"，让回去找村公所。那个阶段，日本人改变了初期铁血屠杀政策，"围剿"、屠杀与收买并用，对放下武器的，一般不再大批屠杀，被俘的赵明山应当是被误认为是放弃抵抗者。他半夜三更摸到家，母亲不信是自己儿子，拿油灯照了又照，"哇"的一声哭起来："儿呀，可真是你啊！清明节在路口上，我都给你烧了三年纸了！"

几十年后，赵明山老人这样说起当年的伙食：那时候哪能像现在这样吃顿饭菜呀，那时就是吃苞米粒子，没敌情时煮熟了吃，打仗、钻林子放在嘴里嚼。开头有时能吃上盐煮黄豆，后来黄豆没了，盐没了。都知道盐吃多了咳嗽，可没盐吃也咳嗽，咳得还挺厉害。后来有盐了，很快不咳嗽了……

盐，是抗联给养的重要物资，有时甚至比粮食还重要。树叶、树皮、马肉、狗肉有时可以替代粮食，但没了盐，会造成人体电解质紊乱，出现乏力、恶心等症状，甚至因钠盐不足而脱水虚脱。为了解决盐的问题，抗联战士有时把衣服脱下来放到锅里煮，煮下汗碱，弄点儿咸淡味。

当然，衣服上除了有虱子、虮子，有的还有血，自己的、敌人的。[9]

28. 从治命，不从乱命

在杨靖宇的努力下，南满抗日游击区和根据地得以迅速发展，涌现了大批拥护"红军"并积极加入抗联的青壮男女，也出现了一些壮烈的抗日英雄。

赵文喜，生于1906年，满姓伊尔根觉罗氏，其祖父晚年沦为破落旗人。赵文喜读过几年书，相貌英俊，性格豪放。九一八事变时，他在保甲队当班长。唐聚五举兵抗日之际，他率十几个保甲参加义勇军，失败后拉杆子成立山林队，报号"大喜字"。

杨靖宇率队到仙人洞后，赵文喜主张参加"红军"，手下七梁八柱多不同意，他便带3个兄弟下山了，并见到了军需部长胡国臣（后叛变）。胡国臣知道他是山林队，便说当红军欢迎，可是不能空手。

赵文喜觉得这个要求不过分，入伙还得有见面礼。也巧了，八里甸子伪警察署到县城运供给，5个伪警察押车路过暖河子，要在一家大户吃午饭。赵文喜善交际，自来熟，便去这家帮着忙活，趁伪警察喝得脸红脖子粗，把5支枪一划拉，全部背走了。

接下来，赵文喜先当了独立师军需部司务长，后担任农民自卫队游击大队长。人称"赵大队"的游击队，配合部队打了不少胜仗，在桓仁、兴京一带造成很大影响。伪满军政部军事调查部编的《满洲共党匪之研究》，就曾写道"桓仁县阜康村反日会地方委员闫柱铭"将物资交给"红军大队长"，"又把杨司令以下的300名红军的宿营地安排在赵文喜家。"[10]

抗联大部队跳入外线作战后，赵文喜成了抗联的地下工作者，为抗联买子弹，提供情报，当交通员……日伪当局到处通缉抓捕他，却始终摸不到人影，于是抓走了他的妻子赵史氏和8岁的儿子小喜子，以此要挟赵文喜投降。得知妻儿被扣在伪警察署，赵文喜忧心如焚，咬了咬牙，仍奔波在为抗联秘密筹款的路上。残暴的敌人杀害了他的妻子与儿子。

赵文喜是被日伪搜查班的一个伪军认出的，十几支黑洞洞的枪一齐紧张地对向了着长袍戴礼帽的赵文喜。日军指导官拔出指挥刀，呜里哇啦喊着坏人，赵文喜把礼帽正了正，望着日军指导官轻蔑地说："你小子瞅准了，老子就一个人，还值得你咋呼成这副熊样?！"

赵文喜受的酷刑是空前的：皮鞭抽，凉水灌，"老虎凳"坐，用滚开水往后背浇，沾上煤油的纸点燃后扔进裤裆里，甚至用烧红的烙铁烫神经最敏感的生殖器，再用钳子将其一块一块夹拽下来。

日本人认为，"支那人"抗不过日本的刑具，但面对"铁人""好汉""男人"赵文喜，他们气急败坏地用上了超越人生理极限的毒辣手段。果然，神志不清的赵文喜下意识叫唤两声，日本人的心理便得到满足。等赵文喜清醒过来，立刻咬紧牙关，一声也不吭，羞恼的日本人便再施酷刑……

赵文喜发展的关系当中，有伪警察署里的巡官，有山庙里的道长，有伪审判庭庭长和粮栈店主。他被捕后，许多关系人把心提到嗓子眼。敌人曾把3个怀疑对象抓来让赵文喜辨认，赵文喜就是3个字："不认识！"

一些日本人虽利用软骨头的汉奸，却打心底瞧不起他们。听说了赵文喜，苇子峪警察署日本指导官，要亲眼见一见这个中国"铁人"。敌人把赵文喜绑在大车上，用大铁钉将其双手钉在两个车厢板上。赵文喜的两只手跟血馒头似的，车厢板上都是血，黏糊糊的。马车在薄雪的山路上颠簸，赵文喜除了骂日本鬼子和汉奸狗子，就是喊口号，唱歌，人越多，唱、喊得越欢。去刑场的路上，他还在唱歌，喊口号。那天，雪在漫天飘，铜钱大小。村里人说是老天爷给"硬汉子"赵文喜撒的纸钱，让他到了那边能过上好日子。

同样上了伪满军政部军事调查部编的《满洲共产匪之研究》的李向山，名气比赵文喜要大。在日伪这份极重要的内部研究结果中，李向山已经成了"红军李相山"。[11] 当时，李向山一次带到一军一师的青壮年有五六十人。

其实，李向山原本是桓仁一带的富足大户、500多亩地的地主。他原名李瑞林，青年时代，因崇拜孙中山而改名为"向山"，曾任县立民营学校校长、桓仁地区教育界稽查员、劝学员等。当时农村公办学校很少，他自费在家乡铧尖子创办了一所"三乐学校"（即国家、乡亲、黎民三乐意）。

九一八事变打碎了李向山的"三乐"梦。他在家乡组织大刀会，参加了唐聚五的义勇军，曾重创敌人。日军占领桓仁后，李向山将队伍拉上山，报号"老家钱"。山林队在老百姓眼里就是胡子，可因为"老家钱"是李向山当首领，包括胡子在内的人都不认为其队伍是土匪，日本人则称其为"政治匪"。

1933年冬，听说磐石有红军，李向山几次派大儿子李再野去联络，可惜未果。杨靖宇率部进入桓仁，李向山见到了当时先遣队的三团团长韩浩，两人一拍即合，李向山组织大刀会成员全部跟韩浩走了。

桓仁县有几人不知道大名鼎鼎的李向山？他的行动就是一种标杆、一面旗帜。他参加了"红军"，相当多人也都参加了杨靖宇的队伍，第一军独立师能够在桓仁迅速发展壮大，李向山功不可没。

长期的山林生活，使李向山得了挺重的疝气，行走不便。主力部队转移后，他便留在地方坚持地下斗争。自李向山加入抗日队伍后，他的家人便开始转徙，辗转桓仁、兴家、本溪、宽甸多地，先是投奔亲友，后来什么地方僻静就到什么地方。

1936年春，日伪特务抓住了李再野。李再野是东北大学的学生，九一八事变后随父抗日，在铧尖子以开大车店的名义作掩护，去奉天、苏家屯等地购买枪械弹药。第一军密营中的兵工厂、被服厂、医院里的药品，不少是他买来的。

特务没审问出什么来，于是放了李再野，目的是要放长线钓大鱼——抓捕"政治匪首"李向山。经过九个月的秘密盯梢，日伪特务同时抓捕了父子俩。

在将父子俩押往县城途中，赶上修路堵车，被绑在车上的李向山趁机向民工高声演讲。其中一句话，民工们印象最深："俺李向山没当过一天亡国奴！"

在日本人眼里，李向山是重犯，因而将其押往日本宪兵队，希望他这面反日的红色旗帜变为白色，妄想通过他的"变色"，影响带动更多反日的人打出白旗来。敌人软硬兼施，什么手段都用了，但仍未使二人屈服。失去耐心的日本宪兵最终对父子俩下了毒手。

抗战的历史应当永远记住李向山这位民族英雄。桓仁县党史办一篇记叙李向山的文章中写道：

> 高个，大眼睛、长方脸，高鼻梁，说话脆快，为人坦率，办事果断。平常一身农民打扮，外出时好穿长袍戴礼帽，骑匹大青马，一副学者绅士风度。初识得敬而远之，接触后方知其平易近人。[12]

大学生李再野死得很惨，被日伪特务宪兵点了"天灯"后，填进了浑江的冰窟窿里。笔者查了一下何为"天灯"，真是残暴至极，令人不忍下笔，却又不得不将日伪野蛮兽性暴之于天下：

点天灯也称倒点人油蜡。把人剥光衣服，用麻布包裹，放入油缸中浸泡。入夜，将人头朝下，脚朝上，绑在一根高木杆上，从脚上点燃，让人在极痛苦的折磨中死亡。

如此兽行，是否是中国人奋起反抗的原因之一，肯定地说，绝对是！施暴者的目的是要吓倒反抗者，岂不知，这只是他们愚蠢的一厢情愿。越是凶残野蛮，越会激发反抗！

1934 年初，杨靖宇进入桓仁时，抗日第一军只有一个独立师，到了这一年的 11 月，正式成立东北人民革命军第一军时，已经发展到 2 个师及 1 个游击大队、1 个保卫队、1 个教导团。全军 800 余人，比独立师初建时（1933 年 9 月 18 日）的 380 人增加了 1 倍有余。此外，还有直接受第一军领导的抗日义勇军武装达 900 余人。

为了替死难的战友、同胞赵文喜、李向山等人报仇，给日伪军更沉重的打击，在第一军成立的当月，杨靖宇指挥各部，首先将老对头邵本良部、伪公安队及日军守备队包围，毙敌 30 余人。之后，他又亲率

300 余人，攻进邵本良老巢柳河孤山子镇，毙伤伪满军 20 余人，邵本良险些被击毙。

12 月上旬的一天，杨靖宇率部 200 余人，于上午 8 时、中午 12 时、午后 1 时，连续 3 次袭击柳河三源浦，与日伪军展开激战，守敌不知抗日军何时还将来袭，整日提心吊胆。

自从挥师辉发江南以来，杨靖宇指挥部队，运用伏击、夜战、奔袭、偷袭等多种游击方式，以及飘忽不定、声东击西运动战法，胜利地攻破 16 个城镇；[13] 而且，随着队伍发展壮大，几乎每次进攻都是集中二三百甚至数百人的部队，实施局部以强击弱，致使敌人防不胜防，一片惊慌。

赵尚志领导的哈东支队和义勇军，积极打击日伪军，动摇了日伪当局在哈东地区的统治基础。如坐针毡的日伪军集结重兵，于 1934 年冬展开残酷的"大讨伐"，并改变政治策略，提出"专打赵尚志的反日军，不打胡子"，意图拉拢意志不坚定的山林队与地主大排，使其从联军中分离出来，以孤立哈东支队。

赵尚志则针锋相对，发表了《告反日抗满义勇军书》，揭露以往日伪当局残杀投降山林队罪行，指出这是敌人的"阴谋破坏企图，而一切投降不干都是死路"，将更多义勇军、山林队团结在哈东支队周围。

日伪当局为砍倒哈东支队这面反日大旗，抽调了关东军精锐的横山勇等部队负责追剿赵尚志。

后为日本关东军第一师团长、陆军中将、第四军和十一军司令官、乙级战犯的横山勇，当时正担任步兵第二联队联队长。这位日本陆军士官学校毕业的军官雄心勃勃，发誓要剿灭"共产匪"首领、"支那"黄埔军校生赵尚志。

不料，赵尚志的部队时而集中，时而分散，忽而北上，忽而西进，在日军与伪军的缝隙中巧妙穿插，将"讨伐"部队拖得狼狈不堪。但日军精锐横山勇部的确训练有素，始终寻迹紧追不舍。1934年冬季，自11月22日至12月2日的10多天里，赵尚志哈东支队与日军横山勇部，先后进行6次激战，其中最为激烈的当属肖田地之战。

肖田地，实为学田地。中国旧时属于学校的田地均称学田，以其地租作为祭祀、教师薪俸和补助学生及贫寒人士的费用。"学"，东北人常读作"肖"。

肖田地之战的对手是横山勇属下望月部队300余人，并配属伪军邓云章团400余人。赵尚志是在率队返回珠河根据地途中与敌不期而遇的。当赵尚志部的哨兵发现敌人大部队后，已被初步包围。200余人的队伍按司令部、骑兵队、少年连分散在几处宿营，一时难以聚拢力量实施强力突围。赵尚志当机立断，迅速带指挥班子冲到山顶制高点，沉着指挥部队向敌反击。

邓云章（后升为旅长）是伪军中的顽固派，在望月的指挥下，与日军一起凶猛发起攻击。赵尚志指挥第一、九大队、三大队一部及少年连，数次将日伪军击退。激战中，敌人炮火将骑兵队的马群炸散，打死战马30多匹，连赵尚志的坐骑也跑失了。战至天黑，赵尚志率队乘夜色突出重围。不多时，战斗力颇强的日伪军，再次寻踪而至，将赵尚志部包围。

情形万分危急。

鏖战中，赵尚志左肘被流弹击中，血流不止。他忍着剧痛，思索突围良策。最终选择数名骑术精湛的战士，带着几十匹战马，在茫茫夜色中，突然从日军与伪军接合部强行突破，主力仍在原地不动。当几十匹战马"轰隆隆"狂风般冲出重围，敌人集中大批部队追击赵部"主力"时，却怎么也未料到，赵尚志的主力在敌追兵的屁股后边猛烈攻击，敌队形大乱，死伤无数。赵尚志乘机冲出重围，井然有序实施了转移。[14]

肖田地之战，是敌我双方实力悬殊、伤亡也悬殊的战斗：哈东支队包括受伤的支队司令赵尚志在内，伤亡4人，损失战马30余匹；毙伤日伪军100余名，白俄兵20余名。[15]

战前，望月部队有准备而来，要打的是围歼战，而哈东支队是猝不及防的遭遇战。望月部队在对手可能退走的路上都预设了伏兵，精心布下了连环套。

让望月部队指挥官惊诧不已的是，对手并不是几次打退进攻，突出了包围，而是井然有序地敏捷撤退。望月部队的指挥官也因此赞叹其为"德国式联军的退却"，认为"此中必有名将指挥"。[16]

抛开日酋野蛮的本性，日军对能征惯战的对手也是佩服的，听着下属报告肖田地战斗经过，日军第三师团中将师团长岩越恒一喃喃说了一句："小小的满洲国，大大的赵尚志。"

在这个凶残的日酋眼中，"满洲国"诸多汉奸不过是小小奴才，而使大日本武士伤亡累累的赵尚志，才是大大的英雄。

自打珠河游击队成立到哈东支队创建以来，日伪军在战场上始终占不到赵尚志的便宜，便使出了多种卑劣的下作手段。在三岔河战斗后，赵尚志的部队来了一个有文化的年轻人，名叫周光亚，自称是哈尔滨市共产主义青年团员，说前一段组织遭到破坏，自己找不到关系（哈市那个阶段党团组织确实被破坏），来珠河要求参加游击队，直接跟鬼子战斗。不久，有人到支队办事碰到了周光亚，便向司令部反映说，见过此人曾当过"侦探"。

其实，周光亚的确是特务。哈尔滨特务机关派他进入游击队的目的是伺机刺杀赵尚志。在司令部当秘书，机会是较多的，但惜命的周光亚想既杀害赵尚志，又全身而退，便难得手了。

久不见周光亚行动的日伪当局，又从宾县派出一名"医生"，潜入游击队与周光亚接头，一是通知周光亚回哈尔滨复命，二是接替周光亚，伺机投毒杀死赵尚志。

被人认出即将暴露的周光亚在撤退时，以"护送"名义，伺机杀害了哈东支队重要领导干部——经济部长李启东后，回特务机关交差。倒在宾县八区乔家崴子一片小树林中的朝鲜族抗日英雄李启东，年仅38岁。

李启东被杀害，立即引起了支队司令部对奸细问题的高度警觉，经过对与周光亚频繁接触、自称宾县顺天医院"医生"的审查，此人交代了自己原本为宾县伪警察署派出的奸细，以及与周光亚潜入哈东支队的任务。

李启东，朝鲜平安北道人，1927年在中国东北参加革命，1930年加入中国共产党，之前就学于云南讲武堂，是珠河中心县委负责兵运工作的领导干部，打入孙朝阳部后，李启东结识了赵尚志。一起离开孙朝阳部后，二人共同创建了珠河东北反日游击队。可以说，他是东北抗联第三军创始人之一。

李启东大赵尚志12岁，一直被赵尚志当成大哥。他的牺牲，使赵尚志悲愤不已，更对奸细抱有刻骨仇恨。这对其后来始终强调防范奸细有很大影响。令人万分痛心的是，战场上令敌闻风丧胆、无计可施的抗日英雄赵尚志，最终还是死在了奸细手中。此为后话。

对赵尚志毒害不成，敌人又施毒辣之计：哈尔滨日本宪兵队亲自出面，逮捕了赵尚志的父亲赵振铎。

赵振铎是颇有社会影响的文化人。他是清末秀才，早年追随孙中山，担任过朝阳县议会副议长。九一八事变后，赵振铎支持几个子女奔赴抗战前线，报效国家：二儿子赵尚朴曾参加马占山的东北抗日挺进军，1938年奔赴延安，抗战胜利后曾任哈尔滨市纪委书记、法院院长等职；最小的儿子赵尚武，1943年末在河北平县反扫荡战斗中壮烈牺牲。

日本人逼迫赵振铎给三儿子赵尚志写劝降信，赵老先生照着做了。敌人将此信冠以《赵父告不孝子赵尚志及其弟兄书》，大量印刷张贴，并用飞机散发到游击区去。

原来，智慧的赵老先生早就料到尚志抗日会牵连到家人，在赵尚志离家之际，以古人"从其治命，不从乱命"的典故，与尚志约定：什么时候你见到我的信里有"乱命"二字，那就是我被捕并被逼迫写的信，你一定不要按信上说的办，要一心抗日，为国尽忠。赵振铎与夫人张效乾共有子女11人，加上孙辈，偌大一家子。作为一家之主，不能不预设保护全家几十口人的计策，可见其智谋超人。

"从其治命，不从乱命"之典出自《左传·宣公十五年》，说的是晋国魏犨——又叫魏武子，有个没生孩子的爱妾。魏武子先对儿子魏颗指令说，自己死后让爱妾改嫁；后来在病重之际，又对儿子魏颗说，让她殉葬。

魏颗在父亲死后，让父亲的爱妾改嫁了。有人问他为何不遵父亲临终遗嘱？魏颗说，父病重昏乱，指令是"乱命"，我应按父清醒时的指令——"治命"行事。

赵尚志看了父亲信中"现在父身患重病，神志昏乱，命在旦夕……"中巧妙将"乱命"嵌入，内心五味杂陈，既愤恨日伪当局的无耻下作，又为老父安危担心。

他深知，孝子从治命，不从乱命。若不分是非地孝顺父母，实为愚孝。国都没有了，父母何以为家？至于投降敌人，等于给父母添了个汉奸儿子。对小家而言，无疑将父母推向众人侧目的不耻境地；对国家而言，简直是大逆不道！

侥幸的是，敌人见赵老先生还算"合作"，加上老夫人张效乾变卖房产全力予以营救，以及赵老先生之声望，总算将人放回了家。至此，为防止再被抓捕，赵老先生决定离开家乡，离开特务监视的视线。

在举家入关内之前，老夫人特别想见只剩一只眼睛的儿子尚志一面，信是通过抗联秘密渠道转递的，赵尚志得知父亲已暂时脱险，内心十分高兴，但传信告诉父母赶快走，走得越远越好，请二老体谅其不能去回家探望。老夫人带着对儿子思念的遗憾与以后再见的愿望，离开了哈尔滨。没想到，此口信竟成母子永诀前最后的消息。

变卖了房产及多年积蓄的家产，两位老人过上了颠沛流离的晚年生活，国民政府曾在重庆赞誉赵家为"满门忠义，气节可风"。周恩来在西安会见过赵老先生，并给了他一定资助。[17]

赵老先生被抓进宪兵队也吃了一些苦，特务们训他，打他。在一般人眼里，是儿子给父亲惹了祸，招来了灾，但赵老先生却以儿子尚志为荣。老人生前留下话：自己死后，在墓碑上刻"赵尚志之父"就可以了。

赵尚志及其父母之间的经历是东北抗联中的典型事例。赵尚志之所以成为抗日英雄，父母的教诲是相当重要的原因之一。我们有理由相信，东北数万名抗联战士，他们绝大多数都有一个坚定支持他们抗日的家庭。在我们缅怀抗联的同时，一定不要忘记在背后默默做出奉献、付出巨大牺牲的父母、妻儿、兄弟姐妹们。

29. 点了那个狗窝去

与日伪军最大的不同之处在于，抗联是一支没有后勤补给的部队。

赵尚志经历过巴彦游击队的失败，深知抗日游击区和根据地对游击战的意义。为使部队得到休养生息，伤员得以救治，兵力得到补充，粮食服装及时供给，赵尚志把根据地建设看得同打击削弱敌人一样重要。

赵尚志的另一个观点，仍然是一贯的"打字当头"，认为根据地是打下来的，消灭了保护反动地主阶级的军队，让老百姓当家做主，人民才能支持游击队。

1934 年，赵尚志率队从南到北，纵横驰骋，连续摧毁敌人据点，哈东游击区遍及五常、宾县、珠河、双城、阿城、苇河、延寿、方正等数县，东西为 200 多里，南北为 350 里，其主要根据地为珠河四、五区，延寿二区，宾县二、三、七、八区……游击区反日队伍很多，以赵尚志赤色游击队为中心，战斗力最强，赤色游击区域已有二三百平方公里之大。[18]

在核心根据地珠河县，反日会员有 1 万人，各地遍处成立农民委员会。1935 年，珠河县人民政府在总农会的基础上成立，县农会总会长吴景才被选为政府主席，老百姓称他为"吴县长"。

在珠河抗日游击区和根据地内，革命政府取消日伪当局颁布的一切苛捐杂税，农民生活得到很大改善。路南游击区的土地，多为伪哈尔滨警察厅厅长金荣桂和北满汉奸大地主司林大柜所有。在游击队与农民自卫队的保护下，他们都不敢来收租，土匪也不敢来骚扰。1935 年上半年，路南迁入农户达 2000 户之多。

中国老百姓，你给他一分好处，他便十分报答你。得了土地的老百姓，为保卫胜利果实，纷纷组织自卫队。1934 年末，哈东游击反日自卫队员发展到 5000 余人，另有 15 个模范队、青年义勇军共计 968 人。

哈东支队迅速得到发展，与相当多优秀自卫队、模范队、青年义勇军的加入有相当大关系。自 1933 年至 1935 年末，仅珠河县便为游击队自卫军提供了 20 万斤粮食，输送优秀子弟 1000 余人参加部队。哈东老百姓称根据地为"红地盘"，日伪当局则哀叹根据地是"共匪的哈东乐园"。[19]

哈东支队能在珠河等根据地立足扎根，跟赵尚志带兵铁的纪律密切相关。部队向老百姓买猪肉，都按当时最高价付钱，老乡不要钱就不买，赵尚志的理由是，老百姓好不容易杀口猪，我们怎么能白吃呢？

他始终记得，珠河游击队由起初 13 个人发展至今，起步重要一条，就来源于老百姓"文明胡子"的印象。赵尚志的部队纪律严到什么程度？随便吃老百姓一口萝卜都不行！这似乎是有些不近情理，但在赵尚志的基本队伍里就是执行得通，其中重要原因是赵尚志带头严格执行。

有一次，赵尚志见房东大嫂正在切萝卜，便抓起一块填嘴里吃了。过后，一位小战士提意见，认为赵尚志犯了一个错误。赵尚志马上开会，当众检讨，并表扬了这个小战士。还有一次，赵尚志的房东家炕席下炕着瓜子，他在看书时无意识抓了一颗吃了。这时，刚好被一个小战士看见了，就说，司令你在会上说所有战士不许动老百姓一根草，可你……赵尚志马上对自己执行纪律，立即让小战士拿来一炷香点燃，自己两腿绷直站在墙边罚站。过往的战士、老百姓都感动劝说，赵司令工作忙，意思一下就行了。赵尚志说，当干部更要严于律己，坚持罚完一炷香的时间。

赵尚志带兵军纪之严，不仅表现在严于律己，还在于执行纪律不避亲。1934 年春，丑殿五与李春山从游击队叛逃为匪，祸害老百姓。当时的军法是叛变、拖枪逃跑为死罪（杨靖宇独立师 20 条纪律第 2 条便是"拖枪逃跑者枪决"），何况叛逃后还为非作歹，祸害百姓。赵尚志将二人抓获后问怎么办，对丑殿五大家异口同声要求按军法处置；又问李春山怎么办，众人便都不吭声了，有的说，打几棍子拉倒吧。

李春山是赵尚志的亲属，论辈分赵尚志称他为舅舅。李春山好吃懒做，抽大烟，他是放跑了一个汉奸地主后，叛逃到丑殿五的土匪队的。赵尚志队伍里有许多少年战士，并组成少年连。小孩子都替赵司令为难：外甥毙舅舅，没听说过呀！半天，一个战士说犯了军法，也该枪毙。赵尚志马上接过话头，认为这位兄弟说得对，就照他说的办！

赵尚志处决叛逃分子丑殿五，尤其是李春山，影响很大。自此游击队流传了一句歇后语：赵尚志毙他舅——公事公办。[20]

钢铁一样的纪律，可以令人敬畏，但不能使人亲近。赵尚志之所以受官兵们爱戴尊重，主要在于他将官兵当亲兄弟，爱兵胜于爱己。

有一次，赵尚志感冒发烧，战士们想方设法弄了点儿苞米面和一小块姜，做了一小盆热面汤让他发发汗。赵尚志睁开充满血丝的那只好眼，指着小盆面汤问："咱们不是没有苞米面了吗？"战士说："是从老乡家借来的。"赵尚志说："一定要给钱，这是纪律。"然后说，"我喝一碗就够了，再找两个大碗盛上分送给其他病号喝。"战士说："你吃一碗发不出汗来。"赵尚志坚持就喝一碗，其余的都让给别的病号送去。

战马是战士最心爱的朋友。可赵尚志没骑过好马，他如果有了一匹好马，谁看上了，问他要，赵尚志就说："牵去吧，上战场可要好好打仗。"自己则找一匹劣马来对付。每次缴获枪，自己不先选，让战士先选。他好同战士开玩笑，像个小孩儿似的，到这个弟兄碗里拣个豆儿，又到那个碗里扒拉扒拉，小战士便抢他的馍馍吃，他也常和战士一起帮老乡扫院子、挑水、推碾子，一块去站岗、放哨。

为此，中共满洲省委在一封指示信中批评游击队搞"极端民主化，如队长也轮流站岗"。有一次，赵尚志边走边想事，进屋见饭菜摆好了，上去就吃起来。一个小战士说："司令，别的弟兄还没来，先吃可是犯错误。"赵尚志点点头，放下筷子，拿起枪到门外罚站岗。因为自己是游击队长，除了罚托枪，又另罚两小时立正。

有一次，一位老大娘对部队副官说，想看看赵司令是个什么样的人？其实赵尚志已在大娘家住了一宿，吃了两顿饭了。副官指着灶边的赵尚志说："那位矮个，帮你烧火的就是呀。"老大娘大吃一惊："我当大司令不得怎么阔气呢？！不承想满脸黝黑，穿得最破，浑身油渍麻花的。"

他若穿上一双新鞋，看见有的战士鞋破了，就换过来，衣服也总是穿最差的。但有一件棉袄，他从没换给别人穿，他说是"妈做的"——"抗联妈妈"梁树林亲手缝制的。

由于战事频繁，工作紧张，赵尚志经常十天半个月不洗脸。一次，一位老乡对满脸黝黑的他笑道："赵司令是黑虎星下凡吧。"赵尚志说："国土沦丧，脸上无光啊！"于是就有人传说，赵尚志自举旗抗日后曾立誓，东北失地未收复前，誓不洗脸。因为蒋介石、张学良已把中国人脸丢尽了，无须再洗！

从这些微细的小事中，我们似乎发现了一个秘密，在如此艰苦的抗战岁月中，面对那么大概率的牺牲，战士们仍然心甘情愿地跟随赵尚志艰难苦熬，即便牺牲也在所不惜。原来这位个头儿矮小的司令身上充满了伟岸的人格魅力。虽然他一时表面邋遢不洁，但胸膛中却燃烧着令人仰慕的高清道德之火。

在抗日游击区和根据地创建中，游击队为开拓"红地盘"奋起战斗，老百姓为游击队送上自己最宝贵、最"值钱"的儿子与丈夫。

珠河侯林乡（今亮珠乡）吕大娘（梁树林，丈夫吕庭元）将两个儿子都送到了赵尚志的部队。大儿媳为妇救会长，两个女儿都参加了儿童团，梁树林自己任游击区妇救会长、区长，全家投身抗日。两个儿子与大儿媳先后壮烈牺牲。梁树林忍着巨大悲痛，协助赵一曼将游击区医院与被服厂转移。1951年，东北人民政府奖励梁树林"东北抗联吕老妈妈"锦旗，梁树林在北京受到毛泽东等中央与国家领导人接见。毛泽东将她与宋庆龄、邓颖超、康克清、贺子珍等人并称"八大妈妈"。[21]

吕凤兰是梁树林最小的女儿，10 岁前加入了儿童团，给赵尚志所属部队送过情报，11 岁参加抗日少年连。那时候，梁树林家是游击队主要落脚点。1935 年初（农历二月初二），日本鬼子大扫荡，火烧小亮河屯子。梁树林通知转移乡亲，睡熟了的小女儿凤兰被大火困在屋里，幸亏杨大叔将其抱出屋外。

2012 年 7 月 16 日，著名军旅作家姜宝才采访了当年的幸存者——88 岁的吕凤兰老人。老人满怀深情回忆自己的母亲及赵尚志、赵一曼，朴实无华的真挚语言，令人动容。

吕凤兰告诉姜宝才，她的母亲叫梁树林，是梁启超的侄女，名字还是李兆麟给起的（原名吕梁氏）。她原有俩哥哥、一个嫂子、俩姐姐，一家七八口人都在大青川那当抗联。大哥叫吕文财（才），二哥叫吕文珍（真），都在战斗中牺牲了。大哥死在大青川，二哥死在秋皮囤。大嫂吕管氏，是区委的通讯员。敌人来扫荡时，她给后方医院报信，路过一个叫罗圈场子的地方时被日本鬼子打死了。大哥、二哥、大嫂都牺牲了，前后不到 100 天。

梁树林早在抗战前的 1930 年就加入了中国共产党，革命意志非常坚定。据吕凤兰女儿李冬英介绍，梁树林在两个儿子牺牲时，没有流泪，把痛苦埋在心底，说干革命哪有不牺牲的？等看到大儿媳（1934 年入党，妇救会长）被抬回的遗体后，她精神恍惚，得了间歇性精神分裂症。

吕凤兰说，她的妈妈当时就疯了，要投井，叫邻居老李大叔一把拽住了。以后就总得看着妈妈，她动不动就拎一筐明子（油脂多的松木），拿着洋火要点"狗窝"去，还管日本子兵叫狗。"狗窝"就是日本子警察署，邻居看见就去帮忙追。而自己那时候才 9 岁，也撵不上妈妈，总怕她去"惹祸"，全靠邻居家帮忙。

当时，赵尚志、冯仲云等时常来往梁树林家，赵一曼还在她家养过病，吕凤兰回忆，有时正吃着饭，她妈妈突然就哭着往外跑，那时候她们几个姐妹都小，赵一曼姐姐就拽住她妈妈，哭着劝说，妈妈你别哭，你别害怕，我养活你！赵尚志也对她妈妈说，你别愁，我们这些人都是你儿子，全国人民都是你儿子。[22]

过了好一段时日，梁树林逐渐恢复了神志，以极大热情投入到抗日地下活动中。1935 年夏，为了给山里医院买药，梁树林冒险出山，被汉奸特务逮捕，在狱中受尽酷刑，肋骨被打断两根，门牙被敲掉 4 颗，却始终保守党的机密，后被党组织全力营救出来。

多年后，已入暮年的梁树林老人，以平和的语调，向孙辈们讲述了当年那段惨烈的经历，使我们明白了为什么老人连续失去两个仅有的儿子精神没有崩溃，而儿媳妇的牺牲，却几乎击垮了她。

两个儿子中，先牺牲的是二儿子吕文真，他当过赵尚志军部警卫连指导员。那是在 1934 年冬的一场战斗，战斗从鸡叫开始，一直打到晌午。为掩护部队突围，打光了子弹后的吕文真牺牲得很惨烈。打扫战场时，战友们看到他被绑在一个树墩旁：头部没被砍断，脖子上是白翻翻的口子，血都流光了。牺牲时他才 20 岁。

吕文真的战友齐刷刷排队站在梁树林家门外，谁也不进屋。梁树林当时没有流泪，告诉他们"不要怕牺牲，不要怕流血，我们的革命就是好多人牺牲换来的"。那些队员齐咕隆跪下喊，"妈妈，我们就是您的亲儿子"。

不料，没过几天，又一个噩耗传来，大儿子吕文才也牺牲了。刚强的梁树林仍然没流泪，还是那句话，"干革命哪有不牺牲的"。吕文才作战勇敢，办事稳重，到游击队第二年就担任了连长，牺牲时 23 岁。

大儿媳妇姓管，没有名字，18 岁嫁给了吕文才，就叫吕管氏。她孝敬公婆，操持家务，照顾弟弟妹妹，甚得梁树林喜欢。更难得的是，跟村子里众多妇女不一样，大儿媳妇与自己一样有信仰，也是共产党员。大儿媳妇与大儿子文才小两口恩恩爱爱。丈夫牺牲后，大儿媳妇虽然十分悲痛，但从不在梁树林面前表现出来，是怕婆婆难受。眼前一个场景梁树林总也忘不掉，像一根尖刺扎在自己心上。

那天，梁树林早起喂猪，儿媳过来说："妈，这个猪给我吧。"

梁树林说："这家里什么不都是你的？文才走了，有合适的，妈再给你找个人家，你就是我的闺女。"

儿媳解释道："妈，你误会了，我是说我来喂猪，我生是吕家的人，死是吕家的鬼。"

自打两个儿子没了后，梁树林很忌讳别人说"死"字，没想到这个字从大儿媳口里说了出来。梁树林张了张口，面对儿媳凄白的面孔与微锁的眉头，责备的话终没说出口。

转移出村的前一天，儿媳要替梁树林留下通知乡亲们上山，梁树林没同意，说"你还有任务"——实际是怕她遇到危险，安排她护送隔壁王大婶和孩子上山，去西山李长林家，目的就是要支开她。梁树林没想到，儿媳能去太平沟给医院和被服厂送信，而去太平沟必得走罗圈场子，那个道上有日本鬼子呀！果然，罗圈场子老王家报信：你家大儿媳被鬼子打死在罗圈场了。

见到儿媳遗体那一刻，梁树林悲痛难忍，泪流满面，也应当包括因此前连失两个儿子却一直努力压抑的悲痛，一起袭上心头。她清楚记得，昨天儿媳临走时，还到猪圈把圈门打开，把马放了，回屋把自己的衣服收拾到一个包里，交到自己手上。现在，她竟躺在担架上。

梁树林陷入深深的自责中，自责自己没替亲家和大儿子文才照顾好他们的女儿与媳妇，自责自己怎么就想不到儿媳是区里的交通员，是一定要去给后方医院和被服厂送信的?！其实路已被封锁，信是送不到的。

东北有给活着的老人预先准备寿材（棺材）的习惯。报丧信的罗圈场老王家对梁树林说："你先拿去装大媳妇吧，我妈再重做。"

梁树林立马想起那天喂猪，儿媳说"这个猪给我吧"的那句话。她感谢老王家救急，10元钱卖掉那口猪，心里悲凉地说："儿媳呀，这口猪真的让你要去了！"

吕管氏是一个连正式名字都没有的东北农村妇女，她没有叱咤战场、扭转一处风云的能力；但为了赶走侵略者，她把自己的一切都献给了伟大的抗日战争，鲜活的生命在22岁的年轮上戛然而止。因为她身份太普通，她的抗日经历、工作、牺牲过程等等，史料均无记载，就为此，笔者借记叙"抗联吕老妈妈"之机，为其引了上述一段文字。

让我们还是回到梁树林身上。吕凤兰说，她妈妈虽然没有了儿子，但是抗战胜利了，还真是国家管她妈妈，养活她妈妈。她对她妈妈说："赵尚志说的话没假哈（梁树林犯病时，认为'儿子之说'是骗自己），这不中央管你了嘛。"梁树林认可地点了点头。

吕凤兰表示，妈妈虽然是个老百姓，但成了"八大妈妈"后，被请到北京开会。到了北京，大家都恭敬她。开会回来高兴，她妈妈说，没想到自己还能见到毛主席，说毛主席给她敬酒。吕凤兰问她妈妈给毛主席敬酒了吗。她妈妈说敬了，互相敬酒，哭啊。毛主席也掉眼泪。毛主席一见抗联的人就难受，那真是，就说不上啥了，就为国家出力吧。[23]

30. 忠诚是没有任何条件的

赵一曼，原名李坤泰，乳名淑端，曾用名李淑宁、李一超、李洁，1905年10月出生，四川宜宾县人。父亲李鸿绪，母亲兰明福共生育了6男3女，赵一曼排行为七，是最小的女儿。

家庭富裕多产，因而赵一曼自小便有了读书的机会。在共产党员、大姐夫郑佑之的引领下，赵一曼于 1924 年加入中国共产主义青年团，1926 年转为中国共产党党员，同年 10 月进入中央军事政治学校武汉分校，也就是黄埔军校武汉分校学习，受到了严格的军事训练。1927 年蒋介石发动反革命政变，国共两党分道扬镳。这年 9 月，赵一曼受共产党组织委派到苏联莫斯科中山大学学习。

这一次异国远行，她结识了同行的共产党员、黄埔军校第六期学生陈达邦。1928 年，经党组织批准，23 岁的赵一曼与 28 岁的陈达邦结为革命伉俪。此时，国内斗争形势发展，特别需要女干部，组织上决定让赵一曼提前回国工作。

但是，由于学习与生活异常艰苦，赵一曼的肺病复发且怀有身孕，陈达邦实在放心不下且难以割舍；但两个人都明白，还有什么比革命更重要的？分别时，陈达邦把结婚的金戒指和手表给妻子带上，想着也许在困难时会有帮助。

现今，在中共黑龙江省委党史研究室存档的《访问录汇编》有赵一曼丈夫陈达邦 1962 年 7 月 31 日的回忆：

> 她的党性非常强，对党不讲价钱……主张"宁肯自己困难，也要服从分配"。我当时难过。她说："当前情况是没有车炮两全的。"临走时，她安慰我些话。记得她说："这是暂时之别，夫妇最好是在一块，但不在一块也是夫妻，只要政治上是一致的。"

这一别岂止异国他乡，千山万水？两人都有一个共同的心愿与希望：早日再相会。令他们没有想到的是，此别竟成永诀。

赵一曼出国时乘船，旅途一身轻盈，回国之途一路凶险，加上严重肺病、五六个月的身孕，只身一人辗转奔波。现今我们已经难以想象，这位四川弱女子是克服了多大的困难，遭了多少罪，才回到了上海。

刚跟组织接上关系，适逢组织在宜昌联络站急需人手，赵一曼挺着大肚子，在宜昌一条狭窄街上一间木板屋里，展开了工作。

两个来月后，也是在这里，赵一曼于生下了个男孩，取名宁儿，大名陈掖贤。

生产宁儿时，迷信的房东老太太不许她把孩子生在家里。一位好心的搬运工和妻子把她接到家中。为减轻这家的困难，她把分别时丈夫给的戒指交给房东大嫂卖了钱。不想，这引起了特务怀疑：一个穷苦女人哪来的戒指？得到拟抓捕消息的她，拖着生产未满月的虚弱身子，抱着儿子，匆匆逃离了宜昌。

1929 年秋，受党组织委派，赵一曼又赴南昌中共江西省委工作。不久，省委机关遭到破坏，万万紧急中，机警且极富地下斗争经验的她，毫不犹豫地抱起宁儿撤回上海。在上海，赵一曼见到了陈达邦的堂妹——任弼时的夫人陈琮英。大家商定，把孩子送到汉口陈达邦的哥哥（堂兄）陈岳云家里抚养。

孩子是妈妈身上掉下来的肉。血浓于水，人世间最深的羁绊，便是母子。何况宁儿刚满周岁，正是离不开妈妈的时候。赵一曼心中充满了难舍的怅惘。去汉口前，她抱着宁儿拍了一张合影，她坐在藤椅上，孩子坐在她的腿上。她左手搂着孩子，右手拉着孩子的小手。这应当是 1930 年初春时节拍摄的照片，是我们现今能看到的赵一曼唯一一张生前留影。[24]

上述情况说明：赵一曼从 1928 年 4 月与丈夫结婚，到 11 月回国参加工作，与心爱的人相守仅半年有余；从宁儿出生到寄养他人家，赵一曼与她的至亲骨肉在一起仅一年时间。

赵一曼是位感情炽热且丰沛的四川女子。什么力量促使她忍痛割舍亲情，别夫离子？弄清这一点，对今天的我们十分重要。

著名作家、学者方未艾先生，当时是哈尔滨进步的《国际协报》的副刊编辑，通过金伯阳的介绍认识了"教自己学马列的"李洁（赵一曼）大姐，[25] 并与其成为好朋友。方未艾告诉李洁说，自己出生于一个雇农家庭，父亲28岁因中毒性痢疾没钱医治就过世了，当时自己还不满4岁。

李大姐听后很同情，说自己是川南地主的女儿，跟雇农儿子是两个敌对阶级的后代；但她又说，自己虽是地主的女儿，同样受地主压迫。因为自己在10岁时死了地主父亲，哥哥是家长，成了地主，事事限制她，不许她上学，压迫她嫁人，她忍无可忍，就写了一篇文章，揭露地主哥哥的罪行，发表在一份妇女刊物上，从此与地主家庭割断了关系。

方未艾说，1934年夏天的一个晚上，李洁大姐来向她告别，说要到游击队去，临别时给自己写了3首五言诗《赠友留念》。其中两首是：

世上多风云，人生有聚散。
今朝苦离别，他日喜相见。

友情和爱情，男女都看重。
言行不自由，两者将何用？ [26]

与爱人陈达邦和骨肉宁儿的分开，对赵一曼而言是痛彻的"苦离别"。对人世间的"情"，她会"都看重"。但在日寇铁蹄践踏下失去了"自由"的爱情、友情、亲情，还有什么存在价值？为了争取人世间真正的自由的爱情、友情、亲情，是赵一曼忍痛别夫离子的原因吗？

方未艾多年以后才知道，当年的"李洁"就是赵一曼。他认为，赵一曼是一位怀有家国情怀和民族大义的烈女子。赵一曼曾有一首七言律诗，题为《滨江书怀》，曾用笔写在一张纸上给自己看，其中四句为："誓志为国不为家，涉江渡海走天涯"和"一世忠贞新故国，满腔热血沃中华"。[27]

赵一曼来到了抗日斗争的最前线东北，先是在沈阳做妇女工作，1933 年初到哈尔滨做工会工作，后兼任哈尔滨总工会代理书记。为掩护身份，她与共产党员"老曹"（黄维新）组成了"家庭"。1934 年初，因叛徒告密，"老曹"被捕，牺牲在狱中。

此时的赵一曼处境十分危险，中共满洲省委决定派她巡视海伦，在那里，赵一曼与中共海伦支部书记雷炎（李辉）共同研究，加强义勇军工作，使海伦游击队有了较快发展。

结束对海伦的巡视回到哈尔滨后，鉴于赵一曼的危险处境与身体状况，省委组织部长何成湘打算把她安排到另一个城市工作。赵一曼表示，自己上过军校，能带兵打仗，要求到游击区去工作。这样，赵一曼便到了哈东游击区，任中共珠河中心县委委员、县委特派员、妇女会负责人，后任珠河铁北区委书记，1935 年 9 月兼任第三军一师二团政治部主任。

李兆麟，1910 年出生，辽宁辽阳人，1931 年加入中国共产党。他原名李超兰，1932 至 1933 年，曾化名李烈生、孙正宗、张玉华，1934 年至 1945 年一直化名张寿篯，1945 年 9 月抗战胜利后改名为李兆麟。1946 年 3 月，他被国民党特务杀害时，此名仅用了 6 个月。

九一八事变后，耿继周成立东北民众抗日义勇军。中共河北省委、北平市委派遣中共党员冯基平（新中国成立后任北京市副市长等职）、李兆麟等六七人到耿继周部工作。1932 年 2 月，冯基平、李兆麟等人到辽宁辽阳，利用李兆麟在家乡的关系，组建东北民众抗日义勇军第二十四路军，推举苏景阳为司令。由于苏并未到任，实际二十四路军是由"高小毕业生""小地主儿子"联络员李兆麟组织和协调，领有2000余人，一部分是胡子，一部分是自卫军。战斗力颇强的苏景阳民团骑兵200余人由李兆麟直接掌握。

民众抗日义勇军第二十四路军对日伪展开激烈斗争。1932年4月，李兆麟组织率领"燕子队"及苏景阳骑兵团，一举消灭汉奸"洪盛团"，缴枪150余支、马百余匹及大量弹药。随即又率于志超队（500余人）扒了十里河至公灯塔之间的铁路，砍倒了许多线杆，破坏敌之交通与通讯。

而后，李兆麟又会同"长江队"义勇军与日军大战于铧子沟，打败了日军，使他们放弃了铧子钩，携男女老少逃走。此战，义勇军生擒前日本关东军工兵司令——八大矿矿长日本人久留岛，在南满轰动一时。

李兆麟在组织义勇军对日作战中最有影响的一次，是参加赵殿良指挥的二十一路义勇军，联合攻打沈阳城。在围攻沈阳的四路军中，第二十四路军承担了南路与西路的进攻。

1932年8月末的一个午夜，倾盆大雨中，李兆麟率二十四路"燕子队"，率先从沈阳南门攻入城内，南路义勇军在赵殿良指挥下，攻入东塔飞机场，捣毁航空站、电台、飞机库，毁坏飞机若干架。日本侵略者将义勇军夜袭沈阳城，视为"十分可虑"的事件之一。[28]

在组织义勇军工作期间，李兆麟动员全家及堂兄弟等亲属共同参加反日斗争。他家既是抗日活动的联络站，又是抗日宣传点。一台价格不菲的油印机，是他动员母亲和妻子共同凑出了80元钱，派表弟杨兆丰冒险从沈阳购买的。辗转运回家后，这台油印机被藏在母亲屋子的顶棚上。

1932年末，大规模义勇军反日斗争失败后，根据中共奉天特委指示，李兆麟在煤矿做工运工作。从未做过繁重体力劳动的李兆麟，终于累倒了，发烧咳嗽不能自持，时不时咳出血来。

1933年春，李兆麟从本溪乘火车回到沈阳时，由于受到严重的肺病折磨，下火车时不得不将人力车靠近门，被搀扶着挪上人力车拉回家。病稍好转，李兆麟便申请工作。中共奉天特委任命其为特委军事委员会干事、青年士兵委员会负责人。他的家里又成为兵运工作的秘密联络点，母亲、爱人、妹妹成为联络员和交通员。

李兆麟作为一个地主子弟，从小锦衣玉食。为了完成任务，他与煤矿工人一样在数十米深的矿井里，吃着粗粮，喝着脏水，干着牛马活，直到累得吐血。这种信仰的力量与革命精神，实为难得。

1933年6月，由于叛徒出卖，中共奉天特委遭到破坏。大逮捕中，幸好李兆麟当时在家外的奉天兵工厂与肇新窑业公司工作，敌人便抓捕了他的母亲、爱人和妹妹。处于危险中的李兆麟仍在努力坚持，直到实在无法活动，才于8月份北上哈尔滨找中共满洲省委。省委决定其留在省军委工作，任军委负责人。

出身地主家庭的李兆麟，在国家危亡的年代，难能可贵地成了富有理想、出生入死的革命者；而更令人敬佩的是，他的亲人们同样富有民族情怀，实为革命家庭。尤其是他的妹妹，为了保护做地下工作的哥哥，在同叛徒张百生的口供对证斗争中，无论西站宪兵营，还是东关伪警察厅的敌人怎样施刑，都一口咬定没有哥哥，最终高等法院没有证据对其判刑，只得将其释放。[29]

今天，在我们怀念民族英雄李兆麟的同时，请记住辽东半岛这一位年轻烈女子，她的名字叫李兆宾。

"军委"是军事委员会的简称，是非常重要的机构，其职能是组建党领导的工农武装，从事武装斗争，因而也称兵委。中共满洲省委的军委负责人，先后由杨林、周保中、赵尚志、杨靖宇、吉密（胡世杰）担任。吉密工作变动后，此职一直空缺。省委让年仅23岁的李兆麟担任此职，既是对他在义勇军工作期间的充分肯定，也是对他能力的充分认可。

1934 年，随着赵尚志珠河游击队的发展壮大，中共满洲省委决定，派李兆麟（化名张寿篯）赴珠河，担任反日游击队副队长。因为赵尚志尚未恢复党籍，满洲省委派李兆麟去游击队，显然是要加强这支抗日劲旅党的领导工作。

实际上，李兆麟是"以省委巡视员领导珠河县委，以副队长的资格领导珠河游击队的党和政治教育工作"。[30]赵尚志与李兆麟早就认识，再次见面，分外高兴，赵尚志早就希望省委派来帮手。来到游击队，让两年前曾领导东北抗日义勇军二十四路军搏杀沙场的李兆麟，感到有了新的用武之地。

在珠河游击队，李兆麟支持和配合赵尚志进攻黑龙宫，攻入宾州城，激战三岔河，打了若干险仗、胜仗。哈东支队成立后，赵尚志任支队司令，李兆麟任代理总政委兼政治部主任。哈东支队三个总队中，第一总队是游击队基本骨干队伍，赵尚志兼司令，李兆麟兼政治委员。3个总队之外，支队直属战斗力最强的炮队与骑兵队政委仍然是由李兆麟兼任。

1934 年下半年，面对敌人对珠河游击区和根据地的重兵"讨伐"，哈东支队与珠河中心县委在反"讨伐"斗争策略上发生了分歧。赵尚志（含李兆麟）主张实行"冲破敌人包围开展新游击区"的战略，珠河县委认为赵、李是"政治右倾"、逃跑主义。在涉及抗日武装力量是发展还是伤损的原则问题上，赵尚志从不让步。

因此，1934 的 11 月，中共满洲省委组织部长刘焜（又名赵毅敏，曾任东北人民革命军第三军政治委员、中共中央宣传部秘书长。新中国成立后，任中央纪律检查委员会副书记等职），以省委代表身份到珠河解决赵尚志（亦包括李兆麟）与珠河中心县委的意见分歧问题。刘焜经过实地考察，认为赵尚志根据实际，灵活执行省委决议，向方正方向发展的"策略是正确的，省委决议中'不准敌人进入游击区一步'是不切实际的"。后来省委发出的指示信中说："省委同意你们对于方正和珠河两处根据地决定。"[31]

中共满洲省委实事求是、纠正自身错误的精神，令人欣慰与敬佩。

1935年初，对赵尚志说来，两件喜事接踵而至。

第一件喜事是，1月12日，中共满洲省委做出了《关于恢复赵尚志同志党籍的决议》，决议还明确指出省委开除赵尚志党籍是错误的。[32]

应当看到，恢复赵尚志的党籍这件事本身，既说明了中国共产党勇于承认错误、纠正自身错误的勇气和作风，又反映了中共满洲省委正在努力排除和纠正"左"的影响，逐渐回到正确的路线方针上来。

据当时（1933年）的组织部长何成湘说："省委当时（《一·二六指示信》之前）站在'左'的机会主义立场上开除他（赵尚志）是不正确的。"虽然省委有关领导已认识到了，但还是未及时恢复他的党籍。

实际上，被开除党籍的赵尚志，非常盼望党组织能重新接纳自己，那种心情犹如离家的孩子，无时无刻不渴望尽快回到母亲温暖的怀抱。

1934年初，渴望至极的赵尚志向党团组织写了一份"声明书"，其中说"一个革命分子，若不是在阶级的党、革命的集团领导之下，绝不能够正确的执行革命工作……"。声明书用了3个"无条件"表达了对党的极度忠诚："无条件的接受领导，无条件的积极执行工作，无条件的服从纪律和改正错误，那才防止走上政治生命断绝、断送革命的危机。"赵尚志在声明书中检讨并承担了巴彦游击队失败的全部责任，责己之严，罚己之苛，实为罕见。他提议将自己的检讨"声明书"登在党报上，使每个同志都了解自己的错误，引以为戒。

如何正确对待党组织给予的处分，尤其是被错误惩处后，依然能做到对党的组织忠诚如初，对党的事业忠贞不贰，是一名共产党员，尤其是一名真正怀有崇高理想的共产党员，党性是否纯洁无瑕，革命态度是否坚定不移的根本检验与标志。

同样是在共产党组织中工作和学习了 50 余年的笔者，读着 80 多年前这位先烈的"声明书"，在心灵深受触动的同时，终于明白了一个道理：一些同样与赵尚志具有军事干才的人，为什么没有像他那样令日寇为之丧胆，有的甚至走向了反面，根本原因是缺少忠诚，对党"无条件"的忠诚。

对党"无条件"忠诚不是无原则的盲从，而是无条件地看怎么对党的事业更有利，这正是赵尚志对党无限忠诚的表现。只要对党对人民有好处，哪怕受到冷遇，也要坚持正确的策略；宁肯委屈，也不让党受损失。

知道开除赵尚志党籍是错误的，却没有及时恢复，是因为中共珠河中心县委认为，省委"不准敌人进入游击区一步"的意见，赵尚志并不同意。由于省委代表刘焜在珠河的巡视，省委重新做出了符合实际的策略："珠河和方正的游击区应在发展中打成一片，党和群众的组织工作也应向这一方向发展。"[33] 于是，赵尚志、珠河中心县委、省委巡视员、省委代表终于统一了认识。被开除出党组织达两年之久的赵尚志，终于又回到了党组织怀抱。

以上这些叙述是冗长的，但笔者认为十分必要。当年的历史教训，应当成为今日之鉴，这也是我们钟情历史的原因之一。

赵尚志作为一个坚定的革命者，被组织开除，政治生命被剥夺，无异于精神生命的停止；因为他的人生，完全与革命事业连在了一起。因而，作为一级组织，一定要对每个党员的政治生命高度负责。如果当时的中共满洲省委负责人能深入到基层官兵浴血奋战的第一线，如果能像罗登贤那样"不唯上，不唯书，只唯实"，就不会犯"左"的错误，而打击了真正的好同志。这是问题的一个方面。

另一方面，在剧烈复杂的革命斗争中，党不可能不犯错误，这对每个共产党员的党性与忠诚提出了更高要求。当年主持中共满洲省委工作、最终拍板恢复赵尚志党籍的代理省委书记杨光华,几十年后回忆说:"赵尚志从头到尾是革命的,受了挫折也没有消极,一直在搞革命,搞抗日活动。党开除了他,他也在革命。不在这搞,就到另一地方去搞,这是难得的革命精神。"[34]

也是在这一年的1月,共产党员赵尚志面对洁白积雪覆盖着的茫茫原野,望着朝阳初升的灿烂霞辉,感到无比欣慰,因为他迎来了这年的第二件喜事:1月28日,在上海抗战3周年的日子里,根据中共满洲省委指示,由哈东支队改编的东北人民革命军第三军宣告成立,由赵尚志任军长,冯仲云任政治部主任。

第三军暂编第一师,师长由赵尚志兼,下设3个团,最具战斗力的第一团团长,由李兆麟担任。3个团之外,军部直属部队有政治保安营、少年连。1933年10月10日,珠河游击队成立时只有13人,1年多时间已发展至全军500余人。游击区域已达珠河、五常、双城、延寿、宾县、方正等6个县。

第三军的迅速发展壮大,使日伪当局异常惊恐,最为恐惧的,是身处第三军各根据地与游击区之中的珠河伪政权。1935年伪珠河县政府编印的《滨江省珠河县政概况》称:珠河县行政区现有官警夫役263员,兵力单薄,不敷分配。而境内匪区密布,此剿彼窜,兵去匪来,是以匪患流年,滋扰不已。虽经联合友驻各军大事痛剿,迄未肃清。"抗日会匪赵尚志等盘踞亮珠河一带,时有攻城消息,纷至沓来。曾饬农商各按段重修城墙,建筑炮台及卡子房各数十处,并于城壕铁丝网上全通电流,以资防御。"

就在珠河县城日伪当局提心吊胆防备赵尚志攻袭时,不料赵尚志组织4路联军以迅雷不及掩耳之手段,出其不意地攻打了方正县城。欲知赵尚志如何巧用"三计"攻陷方正县城,容待后叙。

注释：

［1］《东北人民革命军第一军来信》（1935年8月23日），载中央档案馆，辽宁省档案馆、吉林省档案馆、黑龙江省档案馆：《东北地区革命历史文件汇集》，甲45，第198页；转引自赵俊清：《杨靖宇传》，黑龙江人民出版社，2015年8月修订版，第178页。

［2］小孟：《南满抗日游击运动》（1934年4月23日），载《东北抗日联军史料》编写组：《东北抗日联军史料》（下），中共党史资料出版社，1987年12月第1版，第496页。

［3］赵俊清：《杨靖宇传》，黑龙江人民出版社，2015年8月修订版，第168页。

［4］中共中央文献研究室、中史档案馆：《建党以来重要文献选编》（一九二一——一九四九），第十一册，中央文献出版社，2011年6月第1版，第240页。

［5］《中共满洲省委给人民革命军政委、政治部及全体党员的信》（1934年5月15日），载中央档案馆，辽宁省档案馆、吉林省档案馆、黑龙江省档案馆：《东北地区革命历史文件汇集》，甲18，第119页；转引自赵俊清：《杨靖宇传》，黑龙江人民出版社，2015年8月修订版，第182页。

［6］毛泽东：《抗日游击战争的战略问题》（1938年5月），载中共中央文献编辑委员会：《毛泽东选集》（第二卷），人民出版社，1991年6月第2版，第419页。

［7］［8］［26］张正隆：《雪冷血热》（上），长江文艺出版社，2011年4月第1版，第132—134页，第135页，第223页。

［9］张正隆：《雪冷血热》（下），长江文艺出版社，2011年4月第1版，第162页。

［10］［11］伪满军政部军事调查部编：《满洲共产匪之研究》，第216

页，第216页；转引自赵俊清：《杨靖宇传》，黑龙江人民出版社，2015年8月修订版，第191页，第191页。

[12]中共本溪市委党史工作办公室、本溪市民政局：《本溪英烈》（第一辑），出版登记号（内）0131，1988年8月出版，第95页。

[13]《杨司令关于军事及干部问题给省委的报告》（1934年12月29日），中央档案馆、辽宁省档案馆、吉林省档案馆、黑龙江省档案馆：《东北地区革命历史文件汇集》，甲44，第239页；转引自赵俊清：《杨靖宇传》，黑龙江人民出版社，2015年8月修订版，第158页。

[14]史义军：《冯仲云年谱长编》，国家图书馆出版社，2019年5月第1版，第72页。

[15]赵俊清：《赵尚志传》，黑龙江人民出版社，2015年8月修订版，第131页。

[16]熙文：《英勇奋斗的东北抗日联军第三军》，载巴黎《救国时报》，1937年9月18日；转引自赵俊清：《赵尚志传》，黑龙江人民出版社，2015年8月修订版，第131页。

[17][21][23]国家图书馆中国记忆项目中心：《我的抗联岁月：东北抗日联军战士口述史》，中信出版社，2016年9月第1版，第320页，第226页，第226页。

[18]潇湘：《关于蓬勃发展的满洲民族革命战争的报告》（1935年1月），载中央档案馆，辽宁省档案馆、吉林省档案馆、黑龙江省档案馆：《东北地区革命历史文件汇集》，甲21，第325—326页；转引自赵俊清：《赵尚志传》，黑龙江人民出版社，2015年8月修订版，第119页。

[19]《东北抗日联军史》编写组：《东北抗日联军史》（上册），中共党史出版社，2015年11月第1版，第455页。

[20]赵俊清：《赵尚志传》，黑龙江人民出版社，2015年8月修订版，第142页。

［22］以下摘引自国家图书馆中国记忆项目中心:《我的抗联岁月:东北抗日联军战士口述史》,中信出版社,2016年9月第1版,第225页。

［24］刘颖:《东北抗联女兵》,黑龙江人民出版社,2015年8月第1版,第18页。

［25］［27］张正隆,姜宝才:《最后的抗联》,人民日报出版社,2016年1月第1版,第250—251页,第253页。

［28］中共辽宁省委党史研究室:《中国共产党辽宁史》(第一卷),辽海出版社,2001年6月出版,第206页;转引自赵俊清:《李兆麟传》,黑龙江人民出版社,2015年8月第1版,第38页。

［29］赵俊清:《李兆麟传》,黑龙江人民出版社,2015年8月第1版,第54页。

［30］《张寿篯独立活动经过(履历自传)》(1942年9月10日),载中央档案馆、辽宁省档案馆、吉林省档案馆、黑龙江省档案馆:《东北地区革命历史文件汇集》,甲64,第306页;转引自赵俊清:《李兆麟传》,黑龙江人民出版社,2015年8月第1版,第86页。

［31］［33］《满洲省委给珠河县委与游击队政治部诸同志的指示信》(1934年12月23日),中央档案馆、辽宁省档案馆、吉林省档案馆、黑龙江省档案馆:《东北地区革命历史文件汇集》,甲20,第120页,第120页;转引自赵俊清:《赵尚志传》,黑龙江人民出版社,2015年8月修订版,第137页,第13页。

［32］中共满洲省委《关于恢复赵尚志同志党籍的决议》(1935年1月12日),中央档案馆、辽宁省档案馆、吉林省档案馆、黑龙江省档案馆:《东北地区革命历史文件汇集》,甲21,第5页。转引自赵俊清:《赵尚志传》,黑龙江人民出版社,2015年8月修订版,第138页。

［34］《访问杨光华同志记录》(1965年9月16日);转引自赵俊清:《赵尚志传》,黑龙江人民出版社,2015年8月修订版,第137页。

第十章
螳前雀后

31. 教授抵抗者

冯仲云，1908 年生人，江苏武进人，曾用名冯云、胡子明。冯仲云于 1927 年加入中国共产党，曾任清华大学党支部书记。他曾在北平组织学生游行，被国民党阎锡山部逮捕入狱。半年后，他趁奉军张学良部攻入北平之机，在党组织配合下，砸开镣铐，逃出监狱。1930 年，冯仲云被党组织派往东北。

冯仲云于 1926 年考入清华大学数学系，是熊庆来先生的大弟子，正儿八经可算大数学家华罗庚的学长。[1] 他本来可以在数学领域深造，却选择了一条救国的铁血征途，经历了九死一生、妻离女别子丧的剧痛。

在担任了以赵尚志为军长的第三军政治部主任后，冯仲云又担任了东北抗联第三路军政治委员、第六军政治部主任等职，是东北抗联的主要领导人之一。

冯仲云在到部队之前，有较长时间在做地下工作。地下工作是抗联的重要组成部分，从某种意义上讲，其危险程度要高于手中有枪的部队，被捕与牺牲往往在一瞬间。

在哈尔滨，冯仲云以东北商船学校教授的身份作掩护，从事秘密地下工作。开始他担任中共满洲反日总会党团书记，后来这个职务转交给杨靖宇一个时期，他便集中精力做省委机关工作；不久，担任了中共满洲省委秘书长。

东北商船学校实质是为北洋海军沈鸿烈系统培养人才。毕业生大都被分配到松花江航运局的船上当大副或轮机长。学校有一个传统：学生考老师。前一位教授就是被学生3个几何难题难倒而走的，考冯仲云的3个难题，他都很快解决了。年仅22岁的冯仲云也因此声名鹊起，不仅本校学生佩服他，校外也有不少学生知道他的大名。于是，在做商船学校教授的同时，冯仲云还到哈尔滨第一中学兼课，教高等数学。

商船学校教授工资优厚，每月180个银大洋，足够他与妻子薛雯（1931年加入中国共产党）两人享受比较优渥的生活了。为什么他还要到哈一中兼课再挣100个银大洋？因为他们太需要钱了。

九一八事变之后，中共满洲省委由奉天迁往哈尔滨，与上海中央局断了关系，经费全靠自己解决。当年12月3日，《中共满洲省委为筹备党的经费致各级党部并全体同志书》中，一开头就指出"党的经费问题是异常严重地摆在全党的面前"，"积极努力来解决这一问题，是每个同志的本身政治任务之一"。

冯仲云在两处任教，月收入280个银大洋，折合哈大洋为350个。他将其中的270个哈大洋全部交给组织，自己留下80个哈大洋。按当时党费收缴规定，20%上缴党费，这样每月自己的开销只剩64个哈大洋。

不仅如此，自中共满洲省委到哈市后，冯仲云的家便成了秘密联络点。家里除了长期住着两个同志外，经常有地下党同志来。包括在家开省委常委会等，都需要冯仲云两口子准备吃或住。赵尚志、杨靖宇、周保中都来过，有人没吃饱，薛雯就把自己那份让给来人吃。但无论怎么精打细算，64个哈大洋都不够，妻子薛雯就得想法找"安全"的人借钱。

有一次，罗登贤组织中共满洲省委的几个同志在冯仲云家开会，薛雯觉得总得给他们弄顿饭吃。可是家里没食物，兜里又没有钱，薛雯便去有轨电车上找冯仲云的侄儿冯铉（共产党员）。双方在此前约定的车站碰头，趁人不注意，冯铉将钱卷成烟卷状扔到地上，薛雯假装系鞋带捡起来，解决了顿午饭。

在哈市做地下工作，搬家是常事，一有情况，除了重要文件随身携带外，几乎都是只身离家。据薛雯回忆，她4年搬了八九次家。第一年在哈市过冬天，南方姑娘没经历过东北严寒，而且怀了孕，连买袜子、手套的钱都没有了。一个"安全"的人送给她一件大衣，才把她凸起的肚子保护起来。

频繁搬家，还得装成有钱的教授。有一次，冯仲云把口袋里的钱全部给了房东（预付1个月房租钱），没有买煤样子的钱了。房里烧火时间短，温度低，冯仲云便借了两床被子，5个人（夫妻俩、冯铉、两个长住家里的同志）就靠这两床被子取暖，而且尽量把怀孕的薛雯"放"在中间。

中共满洲省委有两种交通员：一种是"外交"，沟通省委与外地各县委、游击队；一种是"内交"，传递省委文件、指示。年仅18岁的薛雯负责的是内交。面对满街的特务、警察，她每次出门送文件、情报，都面临着能回来与回不来两种结果。

冯仲云与薛雯的女儿冯忆罗，在未出生的时候，就成了父母开展地下工作的掩护"工具"。挺着大肚子的薛雯经常把秘密文件包在为未出生孩子准备的小衣服小帽子中间，有一次竟然包了200份宣传品。

孩子没出生时，带着文件的薛雯连车也不敢坐。孩子出生后，薛雯便将文件、宣传品贴裹到孩子身上，再穿上小衣服，包上小棉袄。有时，碰上敌人检查，就狠心偷偷把孩子小脚趾拧一下，孩子哇哇大哭，敌人便不耐烦地放人走了。

1932年夏天的一个夜晚，冯仲云新搬的家成了临时印刷所，中共满洲省委书记罗登贤带着赵尚志、冯仲云与薛雯连夜印制一批宣传品。罗登贤用毛笔蘸着阿莫尼亚药水写着蜡纸，冯仲云负责放哨和整理纸张，赵尚志与薛雯负责印刷。1个多月大的小冯忆罗被阿莫尼亚药水的气味熏得尖着嗓子哭，哭声淹没了印刷机"嗒嗒"的声音。

午夜2点多钟时，附近的狗叫了起来，接着有巡警"嗒嗒"的皮鞋声，冯仲云也发出了提醒。尽管窗子被厚布帘罩住，但灯光依然透了出去——午夜2点屋内的灯光极易招来巡警。大家都很着急，不知如何化解危机！

望着熟睡的瘦小女儿，薛雯狠了狠心，在孩子的腿上、屁股上用劲拧着，孩子哇哇的哭声淹没了印刷机的声音，也"解释"了灯光的"原因"。望着满脸泪水的女儿，薛雯成串的泪珠无声地流了下来。

在哈尔滨的4年间，薛雯与丈夫冯仲云聚少离多。在冯忆罗出生后不久，冯仲云便被中共满洲省委派往汤原，发展和整顿党的组织，建立游击队。冯忆罗回忆，有一次冯仲云是10月份走的，回来是第二年4月份，离家达半年之久。

冯仲云在汤原那段时间，正赶上汤原游击队遭遇首次挫折，游击队长李福臣搞丢了全部枪支。冯仲云做了大量工作，选择指派王永江任汤原反日游击队党代表，重新组建了汤原反日游击队。

同时，冯仲云下决心发展中共党员，培养干部。鉴于汤原汉族中共党员人数太少，不利于发动群众，冯仲云到黑金河矿区举办青年积极分子学习班。半年以后，当冯仲云离开汤原的时候，汉族党团员已有近60人，朝鲜族党团员约130人，党团员的民族分布比例改变很大。

抗联第六军诞生于汤原，与冯仲云播撒革命火种有重要关系。冯仲云发现夏云杰（夏云阶）各方面甚为优秀，便把夏云杰等三人找来办学习班，给他们"开小灶"，并亲自介绍夏云杰加入中国共产党。[2] 不久，中共汤原县委班子及骨干几乎被敌人屠杀殆尽，新任县委书记王亚堂恐惧脱逃，幸存的夏云杰挺身扛鼎，拉起了游击队，最终担任第六军军长。被冯仲云特殊培养并介绍入党的老交通员李升，最后成为人人尊敬的"抗联的父亲"。可见，冯仲云在政治上识人目光的独到。

极富数学天赋的冯仲云记忆力超出常人。《一·二六指示信》到达中共满洲省委后，要迅速传达基层县委和游击队。冯仲云被通知在家待几天，把《一·二六指示信》全部熟记，要几乎一个字不差地背下来，因为不能把文件随身携带。

原计划由中共吉林团市委书记金景负责陪同冯仲云去海龙与磐石，不料被抓的金景叛变了，并将中共满洲省委两个巡视员（另一个是傅天飞同志）的行程向敌人和盘托出，敌人包围了火车站。凡事极有经验的冯傅二人发现了异常，迅速返回吉林市，通知市委支部书记李维民转移所属党团员与骨干。

李维民接到冯仲云与傅天飞的通知，立即展开了行动，烧毁了文件，掩藏了油印机，转移了相关同志。当日上午，日本宪兵队闯到李维民家，没有抓到李维民，便毒打了他的母亲，踢死了他6岁的儿子。暴露了身份的李维民北上哈尔滨寻找中共满洲省委，先是被安排做秘密印刷发行传达工作，后负责省委交通（外）工作。

李维民经地下党员张玉珩（外号张瞎子，即在杨靖宇之前担任磐石游击队政委的张振国）与纪儒林介绍，于1930年春加入中国共产党。张玉珩调磐石工作后，李维民接替张任中共吉林支部书记。

李维民还与杨靖宇关系密切，曾为磐石游击队选送一批进步青年参加队伍。1942年，受组织派遣，李维民回到吉林市，长期潜伏。1945年日本投降后，他进入苏军保卫局工作，并组建吉林特别支部，任特支书记。同年10月，他与陈云取得了联系，11月任吉林市委副书记。新中国成立后，他先后任鞍山市公安局长、副市长、市长等职。

李维民自入党后到东北解放的十几年间，一直做党的隐蔽战线工作，这需要高超的智慧与机敏异常的地下斗争经验。

著名评书演播者王刚曾在《夜幕下的哈尔滨》中，讲到了一位有着坚韧不拔、成熟干练的斗争技巧的地下党员"王一民"。1933年由关东军智囊石原莞尔一手缔造的伪满洲国协和会编制了《歼灭共匪》一书，"王一民"的名字赫然在列。这本《歼灭共匪》小册子仅有30余页，标有"机密"字样，仅供伪满高级军政官员使用，另加盖收存者印章，其中含有中共武装与地下组织情况。[3] 上到这个名单者，均为日伪重点侦破打击对象。

今日伪当局坐立不安的"王一民"，正是李维民。因地下工作的需要，李维民有若干个化名，其实连"李维民"也是化名。他的原名为李馥慧，曾用名李一民、张守仁，王一民只是其化名之一。

不过，当年的李维民并未像文学作品《夜幕下的哈尔滨》演播的那样出神入化。相反，在严重的白色恐怖下开展工作的李维民，每时每刻都过着万分谨慎小心的日子，绞尽脑汁与凶残的敌人斗智斗勇，在全力完成获取情报、护送干部、购买药品等任务中，争取保全自我。

应当承认，李维民是幸存者。还应当承认，"王一民"不仅仅是李维民的原型，也是同李维民做着同样工作的若干抗联地下工作者的原型。

脱离部队只身做地下工作，不仅时刻面临日伪宪兵警察特务的威胁，还面临着土匪的无端残害。初到汤原发展组织与武装的冯仲云，险些死于土匪之手，靠装哑巴侥幸捡回一条命。

抗联老战士李在德是著名抗日女烈士金成刚的女儿。几十年后，她仍对当时的一次险情记忆犹新。那天，冯仲云在她家组织开会，不料一股20多人的土匪闯进村里抢劫。事发突然，冯仲云已经无法脱身了。危急时刻，李在德的妈妈金成刚先伸手摘下了冯仲云的眼镜，又把一些文件藏进自己怀里。李在德的奶奶还一再地叮嘱冯仲云，千万别说话，装哑巴。

这时，四五个土匪了进屋，先是乱翻一气，没翻到有用的东西，看见奶奶身后的冯仲云，心中起疑。金成刚机智地大声喊："你们拿枪不打日本鬼子，欺负老百姓干什么？"

土匪小头目恼羞成怒，打量着冯仲云："谁说不打日本子，我看他就像个日本特务，拉出去毙了！"那个年代，有枪便是草头王，弄死个老百姓无疑像碾死一只蚂蚱。

随着小头目声落，土匪们一拥而上，对着冯仲云一阵拳打脚踢。李在德的奶奶不顾一切扑上去，一边用瘦弱的身体护着冯仲云，一边大声哭喊："饶了他吧，他是我的哑巴儿子，从朝鲜来看我。他是个哑巴呀！"土匪不理会，硬把冯仲云往院外拖，奶奶哭喊着死死拉住冯仲云胳膊不放。金成刚与李在德也扑上去拽住冯仲云，气急的土匪便想下杀手了。

此时，村里的党员和老乡，以及别处的土匪都闻声赶来，乡亲40余对土匪20余。土匪大头目问老乡："这哑巴真是她儿子吗？如果撒谎，通通枪毙！"乡邻们众口一词地说："就是老太太的哑巴儿子嘛！"就这样，在全村人保护下，冯仲云终于躲过了一劫。

冯仲云离开不久，李在德的奶奶病倒了；而且一病不起，不久便去世了。临终前，她让把自己埋在进山的路旁，说可以经常听到人们从这里走过的脚步声。老人是舍不得离开亲人们，听到脚步声就知道亲人们还安全。

不久，忙完了别处工作的冯仲云又回到了村子里，要看望救了他性命的朝鲜族老妈妈。得知老人家去世，冯仲云心里非常难过，来到老人家坟前，放上了一把野花，默立了很久。[4]

其实，以上只是冯仲云数次遇险中的一个片段。1934年秋，冯仲云由哈尔滨到乌吉密火车站，而后去往珠河，由交通员杨青山负责接站，不料刚下火车就被两个日伪特务盯上了。杨青山迅速把冯仲云拉进一个胡同，把自己的大袍子和帽子给冯仲云穿戴上，告诉他先沿着胡同往南街走，再沿着从八里盘流下来的小河往西走，到屯南的老爷岭下会合。

然后，杨青山出胡同，大摇大摆往东走去，吸引两个特务的注意力。两个特务追上杨青山问："那个高个子穿制服戴眼镜的人往哪去了？"杨青山往相反方向指引说："从前头胡同往北走了。"两个特务往北追了过去。在老爷岭下会合后，冯仲云拉着杨青山的手激动地说："你救了我一条命啊！"[5]

为了安全，冯仲云此后出行尽量不乘火车。1933年4月，在老交通员李升带领下，冯仲云从汤原步行500多里地回哈尔滨，向省委汇报请示工作。得知冯仲云回到哈市，因穿得破烂不能回家，薛雯按要求去指定地点同他会面，只见冯仲云已"变成"一个又瘦又脏的乞丐。面对他人目光，薛雯忙小声说："你跟在我后边走，我们边走边谈吧。"冯仲云便在后边跟着，碰到路人，就把手伸出来，装出向薛雯乞讨的样子。

冯仲云告诉薛雯，自己走了五六百里路，走得脚底起了泡，好在老交通员有经验，让他把两颗枣嚼烂贴在脚上，过了一夜泡就下去了，第二天就继续走。"回到哈尔滨，我这个样子不便去道里、南岗找你们，我们又在道外桃花巷待了3天，才找到一个关系。我同交通员两人到昨天晚上只剩下 4 角钱，吃了就住不了店，因此不敢吃饭了。幸亏昨晚上找到一个同志，若不然又要饿几天呢。"[6]

薛雯问冯仲云怎么把破烂衣服换掉，冯仲云说已找好了有关系的地方。他让薛雯晚上把干净衣服送到沿江岸边一个叫牵牛房的地方——一座红森房子，那儿僻静。

晚上，江边行人寥寥。薛雯观察了一下四周，迅速钻进了小木屋。

冯仲云果然做了周密安排，一个警察领着他去澡堂子洗了澡。薛雯看着那堆换下来的衣服，破烂棉袍子的棉花差不多掉光了。因为又当棉衣又当被，生满了虱子，有的还在袍子上爬动。薛雯当场就要扔掉，冯仲云却坚持带回去拆洗缝补，说下基层还要用，但抱着破烂衣服坐电车是很危险的。那位警察说："我送你们一段吧。"说着便提着那堆破烂包裹，同大家一块儿离开木屋，上了电车。果然，不到一个月，冯仲云又离开哈尔滨，赶往了南满。[7]

60 多年后，薛雯在北京接受了采访，仍然深情回忆起当年在哈尔滨南岗光芒街的家：那是一座俄罗斯式的木板墙壁的平房，既是冯仲云与薛雯的"家"，又是中共满洲省委秘书处、省委文件保管处。平房里的书架上，摆满了中外文数学专著，完全是一位教授的"家庭"。会客室里放着黄格子大沙发，大沙发的三个靠背里装满了秘密文件。现今，这座平房门楣上的标牌是"中共满洲省委旧址"。[8]

抗联战士们的危险，不光来自敌人，还来自细菌与病毒。冯仲云在《我的自传》中写道："我在汤原害了严重的克山病，就是说是心脏腐烂症，这个病本来死亡率是百分之八十。但是我幸遇良医，得以起死回生。可后来是有些后遗症的。"

克山病是一种地方性心脏病，最早发现于黑龙江省克山县，因此而得名。主要症状是心肌损伤，伴有急慢性心力衰竭。急性克山病发病急，病情快，极易引发心源性休克、急性肺水肿，在缺医少药的二十世纪三四十年代，病死率非常高。

研究表明，克山病多发于硒元素缺乏地带。新中国成立后，到20世纪70年代，此病已少有发生。而冯仲云在汤原发病的年代，能够活下来，应当是很幸运的。如果疾病与敌人一起向抗联攻击，那可是命悬一线了。

打小在江南水乡长大的冯仲云来到天寒地冻的东北，加之很多时间到基层各县农村，疾病便时时找上身来。1934年，在五常县小石龙、棒槌沟一带，冯仲云便得了斑疹伤寒病。多年后，冯仲云回忆起这两个地方，至今仍然"印象很深"，说自己很想再去看看。

那年冬天闹斑疹伤寒，闹得很厉害，部队80%的人员都害了（斑疹）伤寒病。冯仲云躺了3天，走也走不得，动也动不得，后来张兰生、朱新阳（张与朱分别为抗联重要领导干部），弄个爬犁，把他和另外一位同志拉走了，送到了一个种大烟的地点——大烟场子。之后，他们觉得不把握，又搬了出去。

冯仲云回忆："我们刚走，敌人就扑到我们住过的那个房子里去了。敌人也在那儿扎营住下，离我们只有几百米远，他们劈柴干啥我们都能听见。我们整个县委也都在那里。后来我们走了，到我们自己的一个医院里。三十多里路，我们连走带爬，走了十五六个小时。过了三天，县委被敌人给剿了，剩几个人跑到林子里，也都病了。我和小马好了，把他们二十多个人一个一个都背进去了。"[9]

斑疹伤寒，包括流行性与地方性两种，主要是以虱子与跳蚤为传播媒介，在人群中传染性强，病死率高。此病与战争及贫穷导致的卫生状况低下有直接关系。

抗日战争期间，仅上海一地每年即有1万多病例，病死率高达20%。[10] 预防此病手段非常简单而易行，就是讲卫生，灭虱蚤；但对抗联战士来说，又是非常复杂而奢侈的。从冯仲云上述回忆可以看出，一场斑疹伤寒的传播和蔓延便可以击垮一支队伍。可在那个年代，又何止一种传染病"配合"日本侵略者一齐向抗联战士袭来？

1934年春，共青团满洲省委书记刘明佛（胡彬）、宣传部长杨波被捕后叛变，致中共满洲省委机关受到破坏，省、市、县级党团、工会主要负责领导30余人被捕。[11]冯仲云夫妻成了敌人重赏通缉的"要犯"，两人的模拟画像在哈尔滨市街巷被到处张贴，人头赏格达1万大洋，提供有效线索的赏格也达3000元。

冯仲云基本在各根据地，不易被察，带着两个孩子的薛雯时刻处在危险中。为安全起见，薛雯带两个孩子回了上海。离开前，化装后的冯仲云赶回哈尔滨的临时家中，与妻子和两个孩子见面。

冯仲云深情地看着妻子欲言又止。他抱着出生不久的儿子，抚摸着两岁的女儿，冷静分析了一家人接下来将面对的3种可能：一是薛雯回上海，通过组织安顿好孩子，再重回东北，跟自己一起去哈东打游击；二是10年、15年胜利后双方再重逢；三是这次分别可能永别。冯仲云鼓励妻子说："不管怎么样，一定要坚定信念。哪怕是牺牲，必胜信念一定不能有任何动摇。"[12]

薛雯也是一位坚定的革命者，虽然内心伤感于分离，但在崇敬的丈夫面前仍然表现得很坚强。她只提了一个要求，给两岁的女儿起个名字。那时节，冯仲云刚获得罗登贤牺牲的消息，于是就给女儿起名冯忆罗：一是以此名纪念缅怀罗登贤，期望女儿长大也要走革命先烈的道路；二是若将来夫妻不管谁发生了什么意外，只要有一个人活着，只要孩子活着，凭"忆罗"之名，便能找到孩子。[13]

那一晚，冯仲云是不能在家过夜的。"3种可能"下的别离，可谓五味杂陈。令我们倍感欣慰的是，这对赤诚忠烈的夫妻，12年后在抗战胜利的凯歌中得以重逢，成就了抗联一段少有的爱情佳话。虽然儿子已夭折，但女儿冯忆罗已成为新四军战士。

在结束本节前，应当补记"抗联的父亲"李升老人一笔。

李升，1867年生于山东德州一个贫苦的搬运工家庭。1894年，28岁的他一个人扛着一条扁担闯了关东，辗转落脚方正县，1915年被骗到俄国修了两年铁路。1932年秋，李升打死了一个伪军，不敢回方正县，流落到汤原鹤立河南岸七号屯，在那儿结识了冯仲云，并被介绍加入中国共产党。不久，日伪军攻占了方正县，烧了半条街。李升家的房子被烧了，他的老伴和两个儿子也都被敌人杀害了。已60多岁的李升对敌人更加仇恨，抗日更加坚决。

李升老人是东北抗联最出色的交通员，许多东北抗联的领导与战士由密营去外地或上部队时，都由他护送。他们以"父子""父女""翁媳"等关系为掩护，每次都安全抵达目的地。中共满洲省委每次有重要干部派遣，都由他领送。

杨靖宇、冯仲云、赵一曼、李兆麟等人，都曾扮过他的儿子、女儿。当时，李升虽然年纪很大了，但自小吃苦，大半生从事体力劳动，故而还是健步如飞，超过许多年轻人。

1940年初，他从长白山寻找第一路军回来，由于叛徒告密，在依兰县境被捕。敌人对他施以各种酷刑，后来把他放在一个布满铁刺的笼子里，拼命滚动笼子。他浑身被铁刺扎了数不清的血窟窿，却始终坚贞不屈，不吐露党的机密，结果被判处10年徒刑，直到1945年"八一五"日本投降后才出狱。[14]

老人出狱时年逾78岁，在那个年代是一位高寿的长者。他一生坎坷，受尽了人世间各种痛苦，却得以亲眼看到日本侵略者被赶出中国。那一刻，老人一定是无比幸福的。

是什么力量让老人有如此顽强的生命力？应当是等待一个未竟的心愿。阅尽沧桑的李升老人，一定是看准了小鬼子必定塌台！换言之，是革命必胜的信念，为老人注入了强大的精神力量。

现今，我们每每看到那些历经腥风血雨、伤痕累累的"老红军""老抗联"，八九十岁高龄仍然精神抖擞。他们哪一位不是精神上超出常人的强者呢？

32. 绑花票，他就该死

东北抗联第九军，源于中国自卫军吉林混成旅第二支队，支队长为李华堂。

李华堂，生于 1886 年、河北漆县人，原为东北军李杜的二十四旅九十六团二营营长，参加了哈尔滨保卫战。李杜领导的自卫军溃散后，李华堂于 1932 年秋，率自卫军一残部，收编了地方大排及山林队，在依兰县小城子成立中国自卫军吉林混成旅第二支队，下辖 3 个营，全支队共 400 余人，活动于刁翎、三道通、小江沿一带。1933 年末，部队到汤旺河沟里时，立即引起了中共汤原中心县委的关注。

年近 50 的李华堂表现出与诸多义勇军首领不同的成熟。他善于交际，广交朋友。用赵尚志的第三军一师师长刘海涛的话讲："不论你是贫的富的，老的小的男的女的都能够接近他。"李华堂治军有方，严束部下，对贫穷群众关系好，不欺压百姓，其部队用度主要是向地主、富农、把头抽捐，这在兵荒马乱的世道，委实难能可贵。

中共汤原县委经过考察后认为，这支以旧吉林军为骨干的队伍反日是颇坚决的，队伍里的下层士兵常说"宁将枪毁坏，不投降"；而且李华堂本人颇有些政治头脑，在士兵中相当有威信，有时能接受共产党的部分主张，曾与我军共同作过战，相信游击队抗日坚决，我们的部队与他们相遇时，还主动替我们准备给养、住所等。

李华堂之所以与其他义勇军、山林队有一些不同，最主要的原因是他较早地认识到共产党领导的武装是真正抗日的武装。鉴于此,中共汤原中心县委选派 3 名干部进入了第二支队。之后,李华堂与汤原民众反日游击队进行合作,互相支持,配合作战。

1934 年初,日伪当局加强对汤原抗日武装的"讨伐",李华堂部遭受损失,不得不离开汤原。该年初春,李华堂率部袭击了勃利县湖南营地区日本武装移民团,毙伤日伪军 20 余人。年末,在日伪军围攻下,部队由 80 余人锐减至 50 余人,而且士气低落,处于溃散状态。

应当肯定的是,面对严重挫折,1934 年末的李华堂抗战的意志是坚定的,积极努力地东山再起。被称为"奸老畲"的李华堂,聪明之处是认定真心抗日的共产党一定会帮助自己恢复队伍,尽管自己不是共产党的武装。他把求助的目光投向了赵尚志,不仅是因为这位共产党的军长坚决抗日,关键是他有实力帮助自己。

为了增加自己身份的砝码,李华堂找到消沉沮丧的谢文东,一而再、再而三,苦口婆心地劝说,终于使谢文东同意与其共同行动。而后,他不顾艰辛,带着一名随员,代表自己与谢文东两支抗日武装,寻求赵尚志帮助。

共产党团结帮助各类抗日武装,在理论与思想方针上是成立的。东北抗日武装义勇军、山林队达上百支,过百人的队伍不在少数,赵尚志会帮助这两支仅有 50 余人与 30 余人的小队伍重新恢复吗?

东北抗联第十军源于报号"双龙"的抗日山林队,"双龙"的首领为汪雅臣。

汪雅臣,又名汪景龙,生于 1911 年,山东蓬莱人,家贫,逃荒至吉林省五常县(现属黑龙江省)。他 13 岁给富户放猪,15 岁入菁河林区当伐木工人,后被"东双胜队"劫持入伙。1929 年春,吉林东北军二十六旅三十四团清剿了"东双胜队",被俘的汪雅臣遂留在三十四团当兵。

九一八事变后，三十四团不战而降日，汪雅臣与数名士兵携枪出去，在五常家乡小牤牛河拉起 20 余人的队伍，报号"双龙"，举旗抗日。此时，张学良的东北军已经逃往关内，新的日伪政权，遭到一致反对。乱世有枪便是王，各地各类武装云涌而起。强吞弱，大吃小，每日都在上演。为保存实力，汪雅臣率部加入当地一支势力较大的山林队"保胜"，并当上了"炮头"。

自小苦出身的汪雅臣同情弱小，极富正义感，不承想"保胜"首领张保胜匪性十足，多次侵扰抢劫老百姓，连贫苦者也不放过。汪雅臣曾几次相劝，张保胜依然如故。

据说，最终引爆火并的导火索，是张保胜绑了两个"花票"（年轻女子）。早已怒不可遏的汪雅臣，一枪打死了毫无防备的张保胜。面对一片惊愕的"保胜"部属，汪雅臣大喝道："冤有头，债有主，俺'双龙'这一枪是他逼的。日本子祸害咱中国人，咱怎么能也跟着祸害？打今儿个起，咱得换个活法，当个中国爷们，把劲儿都使到小鬼子头上！"

望着高大魁梧、武艺高强的"炮头"与站在他身后的"双龙"队员，"保胜"队多数人都对"炮头"改了称呼，称其"大当家"。汪雅臣重新打出了"双龙"的旗号。

从小股山林队发展到兵强马壮的东北抗联第十军，汪雅臣走过了艰难而曲折的道路。

汪雅臣以山区为依托，尤其是在南山里九十五顶子一带，带领队伍不断袭击小股日伪军，很快便声名鹊起了，但他的队伍仍属小股山林队之列。为求自保，他又将"双龙队"罩在有千人武装的宋德林部，被编为宋部第四支队，队伍管理方式商定为"准编不准调"，活动方式为：一方面时常随宋德林部一起打击（较大股）日伪军；另一方面，时不时单独打击较小股的敌人。由于不扰民，战斗力强，至 1933 年末，"双龙队"已发展至 200 余人，[15] 活动区域自五常至双城、舒兰一带。

1934 年初，得知赵尚志在珠河县召集抗日义勇军联席会议并成立联合军，汪雅臣仿而效之，召集五常、舒兰一带反日山林队与爱国民众 700 余人，在一个关帝庙中成立了反满抗日义勇军，汪雅臣被推荐为司令。

在积极的抗日斗争中，汪雅臣逐步认识到，共产党是最真心实意、最有前途的抗日队伍。他尤其对赵尚志及其领导的队伍敬佩不已，心向往之，找机会要与赵取得联系。

终于，在这一年的 5 月，汪雅臣在珠河五区小街会晤了久仰的赵尚志。二人共商联合抗日之事，相谈甚欢。

以后，"双龙"队时常配合第三军第三团作战，不断发展壮大，为以后成为东北抗联第十军打下了基础。

东北抗联第十一军的前身是抗联独立师，独立师源于山林义勇军"明山队"，"明山"的首领为祁致中。

祁致中生于 1913 年，山东曹县人，原名祁宝堂，15 岁闯关东，后在桦川县驼腰子金矿（现属桦南县）当矿工。驼腰子金矿建矿于 1890 年。资料统计，自建成以后的 40 多年来，驼腰子金矿开采沙金达 50 多万两。

1933 年 2 月的一个晚上，日本武装移民一个中队和孟家岗自卫队，在伪军 3 个连配合下，打跑了守卫金矿的李杜自卫军，将金矿换上了日本"膏药旗"。原来，尽管东北军对矿工也并不怎么好，但矿工毕竟是在给中国人干活。现今，望着"膏药旗"的矿工们，心里更加窝堵。

偏偏在日本人接矿不久，发生了一起矿难，矿工 2 死 3 伤。伤者之一便是祁致中。这时的他叫祁宝堂，20 岁刚出头。工友们要求给死伤矿工赔偿、治疗；可在当时的情势下，死伤几个中国人还算个事吗？

矿上似没听见一样。有的矿工说："日本子太不讲理，跟他们拼了！"说着便把目光投向头脑精明、颇有威信、精瘦结实、被砸伤双脚的祁宝堂，等他从嘴说出"拼了"的号令。

没料到，祁宝堂吐出了跟他平时血气方刚性格极不相同的一句话："两手攥空拳，那不是白给吗？不能脑瓜子一热就弄事！"

就这么认了？那当然不是祁宝堂的性格，他要谋定而后动。干掉脑袋的事，必须极其秘密。祁宝堂与6个矿工磕头拜了把子，结成了生死弟兄，把各自私藏的金末子凑在一块儿，买了1支狗牌撸子手枪（带5发子弹），1支"七星子"左轮手枪（带7发子弹）。

这年6月的一个中午，一切与往常一样，矿工们在吃午饭，护矿的日本兵利用这难得的工人聚堆机会，也把枪码起来，聚在一堆休息。毕竟矿难已过去3个半月了，中国人仍然驯顺地在干活，日本兵们神经很松弛。

已经跟日本兵的班长混得很熟的孙继武，以请"皇军"抽烟为名凑了过去；但他这次掏出的不是香烟，而是手枪。"啪、啪、啪"，两处同时响起了枪声，在击毙鬼子日本兵班长的同时，祁宝堂的枪也响了，日军机枪手一命鸣呼。其余5兄弟夺过架在一起的三八大盖，"乒乒乒乒"一阵爆豆般的枪声，让另外5个鬼子全部见了阎王。

资料记载，1933年6月的驼腰子金矿工人暴动，击毙日军7人，夺取轻机关枪1挺，步枪6支，手枪2支，子弹700余发。暴动领导者祁宝堂，其他6位参与暴动者为张仲祥、尤成禄、吕景其、赵喜儒、孙继武、韩忠礼。[16]

7位不甘为矿奴的工人，有资格进入抗联史册。

7个结拜暴动者中，祁宝堂按年龄排为老七，他发表了激烈的"暴动宣言"："我们哥儿7个反了，就是要拉队伍跟小日本子干，不愿当亡国奴的爷们跟我们走！"当即有20多人参加了暴动队伍，加上暴动7兄弟，计30余人。队伍转移至金矿40里外，在十二马架子屯正式成立东北山林义勇军，报号"明山"，20岁的祁宝堂被推举为首领。明山队编成3个班，每班10人。

"明山队"对敌的第一仗是截击日军运送给养车队，伏击地点设在公路山脚下，目标共有7辆汽车，日军押运共14人。祁宝堂亲自握着金矿缴获的那挺机枪猛烈扫射，第一辆汽车中弹起火。富有战斗经验的日军迅速趴在车轮后边还击，顽抗。事先埋伏在公路另一侧的"明山"队员，偷偷摸上公路，从背后突然发起攻击，形成前后夹击之势，14个日军全部被击毙。

此战缴获甚丰，大家兴高采烈搬运战利品，却没有放出观察哨。几辆增援的日军装甲车，猛地打出了急雨般的枪弹。祁玉堂急令撤退，自己端机关枪在队后掩护。好在伏击点选在山林边，队伍得以钻进树林，但也牺牲了好几个队员。这对第一次指挥作战的祁宝堂说来，既是教训，也是经验。

一个成熟的指挥员，仅仅勇敢是不够的，必须要有宏观把握战场局势的能力。当然，这种能力需要久经战阵的历练与积累。

第二次战斗是伏击驼腰子金矿运送沙金的伪军车队。此次战斗虽未夺得送金子的大车队，却击毙伪军五六名，其余伪军落荒而逃，再次轰动驼腰子一带，"明山队"也发展至50多人。

1934年春，得知谢文东在土龙山组织农民暴动，祁宝堂率"明山队"前去助战，加入谢文东的民众救国军序列，编为救国军暂编混成第一旅，并任旅长。第一旅成为土龙山暴动民众救国军的一支重要力量。在白家沟伏击战中，祁宝堂负责据守横岱山，毙伤日军骑兵30余人。[17]在救国军接下来的九里六屯伏击战、驼腰子金矿袭击战及攻打日本开拓团"千振村"的攻坚战中，祁宝堂均率队参战。

谢文东率救国军远赴虎林后，祁宝堂脱离救国军，仍坚持在依兰、桦川一带游击日伪军，打了不少胜仗，影响日隆。同年秋，反日山林队"占中央"百余人加入祁宝堂部，"明山队"有了较大发展。

作为义勇军的首领，祁宝堂最早接触共产党人，还是在谢文东的救国军里。土龙山暴动后，佳木斯中共党组织派党员杨德金、白云龙到救国军中工作。二人发现祁宝堂优秀，便多次找他谈话，讲抗日救国，鼓励他跟共产党走。

祁宝堂要求加入中国共产党，当时佳木斯党组织负责人的条件是，要求他拉出队伍，成为党领导的武装。祁宝堂同意，就入了党。可脱离救国军后不久，祁宝堂便与党组织失去了联系。[18]

赵尚志威震哈东，祁宝堂心向往之。1935年初，祁宝堂率部有意向珠河、方正一带移动，终于见到了赵尚志、冯仲云，表示了跟随共产党的意愿。冯仲云说："你既然有志抗日，致力于中华民族解放事业，把名字改为'致中'怎么样？"

祁宝堂高兴地接受了。于是，自见到共产党第三军政治部主任冯仲云那天起，祁宝堂将叫了22年的名字改为"祁致中"，部队名称也由"明山队"改为第三军所属的"方依游击团"。

在方正、依兰期间，祁致中照着三军的样子改造他的部队，亦有少年连、保安连之组织，队内纪律严格，没有抽大烟的，队员成分多为工农，都积极要求抗日。祁致中作战勇敢，且要求第三军派政治工作人员到他的队伍中帮助指导工作。

1935年冬，祁致中部渡过松花江，找到中共汤原中心县委，要求加入中国共产党。县委让他去党训班学习半个月，然后由夏云杰介绍，第二次入党。汤原中心县委遂派金正国（历任抗联独立师及抗联十一军政治部主任）等党员干部到祁致中部开展工作，提高其军政素质，为独立师及十一军的建立打下了基础。

33．对狗是不必讲信用的

汉奸，是出卖民族利益、投靠侵略者、残害本国同胞的败类。抗日英雄周保中咬牙切齿地在日记中写了一句话："仇日之深不如恨走狗之切"。[19] 当然，这是有前提的一句话，应当代表了全体抗联官兵的心声。

周保中何出此言，人尽皆知。堡垒最容易从内部攻破，叛徒对国人的祸害尤甚。1931 年至 1945 年的 14 年来，日伪军警宪特联手，对东北人民进行残酷镇压与迫害，有两组数字很说明问题：

其一，至 1945 年，伪满洲国军达 15 万人，其中日本人约占十分之一，即 1.5 万人左右，其余的十几万全都是中国人。

其二，"满洲国"警察这一庞大的暴力镇压机器人数为 10 万人，其中日本人仅有 8000 人，其余 9 万多人全是中国人。这还不包括相对独立的伪铁路警察 6 个旅共 67 个团，其中日本人仅占四分之一。[20]

据统计，至 1940 年，东北共有伪警察署达 812 个，伪派出所 1641 个，伪警察分驻所为 2508 个，控制了东北城乡各地。[21]

由中国人为主体组成的军警暴力镇压机器，统一归日本关东军宪兵司令部指挥，指挥机构名为"中央警务统制委员会"。甲级战犯东条英机担任关东军宪兵司令官期间，就同时兼任该委员会的委员长。前日本关东军宪兵司令部宪兵中佐津木孟雄战后笔供承认，仅 1936 年 4 月至 1937 年 3 月近 1 年时间，这个委员会镇压残害的人命达 2.6 万以上。其中交战死亡、审判处死、诱降后处死、刑讯致死者达 6000 多人。[22] 这只是 1 年间被残害的中国人，14 年间有多少人死于非命？

离开了汉奸，日本人就是聋子和瞎子；离开了伪军、伪警察，日本人的警察所连看大门的人都分派不出来。

东北抗联最鼎盛时期发展到 11 个军，总兵力为 3 万余人，而中国人组成的汉奸军队与警察就达 20 多万人。

10 多年来，这些软脊梁的汉奸为虎作伥，残害自己的骨肉同胞，实在是历史巨大的耻辱与悲哀。我们要问：为什么有这么多人沦为汉奸卖国贼？这是一个值得史学家们认真花气力研究的课题。

自 1931 年 9 月 18 日那个该诅咒的夜晚开始，日本人仅用 4 个多月，便占据了有自己岛国面积 3 倍之大的中国东北，速度之快，令人咋舌。

为此，日本人自诩战斗力居世界之首。不可否认，与东北军比起来，日军的整体素质与士兵的战斗意志是高出一筹的；但应当还原的历史真相是，众多汉奸竞相开门揖盗，争做内应，与带路党共同卖力，帮助日本人顺利占领了大东北。

令人惊掉下巴的数字是，九一八事变后 4 个月内，东北军向日本关东军投降的人数约 11 万人，以后又增加到近 14 万人，是当时在东北日军的 2 到 3 倍！ [23] 是谁人领的头呢？

开门揖盗的为首者乃熙洽。熙洽，姓爱新觉罗，号格民，生于 1883 年，辽宁沈阳人，满族正蓝旗。熙洽的一页重要履历是，1911 年毕业于日本士官学校骑兵科。留学期间，该校区队长为多门二郎，二人有师生交谊关系。回国 10 余年，熙洽起初任军校教官，后数度升迁，官至东北边防军驻吉林省副司令长官公署中将参谋长兼吉林省政府委员。九一八事变前，恰逢东北边防军驻吉林副司令官张作相奔父丧离去，所有吉林军民政务均由长官公署中将参谋长兼省府委员熙洽代理。

9 月 19 日晨，日军进犯长春，遭顽强抵抗，甚多伤亡。早已心属日本、处事狡黠的熙洽，打着"不抵抗政策"之旗号，以吉林副司令长官公署名义，发出电令："奉谕：日军侵占东北，我军应万分容忍，力避冲突，不予抵抗，中日事件由外交解决。"[24] 正是这封电令，否定了长春守军抵抗的合法性。

鉴于长春守军顽强抵抗，关东军第二师团长多门二郎，积极调集兵力，拟向省会吉林市发起进攻。没料到在进攻前，多门二郎收到了熙洽的一封亲笔信，由东北军少将参议安玉珍自吉林市亲自送往长春。安玉珍代表熙洽表示，欢迎日军进入吉林，并保证多门的兵车进入吉林，沿途绝对不会招致攻击；[25] 因为熙洽已经下令，驻省城吉林的东北军尽数撤至城外。

9月21日上午9时50分，多门率日军乘火车到达距吉林仅4小时车程的桦皮厂车站之时，安玉珍与省府秘书长张燕卿等人，恭候并陪同日军向吉林进发。傍晚，多门二郎抵达吉林车站。熙洽亲自率领一批官员，身着长袍马褂，同手持"太阳旗"的吉林日本商会三桥等众多日本人，在火车站列队欢迎。日本关东军不费一枪一弹，便占领了吉林省会。

熙洽恭敬拜见多门，不料多门傲慢告知熙洽，他的部队已分别占领吉林永衡官号、吉林军械厂、电报、邮政、车站各交通单位及军警重要机关，并责成熙洽召回城外部队，整编训练——实为缴械。熙洽唯诺应承。

实际上，做狗也大不易。这是目光短浅的软脊梁汉奸不可能想明白的一个道理。狭窄岛国难以产生更多心胸开阔的政治家，以日本军阀的猜忌性格，从来不会真心相信本族外的异国汉奸，不管这条走狗是多么忠心卖力。

9月23日，多门又召熙洽，质问为何城外部队仍未缴械，欺骗日本皇军，要以军法从事。说着，门外闯进五六个持枪日军，多门转身离开。面对闪着寒光的刺刀，熙洽眼前一黑，险些晕倒。他有口难辩，自己派出劝降的两拨人马，均受到二十五旅旅长张作舟与警卫团长冯占海的严词拒绝。

此时传来一声"退下"。日军退出，进来了日本驻吉林特务机关长大迫通贞赶来打圆场。他是熙洽老熟人、日本陆军士官学校同期同学。多门二郎与大迫通贞黑红两脸，软硬兼施，软脊梁的熙洽便从皮到瓤彻底把自身交给了日本人。

在伪满汉奸队伍中，熙洽是一个颇有影响的重要人物。由于其较早开门揖盗，不仅使吉林省迅速沦陷，而且成了汉奸们迅速效仿的旗帜，尤为不可饶恕的罪孽是，他卖力地干了两件日本人想干而干不成的事情：

一是成立了伪"吉林省长官公署"并宣布独立，与南京国民党政府和张学良地方政权脱离一切关系，使吉林省成为东三省中第一个打出投降旗帜的省份。

二是卖力地组织伪军到处游说拉拢原东北军部队投降。九一八事变仅 10 天内，他所掌握的东北军 5 万人，投降兵约 4 万人，编成了 4 个混战旅，加上收编胡匪的 4 个旅，后来成为伪满洲国"劲旅"。

为日军充当马前卒的汉奸，首数张海鹏。张海鹏，洮辽镇守使。黑龙江省的沦陷，与此人有莫大干系。

张海鹏曾在张作霖的部队任中将骑兵师长，九一八事变前升任洮辽镇守使，为其节制的部队号称 3 万人，实为 4 个团。九一八事变后，这支部队成了各方争取的对象。

远在北平的张学良为安抚张海鹏，将蒙边 3 县 4 旗与洮辽 7 县合并为"蒙边地区"，电令张海鹏为督办，使其管辖势力扩大 1 倍并染指了内蒙古地区。殊不料，日本人抢先下了手：九一八事变后仅 1 周，他们便找到了张海鹏，许枪 3000 支、子弹 20 万发、金票 20 万元。

获得日军枪支与金钱后，张海鹏立即扩军，招收土匪，收编警甲，兵力由原 4 个团迅速扩编为 5 个支队，达 15 个团。第五支队由其长子张俊哲任少将支队长。1931年10月1日，张海鹏宣布"蒙边督办公署"（张学良委任）成立，同时自任伪边境保安司令（日本人旨意），并宣布"独立"。住在天津日本人"租界"里的溥仪下"圣旨"封张海鹏为"黑龙江将军"兼"满蒙独立军总司令"。[26]

此时的张海鹏实为政治上的一个怪胎。如他所说，张学良给的我要，日本人给的我也要，加上宣统皇帝给的还要。为了早日使张海鹏为己所用，日本关东军表示全力支持他就任黑龙江省省长和黑龙江军司令。显然，黑龙江一省军政大权更有诱惑力。

10月10日，张学良遥令马占山为黑龙江省代主席兼东北边防军驻黑龙江省副司令长官。10月13日，张海鹏即出兵向黑龙江省省会齐齐哈尔推进，两波攻击梯队共出动9个团兵力向嫩江桥凶猛进攻，虽未攻占江桥，却逼迫黑龙江守军炸断江桥中的3孔。

张海鹏凶猛进攻齐齐哈尔，欲夺黑省军政大权，却不料"螳螂捕蝉，黄雀在后"。前边说过，日本从来不会真正相信汉奸，无论他多么忠心。日本人催促张海鹏夺取黑省，除了实现其"中国人打中国人"目的之外，背后另一圈套是，乘洮辽军主力均在嫩江桥一线、后方空虚之际，由多门师团所部开进张海鹏老巢；如果张海鹏进攻江桥失利，多门师团便可以从洮辽一下子推进至江桥，而且沿途一路顺手牵羊，将蒙边收入囊中，日本人将其称为"一石二鸟"。

果然，张海鹏仅以第四支队1个步兵团作为留守部队。当其主力出动后，日军铁道守备队主力上田第六大队被迅速从郑家屯铁路输送至洮南，并驻扎下来，宪兵与特务继而被派出，进入伪蒙督办署及各地方行政机关，控制了指挥机构，从而接收了伪警察及留守部队的指挥权。

张海鹏索性将自己完全绑在日本人一方，全力攻击江桥，夺取黑龙江省。11月4日至6日，张海鹏组织所部伪军4000余人。在日军的前面，强行渡江进攻，以伪军死伤700余人始的代价，[27]造成守军伤亡 600 余人。4 月 7 日，江桥阵地失守。

江桥既下，日军集结重兵于黑龙江省守军二线阵地三间房，总兵力达 1 万余人，其中张海鹏伪军达 3000 人。17 日午，日军发起总攻；18 日，三间房阵地失守；19 日，黑龙江省会齐齐哈尔陷入日军之手。

在日军进犯黑龙江省过程中，张海鹏起到了马前卒的作用，给黑龙江省抗日守军在人力与弹药上造成很大损伤与消耗，为日军夺取江桥，攻克三间房，创造了"良"机。

应当承认，攻取齐齐哈尔门户阵地三间房之战的任务，主要由日军承担。张海鹏伪军除伤亡者外，多数潜逃。但有一个事实是，九一八事变初期几个月中，日军在东北的兵力捉襟见肘。马占山江桥抗战得到程志远、苏炳文等部及多路义勇军的支持，日军开始并不占优势。

但张海鹏在日军北犯时，承担了吸引黑省守军分兵他处的任务：第三、第五支队侵攻大赉，第二支队进犯景星，并伺机包抄黑省守军后路，牵制了黑龙江省一些抗日武装，有效配合与支援了日军正面攻击作战。

卖国求荣，卖力帮日本人将祖国大好河山黑龙江省夺到手，张海鹏乃罪魁恶首也！就为了黑龙江省主席与黑龙江军司令的职位，张海鹏高兴地看着日本兵开进了齐齐哈尔。

接下来，让张海鹏怎么也没想到的是，日本人将此前许诺给他的黑省最高军政长官的座位，给了别人。无论这条走狗多么卖力，有多大的功劳，说到底还是条走狗。终于领教日本人"用过了就拉倒"的冰点诚信度，张海鹏败兴率领残兵返还洮南。

34. 天下最聋的人是皇帝

日本岛国寡民，侵入数万万人口的泱泱中华，犹如数只乌鸦闯入庞大的雁队，自感力不从心。14 年的残暴蹂躏，广泛使用汉奸助行，是其殖民统治的基本方式之一。其间，日本使用的最大的两个汉奸，南有汪精卫，北有溥仪。应当承认，日本人对汉奸的发掘与培植是肯下血本的。

有一个事实需要重新说明：一些国人只知日本人侵入江南大地后，对汪伪政权下气力扶持，却不知早在 20 年前，日本人就卖力地将汪精卫从大清的刀下解救出来。

1910 年，汪精卫投奔孙中山，参加同盟会，曾是一位坚定的革命者，以"慷慨歌燕市，从容作楚囚。引刀成一快，不负少年头"（《被捕口占》）的慷慨牺牲精神，奋勇刺杀清朝摄政王，也就是溥仪的生父载沣。

后据溥仪证实，当时有个叫西田耕一的日本人，告知肃亲王善耆说"日本人是不同意杀掉汪精卫的"。迫于几方面压力，摄政王载沣"没有敢"对想要了自己性命的汪精卫下手。

应当说明的是，日本人当时不会计划 20 年后让汪精卫当自己驱使的走狗的首领。他们营救汪精卫的主要原因，一是认为汪精卫是日本高等学府所培养的精英；二是汪精卫是袁世凯的朋友，袁世凯又是日本人的朋友。日本人以支持袁世凯问鼎紫禁城引诱在先，武力干涉于后。袁世凯果然与日本签订了臭名昭著的"二十一条"卖国条约，汪精卫则与袁世凯的长公子袁克定成为结拜兄弟，变成了袁世凯的重要谋士。

汪精卫是自那个时候起，就心属日本了吗？史料没有记载。有意思的是，在后来的历史演进旅程上，溥仪却与当年的杀父（未遂）仇人汪精卫，同时当了日本人的走狗汉奸。1942 年，在汪精卫率队访问伪满洲国首都"新京"之后，溥仪派伪总理张景惠率团回访南京，拜见了汪精卫。

爱新觉罗·溥仪，生于 1906 年 2 月 7 日，1908 年 12 月 2 日登基，当时年仅 3 岁，年号宣统，为清军入关定鼎北京后的第十代，即末代皇帝。1911 年 2 月 12 日，溥仪下诏逊位，年仅 6 岁，自此，依着民国优待条件，在紫禁城过着传统"清宫小朝廷"生活达 13 年之久。

其间，经历了袁世凯 83 天"洪宪皇帝"的沮丧与窃喜，又经历了"辫帅"张勋复辟，二次登基又当了 37 天宣统皇帝的提心吊胆。直到 1924 年 11 月 5 日，由北洋政府"国务院代行国务总理"黄郛发布驱逐逊清皇室的"大总统令"，修改了优待条件，结束了他"清宫小朝廷"的生活。

修改优待条件的背后主使为时自任国民军总司令的冯玉祥。驱逐令很严厉，限溥仪于 3 小时内搬出紫禁城。限时已到，溥仪等又被黄郛指派来的鹿钟麟宽限了 20 分钟，随后被国民军准备的汽车匆匆载往父亲载沣位于什刹海的"北府"。自此，溥仪便惶恐不可终日，父亲载沣更加慌慌张张。门外有冯玉祥的国民军把守，内外人等不得随便出入。

都说落魄的凤凰不如鸡，但日本人不这么看，即便是一只不再下蛋的鸡，还有美味的鸡肉可以享用。

在溥仪陷入困境之际，"深谋远虑"的日本人及时出手了；当然，仍然离不了中国人。此人便是后来伪满洲国的首任"总理"郑孝胥。

郑孝胥，曾任清政府驻日本公使馆书记官、副领事，驻日本神户兼大阪领事，与日本多有交集。自 1923 年夏来到溥仪身边后，郑孝胥被破格任命为总理内务府大臣，并"掌管印钥"。

此时，英国人庄士敦也想使溥仪脱离日本人的掌控，由英国使馆收留。庄士敦，英国牛津大学文学硕士，时任溥仪的英文师傅，很受溥仪敬重。

争夺溥仪的还有奉系军阀张作霖，他是几方争夺溥仪的人中唯一真心的一个。1925 年夏，在天津的张作霖，约见溥仪，先趴在地上向溥仪磕了一个头，又再次邀请溥仪到奉天原先的清宫居住，由他保护安全；同时，送给了溥仪 10 万元。[28]

但是，在三岔口的道路抉择上，溥仪却选择了最不该选的日本人。

1925 年 2 月 23 日（次日即乙丑年二月初二，俗称"龙抬头"日）傍晚时分，在日本人安排下，溥仪化装成商人混在日军兵车内抵达天津，住进了日本"租界"。此后。溥仪居住在此近 7 年，前 5 年居住张园，后两年居住静园。[29]

在天津日本"租界"近七年时间里，溥仪时常想的和做的事情是复辟。

他曾经一度将复辟复仇的希望寄托于奉系军阀。张作霖虽被炸死，好在其子张学良很快掌握局面。但是，张学良在父亲被炸的那年年末，即宣布东北服从蒋介石的南京政府。溥仪的心凉到了冰点。

1931 年 9 月 30 日，板垣征四郎的代表上角利一带着一封信，拜见了溥仪，信是清宗室熙洽（奉命）写的，信中"期待了二十年之时机，今天终于来到"，希望溥仪"万万勿失良机"，立即到"吾祖龙兴之地主持大计"。在日本人的支持下，"先据有满洲，再图关内"等语，句句说到溥仪心坎儿里。上角利一代表板垣一再表示说，关东军"完全没有领土野心"。

但是，溥仪却陷入了平生最大的犹豫之中。因为不仅身边的人意见不一致，连日本人的意见也不一致。日本驻屯军通译官吉田说"最好是立刻动身"，日本军方决心支持溥仪上台；但日本驻天津总领事馆副领事，却劝告溥仪慎重从事，现在不要离开天津。

日本关东军与外务省（领事馆出面）的意见分歧，反映了日本军部与内阁的矛盾，背后反映了九一八事变初期，日本天皇裕仁对侵华战争的举棋不定。

日本关东军与军部考虑的是，武力胜过东北军；而内阁（含外务省）考虑的是，日本经济上依赖的西方各国的反对态度，以及军事上苏联的可能干预。

1931年10月，天皇裕仁明确表示"不赞成本庄（繁）将军对张学良政权的公开指责"。他说："驻外军部与外务官吏意见相左，陆军想使满蒙独立，然后与其政权进行谈判，外务省则不太希望独立政权出现。我认为，在此问题上陆军意见不妥，我想让陆军总部考虑这一点。"[30]

天皇裕仁与关东军侵略东北，扩大日本疆域的目标是共同的，但什么时机，何种手段初始并不一致。这或许是帅与将，全局与局部视角不同的关系。

但是，正如九一八事变是在军部不知情、内阁反对的情况下，由板垣、土肥原、石原等几个佐官铤而走险引爆火药桶一样，现在无论内阁如何反对，关东军只能循老套路走到底了。为了尽快将溥仪诱骗至东北，沈阳特务机关长土肥原亲自出马，赶赴天津"劝驾"。

这个已在中国待了18年、被西方报纸称为"东方的劳伦斯"的日本人，给溥仪留下的印象是，脸上自始至终带着温和恭顺的笑意；给人的感觉是，这个人说出来的话不会有一句是靠不住的。他向溥仪表示，"满洲"国家是"独立自主的，是由宣统帝完全做主的"，而且并非共和制国家，而是帝国。

土肥原接触溥仪的消息，立即引起各方关注。首先是蒋介石。他立即派前清官员、国民党政府监察委员高友唐前往天津劝阻。蒋介石表示将恢复优待，开出的挽留价码是，每年400万银圆的安抚费，可以到除了东北和日本以外的任何地方居住，甚至重回北京。

有评论认为，蒋介石开出的条件不可谓不优厚；但蒋介石此时参与挽留，结果适得其反。溥仪没有忘记他走投无路时，日本人7年的"收留"，也记得此前曾向南京要过"经费"，却没有结果，尤其仇恨东陵被盗的慈禧口中那颗宝珠，曾缀在宋美龄的鞋上，以及自己数十次长跪不起，对祖宗立下的誓言。溥仪断然拒绝了高友唐："国民政府早干什么去了……现在是怕我出去丢蒋介石他们的人吧。"[31]

日本外务省坚决反对拥立溥仪。11月1日，外相币原重喜郎向驻天津总领事桑岛主计发出的劝阻溥仪的密电称，通过此前召开的国际联盟理事会，发现以任何方式带走宣统皇帝都将激起世界舆论的愤慨，这样就会出现日中之间永远不能谅解的局面。拥立宣统皇帝的计划，完全是一个时代错误，它恐怕也会给将来帝国在满蒙的经营留下严重祸根。

针对外务省的态度，日本关东军于11月4日以板垣的名义通过陆军省向外务省提出抗议。此时，关东军虽然在军事上势如破竹，政治上却陷入多方围攻局面。越是如此，关东军越是急于让溥仪尽快到东北；因为宣统皇帝挑头组织的政府，足以堵塞西方各国与内阁反对派之口。

为了促使溥仪离津出关，土肥原拿出了特务的看家本领，组织便衣队到处放冷枪，制造谣言，打黑电话，写恐吓信，还利用水果篮放置两颗炸弹。随侍当着溥仪的面打开一看，惊呼："炸弹，两个炸弹！"溥仪两腿一软，几乎站立不住了。日本警察取走了炸弹。第二天，力主溥仪去东北的吉田来报告说，那两颗炸弹经检验，是张学良兵工厂制造的。溥仪终于下了决心，去东北投靠日本关东军。

1931年11月10日晚，溥仪被藏在一辆跑车的后厢里出了静园，在白河河岸上一个码头，登上了一艘日军运输船"比治山丸"号。经过两天三夜行程，溥仪于13日到达了营口，先是入住日本人经营的对翠阁，随后，又被日本人安排来到旅顺，入住大和旅馆——前清肃亲王善耆曾经活动过的地方。

从某种意义上说，绝大多数皇帝应当是全天下最"耳聋"的人。

在大和旅馆的日子里，溥仪心情平静地等待着"登基"之日的到来，却不知从天津到东北的两天三夜实为一场"赌命"的行程。20余年后，当年"位极"伪满洲国皇帝、"统治"3000万人的溥仪在抚顺战犯管理所服刑时，从日本的《文艺春秋》杂志上，得知了一个令他魂魄出窍的恐怖消息：日本关东军"国宝"般将自己弄上的"比治山丸"船上，暗藏了一大桶汽油，那桶汽油就在自己3米之内。它的用处是，万一他被中国军队发现而无法脱逃时，自己将与船同归于尽，使关东军导演的偷渡阴谋，一并沉入汹涌的水底。[32]

终于有了"登基"消息，是大名鼎鼎的板垣带来的；可消息却大出溥仪意料，所登的"基"不是复辟的大清的"宣统"，而是伪满洲国的"执政"。

气恼的溥仪大声反对着。板垣态度平和，青白的脸上浮着笑容，不厌其烦地解释着。两个人谈着，争着。3个多小时后，板垣笑容没有了，收起皮包，冷着脸告辞了。第二天，郑孝胥等传来了板垣的意见：军方的要求再不能有所更改，如果不被接受，就只能看作是敌对的态度，军方也只有用对待敌人的手段作答复，这就是军方最后的话了！

怕溥仪没听明白，郑孝胥补充说："日本人说得出做得出，眼前这个亏不能吃……"

几十年后，溥仪承认，自那一天起，软骨头的自己便被确定了头号汉奸的身份，开始了对日本人百依百顺的历史，给血腥的统治者（引者：日本人）充当了遮羞布。

溥仪不知道的是，自己这个"头号汉奸"是被仅次于自己的汉奸郑孝胥，暗中运筹推举上位的。关于执政之事，在溥仪与板垣会面前，郑孝胥便已知晓，而且与关东军走得近的张景惠、熙洽等汉奸都知晓，只瞒着溥仪一个人。他们都在争夺溥仪"一人之下、万人之上"的伪内阁总理一职。

郑孝胥向日本关东军表示，如果让自己担任内阁总理，他有办法让溥仪接受"执政"的称号。郑还拍着胸脯向日本人保证，皇上的事，以后可以由他全包下来，关东军想怎么做，他都可以让皇上"服从"。果然，伪满洲国成立后，日本关东军司令官本庄繁推荐，第一位内阁总理由郑孝胥出任。

日本军方诱骗溥仪到东北成立"满洲国",不仅遭到了东北张学良政权(含张作相、万福麟等实力派)、南京蒋介石政府,以及西方英美等国的反对,也遭到了日本国内一些实力派,尤其是内阁,甚至裕仁天皇(一度)的反对。而关东军中本庄繁、板垣、土肥原、石原等始作俑者,更是急不可耐。熟知内幕的郑孝胥有写日记的习惯,他当时曾记下了这样的话:"昨日本庄两次电话来询情形……危险之机,间不容发。盖此议不成,则本庄、板垣皆当引咎辞职,而日本陆军援立之策败矣……"[33]

大汉奸郑孝胥完成了日本人想干而干不成的事,自然在伪总理角逐中胜出。

无数事实证明,世界上几乎没有一件事是孤立存在的,看起来遥不可及、毫不相关的各方存在,实际上都有着千丝万缕的关联。

表面上看,拥立溥仪为首的伪政权为门面、实施关东军对东北的侵略,只涉及了本庄、板垣等日本关东军骨干的命运;但实际上,它反映了当时中日两国,尤其是日本国内各派政治势力,特别是内阁同军部之间利益与权力角逐的事实。

自 1932 年 3 月 1 日,日本关东军以所谓"满洲国政府"名义发布"建国宣言"后,前政友会总裁犬养毅这个曾"坚决鼓吹满洲事变的合法性"的现任首相,虽经关东军一再催促,要求日本政府立即承认"满洲国",但关东军仍认为,犬养拖延了时间,有意保留了对这个新国家的承认态度。

于是,我们看到了本书第一章所叙述的惨剧:这一年的 5 月 15 日,日本首相犬养毅被右翼军人组织"血盟团"刺杀于首相官邸;同时,另外两伙激进军人暗杀者,向政友会党总部及内大臣牧野的官邸投了炸弹。犬养内阁解散后,海军大将斋藤实奉命组阁。鉴于犬养毅的教训，斋藤实组阁伊始，马上开始着手，准备承认"满洲国"。

日本少壮派军人发动的一次次喋血嗜杀，充分表现了失去控制的日本军国主义的疯狂及战争幽灵的复活。实际上，犬养何尝不想吞并东北？只是他比狂躁蛮干的激进军人眼光要更精细长远一些罢了。犬养之死与斋藤组阁，标志日本右翼激进派军人已控制了军部。

1932年3月9日，精心策划导演的伪满洲国在长春宣告正式成立，长春被改名为"新京"，伪年号为"大同"，溥仪就任"执政"。在这些表面文章后面，最重要的是已经吓破了胆的溥仪同本庄繁签订的一个所谓的《日满密约》的五项条款：

一、将满洲国的国防及维持治安权委托于日本：

二、日本军在国防上认为必要时，得以管理满洲国的铁路、港湾，水路和空路等，并得增设。

三、对于日本军所需要的各种设备，满洲国须加以援助；

四、推荐日本的贤达名望之士为满洲国参议；

五、以上各条，作为将来两国向正式条约的基础。[34]

由于太过露骨，这个密约从未对外公布。即使到了同年9月15日，戴着日本驻"满洲国"大使头衔的新任日本关东军司令官武藤信义，与执政府元首溥仪签订了一个公开的"日满议定书"，也未敢公布上述五条，只将其作为新议定书的"附件"。

为了体现"满洲国"是所谓民意的结果，板垣、土肥原、石原等硬生生拉出了一批所谓重臣，在伪满洲国成立之前搞了一系列"民意"推举拥戴活动，其中最主要的就是伪满"四巨头"：张学良讲武堂老师、清朝皇族熙洽，张作霖的把兄弟、东省特别行政区行政长官张景惠，张学良委任的黑省警备司令代省长马占山（诈降），原辽宁省省长臧式毅。

臧式毅，辽宁沈阳人，1884 年出生，清末时毕业于奉天振武学堂，还有一段重要学习履历是留学于日本士官学校，不能排除其亲日倾向。臧式毅 1920 年任黑龙江督军公署参谋，到 10 年后任辽宁省主席，可见其能力非同一般，在谁手下都是让上司感到离不开的人物。

臧式毅曾在杨宇霆手下干过，深受赏识。张学良除掉了杨宇霆后，臧式毅不仅没受株连，反倒接替杨宇霆担任了东三省兵工厂中将督办，并被张学良提拔为东北保安总司令部中将参谋长、辽宁省政府主席。张作霖被炸身亡时，奉军主力仍在关内，臧式毅力主内紧外松，秘不发丧，派人入关让张学良化装出关，化解了当时的危机。张学良顺利接管东北政权，臧式毅功不可没。他可算作奉系中的精英人物。

对奉系了如指掌的本庄、板垣、土肥原等人，自然知道臧式毅对"满洲国"的分量。臧式毅自九一八事变被捕后，开始尚能保持节操，曾绝食抗议，但曾当过张作霖的顾问、同时又是张学良密友的本庄繁，对臧式毅看得很透，有的是耐心，一连软禁了他 3 个多月。

臧母深明大义，为其送物品时，曾暗藏鸦片，意为劝子自尽；[35] 但臧式毅最终没有吃下鸦片，反而于 2 月 16 日出任伪奉天省省长。臧的投降造成了极其恶劣的影响，一些原本持观望态度的东北军政要员纷纷降日自保。之后，臧母投缳自尽。[36]

日本人控制"满洲国"的方式，有赖于臧式毅的"贡献"。"满洲国"成立后，担任伪民政部长兼奉天省长的臧式毅的"杰作"之一，是 1932 年 7 月伪民政部公布的县"官制"：在县长（中国人）下设置参事官（日本人），后来改称副县长，并在一些重要部门配置了指导官（日本人）。这实际是一种"小王管大王"的体制，一切由日本人说了算。

张景惠，生于 1871 年（同治十年），辽宁台安人，是伪满最主要的汉奸之一，历任伪满"东省特别区行政长官""参议府参议长""军政部部长"。自1935年5月接替郑孝胥任伪"总理大臣"，到1945年8月伪满洲国垮台，张景惠成为伪满的"铁杆"总理，被日本人称为"好宰相"。

作为张作霖的拜把兄弟，张景惠跟随张作霖由团练副长（正长为张作霖）一直升为上将军。张作霖在皇姑屯被炸时，张景惠与其同乘一车，但只受了点轻伤。张学良易帜，服从南京政府，张景惠被蒋介石任命为南京军事参议院院长。从哪方面看，张景惠都不该卖主求荣当汉奸，但他恰恰当得最彻底，而且是积极主动投靠日本人。

九一八事变时，正在前往锦州吊唁张作相父丧的张景惠在沈阳私邸夜宿，与找上门来的板垣一拍即合，赶回哈尔滨组织伪维持会，自任会长。不久，日军从原奉天兵工厂送来4000支枪，张景惠立即让亲信于镜涛（后任伪满"国民勤劳部大臣"）组织了4000人的伪警备部队。

而真正令日本人对其高看一眼的是，当其他汉奸争抢大官做时，张景惠一切从"皇军"利益出发，把大官让手他人。张海鹏协助日军拿下齐齐哈尔后，日本人不想让手握重兵的张海鹏当黑省省长，而想让张景惠出任时，他却建议由马占山担任，并主动参加对马占山的诱劝。劝降未果，在日军一再催促下，张景惠于1932年11月1日就任伪职，3日通电宣布，黑省"独立"。

九一八事变之初，本庄繁和土肥原在给裕仁天皇的电报中，是这样评述张景惠的：

> 在满洲有一定声望，但毫无学问，人既颟顸，又无大志远谋，手下尽阿谀之辈，全无人才之所言。臣等为我帝国一贯政策速达目的计，必须此等人物为图利用可也。[37]

也就是说，关东军的奴才，一定要无才，因为不需他们干事，事由日本人干，如果非要用有点儿才能的，必须是臧式毅那样的软骨头。实际上，张景惠之所以成了10年"铁杆"伪总理，是因为他有两个应对日本人的诀窍："装憨扮傻"与"揣摩迎合"。

日本关东军要啥（文件）给啥，使张景惠获得了"盖章总理"的称号。为了个人私利，张景惠死心塌地把自己绑在日本人奴役同胞的战车上，配合帮助日本人出台了一系列血腥掠夺盘剥人民的法令，把3000万东北人民推向破产与死亡的境地。

以张景惠为首的伪满政权，给中国人民制造了数不清的痛苦，可谓罄竹难书，拙作不可能尽述，但有一项罪恶必须记录在册，即公卖鸦片为日军筹集战争经费，毒害了东北人民。

早在张景惠在担任伪国务总理之前、自占领东北始，关东军司令官本庄繁便决定大开烟禁，由政府专卖鸦片。1932年10月，伪满洲国出台了《鸦片法》，设立了伪专卖公署，由伪财政部长熙洽指定奉、吉、黑、热四省鸦片批发人，四省省长指定鸦片零卖人达1800余。东北各地如同林立的鸦片零售场所中，吸食者个个醉生梦死，弱不禁风，何论民族气节、反抗意志？日本关东军则开心地大把数钱。1932年，专卖鸦片收入达1940万余元；而到了1936年，则猛增至1.2亿之巨。关东军还通过伪国务院，加大了鸦片种植面积。1939年，鸦片年产量达500万两。1933年，登记的吸毒者为5.68万余人，到了1939年，猛增至99.9万余人（笔者按：是否登记发布者有意控制不突破百万，曾不可知）。[38]

据当时不完全统计，整个伪满洲国期间，东北人民中染有鸦片烟瘾者，有270万人之多（1944年伪禁烟总局调查），因鸦片、吗啡、白面中毒死亡者达17万人。[39]

这项鸦片毒害政策与日伪当局的治安政策，实为针对东北人民及反抗力量的"暗箭"与"明枪"，两者双管齐下。鸦片猖獗，荼毒众生，张景惠罪无可恕。

为了保持长久的荣华富贵，张景惠在充当日本人得力帮凶的同时，对日本人极尽谄媚讨好。任伪总理的 10 年间，张景惠 3 次率团到日本"谢恩"。

张景惠最大的本事，是能使跟他打过交道的日本人都觉得他忠厚，可信赖。当然，产生这种感觉的主要是日本军人。

但在 1937 年 9 月，张景惠在访问日本时，碰上了政客近卫文麿首相，其忠厚背后的精明老道被一眼看穿了。

当时，近卫对"七七事变"后的侵华战争表示忧虑与犹豫。张景惠立即献策道："解决整个中国问题，我看可以先把华北拿下来，树立一个新政权，或者跟我们'满洲国'并为一体。因为华北对于日满是太重要了，中国历史上有过南北分治时代，这是首相阁下所深知的。"

近卫面露喜色，再问："依阁下所言，先来一个华北政权，谁做首领比较合适呢？"

张景惠略加思索道："我看先找出吴佩孚过过渡，不然拉出张作相也行，待条件成熟后再由'满洲国'皇帝兼领。"

张景惠走后，近卫对其左右的人评价说，这个人不错，大事不糊涂。

无数历史证明，内奸之害甚于外敌。远看南宋政权的失败，离不开宰相秦桧对金朝的"贡献"；近看熙洽一人之力，使吉林一省轻易落入日军之手。

装痴扮傻的张景惠几十年游走于中国官场，对中国的政治、历史，尤其军阀之间的关系、高层内幕几乎了如指掌，深知当下中国政治（国共两党）症结的所在。后来，华北沦陷的过程，尤其一系列所谓的"独立""自治"活动，虽然不能说是日本人听了张景惠的意见，但同他给日本首相近卫出的主意如出一辙。

有张景惠这样深知中国"软肋"、又死心塌地投靠日本人的"高智商"汉奸，实乃泱泱中华之大不幸矣。

注释：

[1][3] 萨苏：《最漫长的抵抗》（下），西苑出版社，2013年6月第1版，第301页，第480页。

[2] 史义军：《冯仲云年谱长编》，国家图书馆出版社，2019年5月第1版，第49页。

[4] 李在德：《漫漫抗战路》，载张正隆、姜宝才主编《最后的抗联》，人民日报出版社，2016年1月第1版，第293—295页。

[5] 史义军：《冯仲云年谱长编》，国家图书馆出版社，2019年5月第1版，第70页。

[6] 史义军：《最危险的时刻：东北抗联史事考》，中信出版集团，2016年9月第1版，第23页。

[7][8][12] 张正隆、姜宝才、柳宗龙：《最后的抗联》，人民日报出版社，2015年8月第1版，第275—276页，第276页，第279页。

[9]《中共东北地方党史资料访问录选编（冯仲云同志专辑）》，第72—73页；转引自史义军：《冯仲云年谱长编》，国家图书馆出版社，2015年9月第1版，第73页。

[10] 浙江医科大学主编：《传染病学》，人民卫生出版社，1980年5月第1版，第195页。

[11] 吉林省公安厅公安史研究室、东北沦陷十四年史吉林编写组：《满洲国警察史》，吉林省内部资料准印证第90097号，1990年版，第338页；转引自史义军：《冯仲云年谱长编》，国家图书馆出版社，2019年5月第1版，第64页。

［13］国家图书馆中国记忆项目中心:《我的抗联岁月:东北抗日联军战士口述史》,中信出版集团,2016年9月第1版,第296页。

［14］史义军:《最危险的时刻:东北抗联史事考》,中信出版集团,2016年9月第1版,第62—63页。

［15］［16］［21］朱姝璇、岳思平:《东北抗日联军史》,解放军出版社,2014年1月第1版,第207页,第258页,第162页。

［17］［27］《东北抗日联军史》编写组:《东北抗日联军史》(上册),中共党史出版社,2015年9月第1版,第357页,第98页。

［18］张正隆:《雪冷血热》(上),长江文艺出版社,2011年4月第1版,第347页。

［19］《周保中日记》(1939年9月15日),载中央档案馆,辽宁省档案馆、吉林省档案馆、黑龙江省档案馆:《东北地区革命历史文件汇集》,甲41,第374页。

［20］［22］张辅麟、田敬宝等:《史证:中国教育改造日本战犯实录》,吉林人民出版社,2005年9月第1版,第431—432页,第432页。

［23］［24］丘树屏:《伪满洲国十四年史话》,长春市政协文史和学习委员会编,1998年4月,第59页,第414页。

［25］金名世:《吉长汉奸傀儡登场纪实》,载沈醉、徐肇明等:《汉奸内幕》,中国文史出版社,2010年1月第1版,第2页。

［26］［28］［29］丘树屏:《伪满洲国十四年史话》,长春市政协文史和学习委员会编,第51页,第101—102页,第101页。

［30］《侍从武官长奈良武次日记回顾录(三)》,第366页;转引自(美)赫伯特·比克斯:《真相:裕仁天皇与侵华战争》,新华出版社,2004年9月第1版,第168页。

［31］［32］［33］［34］溥仪:《我的前半生》(全本),群众出版社,2007年1月第1版,第208页,第211页,第226页,第244页。

［35］萨苏:《最漫长的抵抗》(下），西苑出版社，2013年6月第1版，第564页。

［36］李书源、王明伟:《东北抗战实录》，长春出版社，2011年5月第2版，第32页。

［37］孙邦:《伪满史料丛书：伪满人物》，吉林人民出版社，1993年11月第1版，第361页；转引自张正隆:《雪冷血热》(上），长江文艺出版社，2011年4月第1版，第13页。

［38］《东北抗日联军史》编写组:《东北抗日联军史》(上册），中共党史出版社，2015年9月第1版，第262页。

［39］金名世:《伪满期间的张景惠》，载沈醉、徐肇明:《汉奸内幕》，中国文史出版社，2010年1月第1版，第17页。

长篇纪实文学

东北抗联

李发锁 著

下

时代文艺出版社

SHIDAI WENYI CHUBANSHE

第十一章
笼中天下

35.杜鹃，你不唱我要杀你

大凡汉奸，少有良善之辈，因为他们的人生底片是变节，通过出卖民族同胞换取个人的贪欲与享乐，这正是日本人操控与利用汉奸的土壤及温床。用东北老百姓透彻而富有哲理的话是："苍蝇不叮无缝的蛋。"

为此，在对汉奸的收买及使用上，日本人的确是肯花大价钱，且精准落实到人头的。

据溥仪自述，在东北被日本彻底殖民地化的过程中，汉奸们是得到不少便宜的。每次法令的颁布实施都是一次发财机会，都有一次"奖金"发放，上自总理大臣、下到保甲长，几乎人人有份。

当然，这偌大的一笔笔钱，奉行"以战养战"的日本关东军是1分也不会掏的，全是从3000万以橡子面为食的老百姓身上榨出的血汗。在那个1元钱买5斤猪肉的年代，大汉奸们公开的月工资为：伪国务总理郑孝胥1万元，张景惠、臧式毅、熙洽等几个"巨头"8000元，而溥仪这个"执政""皇帝"每年皇室费用 80 万元。

以上仅是明账。暗账则是溥仪所说的每次大规模活动的"奖金"，日本人称为"特别机密费"，是给忠心投靠的大汉奸的巨额奖赏。1932 年 3 月 1 日，伪满洲国正式成立后，日本人发放"建国功劳金"，国务总理郑孝胥最多，为 100 万元。[1]

这年的 9 月，日本"首位驻满大使"、新任日本关东军司令官武藤信义，公开与"满洲国"签订《日满议定书》，把东北所有权益都掠夺到日本。郑孝胥以国务总理身份与武藤信义签订《日满议定书》，事后让溥仪"裁可"（溥仪虽然不高兴）。因为此等"先办后报"的"功劳"，他又获得了"建国功劳金"60 万元。

不要以为汉奸们只是摆设的牌位。

日本人做什么坏事都要找个借口，尤其是重大经济掠夺行为与政治镇压管控，例如"粮食出荷"（军粮征缴）、"献身报国"，又例如没收东北四大银行资产，建立伪中央银行，再例如制定颁布所谓《治安警察法》《保甲矫正法》及《国兵法》，还例如实施"合村并屯"，建"集团部落"等，都要通过"国家"（伪满洲国）颁布法令。换言之，东北人民的所有苦难，都经过了汉奸们的举手与许诺，这是伪满大汉奸们罪不可恕的主要原因所在。

在"满洲国"的所谓内阁和各县、镇当官的日本人，也同样拿薪俸，虽然为副职，却比中国人担任的正职拿得多。这种情况有时也会引起正职汉奸官员的不满与议论。

人事科长古海忠之解答说："我们日本人能力大，当然薪俸要高，而且日本人生活程度高，生来吃大米，不像满人吃高粱米……请日本人多拿一些俸金，正是讲亲善。"

总务厅长官驹井德三的态度更为"直接"："你拿了钱，不干行吗？你们在座的，哪一个没拿关东军的机密费？给你吃现成的，你们还要捣蛋，可要放明白了点!"

驹井实际上是伪满洲国"内阁"最有权也是最大的官，他的话让大家鸦雀无声。[2]

日本人对不听话的汉奸，绝不是训斥就可了事的。

凌升，前清蒙古族都统贵福之子，时任伪兴安省省长。溥仪到旅顺，凌升亲自跑去"迎驾"，一心向往复辟"大清"。在"满洲国"建"国"典礼上，凌升着清朝官服，大有不承认"满洲国"的意思。考虑到他的忠诚，溥仪将四妹许给了（订婚）凌升的儿子，二人结成了儿女亲家。

1936年春，凌升赴"新京"出席省长联席会议，在会上发表了一通讲话，大意为：兴安历来是一个行政区，为什么要分成四个小省？而且自己身为省长，"有职无权"，一切都是日本人做主。结果，会后回到海拉尔，凌升立即被日本宪兵逮捕，罪名是"通苏"，不到一个月，即被处死。

同时被处死的，还有凌升的胞弟福龄（伪兴安北省警备军上校参谋长）、妹夫春德（伪警务厅长）和他的秘书官华霖泰。另有数人被判刑10年以上，后来大多死于狱中。[3] 由此可见，日本人做事向来斩草除根。

作为一国"皇帝"，竟不能救亲家免于一死。事后才得知亲家死讯的溥仪，要做的第一件事，就是根据日本人的意思，赶紧退掉四妹与凌升儿子的婚姻。

日本人懂得中国"擒贼先擒王"的策略：欲控制驱使一群走狗，必须制服领头犬，因而对溥仪狠下了一番水磨功夫。自踏上东北土地开始，溥仪便逐渐意识到自己已然成了关东军的玩偶，有了"瓷人"的感觉，"说不定什么时候就会摔个粉碎"，以致他的肢体行为发生了变化：走路蹑手蹑脚，说话低声低语，更主要的是政治、行政行为都对日本人百依百顺。伪国务院发出的所有迫害掠夺东北人民的法令政策，都经过了溥仪的"裁可"，这是他对人民犯下的深重罪孽。尽管有些只是走程序，是在日本人的威吓下办的。

《东京审判》的作者说："对于一个享有皇帝尊号的人应该有个堕落限度。"[4]

此话有理。不仅皇帝，任何人的堕落都应当有个起码的底线。我们现今需要研究的是，曾经的康雍乾叱咤风云，其末代子孙为何失去先祖的血性，变得如此懦弱？

有人坚持认为，顽固复辟大清之志是溥仪的主要动力，因而他对日本人委曲求全。溥仪自己的说法是："在我心头的天平上，一边放的是虚假的尊严（复辟），一头是我的生命安全。"[5] 但大多数学者认为，溥仪主要是顾虑自己的"生命安全"，复辟大清不过是其不顾一切到东北那一时的"主要动力"而已。

80多年前，一位英国记者爱德华·贝尔得以越过承光门，从狭窄的楼梯登上伪满皇宫"散发着好久没人住过的气味"的客厅，见到了传说中的溥仪。当时溥仪20岁，离第三次登基、成为伪满洲国皇帝只差6个月，在日本人手中已有两年多时间了。爱德华·贝尔在其《中国末代皇帝》一书中描述道："身体瘦长，眼睛近视，胆小怕事和令人绝望得心不在焉的溥仪，和他那粗犷的满族祖先相去甚远。"

爱德华·贝尔向我们揭示了一个事实，曾经朝气蓬勃、充满血性的爱新觉罗祖先自努尔哈赤始，传到了溥仪这一代，已经同腐朽的清王朝一样，彻底地衰败堕落了。

日本人首先是让伪满洲国皇帝无公可办。颁发"奉天承运，皇帝诏曰"的圣旨应当是皇帝的经常行为，勤政的皇帝甚至会一天一诏或数诏。可自 1934 年 3 月 1 日起至 1945 年 8 月 18 日退位，在位 11 年 6 个月 18 天的溥仪，总共才颁布了 6 个诏书，其中还包括了"即位"与"退位"前后两个诏书。日本人把溥仪像金丝雀一样关在"皇宫"内，成为"笼中天子"，连行动自由也失去了。

日本人通过无孔不入的管控，不断考察溥仪对关东军的忠诚度与可用性，为的是在重大国际关系上有一枚硬"牌"。

九一八事变之后，靠英美财团支持起家、手握百万军队的蒋介石选择"不抵抗"，把遏日的希望寄予欧美。他打出"欧美牌"的依据是："现在的中国是世界各国的公共殖民地，因此日本既要将中国改作他一个国家所独有的殖民地，就要和世界各国来决战。如果日本不能和各国来决战……也就不能吞并我们中国。"[6]

自己不与侵略者决战，把国家安全寄予他国身上，希望他们替自己国家与日本人决战。连当时的文化人北京大学校长蒋梦麟（后任国民党政府首任教育部长），都看出来国际联盟形同虚设。"它只会咽咽狂吠却从来不会咬人"，而碰上蛮横的日本，连"吠几声的胆量都没有"。[7]

不知蒋介石的哪根脑神经"短路了"，1931 年 9 月 21 日，国民党政府向国联发出正式申诉。

其实，英美两国都希望日本能充当远东的"防共宪兵"，在东北与苏联发生冲突。

但是，日军在 1931 年 11 月 19 日攻占黑龙江省会齐齐哈尔后，并未像英美等国期待的那样北进苏联，而是挥师南下，于 1932 年 1 月占领锦州，实现了武力侵占整个东北的战略目标。其时，苏联不想涉足中日之间的战争。1931 年 10 月 29 日，苏联向日方宣称采取"严格的不干涉政策"，显然，苏日两国已达成默契。

利益受到侵害的西方各国，态度开始有所变化，陆续对日本发出批评声音。但正如蒋介石自己后来认识到的那样："列强所谓助我者，仅予日本以一骂，而日本必即还我以一刀"。[8] 西方各国的"一骂"，虽然对日本未伤及任何根本，却逼出了一个"国联调查团"来。调查团的主要对象之一，是"满洲国"执政溥仪。

调查团由五国委员组成，即英国的李顿爵士、美国的佛兰克洛斯·麦考益少将、法国的亨利·克劳德中将、意大利的格迪伯爵和德国的恩利克希尼博士。由于团长为李顿，故亦称"李顿调查团"。

五国调查团的目的绝不是要纠正日军侵略并建立傀儡政权的罪行，而是变日本独占为各国共管，实现利益均沾。因此，溥仪的证词至关重要：若承认是中国5个民族自愿组成"满洲国"，则日本人非但无罪，而且帮助建国有功；若说是被诱迫担任"执政"，日本人侵略中国并成立傀儡政府的罪行便成立。

不想在国际政治、外交上陷于孤立的日本人，尤其是在日本政府还未正式承认"满洲国"的情况下，先斩后奏、亲自操刀搭建了"满洲国"的日本关东军本庄繁、板垣等人，尤为紧张，十分关注这次调查。调查团来之前，同样紧张的郑孝胥父子向溥仪做了工作。

1932年5月3日，调查团5位成员与溥仪总共进行了10分钟的会见，只提了两个问题：一是溥仪是怎样来到东北的，二是"满洲国"是怎样建立起来的。

多年后，溥仪回忆，当时他望着5位彬彬有礼的绅士，想起了在天津时的英语教师庄士敦说过，伦敦的大门为他打开着，脑中突然闪出一个念头，他如果对同样身为英国人的调查团团长李顿爵士说，自己是被土肥原骗来，又被板垣威吓着当上了"满洲国元首"，并要求他们把自己带到伦敦，他们干不干呢？

遗憾的是，溥仪这个念头刚一闪过，就打了一个寒噤。自己身边还坐着关东军参谋长桥本虎之助和高参板垣，尤其是瞄了一眼胡子刮净时脸呈青白色的板垣，他只能老老实实地按照板垣事先嘱咐过的台词说：

"我是由满洲人民推戴才来的，满洲国是满洲人民自愿建立的……"[9]

调查团成员们一齐对溥仪点头微笑，然后与溥仪一齐照相、喝香槟。他们走后，板垣青白脸上泛满了笑容，赞不绝口地说："执政阁下的讲话响亮极了，风度好极了。"

溥仪此时的处境，如台湾学者丘树屏比喻的那样，好像是那首日本古歌民咏："杜鹃，你唱不唱？不唱我便要杀你。"

有人对陷入日军虎口的溥仪充满了同情，认为他所犯那些罪孽实乃迫不得已。也有人对溥仪表示了蔑视，理由是同为末代皇帝的朱由检，在国亡城破之时，选择了令人敬佩的壮烈殉国（之前本有机会逃命而未逃）。

朱由检，明朝末代皇帝，年号崇祯，在位17年。1644年李自成攻破北京，明朝灭亡在即，朱由检处理了"善后事宜"，来到煤山，在袍服上写下罪已遗书，取下皇冠，披发遮面，决然投缳自尽，时年34岁。据说，遗书上有任凭屠戮自己尸体、不要去伤害无辜官吏与百姓之语。

关于崇祯皇帝朱由检，郭沫若先生在其《甲申三百年祭》中，有较详细的客观评价。毛泽东曾把这篇著名史论著作，当成党内整风文件看待。[10] 撇开朱由检的皇帝操守与政治立场，就其血性与骨气而言，与溥仪令其祖先蒙羞的行为相比，不知要高出多少倍。

假如溥仪有朱由检的血性与骨气，向国际调查团公开事实真相，那会是一种什么结果？日本侵略者肮脏阴谋的遮羞布必然被断然撕扯下来，丢尽了日本军部与政治脸面的本庄、板垣等战争狂人，会不会成为日本军部与政府掩盖罪行的牺牲品呢？当然，溥仪的生命可能会归于尘埃，但历史会永远记住一个壮烈的民族主义皇帝。

溥仪没有儿子，关东军兴高采烈，溥仪心惊肉跳。

溥仪在长春只有一个亲弟弟，名叫溥杰，毕业于日本士官学校。回长春后，日本关东军派他为"禁卫军"中尉军官。溥仪风闻日本关东军要为溥杰找一个日本姑娘为妻，于是抢先将婉容亲戚家的女儿撮合给溥杰，溥杰表示同意。

不料，获知消息的日本人立即"打劫"，对溥杰说，日本关东军希望他同日本女性结婚，并说"这是军方的意思"。

留学日本几年的溥杰不仅对日本武力和政治充满崇拜，连日本妻子也使他不胜羡慕，当即就变了主意。溥仪深知这是一个阴谋，却无力阻止；因为做媒的两个人，一是曾任日本陆相的南次郎大将，一是原日本关东军司令官本庄繁大将。女方名为嵯峨浩，父亲是日本华族、天皇的亲属嵯峨侯爵。

1937 年 4 月 3 日，溥杰与嵯峨浩在日本东京完婚。婚后还未度完蜜月，伪满"立宪院"便在日本关东军授意下，通过了一个"帝位继承法"。主要内容为，皇帝死后由子继承，无子则由孙继承；如无子无孙，则由弟继承，如无弟则由弟之子继承……这一连串的"帝死""无子""无弟"等字眼背后，是给"弟的儿子"继承"帝位"预留了空间。日本关东军卖力运作溥杰与嵯峨浩结婚，阴谋的底牌就是，希望能生出一个混有日本血统的男子，以继承伪满洲国的皇帝位。

溥仪陷入了无休止的"恐惧"深渊。婚后的溥杰与嵯峨浩回到东北，溥仪"拿定了一个主意，不在溥杰面前说出任何心里话，溥杰妻子给他送来的食物他一口也不吃。假如溥杰和他一起吃饭的食桌上摆着溥杰妻子做的菜，溥仪必定等溥杰先下箸之后才略动一点儿，也只是略动一点儿，绝不多动一口。[11]

最为提心吊胆的日子，是嵯峨浩怀孕、溥杰快要做父亲的那一段时间。看明白"帝位继承法"最核心的是"其弟之子继之"的溥仪，在担心自己性命旦夕不保的同时，也为弟弟溥杰担起心来，兄弟俩可能都将成为中日混血儿的牺牲品。庆幸的是，听说嵯峨浩生了个女儿，溥仪"暂时"松了一口气。起码在溥杰妻子生二胎之前，在皇帝宝座由谁坐的问题上，自己不会有性命之虞。

实践证明，面对强权，被管束者越是软弱，就越会被轻视，越被压迫得厉害。

历史是公正的裁判官。古往今来，大凡变节甘心为汉奸者，多没有善终者，即使汉奸的使用者，在内心也瞧不起这些变节者。一旦用过，没有利用价值了，便弃之如敝屣。

郑孝胥是较早失宠"掉蛋"的汉奸。1935 年 5 月，日本关东军司令官南次郎大将向"皇帝"溥仪"建议"，让郑"养老"。下台后，郑孝胥想往北京迁移，但关东军不让其离开"满洲"。"存在银行里的那 100 万元'机密费'，又不给他兑现，1938 年一气之下丧了生。"[12]

张景惠、臧式毅与熙洽，1945 年日本投降后，被苏军一块逮捕并押往苏联西伯利亚。张景惠与臧式毅被引渡回国后，均病死于抚顺战犯管理所。臧式毅比张景惠早亡 3 年，病亡于 1954 年；张景惠病亡于 1957 年冬；熙洽比臧式毅早亡 4 年，于 1950 年夏病死于苏联伯力第四十五收容所，尸骨遗留在异国他乡。

1951 年，在全国镇压反革命运动中，张海鹏被揪了出来判处死刑。其长子伪满军少将张俊哲，在"八一五"日本投降后，被苏军逮捕押解西伯利亚，一直装聋扮哑，引渡回来后获释，落脚长春，在重庆路（今朝阳区）上一间小屋子里，靠修鞋维持生计。

以上风光一时的汉奸下场凄惨，是否会给有"汉奸情结"的少数人以足够的警示呢？

36. 侍从武官的日记

惩治战争罪犯，挖掘战争祸根，是医治战争创伤、抚慰被战争伤害之人民、防止战争再次发生的正义之举与基本原则。

二战之祸首墨索里尼于 1945 年 4 月 28 日被人民枪决，并暴尸于米兰广场以示众。两天后的 4 月 30 日，希特勒自杀于柏林德军指挥总部。

但是，最让世界尤其是亚洲人民义愤难平的是，日本军国主义最大的战争魁首、海陆空大元帅天皇裕仁却毫发无损。自 30 岁时发动侵华战争，到 1989 年过世，裕仁享年 88 岁，成为这个世界上最为奇葩的政治毒瘤。

二战期间，日本军国主义造成了数千万他国军民的伤亡，日本国民本身的伤亡亦达数百万。成千上万个家庭骨肉分离，一贫如洗，但一个事实至今仍未引起世界与日本国民的注意，裕仁天皇是日本"二战"最大的赢家。

战前，裕仁在日本拥有占全国总数 23.7% 的土地和 60 亿美元的资本。在发动侵略战争期间，他的私人财产增加了 275%。[13] 战后的 1945年 10 月 30 日，驻日盟军最高司令官总司令部（GHQ）根据宫内省提供的、大打折扣的数字公布了皇室的总资产。此时，裕仁天皇的臣民们才知道，天皇拥有超过 160 亿日元的财产，丰富的森林、牧场、公司股票和国债、都道府县和地方债券。这些为他提供了巨额收益，再加上所持有的大量金块和现金，裕仁原来是令他人望尘莫及的日本国内最大的地主和富翁。[14]

而据祢津正志《天皇与昭和史》（下）披露，"当时发表的价格是根据投降初期的货币价值计算的，其后再次评价，皇室财产的总额急剧增加。"[15]

实际上，与裕仁天皇一样，大发战争财的更大赢家是美国财阀。成千上万的美军士兵浴血欧亚大地，世界被砸得粉碎，美国本土却毫发无损。庞大的军火交易，使海一样的资本流入美国。美国在成为军事工业强国的同时，掌握了整个资本主义世界黄金储备的四分之三。二战结束前的1944年7月，通过布雷顿森林协定，美国又获得了美元国际货币霸主地位。为了更大的经济、政治利益，实现对日本的占领，美国刻意将裕仁塑造成了和平君主、日军傀儡统帅的形象，使其逃脱了战争责任的追索。

20世纪40年代，这一赤裸裸强奸世界民意的恶劣行径，引起各受害国政府及人民的不满，其中包括了美、日两国人民，几十年来从未停止对此真相的追索与揭露。

美国纽约州立大学的日本史学家赫伯特·比克斯教授，先后用10年时间完成了《真相：裕仁天皇与侵华战争》一书，引起强烈的反响，并于2001年获得了美国普利策奖。评奖委员会认为，该书颠覆了传统看法，揭示历史真面目，是对日本有历史警示作用的好书。

如按照日本社会现状，如此评论天皇，右翼文人与保守媒体不会坐视不管；然而，这本书令他们哑然，因为作者的观点来源于日本皇宫内部第一手资料。全书50余万字，其中，12万字为资料引用注释。

美国人认为第二次世界大战始于1941年12月8日，以日军偷袭珍珠港为标志；欧洲人认为是1939年9月1日，以德军突袭波兰为二战始；非洲人认为二战应从1935年，墨索里尼派兵入侵埃塞俄比亚算起；亚洲人，尤其中国人则认为，二战始于1931年九一八事变。《真相》一书赞同中国人的观点。

无可争辩的史料证明，天皇裕仁是九一八事变狂热军人的强大靠山及加速东北侵略的强力推手。

未经军部与内阁批准、由关东军擅自挑起的九一八事变，使内阁与军部吵成一团。9月21日，首相若槻主持6个小时会议，才决定不批准增兵东北，等于否定九一八事变的合法性。但是，右翼激进军人朝鲜军司令官林铣十郎中将，在两天前申请出兵不被批准情况下，于9月21日擅自下令朝鲜混成旅团越境进入东北，铸成了对天皇海陆空大元帅统帅权的挑战。

实际上，裕仁当时有一个绝好的机会来支撑若槻内阁，控制军部，阻止事态进一步恶化。由于当时日本国内对"满洲事件"的观点不同，军部在政治上还处于弱势，如果裕仁可以选择控制遏制军部、纠正日本狂热军阀，当时正是机会。

令3000万中国东北人民万分遗憾的是，裕仁并没有那样做。侍从武官长奈良武次记录：面对军部"奏请准许追认朝鲜军混成旅团"，"陛下指示，此度已无他法，以后务必充分注意。"[16]

之后的几年中，裕仁批准了近3000军人和文职官员的授勋和晋升，他们都是在"满洲战争"（指日军侵占东北）和"上海事件"（指"一二八"事变）中的"有功"人员。日本关东军司令官本庄繁被授予男爵爵位。这位几个月前才功成名就的所谓日本民族战争英雄还接替奈良，担任了天皇的侍从武官长。[17]

直接制造了九一八事变的关东军"三羽乌"：板垣征四郎、土肥原贤二、石原莞尔三个佐官，都得到了迅速晋升。板垣于九一八事变后不到一年便晋升为少将，1936年晋升为中将，1938年入阁担任陆军大臣，次年任侵华派遣军参谋总长，1941年晋升为陆军大将。

土肥原比板垣提升更迅猛，九一八事变后半年便晋升为少将，1936年晋升为中将，到1941年已晋升为陆军大将。

石原由于九一八事变之"功绩"，于1937年迎来了人生最辉煌的一段时期，升任第一部（作战部）部长，离参谋次长仅一步之遥。但理性且清醒的石原反对扩大对华战争，主张集中全力巩固经营东北，与天皇裕仁在卢沟桥事变后的意志相悖，到1939年才晋升中将。

天皇裕仁对东条英机的提携与依赖，充分证实了他对所谓"圣战"的痴迷。九一八事变时为参谋本部整备局动员课大佐课长的东条，1934年在军事调查部部长位置上仅坐了4个月，便被贬至陆军士官学校。

真正使东条英机迈向权力中心的跳板，是他任日本关东军宪兵司令官时期。正是由于他的努力，原本编制仅200人左右的日本关东军宪兵司令部，发展为令人毛骨悚然的庞大特务谍报机关，从而使这个"剃刀将军"进入日本军部和天皇的眼中。1938年，东条英机被晋升为中将并担任陆相次官；1940年，成为日本陆军大臣。1941年11月17日，天皇裕仁亲自召见东条英机，晋升其为陆军大将，诰命他以现役军官身份，担任内阁首相并组阁，同时兼任陆军大臣。

相关资料雄辩地表明，东条英机是裕仁排除众议选定的。这一年的10月16日，近卫文麿内阁宣布解散。按日本组阁惯例，作为前任首相，近卫最后一个公职工作，是与陆军大臣东条英机一起推荐东久迩亲王做他的继任者；然而，裕仁拒绝了这个举荐，驳回了陆军的要求，让东条组阁。这与东条是他中意的人选有关，当时他尤其相信，自己优选的这个人能解决问题。

尽管一些重臣，包括海军的冈田前首相反对裕仁的决定，但最终陆军中最强烈的战争倡导者、从中国撤军的主要反对者东条，还是被裕仁提升为新的首相。

日本第40任内阁总理大臣东条英机，创下了日本首相兼职最多的纪录，除兼任陆相之外，还兼了内务相，以后又兼任了文部相、商工相、军需相，甚至总参谋长职务。

战争狂人东条英机由十年前一个小小的大佐课长，晋升为一人之下、万人之上、集日本军政财文各种大权于一身的高官，天皇裕仁乃其巨大推手与强大靠山。自此，裕仁与东条两个战争狂人便紧紧绑在了一起。

甚至在东条干不下去内阁总理，辞职两天后，裕仁亲自给他喜爱的这位将军一份异常热情的（没有公开）诏书，嘱咐他今后还要继续不辜负信任，在军务上励精图治。

1948 年 12 月 23 日，东条英机被远东国际军事法庭判处死刑。一位侍从称，听到了东条的死讯，裕仁走进他的办公室哭了起来。[18]

实际上，东条英机就是天皇裕仁的影子，或者说战争舞台上狂热表演者是东条，而钦定这个演员的幕后导演者则是裕仁。

让我们将目光拉回到九一八事变之后那一段时期。由于犬养毅稍微拖延承认"满洲国"，日本国内与关东军有着千丝万缕联系的"血盟团"便残忍将其杀害。这给裕仁再一次带来了抑制或远离军国法西斯、做一个"立宪君主"的良机。

令人遗憾的是，裕仁不仅没有责怪反乱的将校军官，反而把批判的矛头指向了以政党为基础的内阁。与军队的叛乱者相比，他更不信任议会政党，他要通过削弱政党的内阁来强化天皇的权力。这本来是一项不可动摇的根本原则。

犬养毅不积极支持关东军缔造的"满洲国"，裕仁的办法是选一个积极的人当首相，但这个人对自己要"绝对忠诚顺从"。果然，裕仁亲选的高龄首相斋藤实海军大将，几个月后便正式承认了"满洲国"，并签署了"日满议定书"。

裕仁就是通过这种方法——假斋藤之手，完成了日本政府对关东军占领"满洲"的法律程序，而幕后的自己则维持了没有战争责任的"立宪君主"形象。

但是，一个人的思想，尤其狂热的法西斯思想，总会从其行为上反映出来。随着日军对中国侵略的顺利展开，幕后的裕仁则时不时溜到前台。

关于热河：

1933 年 2 月 12 日，裕仁再次批准了热河行动，条件是"注意绝对慎重对待越过万里长城一事，如不听从，将下令取消热河作战"。对中国热河的入侵开始于 2 月 23 日。2 万多日军只用大约 1 周时间，就完成了对它的占领。

关于华北：

1936 年 4 月 17 日，裕仁天皇批准陆军的要求，将陆军小规模的驻中国军队数量扩大 3 倍，从 1771 名增加至 5774 名。他还同意在位于北平西南郊区的铁路交叉点——距离卢沟桥不远的丰台，建立新的驻屯基地，为与中国军队间的不断冲突搭建了舞台。

1937 年 7 月 7 日，卢沟桥事件发生，近卫内阁决定向华北增兵。裕仁在向华北派兵的派遣令上盖了他的印章。两周后，日本关东军和朝鲜军与本土 3 个师团汇集在天津附近的廊坊。

1938 年，日军对河北游击队根据地实施毁灭战，实施"三光政策"，假想敌为"居民中被认为有敌对性的 15 岁以上至 60 岁的男子"。裕仁于 12 月 2 日签发实行"无人区"作战的 241 号大陆命，这项政策在连续施行中扩大至整个华北。

1941 年 12 月 3 日，裕仁再次同意大本营 575 号大陆命，将华北分为"治安区、准治安区与未治安区，后者将变为无人区"。日本历史学家姬田光义认为，"240 万以上"的中国非武装人员（平民）在这些作战中被杀害。[19] 与南京大屠杀相比，有计划的"三光"作战具有无可比拟的毁灭性，且持续时间更长。

关于上海：

1937 年 8 月 13 日，日军将战火烧到上海。8 月 18 日，裕仁在召集陆海军参谋总长时提出，在关键地点，集中兵力加大打击，不能没有让

"支那"反省的策略。裕仁的意见是要将兵力集中于上海，反对增兵青岛。该命令按裕仁意见，删除了向青岛派遣部队的内容。

之后两周里，裕仁批准了为增援战斗已陷入僵局的上海地区而准备的6次部队调动。9月4日，裕仁在致帝国议会诏书中表示："我的部队正在排除万难，忠勇制敌。这只是为了促使中华民国反省，迅速确立东亚的和平。[20]

关于重庆：

攻占国民政府战时陪都重庆，一直是裕仁的迫切愿望。自1938年5月开始，日军便对重庆和其他大城市进行了野蛮而无差别的战略性轰炸，除常规炮弹还有燃烧弹，最初两天的空袭中，5000多名非武装人员（平民）被炸死。

1942年中，2月19日、3月19日和5月29日，裕仁至少3次敦促陆军参谋总长杉山元研究对重庆进行最终"攻击"的可能性。在他的催促下，杉山元起草了大规模进攻方案（"五号作战"），计划用15个师团彻底消灭蒋介石在四川的主力，并占领重庆。

关于南京：

1937年11月20日，裕仁向在中国地区的舰队司令官长谷川清发出诏书赞许舰队官兵与（进入南京的）陆军合作，控制了中国沿海，并且阻断中国的海上运输线。同时告诫说，前途尚远，希望他们更加努力奋斗，取得完全胜利。

11月24日，在第一次大本营御前会议时，裕仁对中国中部方面军司令松井石根大将进攻并占领中国首都这一重大决定予以事后认可。12月1日，裕仁向松井大将发布了正式的攻击命令，要求中（部）侵华日军司令要与海军协同行动，夺下南京。

12月14日，南京陷落的第二天，裕仁向统帅部传下御旨，表达了他对攻陷并占领南京的报告的满意。后来，当松井大将返回东京时，裕仁赐其诏书一份，表彰他伟大的军事成就。"极为满意"的裕仁甚至邀请松井、朝香宫（上海派遣军司令、进攻南京总指挥官）到他的夏宫，并御赐他们带有皇室菊花浮雕的银质花瓶。"[21]

日军在南京残忍的兽性杀戮，造成震惊世界的大惨案，30多万中国军民死亡。裕仁作为批准夺取南京的最高统帅，事前，查不到一件他制止部队罪行的指令；事后，没有一件他下令调查南京暴行的文件性记录。相反，却有裕仁对部队犯罪行为保持沉默事实的记录，以及上述若干鼓励嘉勉部队惩治被害方的敕语与诏书。

您还能得出天皇裕仁是从未参与二战、实为傀儡的海陆空军大元帅的结论吗？

37．我不知道该不该说

日本侵略者最令世界不齿的，是在战争中使用了细菌战、毒气战及对人的活体解剖等，犯下了累累的反人类罪。日本处于资源贫瘠的岛国，是一个寡民种族，却有着鲸吞并统治整个东亚的巨大野心。为实行最廉价、却最有效的细菌与毒气杀戮手段，日本一直拒绝在禁止使用细菌与毒气的国际条约上签字，而这都与天皇裕仁，以及石井四郎——一个令世界毛骨悚然的名字有关。

石井四郎，日本陆军中将（军医中最高军衔）、日本关东军防疫给水部（七三一部队）部长。原本名不见经传的石井之所以受到天皇裕仁的青睐与重用及支持，原因有两个：一是如同英国著名历史学家马克·费尔顿形容的那样，石井"为日本军队研究出一种革命性的新型水过滤设备，并受邀向裕仁天皇展示。石井向过滤设备里尿了一泡尿，欲请天皇喝下过滤出来的液体，后者当然予以拒绝。结果石井当着天皇的面，自己把那一杯过滤尿液喝进了肚子。此举不仅令他知名度暴涨，而且激发出官方对其秘密研究的兴趣"。

第二个原因是石井关于细菌、毒气战争的"特征"，符合日本天皇与军部的心理预期。石井对细菌攻击战有"经济"杀戮的观点，他认为：细菌攻击战的第一个特征是其效力广大，不仅在有效范围能够人传人、村传村地不断扩大，而且其毒害可以深入人体内部，造成的死亡率比炸弹要高得多。还有，一旦受伤以后，想治愈是很困难的，很难期望这些人再度投入战斗。细菌攻击战的第二个特征是其对于缺乏钢铁之日本，是最合适的、所需经费最低的战争方式。

石井最初的细菌研究得到了巴登巴登集团和"三羽乌"之一、陆军省军务局长永田铁山少将的积极帮助。石井于1932年秋在东京陆军军医学校内设立了"防疫研究室"。苦于缺少"试验原料"——活体的人，九一八事变后第二年，石井便在东北五常建立了被冯仲云称为"背阴河车站的杀人工厂"的活体试验基地。

工厂里"原料"开始有五六百人，不久，陆续增加到1000多人。后来，"原料"逃出了20余个，杀人工厂就搬家了。逃出来的有12个人参加了抗联，其中一个名叫王学阳的，后来担任抗联三军的一个师长（代理），1937年在木兰光荣战死。[22]

为了使罪恶的杀人实验更加隐蔽，在关闭了背阴河实验基地后，日军在哈尔滨以南平房地区，将8座村庄夷为平地，在这片10平方公里土地上，修建了专门的飞机跑道、火车站铁道、宪兵营房、关押实验"活体"的监狱、地下室、地牢、毒气室、手术室、焚尸场……总计150余座建筑。

日军还为实验人员修建了影院、酒吧和一座神道教庙宇。这里也是日本关东军军事设施的一部分，对外称"防疫班"，后改名为"防疫给水部队"或称"七三一部队"。制造并在活人身上试验鼠疫、霍乱、炭疽、伤寒细菌与病毒是七三一部队主要任务之一。

鼠疫研究室里到处是老鼠与人的尸体。田村良雄进入研究室内巡视了一下，几天前注射的老鼠还在筋疲力尽地蠕动。他一边微笑着，一边把死了的老鼠肚子撕开，取出脾脏、肝脏开始培养。

另一处房间担架上放着被切开的肚子，敲破头、劈掉脚的中国人的"肉块"。田村走到被他注射鼠疫菌的中国人住的房间，中国人难受得全身乱动，趴在床上吐血，并企图反抗，想要站起来。田村一边大骂"畜生"，一边将人踢倒在地，然后浇上消毒药水，准备对其分尸八瓣。[23]

七三一部队最为恐怖残忍的手段之一，是不打麻醉剂的活体解剖。他们认为药物可能会对研究结果造成影响，因此进行惨无人道的生理实验。或者说，这些生着人的面孔、穿着人类衣冠的冷血人类，更喜欢以同是人类的极度痛苦为乐趣。

战后，一名72岁的前七三一部队医疗官助手在描述一名30岁的中国受害者时供认：当我拿起手术刀，他开始尖叫起来。在平房区，类似的恐怖场景只是家常便饭。我把他切开，从胸腔一直到腹部，他一直在惨厉地尖叫，面孔因为疼痛而扭曲，拉开骨锯，切断肋骨，露出全部内脏。解剖台旁，分别拿着培养细菌的银耳和医疗用玻璃器皿，等待内脏的3个人……开始在培养基上使劲地涂抹。20分钟后，中国人的肉体被窝割了，滴着血的肉块散乱地丢在解剖台上。

在实验中，日本人会故意让"原料"感染病毒后再做活体解剖，以观察疾病对人体各部位的破坏情况；同时在感染了病毒的病人身上放养了不计其数的跳蚤，目的是培养用于充填细菌炸弹的病虫。日本医生还会强奸女性令其怀孕，几个月后将她们解剖，并从子宫中取出胎儿。日本人还常常砍掉"原料"的四肢，观察失血对人体造成什么影响。还有冷冻实验，即将四肢加以深度冷冻后砍断，也有不砍断时任其解冻，观察人体活性纤维的坏死情况。

日本人有时还会向人体血管内注射空气，观察足以致命的血凝块产生，还会用喷火枪向"犯人"喷射火焰，以确定该种武器的最佳射程。

石井是这些生理实验的痴迷者与领头人。某一天，石井做实验时突然需要人脑，宪兵看守们于是抓出一名"犯人"按在地上，用斧头把他的头颅劈开，飞快取出里面的大脑，送到石井的实验室。七三一部队的每一项实验，都是对医学界良知赤裸裸的挑战。

日军用活体中国人进行毒气实验，也是在石井统一领导下。早在1934年，挂着"关东军防疫给水部"招牌的毒瓦斯和高压电杀人实验场，便在吉林四平西郊强占的一所中学校舍中展开。

1934年11月10日夜，第一批实验材料（所谓30根"马鲁大"）被送到这里。大厅中央5米见方的双层帐篷中央柱子上绑着"马鲁大"，毒瓦斯通过一根蛇一样摇晃的胶皮管子窜进帐篷里，被绑在柱子上的人痛苦地折腾起来，几乎把柱子要弄断了。5分钟后，垂直头的"实验品"一动不动了。戴着防毒面具的军医们从玻璃窗外冲进来，有的用手电照他的眼睛、鼻子、嘴，有的用听诊器听胸部。过了一会儿，下一个的重复又开始了……

不久，30名中国人又被运来做第二种实验。人被锁入一只仅容身体的铁箱子里，然后向其头、脸、背、腹部注射毒液。受害者痛苦、绝望地喊着、挣扎，把大铁箱都摇动了。军医们按固定时间开箱检查被注射部位。那些人身上皮肤溃烂如石榴似的，肉体在极短时间内腐烂。一周左右，人便在箱里完全烂掉了。

高压电实验，是让人面对30米外5000伏的高压电铁丝网站着。铁丝网两侧的地面下埋了通电流的铁板，人被驱赶着走进电网。那个人左脚刚往前一迈，一瞬间便向电网倒去。5000伏特高压电流从他肉体通过，他的右脚跟与地面之间立刻放出电火花来。然后，该人将被进行解剖，研究高压电流下人体内脏的变化。[24]

被七三一部队如此残忍手段杀害的有多少人呢？战后，据石井四郎交代："用了 3850 个原木，也就是活人做细菌试验。我们说原木，是暗语。用了 2450 个活人做毒气试验。这些人只有 562 人是俄罗斯人，254 人是高丽国人，其余都是中国人……这 6000 多人没有一个活下来。"[25]

石井显然没有说实话。据美国历史学者，从事细菌战研究的西尔顿·哈里斯教授分析，人体实验的死亡者，应在 1 万至 1.2 万人。[26] 据英国历史学家马克·费尔顿披露：一个名叫上野武男的前七三一部队医生说，他曾经看到过一个 1.8 米高的大玻璃罐，里面用福尔马林浸泡着一具西方男性尸体，已经被竖着切成了两半。类似的人体标本非常多。

1995 年，一名要求匿名的男子在接受采访时称，他在七三一部队营地看到过类似罐子，标签上写着"美国人""英国人""法国人"等，但大部分是中国人。战后，美国操控了东京审判，石井不敢得罪美国人。

实际上，苏联于 1949 年在哈巴罗夫斯克的战犯审判中便挖掘了若干日本人用白种人做人体实验的罪证。一个名叫森下清仁的日本军医证明：在"马鲁大"中，他发现了美国人或英国人的身影，还听到一些"马鲁大"相互之间说英语。澳大利亚陆军军医布里南的日记里曾有 150 名美军战俘被迫走出奉天战俘营、再也没有回来的记载。

上述事实说明，日本细菌实验针对的是全人类，包括美国人。诡异的是，美国政府却刻意放过了对七三一部队罪行的追索。

七三一部队通过实验杀害最多的是中国人，石井承认被害者中 90% 是中国人，而且绝大多数是在抗击日军作战中不幸被俘的官兵，以及所谓的"好战分子"。为保证实验"原木"需要，关东军宪兵司令部要求下属各部执行秘密输送任务。

伪满间岛宪兵分队曹长成井升交代，1938 年 8 月，按佳木斯宪兵队长儿岛正范命令，富锦县的 5 名共产党员被押送至哈尔滨石井部队残杀了。成井调任日本关东军宪兵司令部工作后，仅 1942 年 12 月至 1943

年 11 月间，就向七三一部队输送了 30 多名抗日爱国者。这只是若干起"特殊输送"中的一例。为解决石井提出的"材料枯竭，多送为宜"问题，自 1941 年 7 月至 9 月不到 3 个月时间里，日本关东军宪兵司令官即签发"特移报"（关宪高 120 号）500 人（次）。成千上万抗联战士与爱国志士就这样被送入七三一部队予以残害。

惨无人道的实验，是为了野蛮的屠杀。据中国档案馆不完全资料统计，由于日军实施细菌战致死的中国无辜百姓高达 27 万人，由此致死的中国军队人数则无法准确统计。华北共产党控制的根据地为日军细菌战重点区域，已发现的细菌战例有 33 起。[27]

石井在东京审判预审中交代了由他指挥的几次细菌战。其中一次是 1941 年 4 月，日军出动 6 架飞机投入 400 公斤鼠疫菌，致使晋冀鲁豫和晋绥边区的几个县，35 万人感染鼠疫，死亡多达 16.5 万余人。又比如，1942 年 7 月，在南京两处战俘营，七三一部队远征队将 100 公斤注射有伤寒、副伤寒菌的大饼分给 50 名俘虏吃，然后将他们释放，使疫病远播湖南、湖北、广东、广西、江西、安徽、浙江、江苏 8 省大部地区，不完全统计，死亡多达 18.7 万余人。[28]

日军细菌战后的流毒极为深远。1946 年至 1954 年，当年七三一部队所在地哈尔滨市，前后发生 6 次鼠疫。1947 年，东北地区鼠疫患者达 3 万多人，仅通辽一地即死亡 1.2 万多人。

对于毒气、化学及细菌战，裕仁有不可推卸的直接责任。裕仁授权使用化学武器的第一号令发布于 1937 年 7 月 28 日，由参谋总长闲院亲王传达，命令中写道，在夺取北平—通州的过程中，"适当的时候可以使用催泪弹"。这个命令是批准小规模的毒气使用。获得经验后，在 1938 年 8 月至 10 月进攻武汉的过程中，大本营批准使用毒气 375 次，1939 年，又批准冈村宁次可以使用超过 1.5 万桶毒气。1940 年，裕仁批准了在中国第一次试验性地使用细菌武器。此后细菌攻击陆续展开，并形成日军对化学与细菌武器的依赖，直至二战结束。

1945年8月9日，苏军闪击日本关东军。关东军与石井做的第一件事就是炸毁七三一营地所有建筑，但因建筑太过坚固，烈性炸药居然奈何它们不得，其罪证的躯壳得以保存下来。不过，在七三一部队鸟兽散之前，石井特别召开一次会议，命令每一个人都要将"秘密带进坟墓"；如果有人不保持沉默，会有人在日本找上门把他杀死。

令人不敢相信的是，美国当局在找到了石井及其手下之后，非但没有追索其罪证，还为其提供了庇护与工作良机。盟军驻日本的最高司令官麦克阿瑟，豁免石井及其手下的条件是，要求他们将活体实验以及细菌战、化学战的数据与结果，交给美国政府。美国人认为这批实验成果"价值连城"。

因而，在美国人操控的东京大审判中，对七三一部队只字未提。美国中央情报局（前身叫战略勤务局），悄悄将石井等人"走私"到美国。此后，石井便一直居住于美国马里兰州，为美国军方做细菌武器研究。[29] 后来，美国人在朝鲜战争与越南战争中，都使用了细菌武器。

更加强奸世界民意的是，美国人将天皇裕仁打扮成一个傀儡君主，将一切战争罪责，都推卸到东条英机等其他战犯身上，手段是将证据材料密卷予以全部销毁，尤其是七三一部队的反人类罪证。

但是，人算不如天算，尽管美国政府通过麦克阿瑟的遮天黑手如此蛮霸地"帮助"裕仁天皇洗脱了罪名，日本天皇裕仁罪恶的黑幕，还是在四十年后被一个小人物捅了一个大窟窿。阳光通过这个窟窿，射进了黑幕，裕仁的肮脏罪行终于一览无余。

这个伟大的小人物，便是前新西兰皇家海军航空兵上尉、日军战俘、盟国驻日本战争罪行调查官詹姆斯·戈德温。

调查官及自身战俘的经历，使戈德温对揭露日本天皇及部队罪行有了迫切的愿望和积极的动力，可这与操控东京大审判的美国人的意图格格不入。良心促使他将掌握的大量原始案卷制成副本，于1950年从东京秘密带回新西兰，长期保存于不为人知的地方。

20世纪80年代中期，戈德温退休后的第一件事便是整理这些备忘录、指示与情报。可惜，他只完成了预计工作的四分之一，便意外中风瘫痪，继而老年痴呆。医学专家检查发现，他的颅骨和颈椎骨一部分已粉碎与错位，应当是他为战俘时被日军枪托猛击所致。

根据戈德温珍贵的原始卷宗，詹姆斯·麦凯继续完成了他的遗愿，整理并出版了《高层的背叛：美国出卖盟友秘闻》一书，"揭露了许多在过去五十年中被隐瞒下来秘而不宣的史实"，[30] 也包括裕仁的反人类罪证。

调查中，戈德温吃惊地发现，哈尔滨平房的生物和细菌战争中心是由石井将军和一位皇室王子——天皇裕仁的堂兄弟，协力建立的。"已经证实天皇裕仁在批准设立的生物细菌战争实验设施的文书上加盖了他的'御玺'。"[31] 七三一部队也是裕仁批准成立的，而且被"还批给了600万日元作为该部队的第一年活动经费"。[32] 这在当时是很大的一笔钱。

七三一部队所属各支部达5500人，被确认实施人体实验的是哈尔滨、南京、广州的部队。1938年，根据裕仁天皇7月19日军令"陆甲第50号"，日本军方又扩建了18个"防疫给水"部队，配属到各个师团，转战各个战场，使日军各师团普遍有了进行细菌战、毒气战的能力。"石井机关"（陆军称）网络达到顶点，人数为1.2万余人。

戈德温证实，"当通过阿尔瓦·C. 卡彭特上校——隶属于盟军最高司令部法律处的高级美国军官，请示授权逮捕皇室王子和石井将军时，查尔斯·A. 威洛比少将——盟军最高司令部的情报机构首脑和道格拉斯·麦克阿瑟将军都亲自出面干预，致使这次请求遭到不可理解的拒绝。"

接下来的调查，使得戈德温"不可理解"的问题获得答案。如果继续调查下去，将直接导向皇室和裕仁本人，这不仅将使美国人感到尴尬，并将打乱他们企图在美国的资本主义势力范围内扶植一个新日本的计划。为了美国的利益，公正审判止步于丑陋的政治。

放过了对天皇裕仁战争罪恶的追索，使麦克阿瑟获得了日本舆论"神一般高尚的仁慈""活着的救世主"等颂扬，日本首相吉田茂赞扬其为"伟大恩人"。麦克阿瑟则回敬：天皇裕仁为"日本第一的绅士"，这应当是西方人对男性"第一"的尊重与赞扬。

但是恶果出来了。战后，日本政府从未认真对战争进行反省，几乎没有对战争罪行支付过任何赔偿。正如美国历史学教授、《拥护战败》一书作者约翰·W. 道尔所言，美国政府及麦克阿瑟免除对天皇追责，使"战争责任"问题变成了一个笑话。假设一个以其名义处理日本帝国外交和军政长达 20 年之久的人，不需要为发动和领导这场战争负起应有责任的话，还怎么能指望普通老百姓费心思量这些事情，或者严肃地思考他们自己的个人责任呢？

可怕的是，无数历史事实证明，忘记过去注定要重蹈覆辙。

于是我们惊悚地看到，经常有人评论日本对中国的侵略为："我去前线并不是与敌人作战，而是怀着抚慰兄弟的心情前往中国。""我们必须将这场战争视为促使中国人自我反思的手段。我们这样做并不是因为恨他们，相反，我们深爱他们，这就像在一个家庭中，当兄长对弟弟的不端行为忍无可忍时，为使他改邪归正，不得不对他进行严惩。"[33]

以上，是造成南京大屠杀 30 万人惨死的日军主帅松井石根所言，而今，他正被供奉在日本靖国神社之中。

注释：

［1］［5］溥仪:《我的前半生》(全本)，群众出版社，2007 年 1 月第 1 版，第 249 页，第 241 页。

［2］丘树屏:《伪满洲国十四年史话》，长春市政协文史和学习委员会编，1984 年 4 月，第 155—156 页。

［3］张正隆:《雪冷血热》(下)，长江文艺出版社，2011 年 4 月第 1 版，第 24 页。

［4］(苏) Л·Н·斯米尔诺夫、Е·Б·扎伊采夫:《东京审判》，军事译文出版社，1987 年 8 月版，第 80 页。

［6］［8］王尧:《蒋介石与大国的恩恩怨怨》，台海出版社，2013 年 7 月第 1 版，第 129 页，第 137 页。

［7］蒋梦麟:《蒋梦麟自传:西潮与新潮》，团结出版社，2004 年 10 月第 1 版，第 361 页。

［9］［11］［12］溥仪:《我的前半生》(全本)，群众出版社，2007 年 1 月第 1 版，第 254 页，第 267 页，第 258 页。

［10］《给郭沫若的信》(一九四四年十一月二十一日)，载中共中央文献研究室:《毛泽东文集》(第三卷)，人民出版社，1996 年 8 月第 1 版，第 227—228 页。

［13］刘家常等:《日伪蒋战犯改造纪实》，春风文艺出版社，1993 年 3 月第 1 版，第 77 页;转引自张辅麟等:《史证:中国教育改造日本战犯实录》，吉林人民出版社，2005 年 9 月第 1 版，第 83 页。

［14］(美)赫伯特·比克斯:《真相:裕仁天皇与侵华战争》，新华出版社，2004 年 9 月第 1 版，第 412 页。

［15］(日)袮津正史:《天皇与昭和史》(下)，三一书房，1976 年，第 265—266 页;转引自(美)赫伯特·比克斯:《真相:裕仁天皇与侵华战争》，新华出版社，2004 年 9 月第 1 版，第 432 页。

[16]《侍从武官长奈良武次日记　回顾录（三）》，第359页，1931年9月22日条；转引自（美）赫伯特·比克斯：《真相：裕仁天皇与侵华战争》，新华出版社，2004年9月第1版，第168页。

[17]（日）青山照明：《为什么现在要说东乡平八郎?》，《文化评论》三四六，新日本出版社，1989年，第68页；转引自（美）赫伯特·比克斯：《真相：裕仁天皇与侵华战争》，新华出版社，2004年9月第1版，第172页。

[18]（美）赫伯特·比克斯：《真相：裕仁天皇与侵华战争》，新华出版社，2004年9月第1版，第456页。

[19]（日）藤原彰：《"三光作战"与北支那方面军（二）》，（季刊　战争责任研究），第二十一号（1998年秋季号），第73页；转引自（美）赫伯特·比克斯：《真相：裕仁天皇与侵华战争》，新华出版社，2004年9月第1版，第266页。

[20]（日）千田夏光：《天皇与敕语与昭和史》，沙文社，1983年，第257—258页；转引自（美）赫伯特·比克斯：《真相：裕仁天皇与侵华战争》，新华出版社，2004年9月第1版，第231页。

[21][33]（美）张纯如：《南京大屠杀》，中信出版社，2013年第1版，第175页，第213页。

[22]史义军：《冯仲云年谱长编》，国家图书馆出版社，2019年5月第1版，第66—69页。

[23]（日）中国归还者联络会：《三光：日本战犯侵华罪行自述》，世界知识出版社，1990年版；转引自张辅麟《史证：中国教育改造日本战犯实录》，吉林人民出版社，2005年7月第1版，第486页。

[24]（日）中国归还者联络会，新读书社《侵略：日本战犯的自白》，山东人民出版社，1985年版，第20—32页；转引自张辅麟等《史证：中国教育改造日本战犯实录》，吉林人民出版社，2005年7月第1版，第513—

514 页。

[25] 黄鹤逸:《东京大审判》，北岳文艺出版社，2010 年版 4 月第 1 版，第 204—205 页；转引自张辅麟等:《史证：中国教育改造日本战犯实录》，吉林人民出版社，2005 年 7 月第 1 版，第 501 页。

[26][28]（日）《中归联》季刊第 7 号，第 71 页；第 20 号，第 42—49 页；转引自张阴麟等《史证：中国教育改造日本战犯实录》，吉林人民出版社，2005 年 7 月第 1 版，第 483 页，第 497 页。

[27]《人民日报》，1999 年 11 月 29 日。

[29]（英）马克·费尔顿:《日本宪兵队秘史：亚洲战场上的谋杀、暴力和酷刑》，重庆出版集团重庆出版社，2017 年 11 月第 1 版，第 126—127 页。

[30][31][32]（新西兰）詹姆斯·麦凯:《高层的背叛：美国出卖盟友秘闻》，中国城市出版社，1998 年 10 月第 1 版，第 323 页，第 182—183 页，第 246 页。

第十二章
兵不厌诈

38．面对强敌，唯有奋起

国民党军第四次"围剿"中央革命根据地失败后，蒋介石越发不安与焦躁起来。九一八事变以来，国人不断批评"不抵抗政策"，指责蒋介石消极抗战，甚至有了他与日本勾结、出卖国家的舆论。蒋介石清楚，如果这种社会舆论再激烈起来，等于给了共产党一个求生机会；但若放弃"剿共"，用全副精力去抗日，共产党就会趁机扩大发展起来，这会直接威胁国民党的政权与统治，而日本至少在短期内不会直接威胁到自己的政权。

基于"攘外必先安内"的基本方针，自1933年下半年起，蒋介石对革命根据地发动了第五次"大规模'围剿'"，调集100万军队向各地红军实施攻击，其中50万军队于9月下旬开始向中央革命根据地发动进攻。为统一国民党内上下的认识，11月，蒋介石在南昌国民党党部连续发表"抗日必先剿匪""在匪未清前绝不能言抗日""若再以北上抗日请命而无决心剿匪者，当视为贪生怕死之辈，立斩无赦"等言论。[1]

1934 年 4 月中下旬，国民党军队集中力量进攻中央苏区的北大门广昌。由于战术策略失误，经过 18 天血战，红军遭受重大损失，广昌失守。10 月，中共中央、中央军委率中央红军主力 8.6 万多人，开始了世界历史上前所未有的壮举——长征。在突破国民党军第四道封锁线湘江时，红军付出了巨大代价。突破湘江后，中央红军由 8.6 万人锐减到 3 万余人。

惨痛的教训，使中国共产党人对自我的革命路线及领导人做出了正确的选择。1935 年 5 月，中央政治局扩大会议在贵州遵义召开，增选毛泽东为中央政治局常委，事实上确立了毛泽东在党中央和红军的领导地位。

1935 年 12 月，中央政治局在陕北瓦窑召开扩大会议，通过了《中共中央关于目前政治形势与党的任务的决议》。两天后，毛泽东在党的活动分子会议上做了《论反对日本帝国主义的策略》的报告，盛赞"东北和冀东的抗日游击战争，正在回答日本帝国主义的进攻"。[2]

瓦窑堡会议决议和毛泽东的报告，明确提出党的基本策略任务是建立广泛的抗日民族统一战线，批评了党内长期存在的"左"倾冒险主义、关门主义的错误倾向。

1936 年，东北抗联反日斗争得到蓬勃发展。元旦这一天，毛泽东喜悦满怀，亲笔起草致朱德电报，其中有"日本对华北急进，中央已派大批人去指挥抗日战争，东三省抗日战争有大发展"之语。

实际上，浴血抗战于东北的义勇军、抗日联军，早在毛泽东心中有重要位置。1933 年末，毛泽东在江西兴国县长冈乡调查时，亲笔记录了长冈乡群众为东北义勇军募捐的账目：

援助东北义勇军（也是榔木乡时，那时人口二千九百，会员约八百），捐了四十多串。捐数五个铜片起，一百的、二百的、一串的都有。一百的多数，约占会员百分之六十。五个铜片的、一串的，各只几人。[3]

1串铜片为1000个，可兑换1个银圆（大洋），2900人共捐献40多串铜片左右，这在受国民党军事与经济双重围剿、连食盐都只能靠老墙土泡水熬制味道苦涩的硝盐来自给的当时，已经是竭尽全力了。

1934年1月22日，是中华苏维埃共和国第二次全国代表大会开幕的日子，毛泽东在致开幕词中提议全体代表起立，静默3分钟，向牺牲的先烈表达哀悼与敬仰，其中就有许多在东北领导反日游击战争、被日本侵略者杀害的先烈。这段动情的文字中，毛泽东特别提到了抗战一线的中共满洲省委书记罗登贤。后来，以毛泽东为主席的中华苏维埃共和国临时中央政府发布命令，在中央苏区设立了登贤县。[4]

也是在"二苏大"开幕这一天，毛泽东以大会名义，专门给东北人民革命军、抗日义勇军发出慰问电。电报开头，毛泽东使用了"东北人民革命军、抗日义勇军，亲爱的同志们"的亲切称呼，"大会向你们英勇抗日的战士致热烈的革命敬礼！大会对你们坚持进行着的抗日民族革命战争，表示无限的同情。""大会代表苏区与白区数千万革命民众和红军，欢迎人民革命军派到大会的代表……"

不仅如此，大会期间，毛泽东专门接见了东北代表，听取了东北抗日斗争情况汇报。2月1日，大会产生了第二届中华苏维埃中央执行委员会，杨靖宇（化名张贯一）当选为委员。东北抗日武装主要负责人杨靖宇的当选，说明了东北抗战及武装在毛泽东心目中的分量。

瓦窑堡会议期间，在毛泽东主持下，与会人员研究了主力红军与东北抗联互相配合这一重要议题。1936年2月至5月，红一方面军在毛泽东、彭德怀率领下发起东征，渡过黄河挺进山西，直指热河、察哈尔、绥远。6 月 15 日，"松山"（吴平）致函周保中等，通报红军东征情况：

> 抗日红军在毛泽东同志直接领导下，已到达陕甘，并于最近东渡黄河而至山西省腹地；北出长城而向内蒙绥远进展，这么一来，红军日益接近到与日寇及"满洲国"军队直接冲突的时期了……对于东北抗日游击运动有很大的好的政治影响，给游击运动一种推动。[5]

此前，东北抗战的各部队已从敌伪报刊上了解了一些红军东征的消息。杨靖宇认识到，东北抗日武装处于日寇侵略华北的后方基地，又是关内抗战的前哨与先锋。在得知主力红军东征后，1936 年 6 月底和 11 月，杨靖宇连续两次组织部队西征热河，虽因寡不敌众而未达目的，但有评论认为，西征是东北抗日武装，同正由陕北向长城移动中的抗日红军相呼应的勇敢尝试。

为表达对党中央和主力红军的殷切向往，杨靖宇特作《西征胜利歌》为西征部队壮行，其中有句：

> 中国红军已到热河眼看到奉天，
> 西征大军夹攻日匪赶快来会面。

而国民党政府方面，在《塘沽协定》签订后，蒋介石自认为占据了东四省的日本人应该满足了。为缓和同日本的关系，他集中全力实施对苏区及红军第五次"围剿"，蒋介石发表了由陈布雷笔录的、令人费解的一篇长文《敌乎？友乎？——中日关系之检讨》。

该文检讨了处理中日两国关系七方面错误后，又强调两国关系之重要：

中日两国在历史上地理上，民族的关系上，无论哪一方面说起来，其关系应在唇齿辅车以上，实在是生则俱生，死则同死，共存共亡。[6]

此篇长文与其说是给国人看的，不如说是给日本人看的。作为一国首脑，四省国土沦为殖民地，蒋介石仍然没有将日本人的侵略逻辑搞清楚。无论中国人送出多少媚眼笑脸，日本人都不会将铁蹄止步于长城。

日本人倒是从这篇长文中看出了蒋介石"善意的真诚"。1935年1月，日本外相广田弘毅在议会演说中提出了对中国"不威胁，不侵略"的外交原则，立即被蒋介石看成是"善意的真诚"反应。于是，国民党政府大员去东京会见日本军政要人，同时向全国发出通令，严禁排日运动，各媒体不许刊载排日消息，并颁布《取消抵制日货令》。

日本内阁很是满意，主动提出把驻华公使升格为驻华大使。接着，中日同时宣布双方使节同时升格的决定。

1935年春季，中日似乎真的"亲善"起来，但有一股强大的势力被忽略了：就在中日双方政府大员频繁往来、盲目为中日"亲善"而欣慰的时候，左右日本政局的军部，尤其是右翼少壮派军人，正紧锣密鼓地策划着对华北的入侵计划。

后来还原的真实历史是，对华北的侵占，日本军部开始并没有全盘的战略规划与计划。入侵华北实际上类同第二个九一八事变，是由一线将校"领跑"、军部"跟进"、统帅部事后"确认"的战争行为。始作俑者便是日军华北驻屯军中将司令官梅津美治郎，他是巴登巴登集团11个核心骨干成员之一。

日军极强的辈分意识，使华北驻屯军以老资格驻华军队自居，而傲视其他日军部队，其侵入中国的时间可追溯至八国联军进北京的次年（1901年）。根据《辛丑条约》，日军常备军团在中国北京、天津等地驻守，人数为 1117 人。而日本关东军正式成立则是在 18 年后的 1919 年，虽然根据 1905 年的日俄《朴茨茅斯条约》，日本关东军前身已有部队进入中国，但只是南满铁路段的护路兵，每公里仅有 15 人。

日本关东军在九一八事变中抢了个头彩，获得了"皇军之花"的美誉，对华北驻屯军是一个莫大刺激。这或许是梅津美治郎以本庄繁为"蓝本"，在华北制造第二个类似九一八事变的主要动力。梅津美治郎因"华北事变"而获得了晋升陆军大将、及至陆军参谋总长的重要起步台阶，当然最终也换来了甲级战犯的结局。

所谓"华北事变""华北自治"，是在"反共"与"自治"名义下，在华北五省建立由日本控制的傀儡政权。建立五省联合自治政权的目的，是为了使国民党政权统辖之下的华北五省脱离南京，成为日本人控制下的所谓自治地区，将华北变成第二个"满洲国"。

骄横的日军为何不像对东北那样，对华北进行直接兵戈占领？野心与兵力是一对矛盾：日军华北驻屯军两次增兵后，总数为 8400 人，而华北军宋哲元的二十九军为 10 万余人。于是，关东军系统的阴谋老手土肥原贤二被"借给"了华北驻屯军。

土肥原策划指挥日军制造了各种"事件"。驻屯军参谋长酒井隆派人刺杀了汉奸《国权报》《振报》两报社长，声称为反日的"河北事件"，然后将坦克、装甲车开到河北省、天津市政府门前示威，10 余架飞机在北平上空盘旋。继而，梅津美治郎向国民党军事委员会驻北平分会的委员长何应钦，提出取消河北省和北平、天津两市国民党党部，撤走驻河北的中国部队，并将中国驻天津地区的第五十一军军长于学忠免职，撤换河北省主席及平津两市市长。

经蒋介石认可，1935 年 7 月 6 日，北平军分会委员长何应钦复函梅津美治郎表示："六月九日酒井参谋长所提各事项均承诺之。"[7]

何应钦的复函及梅津的《备忘录》，便是所谓的《何梅协定》。

蒋汪对日军逆来顺受，使国民党政府在河北的行政权力几乎丧失殆尽。但日军的胃口岂是河北一省可填满的？在谋取河北的同时，日军便染指察哈尔省。6月27日，察哈尔省代主席秦德纯与日军代表土肥原贤二，以换文方式达成《秦土协定》，中国驻军从沽源、宝昌、康保、商都一带撤退，国民党党部撤出察省。[8]

　　实际上，日军对华北五省的谋取策略十分周密。第一步，要求国民党和中央军撤离原驻地，造成华北真空——通过"秦土""何梅"两个协定已达到了目的；第二步，捧出傀儡政权，实现日军操控的"自治"；第三步，胁迫南京国民党政府承认日本在华北的"指导地位"，将冀、晋、绥、察、鲁五省变成第二个"满洲国"。

　　在土肥原的策划下，10月，日本收买汉奸举行暴动，占据香河城，鼓吹"防共自治运动"。11月下旬，河北冀东蓟（县）密（云）区行政公署督察专员殷汝耕在通县成立"冀东防共自治委员会"，自任委员长，宣称冀东二十五县脱离中国政府管辖，实行"自治"。

　　殷汝耕，抗战史上给民族造成重大损失的"重要"汉奸，曾就学于早稻田大学等学校，长期留日，其心早已倾日，加之娶了日本女子为妻，更与日本军政界联络密切。

　　殷汝耕公开"自治"，国民党政府愤怒又难堪。行政院决议，对其进行拿办。但蒋介石认为，一旦惩罚这个日本人庇护下的汉奸，就一定会同日本人发生直接冲突，中国现在力量不够，不得不暂时容忍。

　　这年年底，为防止"自治"事件被不断复制，南京国民党政府解散了北平军分会，成立了一个主权名义上属于中国、性质实为半地方自治的"冀察政务委员会"。

　　这个委员会的委员长是曾经在长城抗战中以大刀与日寇血拼的二十九军军长、手握10万重兵的华北最高军政长官、地方实力派军阀宋哲元。二十九军的老底子是冯玉祥的西北军，历史上几次与蒋介石兵戎相见，好不容易获得了平津地盘，实在不想再被挤回贫瘠的西北去。因而，宋哲元面对两个敌人，除了日本人，还有中央军。

宋哲元的策略是，像蒋介石一样委曲求全，让日军找不到开打的借口。因为打起来伤损的肯定是自己的西北军，待自己与日本拼个两败俱伤，早就觊觎平津地盘的中央军就有了重返此地的机会，那时自己连立身之地都没有了。"他们不是怕死和惧日"，抗日名将张自忠的话，代表了西北军高级将领的心态：打起来"对国民党有利，借抗日消灭杂牌，我们西北军辛辛苦苦搞起来的冀察这个局面就完蛋了"。[9]

军阀割据下的中国，国民党军政系统内部、中央派与地方军阀间的猜忌与倾轧，始终是近代中国诸多问题上的一个死结。

死结造就了"冀察政务委员会"这个怪胎。它既是国民党政府、中国最大军阀蒋介石对日妥协的结果，也是蒋介石争取地方实力派的一个手腕，更是地方实力派在蒋日夹缝之间自谋生路的一种方式。

再进一步分析，蒋介石想用该委员会作为对日关系的缓冲，宋哲元想用该委员会作为对蒋讨价还价的资本。蒋与宋矛盾折冲之际，却便宜了日本人，使他们轻而易举地实现了入主华北的第一、二步计划。

宋哲元艰难地"玩"着平衡，在民族公利与军阀私利之间努力挣扎。他先是发表"冀察两省与日本有特殊关系"的公开谈话，继而又与日本驻屯军订立了《华北中日防共协定》，并与驻屯军司令商定了所谓华北经济提携的"四原则，八要项"，实际上，已经朝降日方向迈出了危险的一步。

万幸有中国共产党，有强大的民意。深感"华北之大，已经安放不得一张平静的书桌"的北平学生冲出了校门，震动全国的"一二·九"运动暴发。

毛泽东说："青年学生好比是一二·九运动的柴火，一切都准备好了，只差用火一点。点火的人是谁呢？就是共产党。"[10]

换言之，是共产党领导的"一二·九"运动及其激发的社会舆论，将犹豫动摇于抗日与妥协之间的宋哲元等一批人，拉回到人民一边。

1935年12月下旬，上海14个社会团体电警宋哲元："流芳遗臭，公能自择。"1936年1月初，宋哲元复电上海谓："洁身爱国，未敢后人。"好险！

战争既是物质（交战双方物力与军力）的对决，更是精神（双方意志与智慧）的抗衡。为什么中央与地方的军阀们都不积极抗日？是力量（兵力、装备、物质）不足吗？小孩子都会算账，10万中国华北驻军对8400人的日本华北驻屯军，那是多大的优势啊！

可悲的是，中国的军阀们一旦将集团私利置于民族公利之上，部队就会被抽去了精气神、灵魂与血性。

中国老祖宗的《孙子兵法》云："知己知彼，百战不殆。"二十世纪二三十年代，尽管中国军政界对日本政局了解甚少，但图谋中国多年的日本军政界，却对中国国情政情了如指掌。1936年，日本驻北平特务机关长松室孝良在内部发表的一个秘密报告，值得所有中国人一读。

松室孝良认为"不抵抗主义"加"恐日症"，才使得日军以寡胜众。夺取东四省，实为"不战而胜"，日军在精神意志上压倒了中国军队。"恐日症"导致中国官吏：

> 现在全华北约十分之七，不能精诚团结联合应付，大都采自保主义维护自身之存在……此等各个独立的小势力，其所关切者只此小集团之目前利益，当然难抗帝国之攻击。故彼等自私的心理，实予帝国以非常的便利，竟可不战而胜，一言而获……
>
> ……
>
> 须知"九一八"迄今之帝国对华历次作战及对中国军之作

战，中国军因依赖国联而行无抵抗主义者，故皇军得以顺获胜利。及后华军昧于知己知彼之认识，受帝国皇军威胁，竟疑神疑鬼，转成普遍的恐日病，帝国相煎愈烈，中国之惶惑亦愈甚，则一般当局的恐日愈日趋加重。[11]

不得不承认，这个特务机关长，对中国国民党军政内部有着透彻腠里的了解。摸准了国民党政府及军阀们脉搏的日本人，有着此前的关东军2万对东北军之20万，驻屯军8400对华北军之10万的狂妄，包括虚张声势的皇军"自由行动"，便都可以解释清楚了。

此前曾叙述九一八事变乃日军一线少数佐官"领跑"、内阁反对、军部暧昧、最终事变成功、天皇追认的过程，实际上，华北事变仍然是这个老套路。即使在1937年7月7日卢沟桥事变发生的两日后，日本近卫内阁紧急会议的决定仍然是"暂时延缓向华北增派部队……就地解决事件的不扩大"原则。

天皇裕仁，从一开始就不支持军部扩大派的方针。因此他认为，"与中国方面除了妥协和拖延别无选择"；[12] 但是，中国军队令人意外的、无底线的妥协退让，使日本军部推翻了内阁的"不扩大"原则，继而改变了天皇裕仁的意见。

反过来，中国对日本又了解多少呢？

应当说，二十世纪二三十年代，为争地盘陷入混战的中国军阀们，自蒋介石始，对日本军政界知之甚少，而且不少又患有恐日之软骨病。假设在日本人虚张声势挑衅之初，中国军队便举国予以痛击，怎么会有日本人14年铁蹄之奴役？可惜的是，历史不容许假设。

这正是我们现今极力推崇那些面对暴日奋起抗争、浴血拼搏的抗联英雄们，以及他们身上饱含的民族气节与骨气的主要原因。共产党的领袖毛泽东对此看得十分透彻。九一八事变后30多年的1965年，在谈到国家安全防御时，毛泽东说的一段话是：

> 我们不要学蒋介石那样，让日本人长驱直入，很快打到了南京、武汉、长沙；不要学斯大林那样，让希特勒长驱直入，一下就逼到莫斯科、列宁格勒。……该顶的地方要顶，……顶是争取时间，……然后消灭它。[13]

顶，面对强敌的抵抗，需要中国共产党人的骨气、血性与精气神，需要抗联勇士们的民族大义与气节。这就是侵略者最为恐惧的精神力量。

还是这个特务机关长松室孝良，谈到国民党军阀们时，一派蔑视与不屑，谈到共产党及其军队却充满了忧虑：

> 此帝国不可忽视者也。此种红军，实力雄厚，战斗力伟大，其苦干精神，为近代军队所难能。其思想极能浸渍民心……竟由江西老巢绕华南华中华西趋华北，转战数万里，备历艰辛，物质上感受非常压迫，精神上反极度旺盛……彼等善能利用时势，抓着华人心理，鼓吹抗日，故其将来实力，不容忽视。

故而，松室孝良假设道：

> 倘彼时的中国的官民能一致合心而抵抗，则帝国之在满势力，行将陷于重围，一切原料能否供给帝国，一切市场能否消费日货，所有交通要塞，资源工厂，能否由帝国保持，偌大地区、偌大人口能否为帝国所统制，均无切实之把握……[14]

所以，这个老牌的特务机关长强烈主张，趁着中国人"恐日症"正在流行，日本军队要赶紧行动。

但是，清醒的共产党人绝不允许日本人的这个企图得逞。

39. 这是要命的野鸡呀

无数革命历史证明，任何正确的思想行为与方针政策，均来源于革命的实践，甚至是源于无数基层战士的鲜血和生命。

中国共产党统一战线重要文献之一《为抗日救国告全体同胞书》（即《八一宣言》），便是中国共产党人的抗战实践总结，尤其是东北抗日武装与日军浴血奋战的经验总结。面对时不时受到的"上层勾结""右倾机会主义"等等批评与指责，东北各级党组织及东北人民革命军、同盟军、救国军等，一致提出组建东北抗日联军的要求。

1935 年 5 月 11 日，《中共吉东特委致省委报告》中提出，主张组织东北抗日联军，以现在第一、二、三、四、五军为骨干，联合其他义勇军、救国军、抗日山林队等共同组建；主张取消原有各种各色的名称，统称为东北抗日联军；主张成立一个东北抗日联军军事委员会和总司令部，在各地方成立各军的军委和司令部。

继而，在 1935 年 6 月 29 日召开的两河口中共中央政治局常委会上，针对华北事变的严重形势，毛泽东尖锐指出，各帝国主义国家的冲突在中国表现为军阀间的矛盾，日本帝国主义想把蒋介石完全控制在自己手中，党对时局应有表示，应发表文件。于是，会议决定以中共中央名义发表宣言或通电，写文章，准备向国民党军派出工作人员。[15]

这时，陈云已受中央委派前往莫斯科中共代表团，向代表团团长王明提出，我们在建立抗日民族统一战线问题上，还没有一个正确的政治方针，但目前这样做仍不算晚。统一战线在当前是绝对必要的，也是唯一正确的方针。

当然，这不仅仅是陈云的个人意见，应当是遵义会议后，以毛泽东为核心的党中央集体意见。陈云是第一位从中央苏区和长征路上到莫斯科的中共中央重要领导人，同时也是中共驻共产国际3名正式代表之一，排名在王明之后，康生之前。

1935年7月25日至8月1日，共产国际在莫斯科举行了第七次共产国际支部代表大会。会议进行中的8月7日，王明基于共产国际的政策转变和中国代表团的一致意见，在会上做了"建立、扩大和巩固反帝统一战线，是殖民地和半殖民地国家中共产党员的最重要任务"的发言。[16]

7月14日，中共代表团完成了《中国苏维埃中央政府、中国共产党中央为抗日救国告全体同胞书》；9月24日，共产国际执委会书记处批准了这个文件；10月1日，此文件在代表团创办于巴黎的《救国报》上发表，由于当时标注时间为8月1日，从此，这个重要文件便以《八一宣言》的简称流传于世。

《八一宣言》首先痛斥了日本帝国主义的疯狂侵略和国民党蒋介石集团的退让妥协，高度评价全国特别是东北人民的抗日斗争，指出"在杨靖宇、赵尚志、王德泰、李延禄、周保中、谢文东、吴义成、李华堂等民族英雄领导之下，前仆后继的英勇作战，在在都表现我民族救亡图存的伟大精神，在在都证明我民族抗日救国的必然胜利。"[17]

面对民族危亡，《八一宣言》表明了中国共产党的立场与方针："无论各党派间在过去和现在有任何政见和利害的不同，无论各界同胞间有任何意见上或利益上的差异，无论各军队间过去和现在有任何敌对行动，大家都应当有'兄弟阋于墙外御其侮'的真诚觉悟，首先大家都应当停止内战，以便集中一切国力（人力、物力、财力、武力等）去为抗日救国的神圣事业而奋斗。"[18]

鉴于国共之间仍在战争，《八一宣言》郑重宣告："只要国民党军队停止进攻苏区行动，只要任何部队实行对日抗战，不管过去和现在他们与红军之间有任何旧仇宿怨，不管他们与红军之间在对内问题上有任何分歧，红军不仅立刻对之停止敌对行为，而且愿意与之亲密携手共同救国。"[19]

对以王明为首的中共代表团起草并促成的《八一宣言》，终生秉承实事求是、功过分明原则的毛泽东，予以了充分肯定，并数次在重要场合予以宣传。

1937年3月1日，在同美国记者史沫特莱的谈话中，毛泽东以两年前八月一日发表的"组织抗日联军、国防政府的宣言"（即《八一宣言》）等为例，表明共产党诚恳地愿意同国民党成立抗日民族统一战线。1945年4月，《八一宣言》被写入了中共六届中央委员会扩大的七次全会通过的《关于若干历史问题的决议》。后来，又被收入《毛泽东选集》。[20]

虽然，《八一宣言》并未改变蒋介石剿灭中国共产党及其武装工农红军的顽固立场，但在没有国民党军主力的东北，《八一宣言》的发表，较好地解决了长期以来"左"倾"关门主义"的影响，东北抗联可以摆脱束缚，同各类抗日武装联合，共同对付唯一的敌人——日本侵略者，抗日民族统一战线与游击战争得到了进一步扩大和发展。

10月11日，根据《八一宣言》精神，中共代表团又以东北抗联第一军军长杨靖宇（领衔）与东北各抗日军军长的名义，发表了《东北抗日联军呼吁一致抗日通电》。"通电"指出，日寇亡我东北业已4年，东北抗联的艰苦血战也已4年，抗联天天等关内出兵抗日，但关内至今未派一兵、发一卒，日寇现在又公开在华北五省组织所谓"华北国"，日寇的政策，就是利用中国人杀中国人。杨靖宇在"通电"中代表东北

3000万同胞与各地抗日队伍向各党派诚恳要求，马上互派代表，开始谈判，共谋国防政府与全国抗日联军司令部之建立、抗日联军之改编、抗日联军之筹划等事项。

此通电发表于12月9日《救国时报》的创刊号上。由于是东北浴血抗战一线官兵发出的呼吁，在国内外、国共及各民主党派中，产生了甚大影响，受到了全国人民的拥护。

1936年2月20日，中共代表团以东北抗日联军第一至第六军军长杨靖宇等具衔，发出了《东北抗日联军统一军队建制宣言》。此后，在中国共产党领导下的东北各地抗日部队统一改称东北抗日联军，以及抗日联军××游击队。

东北抗日武装统一军队建制为抗日联军，具有重要的政治与军事双重意义，既有将其他愿意同共产党合作的抗日义勇军、山林队吸收加入抗联的含义，也有促成东北各抗日武装形成统一战线，甚至形成统一指挥、统一军事行动的目的。

东北抗日联军这一名称，是杨靖宇于1934年2月最早提出的。由人民革命军各军与其他抗日武装组成东北抗日联军，也是杨靖宇于1935年10月较早提出的。当初，党性与组织纪律观念甚强的杨靖宇，之所以顶着压力，戴着右倾帽子，坚持同各类反日武装搞联合，是因为他深知，面对强大的日本侵略者，抗战不是共产党一党可竟之事，共产党及其武装力量仅靠自己冲锋陷阵、带头牺牲是不够的，必须要实现全体军民的大联合。无联则无胜利，无联则无生存，联合具有旺盛的生命力。

《八一宣言》使杨靖宇深受鼓舞。接到《八一宣言》之际，第一军与其他抗日武装联合工作，取得了相当的成绩，已经建立了一个南满抗日联军江北总指挥部，总指挥公推第一军二师师长曹国安。该指挥部团结有千余人的新联合的部队。上述是中共满洲省委常委、团省委书记小洛（张文烈）写给中共代表团报告中的内容。除了上述内容，报告还提到了辉发江南第一军第一师组织联军的情况。

报告中还写道：在第一师司令部周围已新取得五六百山林队的联合。在军司令部积极工作下，对韩人独立军亦有相当联络（这一部队完全为韩人，有300人上下，最多时到过千人。司令赵某，过去其一部曾和我军冲突过）。南满抗日联军临时总司令部亦已成立，一致以杨靖宇为司令。

杨靖宇全力贯彻《八一宣言》，组建抗日联军，引起了日伪当局的恐慌。日伪当局加大了间谍情报工作，在伪满军政部军事调查部编的内部《满洲共产匪之研究》中，曾有如下记载：

> 在南满以及哈东的两游击区，过去以人民革命军为中心屡次试过建立抗日统一战线，结果都失败了。然而自从中国共产党以"八一"宣言，提倡建立国防政府和抗日联军以及支那的抗日人民战线发展以来，果然受到最有利的影响，使这两个过去运动不振的游击区，呈现出统一战线运动的扩大和巩固的局面。[21]

到1936年上半年，第一军第一师队伍已扩大了一倍半，第二师扩大了一倍。为适应部队发展与开辟游击区的需要，杨靖宇以军部第二教导团与王仁斋游击大队为基础，又组建了第一军第三师，游击区域扩大至兴京、抚顺、西丰等六七个县。

东北抗联，尤其是南满地区以一军为核心的抗联的迅猛发展，使杨靖宇成为东北抗联的一面旗帜。日伪当局为达到通过砍旗熄灭抗日烈火之目的，在军事围剿数度无果的情况下，由宪兵特务机关连续派出奸细打入一军内部——此为日本特务机关惯用且多次奏效的手段。

1935年初秋，一个自称关内党组织的人找到一军军部，扯开衣服里子拿出介绍信。杨靖宇亲自与其谈话后，立即率部队离开驻地向后方基地转移。部队到了安全地方后，即刻对该人进行突审。几番审问之后，这人果然露出马脚。原来他是孤山子伪警察署的特务，欲打入杨靖宇所部，待取得信任后，将部队活动方向等情报发回去，使敌人集中重兵对一军军部，实施突击的"斩首行动"。

清除这个奸细后，大家都问杨靖宇，怎么仅凭一番交谈便料定此人有问题？杨靖宇说了三条令大家叹服的理由：一是那封介绍信很新，从关内到这儿要走很长时间，信应该揣旧了；二是既然是关内党组织派来的，就该知道组织意图，许多内容不该写在信上；第三，既然从关内来，问他关内情况，他却一点儿也说不上来。

曾有过丰富地下工作经验的杨靖宇，非常熟悉地下工作的规矩，自然能识破并非党的地下工作者的奸细。

当时，日本特务机关为了除掉杨靖宇，的确采用了各种阴谋手段，无所不用其极，甚至险些使杨靖宇遭遇不测。

1935年秋，一个"卖盐人"来到一军军部，要求参加人民军打侵略者，后被分配到教导三连。杨靖宇对这个没有"保人"且不知道底细入伍的人，安排党员骨干进行考察。时间一长，这个人的情况便反映到杨靖宇那儿：懂很多军事知识，会使各种武器，有大烟瘾……杨靖宇指示该连指导员金光学继续秘密监视、考察，看他跟什么人接触——凡实施内部破坏者，肯定有同伙。

果然，该人常接触的人有该三连连长、军部的史号长及一排长、关号兵等，全在军部要害部位。杨靖宇不动声色地指示金光学继续私下严密监控，并通过地下党组织内线密查"卖盐人"底细：该人原为伪满军队中尉军官，受命打入一军军部内部，联络组织事先打入的史号长等人，或伺机刺杀杨靖宇，或在军部组织叛乱，目的就是打碎一军首脑指挥机关。

将众"危险人"逐个纳入视野、分别落实监控责任后，杨靖宇继续不动声色地等待奸细行动那一刻，后发制人，将他们一网打尽。

转眼入冬了，部队转至桓仁根据地一带活动。一日，史号长买来三只野鸡，让司务长做给军长吃。据杨靖宇警卫员王传圣回忆，那天，杨靖宇与军部几位首长身边跟了10多个荷枪实弹的警卫员。杨靖宇听说是号长老史买来的野鸡，意味深长地说："这是要命的野鸡啊!"闻着炖肉的香味，听着杨靖宇的话，王传圣丈二和尚摸不着头脑。连最贴身的警卫员都不知情，可见杨靖宇除奸防特工作部署得多么严谨秘密。

事出反常必有妖。

就在史号长殷勤为军首长买野鸡的那天饭后，杨靖宇下令立即逮捕了教导三连连长、"卖盐人"、史号长、一排长等一干人。经过对一干人的分别突审，最终查明，"卖盐人"特务打入后，已与先前打入的史号长、一排长及关号兵接上头，并成功策反了三连长。他们计划就在买野鸡的当夜12点分两路行动：一路由军部史号长、关号兵和一排长刺杀杨靖宇等军部首长；一路由三连长与"卖盐人"率教导三连包围军部，打个措手不及，而后将队伍拉出去降日。

由于三连长带头叛变，涉及了该连不少人，杨靖宇决定采取首恶严惩、胁从与被利用者从宽处理的政策。此次内部除奸行动处死首恶者7人。不久，杨靖宇从一师另调一个连组成了新的军部教导三连。[22]

杨靖宇几次粉碎了敌特机关从抗联内部进行破坏的阴谋，对其他抗联各军也是一个警醒。被日伪特务机关策反过重要干部的第五军军长周保中，曾称赞杨靖宇"足智多谋"，说敌人很怕他，不断用各种阴狠卑鄙手段，总想祸害杨靖宇同志。可是杨同志为人机警，又得到群众拥护，而第一军军队内部亦较为坚固，所以，没有敌人想象的事情发生。

面对日伪无孔不入的特务间谍，杨靖宇不仅个人警惕性甚高，而且在部队内部也有防奸反特的整套制度。一军内部的军事行动计划是保密的，谁是党员也是保密的；连警卫旅一般队员都是以代号相称，互相不知道姓名，不知家在何处。而杨靖宇自身一般都以第一军大队部"刘大队长"自称。深入的保密教育，使战士们都知道，面对严酷的斗争，上述做法不仅应该，也是必须的。

数年的对日游击战争，让杨靖宇认识到，威胁最大、最危险的敌人，往往是熟知中国内情及环境的汉奸，尤其是死心塌地投靠日本侵略者，如悍匪出身的邵本良，就是日军依赖的耳目。要消灭日本侵略者，必须先打瞎他们的"眼睛"，打聋他们的"耳朵"，让侵略者寸步难行。

心思缜密的杨靖宇不打无把握之仗，一军之所以屡打胜仗，与敌占区内线地下工作有直接关系。换言之，隐蔽战线是重要的战争资源与力量，是抗联的有机组成部分。杨靖宇多次说："若是游击队和群众不配合起来斗争，有多少诸葛亮的游击战术也不会好的。"为开辟桓仁、兴京根据地，杨靖宇早已安插进了眼线——马夫老刘。

按地下工作术语，老刘属于"冷子"，一般长时间处于"睡眠"潜伏状态。为摸清敌情，杨靖宇此前又派出年轻的连指导员王德裕到通化县中学，以学生身份为掩护，开展秘密侦察。

老刘告诉王德裕关于邵本良的情报：邵本良老七团驻地热水河子，共有日伪军150余人，除日军守备队30余人外，其余全是汉奸警察、伪自卫团，邵本良部伪军为70余人。位于街中心的团部有一处坚固炮楼可控制全街。欲袭击伪团部，必先夺取该炮楼。

1936年初春的一天，杨靖宇率300余人的奇袭队伍奔向热水河子。凌晨1时许，按预先计划，在马夫老刘的引导下，教导团长许国友率手枪队披着伪军黄色大衣逼近炮楼岗哨。当短枪顶到警戒哨兵头上时，那人还说："你还不睡觉，开什么玩笑……"

夺取炮楼后，机枪班的枪口立即控制了全镇街路。杨靖宇率大队人马旋风般冲击敌军营房，60多名伪军在睡梦中当了俘虏。此次突袭热水河子的主要目标是邵本良，遗憾的是他与日本指导官恰巧去了通化。

此战，俘虏伪军60余人，缴获三八式步枪40余支、自来得步枪20余支、子弹达3万发，其他军服及布匹、胶鞋等军需品甚多。[23]

4月初，被端了团部的邵本良气急败坏，在伪满军第一军管区参谋长满良和日本顾问武田支持下，集结重兵分多路追剿杨靖宇所部。杨靖宇指示一师在兴京、本溪运动，二师在江北桦甸一带运动，分散牵制敌人。

但邵本良有着猎犬一样的嗅觉，派出许多侦探与密哨，只要他们侦知杨靖宇所率直属军部，便马上通知日伪当局派出飞机跟踪或轰炸。几乎是杨靖宇一到宿营地，次日邵本良即率大批部队赶到。曾有报道称："杨司令匪于桓仁县境经过，讨伐队包围，21日午后1时许，又以00号飞机0架向杨根据地爆击……"一次，飞机低空飞行，杨靖宇部竟用机关枪打下其中一架。

对于邵本良的紧追不舍，一些抗联官兵气恼地欲给其"教训"。杨靖宇的态度是，先不跟他交火，拖着他走，跟他比脚力、耐力、毅力，待把他拖到筋疲力尽，拖垮、拖倒时，再给其致命一击。

这期间，为防止邵本良部下消极对待追击，杨靖宇巧妙设计了3个假动作，不间断地诱敌上钩：

一是在兴京大脑子沟与邵本良打了一仗，有分寸地"顶"了一次，顿时挑逗起追击兴趣稍减的邵部官兵，继续跟踪追上来。

二是故意制造未逃出敌重兵包围假象。多年后，杨靖宇的传令兵王传圣回忆，那些天，连他们自己也走迷糊了，忽南忽北，忽东忽西。敌人的报纸也登着"共匪南北蠢动，难逃天罗"的报道。

三是牵拖了数日，面对又露疲态的邵本良部，杨靖宇下令部队丢弃破烂家什、衣物鞋袜等，装成"丢盔卸甲"的样子，逗引邵本良部对

"溃不成军"的杨靖宇部狂追到底，务求全歼。

就这样牵拖着邵部一直到4月末，杨靖宇在兜圈子的过程中与一师师部、少年营会合。军部直属部队加上一师师部共计500余人，仅轻重机关枪就有十几挺，远超过邵本良部200余追兵。

4月30日，跟了杨靖宇部一个月的邵本良部，终于被"牵"进了本溪县梨树甸子预设的埋伏圈。地势对我军很有利，两边是山，中间是道，追来之敌必须经过此路。我军埋伏于两山，轻重机枪四面八方地架着。邵本良的马队走入伏兵圈内，杨靖宇一声号令，四面一齐射击，猝不及防的邵部被打得落花流水，人马死得满山坡，状极悲惨。搜查阵地战果，敌人被打死100多人。[24]

此战，缴获步枪100多支、手枪20多支、无线电台1部、迫击炮1门。只是邵本良不愧为惯匪，见状不妙，到老乡家抢了一套便服，化装逃跑了。吃了大亏的日伪当局，组织动员了千余日伪军携重炮来寻报复，但杨靖宇已率队化整为零，迅速转移了。日伪军在作战地点搜查了7天，连一军的影子也未见到。

梨树甸子伏击战，是杨靖宇游击战与运动战巧妙结合的成功战例之一。

邵本良在梨树甸子之战中被打坏一只脚。养好伤后，他更加疯狂地寻找杨靖宇所部；但邵本良的活动，早被杨靖宇潜伏于沦陷区的共产党地下工作者密切监视。7月末，潜伏于通化县城的王德裕侦得准确情报：邵本良已率部离开通化，于8月4日晨去八道江驻防，随行有数十辆运载军需物资的大马车。在消灭邵本良与夺取大批军需物资取舍上，杨靖宇决定了"放两头，打中间"的战术，夺取"中间"军需车队。

8月3日夜晚，杨靖宇调动400余人，在邵本良必经之路上设下重兵埋伏，并在伏击点两侧安排了阻击部队。4日上午10时许，邵本良在20余名骑兵保护下，跟在几名尖兵后边进了伏击圈。因邵本良部的军需大车还在后边，杨靖宇只好先让他从枪口下走过去。等待军需车队过来时，杨靖宇一声号令，密集枪声射向敌群。枪声响起时，邵本良见势不妙，迅速夺路而逃。一个小战士追出 1 里多路，也未追上这个健步密林的惯匪。

跟其同行的日本指导官英俊志雄便没那么幸运了。他躺在路边的水沟里装死——前次遭伏击时曾用过的方法，打扫战场的战士发现他后，当场将其击毙。此次伏击战共毙伤敌 30 余人，俘敌 20 余人，缴获轻机枪 1 挺，步枪五六十支，更主要的收获是缴获了大批粮食、服装、弹药。这些都是抗联各部队急需品。

狡猾至极的惯匪邵本良虽然几次侥幸逃脱，但足智多谋的杨靖宇就是他的克星，发誓要打掉这个死心塌地的汉奸。不久，邵本良所部在回头沟又一次被杨靖宇率队围歼，邵本良再次负伤逃回八道江。杨靖宇跟邵本良斗法 3 年，之所以能屡次取胜，除了杨靖宇长于指挥、抗联官兵英勇善战等因素外，内线情报工作也起了很大作用。邵部的每次行军路线、时间、兵力，几乎全都被杨靖宇掌握。日本人因此怀疑邵部有人"通匪"，继而不再信任邵本良。

日本人对汉奸走狗的使用思维历来非常势利：对死心卖命的肯花钱，猛支持，但必须有收获，付出的钱物、枪弹，必须要几倍、十几倍、几十倍捞回来。

几年来，日本人在邵本良那里投入那么多，不但没有收获，反而折了本钱，这条走狗便失去了利用价值。日本人先是以为其治病为名，将其软禁于奉天陆军医院。翌年春，奉天日本宪兵队下山大佐命令，由日籍医生将邵本良毒死于该医院。[25]

也有人说，日本人杀死邵本良是拿其当"剿灭杨匪司令不利"的替罪羊，并以此向上司推卸责任。不管什么理由，自奉张军阀之前便啸聚山林、横行江湖数十年的惯匪邵本良，最后却因杨靖宇而丧命，使杨靖宇与第一军更加威名远震。

40．你遭不起罪，把枪给俺

对于深受"北方会议""左"倾路线打击与影响、搞垮了巴彦游击队、一度丢了党籍的赵尚志来说，联合各种抗日武装共同战斗的愿望与行动，比任何人都要强烈和积极。尽管此前赵尚志并未看到《八一宣言》，却一直在积极推行抗日统一战线。可以说，《八一宣言》也是杨靖宇、赵尚志、周保中等抗日前线将领们浴血奋战的实践结晶。

自卫军李华堂对共产党人赵尚志看得很准，所以力劝民众救国军谢文东去找赵尚志支持复起，认准了赵尚志一定会支持他们，理由是赵尚志希望打鬼子的人越多越好。

当时，对赵尚志和兵败落魄的李（仅剩50余人）、谢（仅剩30余人）二人联合一事，有这样一种说法，叫"奸老畚，傻老赵，谢文东跟着瞎胡闹"，意思是李华堂性情狡猾，不肯吃亏，与他打交道弄不好会上当；谢文东惯于拨弄是非，没有正经目标，几千人队伍剩几十人，不过胡闹罢了；而赵尚志帮助他们恢复壮大势力，是在冒傻气，不合算。

就李、谢二人人品，此论并不为过。赵尚志听罢，却一笑了之。对李、谢二人的人品，赵尚志当然清楚，但是赵尚志看重他们此刻对日军的仇恨与复起抗日的决心。对于这样的人，不能用共产党人的标准要求他们，以往组织联合抗日武装的教训也在于此。只要他们同意"三项条件"（不投降，不卖国，反日到底；没收日本帝国主义及其走狗财产、土地充作战费；维护民众利益，允许民众武装抗日）就行。这正是统一战线的底线与精华所在，也是共产党人博大胸怀的体现。

1935年春，赵尚志率三军司令部直属部队政治保安营、少年连，从珠河根据地来到大罗勒密，与所部第一团汇合，主要是会见李、谢两部及祁致中部，洽商成立了东北反日联合军总指挥部。赵尚志被推举为总指挥，李华堂为副总指挥，谢文东为军事委员长，一致力促与李、谢联合的一团政治部主任张筹篯为总政治部主任。

赵尚志支持李、谢这一正确决定的优势很快显现，一年前因"九江""黄炮"反叛而破产的反日联合组织得以恢复，尤其是穷途末路的李、谢二部重新得到重视，对其他义勇军、山林队造成很大震动。

赵尚志清醒地知道，要真正提振李、谢二部信心，还需要一次胜利。联军指挥部因此决定攻打方正县城，在战术上仍然是采取声东击西的方式：先是率新组成的联军在大、小罗勒密一带虚张声势数日，把敌注意力吸引了过去；而后调动三军及李、谢、祁部共450余人，突然奔袭方正县城。在赵尚志的指挥下，三军少年连首先突破东门，联合军迅速冲入城内，占领伪警署，毙伤6人，俘1人，缴获枪械15支，烧毁日本参事官宿舍，逮捕汉奸40余名。在联军的凌厉攻势下，城内驻扎的200余名日伪军西跑东窜，声闻赵尚志在指挥攻城的伪军援兵，竟未敢进城救援。

反日联军攻破方正县城，使依兰、勃利一带敌人十分震惊，得知赵尚志率三军东来，各路外出的"讨伐队"纷纷撤回，以守卫县城与重要乡镇。在李、谢两部大受鼓舞同时，哈东各地大小义勇军、山林队六七十股3000余人，纷纷向三军靠拢，寻求保护，要求收编。

3月下旬，赵尚志在宾县老黑顶子主持召开40余支义勇军、山林队首领会议，成立反日联合军路北指挥部，划分21个区，任命了各区大队长，要求他们保护各自区内的反日会、农民自卫队。不久，又成立了路南和延（寿）方（正）两个指挥部。

3月25日，赵尚志、冯仲云、李华堂、谢文东领衔发布了第三军司令部与联合军总指挥部布告，宣布延方、路北、路南3个指挥部分别由刘海涛、王惠童、张连科任指挥，"分负一切指挥事宜"，"凡参加联军各队宜即就近听候节制"的命令。需要说明的是，刘、王、张分别是三军的3个团长。也就是说，上述3个指挥部区域内各股义勇军、山林队，均团结在以三军为核心的共产党武装周围。中共珠河中心县委认为，"这是统一战线中灵活的运用"。

赵尚志为组织抗日联军付出了若干心血。据查日伪资料，1935年4至6月，赵尚志先后4次召集义勇军首领，研究分区保护与联合作战事宜。例如"4月16至17日，在一面坡北方青龙山，赵尚志及另外二十四匪首讨论本年度各匪首的划界协定和反满抗日行动的方法和手段……""6月中，于二道河子南部二十华里的地点，赵尚志以下匪首二十名，计划第二次袭击帽儿山站的街市，及破坏铁道线路……"[26]

统一战线促进了抗日联军的发展，推动了反日斗争高潮的形成。据伪滨江省公署警务厅月报统计，1935年一季度，各种反日部队分别在哈东的苇河、珠河、延寿、五常、宾县、阿城、双城、呼兰、巴彦9县出动攻击敌人次数为352次，人数42208人次；第二季度为559次，人数达80364次。敌人惊呼："诸多有名职业土匪……被赵尚志说服，在同一口号下，有愈加成为一体的趋势，珠河地方俨然成为共产王国。"[27]

在组织联军对敌英勇战斗中，三军率先垂范，为其他武装打先锋、当模范，受到了人民群众拥护，队伍得到了很快发展，由3个团发展为6个团。1935年，三军兵力约790人，且队伍素质很好。其中贫苦农民占75%，党团员占60%，青年占60%。

上述数字还说明了一个问题，共产党人以自身790人的武装，团结带领了数千抗日队伍，仅一、二两个季度便出动12万人次对敌作战，可见统一战线——抗日联军方式力量之伟大；同时，也说明了赵尚志、冯仲云、李兆麟等三军领导者卓越的工作成效。

努力壮大共产党自身武装力量，以更好发挥团结带领其他抗日武装的骨干核心作用，始终是赵尚志着力加强的工作。

报号"双龙"的义勇军王雅臣便在多次与三军联合作战中，发展壮大，为最终创立抗联第十军打下基础。早在1934年5月，赵尚志便派交通员肖逸民去"双龙"队联络沟通。王雅臣也派代表与三军第三团取得联系。建立联合友好关系后，"双龙"队时常配合第三团作战。在冲破日伪1935年"大讨伐"中，赵尚志还亲率三军队伍与"双龙"共同摧毁了双城八区"集团部落"——康家炉中心大屯。

报号"明山队"的义勇军首领祁致中，在与三军的不断接触中深受影响，废掉了"胡子"的编制方式，改善同老百姓关系，队伍较快发展至60余人，时常与三军一起活动。最终，"明山队"发展壮大编成东北抗日联军独立师，后编为东北抗联第十一军。

赵尚志领导的第三军与李、谢、祁等抗日联军迅猛发展，引起了日伪当局的注意。日伪当局自1935年夏季开始，实施了以日军为主、伪满军为辅的"大讨伐"，通过强行"归屯并户"，用刺刀将广大农民逼到指定的"集团部落"之中，目的是"毁掉赵尚志根据地"，致使"路南游击区三分之二以上已成一片焦土"。路北根据地除大亮珠河一带平野外，东青川、老黑顶子、对面山、石灰窑、秋皮囤等七八处，均被敌人烧毁。同年9月，继7至8月夏季"大讨伐"后，日本关东军司令官南次郎亲自组织秋季"大讨伐"与冬季"大讨伐"。

为粉碎敌人的"大讨伐"，开辟新的游击区与根据地，赵尚志率三军五分之二的主力向延寿、方正挺进。为阻止赵尚志远征，南次郎在松花江南北两岸的方正、依兰、通河等沿江城镇部署了以日军精锐岩越师团为"基本部队"的大批日伪军，企图一举消灭哈东抗联骨干力量第三军。

越是面对危急重兵围剿，赵尚志越是沉着冷静，越注意发挥联军的共同力量。7月下旬，赵尚志率队抵达勃利西部青山里，在此召开了三军军部会议。这次会议决定，由赵尚志率李、谢等各反日联合军渡过松花江，北赴汤原，在敌之相对薄弱区开辟根据地。

在北进途中，赵尚志会见了活动于吉东的第四军军长李延禄。此前，因为信息不畅通，两军之间曾发生过摩擦。如今误会消除了，同为共产党将领的两人见面，竟格外亲近，大有相见恨晚之感。当时三军、四军位于敌重兵封锁包围的危险境地，两人一拍即合，决定联合行动，率主力绕道敌后，在大罗勒密一带渡过松花江，从而突破"围剿"。

二人商定，部队从孟家屯突围，三军先锋，四军后卫。天近黄昏，李延禄却赶到前边，制止赵尚志继续前进。赵尚志不解。李延禄指着前边山头林子说，林子上乌鸦、小鸟乱飞，一定有敌骑兵在林子里。赵尚志左眼失明，又是黄昏，看不清楚，此时拿起望远镜，果然发现了骑兵的影子，于是二人又率队回头奔小罗勒密寻找渡口。

其时，虽已寒冬，但松花江心尚有一二丈宽未完全封冻，部队只好在山里隐蔽等待封江。两人躺在临时搭起的树枝茅草棚里，说着以往共同经历的奋起拉队伍之艰难，谈东北的未来、民族的命运。两人共同关心的一个迫在眉睫的问题是松花江的封冻，毕竟队伍已困在此10多天了，多待一天，危险便增加一分。

终于，二人在当地群众的口中得知，猪蹄河口是个冷风口，封江早些。当晚，在那段先结冰的江段上，赵尚志、李延禄率第三、四两军主力，铺上木板，在夜色掩护下，渡过松花江，跳出日伪重兵包围，进入通河县境。

在即将全面封江的12月，战士们尚未完全换上冬装，穿着破旧单衣，只有岗哨才轮流换上一张围腰的狍子皮。12日，第三、四军联合队伍智取二道河子伪警备队，击毙日本指导官本次、参事官春田、日本教官晓松及伪警官1人，俘伪警员60余名，缴获轻机枪1挺、步马枪57支、手枪3支、子弹1万余发，更重要的是缴获棉衣近300套。

12月中旬，脚踏皑皑白雪，面迎刺骨寒风，赵尚志、李延禄率三、四军队伍，经通河，过依兰，一路顺利，进入汤原县境。第三、四两军的到来，受到汤原游击总队夏云杰的热烈欢迎。赵尚志告诉夏云杰，他与李延禄率队北上的重要目的之一，是为了帮助汤原游击队扩编为人民革命第六军。

扩大武装，首先要解决武器问题。亮子河金矿有个伪警备连，装备实力很强，连长姓孟，之前跟汤原游击队曾约定，谁也不打谁。夏云杰考虑游击队实力尚不强，为争取有利时机壮大自己，在"只许其于矿区内活动、不许搜捕我地下抗日人员"等几个条件下，答应了孟的要求。一段时间内，双方井水未犯河水。

赵尚志认为这是一个必须拔掉的"钉子"。鉴于之前的约定，赵尚志直言快语地说："干革命还有什么交情可讲，你不便出面我们来打！"

稳重的李延禄也同意赵尚志的看法。

夏云杰按照先礼后兵的策略，找了与孟连长私交甚好的地主老单头，将孟连长约到了单家大院。

李延禄干净利落地先下了孟连长的手枪，然后苦口婆心地劝其把部队带出来，参加抗日斗争。大道理讲了半天，孟连长不置可否。在油灯的灯光下，孟连长那张黄里透青的脸，亮晶晶挂满了汗水。

一向办事干脆利落的赵尚志单刀直入："咱们来干脆的吧，就一句话，你是要当抗日英雄，还是要当狗熊！"

孟连长怅然若失，艰难回答道："抗日英雄我当不起，我有抽大烟的瘾，遭不了那个罪。"

赵尚志高声说："你遭不起罪，就把枪交给俺们打日本鬼子，我们不怕遭罪！"[28]

到了这个份上，孟连长折服了。当夜，三军、四军和汤原游击队各一部组成的联军，顺利解除了100余伪警备队和30余名伪矿警队的武装，缴获步枪 700 余支、轻机枪 2 挺、黄金近百两及大量弹药。之后，第三、四军在矿务局召开大会，号召矿工与伪警参加抗日队伍，对俘虏及孟连长和家属发足路费，让其返回关里或家乡。

赵尚志与李延禄商定，把缴获的所有武器、弹药与装备都交给汤原游击队，要求参加抗日队伍的金矿工人、反正的伪警也都调拨给夏云杰。此时汤原游击队迅速发展至 700 余人，于 1936 年 2 月 1 日正式成立东北人民革命军第六军。为加强第六军的领导力量，赵尚志又将三军第一团政治部主任李兆麟调任第六军政治部（代理）主任。

赵尚志、李延禄等共产党人，对抗日武装不遗余力地给予支持援助，对各抗日队伍竭尽全力予以扩大联合。此前的 1 月 26 日，北满地区主要抗日武装首领赵尚志、李延禄、夏云杰、李兆麟、谢文东、李华堂、冯治纲等，齐聚汤原县吉兴沟，议定成立东北民众反日联军总司令部，1 月 28 日，会议选举赵尚志为东北民众反日联军总司令，李华堂为副总司令，李兆麟为总政治部主任。

由 1935 年 3 月成立的“东北反日联合军总指挥部”，发展到“东北民众反日联军总司令部”，应该说是一个飞跃。这个飞跃是在冲破 1935 年夏、秋、冬季“大讨伐”中实现的。在日伪当局的疯狂“讨伐”中，在赵尚志领导的第三军帮助下，谢文东的民众军、李华堂的自卫军都有了较大发展，赵尚志还协同第四军突破了江北通、汤大界，帮助汤原反日游击扩编为第六军。三军在珠河的根据地遭到破坏后，又开拓了依托小兴安岭广袤无垠山林的汤原根据地。

对反日联军总司令部，日伪当局的评价是：“集结了反满抗日力量，在形式上一度完成了其组织化、系统化，其结果在政治匪占优势的北满地区很快改变了过去的分散对立关系，组织在东北民众反日联合军总司令部的控制之下。”而《东北民众反日联军军政扩大联席会议决议》则指出，抗日联军这种有效形式，“将零星散漫的力量，甚至于动摇的暂时的力量，能形成目前东北民族革命战争伟大的汇合……"[29]

李延禄自汤原与赵尚志分别后，再也没有同他见过面。多年后，他在自己的回忆录中说，赵尚志"确是一头雄狮似的人物"。

注释：

［1］周海峰：《蒋介石传》，作家出版社，2006年第1版，第157页。

［2］中共中央文献编辑委员会：《毛泽东选集》（第一卷），人民出版社，1993年12月第1版，第151页。

［3］中共中央文献研究室：《毛泽东文集》，人民出版社，1993年6月第1版，第311页；转引自张洪军：《可歌可泣的诗篇：毛泽东与东北抗日联军》，2013年10月第1版，中央文献出版社，第7页。

［4］张洪军：《可歌可泣的诗篇：毛泽东与东北抗日联军》，中央文献出版社，2013年10月第1版，第11页。

［5］陈光旭、吴隆繁：《历史的见证：杨松纪念文集》，2002年版，第166页；转引自张洪军《可歌可泣的诗篇：毛泽东与东北抗日联军》，中央文献出版社，2013年10月第1版，第38页。

［6］秦孝仪：《中华民国重要史料初编——对日抗战时期》绪编（三），（台湾）中国国民党中央委员会党史委员会，1981年版，第613—637页。

［7］张蓬舟主编：《中日关系五十年大事记1932—1982》（第一卷），文化艺术出版社，2006年9月第1版，第356页；转引自翁有为、赵文远：《蒋介石与日本的恩恩怨怨》，人民出版社，2008年1月第1版，第132页。

［8］翁有为、赵文远：《蒋介石与日本的恩恩怨怨》，人民出版社，2008年1月第1版，第133页。

［9］姜克夫：《民国军事史》（第三卷·上），重庆出版社，第5—6页；转引自王树增：《抗日战争》（第一卷），人民文学出版社，2015年6月第1版，第88页。

[10]毛泽东:《一二九运动的伟大意义》,载中共中央文献研究室:《毛泽东文集》(第二卷),人民出版社,1993年12月第1版,第256页。

[11][14]秦孝仪:《中华民国重要史料初编——对日抗战时期》第六编(二),(台湾)中国国民党中央委员会党史委员会,第38—47页;转引自王树增:《抗日战争》(第一卷),人民文学出版社,2015年6月,第63页,第64页。

[12](美)赫伯特·比克斯:《真相:裕仁天皇与侵华战争》,新华出版社,2004年9月第1版,第227页。

[13]胡哲峰:《毛泽东武略》,人民出版社,2001年5月第1版,第435页。

[15]中共中央文献研究室:《毛泽东年谱》(一八八三——九四九),修订本,上卷,中央文献出版社,2013年1版,第460页。

[16]中央档案馆:《中共中央文件选集》(第十册),中共中央党校出版社,1991年版,第733页。

[17][18][19]中共中央文献研究室,中央档案馆:《建党以来重要文献选编(一九二一——九四九)》,第十二册,中央文献出版社,2011年6月第1版,第264—265页,第266页,第266页。

[20]中共中央文献编辑委员会:《毛泽东选集》(第三卷),人民出版社,1991年6月第2版,第973页。

[21]伪满军政部军事调查部编:《满洲共产匪之研究》,第34页;转引自赵俊清:《杨靖宇传》,黑龙江人民出版社,2015年8月第1版,第230页。

[22]王传圣、胡维仁:《风雪长白山:王传圣回忆录》,吉林教育出版社,1992年版,第33页;赵俊清:《杨靖宇传》,黑龙江人民出版社,2015年8月修订版,第217页。

[23][24]中央档案馆、辽宁省档案馆、吉林省档案馆、黑龙江省档案馆:《东北地区革命历史文件汇集》,甲47,第89页,第95页;转引自赵

俊清：《杨靖宇传》，黑龙江人民出版社，2015年8月修订版，第224页，第261页。

［25］赵俊清：《杨靖宇传》，黑龙江人民出版社，2015年8月修订版，第226页。

［26］［27］伪满军政部：《满洲共产匪研究·珠河中心县委员会及第三军的活动状况》，转引自赵俊清：《赵尚志传》，黑龙江人民出版社，2015年8月修订版，第169页，第170页。

［28］赵俊清：《赵尚志传》，黑龙江人民出版社，2005年8月修订版，第193—194页。

［29］《东北民众反日联军军政扩大联席会议》（1936年1月25日），载中央档案馆、辽宁省档案馆、吉林省档案馆、黑龙江省档案馆：《东北地区革命历史文件汇集》，甲47，第89页，第408页；转引自赵俊清：《赵尚志传》，黑龙江人民出版社，2015年8月修订版，第196页。

第十三章
巾帼标芳

41. "集团部落"就是人圈

在 14 年的东北抗战中，对抗联危害最大的莫过于日伪当局竭力推行的"集团部落"，即集中并村，保甲连坐，实行"民匪分离"，制造无人区。正是这项最阴险、恶毒的政策，割裂了抗联（鱼）与其赖以生存的人民（水）之间的关系，几乎将抗联逼上绝境。这一毒辣政策的始作俑者乃小矶国昭。

小矶国昭，生于 1880 年，日本陆军大将、第四十一任首相，被日本人称为"文武全才"之人。战后被判处无期徒刑，1950 年在狱中结束其罪恶的一生。

1932 年 8 月，小矶国昭任关东军中将参谋长兼特务部长。为把个"安稳"的东北拿在手里，小矶奉行"治安第一主义"，其恢复治安的手段，有讨伐，有招抚，有政治工作。同一般只会动粗的日本军阀不同，小矶统治手段厉害之处在于"讨伐、招抚、政治工作"三结合，于是就有了"集团部落"的出笼。

提出的"集团部落"这一毒辣方案的是两个日本人。1932年，伪磐石县参事官荒谷千次和伪额穆县参事官蛸井元义，提出建立"集团部落"，立即得到小矶国昭的赞许，当年即在杨靖宇南满游击队活动的磐石县实行，第二年又在额穆、敦化、桦甸等县实行。同年12月，伪民政部发布969号《关于建立集团部落训令》，"集团部落"遂在东北各地普遍推行。

所谓"集团部落"，就是将平原和山区零散居民强行驱赶到一处居住。一个部落规模为"八十户至一百户左右"，这对警备和经营有利，建设面积为"周围四百米的正方形或长方形"，建设位置的主要条件为"匪域时常经过或物资供给地等重要警备线上"，建设次序是先"铁丝网、土墙和炮台"，后公共建筑、住房及附属建筑物。[1]

部落内实行保甲连坐制度，通常设4个出入门口，居民外出种地、打柴要登记，携带物品要检查，以防流入"匪贼"之手。太阳落山，大门紧闭，晚回者就有"通匪"嫌疑，必遭严格盘查。这种统治方式，文词为"堡垒集中营"，用当年东北人的话讲，叫"围子"或"人圈"。

"集团部落"土墙的标准是：墙高10尺，底宽6尺，上宽2.5尺，然后在坚固的墙上架设铁丝网；部落外要挖外壕，上宽14尺，底宽3尺，深10尺，壕内设排水沟。这些浩大工程，日本人、伪警察不会伸一下手，全靠驱赶进部落的农民劳动，但建设顺序最后才轮到农民的住房。

"集团部落"的建设时间，日伪要求"最好自9月中旬至11月中旬"，理由是不影响给日本人种庄稼。待建完了围子、外壕、岗楼，临到农民建房，只能临时搭个人字形马架子了。伪治安部《各地治安工作调查报告集》承认：

屋顶大都是用树皮和稻草盖成，墙上到处是窟窿，根本不能挡风御寒。他们没有衣服，只能烧火围坐熏烤。在这样的生活状况下，没有发生病人，真是奇怪的事。……从屋子里可以清楚看见天上飘着的白云，在目前严寒的季节里，可以想得出他们的痛苦。[2]

实际上，将"集团部落"具体推向极致的还有一个罪魁——冈村宁次。在小矶任关东军参谋长时，冈村任少将副参谋长。这个巴登巴登集团"三羽乌"首领之一、以残暴闻名的铁血军阀，上任伊始便颁布了《暂时惩治盗匪法》等一系列所谓法律，为"集团部落"制定了完备的政策法规，为数年后"集团部落"的发展打下了基础。在任华北方面军最高司令官前后，冈村将东北的野蛮实验用于华北，实行惨绝人寰的"三光"与"无人区"政策。

令人扼腕的是，抗战胜利后，蒋介石却聘请冈村为秘密军事顾问，专门负责策划向共产党军队进攻。1949年初，在全国愤怒的舆论压力下，蒋介石被迫下令对其"审判"，但结果竟然是无罪释放；故而冈村一直把蒋介石当成救命恩人，1950年还应蒋之邀，受聘为台湾"革命实践研究院"高级教官。[3]

小矶国昭与冈村宁次，通过"集团部落"对东北人民的残害，造成严重恶果。据日本人所著的《满洲国警察史》（上卷）记载，从伪满洲国成立（1932年）到1938年末，建立的防卫集团部落，实际上共达12565处。

那时候，东北山区村落多是几户、十几户人家，二三十户算大村落了；而"集团部落"每处80户至100户，也就是说，一个"集团部落"要毁掉自然村落10个以上。短短几年，保守估计东北有6位数以上的自然屯被毁灭。

建"集团部落",第一步是烧房子。杨靖宇早期开辟的根据地仙人洞先后被烧了3次。赵尚志的珠河根据地,是更"红"的地盘,火势也更大,多数村庄房子成了空房框子。狼烟四起,遍地焦土。日本人不仅烧房子,同时还伐树木,砍庄稼,铁路线及国道两侧200米内的树木和高棵庄稼一律砍光。这是为了防止抗日游击队自青纱帐中突然杀出来。

当然,在归大屯中,也有不烧房子的地区,那是在1934年前后的一轮"清边",在中国边境线5公里内中国老百姓不许居住,一律搬到"内地",不走就是"通苏"。"清边"通常不烧房子,不毁水井,不伐树木,不砍庄稼,资源给日本开拓团留着,使日本人一进中国,便有房子住,连地也不必买了。

小矶国昭与冈村宁次为何如此下气力搞"集团部落"?日伪当局宣传说,是为了让中国人"在王道政策的恩惠下,欢天喜地地生活"。抗联的官兵一眼便看穿了,日本人所搞的大屯,就是要断绝群众与抗联的鱼水关系,使抗日军没房子住,没饭吃,没处得消息,不用打仗就被消灭了。

当然,关于"集团部落"给东北人民带来的无尽苦难,给东北抗联带来巨大的危害,在我们回顾历史时,除了小矶国昭、冈村宁次,当年那两个首倡的参事官荒谷千次、蛸井元义,也要记录在案。

老百姓对"集团部落"是什么态度?金窝银窝不如自个儿的土窝,没有人愿意进失去自由的土围子——"人圈"。于是,日本人第一次烧了房子,第二次见人便杀。如果是抗日队伍集中的村落,境遇就更悲惨了,往往是"集团部落"与血洗村落并行,或称"归大屯"的前奏是"血洗屯",吉林省舒兰县南部的老黑沟被血洗便是一例。

老黑沟谷长40公里,呼兰河流淌沟中,最宽处4公里。老黑沟夹在五常、蛟河两县之间,其两侧为连绵起伏的张广才岭支脉,古木参天,依山傍水,乃人类生存繁衍的天赐宝地。

1935 年春季，人间天堂瞬间变成了地狱，灾星乃日本关东军十六师团三十八联队——恶贯满盈的兽行部队奈良联队。历史只记住这支部队参与了 1937 年的南京大屠杀，不少国人不知其早在南京大屠杀的前两年就在东北血洗了老黑沟，东北老百姓称为"杀大沟"。

具体进行"杀大沟"的是三十八联队第三大队 600 个荷枪实弹的鬼子。这是一场空地联合行动。天上飞机侦察、撒传单、投粮弹，说明行动并非该大队自我所为。4 月 22 日，日本人先是寻找"匪贼"而毫无战果，一周后的 4 月 27 日，便对手无寸铁的老百姓动了手。当时正是春耕季节，男人们都在地里，日本人见人便杀，远了枪打，近了刀刺。没有见过"戴铁帽子"的农民，看到死了 3 个人，撒腿便跑。进山躲进林子里的便活下来了，而往村里跑的村民，几乎都遭到了二次枪击刀刺。

桦曲柳顶子李显廷的妻子，那时正坐在炕沿上奶孩子，见进屋的鬼子凶神恶煞，便把两岁的孩子掩到身后。鬼子只杀死了母亲，两岁的孩子不知发生了什么事，仍旧爬到母亲身上吃奶，被鬼子一刺刀从后背刺到前胸，挑起来扎到土墙上。孩子痛苦万端，手脚抓挠着，鬼子们高兴地哈哈大笑。桦曲柳顶子在老黑沟的南口，没跑掉的老百姓被押到桦树林边，让他们自己先挖坑，挖了 7 个坑，每个坑埋 10 人左右，李奎江家 11 口，被杀 9 口，埋在一个坑里。

呼兰河北岸的青顶子屯附近有个月牙形的泡子，成了最大的屠杀场。4 月 29 日至 5 月 1 日的 3 天里，300 多人在这里被杀。第一天，老百姓被日本人逼着跪在泡子边上，用机枪扫射，尸体被推进泡子里。第二天，日本人把老百姓绑上，在两臂间穿根杆子，每杆 20 人左右，然后用机枪连串射杀。

偶然幸存者姜桐彬，见证了另一种屠杀方式。那是在 30 日中午，姜桐彬被绑在月牙泡旁一棵树上，鬼子把他的上衣扒开，露出胸膛，然后退后几步，这时他听到了周边一片惨叫声。幸运的是，姜桐彬面前是一个年轻面相的鬼子，呀呀叫着却一刀刺在肋下；第二刀被那件补丁摞补丁的破棉袄弹了一下，在姜桐彬肚皮上划了道挺长的口子；第三刀刺在姜桐彬脖子上……接着他又挨了几刀，都未刺中要害，却血肉模糊。鬼子以为他死了，便走了。[4]

实际上，老黑沟惨案只是日军屠杀东北平民百姓等众多暴行中的一起。1936 年 7 月 15 日（农历五月二十七日），日本关东军驻柳河县守备队长大尉中山八郎率队进入"匪区"白家堡子，见人便杀。全堡 368 人，被一串串捆绑至大山根处，在一片哀号痛苦惨叫中被集体射杀。之后，日本人抓民夫挖了 9 个大坑将尸体压埋，并将白家堡子所有民房烧得片瓦无存。[5]

同年秋，日军闯进兴高县红庙子朝阳门。杨靖宇组织老百姓向山上转移。有人见鬼子聚在一个院落里，正是攻击的好时机，便问杨靖宇为何不下令攻击。杨靖宇说不能打，打完部队走了，老百姓就遭殃了。不仅如此，一军后来进村屯，也不在大墙上写标语了，防止敌人认为这儿是"匪区"而大开杀戒。

1939 年 1 月中旬，冯治纲率部设伏于德都县境内田家船口。此战击毙了随伪警察督战的日军警尉目黑俊一，俘虏伪警 25 人。他在战前算准了时间，让屯长去伪警察署报告部队进村的消息（迟到），以证明该屯并非"通匪"。

面对日军由"灭门"发展至"灭屯"的灭绝人性的屠杀，为保护老百姓，共产党人用尽了心思与办法。但日本侵略占领整个中国的政策及野心，与其岛国人口资源、实力严重不足之间形成的矛盾，使得侵华日军已变成为世界上最野蛮嗜血的杀戮部队。杀人似乎已成为多数部队的一种习惯，对已投降者言而无信地实施屠杀便是例证，"填大江"是其中残恶的屠杀方式之一。

面对剿杀不尽的抗日武装，日伪当局在"讨伐"的同时，实施招降政策，即通过一些抗日家属上山呼儿唤夫。至1936年底，仅桓仁县陆续下山投降的就有400人左右，大部分为自卫军残部与山林队，也有少数第一军中的不坚定者。

这些人下山缴械要到县警务科按手印、采指纹，再在左手腕或虎口上，用绑在一块的几根针扎破3处，揉进墨，留下永远磨不去的3个点，便算"归顺"，放回家，等通知领"证明书"——良民证。

1937年2月21日（农历正月十一）是各警察署分别通知的领证时间。22日，各警察署把领证人陆续送到桓仁县城，安排到城关警察训练所和几家客店住宿。23日，领证的300多人排队进入日本守备队大院，点到谁的名字，便进屋"领证"去。没想到"领证人"进屋便被按倒捆上，堵上嘴，抬出后门，"咣当"一声，扔进早已候在后院的卡车上。装满一车，便开走一车，直奔西江。

县城靠西江岸1公里内的区域，早已戒严，断绝行人车辆。在江心水深处，日军事先已凿开一个3间房子大小的冰窟窿。那卡车上捆的人一路颠到江面上。

在西江边指挥填江的，是日本宪兵队长杉木森平；在守备队指挥捆人装车的，是守备队长野田，他也随最后一辆卡车来到江边。被捆绑的一车人，被像牲口一样往下连推带扔。有的人在车上连遭挤压、颠簸，到江面上时已经不行了，鬼子与伪警察就拖拉着，或用刺刀戳着他们，推进冰窟窿里。水深处流速慢，冰层下堵塞了，人推下去又漂上来，日本人就用大长木杆子，把冰层下的人往下捅：不少资料称之为"西江惨案"。

被"填大江"的300多人中，只有一个小孩逃走了。当天有7个10来岁的男孩子没被捆绑，因为他们的父亲或兄弟不在家，或是有什么事脱不开身，由他们来代领。那些孩子都被吓傻了，只有一个孩子乘鬼子与伪警察盯着冰窟窿的当口，撒腿往江边柳树丛中跑，警戒的鬼子几枪没打着，搜查了一阵也未找到。

县城这边"填大江"的同时，各乡镇开始抓捕那些没到县"领证"的人。拐磨子乡抓了12人，正月十五那天，填进了富尔江。二户来乡抓了11人，沙尖子乡抓了19人，其余的乡镇也人数不等地各抓了一些，当地没有可填的江河，便就地枪决了。

说日本部队是野兽部队并非妄言，因为其兽行超越了人类底线。

突然，小队长左手使劲插到肋骨深处摆弄起来。不一会儿，在满是血的手上抓出也不知是红黑色肉块还是血块的东西，用刀切下来，啊，是活胆！[6]

屠杀时我也在场，以后我与阿部三郎警长一起，将其中五具尸体肚子割开，取出了肝胆。问：取人胆囊做什么用？答：日本人迷信，说可以治肺病，因此在日本人当中都希望得到这个东西，因此，我和阿部警长商量后才取的。当时我们五个日本人，每人分一个。[7]

其中两人，因抗日思想浓厚，由石田斩杀了。斩杀后石田将这两个人的头烧焦，说用脑浆配药给我送来哈尔滨，我吃掉了其中一个。[8]

我奉佐藤中队长之命，和三名巡查，将被害者带到东汤深山林里予以枪杀，同时我用短刀，其他巡查用日本刀将被害者腹部切开，取出他们的肝脏带回配药，尸体埋在现场。我把肝脏拿回家以后，日本家里来信说妹妹患腹膜炎，我便将肝脏磨成粉末，邮回日本，给妹妹吃了。[9]

在地球村上，即便是动物，大多数也是不食同类的。食同类的动物多出于饥饿本能，因为他们是没思想的野兽。日本人一向标榜自己是世界上最文明的"礼仪之邦"，岂非绝大的讽刺？二战中，受日本侵略的国家很多，共同的感觉是，日军的野蛮无有出其上者，即使是被认为亲日的印度尼西亚，也在高中教科书中明确指出："在占领我国的国家中，日本是最残酷的。"[10] 这一点，中国人也有同感。这也是中国人浴血抗战的根本原因之一。

42．遗书中的力量与智慧

1935 年秋冬之交，赵尚志率三军主力，从根据地珠河远征延寿、方正，并挺进汤原，将三军第二、第三团分别留在珠河铁道南北区域，与"大讨伐"之日伪军周旋。第二团团长王惠童（同）、政治部主任赵一曼率部，活动于珠河铁道北及延寿、宾县、阿城之间，在老游击区坚持游击敌人。转战中，二团一度被逼困于密林中，粮食断绝，只能靠猎取野兽充饥。11 月 14 日，王惠童、赵一曼率全团 50 余名官兵到达道北五区春秋岭安山屯，计划向延寿挺进与主力会合。

还是那句话，好好的大中国，事都坏在丧尽民族良心的汉奸身上。部队刚驻下，就被汉奸朱景才密告给了驻乌吉密的日伪军。

15 日上午，二团被 300 多日伪军包围，团长王惠童果断指挥部队抢占有利地形，与敌激战 6 个多小时，10 余名战士牺牲，王惠童不幸重伤被俘，后被杀害。赵一曼在指挥部队突围时，被击中左腕。此战，二团仅有 10 余人突出重围，其余官兵均壮烈牺牲。是役，敌人也付出惨重代价，二团毙伤横山部队机关枪队长古谷清一大尉、小队长芹泽等30余人。

突围中，二团被打散了，赵一曼与负伤的战士老于、16岁的妇救会员杨桂兰、交通员刘福生汇合，大家互相搀扶着，来到侯林乡西北沟一个窝棚里将养。

又是汉奸坏事。11月22日，汉奸廉江和米振文发现了赵一曼等人，立即向日军首席指导官远间重太郎警佐和伪警察队长张福兴告密。30余名伪警察包围了小窝棚。激战中，交通员刘福生和战士老于牺牲，赵一曼左腿被"七九"步枪击成重伤，顿时血流如注，昏死过去。

大野泰治，伪滨江省警务厅特务科外事股股长，是刑讯折磨赵一曼的主要罪魁。正是他在战犯改造期间留下的两份认罪供词，使我们从另一角度获悉了一位共产党人的伟大信仰与一位抗联战士的铮铮铁骨。

大野泰治的两份供词间隔八年时间。第一份是1954年11月10日的供词，我们只能依稀得知，赵一曼在身负两处重伤情况下，仍然抗住了大野的严刑拷问，一无所获的大野只能将赵一曼送往哈尔滨：

> 赵一曼的手腕被子弹打穿，大腿部也被子弹打伤，已濒临死亡状态……我深庆抓到了一个了不起的人物。趁她在态度激昂时，打算只问些要点，用手握或用鞭刺她的手腕弹伤，就共产党的组织和联络关系等，进行了近两个小时的拷问。但从她固执的态度来看，我认为决不容易问出什么的…… [11]

在"濒临死亡状态"下，仍"进行了近两个小时的拷问"，1954年的大野供词，除了承认对手腕伤口"手握和鞭刺"，并未交代这两小时都用了什么刑具"拷问"，也未说明赵一曼"态度激昂"说了些什么，为什么认为"决不容易问出什么"？

经过八年战犯改造，到了1962年，跪在地上泪流满面地忏悔并一再请求"心目中的英雄"赵一曼对自己"灵魂的宽恕"的大野，写下了这一段供词，使人们真切知道了26年前，赵一曼那令人热泪涕泗的、世人罕见的顽强与壮烈：

这个妇女，穿着一件黑棉衣，腰下被血染着，脸伏在车台上，一个十八九岁的姑娘坐在她的身旁照料她。伤者头发散乱，大腿的裤管都被血灌满了，在不断往外渗。

我担心她马上死掉，得不到口供，从而失掉可能的情报，急忙走到她的身旁，叫喊道："起来！"她从容地抬起头来看着我，看见她那令人望而生畏的面孔，我情不自禁地倒退了两三步。我让远间（重太郎）找个适当的审问场所。远间同县公所的翻译詹警卫商量之后，决定在马料房的高粱垛上进行。从审讯中，知道她叫赵一曼，二十七岁，在妇女抗日会工作，家庭是个富户，本人受过中国女性的最高教育。在以上这些问题上，她态度坦然，答语明快。

当问她关于赵尚志部队的事时，她回答："关于抗日联军的事，我不知道。"

我问她是不是共产党员，在党内是什么地位。她回答说："我同共产党没有关系。"我问她："为什么进行抗日活动？"一听这问题，她一下子提高了声调，做了义正词严的回答，与其说回答我的问题，不如说是对日军的控诉。她说："我是中国人，日本侵略中国以来的行动，不是几句话所能道尽的。如果你是中国人，对于日军目前在珠河县的行动将怎样想呢？中国人反抗这样的日军难道还用得着解释吗？我们中国人除了抗战外，别无出路。你们日本'口蜜腹剑'。"接着她就"日本军是保卫中国不受他国侵略"，"日满一德一心"是"兄弟之邦"等问题做了揭露。她那种激愤之情，在我看来简直不像个身负重伤的人。她对日本军固然很义愤，但讲得有条有理，使人一听就懂。当翻译把她的话向我翻译时，赵一曼就盯着翻译的嘴，生怕她翻不全似的。翻完了又继续讲，滔滔不绝，确是个有口才的人。我不知不觉地成了她的宣传对象了。

我又用鞭子戳了一下赵一曼的伤口，只见她身子抖了一下，脸上露出了忍痛而愤怒的表情。这时候待在她身旁的那个姑娘跳起来护着她。我命令旁边的警士把那个姑娘拉出去。我说："看样子你有点儿发火了吧？我不是为了听你那套话来的，你不说，我也会让你说出来的。你先把你共产党的身份说一说吧！"在我这样威胁下，她从容地回答道："我没有什么中共身份，强迫一个人说自己不知道的事情，未免太蛮横了吧？你说我是共产党员，你把证据拿出来！"她除了承认做妇女工作以外，其他什么也不说。于是我就用鞭子抽她的手，她干脆不说话了。[12]

相信看了上述这份史料，各位读者的心灵都会从各自角度受到一次洗礼，都会进一步明白，什么是大义凛然、顽强不屈的共产党人的铮铮铁骨与民族气节。

赵一曼原本为病弱身躯，曾在珠河侯林乡抗联"吕老妈妈"梁树林家养病。当时赵一曼得了肺痨（肺结核），病是在苏联留洋时得的。到了珠河这个抗日前线，她拼着命地组织地方抗日工作，肺病犯了，而且脖子后还长了一个砍头疮（痈）。

有一天，吕老妈妈看着赵一曼清瘦的脸上有些红晕，知道她一定烧得不轻。吕老妈妈摸一摸她的头，滚烫滚烫的，心里很难受，想找两个鸡蛋，结果只找来几个土豆，就用土豆烧了一大碗汤，端给赵一曼说："就拿土豆当山参给你补补身子吧。"

结核病人修复结核疮面最需要营养，在侯林乡吕老妈妈家那一段时期，赵一曼起码还能吃上饭。不久，赵一曼随部队游击，饭也难得吃上一顿。

在东北烈士陈列馆有一只粗瓷大碗，上边有一个"福"字，这碗是那一次，部队在侯林乡一个屯子里吃饭，通讯员向房东温喜良借给赵一曼用的。当满满一碗高粱米饭端到赵一曼面前时，赵一曼便知道这碗饭是从病号灶上端来的；因为部队早已断了粮食，一段时间里都是靠野菜与橡树子充饥。赵一曼乘人没注意，把饭倒进锅里，然后盛了半碗野菜粥。炊事员老李看见了，没有吭声，眼睛却湿了。

需要说明的是，笔者并未到陈列馆实地看一下这只粗瓷大碗是否存在，这是否是依据抗联原本生活所创作的一个故事？1981年小学语文课本第五册第九课，以《一个粗瓷大碗》为题，讲述了这件事情。但有一点可以肯定，赵一曼抱病到部队活动时，正是部队最艰难、连饭都难吃上一顿的阶段。

一个重病在身的弱女子，从温暖湿润的天府之国，来到天寒地冻的北国，缺食少药，发烧咳嗽相伴，得有多大的毅力，才能度过艰难的每一天？

更难以想象的是，从被俘地到珠河县城，一辆老牛车在崎岖的山路上颠簸，日本人对两处伤口不做任何处理，任其流血，为的就是让赵一曼屈服。在珠河县伪警察署，日本人为了得到口供，对赵一曼的腕部伤口并不只是用手捏，还用马鞭捅。

1954年7月25日，幸存下来的杨桂兰在控诉书中指证：日伪警察对赵一曼和她们两人（一块儿被捕的还有地方干部周伯学），每天进行四五次毒打、灌凉水、压杠子等刑讯。十月（应为农历）末，赵一曼和周伯学两人被送交哈尔滨去了。

送至哈尔滨警务厅地下看守所后，敌人又对赵一曼进行了更为残酷和"正式"的全套刑讯拷问，但还是一无所获。因为"大腿上的贯通伤溃烂了"，为了保留活口，赵一曼被以"王氏"之名被转至市立医院。

现今，我们已无处得知残暴的日伪当局在长达8个多月时间里对赵一曼都施行了哪些酷刑？都在什么场合？施行了多少次酷刑？有关资料显示，日本宪兵曾将热辣椒水和凉汽油交替地往赵一曼的喉管和鼻孔里灌，但她从未呻吟过一声。在施刑过程中，为了不让赵一曼昏迷，失去刑讯效果，日本人先是用冷水泼，后来改用化学药水熏，并多次注射大剂量的强心针和樟脑酊，待赵一曼恢复体力、头脑清醒后，再继续用刑。

笔者查阅《伪滨江省警务厅关于赵一曼的情况报告》得知，哈尔滨市立医院16岁的见习护士韩勇义，之前"在《大北新报》上看到登载的赵一曼的记事，相信赵一曼是难得的女英雄"。特务们见她年纪小，对她也不大提防。

看着赵一曼伤口逐渐好转起来，韩勇义眉眼间都是笑意，可气恼的是，特务们时不时来审讯赵一曼，动辄将她拉下病床踢打，伤口就在一次次流血中，处于好好坏坏又不致命的状态。心怀崇敬之心的韩勇义感觉到有必要将心目中的英雄救出虎口。

从伪滨江省警务厅报告中可以看出，赵一曼即使身陷囹圄，遍体鳞伤，白骨外露，身体多处炭化，但只要还有一口气，便一刻也没有停止战斗，仍在以各种方式宣传共产党的主张和反满抗日救国的大道理，使韩勇义进一步认清了日伪政权的本质，"她们在憎恨世界的丑恶上取得了一致的观点"。

尽管这份报告用了污贬词语，我们仍然可以看出，赵一曼为唤醒青年伪警看守董宪勋反抗敌人的民族良心之努力，以及令人叹服的地下工作经验及能力。

得知董宪勋爱好文学，赵一曼把"满洲事变"爆发时，她在奉天目睹的日本军队的暴虐状况、日本人建立伪满洲国的肮脏目的、被奴役虐待的中国人的悲惨现状，以及驱逐日本帝国主义、消灭伪满洲国、解救人民出苦海的目标与美好前景，包括每一个中国人的使命，等等，写在包药纸和其他的纸片上，用通俗且富有趣味的小说体裁加以记述。赵一曼原本是文采甚好的人，她的文章，尤其是对日伪暴行的真实叙述，任何有正义感的人读后，都会切齿憎恨日本，进而推翻打倒伪满洲国。董宪勋原本是富有正义感的青年，在赵一曼的感召下，不久便下定决心，做一个反满抗日有为青年。伪警务厅的这份报告曾酸溜溜地写道，赵一曼"从她对警士开始工作算起，前后不过是 20 天的工夫"。

为了帮助赵一曼逃走，韩勇义想尽办法筹集经费。她收入微薄，便卖了自己的两个金戒指、两件大衣，得钱 60 元。董宪勋找人订购了一顶小轿。6 月 28 日晚（星期天，医院人少），董宪勋雇了一位白俄司机，先用汽车将小轿及 5 名抬轿人送到南岗文庙后边等候，自己再返回医院与叔叔董广政两人将赵一曼从医院抬出，坐车赶到文庙后边，把赵一曼放进小轿，向阿城方向（赵尚志部队活动区域）逃出哈尔滨。韩勇义提着药箱，一路随行。到了乡间，又雇了辆马车。

敌人在 29 日看守交接班时发现赵一曼逃走。他们如同炸了窝的马蜂，顺着那个白俄司机的线索，于 30 日上午 5 时，在阿城李家屯附近，追上了赵一曼。这是一个悲壮而平静的结局：急骤的马蹄声由远而近，赵一曼习惯性地伸手去腰间摸枪，摸了个空，那张清秀、苍白的脸上就现出笑容，既是沉静的一笑，也是轻蔑的一笑。

通过伪滨江省警务厅报告中的描述，我们看到了共产党人抗战到底的坚定决心。赵一曼在逃走前因伤势严重曾入院治疗，她担心出院后自己"总难免于死刑或是无期徒刑，这样，一生所期望的打倒日本帝国主义、消灭满洲国，便永远难以实现；所以，要在出院以前排除万难设法脱逃，重归赵尚志部下，做一名抗日战士"。[13]

面对即刻就要扑来的敌人，赵一曼沉着叮咛众人："不要慌！大家记住口供，就说是我用钱雇请你们送我走的，一切与你们无关。"

董宪勋与韩勇义难免有些许慌张，可看到赵一曼的神情，便也沉静坦然了下来；因为当他们把自己的命运与赵一曼联系在一起的那一刻起，就有了思想准备。

这是两个极富正义感、民族心的热血青年，虽然他们不是共产党员，不是抗联战士，却为了共产党员、抗联战士，赌上自己的性命，去拯救心目中的抗日英雄。

他们同那些在冰天雪地中战死的、冻死的、饿死的、病死的抗联官兵一样，值得我们崇敬与怀念。可惜，由于历史的沉淀，我们已无法得知他们拯救赵一曼的心路历程，只能在敌伪档案中窥知一鳞半爪，但已让我们感动不已。

敌人对韩勇义和董宪勋进行了残暴的刑讯，施电刑，上大挂，用炭火烧他们的脸和嘴，气急败坏地讯问帮助赵一曼出逃的原因。董宪勋受刑过重，惨死于狱中，没有给我们留下一句话，这是莫大的遗憾。但起着男孩子名字的韩勇义，在审讯中，却"强烈地"说出了"怀有很深的抗日思想"的话：

> 因为自己住在满洲国，走着满洲国的街道，坐着满洲国的车，使用着满洲国国币，吃着满洲国的出产，这都是由于住在满洲国，出于不得已的事情。在自己的五脏之中所流着的热血，是中华民国的热血。我期待着将来抗日战线得到扩大，把日本人从东北驱逐出去，再挂起中华民国旗子的日子。[14]

16 岁的姑娘韩勇义获得各界敬佩，经多方努力，其从"政治犯"改为"纵匪逃走"的刑事犯，被判处有期徒刑 4 个月，但敌人酷刑的折磨，使其患上肋膜炎、脓胸等多种疾病。新中国成立前，韩勇义不幸离世。

赵一曼作为一个严重伤残的弱女子，在两个热血青年帮助下，差点儿成功逃出魔窟，无情地羞辱嘲讽了貌似强大、妄想征服任何肉体的"国家"机器，给日伪当局精神上沉重一击，以致他们在那份"报告"中做了 3 条检讨，其中一条不得不承认："关于扑灭共产主义和抗日思想的王道主义的宣传工作，以前实在是有只讲理论或流于形式，因而有改进的必要。"

战争，不仅是双方物质力量的比拼，更是双方精神力量的较量，这是被抗日战争、解放战争、抗美援朝战争等无数史实证明了的。在同大野泰治为代表的日本侵略者的较量中，共产党人赵一曼以一己伤残之躯，战胜了残暴的日本杀人机器。

敌人的酷刑无法摧毁赵一曼的坚定信仰，因为信仰的"骨头"无比坚硬，精神的力量无比强大。在精神与意志的对垒中，敌人是彻底的失败者，他们气急败坏，只能摧毁一个弱女子的肉体便是证明。何为强者？赵一曼也！

这是抗联女战士、共产党员赵一曼留给我们无比珍贵的精神财富——一种宁死不屈的民族精神。

1936 年 8 月 2 日，日伪当局将赵一曼押解回珠河，在她曾经战斗过的地方，企图以她的鲜血，恫吓红地盘的人民。赵一曼是坚强的革命志士，她丝毫没有惊慌，说道："为抗日斗争而死才是光荣的。"同时，她又是一个有血有肉、感情炽烈的女子，是一个母亲，一个妻子。在生命即将结束的时刻，如果说她还有遗憾的话，一定是十分想念近 6 年未见面的 7 岁儿子，想念只相处半年便分离的革命战友丈夫。赴刑场的途中，她要来了纸笔，前后写下了两封遗书：

　　宁儿：

　　　　母亲对于你没有能尽到教育的责任，实在是遗憾的事情。

　　　　母亲因为坚决地做了反满抗日的斗争，今天已经到了牺牲的前夕了。

　　　　母亲和你在生前是永久没有再见的机会了。希望你，宁儿啊！赶快成人，来安慰你地下的母亲！我最亲爱的孩子啊！母亲不用千言万语来教育你，就用实行来教育你。

　　　　在你长大成人之后，希望不要忘记你的母亲是为国而牺牲的！

　　　　　　　　　　　　　　　　　一九三六年八月二日

　　　　　　　　　　　　　　　　你的母亲赵一曼于车中

　　162个字，7个母亲，4个"！"，还有那"宁儿""孩子"后面肝肠寸断的"啊"，写到此处，笔者不禁热泪盈眶。

　　第二封遗书，与其说是写给孩子的，更是写给爱人陈达邦的：

　　亲爱的我的可怜孩子：

　　　　母亲到东北来找职业，今天这样不幸的最后，谁又能知道呢？

　　　　母亲的死不足惜，可怜的是我的孩子，没有能给我担任教养的人。母亲死后，我的孩子要替代母亲继续斗争，自己壮大成人，来安慰九泉之下的母亲！你的父亲到东北来死在东北，母亲也步着他的后尘。我的孩子，亲爱的可怜的我的孩子啊！

　　　　母亲也没有可说的话了。我的孩子自己好好学习，就是母亲最后的一线希望。

一九三六年八月二日

在临死前的你的母亲[15]

这封信，9 个母亲，6 个孩子……又一封让人肝肠寸断的遗书。

身戴重镣、遍体鳞伤的赵一曼倒在了曾经战斗过的珠河大地上。敌人残忍地摧毁了她年仅 31 岁的生命，却没想到她的精神以另一种强大的形式存在并延续下来，鼓舞更多的人给敌人更沉重的打击。

信仰，最重要的内容之一是坚信革命必定胜利。不少人初始坚定，后来叛逃，根本原因之一，是不相信初始弱小的共产党人最终一定会战胜眼前强大的敌人。抗联队伍里这样的例子不胜枚举。

稍微留心的人可以发现，原本的李坤泰，在两封遗书中都用了赵一曼的名字，这本是不得已而为之；但她的宁儿能知道赵一曼是自己的母亲吗？当然很困难。以致新中国成立好多年，电影《赵一曼》在全国公映时，宁儿都不知道那是自己的母亲。

但是，赵一曼坚定相信，宁儿总有一天会知道，自己就是他的母亲李坤泰。赵一曼这种信念是建立在共产党人一定会胜利的坚定信仰上：共产党人在夺取全国胜利后，一定会帮助宁儿找到并知道母亲李坤泰是"坚决地做了反满抗日的斗争"，"是为国而牺牲的抗联战士"。

果然，全国胜利后，一直在寻找"宁儿"的党组织，与一直在寻找母亲李坤泰的宁儿，终于在 1955 年 11 月 12 日有了结果。那天，"宁儿"陈掖贤高兴地给赵一曼的二姐李坤杰写信说："直到今年，慈姑碰到了冯仲云同志，他和妈妈有过工作上的联系，才知道我妈妈就是赵一曼。接着您又给慈姑通信，这件事就进一步得到证实了。"[16] 陈掖贤所说的慈姑，是赵一曼的爱人陈达邦的妹妹、任弼时的夫人陈琮英，按辈分是陈掖贤的姑姑，有礼貌的陈掖贤便称呼她为"慈姑"。

有着丰富地下斗争经验的赵一曼，在生命的最后一刻，很想让心爱的人陈达邦知道自己的情况，但却不能明说；因为不仅是日本人、国民党也在抓捕残杀共产党人，只能在信中以"你的父亲到东北来死在东北，母亲也步他后尘"这种方式让"宁儿"知道，父亲也是共产党人。

需要重复一句的是，什么是共产党人的革命信仰，其重要内核之一就是，无论面对多么强大的敌人，面对多么巨大的困难，都始终如一坚信革命一定会胜利！

因为共产党人所从事的事业，符合广大人民的根本利益，是世界上最符合社会发展规律、最正确、最具有生命力的伟大事业。为了这个信仰，共产党人甘愿先于他人抛洒热血乃至生命！

为什么赵一曼赢得了那么多人的敬重与景仰？因为在 14 年艰苦卓绝的抗战中，赵一曼不仅仅是一个英雄的个体，更是一个英雄的群体。就在赵一曼英勇就义后的 1 个月零 1 天，在赵一曼牺牲的邻县通河，另一名女英雄李秋岳也壮烈殉国。

李秋岳，原名金锦珠，化名张一志，1901 年生于朝鲜平安南道一个贫苦家庭。1924 年冬，李秋岳踏着鸭绿江面的坚冰来到中国，寻找四年前来到中国并已担任黄埔军校教官的丈夫杨林。杨林本名金勋，曾化名毕士悌、杨宁等。

1925 年，李秋岳与杨林双双参加广东革命军东征。也是在大革命的洗礼中，二人在这一年双双加入中国共产党。1927 年，李秋岳进入黄埔军校武汉分校学习。这年 8 月，党组织安排夫妻两人去苏联学习。1930 年，两人返回中国，被派往北满地委工作。

九一八事变后，杨林担任中共满洲省委军委书记，不久便到"红地盘"磐石组织抗日武装，是抗联第一军的前身磐石游击队的主要创始人之一。1932 年秋，杨林奉调中央苏区工作。

在杨林调往中央苏区同时，李秋岳被派往抗战血火的一线珠河，先后任县委委员、妇女部部长、铁北区委书记等职。在珠河游击区，李秋岳曾与赵一曼共同发动群众，组织武装，为赵尚志哈东支队送子弹，送服装，救护伤员。这对巾帼英雄在老百姓中有极高的威望。

有一段时间，病重的赵一曼被组织安排到侯林乡将养。为躲过敌人的严密盘查，李秋岳与"吕老妈妈"梁树林一起冒险护送赵一曼，让她扮成哑巴，机警地躲过了敌人的盘查。

李秋岳胆识超群，工作能力甚强；不料，在取得诸多工作成绩时，一个噩耗突然降临，她与丈夫患难的唯一爱情结晶、出生不久便放在一农户照料的孩子，不幸夭折了。这对她是很大的打击，劳累加悲伤使她患上了肺病；但这位坚强的女性，以惊人的毅力将悲伤埋在心底，顽强支撑病体，更加努力地投入到艰难的工作中。

1934年初，第二次全国苏维埃代表大会会议期间，毛泽东在接见东北代表、中共满洲省委负责同志何成湘时，得知李秋岳仍在东北坚持斗争，当即嘱咐何成湘回东北后，通过组织将李秋岳调往中央苏区工作，以使他们夫妻团圆。李秋岳对毛泽东的关怀深表感谢，表示自己仍愿意留在东北工作。[17]

都说孩子是女人心头上的肉。心头上的肉被剜掉了，那种苦痛，作为男人无论如何是不能体会到的。一般情况下，痛失爱子（女）的女人，最需要的是靠在丈夫的肩膀上得到安慰。而李秋岳做出不去苏区与丈夫团圆的决定，凭借的是她超出了常人的坚强意志。是她无情吗？当然不是！失去孩子时，她曾大病一场。至今没有发现，李秋岳留下的有关愿在东北工作动机的记录，这是历史的遗憾。

但有一点是肯定的。李秋岳一定见证了数不清的家败人亡、老百姓失去孩子痛不欲生的悲惨场景。还有，如果不是日本侵略者将东北老百姓的基本生存条件摧毁，她与丈夫的爱情结晶，不会因为缺食少药而夭折。这让她对日本人的仇恨有增无减，大仇未报就到远离日本人的苏区（1934年的瑞金，只有国民党而没有日本人），她不甘心，或者说，她认为自己在东北，能做一些可以使其他女人不再失去孩子的神圣事业。

应当说明，这只是笔者查不到原始资料下所做的推测。因为了解英雄的心路历程，某种意义上，比了解英雄的事迹更重要，盼望读者诸君多给以指导并参加分析。

1936年2月，中共珠河中心县委任命李秋岳为中共通河特别支部书记。半年来，她进行了卓有成效的工作：反日会员发展到300多名，建立了9处反日组织。这引起日伪恐慌，他们称通河"已陷入不治之境"，重金悬赏搜捕"张一志"（李秋岳到通河的化名）。还是汉奸坏事：8月下旬，李秋岳在组织群众为部队赶制军鞋时，被伪祥顺警察署长孙凤周率部逮捕。

受尽了酷刑的李秋岳，于1936年9月3日，被杀害于通河县城西门外的一片荒地上，年仅35岁。

在走上刑场的那一刻，李秋岳是否想起了远在苏区的爱人杨林？女英雄不知道的是，丈夫杨林已经在早于自己半年前，于红军东渡黄河东征的战斗中牺牲。

李秋岳牺牲得很惨烈。鉴于她的重要职务与影响力，敌人残忍地切割下她的头颅，挂在通河县城门头上，以恐吓抗日的民众。李秋岳应当是东北抗日斗争中被敌寇枭首的第一位女性。

1934年，著名女作家萧红，写了一本著名的书《生死场》，其中一句著名的话是："就是把我们的脑袋挂满了整个村子所有的树梢也情愿。"表达了东北人民宁死不当亡国奴的抗日决心。无疑，赵一曼、李秋岳等一大批民族英雄是"宁死不当亡国奴"人群的杰出代表。

43. 主心骨是党领导

根据《东北抗日联军统一军队建制宣言》，自 1936 年 2、3 月份开始，中国共产党所领导下的各抗日部队，分别改编为东北抗日联军。

其中，周保中领导的东北反日联合军第五军（前身为绥宁反日同盟军）改编为东北抗日联军第五军。紧随其后的是东北人民革命军第二军、东北抗日同盟军第四军，分别改编为东北抗日联军第二、第四军。杨靖宇领导东北人民革命军第一军于 1936 年 7 月完成改编，第三与第六军则在同年 8 月和 9 月完成了改编。而全部完成东北抗联共 11 个军的改编，则是在 1936 年末。改编后的东北抗日联军组织序列如下：

东北抗日联军第一军（1936 年 7 月）

杨靖宇任军长兼政委，安光勋任参谋长（后叛变），宋铁岩任政治部主任。全军 3000 余人，辖第一、二、三师和教导团。

东北抗日联军第二军（1936 年 3 月）

王德泰任军长，魏拯民任政委，刘汉兴任参谋长，李学忠任政治部主任。全军 2000 余人，辖第一、二、三师和教导团。

东北抗日联军第三军（1936 年 8 月）

赵尚志任军长，李兆麟任政治部主任。全军 6000 余人，辖第一、二、三、四、五、六师及第七、八、九师（同年秋组建），第十师（次年 7 月组建）。

东北抗日联军第四军（1936 年 3 月）

李延禄任军长（1937 年李延平正式接任军长），胡伦任参谋长，黄玉清任政治部主任。全军 2100 余人，辖第一、二、三师及第四师（同年 8 月组建）。

东北抗日联军第五军（1936 年 2 月）

周保中任军长，柴世荣任副军长，张建东任参谋长，胡仁任政治部主任（未到职）。全军 700 余人，辖第一、二师和军部教导队。1937 年 7 月，全军发展至 3000 余人。

东北抗日联军第六军（1936 年 9 月）

夏云杰任军长，冯治纲任参谋长，李兆麟任政治部主任（代理）。全军 1500 余人，辖第一、二、三、四、五、六、七团。1937 年 2 月，戴鸿宾接任军长，兰志渊任政治部主任（后叛变）。全军 2000 人，辖第一、二、三、四师及第五师（次年 4 月组成）。

东北抗日联军第七军（1936 年 11 月）

陈荣久任军长（后李学福接任军长），崔石泉任参谋长。全军 700 余人，辖第一、二、三师。1938 年夏，全军发展至 880 余人。

东北抗日联军第八军（1936 年 9 月）

谢文东任军长（后叛变），滕松柏任副军长（后叛变），于光世任参谋长，刘曙华任政治部主任。全军 300 余人，辖第一、二、三师。1937 年 6 月，全军发展为 6 个师和 1 个教导大队，计 1000 余人。

东北抗日联军第九军（1937 年 1 月）

李华堂任军长（后叛变），李向阳任参谋长，全军 800 余人，辖第一、二、三师。

东北抗日联军第十军（1936 年 9 月）

汪雅臣任军长，齐云禄任副军长（齐叛变被处决后，张忠喜接任），王维宇任政治部主任，全军 1000 余人，辖 10 余个团。

东北抗日联军第十一军（1937 年 11 月）

祁致中任军长，白云峰任参谋长（后叛变），金正国任政治部主任，全军 1500 余人，设 1 个师，下辖第一、二、三旅。[18]

东北抗日战争实践证明，加强中国共产党对军队的坚强领导，是东北抗联生存与发展的生命线。30万义勇军两年间失败与3万抗联战士坚持10余年而不被消灭形成的鲜明对比，便是突出的例证。

中国共产党对抗日武装的领导，既体现在党的路线与方针（如统一战线中敌人、朋友、依靠对象的正确抉择）方面，也体现在党针对抗战实际及时制定发布的政策与策略（如对待"集团部落"的政策）方面，还体现在党对各级组织（省、地委）的设置及对干部的使用配备方面，更体现在共产党员在各抗日武装中的模范带头作用等诸多方面。

此前的数年抗战中，各地域、各部队的成功与失败、挫折与发展，无不与党的领导正确或失误密切相关。诸多抗联武装领导人，如杨靖宇、赵尚志、周保中等，无一不在积极依靠、寻找、争取上级党组织的正确领导。这也是东北抗日联军区别于其他义勇军、山林队等抗日武装的根本之处。

1934年9月以前，东北抗日战争一直受中共中央和驻共产国际代表团的双重领导。1934年9月16日，中共代表团王明、康生致函中共中央政治局，指出："我们正在给满洲起草新的文件，希望中央在没有得到我们这些新的文件以前，不要再给满洲省委写有关游击运动等策略问题的文件。"[19]

王明、康生在给中共中央政治局信中提到的要给"满洲"起草的新文件，是要根据共产国际第七次代表大会精神来制定，但由于共产国际"七大"推迟召开，整个策略方针未确定，所以中共代表团给东北党组织的指示信，直至1935年6月才定稿。之后，指示信被中共代表团以王明、康生署名的《给吉东负责同志的秘密信》（简称《王康指示信》）的名义发至中共吉东特委。同年8月，吉东特委将这一指示信抄转东北各地党组织和抗日部队。

应当承认，《王康指示信》的基本精神与《八一宣言》相一致，例如"吸收一切愿意参加武装反日的分子来扩大游击队""要实行全民的反日统一战线""在各地建立抗日联军总司令部是正确的""上层的统一战线……更利于下层群众工作"等提法与政策，对纠正"左"倾关门主义倾向，发展反日统一战线，组建抗日联军，发展抗日游击战争，起到了积极作用。

在贯彻这两个文件过程中，中共珠河中心县委和第三军司令部又接连收到《吉东特委给珠河中心县委及三军负责同志的信》（简称《吉特补充信》）、《中央驻东北代表致珠河党团县委及三军司令部的信》（简称《中代信》）和《新政治战线》，这三封信对《王康指示信》进行了补充与进一步说明。

《王康指示信》及补充信在发挥积极作用的同时，带有明显的教条主义和主观主义成分，有的政策提法不当或错误。例如：把党在关内实行的"抗日反蒋不并提"的方针演绎为"不要把抗日反满并提"，提出对伪自卫团"一般原则是联合或中立，而决不是和他们打仗"。

信中关于对付敌人"集团部落"的政策，也制定得不切合当时的斗争实际。《吉特补充信》指示："在我们影响下的居民不要单独留在山中，应与其他群众一同移居大屯。"而《中代信》竟主张对敌人的并屯政策不做公开的反对。[20]

抗日斗争的现实是对政策正确与否的严格的检测师。"集团部落"对东北抗联赖以生存的土壤——广大东北农村，造成了毁灭性打击。东北抗联第三、六两军太平川根据地，在"归屯并户"中被捣毁村庄 120余个，毁掉民房 2.4 万余间，被残杀和冻饿而死者 1.3 万余人，2100 余垧土地被荒废。杨靖宇第一军活动的兴京县，原本有耕作地 84 万亩，在 1937 年仅耕种 39 万亩，剩余 45 万亩均成为废耕地，杂草丛生。

70 多年后，编撰《东北抗日联军史》的编写组认为：在整个东北，因归屯并户而受害的农民约有 500 万人。而当时日伪当局表示，这样的集团令部落"匪贼"最害怕，"宁使农村破产也要把匪民分离工作贯彻到底"。

1936年5月，面对根据地被"集团部落"日益挤压蚕食的现况，赵尚志不满《吉特信》中关于"在我们影响下的居民不要单独留在山中，应与其他群众一同移居大屯"的指示，快言快语地指出，如果东北都像巴（巴彦）、木（木兰）那样归大屯，再经过两年，所有的游击运动都得失败。同年5月13日，赵尚志率队袭击木兰县太平河屯"集团部落"，破坏附近通信线路及桥梁；6月9日晚，又将钱家店"集团部落"伪自卫团缴械；6月12日，攻袭了太平桥"集团部落"，缴枪13支。

"九一八事变"后，中共满洲省委领导东北人民同日本侵略者进行了英勇斗争，创建了党领导下的反日游击队和人民革命军，开辟了抗日游击根据地，做了大量卓有成效的工作。但是，由于日伪的残酷统治和严密封锁，设在大城市的满洲省委，很难对处于东北各地边远农村的抗日游击区和党组织及其抗日武装实施有效领导，因此，早在《一·二六指示信》中，改变东北党组织结构的主张就被提了出来。

1935年9月，共产国际七大闭幕后，中共代表团举行了第二次满洲工作会议，主要研究改组党组织和组建抗日联军问题，决定撤销中共满洲省委，成立南满、东满、吉东、松江4个省委和哈尔滨、奉天（或大连）特委，由中共代表团直接领导。11月26日，中共代表团将上述决定及具体落实办法通知了负责同国内联络的海参崴联络站。

实际上，中共代表团关于建立4个省委的决定，在贯彻中已经发生了很大变化，主要是同各地实际情况不完全相符，最终形成了3个省委，即南满、北满（临时）与吉东省委。

最先建立的是中共南满省委。1936年7月，由南满特委书记魏拯民与杨靖宇共同主持召开了南满、东满特委和抗联第一、第二军主要领导会议，会议在南满金州河里召开，故历史上也称"河里会议"。

经过讨论，考虑到东满与南满抗战密不可分，第一军与第二军已经组成了第一路军，于是决定不成立中共东满省委，而将南满与东满党组织合组成立中共南满省委，统一领导东满、南满地区党组织与抗联第一、第二军。会议选举确定魏拯民为中共南满省委书记，杨靖宇、王德泰等 13 人为省委委员。

中共南满省委的下属党组织有东满特委、磐石中心县委和柳河、长白、抚松、桓（仁）兴（京）、抚顺等县委，以及东北抗联第一军、第二军党委。之后，中共南满省委机关由金川县（今划归柳河、辉南）河里地区转移至桓仁县境内。

魏拯民，原名关有维，曾用魏民生、张达、冯康等多个化名，1909年生于山西屯留县农家，1927 年加入中国共产党，1932 年春，被党组织派往东北，历任中共哈尔滨市委书记、东满特委书记、抗联第二军政委、南满省委书记、抗联第一路军副总司令兼政治部主任等职。1941 年3 月，重病之中，率队与敌奋战，不幸壮烈牺牲，年仅 32 岁。

紧随中共南满省委之后建立的是中共北满临时省委。1936 年 9 月18 日，中共珠河、汤原中心县委和第三、第六军党委会议在汤原帽儿山第三军被服厂召开，简称"珠汤联席会议"。

中共代表团在决定成立 4 个省委会议之前，得知上海中央局遭到破坏，重要领导人李竹声、盛忠亮相继被捕叛变。因此，王明、康生武断认为，由上海中央局派到东北任职的中共满洲省委书记杨光华有"内奸"嫌疑，将其调到莫斯科审查（后来证明杨光华是清白的）。二人最不应该的是在向东北下达撤销中共满洲省委、组建 4 个新省委通知时，要求东北各地党组织和各部队立即中断同中共满洲省委的关系，理由是中共满洲省委内部有"奸细"。这在东北，尤其是北满、吉东的党组织与军队中引起动荡与一定的猜忌。

珠汤联席会议就是在被中共满洲省委有"奸细"闹得一头雾水的背景下召开的，故而《关于组织北满临时省委的决议》中做了如下表述："满洲省委既已取消，组织混乱如此，路线方面错误如此严重，对于旧的满洲省委以及吉东特委、'中央驻东北代表'，站在巩固党的立场不得不均加以否认。"

否认了怎么办？没有党的领导当然不行，没有党的领导等于失去了主心骨！会议决定，先成立北满临时省委委员会，由其暂时领导整个北满党的组织，并自己找上级关系。

建立北满临时省委，未按中央代表团意见建立松江省委的另一个原因是，北满党的工作已遍布哈东、哈南、松江、嫩江流域、呼海、齐克路沿线等地，称松江省委与实际活动地域范围不符合。

珠汤联席会议选举产生了中共北满临时省委，赵尚志为临时省委执行委员会主席，冯仲云为书记，赵尚志、冯仲云、李兆麟、夏云杰、朱新阳等7人为常委。北满临时省委下辖哈东，下江特委、汤原、依兰等8个县委和抗联第三、第六、第九、第十一军党组织。

上述决定毕竟同中共代表团意见有较大出入。多年后，北满临时省委书记冯仲云回忆，当时大家（主要是他和赵尚志）认为这是个大事情，若错了，他们都得受处分。因此，省委是临时的，他们认为找到中央再说。

会后，根据珠汤会议决议，赵尚志派出新当选的省委常委朱新阳，作为中共北满临时省委代表去莫斯科，向中共代表团全面汇报并听取指示，待中共代表团与"北满临时省委员会于直接关系发生后，另行依据新指示建立组织后取消"。上述这句话，已正式写入了会议通过的《关于组织问题的决议》。

为确保朱新阳能顺利进入苏联境内找到中共代表团，早日得到上级党组织就重大政策与策略问题的直接指示，赵尚志为朱新阳精心制作了护照、介绍信——现均完好保存于中央档案馆中。可见，血与火一线的抗联官兵面对诸多疑问与困难，多么需要中央的正确指示与支持。

由于有了赵尚志准备的护照与抗联三军第五师派队护送，年底封江后，朱新阳从佛山（今嘉荫）县境过界入苏，先被苏联边防军送往伯力、海参崴进行惯例关押审查，1937 年春再由吴平从海参崴监狱中接出，送至莫斯科。近半年后，朱新阳才见到王明。在同年 5 月 17 日至 19 日的会议上，王明主持讨论满洲工作问题并听取朱新阳的汇报。

王明、康生没让朱新阳返回东北，也没给翘首以盼的赵尚志、冯仲云回信。

吉东，指原吉林省东部，大体位置相当于现今的牡丹江、鸡西、佳木斯、双鸭山，七台河市所属地域及今吉林省东部地区。最早得知撤销中共满洲省委、建立 4 个新省委信息的吉东特委，成立省委的时间反而最迟，主要原因是第四军代理政治部主任罗英的叛变，使吉东特委遭到破坏。直到 1937 年 3 月 14 日，吉东地区党组织扩大会议才在牡丹江下游依兰四道河子（今属林口）第五军军部召开。

会议选举宋一夫、周保中、柴世荣、陈翰章等 9 人为中共吉东省委执行委员，宋一夫、周保中、王光宇、刘曙华为常委，宋一夫为省委书记。中共吉东省委负责领导道南特委、下江临委和饶河等 5 个县委、中东铁路职工部及抗联第四军、第五军、第七军、第八军、第十军党组织。

宋一夫，1913 年出生于山东莱芜，原名宋效贤，1933 年加入中国共产党，历任共青团宁安县委书记、中共道北特委书记、东北抗联第五军政治部主任。他被中共代表团指定担任吉东省委书记时，年仅 24 岁。[21]

实践证明，指定宋一夫担任中共吉东省委书记是一个失误的决定。一年后，他在率队（主要负责决策人）西征的途中脱队逃跑投敌，给西征部队造成惨重损失。

令中共吉东省委与五军众多干部不解的是，最为合适的省委书记人选周保中，竟不被中共代表团信任，这与其在莫斯科中山大学学习期间，被错误打成"托派"有关。虽然后来周保中被平反并恢复党籍，但王明似乎并未忘记这件事。

令人敬佩的是，具有共产党人坚强党性与组织观念的周保中，面对许多同志对宋一夫的看法，在选举前耐心做说服解释工作，对这位缺乏实际经验和独立工作能力的省委书记，尽全力协助、扶持，以致现今馆藏的若干以中共吉东省委名义发出的指导性文件，都署着宋、周两个人的名字。这些文件多出自周保中之手。

对于中共代表团发来的几封指示信，周保中多是从积极方面加以理解，犹如此前在同盟军中被批为"上层勾结"时，"批评他的时候，他当时是承认的，过后还是不转变"一样。例如，《新政治路线》中提出的"不要把抗日与反满并提"的主张，周保中从积极方面理解为，孤立日贼，吸引满系职员官吏与满军到我们方面来；但在实际工作中，仍然执行以往既抗日又反满政策，没有执行"不并提"。

周保中在给第八军政治部主任刘曙华的信中表示，无论与"满军"关系怎样好，必须知道他们是在日贼直接操纵下，不能由其主观意志而行动。因此，一定要提防吃亏，"必须求得实利"，明确要求不能机械理解路线，许可对"满军"进行武装解除及主动的攻袭。

无声的历史档案为我们留下了若干认识了解人物性格与行事方式的生动而丰富的资料。

对待上级的指示及路线、政策、策略，快人快语的赵尚志则坚持丁是丁、卯是卯：不对的不仅不执行，而且必向上级提出意见，并要求予以纠正，绝无半点儿含糊；因为每一条不当的政策，甚至一个不合时宜的口号，都会给奋战在一线的抗联官兵带来流血与牺牲。从这点出发，我们理解赵尚志在对待"伪满军"与"集团部落"问题上的激烈反应。

而比赵尚志年长近7岁，且在国民党老底子组成的自卫军、救国军深入工作历练过的周保中，在对待上级的指示及路线、政策、策略，多是从组织原则上表示服从、拥护，从积极方面去理解或变通执行，从未有盲从上级不正确主张而使革命工作遭受损失的情况发生，但其在处置方式上则与赵尚志不同。

对上级的不当指示，周保中也提意见，但多数情况下是委婉表达。例如上述"对满军进行武装解除及主动攻袭亦所许可"，便是出之以宋、周名义于1937年3月31日给中共中央代表团的信。这条意见虽然与中共代表团《新政治路线》中"满军"政策相左，但周保中在信中说了两句话，或者说是两条理由：

一句话是"因斗争环境之复杂与某种必要条件"，隐含之意是说，受日军操控的伪满军在未放下武器之前，仍要以敌人相待；另一句是"不能机械理解路线"，隐含之意是我们没说《新政治路线》有错误，但我们不能机械执行，要按实际情况决定取舍。

1936年2月，周保中下令第五军军部教导团袭击卧龙屯"集团部落"，将该地伪警察所和自卫团缴械，缴枪20余支。接着，该部又乘势击破马莲河"集团部落"，缴获伪自卫团防所步枪20支、轻机枪2挺、手枪3支和大批物资。4月，副军长柴世荣亲自率队再次夜袭卧龙屯"集团部落"，一记漂亮回马枪，不仅再度缴获20支步枪与3000发子弹，还有一批粮食。6月，五军军部教导团将一个连伪军缴械，获步枪100余支，子弹4万余发……

注释：

[1][2][9]中央档案馆、中国第二历史档案馆、吉林省社会科学院：《日本帝国主义侵华档案资料选编　东北"大讨伐"》，中华书局，1991年4

月第 1 版，第 184 页，第 354 页，第 119 页。

［3］王树增：《抗日战争》（第三卷），人民文学出版社，2015 年 8 月第 1 版，第 560—561 页。

［4］张正隆：《雪冷血热》（下），长江文艺出版社，2011 年 4 月第 1 版，第 35 页。

［5］［11］中央档案馆、中国第二历史档案馆、吉林省社会科学院：《日本帝国主义侵华档案资料选编　东北历次大惨案》，中华书局，1989 年 9 月第 1 版，第 52—55 页，第 60 页。

［6］孙邦：《日伪暴行》，吉林人民出版社，1993 年 10 月第 1 版，第 712 页。

［7］［8］中央档案馆、中国第二历史档案馆、吉林省社会科学院：《日本帝国主义侵华档案资料选编　伪满宪警统治》，中华书局，1993 年 2 月第 1 版，第 490 页，第 571—572 页。

［10］文君、李宏伟：《日本怎么纪念偷袭珍珠港》，《环球时报》，2005 年 12 月 9 日第 3 版。

［12］中国政协文史馆：《文史资料选辑》（第六十四辑），中国文史出版社，1997 年 7 月版，第 69—71 页。

［13］［14］［15］中央档案馆、中国第二历史档案馆、吉林省社会科学院：《日本帝国主义侵华档案资料选编　东北历次大惨案》，中华书局，1989 年 9 月第 1 版，第 66—67 页，第 72 页，第 71—72 页。

［16］史义军：《冯仲云年谱长编》，国家图书馆出版社，2019 年 5 月第 1 版，第 335—336 页。

［17］张洪军：《可歌可泣的诗篇：毛泽东与东北抗日联军》，中央文献出版社，2013 年 10 月第 1 版，第 16 页。

［18］东北抗日联军史料编写组：《东北抗日联军史料》（上），中共党史资料出版社，1987 年 12 月第 1 版，第 355—364 页。

［19］《王明、康生给中共中央政治局的信》（第4号），中央档案馆复印件，中共黑龙江省委党史研究室存；转引自《东北抗日联军史》编写组：《东北抗日联军史》（上册），中共党史出版社，2015年9月第1版，第504页。

［20］赵俊清：《赵尚志传》，黑龙江人民出版社，2015年8月修订版，第226—227页。

［21］尚金州：《中共驻共产国际代表团历史》，人民出版社，2019年10月第1版，第195页。

第十四章
化敌为友

44．新仇旧恨何时休

1936 年春节前夕，魏拯民与周保中等第五、第二军党委与军队领导在镜泊湖北部召开联席会议，研究两军联合作战，以及与第一、三、四军打通联系等事宜。

根据会议精神，第五军第一师师长李荆璞与政治部主任关书范率部队，先是集结于东京城附近的莲花泡，待解决给养装备后，再向苇河、五常方向发展，以打通与珠河赵尚志第三军部队的联系。

莲花泡离东京城约 7.5 公里，李荆璞安排人通过当地关系在城里买了 300 双水袜子和靰鞡，但一时无法拿出城来，又在当地伪军中找关系，拟在该人第二天拂晓换岗时带出城，因此，部队在莲花泡住了两个晚上。

又是汉奸坏了事。

莲花泡附近朱家屯里的汉奸向日伪当局告了密。2 月 28 日晨，驻东京城的日军守备队之一部，在大批伪军配合下，向疏于警觉的第五军第一师突然发起攻击。敌先头部队与我第三团警戒部队交火后，李荆璞下令全师三个团全部投入战斗，压制敌军攻势。不料敌我兵力悬殊，激战至下午2时许，第一、第三团大半面被敌人包围，第二团反击也屡遭挫折。

激战中，李荆璞亲自带一团二连进逼至距敌人20余步远，把手榴弹一齐投向敌群，连续打退敌人4次冲锋。进攻受挫的日军施放毒气弹，我军阵地上烟雾弥漫，而敌人都戴着防毒面具，向我军阵地步步逼近。危急中，李荆璞果断下令各团退出战斗，由第二团第二、第四连掩护，相继撤出战场。

第一师各团凭熟悉地形撤出战场后，担任掩护的第二团第四连马连长带领的19名战士，因毒气弹烟雾陷入敌人包围圈中，人员已有中毒现象。马连长下令停止射击，就地在树丛中隐蔽。日军指挥官森田中佐，以为战斗圆满结束，毫无防备地指挥日军搜索战场。待敌军走到近前，马连长挥手一枪，将森田毙命，19名勇士将剩余子弹全部射向敌人，近在咫尺，弹无虚发，日伪军纷纷中弹，相继倒地。

莲花泡战斗，日军森田中佐以下10余名日伪军被毙伤，第五军第一师也有重大伤亡。战后统计，40多人牺牲，16人负伤，枪支损失42支，大量弹药被消耗。这样的结果应当是游击战中的一次惨重损失。周保中总结教训，为"实际上是麻痹松懈，孕育着惨败的危机"。

日军恼恨我抗联战士猛烈还击，尤其是他们认为战斗已"胜利"结束时，森田中佐等多名日军被瞬间打死，因而兽性大发，残暴毁坏了马连长等官兵的遗体。待日伪军撤走后，我地方抗日救国会到烈士战死的地方，寻找搜索，收得42具遗体。救国会备42口棺木，予以隆重殓葬。可惜诸多战友遗体被日军毁坏，成了第五军第一师抗联官兵心头上拔不掉的一根刺，并为此产生了一首悲壮的诗。其中有句为：

二月二十八，追恨忘无涯。

血溅青石，尸陈遍野，白骨沉黄沙。

慷慨奋捐生，同志四十又二名。

浩气贯长虹，壮烈长铭齐行，永震敌胆惊。

回首江山易，强虏肆纵横。

新仇旧恨何时了？墟芜千里遍地起悲声。[1]

第五军第一师在莲花泡战斗后，遵照周保中命令向东北部转移，3月到达穆棱县境。部队怀着仇恨在八面通、小金山附近与日伪军多次激战，歼敌多为伪军，缴获颇丰：轻机枪4挺、长短枪200余支，还有70余匹战马，积小胜为大胜。许多农民加入第一师，部队迅速恢复原有规模。5月中旬，第五军第一师第三团会同第二军第二师一部在镜泊湖南湖头与日军佐藤部激战，击毙日军队长佐藤留次郎以下10人。

1936年7月28日，日本关东军宪兵司令官东条英机，根据关东军"三年（1936—1939）治安肃正计划"发布命令，确定"讨伐"重点地区为：苇河、宁安两县交界附近地区，宁安、额穆两县交界暨镜泊湖地区，五常、舒兰两县的滨江、吉林两省交界地区，兴安南、西两省及锦州、热河两省交界地区。上述4个重点区域，前两个即周保中所率第五军及第二军一部游击区域，可见其对日伪当局造成很大威胁。

东条英机采取"讨伐"与广建"集团部落"、组织"自卫团"一并进行的策略，使我军部队陷入很大的困境。以前，抗联部队经常截击敌人交通，攻击小街市与敌防所，现今则时常为解决给养、服装而奔忙。归大屯后，抗联有钱也无处购买所需东西。以前是愁枪少人多，现今有枪了，兵员却无补充来源；以前部队宿在村屯老乡家，现今则常年居住山上、露天里。仅5月至7月，日伪军向第五军军部的直接袭击就有9次之多，目标主要针对军长周保中。

进入 8 月，敌情日益严重，日军 400 余名分两部疯狂搜索第五军军部，伪军二十七团全力配合，于宁安老游击区一带拉网追剿。伪军第三十二团也出动 600 余兵力同时加入"讨伐"，于 9 月中旬包围了第五军警卫营，军部参谋王紫钧、副官周树荣、交通副官张兴、警卫营二连连长张庆山等 6 人不幸遇难。该伪团将 6 人首级切割下，献给驻宁安的日寇以邀功。

此前不久，中共代表团曾对周保中提出"老是固守在一个固定游击区域内打圈子，重复 1934 年冬东满及宁安之错误"的批评，同时《中代信》对第五军第一、第二师兵力过于分散的活动部署，也提出了"应慎重考虑"的建议。

每临大事有静气。长期残酷的对敌斗争，使周保中形成了坚毅稳重的性格，越是面临危境，越能沉得住气。面对外部强敌与内部不同意见（含上级）的双重压力，9 月下旬，周保中主持召开党、军负责干部会议，统一大家思想。

会议认为：宁安老游击区，尤其宁安与额穆交界的南湖头地区，是第五、第二军与第一军联络的通道与枢纽，这也是东条英机将其列为 4 个"讨伐"重点地区之一的原因所在。我军不能因为环境恶劣而退出，那正中敌之下怀。同时，第五军与第二军如全部撤往中东路哈绥线东边道北的勃利、穆棱、虎林等边境一线，不但易于受边境日军重兵之压迫，而且正中了日军企图对我军"聚而歼之"的奸计。

会议决定：一方面，第五、第二军以坚定之决心，留下相当主力部队（第五军警卫营一部、一师三团、二师六团、七团、二军五师），活动于滨绥线道南地区，支撑宁安、额穆等地游击战争，以保持与第一军联络通道。为强化留守部队领导，成立中共道南特委，由第五军留守处主任张中华任书记。另一方面，由第五军军长周保中率军部及军教导队挺进滨绥线道北地区，在更广阔地域内开展游击战争。

会议在宁安东北泉眼河上游一临时营舍中召开，史称"泉眼头会议"。泉眼头会议是一次重要的战略部署会议。会前，面对严峻形势，周保中以东北反日总会、东北抗联第二军、第五军名义，发出《为死里求生告同胞书》，号召东北同胞奋起反抗日本侵略者，提出了打破"集团部落"、瓦解伪军等15条措施。会议决定的游击策略，经后来实践证明，不仅使部队在敌人强力围剿下求得了生存，而且在奋勇斗争中得到了发展。

由于泉眼头会议的决定与中共代表团的指示意见有相悖之处，党性与组织观念甚强的周保中，在会后就将决定事项于1936年10月22日，以《第五军周保中致"诵"同志并转中央驻满代表团的信》一文，做了报告。

信中的"诵"同志为于化南，原名于诗勋，化名"诵"，1904年出生，山东文登人，1932年加入中国共产党。历任中共饶河中心县委委员、中共代表团海参崴联络站吉东联络员、吉东道北特委委员、吉东省委常委，后在莫斯科东方大学学习，1938年去延安。抗战胜利后任中共勃利地委书记兼专员，1945年不幸被敌人杀害。

会后，周保中即率第五军本部、军部直属部队及第一师三团、第二军二师四团实行转移，而后北进至中东路哈绥线东段道北地区的林口一线。正如周保中《为死里求生告同胞书》中主导"反抗斗争则生，苟且偷安则死"的思想那样，他力主在消灭敌人中求生存、获发展，于游击运动中积极寻求歼敌良机。

情报工作既是极重要的战斗力，又是抗联保护自己、打击敌人的重要前提。一条重要情报的力量，有时抵得上一个营团兵马。杨靖宇、赵尚志等抗联杰出领导，都在敌占区潜伏情报人员。各特委、县委重要任务之一是情报工作，在这方面，周保中做得要更突出一些。吉东秘密交通站的交通员苏维民（田仲樵），在成立道南特委时，被周保中提议为特委委员。苏维民在秘密战线上屡建奇功，是著名的"抗联女杰"。

1936 年 9 月 12 日，抗联二军五师四团与五军警卫营，联合报号"海山"的山林队，共计 400 余人，设伏于穆棱中东路代马沟，颠覆日军军车 1 列，打死日军 98 名，重伤 35 名，击毙战马 70 匹，损坏很多军用器材，[2] 给日军造成很大震动。

此战由张中华与第五师四团团长侯国忠指挥，选择颠覆列车的地点及破坏铁道的方法非常恰当，攻击点地形良好，适宜设伏。该处沿线驻有较大兵力的日本守备队，防守较严。张中华之所以敢于拍板在东西日军几十里的中间地带袭击敌重兵军列，周保中认为是利用了敌人志骄意得的麻痹意识——他们做梦也想不到我军敢于在重兵防护的铁路线设伏阻击。张中华实施的"掏心战术"，速战速决，自晚 9 时开火，至 12 时，携甚多战利品撤出战斗。

张中华，1912 年出生，吉林永吉人，1932 年加入中国共产党，1934 年任共青团宁安县委书记，后任共青团吉东特委组织部部长、中共宁安县委书记、东北抗联第五军政治部主任、中共道南特委书记兼第五军宁安留守处主任、吉东省委委员等职务，是党的优秀领导干部与政治工作者，1937 年在作战中负重伤被俘，受尽酷刑，坚守党的信仰与秘密，在狱中被敌人残忍杀害，牺牲时年仅 25 岁。

"九一二"列车颠覆袭击战，我方能以阵亡 3 人的较小代价，歼敌 130 余人，其中情报工作立了首功。情报是自"牡丹江送出的"，当时并未说明列车上的兵力；但根据"辅助情报推断"，该列车日伪军"至多不会超过四百人"。[3] 奔驰中的列车突然颠覆，车上的人不死即伤，多半会失去战斗力，故而张中华敢于以 400 余人去袭击半死的军列。

对日伪军列的袭击特点是，暗处的抗联打击明处的敌人，这也成为消灭敌人的常选方式；但情报工作若不到位，有时也很容易伤到自身。

10 月，第二军第五师师长史忠恒指挥所部在宁安南部图牡铁路老松岭附近颠覆日军一列军车，但袭击的军列不是"九一二"那样战斗力不甚强的日军工兵部队。袭击战中，师长史忠恒身负重伤，因医治无效，不幸牺牲。

史忠恒，1906 年出生，吉林永吉人，曾在吉林步兵二十七旅当班长。1931 年九一八事变后，随营长王德林起义抗日，任吉林救国军补充团营长，并加入中国共产党。后任救国游击军第三团团长、第十四旅旅长、东北抗日联军第二军第二师师长，牺牲时年仅 30 岁。

以上袭击敌军列两个例子，经验与教训殊为显著。胜与败，盈与损，固然有诸多其他因素，但情报工作应当是其中甚为重要的原因，正所谓"知己知彼，百战不殆"。"九一二"成功之战自"牡丹江送出的"情报，出自何人之手？

被誉为"抗联女杰"的苏维民（田仲樵），曾是牡丹江市中共党组织主要创始人之一，并担任中共宁安县委书记，当时又是吉东秘密交通站负责人。提供这个情报的会不会是她？或者是由她组织传递给特委书记张中华的吗？

这个问题当时不会有答案，如今也难有答案，笔者之所以不厌其烦地写下来，是想再次说明，东北抗联这支队伍，有在战场上同敌人拼杀的英雄，也有在敌后冒死做地下工作的英雄，后者大多为无名英雄。

苏维民，本名田仲樵，家住穆棱八面通镇。父亲田秀山是当地大富户，田仲樵是其大女儿，二女儿名叫田孟君，他同两个女儿都是中共地下党员。田家澡堂子曾经是抗联的秘密交通站，田秀山与老伴修玉麟，还有当时五六岁的小儿子田超，在吉东省委开会时，都在门外站岗放哨过。田秀山重情侠义，同朝鲜民族英雄安重根为拜把子兄弟，当年安重根到哈尔滨刺杀日本首相伊藤博文前，田秀山曾为其煮酒壮行。[4]

田仲樵出生于 1906 年，身高只有一米五几，体形消瘦，不属于俊秀的一类人。田家虽有如此好的家境，但田仲樵直到 17 岁，才嫁了一个名叫荀玉坤的男人。18 岁那年，田仲樵生了一个男孩儿，可惜只活了一岁多便夭折了，以后她再也没有生养子女。1936 年至 1938 年间，田仲樵便时常领着抗联地下工作者孙万贵、丁志清夫妇的儿子孙成——二人扮成母子，游走于各村屯、城镇传递情报，活动于牡丹江、哈尔滨地区，与李兆麟、赵尚志、崔石泉等有关领导联系，而她与吉东党组织联络最多，数次受周保中委托，常年活动于哈、佳、牡、齐一带。1937 年 3 月，时任中共宁安中心县委书记的田仲樵受周保中派遣进入牡丹江市工作，并承担了中共驻共产国际代表团与东北党组织及五军、三军地下交通任务。

身材瘦小的田仲樵，性格泼辣、办事利落，在抗联上层内部有较高威望，并有"田疯子"的褒义外号。疯到什么程度？一次，在第二路军军务会议上，她与五军军长柴世荣意见分歧。情急之下，她竟然跳起来扇了柴世荣一个嘴巴。不过，厚道的柴世荣反而因这个嘴巴，被打出了亲近感，此后二人的关系便如同兄妹一般。

1937 年春，进入牡丹江市的田仲樵，通过某家豆腐坊地下联络站的关系，打入日军仓库被服厂做工，吸收 30 多名工人为反日会员。她还发展党员，成立了中共牡丹江党支部，由王青山（女）任支部书记。为在内部给敌人以打击，配合抗联在外部粉碎敌人的"讨伐"，田仲樵一度着力侦察日军粮库与被服库的情况。

4 月的一个夜晚，田仲樵与王青山两个女人潜入敌粮库，将汽油洒到粮袋上，点燃后迅速撤离，使敌近千吨粮食化为灰烬。敌人做梦也想不到，如此重大破坏活动，会是两个女人所为。

45. 活着比死还艰难

1937 年 10 月 10 日，东北抗联第四、五、七、八、十军等各军联合成立第二路军，[5] 筹备委员会成员中除各军长与个别师首长外，唯一一位女性就是"苏维民"，可见田仲樵在抗联中的地位及贡献。

具有丰富对敌斗争经验的田仲樵，从事数年地下工作安然无恙，却因叛徒出卖，于 1938 年秋被逮捕。当时，她正装成乞丐在宁安城边讨饭。田仲樵的身份属于高级机密，只有少数上层抗联党组织负责人知道；但这次叛变投敌的是中共吉东省委书记、抗联第五军政治部主任宋一夫，他供出了"苏维民"。

田仲樵坚称是搞错了，自己一个要饭花子，怎么可能是县委书记？因为是省委书记指证她，敌人对她施以重刑，老虎凳、滚钉筒、钉竹签，田仲樵装成无辜样子乱喊乱叫。当然，她也的确难以承受花样繁多的刑具，尤其是敌人给她过电刑时，她甚至想要冷不防扑上去电死自己。

可周保中西征前秘密交代，让她争取与党中央取待联系的任务还没完成，还有南满的魏拯民、北满的李兆麟与赵尚志之间，都需要自己去联系交通，自己没资格去死呀！死了对不起党，对不起在冰天雪地中坚持战斗的抗联兄弟姐妹啊！

可是，活着比死还要艰难万分。敌人灌辣椒水，她的鼻涕眼泪一齐流，肚子胀得鼓鼓的；敌人又脚踩她的肚子，辣椒水混着血沫子从口中、鼻孔一齐喷出来。她昏死过去，被冷水一浇又醒过来。冷水反而使她头脑清醒了，她装着可怜相哀告："你们搞错了，我真不是县委书记，我受不了啦，别再灌我了……"

敌人又换了刑具，用烧红的烙铁烫她的腿、肚子，甚至最敏感的乳房……她用微弱的气息说："你们一定是搞错了。你们要抓的人，会不会与我重名啊。"

看着这个瘦弱猥琐的"乞丐"呼天喊冤，的确不像硬骨头的共产党。敌人用刑习惯一般是三四道，三四道下来，或获得口供（变节者），或一无所获（坚定者）。田仲樵似乎是个例外，于是敌人放松了看管，将其放到刁翎日军工作班——瓦解策反抗联的特务组织，为日军特务洗衣服、干零活。身体慢慢好起来的田仲樵被允许在院子里走动了，她在寻找机会逃跑。

世间的事既巧又拙，想什么不来什么，怕什么却怎么也躲不过。这天，房外小树林里一个熟悉的声音传入耳中，田仲樵顿时惊出一身冷汗。原来是丈夫苟玉坤与郭郁洲等4人（均为叛徒，五军一师师长关书范部下），正在同日军工作班特务头子小林斋藤汇报关书范被处决时，他们同时被扣押、后趁隙逃出的过程。

抽大烟且不务正业的丈夫苟玉坤是田仲樵多半生一直防备的对象，这是地下工作纪律的必须。一次，田仲樵以贵妇人身份与地下交通接头时，被苟玉坤发现并死缠着寻根究底。为安全起见，田仲樵将丈夫带到五军部队，西征时随一师关书范一起行动，没想到根底不正的丈夫跟关书范一起叛投了日军。

田仲樵脑中梳理了两个可怕后果：一是自己会被丈夫指证而暴露身份；二是叛投日军的丈夫曾在五军军需处干过，了解五军部队的装备及一些储备给养的地点。对第一个严重后果，田仲樵并不害怕，无非是一死而已。对第二个可怕后果，她简直忧心如焚了。

怎么办呢？毕竟是自己的丈夫啊。田仲樵仅仅犹豫片刻，便下了除掉苟玉坤的决心。因为只要有2两大烟土，丈夫就可以做出比上述两个可怕后果更多的可怕事情来。

具有老道地下工作经验的田仲樵决定暴露一个秘密联络点给小林，诱导小林上圈套，从而除掉丈夫荀玉坤等4人。这个秘密联络点就是前刁翎后歪脖子松树旁石砬子的第三个石缝。这是柴世荣与周保中联络密件的转换处，只有自己与个别绝对可靠的交通员知道。被捕前，自己曾亲手将柴世荣写的一个纸条放了进去，字条上全是密码：元EN-PO……最后落款是AK。

字码都是周保中规定的。元是指五军军部，EN是指刁翎，PO是指牡丹江四道河子处，AK是军长柴世荣代号。柴世荣写给周保中这个纸条的意思是，五军已经由刁翎转移到四道河子了。

周保中在苏联接受过密码训练，并做过较长时间的地下工作，他的许多信件都是用密码写成的。密码本在写信人与收信人手里，即便信被敌人获得，轻易也破解不了信中内容。[6]

田仲樵知道，自己被捕，这个联络点便失去意义。自己去不了，又不能再派可靠的交通员去取。周保中与各军的秘密联络点又不止一个，此处暴露，他会启用别的联络点。而纸条内容敌人短期内无法破译，暴露这个联络点给敌人，除掉4个危险的叛徒是值得的。

田仲樵因家境较好，父亲曾让她读过几年私塾，模仿笔迹也是地下工作者驾轻就熟的技能。她模仿柴世荣的笔迹写了："用假投降的办法骗取小林信任，以达长期潜伏目的。联络地点，前刁翎山后歪脖子松树旁石砬子的第三个石缝"，落款"AK"。

接下来，她要做两件事：一件是不能让荀玉坤4人发现自己，另一件是设法让小林看到这张纸条，并让他相信。小林毕竟也是一个特务，做到这一条，是最难的，只有耐心等待寻找机会。

精明的田仲樵终于发现了一个机会。这天下午，她看到勤务兵抱着几套衣服向小林住处走去，心头豁然开朗。她被捕时，鬼子也是先把衣服收去，查了个遍才送回来。小林当然不会轻信荀玉坤4人。

为了做好日后逃走的"铺垫"，田仲樵跟日本小勤务兵的关系已搞得很好了。在家里学过推拿的田仲樵，已经使腿肚子总抽筋的小勤务兵症状大好。田仲樵装着扫地无意碰到了小勤务兵，表示要给他再按摩一下。小勤务兵左右看了看没人注意，转身溜进了田仲樵的房间。

田仲樵让小勤务兵躺在床上，侧过身，脸朝墙，露出腿肚子，一边用左手使劲按住腿上穴位，一边在小勤务兵"唔唔"的舒服声中，用右手将事先写好的纸条，迅速塞进自己亲手为丈夫缝制的裤腰口里。而后她长出一口气，又无声地叹了一口气。前一口气轻松，终于为抗联五军的安全清除了隐患；后一口气沉重，毕竟是一起生活十几年的丈夫将要走到生命终点了。

事关千百战友的生死，她只能牺牲个人的感情了。那一刻，她的心情五味杂陈，犹如挥刀切掉了无法治愈却危及生命的一根手指，那么痛彻与无奈。

一切都按田仲樵设计的样子在进行。当小林拿到以一样的笔体写有AK的两张纸条后，苟玉坤等4人被打得死去活来，却怎么也说不出只有周保中、柴世荣、田仲樵区区几个人知道的AK是怎么回事。越是说不出，小林越认为他们像共产党。对叛逃的抗联官兵，小林原本认为已没有多大价值，不久即将4个人处决了。

后来，田仲樵找机会逃出了虎口，却与组织失去了联系。周保中秘密交代在宁安附近活动的九军二师政治部主任、后任五军政治部主任（代理）王克仁一项特殊任务：一定要设法找到田仲樵。一向不苟言笑，对部下严肃的周保中曾给予田仲樵热情的溢美之词：

……吉东党组织深信你是抗日救国民族解放斗争中的一位可尊敬的女英雄，同时深信你是列宁信徒，模范的工人阶级，中国共产党健全有志节的党员……你以地主资产阶级的社会出身，能够遵守工人阶级中国共产党的铁的纪律，忠实地执行以革命为终身事业的困苦工作，党组织从来满意，引为党内教育的榜样…… [7]

跟组织恢复联系后，田仲樵再次投入紧张的工作中。不料，1941 年，她第三次被捕入狱。田仲樵实在受够了敌人的酷刑，寻了一个机会，从刑讯室 2 楼窗户上决然跳了下去。这一跳没有摔死，却造成她多处骨折。敌人显然已经知道了她的身份与情报价值，在从牡丹江将她押送哈尔滨伪警察厅途中，别有用心给她套上了日本和服。

穿着和服招摇过市的田仲樵，在非人的酷刑中突然"疯了"。没有获取到口供的日伪当局感到，这本该是一只肥硕的烧鸡，突然变成了鸡肋，便将田仲樵投进了监狱，一关就是 4 年之久。直到 1945 年"八一五"光复，田仲樵才被从监狱中营救出来。

这个在日伪监狱中"疯"了 4 年的小女人，拖着极其瘦弱的病体，跋山涉水找到九十五顶子。那是抗联第二路军第十军军长汪雅臣的残部。由于与世隔绝，他们并不知道日本已投降，仍在此处坚持扼守。

著名军史专家萨苏先生从日本获得的资料证明，一直到抗战胜利，日军在作战地图上始终标有"双龙残部"。"双龙"曾是抗联第十军军长王雅臣的报号，说明日军始终没有达到完全消灭中国境内抗联的作战目标。这支残部数年茹毛饮血，不肯下山，"直到被周保中的交通员田仲樵带人接应出山"，[8] 因为只有田仲樵知道这支隐藏在深山老林子里的队伍的具体位置。

抗联的秘密工作者，与敌人进行的不仅是信仰意志的较量，更是智慧谋略的比拼，还有偶然与必然的因素影响，这一切使得地下秘密工作呈现了复杂多变的诡异性。因而，地下工作者的命运，即便是智慧高超者，也难免被同志误解，遭对手算计。

2005 年 3 月，一代抗联女杰田仲樵在安详中与世长辞。这位历经磨难的抗联老兵，享年 99 岁，这不能不说是一个奇迹。她内心的强大少有人可比。

田仲樵一生没有了子女，没有了家庭。抗战腥风血雨的残酷斗争，使她失去了作为女人应享有的人生的一切，唯有一部传奇的抗联老兵历史，留给后人。

抗联秘密工作者的危险程度，半点儿也不亚于荷枪实弹的抗联战士。14 年来，他们中的相当多数，没有田仲樵那样亲眼看到了日本人垮台的幸运。许多人会因为秘密组织中一个零件的腐蚀而致整个机器坍塌时，将鲜活生命定格于一瞬间。张宗兰与金凤英便是"三·一五"大逮捕惨案前夕的壮烈牺牲者。

张宗兰管金凤英叫二嫂，两人都是中国共产党党员，她们参加革命是张宗兰的二哥张耕野引领的。张耕野，1932 年加入中国共产党，曾任中共佳木斯市市委组织部长，后领导组织梧桐河金矿矿警起义，率队到了抗联第六军。金凤英的家曾经是佳木斯市党的秘密联络点。

张宗兰于 1935 年加入中国共产党，那年她才 17 岁，是佳木斯市早期共产党员之一。1936 年冬，她当选为中共佳木斯市市委委员，负责妇女工作。就在这一年底，张宗兰又受组织委派，打入伪桦川县公署担任秘书，这是一个相当重要的岗位，便于搜集日伪当局的各种情报，因而又是最危险的工作。如果没有变节者，处于敌人心脏的张宗兰应当是安全的。

中共佳木斯市市委在"三·一五"大逮捕前半个月已获知党组织中有人叛变，开始组织人员撤退转移。3 月 2 日，张宗兰姑嫂按市委书记董仙桥的指示，将下江特委妇女部长刘志敏接到自己家中，10 日后又将刘志敏转移到另一处相对安全地方。这一天，姑嫂将大萝卜掏空，把重要文件塞进萝卜里，交给乔装成乞丐的地下党员李淑云（董仙桥的夫人），然后张宗兰又秘密销毁了一些文件。

由于叛徒出卖，金凤英家已被敌人暗中监控，只是为了钓更大的"鱼"，才未对姑嫂二人下手。凭着地下工作者的本能，张宗兰感到危险正在逼近，她与金凤英等商定了转移方案。她们一大家子有6口人：张宗兰与弟弟张宗民、金凤英与姐姐徐金氏，还有张耕野与金凤英的两个年幼的孩子万灵与万荣。

转移前，姑嫂做了两件事。一件事是由金凤英给已在抗联队伍上的张耕野写了一封信，告诉丈夫地下党员小方（高桂林）已经叛变，自己带一家人回双城了；另一件事是在门前撒上草灰，发出危险信号。

当一家6口坐上火车，打算取道哈尔滨转移双城时，发现已经被跟踪了。当她们住进哈尔滨一家客房时，一路跟随他们的4个特务进了隔壁房间。姑嫂对望了一眼，决定不回双城，以防连累更多人，准备第二天由张宗兰设法在哈尔滨找组织。

但是，跟踪一路的敌人失去了耐心，决定先捕后审，拿到口供再捉她们后边的"大鱼"。特务们认为，对付两个女人甚至不用动刑，几声高喝便会使她们乖乖吐出秘密。特务们手中重要的砝码是，拖家带口的女人，还有两个孩子。当特务的都不是笨人，心理分析是特工训练的重要科目。

那一晚，金凤英的心态是凄然的，想着在危险中跟随自己的一双儿女，她感到手足无措，孩子给她和丈夫带来无尽的欢乐和希望，可如今怎么办呢？

姑嫂二人终于听到了"咚、咚、咚"的脚步声，那声音震得她们心里直发颤，来不及多想了。金凤英迅速从包里拿出了事先准备好的鸦片，分一半递给了张宗兰，就着一杯冷茶，两人像争相替死一样，毅然吞了下去。

一阵猛烈的撞击后，房门被踢开了，姑嫂二人抓起茶杯、水瓶向特务砸去。张宗兰的胳膊被特务扭到身后，她就用牙齿咬，用头猛撞。凶残的伪警察把张宗兰与金凤英的头使劲往墙上撞，鲜血顿时流满脸颊。

金凤英3岁的女儿万荣惊醒了，吓得大声哭起来。在短暂的人生中，她看到了最恐怖的一幕，随后即被搏斗中受伤的特务丧心病狂地连摔带踩，当场死亡。

敌人低估了两个柔弱女人刚强的意志，为留活口夺取口供，他们将张宗兰迅速送往医院急救。但张宗兰已抱定必死决心，拒不配合洗胃，哪怕特务们对她强行撬牙。在拼死挣扎中，张宗兰的心脏停止了跳动。她走得决绝，走得洁净，免受了更多的侮辱，年仅20岁。

张耕野最小的弟弟张宗民那年16岁，长得瘦小像个孩子，当特务们全力对付正吞食鸦片的嫂嫂与姐姐时，他拉着侄儿万灵迅速跑到走廊角落里躲起来，亲眼看见特务们把二嫂和姐姐从房间拖出去。他说："嫂子和姐姐头发蓬乱，满脸都是血。"[9]

金凤英牺牲于1938年的早春。这年的秋天，她的丈夫张耕野在依兰县黑背子不幸遇袭中弹。夫妻牺牲得都很壮烈，鲜活的生命都定格在37岁上。

14年来，日本侵略者在东北制造了若干起大惨案，仅《东北历次大惨案》一书便选编了30余起。发生于1938年3月15日的"三一五"大逮捕只是其中一起，张宗兰与金凤英姑嫂就是这起大惨案中最早一批遇难者。

"三一五"大逮捕惨案是针对中共与抗联地下组织的一次集中迫害。佳木斯日本宪兵队牵头进行了历时半年之久的秘密侦察、逮捕、收买、诱供，并于1938年3月15日统一在下江各县区同时展开大了逮捕，共抓捕中共地下党员、反日会骨干、进步群众328人。[10]

日伪特务机关对被捕者进行了惨无人道的刑讯，除大逮捕中杀害的如张宗兰、金凤英等，以及在惨无人道的折磨中死亡者外，被判刑者达 89 人，其中执行死刑的 8 人，无期徒刑的 5 人，10 年至 20 年有期徒刑的 40 人，其余均为 5 年至 8 年有期徒刑。[11] 这起惨案致使中共在松花江下游的汤原、桦川、富锦、依兰、勃利等各县委、区委几乎破坏殆尽。

"三一五"大逮捕，也称"三一五"事件，那是东北的中共党组织与抗联地下工作者至暗的一段时日，多数地下工作者保守了党的秘密，体现了民族气节，英勇就义，其中不乏张耕野与金凤英那样的革命伴侣。

哈尔滨伪道里监狱一份文史资料的讲述者韩玉洁，当年是一名 22 岁的、较有正义感的女看守，资料整理者是道里区政协的佟绍忱。从这篇不太长的资料中，我们可以感受到当年抗联女战士的铮铮民族气节。

这所女监在监狱院里的一个角上，距男监很远，单有一个小院，共 3 间平房，分 3 个监号，1937 年底，有女犯 300 多。在各种犯人中，政治犯最使人同情，受人爱戴，像宋兰韵、韩勇义等人在狱中表现得都很坚强。

韩玉洁回忆，女政治犯中有一个十几岁的小姑娘叫杨桂珍。她经常穿男孩子的制服，在包袱皮的窝角里藏着信，送给狱外的共产党。有一次，她求韩玉洁给她家送信，韩玉洁答应了；可没等她下班把信送走，就被杨桂珍同监房的一个俄国犯人告发了。监狱戒护科就把小杨叫去，叫她跪下，还打她，日本管教还用铅笔夹她的小手指头。

韩玉洁还回忆，女监里有几个政治犯是从下江逮捕的，其中有李桂兰、刘志敏、赵杜氏（吴秀芝）。赵已怀孕，进监狱后生了个女孩儿，女孩儿没活多长时间就死了。赵的丈夫叫赵明久，是共产党员，才十八九岁，就被害死在狱里了，就义时还高喊共产党万岁！

还有一个叫艾凤林的，她的丈夫曾经同冯仲云一起做地下工作，也姓冯，名字记不清了。被捕后，日本鬼子用大的蜡烛烧她的手指，烧得往下直流油；即使这样她也没招供，后来也牺牲了。艾凤林在韩玉洁离开监狱后，以政治犯罪名被判10年，也死在狱中。[12]

这篇由当事人回忆整理成的文史资料，为我们提供了中共地下党与抗联战士英勇战斗于魔窟里的甚多信息与线索。起码有两对革命夫妻，共同顽强战斗在同一监狱中：一是赵明久与吴秀芝夫妻，二是艾凤林与她同冯仲云一起工作过的冯姓丈夫（名字记不清了）。

根据日本战犯藤原广之1954年8月24日就"三一五"大逮捕罪行的交代，中共北满临时省委下江特委组织部负责人赵明九（久），在这次大惨案中被判处死刑。[13]

46. 生时分离死同穴

书写至此，笔者遗憾地发现，14年来，在敌人魔窟中宁死不屈的共产党员和抗联战士，包括看守韩玉洁述说中提到的宋兰韵、小姑娘杨桂珍等人，牺牲了没有留下名字的丈夫、自己又被判处10年重刑、最终惨死狱中的艾凤林，一定给敌人以沉重打击；但他们的事迹，历史资料却单薄苍白，有的连名字都未曾留下。这是历史的遗憾与无奈。万幸还有少数幸存者，使我们可以从他们身上，见到那些无名英雄的影子。

刘志敏，原名刘纯，1909年出生于黑龙江海伦县一户殷实家庭，正经读过几年书。九一八事变后，22岁的刘志敏离开家乡参加抗日活动，曾在哈尔滨做过纺织女工；1934年，在哈尔滨道外郁民绣花厂组织了"中国妇女抗日救国会"；1935年，受组织委派，刘志敏到珠河工作，并于这一年加入中国共产党，第二年调任下江特委妇女部长。

李桂兰与刘志敏是狱友，都被判了重刑。李桂兰对刘志敏的一生印象与评价集中反映在两句话上。一句是"刘志敏大姐身材苗条，有着白白的皮肤，挺直的鼻梁和一双明亮的大眼睛。她不但人长得漂亮，并且有文化"。李桂兰的"有文化"，是说刘志敏待人和气，工作耐心，从不发脾气，有大家闺秀的温婉气质。

李桂兰的另一句话是："刘志敏苦啊，她守着雷炎的照片过了一辈子，她苦了一辈子。"

李桂兰的第二句话是想表明，抗联老战士刘志敏用一生的凄苦，演绎了一首爱情挽歌。

刘志敏的革命生涯与丈夫雷炎密切相关。雷炎，1911 年生于黑龙江省海伦县富户之家，父亲开设一家医院。雷炎 8 岁入私塾，21 岁毕业于黑龙江省第二交通中学，应当算那一时代高学历人才了。可是九一八事变改变了所有中国人的命运，英俊洒脱的文化青年雷炎奋然加入抗日自卫军。1932 年，共产党员雷炎离开义勇军李海青部，回家乡海伦发展共产党组织，于次年 4 月建立海伦党支部并任书记，尔后，全力创建共产党领导的抗日武装海伦游击队。至 1934 年 2 月，游击队一度达到 200余人。雷炎的勇猛智谋还让他获得了"雷锤子"的名号。

也许因为是同乡，同样有文化，同样英俊与漂亮，更主要是有共同的救国情怀和共同革命信仰，雷炎与刘志敏恋爱了，结婚了。两人最甜蜜的一段时光，是在哈尔滨道里一个叫偏脸子的地方渡过的。昏暗的灯光下，雷炎刻钢板，刘志敏印刷。夫妻共同完成文件与宣传单，一块将它们装进点心盒子里，第二天送到指定交通站。

那是一段极其危险的岁月，又是一段最为幸福的时光，当他们彼此精心擦掉对方脸上的油墨时，无尽的浓情与蜜意便融化了对方，称他们白色恐怖下的生死恋人，一点儿也不为过。

幸福太过短暂，还未来得及缠绵，甚至未生下一个爱情结晶的宝宝，由于革命的需要，雷炎便奉调远赴上海武装自卫队工作。对于一对有信仰的青年而言，个人小家庭的幸福，怎么能大得过救国大业呢？刘志敏默默为雷炎收拾着行装。

一年后，缺少军事干部的抗联党组织，又将雷炎调回了东北与日寇厮杀的战场。1936年，雷炎任赵尚志领导的抗联第三军留守团政治部主任，后调任第三军五师参谋长、第九师政治部主任、北满抗联第四支队队长。

刘志敏虽调往珠河根据地工作，但夫妻二人一个在部队上南征北战，一个在地方上东奔西跑，一年也难得见上一面。他们把彼此的思念投入到忘我的工作中，只求打跑日本人，夫妻再团圆。雷炎在给第三军司令部里的一封信中写道："革命成功以后，雷炎仍旧活着，那么就会得到幸福的。"雷炎是多么盼望和心爱的人在一起幸福地生活啊！

不幸的是，1938年"三一五"大逮捕中，虽经组织全力安排撤退，张宗兰、金凤英姑嫂冒死转移，但因叛徒出卖，6月中旬，刘志敏被拘捕并囚禁于汤原县监狱，后被移送哈尔滨道里监狱，一审被判处无期徒刑。

监狱中的刘志敏心情淡定而坦然，因为同心爱的人加入党组织、从事反日斗争那一刻起，她就准备着身陷囹圄那一天。为了赶走日本人，她甘愿把牢底坐穿，何况她相信不用到牢底坐穿那一天，日本人就会垮台，因为她心爱的人正率领抗联战士在奋勇打击日本侵略者。

没有资料显示，此时的雷炎是否得知心爱的人已身陷牢狱，但作为师一级领导干部，他应当知道"三一五"大逮捕的惨烈。作为抗联第三路军第四支队队长，他在心爱的妻子被捕数月后，率队在铁骊一带寻机歼敌。

1939年初，雷炎获悉日伪军联合组成"讨伐"队正沿吉密河溯流而上，便派出9名队员化装成农民，混入被敌人强征背弹药给养的农民队伍，摸清了敌人的兵力及行动规律。夜晚，雷炎率四支队主力，直奔敌宿营地，摸掉哨兵，集中4挺机枪向敌人宿营的6座帐篷猛烈射击。敌人顿时乱作一团，争相逃命，被击毙30余人。

不久，雷炎率骑兵部队穿越滨北（哈尔滨—北安）铁路，到达便于骑兵运动的平原地带，活动于各县交界处，一路风餐露宿却也顺利；不料，还是汉奸坏了事。

2月中旬，部队在海伦与望奎两县交界处李老卓屯宿营时，被该屯汉奸王成才告密。雷炎率领的70余名骑兵，被700多日伪军团团包围。雷炎指挥部队依托岗洼、壕沟、矮墙、柴垛与敌激战一个白天，毙伤敌人百余名。战至夜幕降临，雷炎下令分批突围。突围中，雷炎中弹，从奔驰的马背上摔了下来。警卫员冒死将其扶上自己的马，冲出了重围；但雷炎因流血过多，28岁的心脏停止了跳动。[14]

多年后，当年的老战士郝凤武回忆起那场惨烈的战斗，心情仍然沉痛不已：

> 雷炎突围时肚子中弹，是颗炸子。大家硬把他抬上马，跑出十来里再看，肠子都出来了，不行了。那儿有条河，老百姓凿冰抓鱼，有个冰窟窿，把他放进冰窟窿里了。唉，弄座雪坟，那也叫坟呀。可那样敌人肯定会发现，说不定要糟蹋成什么样了。把血弄干净，撒上雪，一夜就冻得跟原样差不多了，能保个全尸呀。[15]

雷炎牺牲时，刘志敏正在伪满监狱里服刑。当噩耗通过秘密渠道辗转传来时，刘志敏如五雷轰顶，陷入了虽生犹死的状态。心爱的人已先自己离世，使爱人亲自砸开牢笼解救自己的愿望落空。望着狭小的铁窗口，刘志敏渡过了数不清的不眠之夜；但这位坚强的共产党人，终于渡过了悲痛欲绝的心理难关，变得更加坚强，她要亲自替心爱的人看着日本垮台那一天。

1944年，伪满皇帝溥仪为庆贺访问日本成功以及溥杰的日本妻子嵯峨浩生了孩子，两次大赦政治犯，坐了6年伪满监狱的刘志敏意外走出牢门。她回到与心爱的人共同的家乡海伦，全身心投入到革命工作中去，仿佛要把心上人的工作一起担起来。1947年，刘志敏在海伦县任县妇联主任、区委书记，新中国成立后，担任黑龙江省妇联组织部长等职。

刘志敏走出牢门时年仅35岁，依然年轻漂亮，但直到走到生命终点的1994年，半个世纪里，她仍然是孤零零的一个人。因为那个叫雷炎的人已占满了她的整个心房，再也容不下另外一个人。在85岁那一年，刘志敏安详地走了，终于可以与心爱的人在另一个世界相会了。

李桂兰与刘志敏是同监狱友。李桂兰不是被捕于秘密地工岗位上，而是在战斗中。李桂兰原本也做秘密工作，曾担任过妇救会长，带领妇女做军鞋，搞侦察，送情报。后来因秘密身份暴露，李桂兰被敌人通缉而离家上队，在"抗联铁腿"李升爷爷带领下，到了依兰帽儿山第六军被服厂。不久，李桂兰加入中国共产党，担任六军第四师被服厂主任。

李桂兰被俘前经历过一场惨烈的战斗。那是1938年春节后不久，叛徒赵老七（赵洪生）熬刑不过，带着日伪军包围了被服厂。被服厂除了做军服，还承担后方医院的职责。

几个月前，被服厂新来了母女二人，格外引人关注。母亲人称"夏嫂"，单薄的女儿名叫夏志清，母女俩都不太说话，一脸的凄然。渐渐地大家知道了，"夏嫂"是刚刚牺牲的第六军军长夏云杰的爱人，女儿还不到15岁。

那天，敌人火力甚猛，突围中夏嫂、韩姐、李师傅等人相继倒下，夏嫂腹部中的是炸子。夏志清发现母亲倒地，立即跑过去跪在她身边，望着肠子流出来且无意识的母亲悲痛欲绝，不知所措。李桂兰发现后，疾步跑了过去，一把抓起夏志清的胳膊，拽着她向北山沟冲去。这时敌人已围上来，李桂兰一手打枪，一手拉着夏志清，准备杀开一条血路。不料，一颗流弹削去了夏志清的右肩胛，她一个趔趄，重重摔倒在雪地上，惯力带倒了李桂兰，冲上来的敌人抓住了她俩。

被俘的李桂兰与其他被俘人员的不同之处，是受到了敌人诱逼与酷刑的双重压迫。当时李桂兰年仅20岁，有着娇好的身材与面容。在"三一五"大逮捕中叛变投敌、致使众多共产党人落入敌手的原中共汤原县委组织部长周兴武，已成为敌人颇为信任的鹰犬。周兴武垂涎李桂兰的美色，提出与李桂兰结婚，并且使了很多花招：送好吃的，还给送钱，许诺给官当。

曾任黑龙江省军区副司令员的抗联老战士王钧证实，李桂兰不为所动，痛快大骂"周兴武是叛徒，死不要脸"。须知，在那个年代，"不要脸"是相当严厉的斥骂，等于宣布被骂之人是道德败坏、人品下流的烂人。恼羞成怒的叛徒周兴武冲上前去，把李桂兰的头发撕掉不少。

接下来，周兴武实施了野蛮报复。他将李桂兰从伪警察署送到汤原县日本宪兵队，使李桂兰遭受到了人世间最野蛮最残暴的折磨。日本宪兵用钢丝鞭刑、通红烙铁、上大挂、老虎凳、跪碗碴子等酷刑，逼迫李桂兰说出游击队的秘密。严酷的手段几次使李桂兰昏倒在鬼门关前，却没能动摇她钢铁般的意志。虽然这些酷刑并未使她落下更大的残疾，但竹签钉指甲与灌汽油掺的辣椒水留下的疾病与痛苦，却伴随了她整个后半生。

2007年10月31日，中央电视台、中央新闻电影制片厂《忠诚》剧组，赶到鹤岗李桂兰老人家采访，注意到李桂兰的十个指甲都是变形的，发黑的。随行的抗联史学者史义军先生大为动容，她可是女人啊！是什么信念支撑她挨过那世人难以熬过的酷刑？这一切是真的吗？

李桂兰的战友李敏平淡地说："是真的。"[16]

由于灌汽油掺的辣椒水，李桂兰后半生闻不得一点儿汽油的味道，她再也不能吃小米饭，因灌辣椒水时被日本兵用铁钎子撬牙，她在 30 岁前，一口好牙就全部掉光。对所受的酷刑、留下的创伤，李桂兰在劫后余生的日子里，从不愿意提起，包括面对媒体采访与亲友关问。电视里演日本人审讯抗日志士的镜头，她也从来不看。

李桂兰的坚贞不屈，令敌人无计可施。在精神与意志较量中败下阵来的日本宪兵队，只能以摧毁一个弱女子的肉体来表示"强悍"。一份尘封了 80 余年的敌伪档案，《汤原县宪兵分队 1938 年 7 月 30 日的解送书》，无声地证明了那让若干须眉汗颜的铁骨与气节，其中写道："关于违反《暂行惩治叛徒法》嫌疑事件移交事宜的通报。"

> 李桂兰……东北抗日联军第六军第四师政治部主任吴一（玉）光妻子，东北抗日联军第六军被服厂员工（党员）。嫌犯李桂兰……加入汤原县太平川反日会，向妇女宣传反日思想，为了进行妇女反日会组织的活动，加入中国共产党，任汤原县洼区委妇女部干事、依兰县委（或区委）妇女部负责人……屡受共产党教育，抗日意识愈发强烈。审讯中，虽为妇女，却严守党规，顽固拒不交代，性格狡猾阴险，毫无悔改之意，无同情余地。判处李桂兰死刑……[17]

1938 年，七月流火之季，李桂兰被解送哈尔滨。知道必死，李桂兰反而淡定了："不就是个死吗？没啥了不起！"意外的是，日伪高等"法院"却判处李桂兰反满抗日罪有期徒刑 10 年。几个月后，李桂兰的爱人吴玉光在一次战斗中不幸牺牲。

抗联六军四师政治部主任吴玉光同李桂兰是在此前一年的 7 月中

旬——北满临时省委扩大会议结束那天，举行的婚礼。婚礼由周保中主持，赵尚志勉励夫妻携手抗日、白头到老，同志们围着新婚夫妻又唱又跳。

吴玉光是带兵的首长，婚礼第二天便率队出发了。两人对分别是那么的不舍，但两人都明白，为了天下有情人能长相厮守，他们必须暂时斩断缠绵，待打走了日本鬼子，再夫妻团聚，白头到老。然而，本以为暂时的离别，竟成永别。

意志顽强的李桂兰以伤残之躯挺过了6年零7个月的监牢生活，终于亲眼看到了日本鬼子垮台那一天。李桂兰与吴玉光一夜夫妻，没有留下后代；但非常幸运的是，再婚的李桂兰却有了一位有着浓厚抗联情结的女儿刘颖，而且是一位作家，或者说是主要以撰写抗联历史为主题的作家。

刘颖老师从了解、书写母亲李桂兰开始，继而到抗联女英雄李敏，再到抗联家族，为撰写抗联女兵，她从大东北的依兰跑到四川赵一曼的故乡宜宾。可以说，大江南北有抗联女兵生活过的地方，几乎都有她的足迹。她说自己："如此马不停蹄地奔跑，是因为我怕来不及。我今年已六十有余，妈妈们也都九十多岁的高龄，她们是那场战争剩余不多的亲历者，我怕她们不打招呼就走了。"[18]

刘颖老师已有《风雪征程》《忠诚》等多部抗联题材的作品出版。当《东北抗联女兵》问世时，她已经过了花甲之年，却仍抱病伏案，加班加点地撰写抗联故事。是什么支撑她忘我地写作？无疑，她的血管里流淌着抗联女兵李桂兰的血液。作为写作者，笔者不禁肃然起敬：她像抗联母亲李桂兰一样顽强，在用抗联精神书写抗联历史。

李桂兰这位饱经风霜的抗联老兵，如同一棵傲然山巅的常青松，虽瘢痕遍体，躯干弯曲，却仍迎风挺立。在90岁时，她第一次向党组织提出个人要求，嘱托女儿刘颖将自己的骨灰与抗联老兵吴玉光合葬。

2004 年 5 月的一天，当年吴玉光与李桂兰婚礼的见证人李小凤（李敏）陪同刘颖将吴玉光与李桂兰合葬于他们战斗过的汤原县帽儿山。吴玉光没有留下遗骨，东北烈士纪念馆研究员李云桥以史学研究者的名义，在吴玉光奋战过的梧桐河边取了一捧土，作为烈士的魂灵装入骨灰盒中。

夫妻俩的墓碑上刻有"抗战伴侣，永恒守望"8 个大字。[19] 李桂兰从繁华的城市来到了深山，与心爱的抗联战友，一齐守护着这块红色的抗联基地。

47．一致对外之最强音

秋天的阳光暖洋洋的，但在峨眉山的蒋介石却心情郁闷，望了一眼云雾缠绕的峨眉峰，对侍从室主任晏道刚说："六载含辛茹苦，未竟全功。"几十万大军追击了大半个中国，终于将红军逼进了必死无疑的蛮荒之地。毛泽东却硬是走出了那片绝地，眼见离陕北苏区近在咫尺了。

蒋介石的主要精力仍在全面"剿共"，尤其是毛泽东率领的中央红军。设在西安的西北"剿共"总司令部，由蒋介石亲任总司令，张学良任副总司令，代理总司令之职。蒋介石对张学良说："等把毛泽东这股红军彻底"消灭"了，我和你一起去打日本。"[20]

让桀骜不羁的张学良重新执掌东北军，使蒋介石在一年后险些死于乱枪之下，并改变了中国政治格局及走向，这是蒋介石做梦也未料到的。无数事例证明，谁的军队听谁的话。面对"剿共"不利的东北军，蒋介石需要将其旧主重新归还，却忽略了张学良下野后脱胎换骨的变化。

丢失东北的张学良成为千夫所指的罪人，第一件事便是下决心戒掉鸦片烟瘾。他让卫兵把自己捆在床上，枕头边上放着一把子弹上膛的手枪，而后让一位德国医生每日给他注射戒毒药物，并命令身边的人："无论我怎么叫喊，谁也不许解开绳子，除了这个德国医生，谁靠近我，我就一枪崩了他！"如此长达半个月，张学良终于戒掉了鸦片烟瘾。如此性格刚烈之人，以后做出什么惊人之举，也不足为怪了。自负的蒋介石恰恰忽略了这一点。

蒋介石对张学良是信任的。除了东北军的主力之外，陕西、甘肃、宁夏、青海的部队，加之山西军阀的部队，张学良可以指挥的国民党军达 10 万之众。张学良相信蒋介石消灭了共产党中央红军，"我（中央军）和你（东北军）一起去打日本"，收复东北回老家的许诺。1935 年秋末，东北军以主力 4 个师向红军进剿。

许多时候，人的错误思想认识很难被他人的正确思想所改变。换而言之，把一个正确思想装进一个有着多年惯性、固定思维的大脑中，难而又难。只有自己亲身的实践，才是最合格的老师。

张学良的嫡系军官吕正操将军回忆，自以为对疲弱红军稳操胜券的东北军，在陕甘一带从 1935 年 10 月到 11 月 23 日，短短的几十天内，其一一〇师、一〇九师在大小崂山、直罗镇战役中先后被歼灭，何立中和牛元峰两位师长被击毙。在 10 月 25 日榆林桥一役中，六一九团及一个营（一〇七师所属）也被红军吃掉，团长高福源负伤被俘。

高福源是抗战史上一位重要人物。

他是北京大学毕业生，抗日情绪高昂。参加了红军的学习班后，他自告奋勇要回去见张学良。看了毛泽东、周恩来亲笔信的张学良同高福源谈了整整一个晚上。

1936 年 4 月 9 日，是中国近代史上一个重要的日子，中共中央副主席周恩来与国民党军副总司令张学良在延安一个教堂会见，并深入交谈。

1936 年 5 月开始，陕北苏区周边呈现出一种奇特现象，红军与国民党东北军、西北军之间形成了一种默契的相对和平关系，双方战斗逐渐减少。在后方集市上，双方采购人员互相打着招呼，红军剧团还去白区演出。当表演话剧《亡国恨》时，台下的东北军官兵哭声一片。

1936 年 5 月 5 日，中共中央军委以毛泽东、朱德名义发表了《停战议和一致抗日通电》，该通电首次没有提反蒋。从"反蒋抗日"到"联蒋抗日"，这显然是一个巨大的政策变化。

自此，毛泽东频繁给国民党将领写信，最多时一天写九封。他向宋哲元表示："……弟等甚望先生能于艰难困苦之中坚持初志，弟等及全国人民必不让先生独当其难，誓竭全力以为后援……"[21]

他在给傅作义的信中表示："……保卫绥远，保卫西北，保卫华北，先生之责，亦红军及全国人民之责也。今之大计，退则亡，抗则存；自相煎艾则亡，举国奋战则存……先生如能毅然抗战，弟等决为后援……"[22]

毛泽东还致信国民党政府上层官员宋子文："十年分袂，国事全非，救亡图存，惟有复归于联合战线……希望南京当局改变其对外对内方针，目前虽有若干端倪，然大端仍旧不变，甚难于真正之联合抗日……"[23]

他还致信时任陕西省主席邵力子曰："……国共两党实无不能合作之理。《三国演义》云：天下大势，合久必分，分久必合。弟与先生分十年矣，今又有合的机会，先生其有意乎？……"[24]

1936 年 8 月 25 日，《中国共产党致中国国民党书》发表。这是毛泽东亲自起草并致国民党中央执委会的信，信中郑重提出愿意同国民党结成"坚固的革命的统一战线"。该书信结尾充满激情地展望道："假如你们同我们的统一战线，你们我们同全国各党各派各界的统一战线，一旦宣告成功……让我们的敌人在我们的联合战线面前发抖吧，胜利是一定属于我们的！专此，谨致，民族革命的敬礼！"[25]

不能不说，这是中国共产党人不计前嫌、充满极大诚意与热情的团结一致的抗战宣言。为使国民党上层广泛了解，毛泽东集中相当大的精力，全力做各界人士工作。他昼夜奋笔疾书，先后给朱绍良、宋庆龄、章乃器、陶行知、沈钧儒、蔡元培、李济深、李宗仁、白崇禧、蔡廷锴、冯玉祥、阎锡山等人写信。读着这数十封情真意切、充满睿智思想的书信，任何人都不能不为毛泽东那宽广博大的胸怀与忧国忧民的拳拳情怀所感动。

1936 年 9 月 8 日，毛泽东以张闻天、周恩来、博古、毛泽东——中央政治局四位常委名义发出《抗日反蒋不能并提》的指示信，要求不提反蒋口号，不提打倒中央军及任何中国军队的口号，相反地，要提出联合抗日口号。[26]

面对共产党人的一片赤诚合作之心，蒋介石却置若罔闻，集 260 个团重兵进剿苏区。红军愤而还击，于山城堡一举歼灭胡宗南部 1 个多旅。虽然双方撕破了脸皮，毛泽东仍然苦口婆心地给蒋介石写信。可谓打得痛彻凌烈，谈得入心有理，该信由毛泽东领衔、共 19 位红军将领具名给蒋介石一人，并称"介石先生台鉴"：

> ……吾人虽命令红军停止向先生之部队进攻，步步退让，竟不能回先生积恨之心。吾人为自卫计，为保存抗日军队与抗日根据地计，不得已而有十一月二十一日定边山城堡之役。夫全国人民对日寇进攻何等愤恨，对绥远抗日将士之援助何等热烈，而先生则集全力自相残杀之内战……山城堡之惨败……非该军果不能战，特不愿中国人打中国人，宁愿缴枪于红军耳。人心与军心之向背如此，先生何不清夜扪心一思其故耶？……

毛泽东在细细分析了山城堡之战的起因与国民党失败于民心的缘

由后，仍然抛出了共产党人抗战救亡、团结对外的真诚意愿，并痛陈之利害：

> 吾人敢以至诚，再一次地请求先生，当机立断，允许吾人之救国要求，化敌为友，共同抗日，则不特吾人之幸。实全国全民族唯一之出路也。今日之事，抗日降日，二者择一。徘徊歧途，将国为之毁，身为之奴，失通国之人心，遭千秋之辱骂。吾人诚不愿见天下后世之人聚而称曰，亡中国者非他人，蒋介石也，而愿天下后世之人，视先生为能及时改过救国救民之豪杰。语曰，过则勿惮改，又曰，放下屠刀，立地成佛。何去何从，愿先生熟察之。寇深祸亟，言重心危，立马陈词，伫候明教。[27]

世人曾美誉两篇文章：一为三国时，陈琳让曹操惊出一身冷汗的《讨曹操檄》（又名《为袁绍檄豫州文》），一为诸葛亮的《前出师表》，笔者曾数次诵读。今读毛泽东《给蒋介石的信》，那富含哲理达观凝重的文采基调、那绵里藏针痛快淋漓的刚锐笔锋、那胸怀忧国忧民的赤诚之心、那博阔宽广包容宏宇的伟大胸怀，令陈、诸葛的一檄一表黯然失色矣。

可以说，统一战线政策既是制定出来的，更是以毛泽东为首的共产党人殚精竭虑一点一滴苦干出来的。共产党人以蚂蚁啃骨头的精神，从蒋介石身边，从国民党的实力派、中间派、左派、右派，逐人、逐部、逐区域做起，逐渐孤立顽固派，使更多国民党人逐渐倾向统一战线。东北军、西北军已同红军成了朋友。蒋介石的铁杆嫡系胡宗南，在收到黄埔老同学徐向前的信后，虽然没有回音，但他对心腹说的一句话，还是传到了共产党耳朵里："剿共是无期徒刑。"

1936 年 11 月 23 日，中国工农红军第一、第二、第四方面军互相配合，取得了山城堡大捷。这是三大红军主力经过长征后，第一次相聚，充分证明了国民党军根本消灭不了中国共产党及其人民军队。

共产党人如此胸怀与态度，及旺盛的生命力，能换来蒋介石的回应与转变吗？实践证明，性格决定命运。遍查历史，独裁者蒋介石在中国横行多年，在重大原则问题上，从未有过接受他人意见的先例，都是不撞南墙不回头。这是他个人的性格缺陷与悲哀，也是当时中国的不幸。

1936 年 10 月 22 日，蒋介石飞抵西安，亲自坐镇督办"剿共"，对中央红军进行第六次"围剿"。他自信，以 30 万对战 3 万，不出 1 个月就能解决问题。蒋介石将他的战役计划称为与红军"最后 5 分钟的决战"。

天真的热血青年将军张学良正打算向蒋介石讲明同周恩来会谈之事（以为替蒋大哥做了一件好事），从而说服蒋介石停止内战，一致抗日。意外的是，蒋介石根本未理会他。

10 月 31 日，张学良在洛阳又拉着阎锡山一起劝告，蒋介石大动肝火。11 月 1 日，张学良再次劝说，没料到蒋介石借洛阳军官阅兵训话，指桑骂槐地说，主张容共者，比之殷汝耕不如。

张学良有如凉水"浇头"，沮丧万分。回到寝室，伤心欲泣，遂将苦恼诉之杨虎城，并求劝说蒋介石的计策，杨虎城遂讲"可行挟天子以令诸侯之故事"。[28]

张学良仍然对蒋介石抱有感情与希望。12 月 7 日，张学良到蒋介石下榻的临潼华清池，含泪痛劝，结果两人发生了激烈的争论，不仅感情上破裂了，而且两人都看明白了，谁也说服不了谁，不可能在一条路上走下去了。

实际上，老辣的蒋介石已经先于张学良动手了。蒋已决定，任命蒋鼎文为西北剿匪军前敌总司令，卫立煌为晋陕绥宁四省边区总指挥，以替代张学良。[29]

1936年12月12日凌晨，震惊中外的"西安事变"骤然爆发，张学良、杨虎城在西安实行"兵谏"，数小时扣留了蒋介石与陈诚、卫立煌、蒋鼎文等10多名军政要员，提出停止内战的八项主张，实际上就一句话：无条件一致对外。

此刻，蒋介石拿钱买来的一帮狐朋狗友，个个做出义愤填膺之状，摩拳擦掌要灭了张、杨，且不顾蒋介石之死活。何应钦跳得最高——蒋介石让何应钦替自己背着汉奸的罪名为自己干活。在一片喊杀声中，国民党中央军逼入潼关，逼得张、杨只能防守，反击，自相残杀。

共产党事先并不知道"西安事变"将要发生。陡然发生的重大事件彰显了毛泽东的应急能力。他立即调动部队，出手相助，按张、杨请求，南下延安一线接防，表明支持张、杨立场；同时，发出最强音，只要"停止内战，一致抗日"，蒋介石的自由将得以恢复，并派周恩来即刻前往西安，协助张、杨处理事变。

在12月15日《关于西安事变致国民党、国民政府电》中，毛泽东严肃提醒何应钦等亲日派说："西安事变之发，南京当局亟宜引为反省之资，而绝不可负气横决，反而发动空前之内战……鹬蚌相持而渔人伺于其侧，渔人今已高举其网矣。彼日本者，自闻南京决定讨伐张、杨，兴高采烈，坚甲利兵，引满待发……"[30]

实际上，被扣住了的蒋介石落到了国人皆曰可杀的地步，只有政治家知道蒋介石杀不得，因为最想蒋介石死的是日本人。

12月17日，周恩来到达西安，东北军、西北军、共产党"三位一体"事变处置委员会成立并展开工作。

12月22日，宋美龄、宋子文飞抵西安（同行者有戴笠等），宋美龄见蒋介石。

12 月 23 日，宋美龄与周恩来进行长达两小时会谈。后来，宋美龄在《西安事变回忆录》中，道出了一个事实，即"周恩来握有解决事件（变）的钥匙"。[31]

12 月 24 日下午与次日上午，国民党中央主席蒋介石与共产党中央副主席周恩来进行了两次历史性会谈。

会议中，周恩来慷慨陈词，力陈化除陈见、团结御侮的必要，并细述中共政策改变之始末过程，终于使蒋介石亲口许诺，对共产党人不再打内战。

12 月 25 日下午，蒋介石离西安。到机场后，张学良做出了一个令所有人大吃一惊的决定，他要亲自送蒋介石回南京。待周恩来得知消息，急速赶往机场阻止，可飞机已经起飞了。周恩来甚为惊愕与遗憾。

12 月 26 日，蒋介石平安返回南京，新的内战危机得以避免，张学良自此便在中国政治舞台上消失了。蒋介石在有生之年都未忘记被软禁12 天，并将这个仇恨传给了下一代，给了张学良半个世纪的软禁岁月。

张学良自动跳入充满敌意的南京，其后果应当是早已预料，但他走得很悲壮，又很血性，像赴死的荆轲。

"西安事变"的和平解决，除了共产党人的智慧、应变能力及策略的正确无误，还充分展现了共产党人的伟大胸怀。

从反蒋抗日到联蒋抗日，逼蒋抗日，甚至拥蒋抗日，试问哪个政治集团能做到？只有中国共产党！因为中国共产党有一切为国家、为民族、为千万劳苦百姓的宽广胸怀。

"西安事变"的一个直接结果，就是张学良把延安交给红军接管，毛泽东随即迁往延安。自那时起，毛泽东在延安工作和生活了 10 来年。

延安虽穷，却是黑暗中的一座灯塔。

注释:

〔1〕〔3〕周保中:《周保中文选》,解放军出版社,2015年1月第2版,第87—89页,第93—94页。

〔2〕〔5〕中央档案馆、辽宁省档案馆、吉林省档案馆、黑龙江省档案馆:《东北地区革命历史文件汇集》,甲51,第17—18页;转引自赵俊清:《周保中传》,黑龙江人民出版社,2015年8月修订版,第223页,第223页。

〔4〕〔6〕史义军:《最危险的时刻:东北抗联史事考》,中信出版社,2016年9月第1版,第58页,第52页。

〔7〕〔9〕刘颖:《东北抗联女兵》,黑龙江人民出版社,2015年8月第1版,第187—188页,第168页。

〔8〕萨苏:《最漫长的抵抗》(上),西苑出版社,2013年6月第1版,代序第9页。

〔10〕〔11〕〔13〕中央档案馆、中国第二历史档案馆、吉林省社会科学院:《日本帝国主义侵华档案资料选编 东北历次大惨案》,中华书局,1989年9月第1版,第186页,第190—191页,第160页。

〔12〕哈尔滨市政协文史资料研究委员会:《哈尔滨文史资料》(第五期),第126—128页;转引自史义军:《最危险的时刻:东北抗联史事考》,中信出版社,2016年9月第1版,第147—148页。

〔14〕《东北抗日联军史》编写组:《东北抗日联军史》(下册),中共党史出版社,2015年9月第1版,第837页。

〔15〕张正隆:《雪冷血热》(下),长江文艺出版社,2011年4月第1版,第259页。

〔16〕〔17〕史义军:《最危险的时刻:东北抗联史事考》,中信出版社,2016年9月第1版,第142—143页,第143—144页。

［18］［19］刘颖：《东北抗联女兵》，黑龙江人民出版社，2015年8月第1版，第372—373页，第226页。

［20］王树增：《长征》，人民文学出版社，2006年9月第1版，第519页。

［21］［22］［23］［24］中共中央文献研究室：《毛泽东书信选集》，人民出版社，1983年12月第1版，第40—41页，第43页，第45页，第54—55页。

［25］中共中央文献研究室：《毛泽东文集》（第一卷），人民出版社，1993年12月第1版，第424—433页。

［26］［27］［30］中共中央文献研究室：《毛泽东文集》（第一卷），人民出版社，1993年12月第1版，第438—439页，第463—464页，第468—469页。

［28］［29］［31］方建文、张鸣：《百年春秋：二十世纪大事名人自述》（第二卷），经济日报出版社，1997年8月第1版，第1001页，第1042页，第1008页。

第十五章
萧墙之祸

48. 血战摩天岭

在南满，似乎做什么决定都比较顺畅。比如，取消中共满洲省委，成立南满、北满、吉东3个省委，南满第一个（于1936年7月）完成组建任务。更令人称道的是，就在南满金州河里省委组成的代表会议上，一项极其重要的决定随之产生，抗联第一、第二军联合编成东北抗日第一路军。

第一路军由杨靖宇任总司令兼政委，王德泰任副总司令，魏拯民任政治部主任，辖第一、第二军。

第一军，由杨靖宇任军长兼政委，安光勋（后叛变）任参谋长。宋铁岩任政治部主任，辖第一、第二、第三师。

第二军，由王德泰任军长，魏拯民任政委，李学忠任政治部主任，辖第四、第五、第六师。

1938年8月以后，第一路军实行新的建制，取消军的番号，组成3

个方面军和一个警卫旅，由杨靖宇任总司令兼政委，魏拯民任副总司令兼政治部主任，辖第一、第二、第三方面军及警卫旅。

中共吉东省委虽然在三个省委中最后（1937年3月）完成组建，但其领导的东北抗联第二路军的组成时间（1937年10月10日）却早于第三路军。

第二路军总指挥部，由周保中任总指挥，崔石泉（庸键）任参谋长，辖第四、第五、第七、第八、第十军。

第四军，由李延平任军长，王光宇任副军长，黄玉清任政治部主任，辖第一、第二师（1937年11月）。

第五军，由柴世荣任军长，宋一夫（后叛变）任政治部主任，辖第一、第二、第三师（1937年11月）。

第七军，由李学福任军长，郑鲁岩（后叛变）任政治部主任，辖第一、第二、第三师（1938年1月）。

第八军，由谢文东（后叛变）任军长，滕松柏（后叛变）任副军长，于光世任参谋长，刘曙华任政治部主任，辖第一、第二、第三、第四、第五、第六师。

第十军，由汪雅臣任军长，张忠喜为副军长，王维宇为政治部主任。

此外，救世军（王荫武部）和义勇军（姚振山部）亦归第二路军指挥。

中共北满临时省委完成组建（1936年9月18日）虽然较早，但其领导的东北抗联第三路军则推迟到1939年5月才完成组建。

1938年夏至年底，西北临时指挥部成立，负责指挥抗联第三、第六、第九、第十一军，李兆麟、李熙山分别为政治、军事负责人。1939年初，西北临时指挥部将各军统一编为第一、第二、第三、第四支队及独立第一、第二师。

1939 年 5 月 30 日，东北抗联第三路军在德都朝阳山后方基地正式成立，总指挥部组成为：李兆麟为总指挥，冯仲云为政委，李熙山为总参谋长，下辖第三、第六、第九、第十一军。

1940 年春，抗联第三路军各部分别改编为第三、第六、第九、第十二支队。[1]

本溪县草河掌乡汤沟，是辽东大山里谁也数不清的沟沟岔岔中的一条，东西走向，北侧陡峭的山脚下是条清亮的河流，河边有一块可容坐十几个人的大青石。

七八十年前，这儿并不比他处有多少特别之处，如今大青石上有了三个铜铸的大字"将军石"，便大为不同了，人们络绎不绝地来到这里——杨靖宇当年西征的决定便是在这块大青石上做出的。

那是 1936 年的 5 月中旬，应该是个春光明媚的上午或者是下午，空气中弥漫着野花的芳香，发情的野鸡在林子里"咕咕"鸣叫。官兵们都甚高兴，刚刚歼灭了邵本良一个营的"大尾巴队"。杨靖宇召集师以上干部，坐在那块大青石上，研究西征问题。

自王明撤销了中共满洲省委，改由中共代表团直接领导东北党组织与抗日联军后，东北的党组织与军队几乎中断了同上级党的领导。因为中共代表团远离东北抗战一线，决定与指示不仅鞭长莫及，而且有一些脱离实际。

东北 3 个省委、11 个军本应形成一个整体，但没有了中共满洲省委这样近在咫尺的领导机关的领导、协调、指挥，一度形成了各自摸索、相对的孤军作战状态。因而东北各省委、各抗日联军越发急切需要与盼望党中央的政策、策略等指示意见。南满省委书记魏拯民给中共代表团的一份报告开篇写道："自一九三五年七次代表大会以后，在一九三五年秋季，在哈尔滨接到王明同志的著作'为独立、自由、幸福的新中国而奋斗'小册子以后，就完全断绝了中央与北满的关系，因而也就得不到中央的具体指示与中央所发行的文件与通信……我们有如在大海中失去了舵手的小舟，有如双目失明的孩提，东碰西撞，不知所从。当目前伟大的革命浪潮汹涌澎湃之际，我们却似入于铜墙铁壁中，四面不通消息，长期闷在鼓中，总听不到各处革命凯歌之声。"[2]

从魏拯民这封信中，我们可以得知杨靖宇组织艰难的西征的主要原因了。实际上，为了寻求党中央对东北抗日战争的领导，杨靖宇早就决心打开与关内联系的通道，只是此前没有条件。

1936 年春，党中央组织"中国人民红军抗日先锋军"东渡黄河，进入山西，并发表了《东征宣言》，准备东进绥远，与日军直接作战。这对杨靖宇是极大的鼓舞。杨靖宇认为，远征辽西、热河，有希望与东征的红军靠近，如有可能将关内抗日武装引入东北，可以改变东北抗联孤军作战的局面。应当说，这是一个战略构想。

对西征，杨靖宇进行了认真准备。他调集了抗联第一军最强的主力一师师部、保卫连、三团、少年营共 400 余人。西征部队的领导干部也配备得很精干，由第一军政治部主任宋铁岩、一师师长兼政委程斌、师参谋长李敏焕率队。装备上除了个人所配备长短枪支外，还有 4 挺机关枪、1 门平射炮和两具掷弹筒，算得上一师主要家当了。

西征的路线也是精心筹划的，大体路线是避开敌兵力雄厚的奉天、鞍山一线，从辽阳、岫岩、营口等地迂回西进，过辽河，直插山海关，或经热河进关。为了隐藏西征部队的行踪，部队在通过安奉铁路之前，兵分两路西进，三团 150 余人与西征部队单独行进，同时，还安排了两条行军路线策应佯动掩护：一是二师第四、第六团在西征部队南北两翼活动，以分散敌人之兵力；二是杨靖宇率第一军军部及直属部队由本溪返回宽甸、辑安一带活动，以吸引敌军注意力。

待上述掩护佯动展开后，6 月末，西征部队正式出发，由上石棚往沙窝沟、大东沟到达草河口站，与敌交战半小时即退出，又向北转进，从连山关与下马塘之间越过安奉铁路，到达朝天贝。尔后昼伏夜行，翻越本溪与辽阳交界的摩天岭，进入辽阳境内，一路上不时与敌遭遇、作战。西征部队并不恋战，有时也出击一下，打了便走，在山岭间迂回西进。

7月初，西征部队从崇山峻岭间进入岫岩境内，被敌人发现并察觉了意图。敌人遂从奉天、辽阳、海城等地调集大批日伪军，疯狂进逼，出动飞机侦察，利用火车与汽车等快速交通工具紧追不舍，意欲吃掉西征部队。

途中，军政治部主任宋铁岩肺病复发。在西征前，他的肺病已经很严重了，一直咳痰，痰中带血。刚发现吐血，大家便劝他不要跟部队走了，他说什么也不肯，仍像健康人一样一路奔波。由于途中大雨瓢泼，部队又只能在山林中停歇，使他的病情加重。坚持到辽阳境内，他便一口口吐血，处于半昏迷状态，只得由几个少年营战士抬着，回了本溪和尚帽子山密营休养。

西征未半途，先伤损主帅，实为不祥之兆。部队由一师师长兼政委程斌率队，继续艰难前行。这时，西征前不曾料到的事情发生了：当地老百姓不了解抗联，以为是土匪队伍。在老游击区，即便是进了"集团部落"的老百姓，都知道抗联是老百姓的队伍；在岫岩，老百姓见了西征队伍，或者逃散，或群起而攻之。

饥肠辘辘的少年营小战士进个屯子，想弄点儿吃的，一敲门，一个70多岁的老人手持一杆长矛，从门里冲出来，一下子刺在一个战士的胸膛上。对日伪军的攻击，抗联可以以命相搏；面对老百姓，抗联只能退缩而走。更让西征部队陷入无法摆脱的困境是，西征沿途地区日伪归屯并户趋于完成，各村百姓自卫队成了西征部队不能还手的对头。

三团十一连连长马广福曾辛酸回忆：部队到了辽南地区，前方敌人封锁很严，层层包围，这里又没有群众基础，不少群众被敌人利用，手持木棒，村村站岗放哨，见到他们就吹号，敌人越聚越多，再加上交通便利，很快就把他们包围。

放弃西征并回师东返的决定，大约在7月8日前后做出。应当说，程斌这个决定是正确与适时的，再走下去，只能全军覆没。对东撤的组织与路线，程斌也做了精心安排，部队分三路：由师长程斌、参谋长李敏焕率师部、保卫连为一路，由三团政治部主任李铁秀（茨苏）率第三团为二路，由营长王德才率少年营为三路。这样既缩小目标，又便于解决给养。同时，多方向东撤的好处是可以分散敌人注意力与兵力，防止敌人将西征部队全部聚歼。

东返进行得很惨烈。敌人发现西征部队东返，立即疯狂围追堵截。少年营在凤城县境陷入敌重兵包围，分散突围中，一连与营部失去联系，连长张泉山率队向南一路而下，最远处达庄河县境龙潭沟，再兜头北返折向海城。

一路上，到处都是敌人，部队只能夜间摸黑行动。弄不到吃的，只能嚼啃半熟的高粱穗和青苞米。进入海城的唐望山时，部队打了一仗——越过公路就被敌人追上了。张泉山带领部队抢上一个砬子山坚守，从天刚亮打到第二天凌晨，弹尽粮绝，全连只剩张泉山、小曹与6号战士。听到敌人吵嚷着要"抓活的"，张泉山与两名战士，砸坏枪支，纵身跳下数十米深的山涧。

决然以身殉国的张泉山，意外被在当地活动的义勇军唐聚五余部救起。"八一五"后，张泉山参加东北剿匪，后任黑河军分区后勤部长。[3]

张泉山是东北惨烈抗战史上数万抗联战士少数幸存者之一，因而也使我们幸运地得知了当年抗联战士那气冲霄汉的刚烈与血性！

摩天岭，位于辽阳与本溪两县交界处，山势陡峭，峰刺云端，故称

"摩天"。这岭山路曲折回环，多是陡壁深岩，岭顶一道豁口，可通车骑，一师师部与保安连昼伏夜行，过了豁口后隐蔽休息，准备夜晚越过安奉铁路，继续东返。

摩天岭东 15 公里的连山关镇，驻有日军守备队一个大队，是安奉铁路上一个重要据点。这天，第二中队长今田大尉率所属中队，一路搜寻至摩天岭时，已是午后两点来钟。7 月暑天，骄阳似火，49 个日军加 1 个翻译官，个个汗流浃背，走到对面梁下林子边一块稍平点儿的草地上，架好了枪，一齐吃饭。

日军刚到岭下时，便被岭峰高处的瞭望哨发现了。如果是在西征途中，这场战斗或可避免，可如今窝囊东返，露宿风餐，到处被围攻，自望见今田那几十个日军第一眼，躲在林子里的官兵眼里便喷了火。保安连是一师的精华，人手两大件，一是三八大盖或马枪，二是一支匣枪，吃饭的日军最近处也就几十米，一支匣枪就是一挺小机关枪。

第一声枪响，今田就栽倒了，而且死得莫名其妙。日军们愣神的当口，林子里的弹雨像卷起一股飚风！枝叶纷飞，震耳欲聋，毫无防备的日军纷纷倒地。山坳里无风，硝烟久久未散，一群敌人，只跑了一个负了重伤的与一个翻译官。几天后受伤的日军也死了。此战消灭日军 49 人，而我方无一伤亡，被称为"摩天岭大捷"。[4]

吃了亏的日军疯狂报复，调集重兵围追堵截。程斌、李敏焕率队在摩天岭与敌周旋、战斗。激战中，机枪是杀敌的利器，同时也是敌人集中火力攻击的主要目标。机枪手牺牲了，师参谋长李敏焕抱起机枪继续射击，鬼子倒地的同时，李敏焕不幸中弹，牺牲时年仅 23 岁。

李敏焕，又名金敏焕，韩敏焕，1913 年出生于朝鲜咸镜北道，幼时因家贫迁入吉林延吉，15 岁加入中国共产主义青年团，第二年被派往清原县做地下工作，为共青团清原县委书记，1930 年加入中国共产党时仅 17 岁。1933 年春，他拉起一支 30 余人的队伍——大都是青少年，不久被杨靖宇编为独立师直属少年连。

少年连（营）的战士，小的十四五岁，大的 17 岁，装备一流，作战勇敢，绝对是抗联一军的主力和军长杨靖宇眼珠一样的宝贝。可在少年连初建时，只有几支步枪，其余都是大刀、长矛，还有一些棍棒。

第一次夺枪是在柳河去三源浦的路上。看到十几个伪军看押着老百姓修公路，李敏焕便有了主意——"小孩队"有成年人不具备的优势。傍晚，几个化装成小贩的小战士挎着装有花生、糖果、饼干的筐，先吸引了那个挎匣枪的伪军官靠近前来，接着其他伪军们也都凑上来白吃。李敏焕一声高喝，混在人群中假装修路的抗联官兵一齐动手，当即缴获了长短枪 15 支。

按团级单位配备干部的少年连第一任政委李敏焕，虽然打仗勇猛异常，人却生得白净，文静秀气，心思缜密，富有智谋。那一次，部队伏击山城镇回通化的一辆鬼子军需汽车，不料突发情况，他急中生智，穿着鬼子服装，单身一人迎上车，搭讪中迅速击毙 3 个押车鬼子，完满结束"伏击战"。

在三源浦，最使大家难忘的是，李敏焕率少年连将满载日伪军的两辆汽车诱引至公路桥，眼见第一辆汽车随着塌桥一头掉下去，第二辆汽车没刹住也栽了下去，没费多少弹药，便歼灭 30 多个日伪军。桥本来不会被汽车压塌，是李敏焕事先派人锯断了墩木桩子。少年老成的李敏焕深受杨靖宇的信任与喜爱，小小年纪便担任了抗联一军主力一师的参谋长，可谓少年英雄。

7 月下旬，参加西征的一师先后返回本溪、宽甸、桓仁老游击区。摩天岭之战后，一师与尾追之敌展开多次战斗，致敌死伤 60 余人，但一师也遭受很大损失，不少战士牺牲、受伤、掉队，返回老游击区时，部队仅剩百余人。此次西征未达预期目的。对一师的巨大牺牲，爱兵的杨靖宇十分难过，尤其是对李敏焕的牺牲更为悲痛。毕竟他太年轻，美好的人生在浴血战斗中仅仅绽放了 23 年。在官兵大会上，杨靖宇含泪提议为李敏焕等牺牲的干部战士默哀 3 分钟。

尽管首次西征失败，部队损失惨重，仍然未影响杨靖宇打通与党中央联络通道的决心。1936 年 11 月上旬，杨靖宇主持会议，研究再次西征问题，决定把三师改为骑兵，利用冬季江河封冰之际，快速突向铁岭、法库一线，挺进热河，与关内红军取得联系，进而找到党中央。第二次西征部队仍为 400 余人，由师长王仁斋、政委周建华、政治部主任柳万熙、参谋长杨俊恒率领。

11 月下旬，二次西征部队由兴京县境出发，经清原，过铁岭，跨越南满铁路北段，仅半月时间，便到达辽河东岸石佛寺。意外的是，这年冬季气温偏高，时令虽近深冬，辽河却未封冰。以往战士们总说严寒是抗联的另一个敌人，现如今不寒冷，老天变暖，再次与抗联为敌。由于 12 月下旬还在降雨，汪洋一片的辽河主要渡口均被日伪军把守，西征部队仓促之间找不到渡船。

在辽河东岸滞留期间，敌人听说部队中有姓杨的当指挥。由于三师参谋长杨俊恒与杨靖宇体貌相似，又同姓杨，敌人误以为杨靖宇亲自率队西征，大批日伪军蜂拥而来。加之向导牺牲，队伍减员严重，师首长研究果断中止西征，突围东返。结果三师返回兴京时，同一师一样，仅剩百余人，第二次西征又遭失败。[5]

西征找党中央，应当是杨靖宇与抗联第一路军热切而渴望多年的心愿与目标，许多抗联官兵为此付出了宝贵的生命。在牺牲的数百人中，还应当算上第一军政治部主任宋铁岩。

宋铁岩，原名孙肃先，吉林永吉人，1910 年出生，1931 年加入中国共产党，是南满游击队创始人之一、杨靖宇的亲密战友与得力助手；先后任师与军政治部主任。杨靖宇对宋铁岩的倚重，更多是在政治思想工作上。宋铁岩是毕业于北平中国大学的高才生。为提高官兵文化知识水平，他亲自编写课本，组织识字班、报告会，还办了油印的《反日民众报》《人民革命画报》。

宋铁岩九一八事变后参加北平学生赴南京请愿团，作为主要领导成员，曾蹲过国民党的监狱。他得肺病好几年，一直没有机会治疗，就那么硬挺着，几乎把命熬干了。这样的身体本来不适合参加西征，但他还是义无反顾地踏上了征程。

自打被抬回和尚帽子山，宋铁岩就一直在养病，熬到第二年2月，密营突然被"讨伐"的日伪军包围。宋铁岩临危不惧，带领战士奋勇突围，不幸中弹牺牲，才华横溢的生命折损在27岁的瞬间。

抗联战士中，有若干似宋铁岩这样被疾病折磨但无暇救治而牺牲的，且多数伤病牺牲者连名字也没留下，高级干部留下的多为断续的残损资料。从较早牺牲的童长荣的有限资料中，一种令人震撼的精神力量仍然透射出来。

49. 伪满军独立"大讨伐"

童长荣，1907年生于安徽湖东（今枞阳县），1924年加入中国共产党，同年留学日本，曾就读于东京帝国大学。1928年5月"济南惨案"发生，他作为中共日本特别支部负责人，组织反日爱国斗争，被日本当局逮捕关押后驱逐出境。

1930年，童长荣从上海调任中共河南省委书记。第二年，为加强东北工作，他被中央调往东北任中共大连市委书记，后被罗登贤调往后来抗联第二军发源地东满，担任特委书记。在东满，童长荣发动建立反日武装，使延吉、和龙、汪清、珲春各县游击队迅速发展起来，并创建了十几块根据地。

童长荣写得一手好文章，说得一口流利地道的日语，在领导反"讨伐"中，直接对日军发动政治攻势心理战："你记得离家时母亲的眼泪吗？""你们的母亲和孩子在天天盼望你们活着回家！"这些用日文写的传单，贴在日军所到之处的杆子上、墙上，对侵略者有别样杀伤力。

沈阳军区政治部编的一份资料显示，1934 年初，一次反"讨伐"后，游击队在汪清冰面上发现两颗炮弹，下边压着短信："共产驻军，我们回国了，这两颗炮弹里各 300 发子弹，你们用它反对日本军阀吧！"[6] 落款处是 12 个日本士兵的名字。应当说，这在抗战史上是不多见的。

似乎天妒英才，年纪轻轻的童长荣得的是肺病。这种呼吸道疾病，一是最怕大冬天刀子一般冷空气的反复摩擦——换言之，南方的文弱书生不应该到东北来；二是最怕得病不及时治，小病拖成大病、老病。而这两条在普通人看来较容易避免的事，对在庄严党旗下举手宣过誓的、从关内来到东北从事抗日工作的人来说，却是极其难为之事。不要说向组织提出回温暖的南方工作，或者等回去治好病再回来，甚至想一想，自己都觉得脸热心跳臊得慌。不少共产党员的病就是这样拖大发了，身体垮掉了。这也是抗联那么多人英年早逝的重要原因之一。

童长荣特别怕冷，不是太冷的天，别人没什么感觉，他却瑟瑟发抖。忽然有一天，他手脚麻木，握不住笔了，开始还以为是累的；可站起来活动活动身子骨时，人却摔倒了。找个医生一看，竟然是中风，可他才 20 多岁。按现今说法，应当是活蹦乱跳的"小鲜肉"体质呀？

一次，赤卫队报告说鬼子"讨伐队"来了。童长荣下命令让其他人先往山上撤，他病恹恹的，跑不快，与县委老王刚出村，便被敌人发现了。子弹从头上、身边嗖嗖飞过，童长荣被一枪打倒了。老王就背着他跑。童长荣大叫："放下、放下，别管我！"老王哪里肯听？拼命跑过一个山包，把胳膊负伤的童长荣埋在雪窝子里，然后脱下身上老羊皮袄在身后背着，像背个人似的，好歹把敌人引开了。

由于失血过多，加上不停咯血，童长荣脸色像白纸一般。稍缓两天，他又在煤油灯下疾书，吐的痰是黑的，咯的血是红的。一个同志冒着生命危险，为他弄来两瓶鱼肝油补身子，他却送给了其他伤员，说"我要是吃了，他还会去冒险"。

周围的人都明白，照这样熬下去，童长荣熬不过一两个冬春，但他就在那儿苦巴巴地挺着。1932 年严冬的 11 月 2 日，《中共东满特委给省委的报告》中有这样的一段话："荣同志（引按：童长荣）也从数次濒死绝望的病况中多幸痊愈了。惟行动还困难，恢复健康照常工作，还要一个月休养罢！上一次给你们的信，是荣同志在病况恶化时亲自写的。主要目的，要请省委来人（万一荣同志死去，能维持东满工作）。因此也没有做工作报告。当时他也写不出工作报告。……"[7]

1933 年冬至 1934 年春，日伪当局对东满抗日根据地发动大规模"讨伐"，童长荣拖着骨瘦如柴的久病之躯，带领游击队员，在汪清的深山密林中与敌周旋战斗。3 月下旬，敌人拉网式搜山，童长荣等人陷入重围。战斗中，童长荣再次中弹，身负重伤。一直在他身边照料生活的抗联女兵崔今淑，把他背到一个山洞里。因流血过多，童长荣第二天牺牲，年仅 27 岁。[8]

需要补缀一笔的是，为了不让敌人糟蹋（割头示众）特委书记的遗体，22 岁的崔今淑并未在敌人到来之前撤离，而是守在山洞口，直至打光了子弹，壮烈牺牲。

1936 年寒冷冬季的一个平常日子里，德国柏林却发生了一件极不平常的事件。两具疯狂扭曲的思想怪胎正式交媾，并开始孕育足以使世界亿万人丧生的烈性"病毒"。这个日子是 11 月 25 日，德国与日本签订了《反共产国际协定》。不久，意大利也加入该协定，标志着以德、意、日为首的东西方新的世界战争策源地正式形成。

踏着"二二六"政变中被杀的首相斋藤实的血上台的日本第32任首相广田弘毅，加速推进日本军国主义步伐。1937年，日本军事工业投资达22.3亿日元，比1936年增加2.2倍，占当年工业投资总额的61.7%。陆军总数增至45万人，约是九一八事变的1931年（23万人）的2倍，海军作战人员扩编四分之一以上。[9]

日本军部早已制订的1937年全面侵华战争计划，拟用8个师团占领华北五省，用5个师团占领华中，用1个师团占领广州地区，同时以海军控制中国沿海及长江水域。日本军部认为，日军无比强大，3个月可灭亡中国。7月7日，卢沟桥事变爆发，日本全面侵华战争由此展开。

1937年8月25日，中共中央军委发布命令，宣布红军主力改编为国民革命军第八路军，朱德、彭德怀为正副总指挥。10月12日，南方红军游击队改编为国民革命军新编第四军，叶挺、项英为正副军长。9月23日，蒋介石发表了《对中国共产党宣言的谈话》，公开承认共产党的合法地位，以国共合作为基础的抗日民族统一战线正式形成。中华民族由局部抗战进入全面抗战新阶段。

日本侵略者向关内发起大规模进攻，东北成为其重要后方基地，东北的抗战成为全国抗战的重要组成部分。支持和呼应关内抗战，袭扰、破坏日军后方基地，牵制日军进关，成为东北抗联的重要战略任务。

毛泽东在《抗日游击战争的战略问题》中指出："东三省的游击战争，在全国抗战未起以前当然不发生配合问题，但在抗战起来以后，配合的意义就明显地表现出来了。那里的游击队多打死一个敌兵，多消耗一个敌弹，多钳制一个敌兵使之不能入关南下，就算对整个抗战增加了一分力量。至其给予整个敌军敌国以精神上的不利影响，给予整个我军和人民以精神上的良好影响，也是显而易见的。"[10]

为配合全国总抗战，钳制关东军入关，东北抗联各部迅速掀起新的抗战高潮。

在南满，8月20日，《东北抗日联军第一路军总司令布告》号召东北各界群众，在全国总动员之下，中国人应抛弃过去的旧仇宿怨，亲密联合，响应"中日大战"，暴动起来，打倒日本帝国主义，推翻日本的傀儡政府伪满洲国，为建立独立自由幸福之中国而奋斗。

东北抗联第一路军频繁出击，向日伪军发起新攻势。9月13日，杨靖宇亲率300余人，分别攻打了兴京县两个"集团部落"后，又于10月31日，巧设"围点打援"计，击毙日军大队长水出佐吉、小队长陆岛元三以下日军22名，击伤6名。10月下旬，抗联第二军政委魏拯民率队夜袭辉南县城，一举击毙日军守备队20余人，缴获大批粮食弹药。

在吉东，8月25日，中共吉东省委以东北抗日救国总会名义发布《关于目前抗日救国宣战运动的紧急通知》，号召东北军民奋起团结一致，使日本侵略者所依据的"满洲"后方基地尽快动摇，促使其在关内前线的侵略战争更迅速地瓦解崩溃。

抗联第二路军各军积极寻机歼敌。第二路军成立前的8月13日，抗联五军、二军、四军、八军各一部共250人，在五军副军长柴世荣指挥下，对在三道通修筑军事据点的120余名日军，发起猛烈袭击，半日激战歼灭日军40余人。

在北满，东北抗联总司令部于9月18日发出通令，指出"中日战争现已全面展开，举国一致，以抗战驱逐敌人，争取民族解放的时机已经到来。因此，中国同胞必须迅速崛起，救国光复东北，以赢求民族解放和国土完整"。

为呼应全国抗战，打击日军嚣张气焰，中共北满临时省委决定在汤原县群众基础较好的区域举行反满暴动。9月17日，汤原县格节河、乌龙河、鹤立河、汤旺河区，千余群众手持大刀、土枪等，同时举行集会，声讨日贼并示威游行。反日群众割断了汤原县至莲江口、二保至鹤立等数条电话线，砍倒百余根电线杆，烧毁通往佳木斯等地的五六座桥梁。

平日骄横不可一世、驻守格节河区丁家粉房的日军守备队20余人，面对愤怒群众，龟缩在据点里不敢出动，9月20日夜化装潜逃。

这一时期，受全国抗战形势的影响，再加上东北各地党组织与抗联部队努力开展策反工作，一些具有民族意识的伪满官兵弃暗投明，转向抗日道路上来。在周保中领导下，经过第五军一师参谋长张镇华、五军地下秘密工作人员王杰忱、冯淑艳策动，宁安县三道河子伪森林警察大队长李文彬于7月12日夜率部起义，先是击毙了指导官津村昌、教官加藤直秋等8名日军军官，之后又将负责监视的50名伪军解除了武装。[11] 起义后，李文彬部全体官兵150多人与家属一起向抗联驻地出发。

继李文彬起义不久，驻依兰伪军第三十八团机枪连118名士兵也哗变反正，8月21日携带迫击炮1门、重机枪1挺、轻机枪4挺和100余支步枪参加了抗联第六军。[12] 9月10日，伪军第二十九团反正，参加了抗联第八军。驻守桦川、依兰、宝清、富锦一带的一些伪军也处于动摇状态。

这一阶段，伪满军的部分反正与动摇，同蒋介石宣布抗日有一定关系。伪满军中，有大部分为原国民党东北军旧部，对国民党有一种天然的脐带感情与依赖关系，但其反正的主要原因在于抗联各部队对伪军伪警实施了坚决连续打击。

这一时期，意志力与战斗力相对较弱的伪军、伪警、伪自卫团，成为抗联首选的打击目标，也是抗日战争策略上的选择。打掉了伪军警，等于剪除了相对较强的日军的帮凶与羽翼，日军便会成为相对聋瞎的弱军。在整个东北抗战中（不包括"八一五"光复前后，苏联红军对日军的打击），伪军、伪警的伤亡比例要高出日军若干。

7月下旬，抗联独立师（十一军前身）第一旅旅长金正国伏击了桦川往佳木斯运送黄金的伪军，打死顽抗伪军10余人。8月，抗联五军一部解除伪军张营一个整连武装，毙伤伪军 10 余名。此种战例，不胜枚举。伪军如若继续做日军的帮凶，必将时刻面临着丧命的危险。

但整体上，东北战场的态势仍然是敌强我弱。抗联面对的，是比自身强大若干倍的敌人。起义反正的伪满军，尤其连、营、团以上规模的，例如充满民族正义感的李文彬的森警大队，还是少数与个例。

类似伪军第二十九团团长赫奎武的举旗反正，则带有明显投机意味。原本是由第五军的共产党地下工作者做的策反工作，赫奎武却投了谢文东的第八军，为的是寻找同类大哥做靠山。结果，反正后不到两个月，他再次叛投日军。可见，王明把关内联蒋抗日、"反蒋抗日不并提"生搬硬套到东北，形成对伪满军"原则上采取联合与中立"、[13] 反满抗日不并提的策略，在脱离现实的教条主义道路上走出了甚远。

实际上，仅有数千万人口的日本，作为侵略者侵入中国，犹如闯入亿万人的汪洋大海。战线漫长、战场辽阔、兵力捉襟见肘，成为其侵华的最大"软肋"；因而收买汉奸、招降纳叛、以华治华、用中国人打中国人，始终是日本的主要侵略策略之一。在伪满洲国，高薪豢养大批伪满官吏初衷也在于此。"东边道独立大讨伐"，便是其利用中国人打中国人的突出例证。

所谓的"东边道独立大讨伐"，由伪军独立进行，实际指挥者为担任伪满军政部最高顾问的佐佐木到一少将，以及由日本关东军军官组成的"指导部"，讨伐目标是通化地区的抗联部队。日伪当局认为这片区域是治安的"癌症"地区。[14]

日本人名义上是以"东边道独立大讨伐"检验伪满军队的"讨伐""肃正"能力，实际上是让中国人自相残杀，减少日本人的流血伤亡。佐佐木曾直言不讳地表示：现在皇军仍在各处流着鲜血，并且为了治安工作用去了极大的力量，牺牲之大有目共睹。如能把这种费力之事委之于"满洲国"各机关，由其承担，皇军便可以减轻负担而从事其本来任务。

自恃高贵血统的日本人认为，是日军的鲜血建立了"满洲国"与伪满军队，使得一大批中国高官养尊处优，十数万伪军享受着俸禄，因而他们该替皇军流血了。

凡是狗，均脱不了巴结依赖的奴性，无论多么被日本主子蔑视，伪满高官与伪军们，仍然顺从地听凭驱使。所以，"东边道独立大讨伐"呈现了少见的残酷状态。

东边道，光绪三年（1877 年）所设"东边分巡兵备道"的简称，佐佐木指挥的这场为时半年之久的"讨伐"，主要在东边道北部辑安、通化、柳河、辉南、金川、濛江、临江、抚松、长白各县，以及磐石、桦甸、安图部分地区进行，主要"讨伐"目标是抗联第一、第二军与王凤阁的抗日救国军。佐佐木为首的"讨伐指挥部"，调集伪军计 2.75 万人。

兵不厌诈。为打破敌人的围剿，杨靖宇决定开辟扩大宽甸新游击区，而围墙又高又厚的大荒沟镇却是一个如鲠在喉的尖刺。杨靖宇决定智取。他安排一军独立十一师一部化装成"土匪"，在大荒沟附近村屯活动，由军教导团一部化装成伪治安军带队"剿匪"，并将消息传进大荒沟镇。

为了演得更逼真，两支化装队伍在大荒沟镇"打了一仗"，"土匪"队在前边跑，"剿匪"队在后边追。当假伪治安军到大荒沟东门要求进街时，镇内敌人却拒绝了。骑在高头大马上装扮成日本指导官的刘干事大声说了一通日语后，旁边翻译官说："皇军指导官说了，你们不开门，就按通匪处置！"

守敌乖乖开了大门，并列队迎接。但骑在马上的"皇军指导官"仍然怒气未消，以"土匪就在荒沟前边屯子住着，为什么不去剿"为理由，喝令将大荒沟 30 余伪警察全部缴械。

大荒沟奇袭战选择在九一八事变 5 周年之际打响，政治意义不言而喻。四天后的 9 月 22 日，弄明原委的《盛京时报》以"红匪四百破袭大荒沟"为题报道说："突使迅雷不及掩耳手段，奋力袭击，突破大荒沟。"

鉴于抗联装备与日伪军的差距，杨靖宇打仗的一个突出特点是，杀鸡用牛刀，速战速决，确保不打成胶着仗。

智取大荒沟之后，杨靖宇率 300 余人于 9 月末伏击日军驻宽甸牛岛部队中熊小队送粮车队。此战击毙日军白井颜次郎伍长等 14 人，击伤 7 人，击毁汽车 9 辆，缴获大批粮食与军需品。10 月，杨靖宇率部 250 余人与日伪军 700 余人在外三堡遭遇，以寡对众，激战中，击毙日军大队长野口，敌死伤 30 余人。[15]

日伪军"东边道大讨伐"与"归户并屯""匪民分离"同时进行，使抗联第一路军遭遇了前所未有的困难。1936 年以前，部队衣食住尚可维持，自"东边道大讨伐"后，部队只能露营了，以天作棚，以地为炕。夏天，日晒雨淋，酷暑难熬，尤其是林中的各种蚊虫、瞎蠓成群结队往人身上扑。一些虫类如草爬子，学名壁虱的，可传染流脑、出血热等疾病。冬季，狂风呼啸，大雪飞扬。战士们只好围着火堆，脚向里，头朝外躺一圈，眯上一会儿。有时怕火光暴露目标，战士们只好寻背风山窝躲在雪地里。不少战士因此生病而造成部队减员。

杨靖宇更加忧心忡忡了。

50. 让鬼子成为"秃头上的虱子"

好的将军都会明白，部队战斗力靠的不仅仅是精良的武器和训练有素的士兵，还应包括坚强的后勤保障，战士们的睡眠和饮食是战斗力的重要构成要件。

杨靖宇对干部们表示，我们连部队宿营问题都解决不了，还怎么坚持长期抗战？不用敌人打我们，恶劣的环境也把我们搞垮了。他带领一些战士动手研究制作行军帐篷。经过几次研究试制，一种可大可小，可容纳十几人、几十人，且不受地形限制，又好安装、易拆卸、内能生火、便于进出、夏天可防蚊虫、冬天可挡风寒、类似房子一样的帐篷终于制作成功了，解决了部队露天宿营难题。

敌人的"集团部落"政策，使抗联的供给渠道几乎断绝，十天半月不见粮食已是经常之事。为粉碎敌人的阴谋，杨靖宇早在 1935 年，便着手在深山密林中，择地势险要、易守难攻、有水源的地方广建密营，储存粮食并作为部队休整之地。

密营多半为"马架子式""地窖子式"，修建较为容易，外部有繁茂森林掩护，屋内修土炕烟道。密营分为营地、粮食仓库、裁缝所、修械所、临时医院、印刷所等几个种类。在桓仁县老秃顶子山里有 10 多处大小密营，在濛江县那尔轰、青江岗等地有几十处密营，在龙岗山区几处较大密营，每处都储有够 400 人吃 4 个月的粮食。[16]

密营的修建过程是十分艰苦的，抗联一军一师老战士王洪文曾带领 30 名战士，在兴京黄木杨东山后祥沟和本溪碱厂羊湖沟，修建了两座秘密仓库。

仓库建在沟塘子里树木较多的山坡上，先剥土挖洞，挖进 10 米左右，再挖宽两丈、高一丈二尺空间作为仓库，挖出来的土都倒进沟塘里，然后到较远的山上挖来树和草栽在上边，掩盖住洞里挖出来的土。烟道是顺着地皮挖出一条一二里长的小沟，用木头盖在沟上，上边盖上土。烧火时，烟顺着小沟渗到地皮外，不易暴露。

修建密营是极其秘密的工作，参加修建的战士都经过严格挑选，密营的地址更是抗联上层少数领导掌握的绝密。王洪文回忆，那年让他带队修那两处密营，杨靖宇军长只把胡部长（胡国臣，军需处长）、孟指导员和他找来，共4个人开的会。

令人扼腕的是，当年参加秘密会议的胡国臣后来被捕叛变，使抗联好不容易建起的密营，被敌人摧毁。此为后话。

"东边道独立大讨伐"的敌我兵力极其悬殊，战斗极其惨烈，1935年10月，第一路军副总司令王德泰率第四师200余人，在安图东清沟与伪满军第七旅十团激战，击毙伪满第七军管区日军上校石州隆吉、中校河村以下数十人。

10月末，第四师包围并袭击临江大阳岔伪满军营地，将两个连伪军全部缴械。11月上旬，王德泰率300余人在抚松县小汤河活动，突遭伪满军骑兵七团600余人袭击。王德泰指挥部队奋力反击，毙敌60余人，不幸中弹牺牲，年仅29岁。他的牺牲是第一路军重大损失。

1937年3月，抗联第一军第十一独立师师长左子元率队筹集给养，突然遭遇大批敌人围攻，左子元率队奋勇还击，突围中所部伤亡惨重，左子元战至弹尽，纵身跳崖自尽，年仅31岁。[17] 同日，抗日义勇军首领王凤阁身负重伤被俘，惨遭杀害。

"东边道独立大讨伐"给东南满抗日武装造成极大损害。据伪满战犯王之佑供认，1936年秋至1937年5月的"讨伐"期间，战斗约计20次，死伤抗日军各有千人以上，焚烧的山寨（指密营）约百处，搜出和缴获的物品甚多，抗日联军（含义勇军）的总员数约减去1万名……[18]

由于抗联事先准备若干密营，敌人在独立"大讨伐"中，连杨靖宇的影子也未摸到。1937年2月，杨靖宇率军部官兵在桓仁老秃顶子密营度过春节，之后率军部教导团150人先后与数百伪军周旋于马蹄沟、刀尖岭、摇钱树岭，牵着伪军兜圈子，时不时给敌人以突然打击，致敌死伤70余人，至此，杨靖宇部终于冲破了"东边道独立大讨伐"。

七七事变后，日本侵略者深知守护好"满洲国"这个后方侵华基地的重要性。东北抗日联军的积极活动，使他们越发不安。为镇压人民的反抗，维持所谓"治安"，日伪当局继续无休止地推行所谓"治安肃正"计划，疯狂对抗日武装，尤其是各抗联部队进行"讨伐"。为此，日本侵略者已不满足以伪军、伪警为主体的所谓"独立"讨伐。他们动用关东军各主力师团赤膊上阵，对东北大量增兵。

1936 年，驻东北日军有 4 个师团、2 个混成旅、2 个骑兵旅、16 个独立守备队等，共约 12 万兵力，1937 年后逐年增兵，1939 年已增至 40 万以上。[19] 日本侵略者把东北作为全面侵华的"练兵场"，国内各师团轮换编入日本关东军，进行了实战演练，"讨伐"抗日联军与活动于长城沿线的八路军，随时准备入关作战。在连续增兵的同时，日本侵略者还不断强化伪满军队，扩充伪军兵力。

伪满洲国《国兵法》规定，年满 19 岁的男子必须服兵役，而未当上"国兵"的所谓"国兵漏"，则被编入"勤劳奉仕队"，强迫从事建筑军事工程，筑路、开矿，甚至垦荒。

1939 年，日军在原有 6 个军管区基础上，又增设了第七、第八两个军管区；到 1941 年，增加到 11 个军管区，共计有伪满军 2 个师（靖安、兴安）、7 个混成旅、4 个步兵旅、1 个骑兵旅、2 个独立骑兵团等。总兵力 20 万人左右。[20] 这些伪军完全在日本军官掌控之下，首要任务是"独立"或协助关东军"讨伐"抗联等反日武装。

同时，日伪当局极力强化警察机构，扩充警察、宪兵队伍，大力培植训练各类特务，使宪、警、特遍布东北城乡各地，形成庞大的暴力镇压机器，仅伪满警察总数即达 10 万人。[21] 这些人在日本宪兵分队、分遣队的指挥与协调下，成为基层一线有力的镇压统治力量，所以屡屡成为抗联袭击的对象。

伪三江省处于东北地区的东北部，黑龙江、松花江、乌苏里江汇流其间，故称三江地区。三江地区北部与东部同苏联隔江相望，内有张广才岭、完达山脉与广阔的三江平原。这里地处边陲之地，日伪统治力量相对薄弱，故而抗联发展甚是蓬勃，活动于此的有抗联第三、四、五、六、七、八、九军和抗联独立师（后编为十一军）。可以说，除了在南满、东满的第一、第二军及在五常、舒兰一带的第十军，东北抗联几乎全在三江地区战斗，成为日伪当局心腹之患及"讨伐"重点。

1937年7月16日——七七事变后的第九天，日本关东军司令部即做出《昭和十年第二期治安肃正计划要领》（1937年7月—1938年3月），全面开展在伪三江省的"特别大讨伐"，动员日、伪军、警、宪、特及自卫团兵力达5万人。其中关东军主力师团有第二、第四、第十二师团和独立守备队第四、第五大队各一部。1938年夏，日方又增派第八、第十师团各一部，迫使东北抗联的抗日活动进入了极其艰苦的阶段。

由于众寡悬殊，抗日游击区被逐渐压缩，又由于"三一五"大逮捕使地下党组织损失殆尽，致使抗联各部多耳目不灵，加上持续反"讨伐"战斗致使部队弹尽粮绝，面对装备、兵力优于我几倍、几十倍的敌人，一些人对坚持下去失去信心。一部分收编的山林队欲插枪、散伙，个别甚至要接受日伪"特别工作班"的政治诱降。日伪军队主力进攻东北抗联各部队同时，别有用心地提出"专打共产匪，不打义勇军、山林队"的口号。

赵尚志以抗联第三军全体指战员名义发布了《为反对秋冬季"讨伐"告一切反日部队及全体战士书》的文告，告诫各反日部队：暂时分散插枪不干，是消极对付敌人进攻的办法；到深山里学老熊蹲仓，是坐吃山空、瓦解队伍的办法；死守一方，原地打转，是消耗队伍实力的办法；投降敌人，是消灭自身的办法。

赵尚志提出的办法是：突破敌人包围，袭击敌之后方，不死守一地，向敌人薄弱地区远征，开辟新的游击区，从而使全东北没有一块土地无我抗日救国部队的游击足迹。

为粉碎敌人企图将抗联第三、六军主力消灭在汤原根据地的阴谋，赵尚志要求第六军主力向桦川、依兰突击，第三军主力向庆城、铁力方向运动，而后推进至黑龙江与嫩江流域的边缘海伦、通北、逊河一带，建立新的游击区与根据地。

为保证三军主力西征黑嫩的胜利，赵尚志任命李熙山为哈北司令，率队先赴铁力。10月初，李熙山率远征先遣队从依东出发，于通河县境会合三军九师共同西进。11月初，部队到达铁力，与同年夏季由巴彦、木兰来铁力活动的三军六师会合。当时，随李熙山先遣队一同远征的，还有五军一师、四军一师二团的部队，两支队伍也同时抵达铁力。在先遣队出征后不久，三军二师、三师也挫败敌人阻截抵达铁力。

在各师远征黑嫩之际，赵尚志率三军司令部直属部队及政治保安师等各部，一直留在汤原与敌周旋。所留部队乃三军精锐骑兵500余人，机动灵活，忽东忽西，飘游不定，吸引了日伪主力的注意力，掩护各部顺利突围。待全军各师均跳出包围圈，赵尚志方才最后撤出。

撤出之际，赵尚志还巧设声东击西之计，先奔木兰蒙古山，做出欲攻打呼兰县城之态，敌人信以为真，调重兵于巴彦、木兰一线阻截防守。待敌部署完成，赵尚志突然挥师北上，直奔铁力，一路风餐露眠，策马驰骋，将围敌远抛在后，于12月抵达铁力。

1936年秋至1937年春的半年多时间里，赵尚志指挥三军远征黑嫩平原，有力牵制了敌人的兵力，在战略上打乱了敌之"讨伐"部署。

这期间，三军的游击战从松花江流域的汤原、依兰、通河、方正、木兰、巴彦，到黑龙江沿岸的逊克、佛山，从小兴安岭山麓的铁力、庆城、绥棱到北（安）黑（河）铁路沿线的海伦、通北、北安、龙门，纵横数千里，大小百余战，毙伤敌人800余名，俘虏300多人，攻袭城镇二三十座。[22]

在此期间，第三军远征部队也遭到了很大损失，牺牲了30余名军政干部和200余名战士。勇敢的战斗与壮烈的牺牲，冲破了敌人以宾（州）、木（兰）、通（河）、汤（原）、依（兰）5县为中心的"大讨伐"，保卫了汤原后方根据地，而且开辟了庆（城）、铁（力）、通（北）、海（伦）等新的游击区，为1938年抗战进入更加艰苦的时期后，抗日联军在黑嫩平原开展游击战争，打下了良好基础。

赵尚志率队远征黑嫩平原期间，与敌激战于通北东部山区一处叫张破帽子店的地方。此处由山泉水流在山丘下结成一片冰川，被当地人称为"冰趟子"，故此战又称"冰趟子阻击战"。冰趟子阻击战是著名的以少胜多战例，在东北抗联游击战争史上具有重要地位。

张破帽子店是县城通往山区的车马必经之处，有几家店铺，过往车马在此歇息。冰趟子在车道北，车道南是一座岗岭起伏的小山，长满低矮稠密的树丛。这里有四幢伐木工人居住的坚固木营。赵尚志看了地形后认为，这里地势不错，沟两侧可以设伏，沟口很狭窄，既可截断敌人退路，又可打敌人援兵。只要我军能把敌人引到冰川上，只要我军守住阵地，敌人就成了秃头上的虱子，无处藏身。

赵尚志把诱敌任务交给六师师长张光迪。3月7日午后，张光迪只带20多名战士隐蔽在南山前沿。远处传来吆喝牲口的声音，只见一长串马爬犁，拉着100多敌人疾速驶来。待敌人进入射程，张光迪一声喊"打"，弹雨射向敌人。并未受到大的伤亡的敌人，迅速滚下爬犁，趴在道上还击，打了一阵，在发现我军兵力不多，火力也不强，便组织反冲击。

张光迪带领众人打一阵，撤一阵，在将敌人诱至我第二梯队伏击阵地时，4挺机关枪一齐开火，日伪军纷纷倒地。此战，毙伤日伪军30余人。

赵尚志也未乘势追歼残敌，收拣武器弹药后，带领部队迅速退至冰趟子阵地。

傍晚，吃了亏的日军竹内部队守田大尉率700余日伪军气势汹汹杀来，仍然是伪军在先头充当炮灰。一支伪军踌躇着进了伏击圈，一阵弹雨，伪军中队长当场毙命，其余的连滚带爬地溃散逃命。本未指望伪军有多大作用的日军200余名，不可一世地扑向山上的木营；但他们如同醉酒一般，在冰川上站不住，走不稳，很快乱了队形。此时，山冈上6挺机关枪一阵扫射，冰川上的鬼子人仰马翻，活着的也顺冰川仓皇逃了回去。

愤怒的守田大尉连续组织了第二次、第三次凶猛进攻，凭借人数众多与优势火力向山岗冲击。应当承认，日军的确善战且有"武士道"牺牲精神，经顽强拼杀，夺取了山岗一座木营，使战斗呈现胶着状态。此时，如不夺回失去的木营，我军侧翼将暴露于敌猛烈炮火打击之下，战场有利于我的态势将瞬间丧失。

危急中，赵尚志命令少年连趁敌立足未稳，不惜一切代价坚决夺回这一阵地。少年连排长（代理）赵有财带领两个班小战士，以命相搏。木营得而又失，失而再夺，几次易手，20余个鬼子除了死的，其他都被打出木营。

当晚，战斗仍在激烈进行中，山岗上院套的矮墙成为我军可利用的工事，木营墙壁被挖出了一排排对外射击的枪眼。是夜，天气极寒，冷到枪支都拉不开栓，士兵的手指冻得麻木而不能弯曲扣动扳机。赵尚志下死命守住并夺回的木营起了大作用：木营用煤油桶做成的火炉，烧得通红。赵尚志让战士们换班进木营烤枪、烤手、暖和身子再出去，无数条枪支喷出的火舌冲向敌群。

暴露在野地的敌人，面对又光又滑的冰趟子，不敢前进，只能集中火力攻打木营。这夜，老天似乎格外眷顾抗联，夜色漆黑，敌军炮火根本无法瞄准。正无计可施之际，敌军攻击队形突然又遭到拦腰扫射，死伤无数。原来，是赵尚志派出潜在道北河沟里的一小支扰敌分队，在敌左侧翼狠狠捅了一刀。

后半夜，老天又帮了抗联一次，气温骤降到零下40多度。趴在冰雪中的日军已被冻得无力还击，枪声渐渐稀落下来。赵尚志料到敌人将要撤退，于是让烤暖了身子的战士们在狭窄的沟口支好了枪。待敌人退到沟口，猛烈的弹雨一齐射向日军蹒跚僵直的密集队伍。

敌人败退后，赵尚志命令部分连夜打扫战场，搜集战利品，缴获甚丰，其中有敌逃跑时丢弃的九二式机枪1挺及大批弹药。此战，我军以牺牲7人的代价，打死打伤敌300余人，其中被击毙者200余人，枪伤、冻伤100余人。[23] 在东北抗联游击战争史上，一次毙伤300名以上敌人，是很少见的，而且被击毙者中还有日军精锐竹田部队守田大尉、通北县警备指导官福田政雄等多名日军军官。

打扫完战场后，赵尚志指挥部队，乘坐缴获的马爬犁，拉着缴获的许多米、肉、服装、军毯等物资，绝尘而去。

51. 强敌侧后的微弱枪声

东北抗联大部分在伪三江省，猬集于松花江下游（简称下江）地区。因而，日伪当局在三江特别"大讨伐"中，集中兵力从哈南、哈东把抗联向下江"驱逐"，同时扼住齐黑铁路线，使抗联不得西进北出，又从吉南到吉东，利用纵横铁路，与"集团部落"步步紧逼，使抗联不得不向下江地区集聚。而后，敌人集结重兵，陆空合围，步步为营，缩小包围圈，将抗联各部队"趋于一隅"，从而"聚尔歼之"。

以上，是周保中在1937年末在下江特委会议上对敌情态势的分析。基于以上分析，周保中提出，抗联各军应有计划地疏散开来，以避免被敌人包围兜剿。这一建议显得十分迫切。

同其他抗联各军相比，周保中有更强的地下情报网，加上他对敌我双方斗争态势的准确把握，使得第二路军的许多工作，都具有一定超前性。为冲破敌人对依兰、桦川、富锦、宝清等老游击区的"讨伐"与包围，1938年4月，中共吉东省委决定，抗联第二路军主力向西南方向的五常、舒兰远征，开辟新的游击区，史称"西征"。

西征部队兵分两路：西路以第四、第五军骑兵为主力，由四军军长李延平、副军长王光宇指挥，会合第二军五师陈翰章，突入宁安西北，依托老爷岭，建立后方根据地，要求第八军骑兵部队也参加；东路为步兵，由五军军长柴世荣、军政治部主任宋一夫指挥，西进五常、榆树等地，并力争与抗联第一、二军取得联络。东、西两路活动的重大问题，由中共吉东省委书记宋一夫作"最后的决定"。

西征开始便受多方阻碍：关键时刻，本非同路人的抗联第八军军长谢文东拒绝了中共吉东省委的意见，没有派部队参加西征；另一阻碍来自日伪军，他们发现了抗联行动后，不时派重兵阻击，部队集结竟用了1个多月。

无奈，西征各部主要领导开会重新研究西征计划，决定改变西征部队先南进宁安、再西征五常的计划，转而直接西征五常，并将两路部队编为3个梯队：第一梯队150人，由一师师长关书范组成先遣队；第二梯队260人，由李延平与宋一夫率领；第三梯队270人，由柴世荣、王光宇率领。西征部队共680人，军事政治领导仍由宋一夫负全责。

与几个月前结束的以伪军、伪警为主体的所谓"东边道独立大讨伐"不同，这一次"三江特别大讨伐"，日本关东军又赤膊上阵了：由第四师团充当主力，师团长就是后来在太平洋战争中号称"马来之虎"的山下奉文，在幕后策划操控的则是时任关东军参谋长、后来的日本首相、头号甲级战犯东条英机。两人都是毒辣的狠角色。

开头便不顺利的西征部队的唯一亮点，是袭击了苇河县楼山镇。楼山镇是中东路南侧的一个木材集散地，驻守一个伪军守备中队、一个白俄铁路守备中队。之前，西征部队穿越150多公里荒无人烟的原始森林，敌人已经摸不到这支队伍的去向了。

7月中旬，西征部队一举拿下楼山，毙伤俘敌人多名，缴获轻机枪2挺，步枪近百支，子弹4万余发，粮食、服装等军需品甚多，破坏了森林铁路与桥梁及通讯设备。敌人以为赵尚志三军的主力又打回来了，哈东6县之敌几乎倾巢出动。亮点之后的拐点是，西征部队陷入了日伪军的重重包围。

敌情严重，西征部队开始分兵行动：第五军军长柴世荣率领抗联五军教导团和救世军王荫武部中止西征，返回刁翎旧游击区；五军一师师长关书范率一师奔二道河子，欲联络第二军五师；第四军军长李延平与宋一夫率四军与五军二师继续向哈东五常进发，意欲进入抗联三军老游击区，以期望实现"老区新活动，开辟新方向"的西征初衷。

岂不知，这只是一厢情愿。哈东3年前的老游击区，已遍地建起了"集团部落"，西征部队很难得到群众支持；加之路径不熟，致四军一度误入延寿县境，多次同敌军遭遇。好在，部队官兵以命相搏，在荒沟反击战中，毙伤日伪军30多人。7月下旬，部队再入苇河县境，恰与关书范一师相遇，于是合兵一处，坚决向西征目的地五常奋勇挺进。

一路上，由于步骑兵行动参差，互相拖累；加之敌封锁甚严，部队给养发生严重危机，战士们一连十几天没吃上粮食了，饿得直打晃，一边走一边找野菜、野葡萄叶子、野蘑菇充饥，最后只好杀马，马肉吃光了吃马皮，连马骨头、马蹄子也用来烤焦充饥。因为没有食盐，吃了马肉的战士，不少腹泻不止，脸腿浮肿，不少人长眠于深山老林之中。

7月末，为解决给养，西征部队再次对一个"集团部落"发起进攻，因此在一面坡处遭敌紧迫追击。部队奋勇抵抗，跨越滨绥线南下，再次遁入深山密林之中。在部队生死存亡紧急关头，一个惊天事件发生了。

中共吉东省委书记、东北抗联第二路军政治部主任、西征部队作"最后的决定"的最高领导人宋一夫，叛变投敌了！

宋一夫，原名宋效贤，1911年出生于山东莱芜，1933年加入中国共产党，历任宁安团县委书记、中共穆棱县委书记、道北特委书记、抗联五军政治部主任、吉东省委书记、抗联第二路军政治部主任。叛变投敌时，年龄仅27岁，为东北党与军队职务最高的叛徒。

一般说来，一个叛徒，对于他叛变之前的正面经历，人们是不大愿意提及的。九一八事变后，宋一夫曾参加抗日义勇军。1933年春，宋一夫曾任穆棱游击队政委，与胡仁、张镇华等共同发展了这支抗日武装，从开头只有21个队员，到后来策动伪治安队与警卫队，夜袭伪矿警队等，使穆棱游击队发展至100余人，宋一夫被调任中共穆棱县委书记。应当说，那个时候的宋一夫是充满激情与热血的，也受到了党组织的信任与重用。短短四五年时间，他便成了东北党组织最年轻的省委书记。

但在率部西征、队伍受到严重挫折，需要他拿大主意的当口，不多天前还郑重表示"愿以最后一滴血来执行党所赋予的重大任务"的宋一夫，在中东铁路南一面坡附近宿营时，借口巡查步哨，趁机潜逃。临逃时拐去公款1200元、手枪1支。[24]

一个叛徒，尤其一个高级干部成为叛徒，能坏多大的事？

一个普通叛徒投靠敌人，他的投名状是他所知道范围内的秘密；一个高级干部叛变后，不仅会让敌人获得这个干部权限内的所有秘密及绝密，使抗联在军事上陷入绝境，而且会带来系列的"仿效"恶果。

得知宋一夫脱逃，日伪当局派出人员四处探察，探知宋一夫潜回哈尔滨，便在全市四处搜索。不久，宋一夫主动投案自首，声明"归顺"。叛投后的宋一夫向日伪当局供述了所知晓的全部秘密乃至绝密，尤其是西征计划及部队现状。

日伪当局迅速自哈尔滨、长春调集日军主力500余人与装备精良的伪军 2500 余人，会同当地守备队，在六七架飞机配合下，全力围剿西征部队。自此，西征部队陷入了更加艰难的境地。8 月中旬，西征部队终于抵达五常县冲河地区，为免遭日军聚歼，第四军与第五军部队分开活动。

由于底牌被敌人掌握了个透，四军越发困难，部队仅剩百余人。面对主要领导干部宋一夫的叛变，有关史料没有留下李延平与王光宇两位军首长究竟是何心境的记载。资料中叙述的是，他们仍在顽强战斗，为实现西征原计划中与第十军汪雅臣部会合的目的，李延平率部向五常九十五顶子方向运动。

汪雅臣获知消息，也率部积极接应，不料在临近小山子时，突然遭遇强敌阻击。激战中，汪雅臣负伤，只得退回九十五顶子。虽然他后来与四军得以联络，并给四军提供了部分给养与帮助，但终究无法使四军摆脱总体不利的处境。

李延平，1903 年生于延吉，当过皮匠，九一八事变后参加救国军，当过参谋、副官、绥宁游击队支队长，被党组织派往莫斯科东方大学学习过。李延禄调走后，李延平代理军长，半年后任军长。

1937 年是东北抗联大发展之年，11 个军共计达 3 万余人，但比较起来，"四军软弱无开展"。[25] 有资料说，这与军长李延平能力不强有关：他性情温和，不威严"压茬"，加上四军先天大部分人员为山林队改编，打了两仗，没有收获还蚀了本。忠厚老实的李延平曾向中共吉东省委真诚表达了希望上级另派一位能力强的军长替代自己。

1937 年底，周保中受中共吉东省委委托，进驻第四军军部，对四军进行了整顿，目的是使四军工作与行动有计划有系统，同时严明纪律，开展了反对不良倾向活动。整顿的实质内容是调整补充得力干部。有人主张撤换李延平，周保中并未同意，而是给他带来了一个得力助手，即五军二师师长王光宇——担任四军副军长。

实践证明，周保中做对了。李延平跟各军与各地关系都相处甚好，他是识大体、顾大局的领导干部，更重要的，是决心抗日到底、勇于献身的人。在残酷对敌斗争中，忠诚与信仰比能力与水平更为重要。

宋一夫叛变投敌产生的恶果，是政治与军事双方面的。军事上的恶果，是使日伪军循踪对第四军围追堵截。9月下旬，四军陷入重围，部队被打散了，60余名战士被俘。政治上的恶果，是使意志薄弱者仿而效之，导致部队动摇、退缩、脱逃，叛变者纷纷出现了。其中，有一师师长曲成山诱胁部下3名战士，携枪支及500元公款叛逃投敌。

敌人的残酷围剿与诱惑双管齐下，放下武器投降可以获得与宋一夫同样舒适的生活和伪军警官员的待遇，不必再吃树皮、睡雪窝，这是曲成山叛变的直接原因。但是，李延平与王光宇仍在顽强坚持，一直坚持到11月，无粮无房缺弹少药，全军只剩下两位军长与7名战士，共9个人，但是部队战斗意志仍然如初。

下旬，宋一夫叛变的政治恶果爆发了。3名队员密谋叛变，杀害李延平与王光宇向敌邀功。宿营时，叛变者向两位军长开枪射击。李延平胸部中弹以身殉国，年仅35岁。[26]王光宇臂部受伤，抓起匣枪向人影射击，3个叛徒仓皇逃去。王光宇强忍伤痛，带领仅剩的4名抗联战士，含泪掩埋了军长，继续坚持在暴风大雪的寒冬。年底，他们在饥寒交迫中与敌遭遇，奋勇还击，全部壮烈战死。[27]

王光宇，原名王明堂，吉林德惠人，1911年生人，九一八事变后积极参加抗日斗争，1933年加入中国共产党。担任四军副军长之前，王光宇历任五军所属部队团政委、师政治部主任、师长、中共吉东省委委员等职。他文武双全，屡立战功，牺牲时年仅27岁。

毋庸讳言，抗联第二路军西征惨败，部队损失严重。第四军兵员损失三分之二以上，第五军损失二分之一，枪支损失与兵员损失相等。西征失败的原因是多方面的，除敌人过于强大、我军过于弱小的根本原因外，西征部队领导层涣散软弱，形不成核心意志也是重要原因。宋一夫能力有限，五军一师师长关书范瞧不起他，"与宋一夫各执一是"。但宋一夫的叛变投敌是西征惨败最主要的原因，这是毋庸置疑的！

宋一夫叛逃投敌后，充当伪滨江省警务厅警佐，从事破坏地下党等特务活动，干了许多坏事。抗战胜利后，宋一夫于 1946 年在哈尔滨被逮捕后被处死，结束了其 35 岁短暂而复杂的一生。

第五军西征部队与第四军分开活动后，在五军一师师长关书范、五军二师政治部主任陶净非带领下，先后袭击了大青川、冲河山林地带敌人的木营，曾进至舒兰，后回返五常，在渡牤牛河时与敌遭遇。激战中，五军第一、二师失去联系。

失散后，关书范率一师 110 余人向西征出发地刁翎地区回返，以寻找第五军军部。陶净非率二师五团一部向宁安老游击区进发，以期与第二军五师主力会合。应当说，关书范与陶净非都是久经凶险战阵、善于应对复杂局面的领导干部。

深秋季节，五军一师露宿林口北部牡丹江支流乌斯浑河沿岸柞木岗山下。那是一个反常的秋天，连绵多雨，满语意为"凶猛暴烈的河"的乌斯浑河，枯水期竟跟洪汛期的水势差不多，百十米宽的河面，河水湍急、浑浊，泛着浪花滚滚北去，已找不到原先的渡口。

寒冷的夜晚，露营地燃起了取暖的火堆。又是叛徒坏的事，闪耀的火花被一双邪恶的眼睛盯上了。葛海禄，土匪出身，曾在抗联九军当过副官。这天晚上，他本来要去找一个旧相好的女人，老远看到柞木岗山下的火光。多年的山林生活使他突然意识到了什么，他转身去了日本守备队，这将使他获得一大笔钱。

刁翎日军守备队熊谷大佐，随即调集兵力，亲率 30 余骑兵，驰奔柞木岗子。夜色沉沉，不知底细的熊谷未敢轻举妄动。他在等部队都赶到，天色明亮了再动手。此刻，关书范还不知危险已逼近。

西征部队在楼山镇战斗后，将第四、第五军30多名女战士合编组成妇女团，统一随第五军行动。一路征战，随五军返回的女战士，仅剩下8人。[28]师部参谋金石峰水性好，师长关书范让他试探河水深浅，若可涉渡，将安排妇女团先渡河。毕竟女人应当受到照顾与保护，何况仅剩下8人。

金参谋下水同时，一师官兵正在向河边走来，女兵们"起床"后已先到了河边——女人对水比男人更亲近些。就在此时，敌人的枪响了，一师官兵们本能转身奔向山岗。那儿是制高点，有可隐蔽的密林。听到枪声，女兵们转身隐蔽进了河边的柳树丛，一簇簇密密匝匝、手指到擀面杖粗细的"柳毛棵子"有几米高，下边还有没到膝盖及腰的茅草。所以，敌人并未发现她们，火力全奔向山坡上的男官兵。

过河是不可能的，因为她们都不会游泳。她们可以在柳树丛中隐蔽不动，待敌人追击战友远离此地后，或逆流而上，或顺流而下，再可择机进入山林，便可以活下来。

令向一师官兵进攻的敌人意外的是，柳树丛里突然射出了子弹，虽然火力并不猛烈，却是出自自己的侧后。战场指挥官的基本常识是，不使部队陷入两面以上对敌的局面，最忌惮的是被抄后路，哪怕是并不猛烈的一支小部队。

8支长短枪并不猛烈的火力，立即吸引和牵制了敌人对一师官兵的攻击，蝗虫似的子弹射向了柳树丛，茅草被炮弹打着了火。柳毛棵子"噼噼啪啪"地燃烧着。就在敌人分兵的当口，关书范果断指挥部队趁机发起冲锋，一举突出重围。当发现8名女战士被敌人围在河边，关书范又立即返回接应，然而未能成功，只得率部向柞木岗密林撤走。敌人见抗联大部队已撤离，遂集中火力向妇女团攻击，不断狂嚎，呼叫劝降，准备活捉。

被封锁在河边、后退无路的 8 名女战士，耗尽了最后的弹药，继而背起受伤的同伴，相互搀扶着，在妇女团政治指导员冷云带领下，毅然决然步入波涛汹涌的乌斯浑河，全部壮烈牺牲。[29]

冷云，原名郑香芝，1915 年生于桦川县一户殷实人家，1931 年进入县女子师范学校后，立志为国为民而改名为郑志民。1934 年，冷云秘密加入中国共产党，1935 年毕业后到南门里小学（新中国成立后改为"冷云小学"）任教，在中共佳木斯市委领导下从事地下工作。

奈何，不久，家中催促她完婚。小学时家中包办的丈夫为同镇已当上伪警尉的孙翰琪。在父亲看来，孙翰琪无疑是家中一个靠山，冷云却不满意。为地下组织与冷云的安全，冷云被转移至抗联部队。

女儿"失踪"后，郑母哭瞎了双眼。直到十几年后的 1952 年，电影《中华儿女》上映，郑母听人说八女投江中那个领头的指导员冷云就是郑志民，多方打听，才知道当年女儿失踪是上山当抗联打鬼子了。冷云牺牲时，年仅 23 岁。[30]

八位女英雄中第二位投江的叫杨贵珍，林口县莲花镇人，16 岁出嫁，未及一年便死了丈夫。成了寡妇的女人，命比黄连。婆家正合计着把她卖了，因为娶她时，婆家损失了 5 担苞米。正在这当口上，抗联五军来开辟根据地，当过童养媳的女兵徐云卿动员她参加抗联。杨贵珍捂着脸哭着说，俺家把 5 担苞米都吃完了。妇女团长王玉顺告诉她，女人一辈子就值 5 担苞米？你别怕，谁也挡不住你抗日。

杨贵珍终于摘掉了后脑上那朵皱巴巴的小白花，跟着妇女团进了山。参军后，她像换了个人，在被服厂、医院干啥啥出彩，第二年秋便加入了共产党，当了班长、小队长，并幸福地与心爱的男人宁满昌结婚。两人的缘分起自于勇敢的宁满昌战斗负伤，领导安排她悉心照料之时。两人一起参加西征，不幸的是，丈夫在战斗中牺牲。没有史料记载，宁满昌牺牲时，杨贵珍是否知道？但两人牺牲间隔不远，不足半年时间。杨贵珍牺牲时年仅 18 岁。

八女中另一位主心骨，是与冷云同岁、人称"安大姐"的安顺福，朝鲜族，1915 年生于穆棱镇新安屯一个贫苦家庭，1933 年便加入中国共产党，任抗联四军被服厂厂长。安顺福全家抗战，父兄和弟弟都是党员。1933 年 1 月，敌人对新安屯大进行搜捕，有 7 人惨遭杀害，其中就有安顺福的父亲和弟弟。亲人的血债没有击垮安顺福，反而使她更加坚强与坚定。

八女中的郭桂琴牺牲时仅 17 岁，她是一个苦命的女孩子，很小便没了爸妈，成了孤儿，吃了上顿没下顿，流落街头是常事。痛苦的生活磨砺使她勇敢无畏，抗联给了她一个温暖的家。为了这个家，她愿意以命相报。

王惠民是投江八女中最小的一个，牺牲时才 13 岁，实际上就是一个孩子。她也是林口县刁翎人。王惠民的父亲，外号"王皮袄"，是抗联五军军部军需副官。父亲参加了抗联，家里房子被汉奸特务给烧了。王惠民是家里老大，下面弟弟妹妹一大群，被母亲带着东躲西藏，到她 11 岁那年，便随父亲上了山。

没多久，父亲便战死了。王惠民虽然悲痛，但有那么多大哥哥、大姐姐疼爱她，更何况穷人的孩子早当家，她又是家里的老大。王惠民特别能吃苦，行军时大家帮她背包，扛枪，她争抢着不让，大家夸赞她。她像个小大人一样说，爸爸被鬼子打死了，妈妈和弟弟、妹妹在家受罪，我是大女儿，把鬼子快点儿打走后，我要早点儿回家找他们。

这位天真活泼的抗联小战士，却再也没有见到妈妈、弟弟和妹妹。她留下的遗物的背包里，剩了一个只比拳头大、还被啃咬去了半个的萝卜。[31]

英雄八女中另几位分别是：胡秀英，中共党员、班长，20 岁，已是一位久经战阵的老抗联。她曾因带领两名战士摸到敌人哨所、用手榴弹炸毁了敌据点而闻名抗联五军。黄桂清，战士、20岁。李凤善、朝鲜族，21岁。后两位女战士，除了留下姓名与年龄，几乎没有更多资料；但笔者相信，她们每个人都有不平凡的经历。

8位抗联女战士中，有4名是中共党员，她们年龄最大的23岁，最小的仅13岁，平均年龄为19岁。英雄八女牺牲后，东北抗联第二路军总指挥周保中，在1938年11月4日的日记中写道："乌斯浑河畔牡丹江岸将来应有烈女标芳。"[32]

40余年后的1982年，乌斯浑河畔，八女投江纪念碑落成，"八女英魂，光照千秋"8个大字，在阳光下熠熠生辉。英雄八女牺牲50年后，八女投江英烈群雕在牡丹江市江滨公园落成。8位先烈的雕像在泛着银光的江水与浪花映照下，显得那么壮烈，更不乏美丽。

对八女的身后事，还应当交代的是，向日军告密的叛徒、汉奸葛海禄，在新中国成立后，被揭露了告密罪行，在押解途中，被押解人员枪毙。

注释：

[1][2]《东北抗日联军史料》编写组:《东北抗日联军史料》(上)，中共党史资料出版社，1987年12月第1版，第364—366页，第199页。

[3]萨苏:《最漫长的抵抗》(下)，西苑出版社，2013年6月第1版，第328页；张正隆:《雪冷血热》(上)，长江文艺出版社，2011年4月第1版，第168—169页。

[4]萨苏:《最漫长的抵抗》(下)，西苑出版社，2013年6月第1版，第329页；张正隆:《雪冷血热》(上)，长江文艺出版社，2011年4月第1版，第169—170页。

[5]赵俊清:《杨靖宇传》，黑龙江人民出版社，2015年8月修订版，第248页。

［6］沈阳军区政治部:《血祭关东》,白山出版社,1993年10月第1版,第83页。

［7］中央档案馆、辽宁省档案馆、吉林省档案馆、黑龙江省档案馆:《东北地区革命历史文件汇集》,甲29,第279页;转引自张正隆:《雪冷血热》(上),长江文艺出版社,2011年4月第1版,第122页。

［8］张正隆:《雪冷血热》(上),长江文艺出版社,2011年4月第1版,第123页。

［9］徐天新等主编:《世界通史》(现代卷),人民出版社,1994年4月第1版,第503页。

［10］中共中央文献编辑委员会:《毛泽东选集》(第二卷),人民出版社,1991年6月第2版,第416页。

［11］中央档案馆、辽宁省档案馆、吉林省档案馆、黑龙江省档案馆:《东北地区革命历史文件汇集》,甲49,第186页;转引自《东北抗日联军史》编写组:《东北抗日联军史》(下册),中共党史出版社,2015年9月第1版,第642页。

［12］《东北抗日联军史》编写组:《东北抗日联军史》(下册),中共党史出版社,2015年9月第1版,第643页。

［13］［22］赵俊清:《赵尚志传》,黑龙江人民出版社,2015年8月修订版,第227页,第247页。

［14］［18］中央档案馆中国第二历史档案馆、吉林省社会科学院:《东北大“讨伐”》,中华书局,1991年4月第1版,第247页,第274—275页。

［15］中央档案馆、辽宁省档案馆、吉林省档案馆、黑龙江省档案馆:《东北地区革命历史文件汇集》,甲60,第229页;转引自赵俊清:《杨靖宇传》,黑龙江人民出版社,2015年8月修订版,第255页。

［16］［17］赵俊清:《杨靖宇传》,黑龙江人民出版社,2015年8月修订版,第258页,第261页。

［19］中央档案馆、辽宁省档案馆、吉林省档案馆、黑龙江省档案馆：《东北地区革命历史文件汇集》，甲49，第85页；转引自《东北抗日联军史》编写组：《东北抗日联军史》（上册），中共党史出版社，2015年9月第1版，第683页。

［20］《东北抗日联军史》编写组：《东北抗日联军史》（下册），中共党史出版社，2015年9月第1版，第684页。

［21］张辅麟等：《史证：中国教育改造日本战犯实录》，吉林人民出版社，2005年9月第1版，第432页。

［23］张祥：《回忆冰趟子战斗》，转引自赵俊清：《赵尚志传》，黑龙江人民出版社，2015年8月修订版，第249页。

［24］赵俊清：《周保中传》，黑龙江人民出版社，2015年8月修订版，第250页。

［25］中央档案馆、辽宁省档案馆、吉林省档案馆、黑龙江省档案馆：《东北地区革命历史文件汇集》，甲49，第91页。

［26］［28］［29］《东北抗日联军史》编写组：《东北抗日联军史》（下册），中共党史出版社，2015年9月第1版，第706页，第707页，第707—708页。

［27］赵俊清：《周保中传》，黑龙江人民出版社，2015年8月修订版，第252页。

［30］［31］张正隆：《雪冷血热》（下），长江文艺出版社，2011年4月第1版，第209页，第210页。

［32］周保中：《东北抗日游击日记》，人民出版社，1991年7月第1版，第279页；转引自赵俊清：《周保中传》，黑龙江人民出版社，2015年8月修订版，第269页。

第十六章
荆天棘地

52．女人与战争

想证明自己是绅士的西方人说过一句话：战争让女人走开。这句话曾被我们少数怀有东施效颦心理的人盲目追捧。实际上，面对残暴凶狠无出其右的日本侵略者，这只是天真的一厢情愿。

战争的荼毒从未离开过，也不可能离开女人，包括她们弱小的孩子，抗联女兵们往往要承受男人们双倍的牺牲与痛苦。

黑龙江刁翎地区是抗联五军主要根据地。五军大部分战士，尤其是女兵，多来自刁翎。当年加入五军的刁翎女兵多达 30 余人，最后活下来的只有胡真一与李淑贞两个人。

在抗联各军中，五军女兵最为鼎盛时期足有一个团的兵力。加上其他各军，女兵在抗联中应占有相当比例。而到 1941 年时，退入苏联参加野营空降训练的女兵，根据周保中 1942 年 10 月 9 日的日记记述，仅剩区区 32 人。

从重庆市人大常委会副主任岗位离休的抗联老战士胡真一，晚年时常做的一件事，是挨个回忆当年一起战斗的战友，她说了一句让人心如刀割的话："五军当年妇女团最多时三百多人，活下来多少？我算过多少回，十来个人吧。"[1]

战争让女人走开，不过是未见过嗜血战争者天真的呓语而已。女人不仅从未离开过战争，而且战争使原本温柔美丽的女人，变得与男人一样粗犷勇悍。

1936年3月，抗联五军在刁翎兴龙沟发生了"黑小子爬上新媳妇炕"的"事件"。一个长得瘦了吧唧的"黑小子"，大摇大摆地走进洞房，目不转睛盯着新媳妇瞅，还伸手去摸人家的炕头，觉得挺热乎，把着新媳妇的肩膀就蹿上了炕头，还往人家新媳妇身上依偎。新媳妇当即恼了脸子，这黑小子才下了炕，讪讪溜出了屋。

新媳妇对新郎说，部队里有一个黑小子上炕，二话不说就来碰我，跟胡子一样！恼了性子的新郎立马找抗联领导告状，什么抗联？竟然调戏妇女！部队领导震怒，竟然有这种人，敢光天化日之下违犯纪律，一定找出此人，严惩不贷。

结果，那个黑小子很快便被找了出来，原来是胡真一。负责处理的陶副官笑出了眼泪，告诉新郎，"黑小子"是个女的，并让胡真一去向新媳妇认错。

胡真一去新媳妇那儿检讨，把衣服解开给她看，解释说，天太冷，站岗时脚都冻麻了，想上炕暖和暖和。新媳妇见真是个女娃娃兵，惊奇地把胡真一拉上炕焐脚。

胡真一，1920年出生于辽宁丹东凤凰山，7岁随家人逃荒到刁翎后岗村。父亲好吃懒做，用六七岁的小女儿换回了一匹瞎马。全家人都不愿意。胡真一哥哥想妹妹想得掉泪，就拿鞭子使劲抽打瞎马，马疼得用蹄子直刨地。胡真一可怜马，说瞎马跟妹妹一样苦命，别打它了。母亲因想女儿想不开，喝了卤水，虽然灌脏水当时没死，却落下病根，不久就死去了。

后岗村小学校长名叫郭自建，媳妇叫李素珍，也是老师，被父亲安排养猪、放马的胡真一想读书，他们就让她免费听课。郭自建、李素珍夫妻是地下党，他们家是抗联秘密交通站，慢慢也让胡真一帮助传递情报。

由于当时家里更穷了，父亲想把胡真一也卖掉。胡真一便通过郭自建进了抗联五军。走时为了安全，李素珍给胡真一剃了光头，扮成一个男孩子。到了部队上登记名字，胡真一说爹妈没给起过名，就叫"小买子"——买来的好养活。负责的王处长说，从今儿个起，你就叫"胡真一"吧。

抗联战士多有着沾满血泪的苦难生活经历，这是他们之所以不怕困苦、勇敢奋战的基本动力。胡真一坚决抗日，起初直接来源于3件事：一是日军抓人修工事，工事修好了，把修筑的人全杀了，其中就有她的二哥。

二是她亲眼看到一个日本兵逗一个几岁的、戴个小兜兜的男孩儿玩儿，开始哈哈大笑，结果把孩子逗哭了。他以为小孩儿骂他了，就翻了脸，一刺刀从孩子背后攘进去，把孩子挑起来，边走边唱歌，孩子挣扎着嗷嗷哭几声就死了。胡真一说她"恨得牙都响"。

三是她的入党介绍人李顺强处长与金枝夫妻的惨死。那一年，军被服厂与医院被敌人破坏了，李顺强与金枝被敌人抓获。敌人知道他们是夫妻，就把两人衣服扒光，面对面将他们用绳子吊在树上，然后日本人用刺刀两边刺，左刺一刀，右刺一刀。两个人就大骂，敌人刺得更厉害了，刺了许多刀，后来掩埋时两人还光溜溜地吊在树上。胡真一说当时自己一直在哭，队长就说："你别老哭，哭什么，赶紧挖坑，把他们埋上！"

胸腔里储满了仇恨的胡真一，见了敌人就眼红，打仗异常勇猛。有一次打伏击，胡真一打死了两个鬼子，站起来高声喊："李处长、金枝，我给你们报仇了！"

还有一次，在兴隆沟打垮了敌人，部队就追击。女兵落后了，胡真一跑得最快，发现沟里趴着个鬼子，大衣上好多血，还活着，她把枪对准鬼子，四下望没有人，不知怎么办好。那个鬼子却冲她瞪眼喊叫，她听懂了两个字"巴嘎"。这两个字惹火了胡真一，上去就是一刺刀。

女兵们追上来，望着血呼糊啦已断气的鬼子，瞅着胡真一刺刀上的血，都张大了嘴。胡真一说不清心里是什么滋味，毕竟是同老远用子弹射击敌人不一样。

有了第一次，胡真一对血便不在乎了。抗联是穷部队，所有给养几乎都要从敌人手里夺取。一次打扫战场，胡真一上去扒敌人服装，敌人身上还在流血，部队同志说，胡真一你负伤了，身上有血呢！她说，我是扒鬼子衣服染上的。

在亡国灭种的危险关头，抗联先人们"号召妇女男性化，一切要以纪律生活革命利益为前提，要她们有独立工作和政治斗争的能力"，[2]因为女人首先是战士！

爱憎分明的抗联女战士，恨起敌人来，杀人、捅刀子，什么事都敢干，甚至令许多男人逊色。一次，部队抓了一个为日本人刺探抗联情报的特务，当时规定，汉奸必须处死。五军军长柴世荣说，不能用枪，不能用刀，得用绳子处理。那个特务被绑在树上，脖子上缠了根细绳子，再将细绳绕树一周，如果这样绞死不会太痛苦。虽罪当死，但抗联不是残暴的日本人。

柴世荣问，你们谁去处理？大家都不开腔，好多人不敢去。

胡真一说，我去！说着拿了一根筷子，插在绳子里，在那个特务脖子上转圈，转圈，再转几圈，直到他一动不动了才停手。胡真一说，自己尤恨汉奸卖国贼。[3] 胡真一"尤恨"的缘由是，汉奸卖国贼的破坏作用，比日本人尤甚！

流血的战争使完整的家园残破，骨肉离散，暴力野蛮的世界使人的性格发生改变。凶残的杀戮使软弱的人，尤其是原本温柔善良的女人变得粗粝刚强。这不是女人们的错，是侵略者与可诅咒的战争造的孽！

但是，女人毕竟不同于男人，女娲在造人时偏爱地多给了女人一种神奇的能力——母爱。当然，同时附带了痛苦，除了生产时撕心裂肺的剧痛，还有月月不少的流血。和平年代的女人们享受了无微不至的照顾，月信用品选之不尽，但战争使一切都变得灰暗、狼藉。

老战士李敏回忆，那时候哪有卫生纸、月经带什么的？就是用穿破的军装扯成布块洗干净了带在身上，用过后洗干净接着再用。破布洗过晒过后硬邦邦的。夏天有种大叶子草，是一种野菜，能吃，晾干了搓搓，挺软和，对付用。妇女小产或生了孩子，更没有坐月子一说了。

老战士刘淑珍说，来了例假弄脏了裤子，哪里有换的？没有！山里有河沟，有的地方还有泉眼。男的都躲远点儿，洗洗拧干了在哪儿晒晒，也没多大工夫，就得穿上了，遭罪！

以上是碰到河沟，时间又容空儿，可以那样处理。如果正在行军或打仗，碰不到河沟，或者是阴天下雨没法晒，雨从身上淌，血水顺大腿流。再或者是大冬天，不敢点火没法烤，那就只有干挺着。因而每月一次的例假是抗联女战士最无奈的麻烦事。一些年长的女战士就告诉新来的女战士，到冰冷刺骨的河水里去洗，为的是把例假给激回去，因此，抗联中得妇女病的女战士特别多。

1939年7月8日，周保中在日记中用很长篇幅记载了一个因患妇女病而捐躯的、名叫李志雄的女兵。李志雄曾就读于北平东北大学，参加抗联五军后，曾任秘书、文化教员、政治指导员等职，因而得到大家的喜爱与组织的倚重。原本是学校篮球队长、身体素质甚棒的李志雄，却不幸患上了很重的妇女病，五军通过地下党组织要安排她到佳木斯医院就医。

李志雄家也是一部血泪史：父亲被以"思想不良"罪名逮捕入狱，母亲广筹营救资金无果，绝望自缢而亡，父亲两年后病死狱中。性情刚烈的李志雄给组织写了一封信，表示至死不入敌占区：

> 我宁死在抗日救国领域，宁死于同志指顾周旋相与艰苦共尝中，绝不愿一日苟活于法西斯日贼统治区，更不愿见法西斯日贼之对我同胞已视同殖民地奴隶牛马之残酷悲痛，更不愿自己是女性而不幸有遭受日贼法西斯之凌辱。

1939年7月5日，东北抗联中让首长与战友刻骨铭心的一代才女李志雄，因"女性病……又缺适当之医药"不幸病逝于密营之中，年仅25岁。周保中为其撰写的传略结尾语为：

> 女士之死，失去吾大中华民族解放运动中可造就之女性人才。女士在依兰时曾与现任五军三师政治部主任季青同志结缡。季同志使君有妇，李女士罗敷无夫，因革命而追逐情场。方庆天长地久，同登民族解放胜利之塔，不图玉殒香销，正当日贼猖狂之候，季同志闻耗不知做何感想。[4]

周保中爱才、惜才之情溢于言表，更为李志雄的丈夫季青失去妻子后的痛苦而唏嘘。

孩子是母亲身上掉下来的肉，十月怀胎之劳辛，一朝分娩之巨痛，都是为了自己的生命延续出灿烂的花朵与甜美的硕果。但是，如果本应盛开的鲜花与硕果，过早枯萎与陨落，那种痛楚绝不是例假那般一时的遭罪，而是痛彻到骨髓，甚至终生不去。

李在德，1918年出生，著名"鹤立十二烈士"之一的金成刚之女，1934年加入汤原反日游击队，离休前曾任政务院机要秘书——政务院及周恩来总理印章都曾由她掌管，是一位忠诚的共产党员。几十年里，李在德曾在无数岗位上工作过，但是，她最乐意的是在全国人大常委会办公厅的幼儿园当园长。

李在德的第一个孩子是生在一个山沟里，那是她与抗联老战士于保合（新中国成立后任中央军委军械部雷达局副局长等职）的爱情结晶。生产时，只搭了个窝棚，因没有什么可吃的，也就没有奶水。孩子头两天还能哭几声，到第三天便哭不出声了，第五天便死了。

生产居住环境太差，李在德产后受风，全身浮肿，也在死亡线边缘挣扎着。负责照料她的是对朝鲜老夫妻，急得团团转。李在德想起在抗联六军被服厂时，曾用老鸹眼树皮煮水给伤员洗伤口，就让他们弄来试试，死马当活马医。没想到命大，浮肿慢慢消了，人就活了下来。

在深山老林，营养极差，孩子活下来的概率甚低，孕妇生产不亚于鬼门关上走一趟。

金凤淑，抗联六军一师被服厂女战士，生孩子时，被服厂的人都下山背粮去了，只留下小女孩李敏（因脚扎伤）在家。当听到金凤淑痛苦的喊叫声时，李敏解开了她的裤带，露出肚脐眼——在家时妈妈告诉她，小孩都是从妈妈肚脐眼出来的。

满头大汗的金凤淑央求道："快帮我脱裤子，快！"李敏刚把裤子拽到腿弯，咕咚一下，羊水、血水、孩子一齐掉了下来……

金凤淑有气无力地让李敏找把剪子，把孩子脐带剪了。李敏望着那个红红的、皱巴巴的、小小的孩子，生怕剪疼了，也不知从哪剪。一会儿，背粮的老王先回到山上，听到屋里生了孩子，就在屋外大声喝令李敏:"剪脐带!"

那是个男孩儿,剪了脐带之后老半天才哭出声,不过声音小小的,像猫叫。大家七手八脚找大碴子煮米汤喂孩子——山里只有大碴子。跟李在德一样,金凤淑也一点儿奶水下不来,那个男孩儿只活了3天就死了。金凤淑把孩子紧紧抱着,泣不成声,说什么也不撒手。大家好说歹劝,在山包一棵树下挖了个坑,埋了这个连名字都未来得及起的孩子。庆幸的是,金凤淑没有坐下病。

金伯文的生产,几乎要了性命。金伯文,朝鲜族,是个有文化、能讲汉语的老战士,曾担任过抗联三军被服厂厂长,爱人是抗联著名将领李兆麟。

金伯文生产时,正在被敌人追击的途中,而且是数九隆冬零下三四十度的冷天里。那一天她一辈子不曾忘记。1940年阴历十一月初五,正赶路中,第一个儿子在冰天雪地里降生了。孩子生下来,脐带也剪断了,但是胎盘未下来。敌人在后边追着,接生的朴大姐把脐带管拴在金伯文大腿根上。部队开始急行军。庆幸的是胎盘终于下来了,朴大姐松了口气:"胎盘要是下不来,你可能就活不成了!"

金伯文是幸运的,胎盘下不来是因为与子宫发生粘连,产妇极易大出血而危及生命。庆幸的还有孩子安然无恙,战友们兴奋地给他起了一个响亮的名字"肇华"。这个孩子使抗联后继有人,是中华民族的希望。

自此,肇华便趴在妈妈背上,在深山老林里与敌人周旋。一年后,肇华随几乎下肢瘫痪的妈妈到达黑龙江边欲入苏联时,是被战友拖拽着越过冰封的江面的。

古罗马诗人贺拉斯有句名言:"所有的母亲都憎恨战争。"

战争给母亲以双重伤害,她们除了失去丈夫,还将失去孩子。东北抗联中的母亲,其实很难成为真正的母亲,因为孩子成活率低得可怜,即便侥幸存活下来的,也很难留在自己身边。抗联女兵想听到一声"妈妈"的喊声，是一种极度的奢望。

金玉坤，一位勇敢的抗联女兵、被服厂厂长，丈夫是抗联第十军大队长隋德胜。1940年春，她生下一个女孩。当时部队几乎没有在一个地方久住的时候，首长动员她将孩子送到山外老乡家里抚养。

望着女儿稚嫩的脸庞，金玉坤的眼泪夺眶而出，给孩子喂了最后一次奶。孩子带着笑意睡着了，她不知道从此将离开妈妈。金玉坤从衣襟上撕下一块布，在上面写下一行字："父隋德胜，母金玉坤，1940年4月14日生，小名凤兰。"[5] 老乡抱走孩子那一刻，金玉坤扭过了头。孩子人小，还不会喊"妈妈"。

比起朴银珠，金玉坤还是幸运的，起码她是眼瞅着孩子活着离开自己的。胡真一老人讲述了朴银珠的悲惨往事：

1938年秋，部队在宁安扒日军铁路，袭击闷罐车打给养。首长安排女兵先撤出，不料在镜泊湖北边让日本兵跟上了。女兵跑不过日本兵，十几个人藏进湖边芦苇里。朴银珠的孩子才两个多月，是个男孩儿，孩子哭，她拿手捂他嘴，捂一会儿松开，还哭，再捂。日本兵就在湖边山坡路上，过一会儿孩子没声音了。胡真一离她娘俩几米远，芦苇密实，看不见，寻思这孩子懂事呢。日本兵走了，只见朴银珠抱着孩子一动不动，眼睛木呆呆傻子似的，光流眼泪——孩子被捂死了。[6]

面对失去人性底线的日本侵略者，为了战友群体的安全，抗联女战士们不得不做出超越人类感情承受极限的抉择。那种精神痛苦，甚于自我断臂！

母亲诅咒战争，除了战争夺去许多孩子的生命外，还在于将活着的孩子从自己身边割离。

李在德与于保合的第二个孩子是在苏联伯力妇产医院出生的，那一天是1940年9月28日。这年10月，于保合将随赵尚志回国，苏军代表安古金诺夫上校（代号"王新林"）设宴为他们送行。席间，他祝贺于保合有了儿子，并为小孩起了一个苏联英雄的名字"瓦列利"。赵尚志说，还是再起一个中国名字吧，李根植是抗联三军牺牲的朝鲜族英雄，孩子就叫"于根植"吧。

后来，于根植与另一个孩子一起，被抱送到哈巴罗夫斯克的幼儿园。李在德回忆：那天，苏联军官吴刚对自己说，今晚还有一个中国小孩儿先送他这里，明天和他儿子一起送到苏联幼儿园。晚上，苏联军官抱来一个男孩儿，孩子有病，又吐又拉，哭得很可怜。李在德喂这个孩子吃完奶，哄睡了，自己却一夜未合眼。不知道这两个可怜的孩子会被送到什么地方，能不能活，自己还能不能见到他们，李在德泪水止不住往下流。

后来，李在德又自责与检讨了自己：我们曾有多少抗联女战友，在打游击时把自己的孩子送给了老百姓，甚至扔在冰天雪地里了；有的为了部队安全，忍痛牺牲了自己的孩子；有数不清的抗联战友在战场上流血牺牲。自己为一个小孩儿流泪，简直是太软弱了。

李在德是母亲，有慈爱软弱的一面；但她更是战士，战士的职责与岗位是在战场；同时，她又是一名中国共产党党员，祖国尚在日寇铁蹄践踏之下，解放祖国的使命与信仰，使她必须抛弃儿女情长，为赶走侵略者而奔赴战场。

生完孩子尚未满月的李在德参加了无线电、情报、侦察等特种培训。1941 年夏，李在德重返东北抗战一线进行侦察活动。当时，苏德战争爆发，苏联幼儿园紧急向大后方转移，自此李在德、于保合夫妻与孩子于根植失去了联系，尽管当时苏联方面帮助他们找了又找，但始终未查到下落，至今都不知是生是死。

战争结束了，尤其离休以后，李在德会时常想起她的"根植"。这是一位母亲的天性。

实际上，与于根植同样情况下失踪的抗联孩子还有若干。周保中曾向苏方提供过一份需要查找的孩子名单表格。[7] 表格中共有 9 个孩子，其中一个便是于根植。其余 8 个孩子中，除杨振华的儿子杨明山，被标记于 1941 年 7 月被送回国内勃利县后杳无音信外，其余的连下落也没有。

金伯文在雪地里生下的儿子"肇华"，那个冬季随母亲跨江到了苏联。金伯文住进医院，肇华被送进了托儿所，从此母子分离。出院后的金伯文即开始寻找肇华。此时，李兆麟告诉她，由于在深山受冻挨饿，孩子入园便生病，不到半月便死了。当时金伯文病挺重，怕受刺激，故而瞒到现在。后来，他们又有了儿女。

可是到了 20 世纪 70 年代中叶，金伯文的儿子张立克带来一个消息，我国驻英使馆的人说，曾有人找到使馆，说自己是李兆麟的儿子，要求使馆帮助寻找亲人。

金伯文的女儿张卓娅问母亲，追踪这个信息寻找哥哥肇华好吗？

金伯文木讷地摇了摇头，没有说什么。儿女们尊重她的意见，不再重提这件事。但儿女们知道，母亲对雪地里诞生的第一个儿子肇华，从来都没有忘记过。那不仅仅是她的骨肉，更主要的是，肇华身上有着那一段艰苦卓绝的抗战生涯的深刻印记。

因而，女儿卓娅一直寻找机会，直到 2010 年 12 月 18 日，参加中央电视台《等着我》中俄跨国寻亲大型公益节目，还在试图为母亲寻找心绕梦萦了一生的"肇华"。[8]

53. 《湘累》与《秋水伊人》

无情未必真豪杰。抗联战士炽热而忠贞的爱情同战胜敌人的斗志与毅力一样，旺盛而坚定。

战士中有很多是热血青年男女，应当承认，他们对异性的关爱也是很正常的。处于青春期的男女，对异性的爱慕如同春天小树要发芽一样。恋爱的战士也写浪漫的情书，只不过没有纸张，他们就用桦树皮代替纸张。反映抗联生活的歌剧《星星之火》中，一个出名的唱段叫《桦树皮，是我哥哥写来的信》。歌词中有：

> 桦树皮不值钱，
>
> 捎到你手值千金，
>
> 这是你哥哥写来的信，
>
> 这是你哥哥一片心。[9]

战争环境尽管艰苦异常，但不缺乏浪漫、爱情和人性的光芒。抗联的首长们清楚，抗战为什么？为人民过上自由幸福浪漫的生活，人民当然包括这些浴血奋战的抗联战士们。抗联的领导层也清楚，婚恋必须符合中华民族道德要求。

早在1935年，东北抗日联军便颁布了《东北抗日联军部队内婚姻简则》，共计10条之多。其中主要原则是强调婚姻自由，不妨碍部队军事政治并经组织批准，不准乱婚，士兵不许谈恋爱等。还有一重要规定，已经在家乡婚配的男女如若再婚，须与原婚配关系已断绝3年以上。[10]

残酷的战争，是摧残爱情之花的凶恶杀手，抗联的情侣们能够携手看到胜利那一天的，只是幸运的少数，白头偕老只是一种奢望。因而，每对伴侣结婚，都是抗联战士们欢乐的节日。

于保合与李在德的婚姻便是赵尚志撮合的。为了把婚礼办得风光，他请冯仲云当媒人，自己当证婚人，请周保中主持婚礼，并安排人采来姹紫嫣红、娇艳烂漫的山花，把婚礼现场装饰一新，新郎与新娘也打扮得格外光彩亮丽。

3 位将军一齐为两对新人（另一对是上文叙述过的吴玉光与李桂兰）办婚礼，表明抗联将士们对美好幸福生活的向往，反映了东北抗联在艰苦卓绝的斗争中昂扬向上的精神文化生活，也是一种战胜任何凶残敌人的必胜信心与精神力量的体现。

当然，东北抗联也曾举行过一次最简单的婚礼。那是 1939 年 10 月 6 日，在抗联第二路军的总部临时驻地，周保中与王一知的婚礼。

那天，在党小组会议上，王一知、周保中先后向小组说明了两人有了革命情谊与结成革命婚姻的愿望，并说明经过有关党组织审查批准。向党小组说明的意思，就不举办婚礼了。对两人结成革命伴侣，小组会全体一致赞成，但认为婚礼不能少，可以简化。大家要求周保中与王一知当众以握手代替婚礼程序。周保中与王一知老实服从，当众郑重并认真握手。大家鼓掌以示对两人结合的庆贺，并共唱《国际歌》，以结束婚礼。散会后，大家就立即着手准备第二天的工作。

以握手代替拥抱，以《国际歌》为婚礼伴奏乐曲，也许只有抗联的将军能如此作为。

赵尚志是个热心为别人的幸福帮忙的人。不久前，他曾为师长蔡近葵与于桂珍当介绍人，并张罗婚礼；可是他却从不考虑自己的婚事，他依然坚持早已陈明的志向：不把日本侵略者驱逐出去，不结婚、不成家。

冯仲云与爱妻薛雯分别不仅早已超了 3 年，而且是 4 个 3 年——整整 12 年。在那艰苦岁月里，他染过伤寒，负过重伤，也需要人照料。抗联将领再婚的不乏其人，有人给他介绍过，也有女战士追求过他，都被他婉言谢绝了。在零下 40 摄氏度的严寒里露宿，在重病重伤的山洞中，他时常思念起远在他乡的妻儿。战斗空隙中，冯仲云时常独自吟唱一首歌：

爱人啊，还不回来呀？

我们从春望到秋，从秋望到夏，

望到水枯石烂了！

爱人呀，回不回来呀？

我们为了他——泪珠儿要流尽了，

我们为了他——寸心早破碎了。

层层锁着的九嶷山上的云哟，

微微波着的洞庭湖的流水哟！

你们知道不知道他？

知道不知道他的所在啊？ [11]

　　战友问冯仲云这是谁作的歌。他说是郭沫若所作，歌名叫《湘累》。有人说，冯仲云对妻子薛雯的感情同他对革命的理想与信仰一样坚定、忠贞。

　　而远在湿热江南的薛雯则在吟唱着《秋水伊人》，尤其是在中秋对月之夜，对女儿小忆罗轻轻唱道：

蒹葭苍苍，白露为霜；

所谓伊人，在水一方。

　　那时年纪尚小的冯忆罗，不知道妈妈吟唱的是《诗经·秦风·蒹葭》的句子，也不知妈妈为什么总唱这支歌，尤其是每年的中秋时节，唱完了就给忆罗讲抗日，但"给我讲得最多的是父亲"。

　　多年后，冯忆罗明白了妈妈总唱的那首诗歌的意思：

河边芦苇青苍苍，

秋深露水结成霜。

意中之人在何方？

就在河水那一方。

此时，在冰天雪地里的冯仲云尚不知道，妻子薛雯也遇到了人生中最大的危难。自从哈尔滨转移到上海后，党组织因叛徒出卖遭到破坏，薛雯失去了党的组织关系。不久，她在牛棚里生下的叫坚儿的男孩儿病死了。

双重打击并没有使薛雯倒下，她带着女儿到处找党组织。为解决生计，薛雯跑到茅山地区，住在一个祠堂里，给农民的孩子当老师，不要教学费，只要给母女俩一口饭吃就行，于是就这样吃了好长时间百家饭。

后来听说哪儿有新四军，她就又带着孩子去找。但找到部队之后，因为没有旁证，组织关系还是恢复不了，但薛雯依旧做共产党员该做的工作。她曾经冒死帮新四军藏过一批粮食、布匹与武器，辗转交给了武工队。

薛雯的突出表现，使新四军党组织感触颇深，虽然组织程序上没办法承认她是老共产党员，但承认了她是老同志，并把她送去党校学习。转眼，女儿忆罗长到了 13 岁，她又将女儿送入了新四军。她坚信，如果她的仲云在此，也一定会这样做。

长相思念为相忆，短相思兮无穷极。

抗联老战士冯仲云与薛雯夫妻，12 年分离的相思之苦痛，只有他们两人可以体会。也许是上天眷顾，有情人终于迎来了终身相守的日子。当拆散他们的日本侵略者垮台的那一天，苦苦等待了 12 年的薛雯，终于收到了冯仲云的一封信。

收到信的薛雯当时是什么心情？几十年后，女儿冯忆罗说了5个字"激动得傻了"。

12年，面对炮火战乱的动荡，多少人都发生了变化，冯仲云的信，写得热情而克制，他这样写道：

> 雯，亲爱的雯：
>
> ……
>
> 我们相隔十二年了，这十二年中，我始终忠实于自己的党、国……热望着雯来我处，只要雯在这十二年中始终对得起过去的事业，在这方面没有失节，那雯仍旧是我的妻。雯，不管你有什么遭遇，如果你愿意回到我这儿，我还是热望的……
>
> 云[12]

这应当是颇费心思、令人动容的一封信，字里行间，看得出冯仲云的纠结：他既盼望与分别12年的妻子团圆，又担心妻子因艰难的遭遇与别人结婚了；但只要"你愿意回到我这，我还是热望的"。不过，信中最根本前提是共产党人的信仰没有变化，没有失节！这便是一位久经考验的老共产党员、一位抗联老战士的基本底线与家庭婚姻原则！

接下来，薛雯以闯关东般的"韧劲"，开始千里寻夫。日本人虽然缴枪了，但沿途又换上了国民党。薛雯白天不能走，就在晚上偷过封锁线。她好不容易到了沈阳，沈阳又被国民党占领了，于是又奔丹东，从丹东坐火车到朝鲜新义州，再经图们江抵达牡丹江。一路艰险，徒步、马车、火车、汽车、轮船都试遍了……分别12年的抗联夫妻终于团圆了。

真挚的爱情是纯洁的，容不得半毫瑕疵，能够12年不改初爱之心的，能有几多人？

爱情之所以得到抗联的支持，不仅在于她符合人性的需求。流血牺牲、饥寒交迫，更需要心灵的慰藉与相互取暖，还在于她繁衍延续了人类。在东北抗联，冯薛式坚守如一的爱情受到尊敬，不断追求爱情的战士同样受到尊敬。

离休前曾任黑龙江省政协副主席的抗联女战士李敏说：东北抗联部队里的女战士们，少有从一而终和守寡一说。一些女战士，丈夫牺牲了，后来就又嫁给了丈夫的战友。战友们在迎娶女兵的同时，也接纳了她们所带来的前夫的孩子，就当自己的孩子一样，把他们抚养成人。

笔者赞同这种观点，人性是复杂的。无论是坚守如一，还是继续追求，只要是真爱，都应受到肯定与赞美。

让我们接续上文未完的抗联女战士金玉坤的爱情生活。小凤兰被老乡抱走的那个冬天，已经当了团长的丈夫隋德胜，却在一次突围掩护战友撤退时壮烈牺牲，年仅 30 岁。此时的金玉坤不满 22 岁，丈夫牺牲时，她还不知道，是到了苏联以后领导才告诉她的。

失去了孩子又失去了丈夫的金玉坤，郁郁寡欢。后经组织介绍，与抗联教导旅排长赵喜林结为夫妻，虽为再婚，但夫妻恩爱，并于 1944 年 9 月生下了一个女儿。夫妻幸福地为孩子起名赵艳芬，苏联名字丽娜。金玉坤一直紧锁的眉头终于舒展开来。

但是，战争再一次摧毁了金玉坤的爱情与幸福，赵喜林在一次渡江回国执行任务时，与日伪军遭遇，不幸壮烈殉国。一起执行任务的 6 位抗联战士都牺牲了。

再次失去丈夫的金玉坤又一次陷入无尽的悲痛境地，真是欲哭无泪，老天为何如此折磨自己？好在有赵喜林与自己的爱情结晶女儿艳芬在身边。

后来，走出心理阴影的金玉坤，与抗联教导旅的聂景全结婚。1945

年光复后，夫妻二人回国，聂景全参加剿匪战斗，在牡丹江莲花泡牺牲了。当时共牺牲了 8 位战士。聂景全牺牲后，金玉坤生下了一个男孩儿，取名聂文波。

金玉坤 15 岁参加抗联，是一位作战勇敢的女兵。她会使双枪，一支撸子，一支匣子。一天黑夜，陷入包围的她被打伤了脚。她先是把牺牲战友的血往头上、脸上抹，隐蔽了自己，然后在敌人用手电查找时，对着人影将一梭子子弹全打了过去，随即顺势蹿到一片阔大的豆地，从这头爬到那头。也算她命大，自己找到了后方医院。

金玉坤一共生了 3 个孩子，可 3 个孩子都失去了父亲，金玉坤失去了 3 个丈夫。她 3 次勇敢地追求爱情与幸福，却 3 次被战争撕扯得粉碎。

每一次恋爱，身心都犹如一支熊熊燃烧的火炬，那么炽烈，那么欢腾；但战争的暴雨，每次都兜头灌下来。那种痛苦若不是亲身经历，永远无法体会。寒冷、树皮、流血对身体的多次伤害，金玉坤都挺过来了，但 3 次痛失爱人，使她的心破损得七零八落。58 岁那年，金玉坤不幸离世。

战争可以造成断壁残垣，可以造成孤儿寡母；但战争阻挡不了人类相爱，同样阻挡不了人类的繁衍。

抗联女兵金玉坤战争中凄婉而勇敢的爱情，结出了灿烂而丰硕的果实。她在战火中生下的 3 个孩子，个个承继了抗联父母的精神力量，茁壮成长在已经没有了战火的、新中国的土地上。

她与隋德胜的女儿凤兰，在养父母杨春林、孙德珍夫妇的精心抚养下，长成漂亮的大姑娘。养父母有 2 子 3 女，家境贫寒，都未上学，却供抗联的后代小凤兰上完了小学。

孙德珍为找到凤兰的父母，3 次进县城，5 次到省城，终于为她们母女接上了中断 17 年的情缘。金玉坤感动莫名，将凤兰改名为"隋杨兰"，以感激杨春林夫妇的养育之恩。

金玉坤与赵喜林的女儿赵艳芬，后来嫁给了抗联老战士吴玉清的儿子张志学。吴玉清的丈夫是抗联第二路军第二支队副官张玺山，他们的儿子张志学出生在苏联的哈巴罗夫斯克。吴玉清14岁参加东北抗联，战斗足迹遍布密山、富锦、尖山子等多处，她跟金玉坤是战友，又结成儿女亲家，实际上把抗联战友的感情延续到了下一代。

金玉坤与聂景全的儿子聂文波，按农村传统说法，应当是"梦生"。他没见过父亲，但他知道父亲与另外7位烈士被埋在了一起，如今甚是感谢当地政府重新修了烈士碑，满满的英烈情结。

2012年9月，沈阳八一宾馆礼堂里，俄罗斯二战老兵和"国际八十八旅"老兵及其后代济济一堂。当赵艳芬从伊万诺夫元帅手里接过5枚纪念章时，会场上掌声雷动。

这5枚纪念章的得主——5位抗联老战士为：金玉坤、赵喜林、聂景全、张玺山、吴玉清。[13] 5枚熠熠闪光的纪念章背后，便是以抗联女兵金玉坤为主线的惨烈战争中的爱情故事。

这个抗联家族似乎还应有抗联团长隋德胜一枚纪念章，只不过因为他在还没过江到苏联参加抗联教导旅之前，便牺牲了。

54．跨山涉水再找党

1937年秋冬至1938年春夏季节，杨靖宇、赵尚志、周保中3位东北抗联主要领导人，几乎都在坚持不懈地做同一件事——想方设法在同党中央取得联系。

1937年下半年，南满党组织与上级完全断绝了关系。1938年5月末，在辑安老岭第一军司令部密营，杨靖宇与魏拯民共同讨论召开抗联

第一路军总部与中共南满省委高级干部会议，确定了9项议题，其中重要一项为"为了和党中央、关内八路军取得联系，决定抽调人员补充第一军三师，加强三师力量，在适当时机再次进行西征"。

同杨靖宇一样，两年来，为尽快恢复同党中央的联系，赵尚志在多次写信的同时，不断派重要干部过境苏联，直接找中共代表团汇报工作，其中有刘海涛——曾任抗联三军一团政委、一师师长，韩光（小孟）——曾任哈东支队（代理）政治部主任、共青团珠河县委书记，朱新阳——曾任共青团珠河县委书记、北满临时省委常委，但正如赵尚志信中说的那样："我们派送过去的人也没回来一个。"

周保中曾屡次派人进关内找党中央，其中包括五军参谋长张建东，也无收获。焦虑中的周保中，于1938年1月下旬，踏过冰封的乌苏里江，要面见中共代表团的王明、康生。在苏联边境比金边防拘留所，周保中致信中共代表团驻海参崴联络站负责人杨春山（斯达于诺夫）说："以我的责任地位，在这紧迫的民族革命战争开展中是一分钟也不能离开工作的，除非是一炮被打死。问题的严重，逼不得已，只好冒敌远行。"

周保中这次冒敌远行，返回时中了埋伏，险些丢失了性命。

在苏联边境比金苦苦等了两个来月的周保中，终于收到了联络站负责人杨春山的来信，告诉他此处联络站已经取消，现今的中共代表团（团长王稼祥，后为任弼时），已不负责领导东北工作，新的关系将由国内方面来建立。原中共代表团负责人王明、康生已于1937年11月由苏联回了延安。

史料没有记载周保中离苏回国时的心境。在经由抗联七军回返第二路军总部途中，一场危及其生命的险情正对他张开大网。当仅率6名随从的周保中走在宝清县花碇子荒上李家一山冈时，有人持枪高喊："你们是周总指挥的队伍吗，我们是来接他的。"

随行的下江特委干部杨德龙不假思索地回答："是啊，我们是……"

周保中立即喝住了杨德龙，抢先接话说："我们是周总指挥的先头部队，周总指挥大部队在后边呢。你们是哪部分的？"

对方回答："我们是七军的，崔军长派我们来接周总指挥的。"

听到回答，大家明白是敌人！目标针对的是周保中，而且要生擒。周保中低声下了命令：冲！七骑人马如离弦之箭，向东南方向冲过去。

敌人一边开枪，一边大喊："捉活的！那个大个子就是周保中！"

在密集枪弹下，疾驰的周保中一行很快将敌人甩出30米开外。周保中望着紧追不舍的敌群，想把敌人甩得更远，使劲用拳捶打马背；不料马一挺身，两只前蹄被绊倒，将周保中摔落雪地上后，随其余6骑跑远了。敌人狂叫："周蛮子，看你往哪跑！"

周保中毫无惧色，边跑边射击，"砰砰"两枪击毙一敌。可毕竟周保中是受过几次重伤的人，连跑带喘，头沉眼昏，几乎就要倒地。他边跑边做好了最坏打算，握着上了子弹的手枪，打算若无法逃脱，就结束自己生命，一定不让敌人活捉。

正在危急之际，副官陶雨峰乘马赶回来，挥枪打倒了靠近周保中的几个敌人。同时机智大喊："周指挥，我们后边的人马到了！"敌人闻听一阵慌乱。陶雨峰让周保中乘上自己坐骑快跑，自己则徒步奔向对面树林。

至天黑时，周保中与几位随从巧妙周旋，万幸冲出敌人事先布下的"口袋阵"。不幸的是，军需长卓文义受伤被敌人捕获，受尽酷刑，坚贞不屈，被敌人残忍地填进冰窟窿中。

周保中遇险，系内部奸细向敌人泄露消息而起。中共吉东省委讨论遇险经过，周保中因"估计不周，防范疏忽"而受到批评。

周保中是万幸的，而赵尚志却不那么幸运了。

几乎在周保中踏上苏联比金小镇的同时，1938年1月初，在天寒地坼、朔风凛凛的天气里，赵尚志踏着黑龙江上的白雪坚冰跨入苏联境内。出发前，赵尚志同北满党、军主要领导会议约定1个月为期限，不承想却被关押了一年半之久。

1937年11月，赵尚志曾致信苏联远东方面军军区司令布留赫尔元帅及联共（布）远东军区党委员会，请求其帮助与中共中央取得联系，并请在武器弹药及军事技术方面给予援助。不久，抗联第六军一师代师长陈绍宾率交通队从苏联返回，带来消息，苏联要和日军开战，苏联领导人伏罗希洛夫邀请东北抗联主要领导到苏研究配合行动问题，并且说苏方要求赵（尚志）军长也好，戴（鸿宾）军长也好，一定到××（苏联）去……

这个消息甚合赵尚志的心意。经慎重研究，赵尚志决定亲自赴苏。然而，踏上苏联境内那一刻，严重的意外发生了，苏方矢口否认有邀请抗联负责人入苏商讨重要问题一事，并将赵尚志及随行人员缴械，解送到伯力，关押于苏联远东军区内务部拘留所。

一个月后，北满抗联总政治部主任李兆麟、抗联第六军军长戴鸿宾率第三、第六军各一部共600余精锐骑兵，按事先约定向萝北县集结，迎接赵尚志回国，并准备接收苏联援助的枪支弹药。

似乎冥冥中有一只看不见的黑手在操控：李兆麟率100精锐骑兵攻打鸭蛋河战斗失利，无功而撤。戴鸿宾所率500骑兵乃第三、六军的主力，袭击肇兴镇不力，撤出时与日军板坂部队遭遇。双方激战5小时，虽击毙日军板坂大尉以下18名，伤6名，但自身也有若干伤亡。

此时，绥滨大批伪军正乘汽车赶来。面对前临界江、后有追兵的紧急情境，戴鸿宾与三军一师师长蔡近葵、九师师长李振远、九师政治部主任郑洪涛率部踏上了黑龙江的坚冰。他们要过江接赵尚志，同时要求苏军补充弹药，安置伤员。

出乎意料的是，部队一入境便被苏军缴械。戴鸿宾不但没接回赵尚志，自己反而遭到关押。在以后的日子里，戴鸿宾多次与苏方交涉，要求率部返回东北。苏方怕引起日苏两国纠纷，执意将蔡近葵、李振远、郑洪涛及500名抗联战士遭送新疆。蔡、李、郑等人要率队赴延安，遭新疆督办盛世才拒绝。

不久，寻求苏联军援的抗联第十一军军长祁致中，过境苏联后也被解除了武装，与赵尚志、戴鸿宾关押在一起。

北满抗联主要领导人赵尚志、戴鸿宾、祁致中被苏方长期关押，是东北抗联历史上影响甚广的重大事件。

几人被关押时，正值日伪三江"大讨伐"的关键时刻，由此给东北抗战带来了巨大损失，尤其是让日伪当局及日伪军闻风丧胆的赵尚志被关押，造成北满地区的抗日队伍实际上失去了领导者，北满抗日联军失去了最高的军事指挥员。据1938年5月的统计，北满抗联总司令部所属的第三、六、九、十一军的基本队，仅余3010人。

被关押在拘留所内的赵尚志（这是他短暂一生中第三次铁窗生涯），如同笼子里的雄狮一样，时常暴跳如雷，虽心急如焚，却无计可施。

美国气象学家爱德华·洛伦兹曾经就混沌学非常诗意地表达说："一只南美洲亚马孙河热带雨林中的蝴蝶，偶尔扇动几下翅膀，可以在两周以后引起美国得克萨斯州的一场龙卷风。"

洛伦兹关于气象的这个表述被称为"蝴蝶效应"：表面上看是毫无关系、非常微小的事情，可能会带来他处的巨大变化。这个发现，同样适用于复杂纷繁的人类社会活动。

1936年圣诞节前夕，希特勒召集希姆莱、海德里希策划了一个绝密计划。加上亲手操作的纳粹高级特工贝伦斯（党卫军总队长），共4人外，在德国已无第5人知晓，可见其绝密程度之高。计划的目标是铲除图哈切夫斯基元帅，苏联建国初5大元帅中最年轻最有统帅才华的将领。经过专门对图哈切夫斯基进行研究，这位苏联红军总参谋长成了希特勒心里一块沉甸甸的石头。

贝伦斯伪造了图哈切夫斯基及同事写给德军高级将领的几封信件，内容是准备发动政变，刺杀斯大林，请德国给予援手。信件的行文风格、笔迹、纸张、文字的褪色程度，都经过了精确计算与化学处理，伪造的图章都是出自全德国顶级水平雕刻专家之手，信件的逼真度达到了精密仪器也测不出的程度。

如何将"杰作"送到斯大林手中？纳粹头目们设计得精彩绝伦：1937 年 5 月下旬，德国反间谍机关发生一场严重"火灾"，多人烧伤，多份机密文件被毁，场面混乱不堪。亲苏的捷克特工乘乱弄出一批绝密文件，一看吓了一大跳，其中就有图哈切夫斯基的绝密档案。随后，著名的图哈切夫斯基集团"叛国案"发生了。

1937 年 6 月 4 日，图哈切夫斯基被捕，同时被捕的还有其他 7 位高级将领。仅仅 5 天后，几位将领便被进行了秘密审判。审判时间很短，当晚 9 时，图哈切夫斯基与 7 位将领同时被处决。为防止行刑中出现意外，斯大林特派布留赫尔元帅监督执行。不久，布留赫尔也被处决了。[14]

80 多年后，俄罗斯解密的苏联档案，以及德国的相关史料，详细披露了苏军"大清洗"的内幕。苏军"大清洗"后，希特勒得意扬扬地说："他们高级军官中最优秀的人物被消灭掉了。""我们现在只要在他们的大门上踢一脚，那个看似庞大的破房子立刻就会倒下来。"

而赵尚志、戴鸿宾、祁致中 3 位军长被苏联扣押，原因是复杂的，由多种因素造成，与布留赫尔元帅被清洗也有一定关系。

布留赫尔，1921 年曾任苏俄远东共和国红军总司令，1924 年 10 月曾受苏联派遣到中国，担任广东革命政府首席军事顾问，化名加伦，帮助广东革命政府创办黄埔军校。1927 年，布留赫尔返回苏联，自 1929 年起任苏联远东军区司令员，1935 年授元帅军衔，1938 年 8 月被撤职，10 月被捕，11 月被秘密处死，1956 年恢复名誉。

赵尚志过界赴苏前曾致信布留赫尔。他并不知道的是，其时后者已被列入肃反对象黑名单，被视为"日本间谍"。[15]赵尚志受牵连当不可避免。2006年，俄罗斯历史学家戈尔布诺夫曾撰文说，赵（尚志）被逮捕、关押与苏"大清洗"有关，"这种猜测是非常合理的"。

苏联远东红军情报部门在大清洗中遭到重创，负责人波克拉多夫上校与两名副手及若干情报工作人员被指控为"日本间谍"而遭处决。起因是远东边疆区内务局长（负责军事情报工作）柳什科夫，于1938年6月越过中苏边境叛降日本。

因而，普遍的看法是，苏方邀请赵尚志赴苏一事，就是日本谍报特务机关收买苏联情报高官所设计的一个阴谋。因为负责传递苏方这个邀请信息的陈绍宾曾为日伪特务机关收买，又与苏联远东边疆区情报机构有关联。

陈绍宾，又名陈德俊，吉林永吉人，生年不详，1940年7月从抗联队伍中逃跑，后化名为石新，在克东一带为匪，1942年被同伙打死。

陈绍宾是对东北抗联犯有大罪的人。并非如一般的叛徒那样在投敌后明目张胆公开与抗联为敌，陈绍宾的危害在于，被日伪特务机关逮捕叛变后，[16]又重新打入抗联队伍潜为"暗敌"，远比前者"明敌"危险十分，何况他担任了代师长、支队长等重要职务。

赵尚志在拘留所中经过思考，曾怀疑陈绍宾有奸细行为。解除关押后，曾向苏方质询陈绍宾传达信息是否真实，苏方伊万·科涅夫少将答复是："我们认为陈绍宾是个坏人……"[17]

周保中荒上遇险后，中共吉东省委分析是"陈绍宾泄露预先规定的行动消息"，认定陈绍宾"客观上有奸细行动"，因而决定对陈绍宾以后之工作行动，一律加以拒绝，不许与之发生任何联系，并严重监督他以后的行动。应当说，周保中警觉敏锐的处置措施是及时而得当的。

隐蔽战线的力量与技术是敌我双方的重要战争资源，是决定战争胜负的重要力量。当年抗联先驱不仅以简陋的武器面对武装到牙齿（飞机、大炮）的敌人，而且面临着敌人数量庞大的特务间谍在背后的暗算。

而在隐蔽战线上，贫穷的抗联既无暇培训特工人员、组建情报网，又无设备及技术，连电台也难得有一部，致使诸多令敌人忌惮的抗联领导人，不是在战场上胸前中弹，而是背后被捅了刀子。

天有不测风云，人有旦夕祸福。

1939 年 5 月，已经被苏军关押了近一年半的赵尚志、戴鸿宾、祁致中 3 位军长，因 4 月 15 日一封来自莫斯科的 7770 号密电，终于走出了拘留所。密电由苏联国防人民委员、元帅伏罗希洛夫与苏联内务人民委员贝利亚二人共同签发，并以"命令"形式下发。显然，如此重要的决定，必须得到最高领袖斯大林首肯。

这份密电"命令"的主要内容是：为充分利用中国"满洲"的游击队，一旦中国游击队请求我方提供武器、弹药、食品和药品及领导他们的工作，可以给予协助。

5 月底，第二独立红旗集团军司令伊万·科涅夫少将（后晋升为苏军元帅）等人与赵尚志、戴鸿宾、祁致中 3 位军长会见。赵尚志毫不客气地指斥苏方无理扣押，科涅夫好言安慰，并传达说赵尚志已被共产国际任命为东北抗日联军总司令，鼓励他回东北继续领导抗日斗争，还应赵尚志要求，同意为其组织 100 人左右的全副武装队伍。

赵尚志等 3 位军长被释放的原因之一，是蝴蝶的翅膀又扇动了起来。这次的"蝴蝶"不在德国柏林，而在中国、苏联、蒙古 3 国接壤的诺门坎。这个地方实在是太偏远了，却发生了苏日战争，故而也有人将此称为二战前夕"世界角落的战争"。

自 1939 年 5 月 4 日至 9 月 16 日，历时 135 天的诺门坎战役，苏日双方调用了除海军以外所有兵种与现代装备。苏军投入 10 万人，坦克、装甲车 850 余辆，由名将朱可夫指挥。日军投入 5.8 万人，由小松原中将指挥。结果日军惨败，死亡高达 1.8 万人，伤者与下落不明者不计其数，指挥官小松原自杀身亡。苏军也付出惨重代价，死亡失踪 9700 人，伤者 1.6 万人。

称诺门坎战役为"战略背景"的战争，是因为它是日苏之间实力的一次试探性较量。诺门坎战役，苏军集结重兵，牛刀杀鸡，以 10 万人围歼小松原师团 2.5 万人（日军参战总兵员 5.8 万人，其余 3 个师团在战役结束之际才赶到），给日本陆军省留下了"诺门坎之战是日本陆军自成军以来的首次惨败"的深刻心理阴影。

1941 年 6 月 22 日，在德军闪击苏联、进入莫斯科保卫战的关键时刻，希特勒投向东京的目光几乎望眼欲穿："日本为什么还不发动对苏战争？"

不久，国际顶级特工佐格尔发往苏联的情报表示：诺门坎之战，惨败的日军虽然仇视苏联，但不会轻易再次进攻苏联了。[18] 果然，日军抛弃了"北上"念头，于 1941 年 12 月 8 日"南下"，并偷袭了珍珠港。

就在东北抗联千方百计寻找党中央的同时，中共中央也在想方设法寻求与抗联取得联系。为从根本上解决对抗联领导问题，1937 年 7 月至 9 月间，毛泽东曾数次致电前线的八路军各领导同志，部署部队挺进热河事宜。

7 月 16 日，毛泽东与朱德联名致电彭德怀、任弼时，并告刘伯承、张浩（林育英），要求"以二十七军、二十八军、三十二军及骑兵团共三千人，编成一游击师派去，活动于热、察、冀间"。毛泽东十分清楚东北党组织及抗联的干部状况，电文中特别提出"多派红大干部随去"。[19]

在国共抗日统一战线已经形成情况下，9 月 25 日，毛泽东致电朱德、彭德怀等人，提议让林彪所率一一五师为主，联络国民党东北军、桂军、中央军组成强大部队，在华北日军侧后开展袭击战，开辟根据地。毛泽东说："如此着成功，还可用相当一部进出热河方向。"[20]

1938 年后，在中共中央与东北抗联完全失去组织联系的情况下，毛泽东更加重视八路军挺进东北，尤为关注冀热辽抗日根据地的建设。2月 8 日，毛泽东在中共中央政治局常委会上说："热河、河北两省交界的雾灵山一带，派杨成武去发展新的游击区域。这是敌人的远后方，东面策应东北抗日联军……"[21] 会议第二天，毛泽东亲自起草电文给八路军总部、长江局，并告北方局，告知创建雾灵山根据地之计划，并要求选派高级领导人和东北干部到那里工作。

1939 年 2 月，以萧克为首的挺进军完成组建，在落实中共中央"确保平西根据地，发展冀东游击战争，直至热河山海关。并准备将来再向辽宁前进"战略任务中发挥了重要作用。而毛泽东建立冀热辽根据地的战略，在抗战胜利前夕，已发展至辽西、绥中地区一带，成为东北境内重要的抗日根据地，为李运昌部率先挺进东北，打通与抗联的联系打下了基础。

派部队挺进东北虽为根本之计，但毕竟远水难解近渴，在部队相机挺进东北的同时，中共中央采取多种渠道，力图恢复与东北抗联的组织联系。

1939 年 1 月 26 日，毛泽东主持召开中央书记处会议，在研究东北抗联工作时说："现在的问题是使中央同东北抗日联军建立联系，首先派交通员并设法派电台去。"[22] 毛泽东忧心忡忡地表示，东北抗日联军，如果有好的领导，在有山村及反对民族敌人等条件下有发展的可能，否则也有削弱的可能。

几年来，东北抗联一直挂在毛泽东的心头，仅 1941 年 8 月至 1943年 1 月之间，中央政治局在毛泽东、陈云主持下，先后 3 次就派干部寻找东北抗联进行研究，确立了"调查情况，建立据点，打通今后开展工作"的东北工作方针，指定康生、陈云、彭真负责选拔得力干部派往东北。

1941年后，尽管与东北抗联已失联了几年时间，但党中央仍然做出最大努力，由曾在东北抗联工作过的韩光负责，在靠近东北的晋察冀边区再次组建并充实东北工作委员会，先后向东北派遣干部数十人，遍布东北各主要城市，其中"派到牡丹江、鸡西、鹤岗的同志，主要任务之一是寻找东北抗联"。

王鹏，原名彭申年，原系东北抗联第七军的人员，1936年夏被派往苏联学习，1937年底随王明、康生、陈云回到延安。1939年6月，王鹏由杨松（吴平）派回东北寻找并联络抗联。为确保安全，王鹏返回东北的路线安排十分曲折，首先是前往西安、渑池、垣曲，第一站到太行山八路军总部，再到黎城。考虑到王鹏的重大使命，时任一一五师代师长的陈光亲率300余人护送他到中共北方局鲁南分局的沂水，而后前往胶东，再由时任八路军第一纵队政委的朱瑞亲自安排，将王鹏在龙口化装为赴伪满的劳工，上船赴东北。

到东北后，王鹏经由南满铁路到哈尔滨，再坐船到饶河。途中由于遇日军严密搜查，王鹏不得不毁掉朱瑞开具的证明。在一路危险重重，千里艰难跋涉的情况下，王鹏耗费整整一年时间，终于于1940年6月，在饶河找到了东北抗联第二路军第二支队，成为数年间唯一与抗联会合的中央交通员。[23]

从王鹏一路受到众人维护，尤其是陈光、朱瑞的全力护送与精心安排，可见东北抗联在毛泽东心目中的位置有多么重要。有资料说，同王鹏肩负使命地被派出的有11人，其中一块从延安出发的李义广的任务是联系第一路军的杨靖宇，他后来下落不明。也就是说，大多数人都牺牲了。可见党中央与东北抗联联系沟通得多么艰难！

王鹏向东北抗联第二路军第二支队政委王效明（1955年被授予少将

军衔）传达了党中央"要第七军派一个忠实可靠的同志作为代表随他到延安，参加中共七中全会，并熟悉交通线以备今后联系"的指示。

王鹏的到来，使周保中等抗联官兵甚受鼓舞，如汪洋大海中漂泊许久的孤舟，终于望见了远处的彼岸。周保中将王鹏带入苏联，希望苏联帮助他经由新疆返回内地再回延安。苏联的答复是："做不到这一点。"王鹏便被留在抗日联军教导旅。

应当指出的是，1940 年前后陆续进入苏联的抗联官兵，在伯力南北两个野营，由苏联教官负责组织特种训练，包括情报、侦察、爆破、防化、跳伞等，虽然仅剩七八百人，却都是历经考验"淬炼"成的精华，苏军一直想将抗联这支政治坚定、意志强悍的部队为己所用。面对日军的"北进"压力，有这样一支精锐的特种部队在手，可以更方便获取日军各种情报。

"知己知彼，百战不殆。"敌方的兵力布置、武器装备、堡垒设置、攻防路线、行动时间……这些绝密情报一旦被获取，便几乎等于获取了战役的初步胜利。所以，一支区区数人的侦察小分队的战斗力，有时抵得上一师一旅，甚至更多。

据不完全统计，1941 年春至 1943 年夏，回国执行侦察任务的小分队 30 余支，累计 300 人（次）以上。仅 1943 年夏季，便有 30 余名抗联战士牺牲，其中包括第三路军秘书长张中孚。[24]

长期同党中央中断联系，使东北党组织与抗联感到十分苦恼；尤其在余部退往苏联后，这种苦恼与日俱增，成为强烈的危机感：现今这种"头不顶天，脚不着地"的孤悬状态，再延长下去，东北中共党组织便将有从中共党组织构成部分中脱离的危险。

为尽快与党中央恢复联系，周保中向苏方提出了若干办法，例如请求苏方提供交通旅行护照，使我们的代表经过伊尔库茨克转道入中国新疆，再向陕西延安去，又提出以政治犯越境的办法进入中国等等，只要把我们的代表遭送到中国去就行。

诸如此类信件，苏方的答复，尽管说法不同，但都是一个口径：正在努力帮助，但目前还没办法帮助你们同中共中央恢复联系。

1940 年末至 1941 年初，东北南满、吉东、北满及抗联部队主要领导陆续越境入苏，集合于伯力城，举行第二次"伯力会议"。

其间，苏方代表"王新林"（化名，实为留克森）利用与抗联领导人个别谈话之机，提出将抗联合并于苏军，成为苏军东北侦察部队，并提出北满、吉东、南满党组织与抗联队伍分开。

周保中断然拒绝，认为这种做法是取消主义，取消中共对抗联的领导，取消东北抗联。周保中激动地说："每个共产党员首先必须是爱国主义者，在坚决抗战前提下履行国际主义义务，决不能反过来脚朝上，头朝下走路。"

周保中严词指出，中共党领导自己的武装队伍是一项不可更改的原则，由苏联人担任抗联总司令是苏联对中国党内部事务的干涉，不符合共产国际兄弟党相互关系准则规定。"王新林"只能站在兄弟党的立场，以政治上的提议和指示为限度。

为此，周保中与"王新林"发生了激烈争论。周在怒不可遏中，重重拍起了桌子，表示"王新林"如果一定要坚持这种"取消主义"的意见，自己将带领游击队返回东北战场，即使在与日寇战斗中死去。同时，周保中还致信斯大林、季米特洛夫阐明原则立场。

见证了当年那场争论的金日成后来在回忆录中说，周保中一贯"坚持革命斗争的原则立场，他有崇高的精神，一贯积极维护本国革命，对试图使中国革命服从于苏联革命或变为苏联革命的附庸的倾向，他是绝不容忍的"。[25]

由于周保中等抗联主要领导的坚持，苏方撤回了将抗联合并于苏军的意见。为改善同东北抗联关系，苏方更换了新的"王新林"，以索尔金少将代替了留克森。

1942年8月，东北抗日联军组成抗联教导旅，对外番号为八四六一步兵特别旅，编为苏联工农红军独立步兵第八十八旅。抗联教导旅旅长周保中、政治副旅长李兆麟、参谋长崔石泉，辖第一、二、三、四教导营及通讯连等。

东北抗联接受苏军番号，并由苏联远东红军代管，但在内部仍然保持着抗联的独立性，保持抗联由中共领导的单独的组织系统，执行抗联抗日救国的独立战斗任务。

上述历史资料充分说明，以周保中为首的东北抗联，虽然孤悬于强大敌后与异国他乡，远离党的组织与领导，但是对中国共产党的赤胆忠心、对祖国的炽爱情怀，丝毫未改变，而且越发强烈。

什么是共产党人的坚强党性与坚定信仰？什么是国家情怀与民族意识？东北抗联官兵为我们做出了最好的回答。

应当承认，允许抗联残部进入苏境并改编为抗联教导旅，反映了苏联对中国人民抗日斗争的国际主义援助，包括苏联红军闪击日本关东军，帮助中国人民打败侵略者，中国人民从来不曾忘记；但有一点必须指出：苏联对中国包括抗联的援助，从来不是无代价的，其多以本国利益最大化为出发点。

随着苏联解体，陆续解密的俄罗斯国家档案说明，当年东北抗联要求转发延安的一份份报告，都静静躺在苏联的档案馆的卷柜中。毛泽东《论持久战》这篇指导抗战的纲领性小册子，苏联译成俄文下发一些军事单位参考，却从不向抗联提供。后来抗联从苏军那儿找到一份俄文版的，由冯仲云译成中文，才成为抗联的宝贵材料。

苏联真的是无法转达中共中央与东北抗联的联系吗？实际上，苏共与延安一直保持着电信联系。抗战期间，苏联向延安派驻了一些人员，其情报组就住在延安枣园的后面。不时还有飞机搭乘人员在两方往返。若想传递东北抗联的报告，并转达中共中央的指示和文件，应该可以做到。

注释：

[1][6]张正隆:《雪冷血热》(下)，长江文艺出版社，2011年4月第1版，第218页，第219页。

[2]中央档案馆、辽宁省档案馆、吉林省档案馆、黑龙江省档案馆:《东北地区革命历史文件汇集》，甲51，第439页；转引自张正隆:《雪冷血热》(下)，长江文艺出版社，2011年4月第1版，第219页。

[3]史义军:《最危险的时刻：东北抗联史事考》，中信出版集团，2016年9月第1版，第151—152页。

[4]刘颖:《东北抗联女兵》，黑龙江人民出版社，2015年8月第1版，第95页。

[5][9]史义军:《最危险的时刻：东北抗联史事考》，中信出版集团，2016年9月第1版，第133页，第278页。

[7]史义军:《最危险的时刻：东北抗联史事考》，中信出版集团，2016年9月第1版，第189页。

[8][11]刘颖:《东北抗联女兵》，黑龙江人民出版社，2015年8月第1版，第249页，第227页。

[10]史义军:《最危险的时刻：东北抗联史事考》，中信出版集团，2016年9月第1版，第275—277页。

[12]史义军:《冯仲云年谱长编》，国家图书馆出版社，2019年5月第1版，第272—273页。

[13]刘颖:《东北抗联女兵》，黑龙江人民出版社，2015年8月第1版，第348页。

［14］［18］陈敦德:《诺门坎1939》,解放军出版社,2015年8月第1版,第15页,第298页。

［15］［17］赵俊清:《赵尚志传》,黑龙江人民出版社,2015年8月修订版,第278页,第284页。

［16］史义军:《最危险的时刻:东北抗联史事考》,中信出版集团,2016年9月第1版,第119—123页。

［19］［21］中共中央文献研究室:《毛泽东年谱》(一八九三——一九四九),修订本,中卷,中央文献出版社,2013年12月第1版,第5页,第50页。

［20］中共中央文献研究室:《毛泽东文集》(第二卷),人民出版社,1993年12月第1版,第25页。

［22］［23］尚金州:《中共中央与东北抗日联军》,中央文献出版社,2010年5月第1版,第38页,第39页。

［24］陈雷:《难忘的往事,深切的怀念》,载中共吉林史党史工作委员会:《回忆周保中》,吉林人民出版社,1989年6月版,第131页;转引自赵俊清:《周保中传》,黑龙江人民出版社,2015年8月修订版,第377页。

［25］金日成:《金日成回忆录:与世纪同行》(8—2),朝鲜外文出版社,1998年第1版,第220页;转引自赵俊清:《赵尚志传》,黑龙江人民出版社,2015年8月修订版,第337页。

第十七章
堕指裂肤

55. 冬天是个"叛徒"

1938年，北满抗联各部队陷入艰难境地，日伪当局持续开展三江"大讨伐"，使各部面临被围歼的严峻形势。为跳出敌人包围圈，中共北满临时省委决定，第三、六、九、十一军主力向西北的海伦、通北进行远征，在开辟新的游击区同时，相机打通与关内八路军的联系，史称西征。

海伦、通北位于小兴安岭西麓与黑嫩平原东北部交界处，日伪统治相对薄弱。1936年冬与1937年春，赵尚志曾亲率第三、六军主力远征铁力、海伦，并留下三军六师师长张光迪部在此地坚持。此地建立多处密营，储备了一批粮食。西征无疑是正确的抉择，但要穿越荒无人烟的小兴安岭，环境的艰难凶险程度对抗联官兵来说，不亚于面对占有绝对优势的日伪军的凶残"讨伐"。

西征序列与第二路军巧合，也是3批梯队。首批部队有150人，由三军政治保卫师与九军二师组成，总指挥为中共北满临时省委常委、九军政治部主任魏长魁，以及九军二师师长郭铁坚和政治保卫师师长常有均。

魏长魁，1906 年出生于山东，1926 年加入中国共产党，历任中共哈尔滨市道外区委书记、哈尔滨市特委书记、北满临时省委常委、组织部长、九军政治部主任等职务，对党忠贞不贰，牺牲时年仅 32 岁。

郭铁坚，原名郭成文，1911 年生于黑龙江依兰刁翎，1935 年加入中国共产党，先是以教学为掩护做地下工作。把胡真一发展入抗联部队的，便是郭铁坚与爱人李淑贞，不过那时他们的名字是"郭自建"与"李素珍"。郭铁坚在 3 个月内动员 50 多人参加抗联，后来其哥哥、弟弟与刁翎小学 30 多名学生也陆续加入抗联。

郭铁坚胆壮善谋。1935 年 8 月，他仅带两名党员便缴了伪自卫团 9 支步枪和 1 支撸子，还拉了一支 20 多人队伍参加赵尚志的三军，被编为一团游击连，自任连长。9 月，他率游击连伏击伪军运输船，缴获十几支步枪和 100 多套棉衣。为加强九军建制，赵尚志将游击连划归九军。任二师师长前，郭铁坚曾任第九军一师政治部主任。[1]

李淑贞，中共党员，随爱人郭铁坚上队后，曾任第九军被服厂厂长。被服厂还同时负责伤病员的医护。上队后，她将与郭铁坚的孩子留在地方托老乡抚养。1938 年，幼儿遭敌人杀害。

常有均，1911 年生于辽宁岫岩，1934 年参加赵尚志创建的哈东支队，1935 年加入中国共产党，是抗联三军的老同志，曾任三军六团政治部主任、三军一师师长，遇害时年仅 27 岁。

同谢文东一样，关键时刻，九军军长李华堂打起自我小算盘，不仅拒绝参加西征，还阻挠九军一师前往集结。因此，魏长魁与郭铁坚只带出了二师四团、五团参加西征，与常有均会合后，经铁力向海伦方向挺进。

第一梯队西征时，正值夏季。为避免与敌大部队遭遇，部队只得沿山边走崎岖的山路，或在山林荆棘中硬生生踏出行人小路前进。尤其进入原始林带后，倒木横陈，上不能跨，下不能钻，只能绕着弯曲而行，队伍不知要被倒木绊倒多少次，衣服被刮得成了罩在身上的烂布条，已难以遮体，许多人的脸、颈、手等裸露部分，几乎找不到不带血迹的。

莽莽林海中，敌人轻易不进入，但朽木代替了日伪军，不断给行军队伍制造麻烦。除了横七竖八的倒木，最危险的是"吊死鬼"——多年朽木上被雷电击伤的木杈，悬挂在树冠上，一阵风来，便会掉下来，有的战士便被砸伤。

另外的困难是鞋子走了没几天便破烂不堪，只能用草绳和布条子把几乎仅剩的鞋底子缠在脚上。一路上，除了山路，便是沼泽，阴雨连绵，很难见到晴天。头上是瓢泼大雨与绵延细雨交替，脚下是水洼连着水坑，有时泥洼陷入尺把深，人整天泡在阴湿中。

更大的困难是部队断了给养，多日以野菜、野果充饥。野菜多是四叶菜、明叶菜、蕨菜，一些战士吃得全身浮肿。偶尔碰到一块田地，或掰下玉米穗便啃，或挖出土豆便往嘴里塞。正值夏季，玉米尚未灌浆，其实没多少营养，但总比野菜要安全些。

为防吃野菜造成浮肿，野果成了西征部队主要的果腹之物——臭李子、山丁子、山杏等；但这些东西吃多了大便干燥，总有排不出便的感觉。这正是连续多日进食不能形成粪便的无渣食品后的不良反应。饿得眼前直冒花影、腿脚不听使唤的战友们，互相搀扶着，坚持着绝不掉队。偶尔有掉队的，等候收容队时，索性用最后的力气向前爬着走。

尽管战士们连走路的气力都没有了，但在进入苇子沟附近时，还是与敌人遭遇。激战中，魏长魁因在队伍后指挥并掩护队员，不幸被流弹击中，身负重伤，艰难地匍匐前进。在追兵临近时，为保守党的秘密，不当俘虏，他焚毁随身文件，毅然自刎牺牲。[2]

为避免陷入敌人重围，郭铁坚与常有均分别率队沿庆城、铁力向绥棱方向前进。途中，常有均与郭铁坚两部失去了联系。

艰苦卓绝的环境是对抗日意志最好的"考试"。与抗联三军政保师一起行动的九军（李华堂旧部）第四团王团长（名字不详），借口三、九军系统不同，以搞给养为名，带走了40余人，最后仅有10余人醒悟归队。常有均率部向原定目标奋勇跋涉，终于在9月下旬到达海伦境内第三军六师后方密营。不幸的是，常有均在数日后被叛徒杀害。[3]

郭铁坚率余部60余人，经奋战突出日伪军重围之后，却不料遭遇洪水围困。在抵达绥棱张家湾时，恶劣的天气代替了凶残的日伪军。可谓"无根之水天上来，江河横溢雨成灾"，洪水截住了部队去路，部队只好退隐山林，数次与伪自卫团与开拓团交战。好在郭铁坚指挥果断，战士们奋勇作战，边打边撤至偏脸张、疙瘩山一带休整。

由于部队长期在雨中行军打仗，许多战士双脚溃烂了，加之吃不上粮食，有的战士还染上了伤寒病，伤员的伤口也在化脓，无药可医。最要命的是师长郭铁坚也病倒了，高烧得直说胡话；但是只要一清醒，他就鼓励大家"坚持下去"。

教师出身的郭铁坚爱兵就像爱自己的学生，据九军老战士宋殿选回忆，在渡大呼兰河时，因离桃山警察所很近，过河时大家都默默手牵手向前蹚水。到河中间时，有两个战士——一个20多岁，一个十四五岁，不慎被湍急的河水冲走了。为了整个部队安全，谁都没敢呼唤他俩，夜色漆黑又无法寻找，郭师长为此事自责，伤心地哭了。

自1938年6月，郭铁坚率一师人马西征海伦。一路之上，老天与敌人联手层层阻碍，九死一生，但全师奔向目标的决心坚定不移。至11月，部队终于抵达海伦境内后方密营，全师仅剩23人，但个个是战火硝烟淬练过的精英。

此后，郭铁坚任东北抗联第三路军第四支队参谋长、第九支队政治委员。1941 年秋，他率队从讷河向嫩江远征，在嫩江西岸郭泥屯陷入敌人重围。暴雨、弹雨一齐袭来，在指挥抢占制高点时，郭铁坚胸部中弹，但他仍大呼"冲锋"，直至流尽最后一滴血，[4] 牺牲时，年仅 30 岁。

抗联战士为人民不当亡国奴而战，人民为抗联敢于舍生忘死。

抗联历史应记住这位在绥棱栾家烧锅的"张寡妇"，又称张大嫂。她真名徐秀，是一名普通而伟大的农村妇女。当得知上门求助的是打鬼子的抗联时，这位寡居的农村普通妇女，将自家已经成熟的两坰多地玉米全部送给了部队，又冒险到 30 里外敌人防守严密的上集厂，以串亲戚的名义买了一些药品。回返时，为安全起见，她又绕行 40 多里地，于夜深人静时和儿子将药品偷偷送往部队。随后，她再次去上集厂，暗中找几个亲属分数次买回多双胶鞋，送往部队。

因为徐秀常往山边走，引起了汉奸警察的注意。一次，一个伪警察将刺刀对向她，徐秀镇定地抓出筐里的野菜让敌人看。由于没有发现破绽，敌人放行了她。后来，基本恢复了体力的部队准备继续西进，徐秀又东凑西借弄到了食盐，冒险送到部队。[5]

这便是众多史料均有记载，"张嫂冒险帮助抗联渡难关"的真实故事。徐秀的举动代表了广大中国人民的意愿，所以才有那么多老乡、亲友协助她买鞋买盐。

14 年抗战中，诸多软骨头的汉奸、特务、伪军，给中国人民尤其是抗联带来了巨大伤害。徐秀的勇敢行为，似一道强烈的民族大义之光，照射出"一小撮"卖国求荣者的丑陋与龌龊的灵魂！很多如徐秀大嫂一样支援抗联的行为，应当是抗联战士们之所以前仆后继、不怕流血、不畏牺牲的主要动力，是中国的抗战必定胜利的根本原因。

第二梯队西征队伍于八九月份分别启程，由两支部队组成：一支是 200 余名骑兵，由六军参谋长冯治纲、二师师长张传福指挥；另一支 300 余人，由三军政治部主任金策、四师政治部主任侯启刚、六军三师师长王明贵指挥。

有多篇文章说，明王朝灭亡，重要的客观原因之一是蔓延的鼠疫摧毁了明军的战斗力，连名医吴又可也无力回天，但清军 8 万铁骑却不染鼠疫，主要原因是鼠疫的传播宿主跳蚤讨厌战马的尿臊味儿。此论是否有科学根据尚不确定，但战马身上有味道，能引起昆虫的极度敏感确是无疑的。跳蚤讨厌马味，但另一些昆虫，比如吸血的蚊、蠓则万分欢喜。

盛夏暑热难当，冯治纲率部钻入茂密的原始森林时，最大的危害不是阴雨连绵与倒木泥泞，而是蚊、蠓的叮咬。

没有半丝风的树林中，人乏马累，浑身汗水透湿，酸臭的味道吸引了长腿大蚊子、小咬、大燕蠓等成群结队扑向人马，吸吮着人马身上的血。战士们把能用的衣服、帽子、包袱全部裹到身上，但大燕蠓与长腿大蚊子尖利的嘴针，仍能将两层单衣叮透，一巴掌打上去，衣服被血染红一片。

最苦的是战马，身上驮着给养与弹药，蹄腿跋涉于稀泥中，比人更累十分，早已汗流浃背，身上如湿布一样的皮肉散发着令跳蚤讨厌却使蚊、蠓万分喜欢的气味。蚊、蠓们不顾死活，前仆后继扑上来，舍出命也要吸一管子从未尝过的美味。

马是战士们的代步工具，也是他们的战友。共同的战斗岁月，战士与战马的感情，只有他（它）们之间可以相互理解。

第五军军长柴世荣的一匹战马病了。他搂着战马，脸贴脸。马望着他，轻轻叫了几声。马死了，有人说吃马肉，柴世荣坚决不同意。马埋葬后，他写了一个牌子插到坟上："好朋友在此安息吧，我们走了，永别了！"[6]

人们一个接一个地用树缨子抽打着扑到战马身上的蚊和蠓，马身上浸出了血，打掉一层，又飞来一层，马痛苦得直摇头甩尾，有的战士心疼地脱下自己的衣服包在马头上或搭在马臀上。

金策率第二支队伍出发时，已是9月初，远征战士每人只带了4穗玉米与少许粮食。出发头几天就天降暴雨，道路变成一片汪洋。为避开大批日伪军，部队走进了沼泽，时刻有陷入泥潭的危险，又因双腿数日泡在没膝的冰凉水中，几天中已有10名战士因饥寒交迫，患病倒在了河边，[7] 部队的战马也因患疫疾，接连死去。

当部队行进到刘伶屯附近时，汤原县伪治安队300余名骑兵尾随而来。金策命大部队绕路继续西进，安排一支机关枪小队埋伏于敌人必经之路。敌人盲目以为抗联已仓皇潜逃，却中了埋伏，被密集的子弹打得狼狈不堪，丢下了50余具尸体落荒而逃。当敌人重整旗鼓，再次反击时，西征队伍早已了无踪影。

到了10月，第二梯队的两支队伍先后完成了西征海伦的任务，跳出了可能被敌人聚歼的包围圈，但也都造成了很大伤亡，第六军二师师长张传福不幸战死。

张传福，本是汤原太平川的富裕大户，毁家纾难参加汤原游击队后任中队长，不久加入中国共产党，为人正直、作战勇敢。他历任团长、师长等职，牺牲时年仅36岁。

第三梯队西征部队由北满抗联总政治部主任李兆麟率领，主要由抗联六军教导队一部、十一军一师师长李景荫部100余人组成。部队西征时正值隆冬，遭遇了世间罕见的危险与艰难。

张中孚，原名张凤岐，1911年出生，辽宁开原人，北平中国大学法科毕业，参加抗联后任独立师（十一军前身）及第三路军总指挥部秘书长，应该算青年才俊，参加西征时年仅27岁。1943年，他在抗联教导旅回国执行小分队侦察任务时不幸牺牲，年仅32岁。

张中孚负责记录军中日志（日记）。此日记在战斗中遗失，为敌所获，译成日文，载于日伪出版的《满洲党并抗联匪团关系文献集》，后被我专家译成中文。根据日记记录，部队出发时已进入 12 月份。那时的东北气温是摄氏零下三四十度，滴水成冰。

从张中孚日记中我们才知道，西征部队从体质上看，并不是强壮之师。由于敌人长时间的"讨伐"封锁，抗联缺食少药，连棉衣都未穿上，很多战士处于伤残病弱状态。

正如冯仲云西征后写给中共中央的报告中说的那样，"西征是在极端空前艰苦困难条件下，在无千〔钱〕、无米、无衣、无子弹、无任何准备之下"进行的。[8] 可以说，全凭一腔热血，一股顽强精神在支撑着。

因而，行军的第一天，由于马匹虚弱无力，只赶了 20 里。第二天的 12 月 2 日，竟倒下 5 匹马。人尚且没吃的，又哪有东西喂马？于是，部队第二天停留一日，任务一是修补服装，二是继续补充给养。

第三日，12 月 3 日，筹备给养的传令兵老解等人，在午后 4 点背回小米一斗、土豆 100 斤。继而，杨副官等人也将倒下的马匹全拉回来了。

12 月 18 日，部队整队出发时，发现一人脚被冻伤。为不延宕大队出发时间，便由李师长（李景荫）、于主任（于天放）以及伤者连长留下处理……李师长等一行午后 3 点才赶上大队。下午 4 时，部队露营。

　　白雪铺满大地，山中深及尺，挂满茂密参天之林木，野兽绝迹，鸦雀无声，静寂寒冽，宛若资本主义世界垂亡追悼之序幕。游击争战，最恶此景，抗日救国战士，犹着单衣水鞋，日夜出没于寇贼倭奴之封锁线，其困苦颇甚。[9]

这是周保中日记中的一个自然段。

抗联诸多老战士说，抗联进入艰苦时期的最重要标志，就是露营了。零下三四十摄氏度，露天地里怎么宿营？尤其1938年以后，打火堆成了每天每人的必修课。部队必须随身携带斧锯，尤其是冬季，有时甚至比枪还重要。用锯子锯倒树，再截成一段一段，然后斧头劈成样子，当然，烧起来"噼啪"火星子四溅的树，例如暴马子、刺松，不能要，烧人烧衣服，杨柳木水分大也不能要。

打火堆对抗联战士来说，犹如打枪一样重要，有严格的技术操作程序，违反了就要烧坏人或烧了衣服鞋子，那是要受到处分的。

又比如睡觉队形，也很有"讲究"，人少就顺着火堆睡。人多就把脚对着火堆，呈辐射状围一圈，人却要弓成虾状，使劲往一块挤。如果往火堆靠得太近就危险了。每一个火堆，只能在四周睡6个人，即顺着木头两侧睡4个人，横头各睡1人，多了烤不过来。

即便这样，也是睡1个多钟头就被冻醒了，赶紧起来烤热乎了再躺下睡一会儿。一夜翻来覆去，哪能睡得安稳？为防冻坏手，大家都习惯一只手垫在脑袋下，另一只手夹在弯曲的两条大腿之间。

抗联老战士李桂林参加队伍时还不满15岁，回忆说当干部操心受累呀。战士累得睡不醒，个把小时后，领导看谁没醒，就把他拽起来，一眼照顾不到就可能出事。有个田富，10个指头都冻伤了，无药可治，伤口红肿溃烂，后来变成黑紫色，10个指头全烂掉了，加上缺乏营养，最后被活活疼死了。

离休前为黑龙江省省长的抗联老战士陈雷说，夜间火堆旁值班的同志主要是看着战士的脚，以免睡着了伸入火堆里烧伤。离休前曾任黑龙江省军区副司令员的抗联老战士王钧说，1939年冬，一个姓朱的连长带着战士马万海跑交通，往梁家窖送信，晚上"打火堆"，马万海被烧死。朱连长双脚烧伤，爬了两天两夜，坚持把信送到，几天后也牺牲了。[10]

抗联老战士卢连峰加入部队前是小马倌，参加西征时在李景荫那个师，还是个十几岁的孩子。老人回忆起那段经历，说能活下来都是命大。说到脚上的靰鞡——牛皮做的鞋，冰雪粘上一烤，就化成水，牛皮软得变了形，垫的乌拉草就掉了出来，把脚后跟磨得没有了皮，见了骨头，只能用脚尖走路。那可是上千里地呀！有个警卫员叫韩晨的，烤火把靰鞡烧坏了，用马皮包在靰鞡上，用绳子一绑，一跛一拐地走。[11]

除了鞋帽外，服装上另一个困难是衣裤没有条件补充。在树林子里行军，棉衣裤都被刮得七零八落，棉花被树枝荆棘刮走了，有的只剩下破烂的布条遮在身上。多年后，当年在西征二梯队时任六军三师师长的王明贵（1955 年授少将军衔）说到第三梯队的战士时，仍然满目含泪：他们衣着褴褛，棉衣全被树枝割得破烂不堪，露出了棉花；没有棉衣的战士，身上披着破棉被、麻袋片或口袋布。没有棉鞋，有的人脚上包着马皮；没有帽子，有的人头上缠着好几层布。

曾参加侵华战争的日本著名作家五味川纯平在他的战争作品《战争和人》（春风文艺出版社，1992 年版）中，对日军的防寒装进行过详细的描述：先在棉毛衫外穿上军衬衣和军衬裤（法兰绒料），再穿上军裤（呢绒料）、外套（毛织）和防寒大衣（厚羊毛制成的皮大衣），然后再穿上防寒皮套裤，膝盖以下打上防寒绑腿。脚上穿棉军袜，再穿上防寒靴。手上戴毛手套和防寒大手套，头上戴防寒帽，帽子里有毛线头巾把整个头包起来，脸部遮上防鼻，全部穿戴好，外边只露两只眼睛。即便如此，还是不断有日军被冻坏的报告。

需指出，为消灭抗联，伪满洲国倾其全力为日军冬季"大讨伐"提供一流的防寒保障。因为抗联的保障太差了，所以前文写到抗联女战士胡真一把还在冒血的鬼子服装扒下来。

服装是重要军事物资，某种情况下比武器还重要，张中孚西征日记中写了这样一件事：12 月 23 日，李兆麟发现 7 名队员烧坏了衣服，立即下令，此谓"破坏了军纪，还无形中帮助了敌人，军纪森严，本军难容"。各队员一致表示："我们抗日数年，尚未完成任务，由于一时的不谨慎而脱离抗日战线是无法容忍的。"并保证今后不再违犯军纪，李兆麟怒容稍为收敛，从轻给予每人笞打 20 下的处分。

在抗联数位主要将领中，李兆麟对部下是较为宽容的。应当指出，他在对心爱的战士执行处罚时，内心也是很痛苦的；但面对几乎没有遮体御寒服装的艰难，他不得不以严厉的、自己心中难以忍受的处罚，来警戒教育整个部队按规定操作，爱护每一件仅有的破烂服装，以保证把更多人带出严寒危险的原始森林。

实际上，在西征出发前，李兆麟曾派出精干部队趁夜色越过封锁线，奔袭兴山镇，从敌人的仓库和日本人的商店中缴获大批棉花、布匹和针线。大多数战士不会针线活，李兆麟就自己先做出一件样子，再同两位稍会的战士手把手教大家做。经过 3 天努力，大多数战士都穿上了自己缝制的棉衣裤。

"打火堆"固然可以御寒，但也会引来敌人，有时大批"讨伐队"就在附近，就不能生火。人饿几天不会马上死亡，可零下三四十摄氏度，冻伤或冻死，常常是在不知不觉间。西征路上，许多战士长眠于深山老林中，有的甚至是在行军休息时，就抱着枪背靠着树长眠了。有些掉队的战士死了，遗体被野兽吃了。那时候，兴安岭里狼特别多。望见狼来了，饥饿疲劳的战士连端枪的力气也没有了。后续的战友跟过来收容时，人只剩下一副凌乱的骨头架子，没有肉的手还紧紧地握着枪。[12]

作恶多端的叛徒是中国老百姓最痛恨的。抗联战士们一个共同的认识是：冬天是个"叛徒"，它帮助日本人对付抗联的疯狂劲儿，犹如汉奸巴结日本人一样卖力。

1939 年（无月日），李兆麟（张寿篯）致信金策说，三月初二夜

"王继周同志（前十一军二旅主任）以下六名冻死"。

1940 年 2 月 24 日，《团结给海山同志信》中说，"去年严冬之际敌情紧张时期，衣履不佳，饮食不周……在两个月过程中加因为伤病饥饿，奇冷而死的四十余名"。[13]

抗联老战士单立志说，战场上只要条件允许，战友遗体是一定要掩埋的，不能让敌人糟蹋，要入土为安。坑要挖深，不然让狼闻着味就不好办了。可 1938 年后就难了，挖个坑得半天，用刺刀抠，拿手扒，有树洞就放进去，弄些石头或粗木堵上。老人叹了口气："抗联没留下几座坟哪。"

丹麦童话作家安徒生写的童话《卖火柴的小女孩》中，女孩儿擦亮火柴，看到了温暖屋子，铺着雪白台布的桌子上摆着香喷喷的烤鹅，屋里有漂亮的圣诞树，然后在寒冷的冬夜里微笑着死去。

多少年来，笔者认为那是一种虚拟想象的写法，冻死的人怎么幸福地微笑着逝去？

待笔者读了若干抗联资料，才明白，活活冻死的人的确有相当多是笑着逝去的。那是因为超过人类身体承受极限的寒冷，使人的神经发生错乱，产生了一种幻觉。由肺部正常吸纳氧气呼排出二氧化碳，由心脏正常挤压并输往身体各部的血液，逐渐缓慢，再缓慢，直到终止肌体的这两项功能，而不是突然一枪毙命，使大脑瞬间停止对疼痛的感觉，那种缓慢的痛苦过程，难道不是严寒对肌体的"凌迟处死"吗？

卢连峰说，冻死的战友，梆梆硬，整个人像块木头似的，你看着，那可怜的。西征时，一两百人都倒在那山上。

实际上，1938 年后冻死的、饿死的战友比战死的多。有的战士在血液被冻凝固那一刻，脱掉上衣，紧紧搂着枫桦树，脸上带着微笑死去。枫桦树的皮是红色的，他以为那是一炷火焰。

多年后，一位被活活冻死的战友的惨状仍在老战士王钧头脑里挥之不去：那一次，他们筹粮后进山，离山还有几里的时候，见司务长刘殿福抱个塔头墩子当火盆，舌头硬着说让他们先走，他烤热乎了再撵队伍。他们给刘殿福揉呀，揉呀，做人工呼吸，却怎么也没把人救过来。

抗联老战士曹曙焰也同王钧一样，对战友孙副官的冻死耿耿于怀："那年，我们去背给养，半夜回密营，发现少了团部孙副官，赶紧去找，总算在林子边找到了。见他坐在麻袋上，衣服冻得铠甲似的，身体朝前弓着，两只手向前抡挲着，像在烤火，眼睛眯缝着，笑呵呵的，人已经冻硬了。"[14]

对北满部队西征的艰难，诸多作品都试图准确而简练地概括。著名抗战史专家赵俊清先生曾引用唐代李华《吊古战场文》中的句子"蓬断草枯，凛若霜晨""积雪没胫，坚冰在须。鸷鸟休巢，征马踟蹰，缯纩无温，堕指裂肤"，来形容西征时冬季严峻的自然环境，是很贴切的。

而夏秋季的艰难，冯仲云曾用了"崇山峻岭，稠林丛莽，崎岖鸟道，大雨滂沱，急湍奔流"等词句予以描述。

除了罕见的恶劣自然环境，西征部队还一路面临着大批日伪军的围追堵截，以及一部分不坚定者叛逃所带来的危险，其艰难程度超过人类承受的极限。西征官兵们面对"死亡载道"的战友，擦干了眼泪，掩埋了战友的尸体，以撼天动地的毅力，与死神奋勇搏斗。

他们沉重的脚步，踏破了"千里飞鸟稀，万山人迹绝"的寂静的小兴安岭。东北抗联三、六、九、十一军主力的三个梯队伍，前后历时6个多月，行程千余里，终于于1938年底，达到西征目的地，跳出了包围圈，实现了北满抗联主力的战略性转移。

应当指出，北满抗日联军主力的惨烈西征，付出了巨大代价，部队损失几近三分之二。[15] 那些活下来的、千锤百炼的战士，犹如狂风暴雨中没有熄灭的火炬、荒原中的星星之火，很快在黑嫩大地展开了令敌人胆寒的平原游击战。

更难能可贵的是，面对严寒饥饿和力竭而亡的凶险，抗联官兵们表现出了中华儿女大无畏的牺牲精神、抗战必胜的坚定信念和革命乐观主义精神。以李兆麟为代表的抗联官兵们共同谱写了一首壮丽不朽的露营之歌。

抗联有一首以古曲"落花"舞调填词的歌，将一年四季分为4个段落，哪一季都离不开一个"火"字：

春天是"围火齐团结，普照满天红"；

夏天是"烟火冲天起，蚊吮血透衫"；

秋天是"草枯金风急，霜晨火不燃"；

冬天是"火烤胸前暖，风吹背后寒"。

这首歌以《露营》为题，记录于张中孚12月20日的行军日记中。全文如下：

（一）

铁岭绝岩，林木丛生，

暴雨狂风，荒原水畔战马鸣。

围火齐团结，普照满天红。

同志们！锐志哪怕松江晚浪生。

起来呀！果敢冲锋！

逐日寇，复东北，天破晓，

光华万丈涌。

（二）

浓荫蔽天，野花弥漫，

湿云低暗，足渍汗滴气喘难。

烟火冲空起，蚊吮血透衫。

战士们！热忱踏破兴安万重山。

奋斗啊！重任在肩，

突封锁，破重围，曙光至，

黑暗一扫完。

（三）

荒田遍野，白露横天，

夜火晶莹，敌垒频惊马不前。

草枯金风急，霜晨火不燃。

弟兄们！镜泊瀑泉唤起午梦酣。

携手吧！共赴国难，

振长缨，缚强奴，山河变，

片刻息烽烟。

（四）

朔风怒号，大雪飞扬，

征马踟蹰，冷气侵人夜难眠。

火烤胸前暖，风吹背后寒。

壮士们！精诚奋发横扫嫩江原。

伟志兮，何能消灭，

全民族，各阶级，团结起，

夺回我河山。[16]

据说，连日寇也曾对抗联的这首《露营》表示过钦佩。

56．千死敢当，一饥难忍

北满抗联主力西征，之所以付出惨烈代价，除了征程环境太过险恶、敌人重兵围追堵截外，主要的原因之一是严重饥饿。饥饿，使诸多官兵在险恶严寒暑热中生病；饥饿，使战斗中的伤员营养不良、伤口化脓；饥饿，使疲惫的官兵无力蹚过激流，倒在洪水中；饥饿，使倒地的官兵头晕眼花，在饿狼逼近时端不起枪支。

整个西征途中，官兵们几乎没吃过什么粮食，在秋季填肚腹的多是野菜、野果、野蘑菇，冬季主食是树皮，偶尔可捡到松子、野橡子与榛子。马肉、马皮、马骨头（含马蹄子）则是调剂的油腥，而且马不病倒累倒，不能轻易宰杀。

1938 年以后，树皮常常成为一部分抗联的主要食品，官兵们都知道，最好吃的是榆树皮，黏糊糊，入口滑溜儿，但榆树多生在水边，深山老林中多为松树。

抗联老兵卢连峰说，松树皮最难吃，那也得吃。把松树皮用刀割下来，扔到水里泡一夜，为的是把松树油子泡掉（那味不好闻不说，关键是不好消化），然后在地上挖个坑，上边铺上石板，底下烧火，把树皮烤焦了，再捣碎了，做面糊糊吃。这叫啥面？一打嗝就是松树油子味。饿得没办法，就靠这个充饥。吃松树皮最大问题是拉不出大便，肠子里没油水，肛门是干的，就得你给我抠，我给你抠。因为当年用树枝、枪探子，有抠破出血的、肛裂的、严重脱肛的，因此很多资料记载，幸存下来的抗联老兵，不少都有肠胃病，有的甚至还得了肠癌。

冬季出发的北满第三批西征部队，不仅没有粮食，连野菜也没有了，许多战士口舌溃疡，阴囊皮炎，甚至得了夜盲症。那一冬天的菜，基本是用辣椒面子加上盐和雪水，然后烧成汤。

最难熬的是没有盐。一些抗联老兵说，盐吃多了齁着了咳嗽，不吃盐，人也咳嗽，人不吃盐浑身没劲儿。弄不到盐，就把衣服脱下来放进锅里煮。衣服从穿上身就未洗过，衣缝里有虱子、虮子，还有血渍——自己的、敌人的。煮出汗碱，怎么也有点儿咸淡味。

进入 1939 年末至 1940 年以后，由于日伪"集团部落"日臻严苛，抗联陷入了更加困难的境地，日伪当局"集团部落"的初衷便是断绝抗联最基本的生存条件——吃与住。住，可以靠露营坚持；吃，却无从着落。在"集团部落"里的百姓，外出劳动不许带午饭，连下地的种子都按地亩数计算数量。应当说，饿死的抗联战士人数超过冻死的。

1940 年春，经过西征的北满抗联部队，来到"集团部落"尚未完全铺开的黑嫩平原——克山县的南部。郭铁坚决定让饥饿而疲惫至极的部队进屯子，进屯子便有吃的。太阳将要下山了，郭铁坚挂着棍子喘了好一会儿说，大家都挺起来，扔掉棍子，精神点儿，让老乡看了长信心，知道咱抗联还能打日本子！

抗联老战士郝凤武回忆，也就一里来路，他们走了 3 个来小时，十来步就喘上一阵，进屯时天已漆黑了。他跟着郭支队长（应为参谋长）进了一户人家，进门是厨房，黑灯瞎火，头一下子碰到锅台上一个破瓦盆，里边有黏糊糊的东西，是鸭食或鸡食，天冷都有点儿冻了，他顺手抓了一把送进嘴里，那个香啊，又抓了一把。

也是 1940 年初，抗联第二路军第二支队向虎林转移，有个叫王福实的兵掉队了。曹曙焰回去寻找，见他趴在雪地里一动不动，用手试了试，还有气儿。曹曙焰先是背，背不动了，就在没膝的雪地上拖；拖不动了，就坐那儿喘。王福实说，指导员，你别管俺了，俺活不了了。一会儿又说，你给俺一枪吧，一会儿又说，你把俺勒死吧。

几十年后，曹曙焰说起王福实时，仍一脸凄然与惋惜：那时候只要有碗热乎乎的大楂子粥，他吃了就能走。他说得没错，谁也救不了他，但只要还有一口气儿，你就得陪着你的战友，然后给他弄座雪坟。

抗联老战士郝凤武说自己是幸运的。第一次受伤是重伤，指导员把他扛着弄回来，有个40多岁姓王的炊事员照顾他。先在山坡上搭个窝棚，然后就在旁边挖坑，坑两米深，躺个人进去挺宽敞，还扒来好几块儿挺大的桦树皮。

郝凤武躺在窝棚里问老王鼓捣这些干什么用。老王说，你别问了。后来郝凤武渐渐好了起来，老王才告诉他，师长说了，小郝死了，要好好埋了，别让狼扒出来吃了。那坑就是给他挖的，桦树皮是当棺材包他的，那东西油性大，抗烂。郝凤武寻思，自己这回没死了，下回死了还能有这待遇吗？

现代人都对节日很重视，尤其是过年，多数家庭，首要安排的是年夜饭，可谓亘古未变。

那一年的除夕之夜，第三路军派出一支部队去解决给养。经过一夜行军，李桂林与两位战士因为没有马匹被留在半路上，等部队回返时接他们一起回密营。留给他们3人的是一个马头和一张马皮，加1斤多点儿玉米楂子。

正月的深山老林里北风呼号，鸟尽兽绝。他们将马皮用火烤烧，去掉皮上的毛，马皮一下子收缩了许多。在零下三四十摄氏度的空旷野地里露营，越发饿得快，计算了得简省着吃，可过了几天马头与马皮还是吃完了，打给养的部队仍未回来。一连5天，3个人没吃任何东西，只以雪水充饥，虚弱得连大一点儿的木头都搬不动了，只能捡些小枝杈"打火堆"，3个人紧紧依偎在一堆。

李桂林等3人比王福实幸运，就在黑白无常即将踢门之际，打给养的队伍先一步赶了过来，给了每人一点儿热乎乎的玉米粥，3个奄奄一息的人总算站了起来。多年后，李桂林说自己摸了一回阎王的鼻子，又转身回来了。

离休前曾任黑龙江省政协副主席的李敏，1939年隆冬时，虽然才15岁，但已经是入伍三四年的抗联老兵和中共党员了。这一天，她为两件事感到特别高兴：一件是突然有了一个住的好地方，在锅盔山一处后方基地，虽然被敌人烧毁了房盖，但四面土墙还在。大家七手八脚把雪清出去，找来树枝挡风，里边弄上火堆。大家高兴了，就讨论今天是什么好日子，于是第二件好事便讨论出来了。苗司务长算了一下后，由杜景堂指导员正式宣布今夜是大年三十晚上！

苗司务长拿着铁桶，弄一些雪挂，劈一些桦树和榆树，一节一节放进铁桶里，煮水喝。杜指导员说，这个木头我们吃过多少次，不是很好吃，发苦。然后，他从挎包里拿出一只已经破了却没舍得扔的靰鞡鞋，三十晚上没好吃的，就把它拿出来煮给大家当过年嚼谷。牛皮做的靰鞡鞋虽然臭，但是有蛋白，大家都想吃；可是这东西一时半会儿煮不烂，虽然都困了，但还是老有人拿树枝过去捅，边捅边说怎么还不烂呀。

煮了一夜，嚼谷还没吃到嘴里。天快亮时，司务长告诉李敏去上岗。当时零下40多摄氏度，1小时换一次岗，女战士一样站岗。李敏个头小，配备的是马枪。站岗的她正想那煮着的靰鞡时，听到了声音，一问口令，没有回答，李敏便打了两三枪，给山上报信。

敌人大多是伪军，日本关东军不太多。伪军中不少人是土匪出身，得知部队有女兵，就产生邪念，想"抓活的"做老婆。危急关头，白福厚团长率队赶到，两面夹击，敌人便撤退了。至于那个富含蛋白的靰鞡是否吃到口，资料上没有记载。

为了保持体力，跟鬼子再战，抗联战士吃遍了能够充饥的东西。

1940年前后，抗联部队陆续撤往苏联境内，转移途中最大的威胁仍然是饥饿。李敏随第三路军第三支队第七大队长白福厚行动。在松花江右岸支流安邦河一个山口，大家发现了一大片像菠菜形状的野菜，便像牛一样开始吃。白福厚制止了众人，说大家不要吃生的，用开水烫一烫再吃。我们设岗，放哨，利用半小时烫烫。

李敏说，白团长（习惯称呼）知道大家长年吃生的，比如山上的木耳、蘑菇，有时候有野猪肉，包括长蛆了的也得吃，肚子里都长了虫子。一个吃饱了的小战士去河边弄水擦汗，被鬼子发现，一枪打死了。许排长先是腿被打折了，又挨了一顿机关枪，也牺牲了。

实际上，并没吃到抗饿的粮食，只是一顿野菜，却牺牲了两位抗联战士。

部队突围后，辗转来到一片撂荒地，前一年种的大葱长得很高，饿急了的战士便挖着吃。吃多了难受了，可还是不停地吃，实在是太饿了。这时一个姓朱的战士看到杨树上有一个乌鸦窝，里边有一窝小乌鸦崽，嘴角是黄的，还不会飞，就上去掏下来，在火堆里烧着吃，连肠子也一块儿吃了。

千死敢当，一饥难忍。

1941年夏末秋初，王效明（曾任东北抗联第七军政治委员、第二路军第二支队政委兼队长）奉命率30余人从苏联回国寻找原有部队，联系社会关系。

一入国境便遭到大批日伪军追击，部队乘夜色穿过宝（清）密（山）公路，准备越过挠力河去依兰。不料，挠力河河水暴涨，只能退回山林，进入宝清西沟。这一路，他们用了27天，超出原行程计划许多天，携带的粮食吃光了，饿死了5名同志。[17]

关于这次不到1个月便饿死5人，似乎是不应该造成的损失，因为自苏联返回国时，部队的身体素质应当不错——夏秋季节山里有野菜、野果、蘑菇，河里有鱼、虾、蝲蛄。据有关资料记载，因为部队处在敌人不断追击中，即便可以找到东西吃，时间也不允许。

第一个饿死的是指导员李在明（民）。他是一个壮实的汉子，一路上担任前哨，时常在前面侦察、探路，付出的体力最大。接着饿死的是司务长老王和炊事员，两人都是管伙食的。

在那个有半碗高粱米或一碗楂子粥就能活下去的艰难岁月，被饿死的司务长与炊事员绝不是个例，而是多例。他们在掌勺时，时常把仅有的饭菜给了别人。饭菜就是活的希望，就是生命，他们却把饭菜先给了战友。

中国共产党自打成立那天起就是一个穷党，这个穷党之所以最终战胜了各类敌人，一个根本原因是以毛泽东为首的共产党人始终不渝坚持了"独立自主、自力更生"的道路。在抗战最为艰难时，面对长期得不到苏联援助的情况，毛泽东说："……很希望国际无产阶级和伟大的苏联帮助我们。但由于各种情况的原因而没有援助，我们怎样办？还是按照过去那样，全党团结起来，独立自主，克服困难，这就是我们的方针。"[18]

"八一五"后，苏联为一己私利将东北交给国民政府，并表示支持蒋介石时，毛泽东大声地说了一句很有骨气的话："苏联不帮助我们，我们也不怕。"[19]

应当说，在整个东北抗战时期，保持所谓"中立"的苏联，从未给过共产党领导的坚强部队东北抗联可以从根本上扭转局势的援助。而1937年10月至1938年2月，苏联支援国民党的主要武器有军用飞机297架、各式火炮290门、坦克82辆、汽车400辆及各类零配件、各类堆积如山的枪支弹药，总价值为4.85亿多美元。[20]

近在咫尺的东北抗联，所获支持不及国民党军队的一个零头，并且苏联所给予的可怜的援助，都是以抗联牵制日军，对其堡垒、情报侦察所换取。血液中早已浸透了中国共产党人骨气基因的东北抗联，自打成立那一刻起，始终不渝地坚持走独立自主、自力更生的道路，以极大的魅力与努力，靠自己的力量克服一切困难。面对敌人通过"集团部落"

封锁断绝给养来源，东北各党组织及抗联部队，抽出专门人员开荒种地，解决粮食问题。

1937年3月，中共道南特委书记张中华在给中央代表团的信中曾报告：日寇在东北近一二年当中到处搞"集团部落"建筑，封锁抗日联军的给养来源，故此我们决定派少数部队实行屯田制，在森林找适当地点种大麦作为给养来源，坚决同日本帝国主义在满洲做长期抗战。

自力更生，开荒生产已是东北党组织和抗联各部队坚持抗战到底的共识。1939年1月，中共下江特委书记高禹民向所属各部传达中共北满省委关于开荒生产的指示后，又提出严格要求：

> 给你们的任务须不动摇的〔地〕按计划执行，决不允许空谈，特别是屯垦计划更是我们的生命，现在东北的抗日军，谁忽视了这个任务谁就是革命罪人。[21]

自苏联返回国内的小部队，都认真了解检查各部的开荒生产情况。1940年9月，率小分队回到国内的王效明曾就后方耕种情况给周保中写出专题报告：

> 虎林后防报告刘副官处共有四垧地，孙司务长处有一垧半，朱副官处有一垧，因下种太晚，可是小苗很旺盛。饶河后防三处共耕六垧，庄稼很好，群众尚有八七垧，秋收可得一部，大旗杆耕种地八垧，剩六垧全数被敌破坏。大小老等窝群众共耕地六垧，如不被敌破坏，我们可得二三十石，但全数计算尚不足用，仍须努力征发。

行笔至此，笔者不禁想起抗战时期的延安"大生产运动"，但那时已经国共第二次合作，少有被毁之虞。抗联的屯田生产却困难重重，流干汗水所垦种庄稼，时常遭到毁坏。后期抗联密营的主要职能任务是种地，要"防日防伪防鸟兽"。

在深山老林里种地不同于靠近村屯的平原，首先要豁出命从"集团部落"里弄出种子。好不容易下了种，山雀刨，花鼠子扒，小苗出土了也照样被吃掉。于是刨了种，种了刨，庄稼高矮不齐长了好几辈。眼瞅着要收获了，野猪、狗熊也来糟蹋，但最大的祸害则是日伪军、汉奸和伪警察。

抗联老战士王云庆当年曾是抗联四军宝（清）富（锦）地区留守处连长。在土顶子密营，男女老少5个人种了3垧苞米地。7月底，最"老一辈"的苞米棒子上的苞米粒已经挺大了。那天，在窝棚里的王云庆忽然听到外边有响动，心想，坏了，敌人来了！便端起匣子枪，一脚踹开门，枪响了，门口倒下了俩。两旁都是敌人，敌人怕伤着自己人，没敢开枪。

王云庆左右扫射，吓得敌人纷纷钻进草丛。王云庆乘势蹿到不远处一个碴子似的陡坡——有几丈高，一下子滚了下去。他趴在那儿寻思，苞米完了，密营也完了。敌人拿刺刀砍，用镰刀从这头划到那头。

王云庆心疼得直淌血呀，自己就剩两颗子弹了，要是子弹足足的，非打死他们不可；可打死他们也不行了，敌人只要发现那里有地，早晚非给毁了不可，庄稼又没长脚，不会跑。

综上所述，日本侵略者面对世上罕见的、顽强不屈的东北抗联，其毒辣手段无所不用其极，可谓军事、政治、经济多种手段综合运用：连续不断、名目繁多的"讨伐"，为"军事打击"；不择手段地收买利用汉奸，为"政治瓦解"；遍布东北各地的"集团部落"，当主要属于经济封锁手段，为的是使东北抗联失去生存的基本条件。

令日本人没料到的是，抗联靠"露营"解决了"住"，靠自己种地来解决"吃"。于是，在建立"集团部落"、捣毁抗联密营之后，敌人在经济上封锁东北抗联的主要方式又多了一个：进入深山老林，到处寻找并捣毁抗联的庄稼地。这是很厉害的手段，正如王云庆说的那样，"庄稼又没长脚，不会跑"。

1939 年 6 月，在下江指导巡视工作的冯仲云向中共北满省委有关同志写信说，目前部队的军事活动，实际不过是用军事力量去解决给养和供给，所谓"打给养"。诸多抗联战士的话说得更为形象："枪不响，肚子就响。"

日本人以为断了抗联的"粮道"，就会逼迫抗联缴枪或溃散，但毒辣而无人性的封锁手段，越发激起了抗联战士的斗争意志。那时，在抗联中普遍流传着一种说法：宁被打死，不能被逼死！你毁了我地里的庄稼，我到你家里取现成的！

1942 年的一个夏天，6 名抗联战士一举端掉了一个武装开拓团，令诸多日本开拓团惊恐不已。被端掉的开拓团有 40 多人，大多是在乡军人，还有较强的武器装备，而抗联 6 名战士可谓老弱病残：领头的两个人，一个是第三路军十二支队长朴吉松——剩一只眼睛，另一只眼在一次激战中被弹片击伤失明；另一个是十二支队大队长钮景芳，曾任抗联三军司令部的副官，行事有赵尚志果敢作风，剩了一只胳膊，另一只胳膊在一次战斗中受伤后感染并危及生命。当时没有医生和麻药，他在战友帮助下，把胳膊绑在大树上，硬是用斧子将伤臂剁了下来。

另外 4 人，有小队长张祥和战士安福，两人都缺手指或脚趾。张祥曾在抗联三军少年连担任过机枪手，跟随赵尚志学了不少本事。只有李桂林和李绍刚身体零件齐全，但一看还是小孩儿。那一年他才十八九岁，吃不饱饭，长得单薄。

李桂林回忆说，就是这样 6 个人，趁夜色和雨天，摸进开拓团大院。以为抗联都被打光了的哨兵，也躲进屋里避雨了。他们6支匪枪对着3扇窗户开了火。朴吉松、钮景芳、张祥打了多年仗，会几句战场用得上的日语，听到里边鬼哭狼嚎喊叫，就大喊："缴枪不杀！"里面磨蹭了一阵子，朴吉松喝令："点灯，不然就扔手榴弹！"屋里灯亮了，把枪都扔了出来。这一仗，他们打死了10来个鬼子，收缴了枪支与给养后，其余的都释放了。

接下来，他们又组织力量——凡能行走的都参加战斗，先是端了木兰县利东伪警察署，打下了大贵镇，烧了石头河子伪警察分驻所，打下了庆安县大罗镇。打大贵镇是12个人，打大罗镇是20多人，都是晚上打的。伪警察好对付，多数听到枪响就哆嗦。他们打完了就进山，让鬼子摸不到踪迹。

应当指出，上述战斗实际上是抗联部队以残兵弱旅在同强大的敌军战斗，所以能够以弱胜强，是抗联战士们在以命相搏。

战斗意志是一支军队战斗力的重要决定因素，人不怕死，便可以一当十。在敌强我弱的局面下，抗联官兵的顽强意志与牺牲精神，焕发成了勇往直前的战斗力。

同时也应当看到，战争毕竟是巨大财富与资源（包括兵力）的比拼，抗联战士局部的胜利，并不能扭转整体战局的被动与局面的挫折；尤其是"集团部落"等摧毁抗联基本生存条件的毒辣方略的落实，使抗联陷入了前所未有的困境。饥饿仍然是扼杀抗联的致命武器，但在死亡面前，抗联战士们都竭力将生的希望留给战友。

1939年冬，抗联第七军把一部分伤病员转移到十八坰地密营养伤，由军部警卫连连长吴应龙负责警卫与给养。那一日，吴应龙等4名同志到二百里地以外为伤病员筹粮。他们收到交通员送来的白面、棉花、馒头和一瓶白酒后即回返。一路上，饥寒劳累到极点，可谁也没吃一口馒头解饿，没喝一口酒驱寒。当他们走出密林进入平原时，突然发现100

多名日军逼上来。

吴应龙发出命令："马上把粮食送出去，我掩护。"战士们说："连长，要死一块儿死。"吴应龙说："把粮食带回去，这是命令！"

两个战士背起粮食，含泪离开受伤的连长与另一名战士。激战中，他们打死日军3人，吴应龙与另一位战士壮烈战死。

尽管人都是哭着来到这个世界，却大都不愿意离开这个世界。无论社会学家和哲学家给出多少不同解释，死亡都是对人性最严酷的考验。死去？还是活着？这个问题最能体现理想与信念的真伪。

李在德是王效明小分队中唯一的女战士，亲眼见证了5位战友饿死的情形。她说，王司务长原是个伐木工人，平时一般两个人的饭也不够他一个人吃。他身为司务长，到处找能吃的东西，找到了自己不吃，先给同志们吃。饭量大，找东西消耗体力大，自己再不吃，就这样倒下了，再也没起来。

她也清楚地记得指导员李在民的牺牲。那天，恰巧离抗联早期住过的炭窑不远，王效明派李在民和中队长李忠彦去看看有没有人，但只有李忠彦一个人回来了，汇报说炭窑里没有人。李在民已经饿倒在窑门口，说："我走不动了，不行了。你回去告诉王队长，我誓死也不叛变，要革命到底！"[22]

王司务长应当知道，饿着肚子到处为大家寻找吃的，会对自己造成的严重后果；李在民也应当知道，挺着虚弱到极点的身子前往炭窑侦察，对自己的严重后果；但他们更知道，这个时候必须有人率先承担这个严重后果。他们把活着的希望留给了战友，把死亡的后果留给了自己。

让我们记住那个30来岁的司务长老王，他的名字叫王喜刚。让我们记住李在民临终的遗言："誓死也不叛变，要革命到底！"

1938年11月30日，《周保中致黄玉清信》中说："我们滴最后一点血来拼，我们决心用我们的骨灰来培养被压迫民族解放之花。"[23]

1938 年 12 月，下江特委书记高禹民在给中共北满临时省委的报告中写道："亲爱的同志们：现在夜已深了，室外的狂风配合着树声呼呼怒号，冷风阵阵袭来，吹得一盏昏暗的野兽油灯的灯光动摇不定。燃烧鼓舞起革命的热情，吃马皮、树皮、松子的战士们正在酣睡着，负伤同志们的咳声打动了我的心弦，周身的热血在奔腾狂流……使我一刻也不能忘掉，同时也无法忘掉，这一切的一切都在指示着我们在急转的旋涡里踏着……点点的鲜血！前进——杀敌——冲锋！"

1939 年 1 月，中共北满临时省委在给高禹民的指示信中写道："远地送来亲爱的战友们的饥饿的呻吟，寒冻的颤声，热情在我们周身澎湃。同志们坚毅清癯的瘦影在我们脑海中闪动。我们是朝夕关怀着你们，翘望兴安峰峦，可见巍岭绝壁严肃的仪容！白雪与寒风争厉！这真是象征着伟大事业的时期。我们紧握着拳头，誓以百折不回的精神去与饥饿寒冻，去与万恶日寇拼杀！不达胜利誓不休！同志们，战斗起来哟！祖国和民族将展开绚烂的前途！"[24]

北满临时省委的信应该出自冯仲云之手。

高禹民，原名高升山，1916 年出生于山东高密，1935 年加入中国共产党，曾任中共依兰县委书记、下江特委书记、东北抗日联军第三路军第九支队政委、第三支队政委等职；1940 年春，经组织批准结婚，新婚第二天就与妻子分别；11 月，在阿荣旗霍尔奇镇鸡冠山与大队敌人遭遇，为掩护战友撤退，壮烈牺牲，年仅 24 岁。高禹民是一位充满革命理想与战斗激情的抗联战士，他留下的最激励战友的精神，是敢于压倒一切困难的勇气与顽强毅力，以及坚决革命到底的必胜信念："不论是怎样艰苦和困难，不论是怎样的挨饿和受冻，只要血在温，只要是头尚存，丝毫不能变动了革命的意志。"[25]

什么是东北抗联精神？什么是共产党人的革命信仰？仔细品味了周

保中、高禹民、冯仲云充满革命豪情的信件，以及吴应龙、李在民牺牲前的遗言，每一个真正的共产党员，都会获得最深入肺腑的准确答案。

1955 年，周恩来总理签发请柬，邀请东北抗联老战士冯仲云、薛雯到中南海怀仁堂参加授衔、授勋酒会和晚会。

毛泽东在给冯仲云授勋时，紧握着他的手说："你是冯仲云，东北抗联的。你们抗联比我们长征还要艰苦啊！"

冯仲云的眼泪流出来了，他说："毛主席了解我们。"[26]

57．真实的耿殿君

1939 年之后，东北抗联南满与吉东游击区进入了十分艰难的阶段，而北满抗联的平原游击战却开展得有声有色。

原因之一，是东北抗联第一路军、第二路军西征的相继失败，致使部队主力损失惨重，总体上仍被日伪围困于原有游击区范围之内；而北满抗联的西征虽然损失惨重，却取得成功，保存了抗联骨干与实力。原因之二，是突出了敌人包围圈，避免陷入被敌聚歼的险境。原因之三，是赵尚志卓有远见地远征黑嫩平原所建立的游击区与密营起了作用。原因之四，是黑嫩平原为日伪统治相对薄弱区，"集团部落"尚未完全铺开。

为了更有效地打击敌人，1939 年初，北满抗联成立了西北临时指挥部，由李兆麟、李熙山分别担任政治、军事负责人，将第三、六、九、十一军统一编成第一、二、三、四支队和第一、二独立师。指挥部对各部队活动区域进行了划分：第一、二、三支队为龙北部队，主要活动于海伦、讷河、嫩江、克山、德都、通北、北安等地；第四支队与第一、二独立师为龙南部队，主要活动于绥棱、绥化、庆城、铁力、巴彦、木兰、东兴等地。

为加强党对嫩海地区抗日武装的领导，中共北满临时省委成立嫩海地区代表团，直接对省委负责，代表团由李兆麟担任负责人。代表团的成立，使抗联部队有了统一领导指挥机关。

这期间，中共北满省委及龙北指挥部为下一步广泛开展平原游击战做了充分准备，除了部队编制更适应游击之外，还采取了3项十分有利并对后来产生重要作用和影响的举措：

第一项举措，是通过多种途径，提高军政干部的素质，为此专门办了干部训练班，这在敌情紧急的情况下实为难得。

第二项举措，为在内外两条战线打击敌人，使抗联在黑嫩平原扎下根去，经过精心挑选培训，一些富有地方与地下工作经验的得力干部被派往一些重点区域。其中，六军二师政治部主任尹子魁（尹洪元）被派往讷河，组建中共讷河中心县委并担任书记。中共龙北工委书记张文廉派往肇州，组建中共肇州县委并担任书记。此外，还有原下江特委组织部长方冰玉、三军被服厂厂长陈静山（女陈）等多人深入敌占区。

第三项举措，是中共北满省委在认真总结反"讨伐"作战与远征经验教训基础上，提出了适合平原游击战的诸多战术，即利用敌之弱点"以小制多"，采取破坏、袭击、扰乱、埋伏多种手段并用，迅速、及时地"化整为零""聚零为整"，采用"分开突进""逐步伸长""轻兵奇入"……

1939年5月30日，第三路军总指挥部正式成立，李兆麟为总指挥，许亨植为总参谋长（1年后，冯仲云任政委）。三路军总指挥部的成立，标志北满抗联部队在组织指挥系统上达成了统一。

效果很快显现出来。

1939年初，第二支队在支队长冯治纲与政治部主任赵敬夫率领下，以灵活机动的战术，击溃了一支4倍于己的"讨伐队"，击毙日本人警尉目黑俊一，活捉了德都县伪警务科长刘日升等 25 人，缴获步枪 30 余支。

几乎在同时，第二、第三支队混合编队，趁敌人外出进攻二支队后方基地、后方空虚之际，迅速攻破额木尔站，缴获枪支 39 支，弹药若干。两次小胜，扭转了惨烈西征一度不振的状态，士气大涨。

耿殿君，1903 年出生于山东掖县，是一个彪形大汉，其作战风格与其形体一样勇猛，曾任六军留守团长。北满部队西征途中，他在第三梯队，自告奋勇率领 30 余战士作为先锋，可谓"逢山开路，遇水搭桥"。西征部队整编，耿殿君任第六军第十二团团长。

1939 年 8 月，耿殿君率部偷渡讷漠尔河，以"不想活了"般拼命的凶猛，突袭日本开拓团，缴获马匹百余。有了马匹，耿殿君遂将部队由步兵改为骑兵，而后"顺手牵羊"，又袭击了讷河县九井村伪警察分署，扬长回返。

不料，在返回途中，部队在三马架屯与伪军龙江教导队遭遇。伪警伪军战斗力虽不及日军守备队，但其教导队当是伪军警中的精英，猛烈向耿殿君部攻击。可这次教导队遇到的是耿殿君这样的劲敌，被打得丢盔弃甲，狼狈逃窜。耿殿君缴获枪支 14 支，其中有轻机枪 1 挺。

似乎还未过瘾。8 月下旬，耿殿君又率部攻破克山县北兴镇，顺利解除了伪警署与伪自卫团的武装。部队除缴获 50 余支步枪及大量弹药外，还缴获了部队急需的布匹、衣物。[27]

勇敢善战的指挥员是一支部队的灵魂，是部队是否有战斗力的主要因素。攻打有工事的城镇，按一般规律与战术规程要求，攻方与守方的兵力比例，前者起码要为后者的一倍。但耿殿君攻打北兴镇时双方的兵力比例，正好调了过儿，他是以 1 倍的兵力战胜了 2 倍的敌人。

因为一部电视剧《十三省》，烈士耿殿君的英名家喻户晓。真实的历史虽然没有电视剧那样曲折吸引人，却远比电视剧让人揪心。

耿殿君出身穷苦，每次打扫战场，别人认为没有用的东西，他都捡回来，大家都叫他"耿破烂"。尽管时刻面临着牺牲的危险，但抗联战士却不乏革命乐观主义精神与抗战必胜的信念。

六军被服厂有一台留声机，就是耿殿君为女兵们搞来的。五音不全的耿殿君每次联欢会都会很自信地唱着调儿不知跑出多少里地的歌。耿殿君脾气暴躁，好顶撞领导，1938年曾受到第六军党委"留党察看3个月"的处分。处分理由是反对上级指示，谩骂上级党的机关，工作方法带有军阀色彩，群众关系恶劣，等等。但他对士兵挺好，怕敌人来抢夺追击女兵时，女兵跑不快，特意给每个女兵都买了一双轻便小靰鞡。

真实的耿殿君并没有如电视剧中一样，被敌人俘虏，受尽酷刑，宁死不屈，成功越狱，又被抓回，最终送到日本七三一部队细菌工厂杀害。他是牺牲在战场上。

1939年11月，耿殿君率十二团将日军30余骑兵分割为两部分，予以全部歼灭，而后与抗联三军八团会合。见八团装备较差，他便将枪支、弹药、衣服、马匹补充给八团一部分，以后两个团便一齐行动。

12月下旬，驻在张信屯的八团遭敌包围，耿殿君指挥十二团从两里外的察家屯前去解围。八团被围在一个场院里，耿殿君指挥部队打退敌人，夺回场院。此时八团团长姜福荣已中弹牺牲。耿殿君为让八团突围，便大声呼喊："八团往出撤！""八团往出撤！"喊声引起敌人注意，一排子弹打过来，耿殿君倒在血泊中。十二团政治部主任王钧指挥十二团，继续拼死掩护，终于使八团突出重围。

耿殿君、姜福荣等牺牲后，被当地群众掩埋。克山日军"讨伐队"听说牺牲中有抗联的团长，又派人到现场将抗联牺牲人员遗体挖出来，逐个拍照，而后残忍地割去了3个人头，其中就有耿殿军和姜福荣。[28]

八团与十二团相比，无论人数与装备都有较大差距，全团仅有50余人。这是两个团选择一起行动的重要原因。为了营救战友部队，十二团拼死相搏，牺牲了最高军事指挥官耿殿君团长，可见抗联部队之间、战友之间的友情是用鲜血凝聚而成的。

回顾抗联历史，从党领导抗联的历史中吸取政治营养，需要艺术虚构的文艺作品，同样也需要真实的历史回放。

堡垒最容易从内部攻破，对敌对我皆然。这是敌我双方极力向对方渗透、潜入，展开秘密战的主要原因。同抗联比起来，虽然敌人很强大，但若底细被摸透了，强弱局势立马颠倒过来。

如同孙悟空钻进铁扇公主肚子里，约半年前潜入讷河县城的尹子魁、陈静山等人，已建立起中共县委。在讷河三马架、倭都台、南阳岗等七八处地方，建立起了抗日救国会组织，组成了一支拥有 34 人的抗日武装——讷河人民抗日先锋队。

为扶持这支队伍尽快成长壮大，冯治纲与耿殿君将北兴镇战斗中缴获的几十支枪都交给了讷河人民抗日先锋队。之后，耿殿君的十二团便常常与先锋队在一起打击日伪军。

这一时期，抗联第三路军各部队十分注意依靠发动群众，第三路军总指挥李兆麟深入村屯，带头给村民挑水、劈柴、扫院子、干农活。老百姓最有良心，东北多土匪，为害乡里，哪见过这样好的军队？李兆麟牺牲后，讷河老区李兆麟为乡亲们干过农活的哈里屯，改名为兆麟屯。

同时，抗联各部队与社会各界广交朋友，讷河人民抗日先锋队长刘景阳是讷河有钱有地的大户，他哥哥刘耀庭曾是东北军军官，在抗联的感召下，毅然加入抗联第六军，担任了第六军的副官，与十二团政治部主任王钧一起开展游击战斗，带头冲锋陷阵，在讷河唐火犁战斗中，不幸中弹牺牲。

刘耀庭是讷嫩一带有影响的抗日志士，由于他积极参加抗联并身先士卒参加战斗，带动了许多青年踊跃加入抗联队伍。

得知刘耀庭不幸牺牲，李兆麟十分悲痛，签署了《抗联第六军军部关于召开刘耀庭烈士追悼会的通令》，通令要求："军直属教导队、先锋队、全体指战员一律追悼开会，佩戴青背章一月，表示衷心不忘，愿为烈士复仇的决心。"

应当看到，以特殊方式悼念刘耀庭，在抗联部队中并不多见，既表明了李兆麟对心怀民族大业与日寇奋勇战斗义士、烈士的真心敬重，也表明了北满抗联上层领导，坚持爱国统一战线，力图恢复被"集团部落"所割断的与人民群众鱼水关系的决心与魄力。

1939 年 9 月 18 日，是九一八事变国耻日八周年。冯治纲指挥三路军第二支队 270 余人与讷河人民抗日先锋队于当夜 11 时，突然向讷河县城发起攻击。

各路突击部队分别攻击了伪县公署、警务科、警训所，打进了伪警备队驻地北大营，击毙日本副县长本多颜次、日本指导官阪根满郎、训练教官森川直道等 14 人，俘虏伪军警 100 余人，其中包括伪军团长孙秉义和伪县警务股长、特务科长、警察署长，可谓将讷河日伪执政当局一网打尽。同时，部队打开监狱释放牢中"犯人"300 余人，砸开弹药库、粮食库、物品库，缴获了大批军需物品。[29]

讷河是黑龙江省中心的县城。此战共缴获步枪 130 支、匣子枪 100 支、子弹 3 万发。[30] 攻克讷河县城是抗联第三路军成立后一次重要战斗，是抗联进入艰难时期的一次重大胜利。这一胜利轰动了北满各地，讷河、嫩江一带人民看到了抗战的前途，在当地的商户、富户和伪满军队中都起了强烈的反日正面影响。

战斗次日清晨，部队召开群众大会进行抗日宣传，老百姓高兴了："伪满洲国快到头了。"当时便有数十名爱国青年参加抗联队伍。

1940 年春，抗联第三路军在总指挥李兆麟、政治委员冯仲云主持下，在南北河三路军总指挥部驻地召开会议，史称"南北河会议"。

会议决定将活动在嫩江、松花江、黑龙江之间的第三、六、九、十一军部队，按活动区域，重新编为第三、六、九、十二支队。后来，据当年参加会议仍健在的抗联老战士王明贵回忆，这次会议印象最为深刻的是，学习冯仲云从苏联带回来的毛泽东《论持久战》的小册子。

学习《论持久战》，较好地打消了一些干部的急躁情绪，解决了希望速胜、对抗战长期性思想准备不足的问题，更坚定了抗战到底的必胜信念。面对日伪当局不断军事"讨伐"、政治诱降、经济封锁的严重压力，中共北满省委以大无畏的斗争精神和机动灵活的游击战术，在各部队开展了杀敌竞赛活动。应当说，杀敌竞赛的革命豪情实在是难能可贵。

58. 吓裂敌胆的"狞猛"

在东北抗联第三路军各支队中，第三支队是最能打仗、战绩最多的部队，以致诸多文章对其支队长以"名将王明贵"相称。

王明贵，1910 年出生于吉林伊通，1934 年参加抗战，历任东北抗联第六军第三师第八团团长、第三师师长、抗联第三路军第三支队支队长，新中国成立后担任黑龙江省军区副司令员，1955 年被授少将军衔。

王明贵虽然没在抗联三军赵尚志部队干过，但三军与六军配合最为紧密，因而其作战风格酷似赵尚志，既勇猛又狡黠，用兵不拘套路，常常出敌不意。1940 年 4 月 18 日至 6 月 17 日，王明贵所率三支队在杀敌竞赛中连续作战共 14 次，毙敌 116 名，俘敌 64 名，缴获轻机枪 2 挺、步枪 120 支、手枪 5 支、子弹 1 万余发、军需品若干。同时，队伍有了很快发展，7 月又增编一个大队，被第三路军评为杀敌竞赛活动优胜单位。

东北抗联有个不成文的做法，抗战 10 余年中，每逢"九一八"国耻日，各部队都要进行"纪念活动"。所谓"纪念"，对我方说来，是不忘国耻，继续战斗以救亡；对敌方说来，则是通过打击，让侵略者记住侵略别国没有好下场。北满抗联在1939年纪念"九一八"时攻克了讷河县城，那1940年的"九一八"怎样纪念呢？

中共北满省委于1940年7月20日便发出《关于纪念"九一八"九周年的几点意见》。"意见"要求第三路军各支队预先做好打击敌人的各项准备工作，根据各自情况，采取攻破县城、乡镇，或袭击敌之兵营、仓库、车站等重要据点，做好周密计划，以实际行动纪念九一八事变9周年。

经过反复研究与侦察，嫩江平原重镇克山县，便成了指挥部与第三支队"攻破县城"的主要靶向目标。

克山，是伪北安省会的邻县，地处平原，公路、铁路、电话网四通八达，为敌军重兵防守的重镇。"归屯并户""保甲连坐"比其他县进行得又早又广泛，被日本人称为"满洲国"的治安"模范县"。城内驻有1个团伪军、1个伪警察学校与伪警察署200余人、日军守备队100多人，守敌共计1000人左右。敌人还为克山修筑了一丈多高的城墙，挖掘了一条八尺深、八尺宽的护城壕。伪县公署不但设有围墙、电网和炮台，大门口还用沙袋筑起了一人多高的工事。

当时，王明贵的第三支队只有120多人。敌我力量如此悬殊，一般指挥员可能便罢手了；但王明贵坚持要打，要智取。王明贵的理由是：敌人大肆吹嘘"铁打的'满洲国'""模范的克山县""大东亚共荣圈、皇军不可战胜"等等口号，如果打开克山县，就等于把"满洲国"捅了个大窟窿，让全国人民看看，"满洲国"不是铁打的，敌人的战略后方是不巩固的。

同冯治纲攻打讷河县城一样，战斗中，打入克山的地下党发挥了重要内应作用。战斗展开之前，中共讷河中心县委宣传部长方冰玉与高木林（年仅 14 岁，一边读书，一边做地下工作）两人，将伪军兵营、县衙、炮台、监狱大致地形及守卫情况，都摸清楚了，而且找了部队隐蔽的地点，找好了向导。唯一的难题是，城内守敌太多。

在接下来一段日子里，王明贵围绕如何将城内守敌调动出来，实施了一系列虚实结合的游击佯动：

8 月 8 日，攻打了讷河县讷南镇。

8 月 15 日，攻打了克山县道宽镇。

8 月 20 日，又攻打了讷河县拉哈镇。

此外，还攻打了讷河县九井村、克山县蔡家窝堡等地伪自卫团。这些行动都是点到为止，共缴获步枪 20 余支、子弹 2000 余发。

9 月中旬，方冰玉、高木林第三次报告说，克山县西大营的伪军终于出城"讨伐"了，城内只有日军守备队、伪军伪警各 50 余人，伪自卫队 40 余人。此时，三路军政委冯仲云与九支队长边凤祥、政委高禹民率队赶来，两部会合，力量陡增至 200 余人，且均为两个支队的主力队员。

9 月 23 日，冯仲云、王明贵、边凤祥率队从克山县北部张老道窝棚向克山县城挺进。经过两天两夜隐蔽行军，9 月 25 日晨，部队抵达离克山县城七八里路隐蔽。凡事谨慎细心的王明贵，派高木林再次进城侦察，得知敌情没有变化，遂下定攻城决心。

黄昏降临，一路"伪军"，打着旗帜，成二路纵队，迈着整齐步伐，大摇大摆地从城西北角缺口进入城内，沿着正大街方向前进，而后奔向伪县公署、伪军团部和银行，其中一个机枪班奔向十字路口中心炮台。这些人都是穿着伪军服装的抗联第三、九支队的战士。

战斗顺利展开。九支队缴了伪军团部和迫击炮连枪械，进行得超乎寻常的顺畅，一次性缴获迫击炮 4 门。第三支队第八大队占据了中心炮台，架好了机关枪，瞬间控制了整个中央街道。只有伪县公署因夜间关闭了大门，费了些事。战士们搭起人梯，剪断电网，越过七尺多高的院墙，向敌人猛烈射击、投弹，前后仅 20 分钟便结束战斗。随后，打开监牢，释放 300 多名所谓"犯人"。

激战中，日军守备队乘两辆汽车赶来增援，遭到预先设伏的机枪班猛烈的扫射，手榴弹投向日军汽车，敌人死伤无可计数，丢下尸体，撤了回去。

此战捣毁了伪军团部、伪县公署，占领了伪中央银行克山支行，毙伤俘敌 100 余名，同时缴获甚为丰厚：军火库门打开了，有的战士把两个裤腿扎起来装满子弹往肩上扛，有的用衣服袖子装子弹。此战共获得枪支 150 支，子弹 2 万发。[31]

攻克伪满洲国"模范县"克山，使"铁打"的伪满洲国变成了"纸糊"的，极大鼓舞了人民群众反日斗争的情绪，当下有 100 多人参加了抗联。这在日伪当局"保甲连坐"的严酷统治下，是很难得出现的热烈场景。

王明贵虽然不是东北抗联主要领导，但在日本人眼里，绝对有甚高知名度，在伪满档案史料《东北抗日运动概况》中，用了污蔑之词这样记录："王明贵等约 70 名所组成之匪帮，6 月以来迄 8 月大抵横行于讷河、嫩江、德都等县内，袭击街村、警察分驻所、警察署等，极尽掠夺、放火之能事，于 9 月 25 日突然袭击克山县城，彻底践踏县公署、满军团部、监狱等。"

面对数千逾万装备精良的日伪军，抗联 70 余人便可"横行"数县，"彻底践踏"模范县公署、满军团部，还不可怕吗？

怕到什么程度？当年日本"满蒙开拓团"成员曾有一本回忆文集《啊，满洲》（满洲回顾集刊行会，1965 年），这个集子里收录有原日伪海伦—汤原营林署参事北里留写的一篇文章《官行采伐事业和匪贼》（542—543 页），真实叙述了当年的恐惧心态：夜晚到来的时候，不但机枪手要彻夜不眠地全心警戒，而且全体人员都把手枪放在枕头下面才能入睡。事务所的外面是尽可能加厚的土墙，上面开有枪眼，无论昼夜，森林警察队的警戒都和战地一样。

北里留认为："进行森林采伐，单靠日本军队的'讨伐'是不够的，故此专门建立了 3000 人的专属森林警察队进行护卫……尽管有这样的护卫，对采伐队和我们来说，所谓'安心'也是不可求的。"

日本人为什么如此紧张与害怕呢？北里留的理由是，在诺敏河和汤旺河之间，是"狞猛"的"匪贼"的巢窟，他们的行动神出鬼没，时不时就在夜间展开袭击，"用狞猛都不足以形容的王明贵率领部下数十人就是以这里为根据地的。奉命到这里执行开发任务，我的感觉如同'火中取栗'。这条生命随时可能像汤旺河畔的露珠般消逝。"

伪满林业部滨江区专员中村贞成，在回忆文章《满铁林务区的足迹——大兴安岭》（《啊，满洲》第 549 页）中写道：

> 冬天的兴安岭，与西伯利亚来的寒流白魔和狼群搏斗都毫无惧色的山中男儿，最感恐惧的却是大东亚战争（即太平洋战争）爆发前后开始，为扰乱我方经济在当地出没的王明贵匪贼之横行。有他们的存在，冬天荒山的可怖为之倍增，令现场工作的人员万分紧张。

1940 年后，北里留任职的诺敏河林区，曾经的义勇军、山林队几乎绝迹，只有东北抗联还在坚持抵抗，尽管立场不同，但他对这位"狞猛"的中国将军，仍表示了钦佩。还是在那篇文章里，北里留写道：

> 到战争结束的时候，残存的"共匪"，只有汤旺河的王明贵等少数，但这都是千军万马中纵横的强者，以其得意的游击

战术令（日本）军无可奈何。

日本人的感觉是准确的。实际上，东北抗日联军在杨靖宇、赵尚志殉国后，并不像一些人认为的那样，已经销声匿迹了。这是一种认识上的误解：

一是 1940 年以后，抗联总体兵力虽大幅下降了，但战斗力仍然很强，游击战术日臻灵活。王明贵区区几十人，便牵制 3000 伪森林警察，还令敌人朝夕不安，便是一例。

二是即便抗联主力退往苏联境内，但仍接连不断派出小部队回国执行侦察、破坏、打击日军的军事行动。最大批次为三四十人，而且个个经过艰苦的特种兵训练，其战斗力更为惊人。苏军进军东北后，之所以短时间内便以较小代价摧毁日军经营多年的坚固防线，取得闪击日本关东军的胜利，东北抗联将日军"内幕"侦察提供苏军，并担任向导是重要原因之一。

三是东北抗联主力虽撤往苏联境内，仍然留有部队在不断袭击打击敌人。抗联的秘密组织以特殊方式在战斗。日伪"满洲开拓研究所"所长中村孝二郎在其《通河县副县长尾原势一君的最后时光》（《啊，满洲》第 691 页）一文中回忆，1945 年春，抗联在通河县发动大规模武装起义，一度占领通河县城，放出被关押的义勇军首领"滚地雷"等，与日伪军周旋甚久，虽然起义遭到镇压，但部分起义者一直坚持到日本投降。

起义组织者就是赵尚志亲自部署的由杨春、杨振瀛父子负责的北满（通凤）交通总站。实际上，隐蔽战线的抗联战士从未停止过战斗，只不过方式不同。

北满（通凤）交通站不仅是开展情报工作。1942 年，日军为围剿抗联队伍，储存了大量军火于伪警弹药库。杨春与打入伪警署的地下工作人员，将弹药库付之一炬，使日军遭到很大损失。

为了从内部给敌人以致命打击，周保中将策反宁安三道河子伪森林警察大队起义的地下党员冯淑艳、王亚东夫妻带往苏联，在野营中进行谍报特殊训练后，又于1943年春，将二人秘密派回穆棱，收集牡丹江一带日军军事兵力、布防等情报，每3个月去苏联汇报一次。他们的情报，应当抵得上百门大炮之威胁。

在日军垮台之际，冯淑艳、王亚东发动群众处决了伪警察分所长，争取了伪警哗变，并拉起了一支队伍，最后发展至2000多人，被编为东北民主联军牡丹江分区独立第三团。

敌变我变。东北抗联在后期损失严重情况下，一方面始终坚持不懈战斗，另一方面，不断变更斗争方式，通过其他途径给敌人以打击，他们犹如经过烈火焚烧过的茫茫草原，一片灰暗、狼藉，但草根仍然深深扎入土里；只要熬过了寒冬，春风拂过来，沐浴着一场春雨，便又会蓬蓬勃勃长出新芽，最终形成一片新的绿洲。

著名军史作家萨苏先生说了一件挺有趣的事：一位记者奉领导指示采访王明贵，谈着谈着记者发现老将军眼神不对了。这眼神当年吓毛了日本人，记者虽是中国人，也是心里一抖。再三探问之下，老将军说，我怎么觉得你不是要宣传我，是要寒碜我。

记者赶紧解释说："我哪儿敢哪？咱就是要写一下当年抗联多艰苦、多顽强……"

王明贵抬高了声音："你干吗老问我挨冻受饿，让鬼子追得多惨呢？实话告诉你，那时候鬼子吃啥老子就吃啥，他仓库里有的，老子打关东军一个汽车要什么有什么。山上飞的水里游的，除了老虎没吃过，啥山珍野味老子没吃过？你也是当兵的，你说，整天挨饿，一点儿希望没有的仗，谁愿意跟你当兵？我能扩军吗？还有，你干吗老缠着我问库楚河那一仗？老子那次西征兴安岭，大小 16 仗，除了那一仗，哪一仗让狗×的占过便宜？你专追着我问老子吃败仗那一回，你什么意思?！"

记者被说傻眼了，因为领导给的主题是抗联太艰难、太悲惨，但抗联不怕牺牲，不怕艰难，可老将军似乎并未将艰难当回事。

笔者理解，东北抗联的艰苦惨烈世上罕见，所以毛泽东才对冯仲云说，抗联比长征还要苦，这是事实。但在罕见的环境里，抗联最了不起、最令人敬佩的是革命乐观主义精神。艰苦的日子并未影响抗联战士对欢乐、幸福、爱情的追求。在丰富多彩的文化娱乐活动与强大思想政治工作结合下，较少有人成天愁眉苦脸。只要条件允许，联欢会、娱乐会、结婚仪式是必搞的。

1936 年冬，在天桥沟密营，为活跃部队文化生活，杨靖宇亲自编写了一个四幕话剧《王二小放牛》，并亲自担任导演，挑选警卫员王传圣、机关枪连王射手、警卫战士小许、刘宣传干部，分别扮演王二小、老妈妈、姐姐和日本指导官。演了一次没看够，战士们要求再演一次。[32]

抗联一军有戏剧组、宣传队，娱乐会上有唱歌跳舞，各种技艺表演活动。杨靖宇曾有一只口琴，多年来一直带在身上。

老战士李敏说，部队撤往苏联前，曾把耿殿君给搞的那台留声机埋藏起来了，回国后去找，怎么也没找到。这台留声机给抗联女兵们带来了很多欢乐，以致被陈翰章写到了日记里。《陈翰章战地日记》× 年 4月 6 日第 6 条写道："夜 11 点前后就寝。原因是收音机有点喧闹。"[33]

赵尚志不修边幅，曾以"国土沦丧，脸上无光"自嘲，便有了赵尚志决意收复失地前不洗脸的说法。赵一曼毫不客气地批评挖苦他："什么司令带什么兵。"

赵一曼比赵尚志大 3 岁，听了大姐的批评后，赵尚志开始注意自己仪表，并注意要求部队的仪容了。

抗联的领导都清楚，革命为了什么？为了追求幸福。幸福的基本要素是快乐，艰苦异常的革命与战斗，已经让大家损失了若干享受快乐幸福的时光，更应该利用好好不容易得来的幸福快乐时刻。

抗联的领导们还清楚：一支充满歌声而快乐昂扬的部队，同一支沉默而愁眉苦脸的部队，战斗意志绝对不能画等号。因而抗联各部队歌声不断，诗人辈出。抗联《第一路军歌》与《第三路军成立纪念歌》分别由杨靖宇、李兆麟亲自写就。各重要的战役行动，都少不了诗词歌曲伴行，例如《送西征》《四季游击歌》等，其中周保中为牺牲烈士所写《挽歌》令人泣下，赵尚志所作《黑水白山·调寄满江红》令人热血沸腾。

这应当是抗联战士真实的精神风貌，笔者手头 2000 万字的资料中，将诗歌集中起来，完全可以出版一册厚厚的上乘抗联战士诗歌集。

阅读了这些充满革命豪情与乐观主义精神的诗篇，笔者终于想明白了一件事：在长达 28 年艰苦卓绝的新民主主义革命中，在那艰难的长征途中，毛泽东为什么能写出《反第一次大围剿》《娄山关》《长征》等那么多壮丽诗篇。共产党人的基因里流淌着革命乐观主义血液，这种乐观主义是建立在革命必胜的坚定信仰与信念上。

让笔者将滞涩的笔转向王明贵老将军不愿提及、自认为不大光彩的那一仗，实际上那一仗也可圈可点。那一仗的对手是日军精锐锹田德次郎"讨伐队"。三支队被打散了，王明贵且战且走，打到黑龙江边时，只剩二十几骑，却陷入锹田的伏击，又伤亡数人。锹田见自称"狞猛"的王明贵已成"袋中之鼠"，遂分兵试图合围歼之。应当说，王明贵所部几近陷入绝境。

王明贵打仗常出反常的怪招。就在锹田以为稳操胜券之际，王明贵不向包围之敌的薄弱空隙突围，却率二十几骑旋风般杀向锹田指挥部，以决死之心展开凌厉攻势。锹田怎么也未想到，王明贵在险境中竟会向自己下刀子！猝不及防的日军"讨伐队"锹田德次郎（警正）队长、井泽寿一（警佐）副队长、伪警察队长刘霖（警尉）3 名指挥官全部被击毙。在七八倍敌人的围困中，王明贵先取敌军指挥官之首级，使敌人乱成一团，由此乘势率部杀出重围。

那一仗，中国将军王明贵让日本人明白了什么叫"三十检点回马枪"。

那一仗，王明贵将军之所以不愿回忆，是因为当时他身边 24 骑，战死 13 骑，冲出包围仅余 11 人，且半数带伤。那些战友都永远躺在了战场上，惨烈却壮兮哉！

时刻处在对王明贵的恐惧中、度日如年的中村贞成专员，终于迎来了最为恐怖的时刻。那是 1945 年"八一五"中国光复以后的 8 月底，"作为被拘留日本人的代表，我们被命令到齐齐哈尔公会堂报到。军政府向我们传达施政方针。做演讲的是王明贵参谋长（注：王明贵实为卫戍副司令），他本人精通日语，但这一天的演讲却是通过翻译的，滔滔不绝地向我们讲述了日本人的未来道路"。中村在文章中（《啊，满洲》第 888 页），记叙了那天见到"狞猛"将军的心情：

> 他的出现，对我来说是件令人恐惧的事情。从（伪满）建国以来一直颇为平静的大兴安岭，从昭和十六年（1941 年）之后大为改变，再三在满铁林管区内出没，令我等陷于惊恐之烘炉的，就是这位被称为王匪的首领啊。就是他用乱战法破坏了大东亚战争安稳的后方基地……和他居然在齐齐哈尔见面了……

萨苏先生曾采访过当年"归国者"开拓团成员古川修，听他讲起，1945 年冬，有 2000 户日本人滞留在齐齐哈尔，大多数是老弱妇孺（男性青壮年都补入关东军），无粮无衣，饥寒交迫，便硬着头皮由两个日本和尚找当地政府，帮助救援快要冻饿死了的"妇女子"。

接待他们的正是一个"八路副司令"，说"女人和孩子没有什么罪，不打仗了往后好好过日子吧"，不但给了一批粮食，还给了600件棉袄。古川说"中国人仁义"。

那位"八路副司令"就是王明贵。多年后，老将军还记得当时出库棉衣要做标记，一时找不到合适印章，结果每件衣服上都盖了"王明贵"的章。

令日本军人闻风丧胆的王明贵老将军，身上被敌人多次留下重伤。他性格刚毅，愣是活到95岁，他带着连阎王都头痛的煞气，却说出了"女人和孩子没有什么罪，不打仗了往后好好过日子吧"这样心地柔软、让日本人记了几十年的话。

中国古语有云：仁者无敌。

注释：

[1][4]张正隆：《雪冷血热》（下），长江文艺出版社，2011年4月第1版，第278—279页，第279页。

[2][3][5]《东北抗日联军史》编写组：《东北抗日联军史》（下册），中共党史出版社，2015年9月第1版，第710页，第710页，第711页。

[6]张正隆，姜宝才：《最后的抗联》，人民日报出版社，2016年1月第1版，第414页。

[7]赵俊清：《李兆麟传》，黑龙江人民出版社，2015年8月第1版，第207页。

[8][13]中央档案馆、辽宁省档案馆、吉林省档案馆、黑龙江省档案馆：《东北地区革命历史文件汇集》，甲25，第131页；甲57，第109页。

[9]中央档案馆、辽宁省档案馆、吉林省档案馆、黑龙江省档案馆：《东北地区革命历史文件汇集》，甲40，第230页；转引自张正隆：《雪冷血

热》(下),长江文艺出版社,2011年4月第1版,第173页。

[10][14]张正隆:《雪冷血热》(下),长江文艺出版社,2011年4月第1版,第178页,第179页。

[11][12]史义军:《最危险的时刻:东北抗联史事考》,中信出版社,2016年9月第1版,第218—219页,第219页。

[15]史义军:《冯仲云年谱长编》,国家图书馆出版社,2019年5月第1版,第190页。

[16]中央档案馆、辽宁省档案馆、吉林省档案馆、黑龙江省档案馆:《东北地区革命历史文件汇集》,甲55,第151页;转引自赵俊清:《李兆麟传》,黑龙江人民出版社,2015年8月第1版,第215页。

[17]《东北抗日联军史料》编写组:《东北抗日联军史料》(下),中共党史资料出版社,1987年12月第1版,第662页。

[18][19]中共中央文献研究室:《毛泽东文集》(第三卷),人民出版社,1996年8月第1版,第391—392页,第77页。

[20]王尧:《蒋介石与大国的恩恩怨怨》,台海出版社,2013年7月第1版,第255页。

[21][23][24][25]中央档案馆、辽宁省档案馆、吉林省档案馆、黑龙江省档案馆:《东北地区革命历史文件汇集》,甲54,第60—61页;甲53,157页;甲24,第239页;甲54,第104页;转引自张正隆:《雪冷血热》(上),长江文艺版社,2011年4月第1版,第159页,第227页,第177页,第232页。

[22][28]史义军:《最危险的时刻:东北抗联史事考》,中信出版社,2016年9月第1版,第209—210页,第177—178页。

[26]史义军:《冯仲云年谱长编》,国家图书馆出版社,2019年5月第1版,第335页。

[27][29]赵俊清:《李兆麟传》,黑龙江人民出版社,2015年8月第1

版，第246—247页，第250—251页。

［30］［31］中央档案馆、辽宁省档案馆、吉林省档案馆、黑龙江省档案馆:《东北地区革命历史文件汇集》，甲56，第54页；甲59，第35页；以上分别转引自赵俊清:《李兆麟传》，黑龙江人民出版社，2015年8月第1版，第252页，第284—285页。

［32］赵俊清:《杨靖宇传》，黑龙江人民出版社，2015年8月修订版，第258页。

［33］张正隆、姜宝才:《最后的抗联》，人民日报出版社，2016年1月第1版，第221页。

第十八章
永不叛党

59. 抗日必须反投降

有人说，政治家说话最不靠谱。这当然指的是那些搞阴谋玩权术的。

应当看到，蒋介石在完成"剿共""最后5分钟"的反共狂热中，突然停止，并联合"对头"为友军，转而共同抗日，其转变幅度，可谓从热血沸腾陡然到兜头一盆冰水。当然，这只是被逼无奈下的一种允诺，他骨子里的反共与消极抗日并未真正改变。

细心的人可以发现，从1936年12月12日"西安事变"蒋介石口头答应合作抗日，到国共实质性达成合作的1937年9月22日，蒋介石就《中国共产党为公布国共合作宣言》而发表谈话，时间间隔10个月之久。

这10个月中，蒋介石于1937年2月主持召开了国民党五届三中全会，讨论并确定了结束内战、联共抗日的原则；但是他仍然重申了"和平未至完全绝望之时，决不放弃和平，国家已至非牺牲不可之时，自必决然牺牲"的方针，表明他抗日的决心仍然不足，心里想的仍然是"剿共"、实现一党独裁的目标，只不过把目标延缓而已。他在2月5日日记中写下的处理当前中共方针是："对内避免内战。然一遇内乱，则不放弃戡乱安内之责任；政治、军事仍应渐进，由近及远，预定三年至五年内为统一时间。"[1]

在这10个月中，最大的事件莫过于卢沟桥发生的七七事变。

卢沟桥事变第十天，蒋介石在庐山发表谈话，虽然没有放弃和平幻想，而对日方的无理要求，却第一次明确提出解决卢沟桥事变的四点原则立场：

（一）任何解决不得侵害中国主权与领土之完整；（二）冀察行政组织不容任何不合法之改变；（三）中央政府所派地方官吏，如冀察政务委员会委员长宋哲元等，不能任人要求撤换；（四）第二十九军现在所驻地区不能受任何的约束。这四点立场，是弱国外交最低限度。[2]

谈话内容发布于两天后的7月19日，虽然讲话缺少刚强并透着幻想的味道，例如"战端一开，那就是地无分南北，人无分老幼，无论何人皆有守土抗战之责任"这句有力量的话语前边，偏偏有个"如果"，"如果战端一开……"这都什么时候了，还说"如果"？但是，毛泽东却敏锐抓住了这篇讲话中"抵抗"的意思表达，赞扬道："这个谈话，确定了准备抗战的方针，为国民党多年以来对外问题上的第一次正确的宣言，因此，受到了我们和全国同胞的欢迎。"[3]

什么叫政治家？首先，需要透彻明晰敌我双方力量的对比，从而采取正确的路线方针与策略。

毛泽东清楚，在强大日寇面前，要取得抗战胜利，离不开中国最强大的政治军事集团国民党，这是建立抗日统一战线的根本原因。毛泽东也清楚，统一战线是一条坎坷不平充满荆棘的道路，不是一个许诺、一纸文件协定便可完成的。综观8年国共合作抗战，毛泽东领导全党走了一条独具中国特色的从反蒋抗日到联蒋抗日、拥蒋抗日、逼蒋抗日的虽艰辛无比却辉煌而成功的道路。

　　发表过受到毛泽东夸赞的抗日宣言后，蒋介石并未推进国共合作，也没打算切实抗日。两个多月来，他集中精力主要在干一件事：谋求国际干涉，以妥协求取对日和平。

　　7月21日至27日，蒋介石连续召见英、美、德、意、法、苏等国大使，希望各国对日施加影响与压力，同时频繁接见路透社、美联社等各国记者，呼吁国际支持中国，但各国反应平平。

　　蒋介石又把希望寄托于国际联盟与九国公约签字国的干预上，为此，南京国民党政府向国际联盟正式提出申诉。国际联盟虽然受理了中国政府的申诉，但在通过的决议案中只表示了"以精神上之援助"，并建议各会员国避免采取一切动作。

　　仍不甘心的蒋介石在各国中做了比较，似乎德国态度相对积极些。7月下旬，他再次召见德国驻华大使陶德曼，并派出蒋百里出使德国，吁请希特勒出面向日本调停，德国竟然答应了。蒋介石不知道的是，德国之所以积极调停中日通过和谈中止战争，是因为担心中日全面开战后，日本会把在东北的兵力内调关内。这样，苏联在远东压力减轻后，会将远东兵力调往西部，增加了德国闪击苏联的难度。

　　德国出手，果然效果不同。不料，在调停有了相当进展之际，日本突然提高了和谈价码，其中包括将内蒙古变为自治政府，华北委派亲日首脑，在上海建立更大的非军事区，等等。蒋介石倒吸了一口冷气，表示假如自己同意那些要求，中国政府将会被舆论的浪潮冲倒，中国会发生剧烈的革命。蒋介石告诉陶德曼，如果中国政府倾倒了，唯一的结果就是共产党将会在中国占优势。这便是史上著名的、流产了的"陶德曼调停"——蒋介石一再恳求陶德曼对调停一事"严守秘密"。[4]

历史一再证明，中国从来就不能依靠列强摆脱苦难，一切都要依靠自己。

对蒋介石幻想依靠外国势力干预调停，实现对日妥协和平的想法，毛泽东看在眼里，急在心头。7月23日，毛泽东发表《反对日本进攻的方针、办法和前途》，提出了抗战中截然不同的"两种方针""两套办法""两个前途"的论断，明确提出"坚决抗战，反对妥协"的方针，提出要进行"全国军队的总动员""全国人民的总动员"。[5]

坚决抗战，就要反对以妥协退让求取和平，就要积极备战，阻击敌人的进攻，消耗敌人的有生力量。令人惋惜的是，不想抵抗的蒋介石根本听不进去，丧失了备战抵抗的宝贵战机，让敌人无阻拦地一路南下，酿成了惨痛后果。1937年12月13日，日军进占南京，致30万人惨遭屠杀。

一个政党及一国领袖身系千百万黎民百姓生死存亡，在强敌面前如果没了意志、骨气，遭殃的只能是老百姓。

在联蒋抗日、拥蒋抗日、逼蒋抗日的八年间，毛泽东给蒋介石出了不少管用的主意，诸多思想体现在《论反对日本帝国主义的策略》《抗日游击战争的战略问题》《论持久战》《战争和战略问题》等著作中。蒋介石更认同《论持久战》。

在蒋介石支持下，甚为赞赏《论持久战》的白崇禧，把《论持久战》的精神归纳为两句话："积小胜为大胜，以空间换时间。"取得周恩来的同意后，国民政府军事委员会将其通令全国，作为抗战的战略指导思想。

在国共第二次合作联合抗战中，面对部分国民党军的消极态度，毛泽东总是实事求是地从全局上对国民党做出整体评价："国民党在一九三七年和一九三八年内，抗战是比较努力的，同我党的关系也比较好。"[6] 更准确说，"从一九三七年七月七日卢沟桥事变到一九三八年十月武汉失守这一个时期内，国民党政府的对日作战是比较努力的。"[7]

虽然淞沪保卫战、南京保卫战都失败了，但国民党军队广大官兵的浴血牺牲，给予日军很大消耗，打破了日军"三个月灭亡中国"的幻想。1938 年末，由于侵华日军主力几乎半数以上兵力被八路军牵制在敌后战场，缓解了正面战场的压力，中国统帅部以较大热情举办由共产党人担任教官的游击队训练班。这年春节，第二战区副司令长官卫立煌还专程给朱德拜年。

国共合作由热趋冷始于 1939 年，尤其是 1938 年 10 月广州、武汉相继于 1938 年 10 月失守，国民党军士气下降，蒋介石抗战的信心发生了动摇。"到了现在，本党差不多是奄奄一息，沉寂无声。一般民众不仅对党无信仰，而且表示轻蔑。"蒋介石在 1939 年 1 月召开的国民党五届中央执委第五次会议上这段针对国民党高官的指责，其实也代表了他此刻的精神状态及焦虑心情。

蒋介石的焦虑来源于在国民党军溃败的同时共产党军队的迅速发展。在几乎占据了大半个中国的沦陷区的国民党政权分崩离析的同时，共产党却毫无迟疑地建立起新的抗日民主政权，仅在华中的县级民主政权，1940 年已扩展至 47 个。

在蒋介石的骨子里，几十年来固执不变的认识是：日本人是疥癣之患，共产党是心腹之患；宁可被日本人占有，也不能让这些地方落到共产党手里。

于是，国民党五届五中全会的主要议题便由第二期抗战诸问题，转向了对内。用蒋介石的话说是："共产党有它的策略，它对国民党没有好意，它所以同我们合作，不过是一种策略而已。"[8] 会议制定了一整套"溶共""防共""限共""反共"的具体政策及秘密文件。

1939 年 10 月 30 日，日本制定了《以树立新中央政府为中心的事变处理最高指导方针》，设置了实现"蒋汪合流"的 3 种诱降模式。自同年 11 月起，日本代表与重庆代表进行了近一年的谈判，日本称其为"桐工作"。

日本人之所以有诱降蒋介石的决定，主要是因为蒋介石与毛泽东有两个重要的标志性原则区别。

第一，国共二次合作共同抗战以来，毛泽东与蒋介石都说"抗战到底"，但二人的底线一直不同。

毛泽东抗战胜利的底线为："抗战到底，打到鸭绿江边，收复一切失地。"[9] 毛泽东解释，收复所有失地，不仅必须要收复东北，而且要收复台湾，也就是说，不容许日本保留中国的一寸土地。

蒋介石抗战胜利的目标为："抗战到底，要恢复七七事变以前的原状。"蒋介石在国民党五届五中全会上宣布了这个底线后，解释说，这是"根据以中国为基础的说法"。[10]

以上可以看出，两个人"抗战到底"一个突出的区别在如何对待东北上。毛泽东的"底"是，东北为中国领土寸土不让。蒋介石的"底"，换言之，只要日本罢兵，东北可以不要了。

第二，宣战是两个国家正式进入敌对状态的政治宣言。抗战期间，国共两党都对日本进行了宣战，但宣战的时间竟然相差了 9 年零 8 个多月。

毛泽东的《中华苏维埃共和国临时中央政府宣布对日战争宣言》发表于 1932 年 4 月 15 日。那时，日军还未越过长城染指大片中国内地国土。

蒋介石的国民政府于 1941 年 12 月 9 日颁布《中华民国政府对日宣战布告》："兹特正式对日宣战，昭告中外，所有一切条约、协定、合同，有涉及中、日间之关系者，一律废止，特此布告。"[11]

为何在 1941 年 12 月 9 日才宣战？

有评论认为：一是整个抗战期间，蒋介石对胜利的希望是渺茫的。由于世界大块头美国人 12 月 8 日对日宣战了，蒋介石终于看到了抗战胜利的前途。二是，不公开宣战，媾和的窗口总是开着的。

因为媾和窗口开着，又由于中日双方都有媾和的愿望与行动，致使 1939 年至 1940 年的中国抗战形势极为残酷、凶险。没有确切史据证明蒋介石对日投降，但事实上，自 1939 年末开始，日方代表参谋本部铃木卓尔中佐，同重庆代表军统香港区区长林新衡（先后用名宋子良、曾广）进行了多次接触。

1940 年 3 月 7 日至 10 日，中国方面代表林新衡、章友三（前驻德大使、最高国防会议秘书）、陈超霖（重庆行营参谋处副处长、陆军中将）与日本方面代表铃木卓尔、今井武夫、白井茂树（日本参谋本部第八课课长、大佐），在香港东肥洋行举行会议。

会谈级别为绝对保密。6 月初，更为"郑重"的会谈从香港移到澳门市郊一间地下室进行。日方代表"出示了参谋总长闲院宫的委任状，重庆方面出示的委任状内有委员长的签名，在军事委员会信笺上盖了该委员会的大印和蒋中正的小印"。[12]

对蒋介石的动摇与国民党内部投降派势力的泛起，毛泽东充满了忧虑。他在 1939 年 6 月的延安高级干部会议上专门做了《反投降提纲》的报告，指出："目前形势的特点在于：国民党投降的可能已经成为最大的危险。""国民党已在进行其投降的主要准备工作，即是反共，反共是投降准备工作的最重要的组成部分。"[13]

为了维护国共二次合作以来的抗日统一战线，毛泽东坚持原则的坚定性与策略的灵活性，明批公开投降的汪精卫，暗示警告有投降倾向的蒋介石："他们暗藏在抗日阵线内部，也在和汪精卫里应外合地演出，有些唱双簧，有些装红白脸。"[14]

合格的舵手首先能在激流险滩中准确把握航向。表面看似相同的事物，伟大的政治家会由表及里，洞察事物的不同本质所在。

毛泽东认为，国民党内并非铁板一块，历来存在主战派与投降派，主战派的代表是宋庆龄、李济森、蔡廷锴等，都是国民党内有影响的人物。虽然国民党五中全会秘密制定溶共、限共、反共政策，包含了反共降日因素，但由于国民党内部主战派的作用与影响，五中全会还是以联共抗日为主要方向的。[15]

历来把政策与策略看成党的生命的毛泽东，对汪蒋在政治上分得很清楚：

> 拥护蒋委员长的口号，过去是对的，现在是对的，只要蒋领导抗战一天我们还是拥护的（当然以抗战为条件），不应对蒋有不尊重的表示。
>
> 但蒋对抗战在某种情况下不能坚持的可能是存在的。即在那时，我们如何表示，还要慎重考虑。……不能随便地轻率地恢复"反蒋"口号。
>
> ……
>
> 积极帮助蒋与督促蒋向好的一边走，仍然是我们的方针。对外不说"国民党投降"，应说"地主资产阶级投降派"。[16]

胸怀有多宽广，事业便有多宏大，抗日战争民族统一战线能够在那么艰难险恶环境中坚持下来，没有共产党人胸怀天下苍生、以拯救国家危亡为宏大使命，断然难以坚持到底的，也就不会有抗战之胜利。

为了逼蒋在抗日的高台上不要退下来，将其与投降派千丝万缕的联系切割开来，毛泽东还对蒋介石少有的反投降行为，不吝夸奖，说蒋委员长郑重发表了告国民书，严厉批驳日本首相近卫文麿的文章，驳得很好，近日又严肃党纪，开除了汪精卫的党籍。

针对蒋介石推行溶共、限共、反共政策，毛泽东利用国民党舆论工具，进行巧妙的反击。1939 年 9 月 16 日，毛泽东在接受中央社等媒体采访时那绵里藏针、柔中有刚的话，与其是说给全国听的，不如说是给蒋介石听的：

> 现在汪精卫有三个口号：反蒋、反共、亲日。汪精卫是国共两党和全国人民的共同敌人。共产党却不是国民党的敌人，国民党也不是共产党的敌人，不应该互相反对，互相"限制"，而应该互相团结，互相协助。
>
> ……
>
> 他（汪精卫）要反蒋，我们就要拥蒋；他要反共，我们就要联共；他要亲日，我们就要抗日。凡是敌人反对的，我们就要拥护；凡是敌人拥护的，我们就要反对。[17]

蒋介石 1939 年后的消极抗战、积极反共的气味，立即被一些妥协派、投降派准确地嗅到了，于是一个令国人不齿的理论——"曲线救国"出现了。这些人明明贪生怕死，只图苟安，却给自己戴上了冠冕堂皇的漂亮帽子。

最先向蒋介石提出"曲线救国"的是国民党河北省保安司令张荫梧。他就部下柴恩波投降日军一事，给蒋介石写了一封信。他在信中表示，柴恩波在文安、新镇与八路不两立，同时又被倭寇重兵压迫，势甚孤单，为保存实力，实施曲线救国的目的，无奈已与日寇接洽，被委为冀中剿匪总司令。他名义上投降日军，实际仍为本党做抗建工作，一旦时机成熟，必定会率队反正，给日寇以重大打击。

张荫梧不仅是"曲线救国"投降论的发明者，还是积极实践者。他于1939年6月策动的"深县惨案"，一次就残杀八路军400余人。不久，八路军一二○师北上挺进支队等部在贺龙指挥下，一举歼灭张荫梧部。张荫梧在孙殿英部掩护下，突出重围逃回重庆，向蒋介石状告中共破坏统一战线。

蒋介石心知肚明，摩擦方为张荫梧，又有共产党送来的其通日的确凿证据，并有周恩来向陈诚指明事实真相。张荫梧被撤职冷落了一段时日，不久复被蒋介石起用，先后任命为冀察战区总参议、京汉路北段护路司令，授上将衔。

没有史据佐证蒋介石对"曲线救国"方式的态度，但对派往敌后的几十万国民党军，他的确容忍了曲线救国的行为，甚至给予了授意与支持。

1940年，第二十四集团军总司令庞炳勋被任命为河北省主席。蒋介石亲自接见了庞炳勋，向他暗示，部队到河北后要压过共产党，千万不能前门拒狼，后门进虎，要运用"三分军事，七分政治"的策略。

日本人是前门的狼，共产党是后门的虎吗？在日本人与共产党之间，对谁用三，对谁用七呢？中国官场上，有些话只可意会，不可言传。

到了敌后的庞炳勋后来果然投降了日军。1942年，他的部队成为50万伪军中的一支劲旅，兵力最多时达8万人。毛泽东一针见血地指出："太行山庞炳勋集团军是受命专门反共的。"[18]

冈村宁次到职后，曾要组织伪军向国民党军作战，但是被婉拒，原因是他们一直在享受重庆政府发的军饷。《冈村宁次回忆录》写道：

> 我们不是叛国投敌的人，共产党才是中国的叛逆，我们是想和日军一起消灭他们的。我们至今（1942年10月）仍在接受重庆的军饷。如果贵军要与中央军作战，我们不能协助，这点望能谅解。[19]

"曲线救国"，实为曲线"剿共"。为伪军发饷，既能使他们"剿共"，又能把这数十万伪军牢牢用钱串子拴到自己身上，这样对国家有百害而无一利。说到底，蒋介石本质上是一个军阀，军阀靠军队夺取地盘，增加财富，壮大军队。大敌当前，一国领袖还在打自己的小算盘，实在是国人最大的不幸与悲哀。

面对国民党内顽固派不断制造的反共摩擦，抗日民族统一战线还能继续下去吗？

60. 叛徒的"爆炸"当量

人世间的事往往无独有偶。关内抗日战场上出现的"曲线救国"论，在东北抗日战场上同样出现，而且那么相似。

首先是源头一致，诱降的源头皆来自日本人。

东北抗战打了七八年，日本人明白了，中国人太多，杀是杀不完的，便改变策略，实施诱降瓦解，并纳入了特务机关与谍报机关管理。对重要抗联干部，建立档案，分析其身世背景、爱好及弱点，有针对性地展开诱降活动。

其次，实施诱降的时间大体相当，基本都处于战争进入艰难相持阶段的1939年至1940年，东北比关内战场要稍早一些。

第三，诱降与投降都打出了反共的旗帜。关内降日为曲线"剿共"

救国，对八路军、新四军大开杀戒；关外叛变者在降日的同时，也大肆杀害共产党政工干部，扫除其当汉奸的障碍，为日军呈上投名状。

第四，同关内张荫梧与庞炳勋等一样，叛变投降的抗联将领中，有相当部分是旧军人及地主阶级；因而在日本人垮台后，这些叛投者都受到了国民党的重用与提拔：李华堂被任命为国民党第一集团军上将总司令，谢文东被任命为国民党第十五集团军上将总司令。

中国人民抗击日本侵略者的战争长达14年，其艰苦惨烈程度，在世界反侵略战争史上实为罕见。抗战胜利之路以流血与牺牲为基石，以至亲至爱之人的骨血为陪伴，因而，对抗战人的意志、信仰是世间罕见的考验与冶炼。正如毛泽东指出的那样：抗战是艰苦的持久战，可能发生很多挫败、退却，内部的分化叛变。

叛变，在中国抗日战争过程中，尤其在东北抗战中，是无法逾越的一个话题，大量的伪军、汉奸、叛徒的出现，是深深烙刻在中国人心头一道惨痛的伤疤。

但应当指出，由于抗联队伍原本就有若干土匪、山林队及东北军旧部加入，出现一些动摇的叛变者，丝毫无损于意志坚定的广大抗联官兵的光辉形象。大浪淘沙，越发显示抗日英雄们的铮铮铁骨与民族气节。

无数历史证明，一国领袖的言论与行为，就是一面旗帜。出现如此众多的汉奸卖国贼，同蒋介石为首的国民政府14年来奉行对日妥协退让、对日媾和行为之影响不无相当关系。

蒋介石用人、抓军队没有节操，只要大小军阀肯将部队交给自己，壮大蒋氏集团力量，便一概既往不咎，并给予重用封赏。如若有足够实力，还会成为蒋介石的座上宾。

1935年，张岚峰在日军华北特务机关支持下，以"豫东招抚使"名义扩编伪军，到1943年已编成汪伪第四方面军，辖3个军、9个师、3个独立旅等共计6万人。虽然在日军指挥下，张部大肆攻击杀害抗日军民，却与蒋介石军政官员蒋鼎文、戴笠、汤恩伯挂上了钩，1944年便获得蒋介石新编第三路军任命状。

1946年2月，张岚峰这个几乎最大的伪军头目接到一个令其惊喜万分的通知：委员长召见，速来南京。结果，张岚峰不仅受到了蒋介石的亲切接见，还"幸运地"同委员长一起共进了午餐，饭后又同委员长一起照了相。

"八一五"日本投降后，蒋介石一个重要命令就赦免了近百万汉奸伪军的罪行，毫无半点清算之举："各沦陷区伪军，'应就现驻地点负责维持地方治安，保护人民。各伪军尤应乘机赎罪，努力自新，非本蒋委员长命令，不得擅自移动驻地，并不得受未经本委员长许可之收编'。"[20]

这样的态度，使蒋氏集团之兵马势力，立刻陡增近百万。毛泽东辛辣地讽刺道："伪军欢迎蒋介石。伪军摇身一变，挂起蒋介石的旗子，欢迎蒋介石，欢迎阎锡山。"[21]

众多汉奸出现的另一个重要原因，与国民党上层高官们的恶劣带头作用极为相关。

整个抗战期间，叛投日本侵略者的国民党军政高官、国民党中委达20名，将领58名。[22] 毛泽东尖锐指出：

> 数达八十万以上的伪军（包括伪正规军和伪地方武装在内），大部分是国民党将领率部投敌，或由国民党投敌军官所组成的。国民党反动分子事先即供给这些伪军以所谓"曲线救国"的叛国谬论，事后又在精神上和组织上支持他们，使他们配合日本侵略者反对中国人民的解放区。[23]

从中，我们亦发现了另一个问题，即整个抗战期间，或者说在坚持不懈实行抗日民族统一战线过程中，反投降主义、对投降派的斗争，始终是抗日战争的重要内容之一。这也是东北中共各党组织、各抗联武装的主要政治任务之一。

1940年，东北抗联进入最为艰难时期。敌人在重兵"讨伐"的同时，加紧对抗联中不坚定者诱降，有的叛投者又被重新放回原抗联部队做间谍，对抗联造成极大安全的危害。为此，东北各级中共党组织及抗联各部，严禁并严厉处罚一切假投降行为。

1937年春，中共汤原县委书记张素被捕。从日军守备队到宪兵队，经受五次严刑拷打，张素"说了一些牺牲的、反动的、假的人名"，又说了些共产党的坏话，表示"甘愿给满洲国干事"，后寻机逃了出来，找到党组织，结果仍被开除党籍，"以他为革命之同路人方式而来分配他工作"。

1939年初，抗联三军二师师长兰志渊叛变投敌后，敌人进一步加强对一师的诱降，师政治部主任周庶泛，请示三军政治部主任张兰生，决定假投降，以便伺机捕杀前来劝降的叛徒与特务，打击敌人气焰，警示动摇分子。

没有料到的是，敌人派出几十副马爬犁进山迎接"投降"部队，动员庆城县城学生上街欢迎。因为只有几个领导知道是搞假投降，结果部队军心浮动，有的要杀掉周庶泛，有的准备把队伍拉走。虽然后来叛徒被诱杀，但一师险些闹出大乱子。

中共北满省委认为：投降虽然是假的，但这些同志的确出卖了伟大革命事业的荣誉，是没有民族气节的行为。周庶泛被留党察看4个月，张兰生留党察看6个月。

中国共产党人将对党的忠诚看得比贞操、比生命还宝贵，共产党员宣誓词最后一句是"永不叛党"。在东北抗联进入极其艰难境地的后期，对"假投降"的定性越来越严厉，明确"以假投降欺骗敌人，是客观上的叛卖行为"，从而使假投降成为一道高压线，任何人也不能触碰。

东北抗联各级党组织，对假投降的处分尚且如此严厉，对真投降的叛徒，处置态度可想而知。因为有时一个小叛徒的危害，也会大于日伪上百人甚至更多人的破坏力度。

实践证明，官职有多大，危害便会有多大。一个师长叛变，可致一师瓦解；一个军长叛变，可致一军瓦解：抗联八军的瓦解便是充分例证。

日军特务机关仔细研究分析了抗联各军长的历史背景、抗战目的及态度，认定谢文东是抗联各军长中最易被招降"归顺"的，故而采用被称为"感染链法"的诱降方式：由日军特务机关特务横田负责，首先诱降了一师师长秦秀全，再由秦秀全"感染"其他师长，逐个锯掉了八军的四梁八柱。1939 年 3 月，谢文东率残部到依兰县土城子投降日军，抗联八军轰然坍塌了。[24]

正如上述毛泽东指出的那样，不反共则不能投降，反共并杀掉共产党，是扫除投降的障碍。

在谢文东叛投日伪当局过程中，八军的党组织及党员干部进行了坚决抵制，全力稳定部队，却遭到了投降派残忍的杀戮。被杀害的有第三师政治部主任金根、四师政治部主任柴荫轩、八军参谋长于光世等一批优秀的中共党员领导干部，他们鲜活的生命均定格在 30 岁出头。

最令人难忘的是八军政治部主任刘曙华。

得知三师师长王子孚要率队投降，刘曙华带着一支 20 余人的小部队，在桦川县的山林里奔走追寻。他要找到王子孚，劝他回心转意，并终于在七星砬子找到了王子孚。王子孚铁了心要投降，怎么劝说也不听。刘曙华就把劝说工作转向基层官兵。他不离不弃地跟着这支队伍，有机会就宣讲，千万不能下山，一定不能投降日本鬼子，并揭露王子孚的阴谋。

王子孚威胁他："你坏俺的事，不想活了？"

刘曙华冷笑道："你心虚什么？你敢把你的良心掏出来让大家伙看看吗？"

见有人被刘曙华说动了心，王子孚下令缴了刘曙华这支小队伍的械，把他绑在树上。刘曙华大声讲："中国人只有抗战到底，打败日本子才有真正出路。大家千万别跟叛徒王子孚走错了路啊！"

王子孚把刘曙华的舌头拽出来，用刀子割下来一半，淌着血。刘曙华不能说话了，另一半舌头进到嗓子眼，呼吸都困难；但他用眼睛瞪着王子孚，向众人表示着坚决的意思。王子孚剥下他的衣服，用刀割他身上的肉，用这种凌迟处死的办法警告部下，谁不跟着走，不投降，就是这个下场。[25]

投降派铁了心出卖祖宗，出卖同胞，谋取个人荣华富贵，也是很可怕的。

刘曙华，又名李明学，1912 年生于山东济南，曾被派往苏联海参崴列宁学校学习。1935 年回东北后，历任中共密山县委书记、穆棱县委书记、东北抗联五军二师政治部主任、抗联八军政治部主任、中共道北特委委员、吉东省委委员等职，是一位优秀的党的政治工作干部。面对八军无比艰难的工作，或许是出于对八军前途的充分预感，他虽也曾偶尔有过退出的闪念，但最终还是选择了坚持战斗到底："如果党认为〔需〕要用我的热血与头颅来更巩固革命的基础的话，或者最低限度能够换得八军转好，那么我定然不惧一切去斗争工作。"[26]

什么是对党忠诚？

只要是党的事业需要，就毫无条件地贡献自己的一切。共产党员刘曙华以其年仅 26 岁的一腔热血和年轻的生命，牺牲在东北抗联反投降的斗争中。

61. "暂时假投降"与高压线

一直关心东北抗日联军的毛泽东，对东北的反投降形势做出了预测："某种程度上说来一个时期内的东北义勇军，将来假定有大部叛变之事，留下的小部亦可造成相持，只要能不断打破'围剿'，这种相持形势就有了。"[27]

正如毛泽东指出的那样，东北抗联在 1938 年至 1939 年叛徒迭出、"大部叛变"，都离不开当时环境的大背景。1939 年 6 月 15 日，《中共北满省委给中共中央的报告》中说：

> 从去年五月到今年五月这一年中间，队伍重要损失，并不是作战中受损失那么多，而是多部分都叛变逃跑的。
>
> ……
>
> 三军二师五十余名在蓝志渊叛变下（省执委）（二师师长），暗杀二师最有历史的同志二十余名过后，投到方正。
>
> ……
>
> 去年九军零零碎碎投降共二百余名。[28]

一些部队之所以出现叛变，跟这支抗联队伍主要负责干部叛投有直接关系，九军叛投 200 余人根源是军长李华堂叛变投敌。

因而，日军诱降的主要攻击目标，还是抗联师以上负责人。日军广泛散发的一份传单很能说明问题。

> 大日本军对归顺者，保证其生命安全，介绍其职业，使之

同沐大满洲国恩……周保中屡屡阻害归顺者，增加诸君痛苦，实为大满洲国逆贼，决不可容恕之罪人。诸君何故听其愚惑而昧于自己新生向上乎！愿诸君勿再自苦，力图脱除周保中逆贼压迫，快来归顺……[29]

　　这是一封针对抗联师以上将领的心理攻势宣传单，说明在敌人无孔不入的诱降攻势中，只要东北中国共产党和抗联主要高级干部不叛变，就能阻止或延缓大部叛变的趋势发生。日伪当局之所以对中共吉东省委书记、抗联第二路军总指挥周保中恨之入骨，主要原因是周保中坚决地、及时地、果断地处置了中共吉东省委常委、第五军党委书记兼一师师长关书范的叛变行为，有效震慑与遏制了五军叛变的苗头。

　　关书范，1913 年出生于黑龙江宁安，1930 年加入中国共产主义青年团，曾任共青团吉东局书记、团宁安县委书记，其间加入中国共产党。1935 年后，他任东北反日联合军五军一师政治部主任时，年仅 22 岁。

　　关书范曾经有被日伪逮捕的经历，受尽酷刑而没有叛变。担任抗联五军一师师长后，战斗中冲锋在前，两次负伤，表现了出色军事指挥才能，25 岁便担任了五军主力师一师师长，成为周保中手下的爱将。周保中予以极大期望，提拔其为中共吉东省委常委、第五军党委书记。

　　在惨烈的西征战斗中，关书范的上级——中共吉东省委书记、五军政治部主任、西征军总负责人宋一夫叛变投敌时，他仍然坚定带领队伍坚持战斗。出人意料的是，他竟然在西征枪林弹雨冲杀出来后叛变了，是什么原因呢？

　　日军宪兵特务机关为诱降令他们畏惧的关书范，认真研究了他的"软肋"，逮捕了他的妻子刘兵野（国高学生），关在哈尔滨监狱里。关书范让地下交通先打听刘兵野是否被杀。一了解到没有被杀，爱着刘兵野的关书范，找到周保中，要求通过地下党把她要出来。周保中识透是敌人阴谋，答复说："要不出来，敌人不会白抓她的。"

关书范不死心，私下找交通员联络日军，说我们抗联好长时间没有吃饺子了，试探日军能不能放了他的妻子。日本特务机关发动老百姓包了两麻袋饺子，抗联官兵怕中毒没人敢吃，但关书范吃了。面对周保中的询问，关书范的解释是：我去谈判就是想把刘兵野要回来。我要饺子，他给饺子，说明鬼子同意谈判。

对敌斗争经验丰富并且高度敏锐的周保中，立即判断出关书范的投敌倾向。不久，关书范向五军军长柴世荣献策，搞"暂时假投降"，并利令智昏地给第二路军总指挥部写信，提出"投机保存实力之办法"。

面对关书范的动摇，周保中还是极力试图挽救，再三告诫："莫作错误的想念，莫走失节的错误道路！！！""站在患难八载、生死与共，同负中国民族艰巨的立场上，特向你俩提起警醒，千万要斩钉截铁的坚持抗日民族领导的历史旗帜，断绝和惩治敌探走狗。"信的末尾写道："此信看后请烧了，余之底稿亦已焚去。"[30]

周保中为了最后挽救斯人，令其免除顾虑，悬崖勒马，为其留有台阶，可谓用心良苦。只要关书范一天不做出投降实际行为，都力求争取其回头。

但关书范已无回头之心，瞒着五军军长柴世荣，秘密与日军特务头子小林、斋藤等接洽，并会见伪三江省"讨伐军司令部"顾问北部邦雄，商定了以五军为中心收编牡丹江抗联部队、改编伪独立旅等投降事宜。

警觉的周保中关注着关书范的一举一动。关书范身着日本军装返回五军军部时，猛然见周保中正襟危坐在等着他。周保中冷冷的一句"你终于穿上黄马褂了"，让关书范顿时手足无措起来。

关书范被开除党籍，撤销五军一师师长职务，处以死刑。[31]

在诱降关书范行动中下了大功夫却一无所获的关东军宪兵司令部警

务部部长齐藤美夫恨死了周保中，将破坏中共吉东省委和"讨伐"抗联第二路军总指挥部、捕捉周保中作为下一步行动的重要任务目标。

周保中果断及时地处置了五军一师师长关书范叛降事件，对稳定部队起到重大作用。在南满的第一军杨靖宇所部一师师长程斌，也出现了关书范同性质的叛降事件，由于一军一师与军部已被日军"讨伐"阻隔于两地，音信不通，杨靖宇无法采取及时果断处置措施，致使程斌叛降成功。

正是由于程斌的叛变，给南满抗日武装，特别是抗联第一军带来了毁灭性的灾难，是抗日英雄杨靖宇殉国的主要原因之一。

程斌，1912 年生于吉林伊通，1932 年参加磐石工农义勇军并加入中国共产党，在杨靖宇领导下，曾任东北人民革命军独立师保安连指导员、抗联一军主力师一师政治部主任。在师长李红光、韩仁和先后牺牲后的 1935 年秋，被任命为一军一师师长时，年仅 23 岁。在此后的几年中，应当肯定，程斌表现出了坚定的抗日立场与军事才能，打了若干胜仗，成为抗联一军优秀的领导干部，率领一师，给"讨伐队"吃了若干苦头。

为了消灭心头之患，自 1938 年初起，日军将讨伐重点目标对向抗联一军一师。日军在军事"讨伐"的同时，加大了政治诱降措施。为此，通化日本宪兵队长岛玉次郎挑选了一批日本宪兵与汉奸、特务组成"长岛工作班"，有针对性地对一师展开诱降。

危险的变化来源于一军两个高级干部的叛降：一是一军军需部长胡国臣，二是一军参谋长安光勋。[32]

安、胡二人接受日军诱降的主因是贪生怕死。日军宪兵特务机关认为，手握兵权的程斌危害最大，授意安光勋与胡国臣向程斌发出劝降信，同时施以军事压力。

此时程斌的抗战决心仍然坚定。一团团长侯俊山散布抗战无指望、离队回家言论，程斌当即召集会议予以批驳，并将侯俊山处以死刑。在长岛工作班无计可施之时，深谙程斌"阿喀琉斯之踵"的胡国臣又献一计：程斌是个孝子，秘密逮捕他的母亲、哥哥，可以逼迫其"归顺"。

1938 年夏，长岛工作班将程斌母亲程张氏、哥哥程恩"抓获"并带回。程斌得知后，抗战思想开始动摇，悲观情绪占了上风。长岛工作班让叛徒带程恩上山劝降。第一次程斌还嘴硬，说忠孝不能两全。第二次程恩问："你到底是反日，还是要妈？"这次程斌痛快答应："不抗日，也得要妈。"

定下叛降决心，程斌开始做叛降准备。他找来了六团政委李茨苏和保安连政委李向前（又名金钟汉），试探他们对投降的态度。李茨苏对程斌的阴谋已有察觉，争论中，他言语铮铮地说："就是三天三夜吃不上饭，我们也要革命，投降敌人是可耻的。"程斌乘李茨苏不备，开枪将其打死，然后又向李向前开枪，李向前带伤逃走。

扫除了两名中共党员政委对叛降的障碍，在日军配合下，程斌几次共计带走了 115 人叛变降敌。胡国臣、安光勋、程斌 3 个重要负责干部叛变投敌，给整个南满抗日联军带来了十分恶劣的影响。这种影响不仅是政治上助长了叛逃的逆流沉渣泛起，而且由于 3 人都在抗联重要领导岗位，深知抗联内部若干高级机密，以致最直接的一项重大损失是相当多储存粮食与给养的密营被摧毁，使正处于贫寒交加之中的抗联部队雪上加霜。

同周保中对待关英范一样，杨靖宇对程斌也做了仁至义尽的挽救。他派原伪军投诚的张永海赴敌营给程斌捎去一封信，大意是：程斌因为"救母救兄"一时错打主意走错了路，尚属无奈；若幡然醒悟，可密约地点，军部派部队解救。[33] 当得知程斌已死心塌地卖国时，杨靖宇对其充满了鄙视，为此采取了紧急应对措施。

1938 年 7 月，杨靖宇与魏拯民主持召开了中共南满省委和抗联一路军高级干部会议，决定实行战时体制，抗联一路军总司令部内设省委代行机构，实行党军一体化。为保存地下工作力量，地方干部撤至部队。

程斌率队叛降后，部队被编为伪富森警察大队，又称程斌讨伐大队，专门从事瓦解、捕杀抗联军政人员，给南满抗日武装带来了巨大危害。

需要提及的是，在东北抗联反对投降主义的斗争中，广大具有坚定信仰与抗战信念的真正的共产党人，始终站在斗争第一线。在程斌的欺骗威逼下，许多共产党员不畏强暴，坚决斗争。

在程斌宣布降日后，30 多名坚决不投降的抗联战士，在六团宣传科长常靖与祁排长带领下，毅然离开程斌。敌人派兵追剿，他们宁死也不当叛徒，祁排长等十几名抗联战士壮烈牺牲。

在弄清了军需部长胡国臣的真面目后，一师军需部一分队长甄宝昌率 30 余人队伍愤然脱离日伪控制。一师四团连长马广福、特务连指导员权秀花、游击连李双录等坚决抗战到底的共产党员所带领的数人、十数人、数十人的小队伍，虽然力量单薄，但决不齿与叛徒为伍，坚持战斗在本溪、桓兴等大山里。

应当特别指出的是，关书范、程斌两个堕落叛变反面典型及结局，对东北抗联广大党员，特别是领导干部党员，是一次严肃的纯洁党性洗礼教育。除了不堪一驳的"暂时假投降""保存抗联实力"等借口外，似乎都有一些无奈的"理由"。关书范为了爱情飞蛾扑火，程斌为了尽孝不得已投降，起初的确迷惑了一些人，但经过大讨论，经过了程斌投降恶果的暴露，使大家明白了：

一、共产党员在任何时候、任何情况、任何理由下都不能变节投敌，在党性问题上必须洁白无瑕，因为这是党的性质决定的。中国共产党党员誓词最后四个字是"永不叛党"！

二、伟大抗战胜利的道路，不仅仅是共产党员个人的生命与鲜血铺就的，还可能要牺牲共产党人的精神、情感、亲情、爱情与家庭。凶残变态的敌人随时会让共产党员在国家与家庭利益、人民与亲人安全之间做出两难选择。

三、当国家民族存亡与家庭亲人安全发生矛盾时，共产党人应无条件让家庭与亲人的安全服从国家与民族，这是共产党员的宗旨所规定的。如若感觉有些难以接受，那么请不要举手宣誓，因为誓词的第一句话是"我志愿"。

中国古老的历史锻造了一句话：忠孝不能两全。

注释：

[1][4]周海峰：《蒋介石传》，作家出版社，2006年2月第1版，第183页，第198页。

[2]王芸生：《六十年来中国与日本》（第八卷），生活·读书·新知三联书店，1982年4月第1版，第233页。

[3][5][9]中共中央文献编辑委员会：《毛泽东选集》（第二卷），人民出版社，1991年9月第2版，第344页，第343—350页，第571页。

[6][7]中共中央文献编辑委员会：《毛泽东选集》（第三卷），人民出版社，1991年6月第2版，第941页，第1037页。

[8]杨奎松：《国民党的"联共"与"反共"》，社会科学文献出版社，2008年1月第1版，第409页；转引自王树增：《抗日战争》（第一卷），人民文学出版社，2015年6月第1版，第71页。

[10]（台湾）委员长侍从室：《蒋委员长训词选辑》（第五辑），德光印书局，第16页。

[11]秦孝仪：《中华民国重要史料初编——对日抗战时期》第二编（三），（台湾）中国国民党中央委员会党史委员会，1980年版，第207—208

页；转引自王树增:《抗日战争》(第三卷),人民文学出版社,2015年6月第1版,第439—440页。

[12]日本防卫厅防卫研究所战史室:《中国事变陆军作战史》第三卷第二分册,《中华民国史料丛稿·译稿》,中华书局,1983年3月,第49—52页;转引自王树增:《抗日战争》(第二卷),人民文学出版社,2015年6月第1版,第283页。

[13][15][16]中共中央文献研究室:《毛泽东文集》(第二卷),人民出版社,1993年12月第1版,第196、209页,第208页,第220—221页。

[14][17]中共中央文献编辑委员会:《毛泽东选集》(第二卷),人民出版社,1991年9月第2版,第571页,第589—590页。

[18][22][23]中共中央文献编辑委员会:《毛泽东选集》(第三卷),人民出版社,1991年6月第2版,第919页,第920页,第1043—1044页。

[19](日)稻叶正夫:《冈村宁次回忆录》,中华书局,1981年12月,第327页。

[20]王树增:《解放战争》(上),人民文学出版社,2009年10月第1版,第13页。

[21]中共中央文献研究室:《毛泽东文集》(第三卷),人民出版社,1996年8月第1版,第388页。

[24]《东北抗日联军史》编写组:《东北抗日联军史》(下册),中共党史出版社,2015年9月第1版,第826页。

[25]国家图书馆中国记忆项目中心:《我的抗联岁月:东北抗日联军战士口述史》,中信出版集团,2016年9月第1版,第194页。

[26]中央档案馆、辽宁省档案馆、吉林省档案馆,黑龙江省档案馆:《东北地区革命历史文件汇集》,甲52,第135页;转引自张正隆:《雪冷血热》(下),长江文艺出版社,2011年4月第1版,第233页。

［27］中共中央文献研究室:《毛泽东文集》(第二卷),人民出版社,1993年12月第1版,第230页。

［28］中央档案馆、辽宁省档案馆、吉林省档案馆,黑龙江省档案馆:《东北地区革命历史文件汇集》,甲25,第24—25页。

［29］史义军:《最危险的时刻:东北抗联史事考》,中信出版集团,2016年9月第1版,第159页。

［30］［31］中央档案馆、辽宁省档案馆、吉林省档案馆,黑龙江省档案馆:《东北地区革命历史文件汇集》,甲54,第18页;甲54,第34页;转引自赵俊清:《周保中传》,黑龙江人民出版社,2015年8月修订版,第277—278页,第279页。

［32］［33］赵俊清:《杨靖宇传》,黑龙江人民出版社,2015年8月修订版,第301页,第303页。

第十九章
文韬武略

62．统一战线之独立自主

如果仔细阅读《毛泽东选集》第一至第四卷，以及《毛泽东文集》第一至第八卷中那些海量的关于抗战的文章，你可以发现，在那么多闪耀着智慧光芒的文章中，出现频率甚高的一个词是"相持"。这应当是持久抗战的重要方式，背后透着毛泽东"农村包围城市"的伟大战略。

日本人仗着武器优势气势汹汹地占据了中国的大城市和交通线，以为就占领了中国，中国的投降派也这么看。但八路军、新四军与农民游击队、武工队占据了广大农村，东北抗联占据的几乎都是山区及地图上找不到的偏远小屯子。这样，在劣势下便形成了"相持"。

有着四万万人口的中国，人都在哪？绝大部分在农村。动员了全国的老百姓，就汇成了陷敌于灭顶之灾的汪洋大海。毛泽东举例说："须知东三省的抗日义勇军，仅仅是表示了全国农民所能动员抗战的潜伏力量的一小部分。中国农民有很大的潜力，只要组织和指挥得当，能使日本军队一天忙碌二十四小时，使之疲于奔命。"[1]

毛泽东提出"持久战"的一个重要基点是消耗敌人。岛国寡民的日本，经不起四万万人口大国与辽阔国土的战争。"日本在中国抗战的长期消耗下，它的经济行将崩溃；在无数战争的消磨中，它的士气行将颓靡。"[2]毛泽东在谈到东北抗联对日作战的意义时说：

> 东三省的游击战争，在全国抗战未起以前当然不发生配合问题，但在抗战起来以后，配合的意义就明显地表现出来了。那里的游击队多打死一个敌兵，多消耗一个敌弹，多钳制一个敌兵使之不能入关南下，就算对整个抗战增加了一分力量。至其给予整个敌军敌国以精神上的不利影响，给予整个我军和人民以精神上的良好影响，也是显而易见的。[3]

1937年底，王明从莫斯科回到延安，他带来了斯大林的指示，要求共产党在抗日上与国民党合作。应当说，这是难得的一次，毛泽东与斯大林意图达成一致。

阅人无数的斯大林目光很锐利，毛泽东从一开始就没有接受过表面上是共产国际、实际为苏联的意见，因为斯大林的一些方针并不符合中国国情。

说毛泽东与斯大林意图一致，是指国共合作抗日的大前提。但如何合作？什么方式？具体来说，国共合作中，共产党是坚持"独立自主"的抗日民族统一战线，还是投入到国民党阵营，被国民党"溶"化（"溶共"）掉？王明的意见是"反对建立抗日根据地，不要自己有军队，认为有了蒋介石，天下就太平了"。[4]

由于王明在共产党内有一定影响，特别是加上对他背后的斯大林的迷信，王明的到来，一度使毛泽东再次被孤立。

襟怀坦白的彭德怀多年后回忆，1937 年 12 月某日晚上，政治局在延安开会。会上王明讲了话，毛泽东也讲了话。毛泽东和王明的讲话，相同点是抗日，不同点是如何抗法。王明是以国际口吻讲的，基本精神是抗日高于一切，一切经过统一战线，一切服从统一战线，国共两党要共同担负起统一政权、统一军队的义务。他较偏重国民政府和军队抗日，不重视动员民众参战，是一条放弃共产党领导的投降主义路线。

彭德怀说："在当时，我没有真正地认识到毛泽东同志路线的正确性，而是受了王明路线的影响，在这些原则问题上模糊不清……"[5]

彭德怀回忆，两位领导意见不一致，只好回去传达毛主席怎么讲，王明又怎么讲。结果，在以后的半年多时间里，共产党对八路军的绝对领导有些降低，党的政治工作也有些削弱，从而发生个别军官逃跑和国民党勾引八路军中官兵叛变现象。从实践中，彭德怀逐渐认识到王明路线行不通："一切经过统一战线，就是一切经过蒋介石，他绝不会容许八路军扩大。"1938 年秋六中全会时，八路军已发展到 25 万人，这些若是经过国民党，他一个人也不会准。

连彭德怀这样坚定的老共产党员都一度"模糊不清"，其他人会怎么样？

对于当时毛泽东的处境，英国著名历史学家菲力普·肖特在他的《毛泽东传》中写道："毛以后曾经以略带自怜的夸张语言评论道，在这样的场合，在王明归来以后，'我的权威就出不了我的这间窑洞了'。"[6]

站在外国人的角度，菲力普·肖特认为，王明之所以向毛泽东发起挑战，除了个人野心勃勃，还在于他在党内有着巨大的威望，尽管这种威望有很大一部分来源于莫斯科。

不久，王明受蒋介石邀请前往武汉。他应当是在离开莫斯科时就已经把国民党看得比共产党更重要了。这是斯大林的一贯思想。因此，他到了武汉后就留了下来。

王明干的最狂妄的一件事是，未经中共中央同意，擅自于 1937 年 12 月 25 日在武汉发表《中共中央对时局的宣言》，提出了所谓的统战六项任务（也被称六大纲领），否定了 1937 年 8 月在中共中央政治局扩大会议（洛川会议）通过的《中国共产党抗日救国十大纲领》。

王明的"六项任务"取消了"十大纲领"中关于进行政治经济改革、废除国民党一党专政等主张，提出共产党的武装要接受国民政府"统一指挥"，放弃了共产党在抗战中的独立自主地位与对统一战线的领导权。这在党内外引起一系列恶果。

王明之所以这样胆大妄为，是自恃有斯大林的支持。1958 年 3 月，毛泽东在成都会议说："中国的革命是违背斯大林的意志而取得胜利的，'真洋鬼子'不许革命……抗日时期我们同王明的争论，从一九三七年开始，到一九三八年八月为止，我们提十大纲领，王明提六大纲领。按照王明的做法，即斯大林的做法，中国革命是不能成功的。我们革命胜利了，斯大林又怀疑我们不是真正的革命，我们也不辩护。"[7]

面对王明的莫名其妙和奋不顾身地往蒋介石身上靠，毛泽东虽无可奈何，但一直从大局出发，不跟王明争论。大敌当前，自己家里人不能先内斗。对王明在中央高层和一些将领中引起的思想混乱及出现的麻烦，毛泽东在自己还能干预影响的领域，尤其是军事斗争领域，努力扭转并把握着方向，尽量不出大的闪失。这一段时间，毛泽东给中央有关人员做了若干工作，写了许多封信，例如在《关于红军作战的原则》中提出："执行独立自主的分散作战的游击战争，而不是阵地战，也不是集中作战，因此不能在战役战术上受束缚。"[8]

王明不断强调，一切经过统一战线，服从统一战线，使国民党中力图消灭八路军的人别有用心地命令八路军开往日军重兵区域。为此，毛泽东通过《对独立自主的山地游击战争的解释》郑重指出，现在蒋鼎文还在要求刘伯承部应速上前线。他们的用意，或者是不明白使用大兵团于一个狭小地域实不便于进行游击战争，或者是含有恶意，企图迫使红军打硬仗。毛泽东强调，红军有使用兵力的自由，地方政权与邻近友军不得干涉，即便是南京也只能做战略规定。

国共二次合作后，国民党借着"一切'经过'和'服从'统一战线"的理由，向一些边区派入军政官员，以谈判合作为名，要求加入边区，而我边区一些领导干部丧失了警惕，例如南方闽粤边特委书记兼独立三团团长何鸣，对国民党试图借谈判消灭红军的阴谋毫无察觉，致所部近千人被全团缴械。何鸣之所以失去警惕，跟王明倾倒国民党的右倾机会主义的影响极有关系。为消除王明的影响，防止此类问题再次出现，毛泽东在《南方游击区谈判改编时应坚持的方针》中明确要求，"国民党不得插进一个人来"，并指出："统一战线中，地方党容易陷入右倾机会主义，这已成党的主要危险，请严密注意。"[9]

实践是检验真理的试金石。随着广州、武汉两大城市同时陷落与共产党敌后游击战争的全面铺开，对国民党抱有莫大期望、不把共产党放在眼里的那位莫斯科铁腕人物，因对国民党极大失望，转而将瞪大了的眼睛望向延安。

正如多年后毛泽东在《吸取历史教训，反对大国沙文主义》一文中说的那样，蒋介石也"帮助"我们纠正了错误。王明是"梳妆打扮，送上门去"，蒋介石则是"一个耳光，赶出大门"。蒋介石是中国最大的教员，教育了全国人民，教育了我们全体党员。他用机关枪上课，王明则用嘴上课。

1938年秋，共产国际总书记季米特洛夫让中共代表王稼祥带回了有关共产党领袖的两条意见，一条是："为解决党的领导层团结的问题起见，中共领导应以毛泽东为其中心，应有一种团结与亲密无间的氛围。"[10] 另一条是："王明不要再争了。"[11]

无数事实证明，国家间的交往，利益永远是第一位的，意识形态服从利益需要。信奉实力为王原则的斯大林，尊重了中国共产党的现实，是伟人的明智抉择。

正如他1949年12月带领苏共政治局全班人马迎接毛泽东时说的那样："你现在是一个胜利者了，而胜利者总是对的。那是条规律。"

心胸宽广的毛泽东，允许同志犯错误，也允许同志改正错误。在诸多同志意见不一的情况下，毛泽东做工作，还保留王明的中央委员职务。师哲百思不解地问毛泽东，同样是中国共产党党员，王明跟别人的最大区别在哪里？

毛泽东沉默了片刻，说了一句话："他对自己的事考虑得太少，对别人的事却操心得太多了。"

1956年1月，王明以治病为由赴莫斯科，行前写信给中共中央，要求解除他的中央委员职务："等我的病好到可以工作时，再由组织另行分配工作。"结果他的"病"再也未好，1974年3月在莫斯科去世，享年70岁。

一个中国人，却长期以别国利益为中心利益，以别国目标为中心目标，以别国指示为中心指示，他无法活在中国人民心中。王明去世第二天，《真理报》称其为"国际共产主义的老战士""苏联的老朋友"，他的"形象将铭记在苏联人民的心中"。

63."桐工作"戛然而止

在"桐工作"谈判期间，日军实施了第101号作战协定，再次对重庆进行3000架次轰炸，企图给中国抗战中枢造成更大恐慌，以配合"桐工作"进展。

残暴的轰炸心理，如英籍华裔女作家韩素音描述的那样："日本人，对重庆似乎有一种执迷，仿佛生命在两江之间大岩岭上继续存在，是对其力量的侮辱。"

苏联航空志愿队有50架战机配合实力薄弱的中国空军作战。在101号作战中，日方被击落击伤的战机达400架之多，[12] 但他们仍然歇斯底里不惜一切地轰炸。

蒋介石无可奈何地压抑着他的愠怒。美国作家汉娜·帕库拉描述道，在防空洞中，"他脸上的表情是压制的……两眼直视，不动如山"。

日军的大轰炸似乎发生了作用。

1940年7月22日，重庆方面与日本方面达成会谈备忘录，蒋介石与板垣在长沙会面。前提是：日本首相要给蒋委员长写一封亲笔信，明确废除此前日方不以国民政府为对手的声明。于是，蒋介石接到了日本首相近卫文麿一封亲笔信：

蒋介石阁下：

闻悉过去半年多来，阁下委派的代表与板垣中将的代表于香港就日、华两国间的问题交换意见的结果，近期阁下将与板垣中将会见。

余深信此次会谈，定可奠定调整两国邦交之基础。

近卫文麿

昭和十五年八月二十二日 [13]

就在此刻，在四川成都，蒋介石麾下的军统和中统联合行动，突然逮捕了数十名共产党人，罪名是煽动民众抢米，之后又以"共产党策划暴动"为由，逮捕了第十八集团军驻成都办事处主任罗世文等30多位共产党人。

也就在此刻，蒋介石接到了一个令他万分吃惊的消息，共产党抗日武装在华北敌后战场向日军发动了规模空前的作战。比蒋介石更吃惊的是日本方面。战后，日本人所著的《中国事变陆军作战史》记载道：在昭和十五年六月中旬，"日中两国最接近的一刹那……中共察觉到日中进行和平谈判的危机，突然发动了'百团大战'。"

"日中两国最接近的一刹那"，显然指重庆方面与日本方面的媾和只有一步之遥了。在这危亡的"一刹那"，自 1940 年 8 月 20 日始，中国共产党领导的抗日武装晋察冀军区、八路军一二九师、一二〇师，合力发动了以破袭正太路为主要目标的大规模战役。战役发起的第三天，参战部队达 105 个团，史称"百团大战"。

百团大战是共产党抗日武装在艰难环境下不得已展开的，是一场旨在展示中国人民的抗战决心与意志的战役，打碎了国民党对日妥协媾和的幻想。

参加百团大战的八路军官兵以赴死的精神展开对日军猛烈攻击。因为华北共计有 27 万日军和 14 万伪军，而且机动性很强。敌我双方均伤亡惨重。

百团大战历时 4 个月。日军战史记载："昭和十五年度（1940 年），华北方面军的伤亡总数为，战死 5456 名，负伤 12386 名。"[14]

单纯从军事角度看，彭德怀认为，如果再熬上半年，或者等敌人进攻长沙、衡阳、桂林，兵力更加分散以后，我军再举行这次大规模的破袭战，其战果可能要大得多。

但战争从来都不单纯是军事问题，而是政治的突出反映。日军的"桐工作"已进入"一刹那"当口，半年后将会出现什么黑暗的前景？谁也不敢保证。毛泽东十分满意："百团大战真是令人兴奋，像这样的战斗是否还可以组织一两次。"

蒋介石向朱德、彭德怀发出嘉勉电的同时，也给各战区将领发出训令，要求他们效法八路军的战法。可以想见，得知八路军百团大战的战报后，蒋介石有多么惊愕。百团大战尚在进行时，重庆方面与日本方面的"桐工作"谈判戛然而止。

1940 年 9 月 17 日，中方代表正式告知日方代表，不应马上召开长沙会谈（蒋介石与板垣），理由是："中国的抗战力量还很强，今天没有必要谋求屈服性的和平。"日方代表态度也很强硬："中方若有抗战能力，愿意打就打吧。"

在蒋介石"溶共""限共""剿共"等一系列反共方针下，整个抗战期间，国共两党两军的摩擦始终存在。尤其是顽固投降派，他们以反共为投靠蒋介石与日军的投名状，连续不断制造摩擦，在国民党与日本方面获取双份好处。

百团大战毫无保留地暴露了八路军的编制规模、装备实力、战斗轨迹等情况。共产党的武装发展如此之快，成了蒋介石心头之患。大敌当前，国共内耗损伤的是抗战力量，只能有利于日本人。毛泽东以十分谨慎的态度处理国共关系，在策略上做出一系列维护国共合作抗日局面措施，如：

在《反投降提纲》中提出，在"友党友军中停止发展党并撤退党的组织"。在给彭德怀、贺龙、刘伯承等各地将领的电报中，明确要求："不要乘机向国民党地区扩展，使蒋、桂各军放心对敌。对韩（德勤）、沈（鸿烈）、于（学忠）、高（树勋）各部亦暂时停止攻击。"

百团大战后，原本重视国民党而不太重视八路军的日军，倾尽全力对付八路军及其根据地，把血腥的"三光"政策推向了极致。偏偏蒋介石也不可思议地趁机对付八路军，调动包围共产党中枢陕甘宁地区的兵力高达 40 万以上。

面对剑拔弩张、一触即发的局面，为了国家民族，为了抗战大局，毛泽东主张在抗战的原则下忍耐,"我之任务在于极力缓和之,避免一切刺激某方之言论行动。我军则谨守防线,深沟高垒,以备不虞,对其军事挑衅极力忍耐,不还一枪……非得中央同意,不得发生军事冲突。"[15]

毛泽东还对摩擦可能发生的意外情况,提出预案性质的要求,一旦国民党军"迫于某方命令向我进攻时,我应在不妨害自己根本利益条件下,先让一步,表示仁至义尽,并求得中途妥协,言为于好……只有中间派转变成了坚决的不可变化的顽固派,如同鹿钟麟、石友三之类,才采取完全决裂政策,坚决、彻底、干净、全部消灭之。"[16]

毛泽东是骨头最硬、从不向强横低头的人。笔者之所以照录上述极为刺目的"忍耐""缓和""妥协",还要加上"极力"的两段指示,就是想证明,如果毛泽东不是为了在日本铁蹄下备受蹂躏的四万万普通老百姓,不是为了残破的祖国山河,以他那强悍的性格,会向不可理喻的国民党低头妥协吗?

资本的贪婪与权欲的膨胀,使蒋介石终于下定了向共产党开刀的决心。1940 年 12 月 9 日,蒋介石下达了最后通牒式的命令:"长江以南之新四军,全部限于本年十二月三十一日前开到长江以北地区。明年一月三十日以前开到黄河以北地区作战……"[17]

在蒋介石发出最后通牒式命令的同时,顾祝同调集了 7 个师 8 万人的兵力,对新四军 9100 余人实施了包围。尽管不断有不好的消息飞来,但新四军官兵仍不相信蒋介石会下达让抗日军队自相残杀的命令,他们高唱着一首《国共合作进行曲》,陷入了包围圈。

身在重庆的周恩来,受中共中央委托,向蒋介石提出严正交涉,让其"立即撤围"。蒋介石答应将下令查处攻击新四军的将领,但同时私下命令顾祝同将新四军一网打尽。

经过八昼夜的顽强抵抗，曾经高唱《国共合作进行曲》的新四军弹尽粮绝，政治部主任袁国平战死，副军长项英和副参谋长周子昆被叛徒杀害，军长叶挺前去谈判被扣，除2000余人突围外，剩余7000余人中，少量被俘，大部阵亡。这就是抗战史上震惊中外的"皖南事变"。

皖南事变后，蒋介石扯下假合作的面皮，宣布新四军为"叛军"，撤销新四军番号，将军长叶挺送交军事法庭。

1941年1月20日，中共中央针锋相对，发布《重新组建新四军军部的命令》。同日，毛泽东亲自以中国共产党中央革命军事委员会发言人身份发表谈话，严正指出："我们还是希望那班玩火的人，不要过于冲昏头脑。我们正式警告他们说：放谨慎一点儿吧，这种火是不好玩的，仔细你们自己的脑袋……"

皖南事变让新四军损失惨重，毛泽东焦虑万分，一度考虑以牙还牙，与蒋介石大打一场。最终，毛泽东没有这样做。危机爆发，他反而冷静下来，提出了在政治上采取猛烈攻势，在军事上暂时取守势的策略；因为，他看到了蒋介石在军事上胜了一次，却犯了严重的政治错误。

铺天盖地的谴责指向了蒋介石，这些谴责不仅来自共产党，还来自民族资本家、国民党左派，同时包括英、美、苏等给予国民政府援助的国家。蒋介石在政治上陷入极度被动，为了美援苏援，他不得不到处解释、演讲，最后终于被逼出了"决不忍再见所谓'剿共'的军事，更不忍以后再闻有此种'剿共'之不祥名词留于中国历史之中"的话。[18] 须知，"剿共"这个词，自1927年以来，就一直未离开过国民党的辞典，并成为其日常政治生活中出现频率最高的用语。

为了中华民族抗战救亡的事业，共产党人以海纳百川的胸怀与气度，暂时忍让了国民党这一次本不该饶恕的罪恶，但毛泽东在谈话中把话说得很明白：“我们的让步是有限度的，我们让步的阶段已经完结了。他们已经杀了第一刀，这个伤痕是很深重的。他们如果还为前途着想，他们就应该自己出来医治这个伤痕……如若他们怙恶不悛，继续胡闹，那时，全国人民忍无可忍，把他们抛到茅厕里去，那就悔之无及了。”

在中国这个民族关系、阶级关系交织在一起的错综复杂的国度中，在整个抗战进程中，同国民党做盟友，搞合作，委实不是一件容易的事情。

对于皖南事变，面对全党的群情激愤，毛泽东需要对大家做出解释。毛泽东告诉全党，不仅要敢于斗争，还要善于斗争，要讲究斗争策略，对于国民党：“我们一方面是尖锐的批评，另一方面还要留有余地。这样就可以谈判、合作，希望他们改变政策。我们说过打倒委员长没有呢？没有。在我的报告里，就连一个委员长也没有提……关于这一条，委员长也看出来了，他有几次要挑动我们去犯这样的错误，挑动我们的军队打出去，向西安打，挑动我们提出推翻国民党。同志们！我们要注意这些东西，注意这些挑动……”[19]

针对国民党与蒋介石的两面性，毛泽东为全党规定的斗争方针是“有理、有利、有节”“不打第一枪”“不为天下先”，针锋相对，斗而不破。毛泽东形象地将其比喻为“洗脸政策”，对于蒋介石是“请他洗脸，不割他的头”。毛泽东总结说：“抗战八年以来，我们的政策就是使蒋介石既不能投降又不能‘剿共’。”[20]

64．我不能一天离开党

1939年夏季的一个深夜，漫天星斗，暖风轻吹，黑龙江万籁俱寂。一艘苏军炮艇划过江面，把百余人的队伍顺利送抵西岸。差十来天就是一年半了，"过苏联"时冰封雪裹，归来时一江激流，赵尚志此刻的心情激荡而焦急，一年半未向鬼子开一枪了，他要将损失的时间夺回来，多杀鬼子。

第二天，他就向鬼子最肉疼的乌拉嘎金矿杀了第一刀。战斗在夜幕下展开，赵尚志指挥部队分两路冲破金矿局大院。守护金矿的30余名伪警被全部缴械，数名日军除1名脱逃外，皆被击毙。两名控制电台的日本人也被手榴弹炸死。伪矿警队长率五六名矿警拒降，全部被击毙。

攻下一座金矿，除枪弹外，各类缴获自然丰厚，赵尚志让人打开金矿局仓库，把大批面粉分给穷苦矿工，召开矿工大会宣传抗日。当得知声音洪亮的小个子就是大名鼎鼎的赵尚志时，20多名矿工当即要求参加部队。

战斗中的一件严重意外，成了赵尚志抗战生涯重新起步的一个沉重转折点。多年后，当时的党支部副书记李在德回忆：

那个晚上就是打金矿，分了两个队，戴鸿宾带一队，祁致中带一队。祁致中带队打金矿东边，戴鸿宾带队打金矿西边。战斗打响了之后，戴鸿宾打进去了，祁致中没有动。赵尚志说了句"祁致中你怎么还不动"之后，就自己带着战士冲进了金矿。[21]

李在德回忆，战斗结束后，他们听到一些党员汇报，祁致中跟一些老部下嘀咕说赵尚志不信任他，让他先打进去就是让他送死，等等。部队中产生了一种不安的感觉，纷纷揣测赵尚志对祁致中要干什么怀有疑心。赵尚志了解后，感觉问题严重，让支委会开会讨论，提出意见。怕自己在场大家不好发言，便不参加会议。

支委意见发生分歧，有的主张将祁致中送往苏联野营教育，有的怕他在送的途中跑了，有的害怕祁致中联络几个人先动手，有的对不执行命令就处决下不了决心，多数支委同意非常时期须采取果断措施。赵尚志最终对祁致中做出了"处死"的决定。[22]

处死祁致中应当是赵尚志在政治上犯的一个严重错误，正如中共北满省委一份报告中所说："祁致中同志十一军军长，幼稚的还有他旧习惯和黑暗观念是有的，可是这个同志有相当创造精神，还有必要给予教育的余地。"[23]

当时，祁致中作战行动迟缓，未执行进攻命令，还散布对赵尚志不满的言语，部队同志受严峻环境压力及影响，对其言行很难宽容，但他并未走向宋一夫、谢文东、李华堂的地步。后来事态发展证明，正是这个错误决定，被潜入的奸细利用，使赵尚志陷入了极度被动，并遇到了挫折。

打下乌拉嘎金矿后，赵尚志又接连打掉了两个关东军测量队，缴获了一批最新测绘报告地图资料、测绘仪器（新式瞄准器、测距仪）。这是苏联人急需的。苏方在表扬并祝贺后，希望将这些缴获尽快送回苏联。赵尚志派刘凤阳（中队长）及尚连生等5人一个小分队将缴获送回苏联。

夏末，赵尚志遇到了原抗联第三军留守团团长姜立新，得知了他离开一年半内发生的诸多变化：金策已成为中共北满省委书记，北满抗联主力已从松花江下游地区转移至小兴安岭西麓，下江根据地大部丧失，八军军长谢文东等多人叛变投敌……最让赵尚志感到猝不及防的消息是，在他被关押后不久，中共北满临时省委便开展了以赵尚志为主要对象的纠正"左"倾关门主义斗争。

1939年4月，中共北满临时省委对赵尚志做出处分决定。在党内撤销其中共北满临时省委执行委员职务，给予严重警告；在联军方面，撤销其联军总司令及第三军军长职务。[24]

在"反倾向"斗争中，一些曾赞同赵尚志观点的同志被认定为是"倾向分子"而遭到株连处罚。这种内部斗争是在敌我斗争形势十分险恶时期进行的，损害了党内、军内团结，分散了对敌斗争的精力。

关于这场"反倾向"斗争的原因，较多的说法是：当时在分散游击的环境下，敌我斗争十分复杂，党内生活很不健全，领导人缺乏党内斗争经验，应引以为历史教训。

40 余年后，中共黑龙江省委员会根据中共中央组织部关于复查赵尚志党籍的意见，做出的《中共黑龙江省委关于恢复赵尚志同志党籍的决定》中指出，赵尚志"只是对吉东特委、中央代表来信和王明、康生指示信中的一些问题提出批评，不存在反对中央和反党'左'倾关门主义路线问题……"

北满"反倾向"斗争之初，尽管受"残酷斗争，无情打击"的"左"的斗争方式的影响，一些同志被戴上了"分裂""反中央""调和主义""阴谋家"的帽子，但有两点可以肯定：一是被扣上"反党"帽子的赵尚志仍然被称为同志，被留在了党内；二是虽然被定为推行反党的"左"倾关门主义路线，但没有人否定他"抗日最坚决，打鬼子成绩最大"。

听了姜立新的汇报，赵尚志一度情绪激动："为什么有意见不直接当面提出，偏在我作为北满临时省委代表到苏联去的时机反对我呢?"但很快赵尚志冷静下来，认为部队与根据地损失如此严重，应急召北满党、军主要负责同志开会，研究新的策略。大敌当前，自家同志间的矛盾与误解应放在次要位置。于是，赵尚志（尚不知受到党内严重警告、行政撤职处分）于 1939 年 7 月 1 日签发了《东北抗日联军总司令部通令（第 16 号）》：

> 为通令事。奉令着赵尚志为东北抗日联军总司令，所有三、五、六、七、十一各党军均须接受指挥领导。命令遵此，仅于六月底宣誓就成，执行工作，相如通知所属，一体知照。特此通令。
>
> 总司令：赵尚志

可以看出，赵尚志太急于解决问题了，以致于未察觉自己以总司令的名义召集党、军负责人开会是不妥当的。尽管如此，中共北满省委书记金策还是予以了积极响应，在给第三路军总指挥李兆麟的信中表示：赵尚志以东北抗日联军总司令名义，给岭西各抗联部队负责同志的信转送你处，希望你查收后，立即下发所属各部。

12 月末，李兆麟又给所属的解光海发出训令，要求解光海向所属转达金策的意见，并表示一致拥护尚志总司令的命令，诚恳地接受领导。

应当承认，虽然已对赵尚志给予党内与行政处分，但此时北满党、军的主要负责同志已经认同了赵尚志，并愿意接受其领导。但就在此时，那个传假口信将赵尚志诓到苏联关押了一年半的陈绍宾又出现了，还带了一个尚连生。即将到达彼岸的航船被引向阴险的暗礁。

日本宪兵特务机关在垮台前，除了狂杀共产党在押人员，还疯狂销毁各种机密绝密档案，试图掩盖罪行，其中不乏卷土重返中国之构想，造成至今仍有诸多复杂迷离的不解历史悬案。

本来赵尚志就一直在向苏方追索陈绍宾假消息之根源，但苏方除了给出"陈绍宾是坏人"的答案外，一直不肯透露更多内幕。毕竟，苏方远东边疆区主管情报的内务局长柳什科夫被日方成功收买是一桩国家丑闻。

按说，陈绍宾得知赵尚志重返东北，应躲得远远的才对；但恰恰相反，自打赵尚志回国，陈绍宾就似一个幽灵一样，不离不弃地徘徊在赵尚志周边。

当得知日伪当局正在小兴安岭里铺设铁路，且已修到了唐梨川时，赵尚志急火中烧。如果敌人深入小兴安岭腹地，将对坚持在小兴安岭进行抗日活动的北满抗联造成极大威胁。在等待北满党、军高级负责人之际，赵尚志派戴鸿宾率 80 余人去唐梨川袭击看管筑路队的白俄警备队。

戴鸿宾是在抗联第六军军长夏云杰牺牲后接替担任军长的。他心思缜密，打仗常有奇谋。在赵尚志被诓入苏 1 个月后，戴鸿宾按原计划率联军各师最精锐的 500 名骑兵攻打肇兴镇，却功败垂成，原因之一是联军的 40 发迫击炮弹，有 38 发成了哑弹，剩 2 发万幸没哑。戴鸿宾下令一发打向增援的日军，把日军震了回去，但部队仍处于被动状态。最后一发，戴鸿宾下令向江北苏联境内打过去。这一炮被苏联认为是日军打的，引来了江北一阵排炮（警示炮击），大批日军立时停止行动。戴鸿宾趁势率队冲过了江对岸。

这一次，戴鸿宾率武器精良的 80 人，攻击战斗力不强的白俄兵，竟遭遇挫折，所带部队被打散，本人也受了伤，实属意外。是事先走漏了消息，还是跟奸细有关？至今仍然无解。

与此同时，赵尚志派刘凤阳等 20 余人去绥滨建立绥滨游击团也遭遇挫折，一行人在绥滨福兴村被大批敌人追击，只好过境去苏联。这不是刘凤阳第一次遭遇挫折。他曾被赵尚志派回苏联，送地图、仪器，回来后，被陈绍宾给缴了械，将钱款没收，又把他们押回苏联，但把尚连生留在了部队里。

李敏后来回忆了陈绍宾对刘凤阳缴械的经过，说没想到陈绍宾会对自己人动手。"刘凤阳那支枪缴来后，陈绍宾让我拿着。我心里想，这可是刘队长的枪啊，我怎么能拿？刘凤阳瞪我一眼，气呼呼地说，多好的枪呀，拿着打日本子！"

刘凤阳，1906 年生于辽宁盖平，1936 年参加抗联七军，1937 年入党，曾任军部警卫团长。从陈绍宾的反常举动中，他已料到陈绍宾有问题。他让李敏拿枪打日本子，意思枪不能给"别人"。陈绍宾缴了他的枪，是因为认为他是赵尚志的同伙。

多年后，已从黑龙江省省长等岗位上离休的抗联老战士陈雷回忆，他们几个人回国执行完任务，前往在苏联的伯力野营，过界前跟苏军联系了。刘凤阳大大咧咧，加上连饿带累，人迷迷糊糊的，反应有些迟钝。苏军哨兵喝问口令，让他站住。刘凤阳回答了口令，还往前走，被哨兵一枪打在了他腰间挂着的手榴弹上。刘下半截身子都炸没了，牺牲时年仅 34 岁。

一个叛徒能坏多大的事？由叛徒转为奸细能有多大杀伤力？

戴鸿宾、刘凤阳两支队伍遭受损失后，赵尚志身边人已不多。陈绍宾曾率六军第一师六七十人，来到赵尚志司令部所在地，欲对赵尚志予以缴械，数十人从一侧来了个半包围。

大家都担心赵总司令的安全，欲先发制人。赵尚志表示，陈绍宾所带的队伍不是敌人，我们不能同自己人开火。他派于保合、陈雷和李在德三人带了一些狍子肉和半袋子白面，去慰劳陈绍宾的部队，假装不知道陈绍宾要来缴械。赵尚志之所以派他们 3 人，是因为李在德原先是六军的，于保合住过六军一师医院，与六军的人都很熟，陈雷是地方干部，与六军没有矛盾。

到地儿了，陈雷大声喊："我们给你们送狍子肉来啦。同志们，自己人不打自己人，我们的枪是打鬼子的。"李在德看见魏连长和杜指导员，大家都挺亲热。等见到了陈绍宾，3 人温和地对他说，赵司令欢迎他去谈一谈，陈绍宾板着脸不回答，反而朝 3 人来的方向布置警戒。回去汇报后，赵尚志见陈绍宾不敢来，就让于保合再去一次，对陈绍宾要求说，如果他不想去，可否派连以上干部见赵司令？陈绍宾没有理由拒绝，派了六七名连长、指导员和团级干部去见赵尚志。

赵尚志看到他们很高兴，亲切地说："你们来了是不是要缴我的械呀？不瞒你们说，我这里有电台，苏联来电，已经告诉我，你们缴了刘凤阳的械，还要缴我的械，我是打鬼子的抗联总司令，你们缴我的械，是错误的。你们也是抗联的队伍，怎么不去打鬼子，到这儿来缴自己人的械，不对嘛。"他说得大家心服口服，纷纷表示不能缴自己人的械。

有的干部问赵尚志是不是还要杀北满省委领导。他非常生气，说北满省委是党的领导机关，总司令也归属省委领导，怎么能杀党的领导人？杀他们不是反革命吗？这纯粹是造谣，大家不该相信。

好险！若不是赵尚志打鬼子的威望，若不是赵尚志慰问、沟通的一系列心理攻坚，争取到了陈绍宾的部下，后果不堪设想。实际上，经过沟通，赵尚志已挫败了陈绍宾亲自动手缴械、绑架、谋杀自己的阴谋，陈绍宾只好解除了对赵尚志的包围。

陈绍宾率部离开途中，所部军心已有所变化。走在白福厚团长身边的李敏听副官孙国栋小声对白团长说："这叫啥事啊？我看这老头（指陈绍宾）不对劲儿，把他干了吧？"

白团长四下看了看也小声说："不行，我们没有上级指示，我的任务是把这支队伍带到张政委（引按：指张寿篯，即李兆麟）那里去，到那儿再说吧。"

正说着话，陈绍宾招手叫孙国栋过去。

有人问白福厚，去打赵尚志是不是就以尚连生说的话为依据，这里似乎有名堂；还有的说，陈（绍宾）师长在双鸭山时就鼓动大家，让回家自谋生路，带枪走人，实际上是动员大家散伙呀。

白福厚是李敏的团长。多年后，李敏说当时如果没有白团长，部队会非常危险。李敏的意思，不光是指白福厚军事指挥方面的高水平，也包括白福厚坚定的抗战意志。

面对师长陈绍宾散伙的意见，白福厚挺身而出，大声向大家说出了"同志们，不怕困难的跟我走，革命不能半途而废，一定要抗战到底"的话，终于巩固了部队。一路上，他带领大家打退敌人的多次围攻，克服部队几近覆没的险境，终于找到了三路军总指挥李兆麟，保存了六军一师的骨干力量。1941年，白福厚在战斗中壮烈牺牲，年仅28岁。

陈绍宾叫副官孙国栋过去，要向他与阎锡宝、车庭兴等5人交代一项任务，让他们到梧桐河金矿或兴山（今鹤岗），设法联系日伪军，报告赵尚志的去向，让日伪军消灭赵尚志（陈绍宾当然会找一个"防止省委与三路军领导被赵尚志捕杀"的借口）。孙国栋等人感觉不对劲，这样做不是叛徒吗？结果5个人都没有去报告日伪军，而是去了苏联。

孙国栋，1916年出生于河北大名，中国共产党党员，曾任抗联第三军独立营营长、第三路军九支队副官等，1941年编入于天放（时任东北抗联第三路军特派员）回国执行任务小分队，在一次战斗中不幸被俘。在日本侵略者投降的前一天——1945年8月14日下午3时，孙国栋被残忍处决，应当算是黎明前牺牲的抗日英雄。

1956年7月4日，曾任伪满哈尔滨高等检察厅检察官的沟口嘉夫交代说："根据伪满法律，要执行死刑时，必须经过伪司法部大臣的批准。可是，我杀害孙国栋的时候这个判决还未批准。""我当时考虑日本帝国主义一定要失败。如果让孙国栋等抗日联军和其他抗日救国人员等继续活下去……如果不杀掉孙国栋先生，我的生命是有危险的。"

在《杜希刚控诉书》中，有两个情景，笔者认为应记录于此。

一个情景是日本法官用中国话问孙国栋为什么要抗日？孙国栋回答是："中国的土地上，不许外国人横行霸道，杀人放火，杀青年儿童，强奸妇女。"杜希刚称"当时和他们辩论了1小时左右，他们好像恶狼似的，凶气冲冲地对我们求刑死刑。一星期后宣判，孙国栋、我、于兰阁、赵文有死刑"。

另一个是孙国栋就义时的情景："我听见看守在喊，'孙国栋，高等法院来执行你了。'孙说：'不忙！'并大声说，'我要对难友们说一说，苏联红军和日寇已打了一星期，日寇就要完蛋了，你们往后就能过中国人的好日子了。我是为中国人摆脱黑暗日子，我的牺牲是光荣的……'日本看守就推他，他又高声唱起《救亡进行曲》，还喊'中国共产党万岁！''打倒日本帝国主义！'在监狱里的好些人都掉下了眼泪。"[25] 这位坚定的抗日英雄、忠诚的共产党员，倒在黎明前的曙光中，年仅29岁。痛哉！

笔者之所以详细记录了上述基层抗联官兵的几件事迹，是想说明，东北抗战所以能够形成轰轰烈烈的燎原之势，虽经倾天大雨仍星火不熄，不仅是因为杨靖宇、赵尚志、周保中、李兆麟等将领模范的组织领导，也是成千上万知名的、不知名的普通抗联官兵自觉地、积极地浴血奋战的结果，或者说是杨、赵、周、李等的英雄壮举，符合抗联官兵们的意愿。所以，陈绍宾之流的阴谋，才屡屡无法得逞。

中国抗战进入中后期，精疲力竭的日本侵略者在军事打击上不能令抗联屈服的情况下，在采取广泛诱降措施的同时，大量实施间谍战。除了利用流亡东北的白俄人，令其训练后潜入苏联，还派遣假地下党和抗联人员去往苏联接受军政训练，再派他们回东北和抗联担任领导职务。

陈绍宾于 1937 年 7 月曾逮捕一个名叫伊万的"赤系俄人"，并将其扣押 5 个月之久。[26] 在此期间，陈绍宾曾在被捕后叛变，又被放回抗联部队。就在这一年的 12 月中旬，陈绍宾竟然跟伊万一起去了苏联。

陈绍宾是双料间谍吗？不少资料说，陈绍宾被抗联李兆麟、冯仲云通缉后为匪被杀。是分赃不均被杀？还是被灭口？历史扑朔迷离，至今无解。但是，像陈绍宾这样"过苏联"如走平道的抗联师一级干部，其叛变将对抗联造成多么大危害？

共产国际的季米特洛夫同情并帮助中国共产党，与中共中央书记处、毛泽东有若干绝密电报往来，曾试图帮助中共中央同东北抗联接通关系。1942 年 4 月 3 日，共产国际执委会书记处给中共中央的电报告知：

> 我们这里没有关于满洲游击队基地位置的准确材料。我们得到一些关于奸细向这些队伍渗透的警告。建议你们派出的工作人员一开始不要同游击队联系，而要在认真审查他们将开始与其一起工作的人员之后，争取同地方党组织建立联系。

尚连生，曾两次被日本宪兵特务机关逮捕，两次叛变，又被日寇伪装成抗联零散人员派往苏联充当奸细。随陈绍宾回国后，尚连生指证亲耳听到赵尚志要捕杀北满党军主要负责人。尚连生的职位难以接近中共满洲省委高层，出面的是陈绍宾与周云峰（抗联六军三师政治部主任，1940年被俘叛变）。在两人"同启"的《绍宾等人给冯、高主任的报告》中，近三分之一是"尚连生同志"的供词：

> 我们得到尚连声〔生〕秘密的报告赵的阴谋黑幕的供词，现已揭露了。尚连生同志说：我往昔不知赵的问题，被他欺骗在怀，今听绍滨（引按：即陈绍宾，后同）言之不谬，特献忠诚于党军，出脱赵的迷魂阵。供词如下：

> 我参〔加〕老赵的会议旁听，出席者座中有卢（阳春）副官，有保和等。赵说陈春同志过去受了绍滨的欺骗，归他拉拢。……其中张寿篯、冯中〔仲〕云、周保中、谢文东、他（引按：应为"李"）华堂等皆参加托洛茨基派专反对打日本子的赵尚志。现五七军八、四军坍台投敌的只有冯群寿篯，我一定逮捕割头。给尚连生的任务，说你到冯云处说有中代表中（引按：原文如此）由草地过来请冯云同志接头，把他欺骗来，千万不要提赵尚志的口号，这就是你的成绩。尚某到此后，见冯夏〔云〕同志表现要自动去和赵接头，并要求尚连生过江带信寄给高裕〔禹〕民，并把他所带任务完全破露了，就是回赵处，因我工作错误，不问而杀。我尚某本是青年有志救国，临死只得说革命万〔岁〕。清泪滴沥，非常惨痛。今闻听师长谈话方才猛醒，敬献忠诚，并希指点迷踪。[27]

有了两位抗联师以上领导的"指证",又有祁致中被杀在先,再加上以往"反倾向"裂痕的老底子,中共北满省委领导取消了原本与赵尚志会面的打算。

1939年,严冬似乎来得过早,小兴安岭山区已是冰天雪地,赵尚志正在苦苦等待与北满抗联负责人见面,断粮一周的情况不时发生,派出打给养的陈森叛变投敌了。其间还有一次,部队遭到日军西村部队200多人追剿,赵尚志选出9名还能战斗的战士,与敌激战。若不是赵尚志长于指挥、善于作战,后果不堪设想。同年底,赵尚志率残部踏过冰封的黑龙江,过界去了苏联。

在苏联,赵尚志见到了久别的中共吉东省委书记、第二路军总指挥周保中,中共北满省委常委、奉命过境请求苏方帮助打通与党中央联系的冯仲云,于是三人共同参加了中共吉东、北满省委代表联席会议。

因会议在伯力召开,史称"伯力会议"。

伯力会议是东北抗联史上的一次重要会议,实际上是周保中、赵尚志、冯仲云3个人在开会。会议第一阶段以个别交谈为主,亦可以说是会议准备阶段,毕竟这种争论时间太长,双方有诸多认识需要统一。

伯力会议于1940年1月24日正式召开。会议之前,通过个别交谈、书信来往,周、赵、冯3人沟通情况,增进了相互间的理解,为会议的召开奠定了基础。会议以"三人讨论会"形式进行,开展了认真严肃的批评与自我批评。第一阶段进行了12天,终于在重大问题上形成了一致意见,3个人都非常高兴。

正常情况下,这些重大分歧本应由上级来裁决、指导与解决。在失去与上级联系情况下,吉东与北满党组织这种勇于独立作战、艰难探索、积极解决问题的团结、大局意识与高度革命责任感,应当充分肯定。会议形成了三个重要文件:《吉东北满党内斗争问题讨论总结提纲》《北满党内问题讨论终结——关于负责同志个人估计的意见》《关于东北抗日救国运动底新提纲草案》。

其中，《北满党内问题讨论终结——关于负责同志个人估计的意见》是赵、周、冯三人在会上进行充分讨论后，做出的对赵尚志、周保中、冯仲云3人，以及其他北满党、军负责同志的"鉴定性质的评语"。笔者作为一个有50年党龄的党员，对抗联先辈们那种实事求是、勇于承担责任、真诚批评与自我批评的态度，深为感动。

伯力会议成功的结束，标志着东北党与抗联在对敌斗争的政治路线（抗日民族统一战线，原本是一致的）指导下，对敌斗争的方针、政策与策略达到高度一致。3个人都期待与坚信，下一步抗战会取得更大成果。经过他们的努力，还与苏联远东边疆党委、红军建立联系，取得军援的目标得以实现。

可是，那只躲在暗处的幽灵的巨大魔影遮住了本来的事实真相，并顺势将赵尚志推入了政治生命的无底深渊。潜入共产党内、由叛徒转为奸细的败类，知道什么是赵尚志的命门，即他最怕失去的东西。就在赵尚志参加伯力会议期间，中共北满省委根据陈绍宾、尚连生的指证，在赵尚志缺席而无法申诉的情况下，永远开除了他的党籍。

这对赵尚志是一个无比沉重的打击。两个月后才得知消息的赵尚志立即向中共北满省委发出了请求书："党籍是每个共产党员的生命，因为我参加党作革命斗争已将15年，党的一切工作，就是我的一生的任务，我请求党重新审查，同时我认为党不能把我从党的队伍里清洗出去，那将是同使我受到宣布死刑一样，我万分的向党请求党的审查，给我从组织上恢复党籍，领导我的工作，我不能一天离开党，党也不要一天放弃对我的领导。"

获知赵尚志被开除党籍后，冯仲云与周保中都提出了不同意见，请求对赵尚志被开除党籍的问题和决议重新加以审查。

在被开除党籍的日子里，赵尚志时刻惦念着受自己株连的同志。

1940 年 5 月 31 日，他在给中共北满省委的意见书里写道："希把与我有关连而被开除出党的其他同志也能得早予解决。"

旁观者清。在"肃反"中杀自己人毫不手软的苏联人，对中国的问题似乎比中国人看得明白："关于尚志之党籍必须解决而通知我们……绝不要来损失我们之老干部，他对我们之将来有莫大之功用。"此为远东军代表王新林向北满党表述的意见。

但是，陈绍宾在背后对赵尚志这一刀捅得太深了，中共北满省委负责人在给赵尚志的回信中说："×××（笔者隐去）、陈绍宾两同志到岭西与我们接面了，由此始知尚志同志去年在下江行动的经过和反党企图。""但北满党尊重上级的提议，尊重兄弟党代表之提议，北满党大多数同志重新讨论决定：只取消'永远'的字样而改为'开除赵尚志党籍'，其他不可能减轻的……"[28]

1940 年 8 月，中共北满省委与第三路军指挥部发出通缉："陈绍宾屡次犯过……造谣惑众，携械潜逃，已成为抗战中之逃兵。""因此本部特通缉逃兵陈绍宾，各部队各民众有知彼等去处，应立即报告逮捕，捕获陈绍宾者立即解送本部按法处置。"[29]

内奸陈绍宾设计的构陷赵尚志之冤案直到四十余年后的 1982 年才得以昭雪。中共黑龙江省委《关于恢复赵尚志党籍的决定》中指出，赵尚志"不存在企图捕杀北满省委领导人的问题……开除赵尚志同志党籍的决定是错误的，是一起历史冤案"。[30]

周保中邀请赵尚志担任抗联第二路军副总指挥，给予他很大信任，甚至让其以非党员身份参加二路军总部直属部队党员大会，并让他做报告。赵尚志感念周保中的信任与支持，虽很难堪，却积极在军事上帮助周保中工作。

第二次伯力会议应当是赵尚志与北满党、军负责人见面与沟通的好机会。就如第一次伯力会议那样，大家都是打鬼子的，都坚持抗日民族统一战线，没有大的原则分歧，本可以澄清问题、消除误会，形成新的团结。可令人遗憾的是，由于各种错综复杂的历史原因，赵尚志被取消了参加会议资格，同时被撤销了抗联第二路军副总指挥的职务。赵尚志等于又回到了 1933 年初，第一次被开除党籍后孤家寡人的境地。

赵尚志曾一度陷入苦闷，但很快振作起来，"谁也不要，我一个人也革命"。

赵尚志文武全才，在他第二次被开除党籍、落入人生低谷之时，曾写了数段慷慨激昂的诗歌，表达了他誓死抗战到底的坚强意志与崇高豪迈的思想感情。其中有几句为：

献身为抗日救国真荣耀，抵挡那倭寇匪徒的残暴，
纵然阵亡了无数的英豪，十年血战还要争取最后的一朝。
……
不要耻笑我们破烂战袍，不要轻视我们伤残病老，
坚持的魄力值得人仿效，十年血战还要争取最后的一朝。
……
分裂中伤是瓦解的祸苗，暗害破坏是奸细的毒药，
叛徒贼子个个将他杀掉，十年血战还要争取最后的一朝。
……

注释：

［1］［2］中共中央文献研究室:《毛泽东文集》(第一卷)，人民出版社，1993 年 12 月第 1 版，第 406 页，第 406 页。

［3］中共中央文献编辑委员会:《毛泽东选集》(第二卷)，人民出版社，1991 年 6 月第 2 版，第 416 页。

［4］［7］中共中央文献研究室:《毛泽东文集》(第七卷)，人民出版社，

1999 年 6 月第 1 版，第 121 页，第 371 页。

[5] 彭德怀:《红军改编为八路军》；转引自《百年春秋：二十世纪大事名人自述》(第二卷)，经济日报出版社，1997 年 8 月第 1 版，第 1126—1128 页。

[6][10] (英) 菲力普·肖特:《毛泽东传》，中国青年出版社，2004 年 1 月第 1 版，第 294 页，第 297 页。

[8][9] 中共中央文献研究室:《毛泽东文集》(第二卷)，人民出版社，1993 年 12 月第 1 版，第 1 页，第 13—14 页。

[11] 徐焰:《苏联出兵东北》，解放军出版社，2015 年 8 月第 1 版，第 102 页。

[12][14] 日本防卫厅防卫研究所战史室:《中国事变陆军作战史》第三卷第二分册，《中华民国史资料·丛稿》译稿，中华书局 1983 年 3 月，第 41 页，第 59 页；转引自王树增:《抗日战争》(第二卷)，人民文学出版社，2015 年 6 月第 1 版，第 285 页，第 306 页。

[13] 中国人民解放军历史资料丛书编审委员会:《八路军参考资料》2，解放军出版社，第 300 页；转引自王树增:《抗日战争》，人民文学出版社，2015 年 6 月第 1 版，第 274 页。

[15][16] 中共中央文献研究室:《毛泽东文集》(第二卷)，人民出版社，1996 年 8 月第 1 版，第 279 页，第 284 页。

[17][18] 魏宏远:《民国纪事本末——抗日战争时期》(六) 下册，辽宁人民出版社，第 76—77 页，第 82 页；转引自王树增:《抗日战争》(第二卷)，人民文学出版社，2015 年 6 月第 1 版，第 347 页，第 353 页。

[19][20] 中共中央文献研究室:《毛泽东文集》(第三卷)，人民出版社，1996 年 8 月第 1 版，第 325 页，第 388 页。

[21] 国家图书馆中国记忆项目中心:《我的抗联岁月：东北抗日联军战士口述史》，中信出版集团，2016 年 9 月第 1 版，第 23 页。

［22］赵俊清：《赵尚志传》，黑龙江人民出版社，2015年8月修订版，第290页。

［23］中央档案馆、辽宁省档案馆、吉林省档案馆、黑龙江省档案馆：《东北地区革命历史文件汇集》，甲26，第77页；转引自赵俊清：《赵尚志传》，黑龙江人民出版社，2015年8月修订版，第290页。

［24］《北满临时省委执行委员会第二次全会给三军党委决议——左倾关门主义的政治责任与布尔什维克铁的纪律》（1939年4月12日）；转引自赵俊清：《赵尚志传》，黑龙江人民出版社，2015年8月修订版，第286页。

［25］中央档案馆中国第二历史档案馆、吉林省社会科学院：《日本帝国主义侵华档案资料选编　东北历次大惨案》，中华书局，1989年9月第1版，第707—708页。

［26］黑龙江省档案馆14-2-8号卷宗：《1938年8月17日佳宪高第520》；转引自赵俊清：《赵尚志传》，黑龙江人民出版社，2015年8月修订版，第311页。

［27］中央档案馆、辽宁省档案馆、吉林省档案馆、黑龙江省档案馆：《东北地区革命历史文件汇集》，甲56，第263—264页。

［28］中央档案馆、辽宁省档案馆、吉林省档案馆、黑龙江省档案馆：《东北地区革命历史文件汇集》，甲26，第182页、187页。

［29］史义军：《最危险的时刻：东北抗联史事考》，中信出版集团，2016年9月第1版，第119页。

［30］赵俊清：《赵尚志传》，黑龙江人民出版社，2015年8月修订版，第355页。

第二十章
虽死犹生

65. 僵且尤在视仇

滞留于伯力的赵尚志无时无刻不想着要返回东北抗日战场，但失去了党组织，失去了部队，孤身一人是不能随便离开"工作房子"的。

近 10 个月来，他要求过，申请过，甚至咆哮过。应当说，苏联人也敬重他是个夏伯阳式的大英雄，不管他发什么脾气，都是和气相待，好吃好喝好招待，但赵尚志却度日如年。

1941 年 10 月，秋日萧索，凉风凄凄。赵尚志却心潮澎湃，他激动、兴奋，因为苏方终于同意他率一支人马返回中国。虽然，这支人马不够半个班，除了他之外，还有原三军留守团团长姜立新、原三军三师三团团长张凤岐、原六军士兵赵海涛、原二路军士兵韩有 4 人，但总比第一次被开除党籍只身一人时好一些。

什么是强者？强者也会跌跤，但强者与弱者的区别是，跌倒、摔惨了，前者能够再站起来，跌倒多少次，就爬起来多少次！

1932年赵尚志跌倒的那次，日本人尚不知道他，连山林队孙朝阳部的任何一个士兵都可以嘲笑他，使唤他；如今，他已经让日本人闻风丧胆，他的一举一动，都是日本特务机关甲种重要情报。1939年4月14日，日伪《治安部一九三九年度治安肃正要纲》（满作命第13号附件）的附表中，重点捕杀的"有力匪首"第一名为杨靖宇，第二名便是赵尚志，悬赏金额均为1万元。

　　苏方之所以同意赵尚志返回中国东北，原因之一是时逢苏德开战，担心日军借机在远东配合德军夹击苏联。赵尚志的任务是，一旦苏日战争爆发，便去炸毁兴山（今鹤岗）发电厂和佳木斯至汤原的铁路桥梁，届时配合苏方在小兴安岭深处、汤旺河流域的老白山附近修建飞机降落场。在苏方看来，这是一项带有战略性质的特种部队行动，考虑到赵尚志的重要性，苏方要求小部队过界3个月后，不管情形如何，都必须返回苏联。

　　虽然让一个总指挥率特种兵小队执行任务不合常理，但赵尚志有自己的想法："宁肯死在东北抗日战场，也不回苏联。"他清楚，这次回来了再"过苏联"，可能就国不能投、鬼子也不能打了。他要重打鼓，另开张，再拉起一支队伍同小鬼子干！所以，到1942年1月中旬，回国已3个月之际，他派张凤岐、赵海涛、韩有3人回苏复命，自己仍留在东北。这一段时间，他吸收采集皮货的青年王永孝参加了自己的队伍。

　　实际上，为刺探令敌恐惧的赵尚志的消息，日本特务机关早已撒下了谍报网络。曾任伪三江省兴山警察署特务主任的东城政雄后来交代，1941年11月下旬，为在梧桐河山区设置情报网，他"给以阮某为首的35名猎人，发放入山许可证"。年末，赵尚志的行踪情报便被掌握了。

　　伪装成打猎人的冯界德向伪鹤立县警务科报告称，12月下旬前后，赵尚志等5人突然进入鹤立县梧桐河西北约100华里的打猎人王永江、冯界德的山上小屋，打探戴鸿宾、陈绍宾两人消息……同时来自汤原县的情报称：12月23日，穿日本军服的赵尚志及部下姜立新、张凤岐等5人，在汤原县乌德库警务所北方64公里处，绑走了打猎人王永孝。[1]

须说明，抗联发展新战士，为防止家人被报复，常从众人眼前以绑架方式将人带走，王永孝当属此种情况。

以上两条立即被认为是"真实情报"，列为"甲种"，报告给兴山伪警察署。实际上，在《三江省警务厅关于射杀前东北抗日联军总指挥赵尚志的情况报告》中，还有一段重要情况为："鹤立县所使用的间谍王某，十一月中旬在梧桐河北打猎时被赵尚志捕去。他和赵一月进入苏联，回来后怕原使用他的特务股长叱责其入苏之事，故派人来联系。已令他立即下山。他归来后即可判明赵尚志一伙的行动。"[2]

日本特务机关间谍王某，竟然随赵尚志一块过界去苏联，又能自己回来，多么可怕！是否在苏联有内应？赵尚志在苏联期间，特别是一入东北的行踪，早已进了日本特务机关的间谍情报网吗？没有史料支撑，无解。

有一点可以得到佐证，敌人在重兵"讨伐"不能击败和剿杀赵尚志的同时，把重点转向指派"得力"间谍渗入抗联内部，进行挑拨诬陷策略的成果在陈绍宾身上显现了。据日本战犯、曾任伪兴山警察署署长的田井久二郎（警佐）交代：即使动员日军1个师的兵力，也不能使赵尚志落网。只有极秘密地派遣伪装的密探潜入赵尚志部队，将他引诱到警察势力范围内，才能伺机使他负重伤，然后加以逮捕。[3]

1942年初，敌人在伪兴山警署所属特务中，精心挑选对这一阴谋有"决死行动的优秀者"，结果选中了刘德山。

刘德山，又名刘海峰，珠河县一面坡人，42岁，猎手出身，有一手好枪法，人称"刘炮"，曾担任伪梧桐河采金会社警备的队长，后被发展为日本特务，以打猎为掩护，收集抗联情报，深受署长田井久二郎和特务主任东城政雄信赖。敌人将刘德山确定为一号间谍，负责潜入刺杀任务，又选派了二号间谍，负责交通联络工作。

二号间谍选的是张锡蔚（日伪文件写作张青玉），34 岁，是个大烟鬼，曾供职于佳木斯伪警察厅，后来以帮人背山货为掩护，从事特务活动，外号为"张小背"。

1 月中旬，刘德山伪装成收山货的老客进山。为配合刘德山行动，伪鹤立县警备队警长穴泽武夫率 16 人进驻梧桐河山区警戒并收集情报。1 月下旬，敌人又派出王秀峰等 25 名特务进山，专做情报联络。一张魔网正在向赵尚志罩笼来。

十数日后，刘德山终于寻到了赵尚志及其小部队。对刘德山的突然出现，赵尚志十分警觉，但使刘德山阴谋得逞的是姜立新。姜立新，外号"姜坏手""姜秃爪子"，两只手就剩下俩大拇指，几个脚指头也都冻掉了，走路像小脚老太太，但抗日意志始终不减，深得赵尚志的信任。

真是无奈而要命的巧合。姜立新与刘德山是老相识、老朋友，经过姜立新的证明与说和，加上刘德山一番坚决要求入队打鬼子的慷慨表白，赵尚志相信了刘德山。姜立新只知道早年的刘德山，不知现今的刘德山，姜立新上当，导致赵尚志上套了。

虽然说智者千虑，必有一失，但许多鲜血换来的原则措施是不该轻易省略的。赵尚志轻信了生死战友姜立新的"证明"，放弃了正常的审查措施，结果铸成了不可挽回的大错，一步步掉入了敌人的陷阱。这个沉痛的教训告诉我们，任何情况下，都不能因任何生死战友、亲人的"保证"放弃原则，原则才是最可靠的保证。

第二号间谍张锡蔚是 2 月上旬找上门的。如果说刘德山像个山里人，张锡蔚一看就是个大烟鬼。赵尚志认为他是密探，要处决他。刘德山的鬼话编得十分合辙："我就这么一个好兄弟，我这么多日子没回去，担心我，就找上来了。"

一步错，步步错。被奸细害得丢了党籍、害得丢失了千军万马的赵尚志，防奸防特的观念不可谓不强。但在那一个阶段，他似乎警觉失常般松懈。是急于扩展队伍吗？没有史料佐证。自刘德山被吸收为队伍一员后，张锡蔚也成了这支部队的一员。赵尚志给他们发枪，发子弹。部队由4人扩展到6人，敌我力量比为2∶4。虽然敌方人数只是我方的一半，但堡垒最容易从内部攻破。于是，日本特务机关的"优秀者"开始推进阴谋的进程了。

大雪飘飘，无声无痕。在张锡蔚到达的当天晚上，刘德山向赵尚志提供情报并建议说，梧桐河警察分驻所没几个人，刚过年没防备，去打肯定行。刘德山把赵尚志往穴泽武夫警备队方向引诱。

赵尚志未置可否。这是赵尚志的习惯，谋定而后动，行动之前不会将计划轻易示人。3天后的2月12日午夜后，包括两名奸细在内的6人小部队，到达了梧桐河北两公里处吕家菜园子孤立小屋附近，准备袭击伪警察分驻所。

刘德山对赵尚志说，现在有必要派人到梧桐河去调查一下。赵尚志也认为有必要派一个熟悉集团部落情况的人去，于是就派了张锡蔚。张认为这是个好机会，就同意了。于是，张锡蔚按照刘德山的指令，直奔伪警所报信。

一直走在赵尚志前边的刘德山认为时机已成熟，说去解手，说罢，转身行至赵尚志身后，举起步枪便向赵尚志射击。由于近在咫尺，赵尚志后腰下部中弹，立仆在地。

枪一响，赵尚志什么都明白了，原来刘德山是奸细！他强忍剧痛，镇定如初，操起手枪便向正朝王永孝开枪的刘德山射击——他的顽强毅力与反应速度简直是超人般的。刘德山头部、腹部各中一弹，当场毙命。但王永孝亦被刘德山打成了重伤。

听到枪声，走在后边的姜立新迅速跑上前来，夜色朦胧中依然可见赵尚志腹部血流如注，浸透了衣裤。自知不起的赵尚志命令姜立新与边

××（新发展的队员）迅速离开。跟随赵尚志多年的姜立新泪流满面，万分懊悔，当初为何要替刘德山保证？姜立新急急慌慌把赵尚志背进吕家菜园子小屋。

夜半时分，枪声惊醒了菜园子主人，油灯下见来人穿着日本军装，满身是血，十分恐惧。赵尚志怕吓着他们，赶忙解释说："我们是抗联的，你们不要害怕，我们不会伤害你们……"几句话解除了女主人的恐惧。老大娘和女儿用一把面糊在赵尚志伤口上，用布条子缠上止血。姜立新要抬赵尚志走，赵尚志把文件交给姜立新，再次命令他迅速离开。

在张锡蔚的带领下，穴泽武夫带大批人马，小心翼翼包围了吕家小屋，见没有动静，便忐忑地冲进屋内，把已昏迷的赵尚志与王永孝用爬犁拉到附近一个工棚子里，想趁二人死前突击审讯，获得有价值的口供。

赵尚志表现出了顽强意志与压倒一切敌人的气势。当日本人和伪警官拿饭给他吃时，他怒斥道："我不吃你们满洲国的饭！"当日本人和伪警察官靠近时，他咬牙切齿痛骂："你们离我远点，我闻你们腥！"他忍受着难以忍受的剧痛，一声不吭。当王永孝呼喊疼痛时，他鼓励说："你叫唤就不疼了？小子要有骨气。"[4]

十几年后，战犯田井久二郎在笔供中说："在审讯将军时，将军大声地说'不会对日本帝国主义说什么的'，坚决不回答任何讯问。"

伪三江省警务厅的报告中说："赵尚志受重伤后活了约八小时，在这个时间自供是赵尚志，同时对警察官说：'你们不同样是中国人吗？现在你们在卖国。我一个人死不要紧，现在我就要死了还问什么？'说到这里就闭口不语，只是斜视审讯官，对自己的苦痛也一声不响，表现了一个大匪首的气概。"[5]

赵尚志自参加抗战那天起，就时刻做好了牺牲的准备。住在抗联"吕老妈妈"吕梁氏家那一段时期，他教"吕老妈妈"的女儿儿童团员吕凤兰唱抗战歌曲《士兵歌》《放大猪》时说："妹妹，你们都好生学，我们活不长啊，你们能活长，这些个歌吧，那你要能唱就唱出去，把这些歌给我宣传出去，能流传后代，是这么个意思，这些歌也是历史。"

从杨靖宇、李延平，再到赵尚志，直接或间接死于汉奸之手的军级干部有多少，人们都想问一问，中国怎么这么多汉奸？

楚王好细腰，宫中多饿死。

看看前文所叙，蒋介石给降日的伪军发饷，请所辖伪军人数最多的张岚峰吃饭并照相，日本投降后，一句话便赦免了近百万伪军，并收编为国军，晋升提拔降日的抗联八军、九军军长谢文东、李华堂为上将……是不是可以说明一点儿问题呢？

赵尚志牺牲得十分惨烈，1942年2月12日上午9时许，他的心脏停止了跳动，年仅34岁。赵尚志的一生是坎坷艰难的一生。他短暂的一生中，3次被敌人逮捕入狱，铁窗生活共计5年零4个月，1次刑场陪决，2次被错误开除党籍，3次被撤职削权，3次身负重伤，左眼失明。最后被敌人凶残地锯去头颅，遗体被抛入冰窟，身首异处。[6]

赵尚志的一生虽然是短暂的，却是传奇而辉煌的。他的骁勇善战令敌人闻风丧胆，他的辉煌战绩令人民鼓舞振奋，他是中国共产党人的典范，是中华民族的英雄，他的肉身虽然过早地离去，但他的民族气节却留在人民心中。他的党籍，虽然长时间被剥夺，但他对党的无限忠诚与坚定信仰将载入史册。

总想为赵尚志的壮烈牺牲写几句表达哀悼的话，多日来始终力有不逮，猛然感觉赵尚志在1938年1月28日，为悼念东北抗联第三军司令部烈士所撰写的祭文，倒也符合他本人，故摘要抄录如下：

我亲爱的同志们，有因身先士卒奋不顾身而战死者，或因失于军机而战死者，此皆不过为国为民而壮烈牺牲！以一点

热血染于沙场，灭日寇之野心，坚辛恢复四省以偿素志。壮矣
哉！威撼全满洲，勇矣哉！日寇丧胆披靡。留芳名分于万世，
身先士卒分为同志去，大丈夫舍身殉国，其志可嘉钦。誓扫分
谋中华民族之解放，认不屈不挠之精神分纵横全满洲，拼命沙
场分同志们壮举。痛乎！痛乎！国未复而身先逝，遗恨于九泉。
惨矣哉！壮士流洒殆尽，僵且尤在视仇，烈士流芳不朽……[7]

66. 恶疮怕愣人

东北抗联抗战史证明，抗联最危险的敌人，某种意义上说，并不是
战场上荷枪实弹的日伪军，而是抗联队伍中的叛徒。他们久居内部，深
知抗联的软肋在哪儿，知道从哪下刀子，抗联难以招架。

自 1937 年冬到 1938 年夏，在敌人围剿屡屡得手的艰难岁月中，胡
国臣、安光勋、程斌先后叛变投敌，给杨靖宇及第一路军带来了巨大危
机。作为军参谋长的安光勋，得掌握多少部队装备、军事计划？军需部
部长胡国臣得知道多少藏给养的密营？在集团部落普遍建成情况下，捣
毁了密营，等于断了抗联的生路。

但比起原抗联第一军一师师长程斌来，安光勋与胡国臣的危险还
算小儿科。程斌的危害，是他熟知抗联一军活动区域的所有路线、行动
规律及指挥员的作战风格。他坐在那儿，就会猜到哪个师长、团长会走
哪，什么打法。所以，杨靖宇重新做出军事部署，并在改变各师建制为
方面军后，立即率主力北进，实为果断的正确战略选择。

杨靖宇率第一路军司令部及警卫旅转移辑安、濛江、桦甸、长白等
地途中，遭到大批日伪军围追堵截，天上飞机，地上汽车、骑兵疯狂逼
来。一路上战斗频繁，尤其敌人发现第一路军北上的意图后，调动了日

伪军 13 支部队约上万人，将杨靖宇所部 400 余人围困于临江岔沟山区。内线直接围困的 4 支部队为富森、牛天等部共 1500 余人，宣称已布下"铁壁合围"阵。

岔沟突围战自清晨一直打到傍晚。岔沟顶峰为第一路军一方面军阵地制高点，敌我双方谁夺取了，就能将对方陷于被动位置，因此双方争夺十分激烈。敌人还出动飞机，用于侦察和指挥部队发动攻击，最激烈时，双方距离只有 50 米左右。

战斗中，程斌带着降队参加了攻击。实际上，若不是因为熟悉我军的程斌，敌人不可能将隐秘行军的抗联围困于岔沟。面对程斌组织所部呼喊劝降的心理战，杨靖宇让少年铁血队选出 20 余名会唱歌的组成宣传队予以回击。小战士们爬上了石砬子高呼"中国人不打中国人""留着子弹打日本"等口号，高唱抗日歌曲，悲壮激昂的歌声在山谷中回响，震撼着岔沟。结果，程斌队伍的劝降声没有了，枪声稀落了。

后来，在敌我双方争夺岔沟制高点的过程中，战斗更为激烈。杨靖宇指示，待敌接近百米内再开枪，以阻止敌人进攻。回击敌人的第十三次冲锋时，警卫旅第三团团长朴先锋不幸中弹牺牲。杨靖宇在炮火中冲上三团阵地，怀抱着朴团长的遗体十分悲痛，要求大家守住阵地，多杀敌人，为朴团长报仇。英勇的三团战士最终成功守住了关系全军命运的制高点。

入夜，枪声停止了，周围山梁、沟口和四方顶子上，一堆堆篝火显示敌人已缩小了包围圈，敌人称"各部队在敌前 50 乃至 150 米的附近包围监视着"。这预示着明日敌人的攻击将更加凶险。东南方面火堆少，正南方向没有一点儿动静，根据白天敌人的战斗力判断，杨靖宇认为那儿埋伏有重兵。西北方向山势陡峭，火堆最多，且在不断打枪，是敌人疑兵之计，那是敌人的薄弱点。

杨靖宇说，想要冲出敌人的包围圈，就在今夜下半夜行动，就两个字，"猛"与"快"，杀出一条血路。部队该扔的东西全扔掉，轻装突围！

杨靖宇决定从警卫旅和少年铁血队抽调精干人员组成突击队，让会日语的一团政委黄海峰和机关枪连连长朴成哲率领，在西北山势陡峭处打开缺口。而后，是由机关枪连一个排和少年铁血队一个班，对付敌人第二道封锁线，其余人员为第三梯队，第一、三团殿后掩护。

少年铁血队是抗联一军中由少年组成的部队，队员小的十四五岁，大的十六七岁，全队50人，1938年8月中旬正式成立。自少年连阶段开始，杨靖宇总带着这支队伍。少年铁血队战斗勇敢，屡建战功，成为军直属队的主力。

时任少年铁血队指导员的王传圣在多年后回忆："敌人包围一天，又咋呼半宿，以为没事了，都躺下睡大觉了。我们突击队摸到敌人跟前，黄政委一摆手，大家散开，手端刺刀向睡觉的敌人猛扑过去，几分钟之内就捅死了几十个敌人。其余的敌人一边开枪一边逃跑。我们用机关枪猛烈扫射追击。敌人被我们的突然袭击搞乱了营，各自逃命，在阵地上乱窜起来。前头两个排分头向两个方向攻击，扩大了突破口。机关枪连和少年铁血队突击队立即向外突围。大部队也有顺序地冲出包围圈，我们一口气冲出20多里。"

岔沟突围战是一场极凶险激烈的战斗，为东北抗联斗争史上一次著名战例。敌人也不得不承认："顽抗而沉着应战的杨匪不慌不忙边指挥边策划脱逃之计。"此战，粉碎了敌人苦心经营20余天、围攻抗联第一路军司令部及直属部队的计划，使我军转危为安。战斗毙敌团长1人，毙伤敌80人，缴获步枪20余支，[8] 突显了杨靖宇的军事指挥才能。敌人说："难道杨靖宇插上了翅膀飞走啦？"

自叛徒程斌死心塌地投靠日军后，杨靖宇便不时陷于被动，于是决定惩治一下这个汉奸。1938年11月，杨靖宇率部行至东干饭盆宿营，程斌"讨伐队"嗅踪而来，妄图偷袭第一路军司令部。杨靖宇派出一支小部队，嘱咐其许败不许胜，而且要佯装得像样。果然，小部队与程斌部"认真"交火后"败退"，诱引程斌追击至东干饭盆方向。

"干饭盆"为原始森林腹地，路径难辨，进入者多数会因迷失方向而葬身林海，俗称"闷干饭"，此地遂得名"干饭盆"。急于立功的程斌率部猛追了一阵，突然发现"败退"的原战友并未丢下有用的东西，而且撤退也乱中有序，立即识破此为杨靖宇的计谋，惊出一身冷汗，扔下数具尸体，迅速撤走。[9]

打仗最怕知己知彼者，抗联最怕内部人叛变成为对头。程斌的叛变，对抗联第一路军来说，实在是踩了一脚擦不干净的狗屎，说不准什么道上会使人跌一跤。因此，不要小看了对程斌的一场小胜，起码可以让他暂时躲得远一点儿。

不知是不是程斌报告了杨靖宇部的行踪，12 月间，当杨靖宇率队至桦甸大柳树河子时，日军菊池部队与伪靖安军 500 余人赶来。第一日，日伪军自恃兵多枪利，搭帐篷安然大睡，准备养足精神，第二日再继续搜寻"讨伐"。

杨靖宇决定先发制敌，连夜"摸火堆"。由于敌人搭的 12 座帐篷每个前边都燃起一堆篝火，故此次夜袭战便被不少史料称为"摸火堆"战斗。

10 人一组，共 12 个组，每组配 1 挺机关枪。杨靖宇的一贯要求是要"猛"，要"快"。战斗还是在半夜打响，夜战加近战是抗联部队的长项，12 挺机关枪对着熟睡的敌人猛烈扫射。见到帐篷火光冲天，杨靖宇率队跳上河堤，居高临下夹击帐篷中的敌人。

此战，100 多敌军被击毙，我军缴获机关枪 1 挺及若干军需品，伤亡 15 人。次日，吃了大亏的敌人派飞机前来低空侦察，杨靖宇指挥十几挺机关枪，在敌机飞临上空时一齐开火，敌机拖着长长的黑烟一头栽进松花江里。[10]

接下来，杨靖宇以长白的山为据点，率部对敌人开展了不间断的打击。他灵活机动的战术，令敌人防不胜防。一次又一次的惨重损失，令敌人心惊胆战。1939年3月攻袭木箕河林场一战，打得敌人失魂落魄，伪森警队队长李海山等10余人被击毙，近百名敌人纷纷下山投降，敌人准备运走的木材被点燃，焚烧了一天一夜。我方缴获枪支30余支，马牛200余匹（头），大批粮食、食盐、布匹等给养，70多名伐木工人加入抗联第一路军。敌人咬牙切齿，污称杨靖宇为"满洲国治安之癌"。[11]

与此同时，第一路军其他各部也取得突出战果：

第一方面军曹亚范、伊俊山遵照杨靖宇指示，深入到王凤阁（已牺牲）以前的根据地和鸭绿江沿岸。1939年春夏之交，与敌交战20余次，歼敌上百名。

第二方面军主力在金日成指挥下，于1939年6月一仗歼灭日本指导官以下50多人，缴获轻机枪4挺、步枪百余支。

第三方面军成立稍晚，在抗联二军五师师长陈翰章指挥下，屡建战功。1938年8月，在东京城一仗毙伤日伪军200余人，[12]在东北抗战史上实为少见。

1939年7月，在魏拯民主持下，抗联第一路军第三方面军正式成立，由陈翰章任总指挥。8月，魏拯民与陈翰章指挥伏击了日军宫本所部"讨伐队"和敌"间岛特设部队"，击毙包括宫本在内的80余名敌人，缴获掷弹筒2个、轻机枪3挺、步枪40余支等许多军用品。

9月，陈翰章伏击日军松岛部队，击毙队长松岛以下80多人。其中，击毙日军军官10余人，焚毁敌汽车9辆，缴获重机枪1挺、轻机枪2挺、掷弹筒3个及其他枪支与军需物资若干，[13]第三方面军伤亡20余人。敌人对陈翰章深感惊骇，称"陈翰章……第三方面军为在东边道匪帮中于本期内活动最为活跃旺盛者"。[14] 老百姓高兴了，说："日本鬼子遭了殃，出门遇见陈翰章。"

陈翰章，1913 年出生，吉林敦化人，九一八事变后，参加吉林救国军，1932 年加入中国共产党。陈翰章乃铁血硬汉，在一次战斗中，他被敌击中左腿，无药，便让医生用布条在伤口中探刺一下。没有麻药，医生不敢。陈翰章自己拿根筷子，将一条白布捅进伤口，因是贯通伤，又将布条从另一边拉出来，拉得黑血直淌，可他未吭一声，头上汗珠滚下来。这样反复拉扯掉烂肉与脓血之后，他让医生用热水将伤口洗洗包上，说："恶疮怕愣人，你一愣，它就投降了，这点儿伤不算什么。"

陈翰章记日记，牺牲后日记被日军缴获。其中有日记：

4 月 21 日
一、早起。腿部浮肿，甚痛。
二、六点后向后方行进，下午二点休息。徒走仅二十里。小雨淋漓，甚感寒冷。

如此重的腿伤，还走了"二十里"路，能不寒冷吗？但如陈翰章所言，"恶疮怕愣人"。果然，5 月 14 日的日记：

伤口全部治愈。仅仅等待枪伤部封。

5 月 29 日的日记：

绑带今日解开。为了民众解放斗争所受大伤，是光荣的革命创伤。今日痊愈。告一段落。
六十三个印痕称为永久的存在的纪念。（受伤而有 63 处伤

疤）^[15]

1940年12月，陈翰章遭敌包围，战斗中，他右手与胸部虽受重伤，依然背靠大树用左手持枪战斗。敌人扑上前，把他枪夺去。陈翰章怒瞪双目，厉声痛骂敌人，被残暴的日军用尖刀剜去双眼，英勇牺牲，时年27岁。敌人将他的头颅割下，送往"新京"。^[16]

1939年4月18日，关东军第二独立守备队司令官发布命令，全力"讨伐"杨靖宇及其所部，并在该守备队的治安肃正要纲中强调：在防卫司令官直辖下，以杨匪首为目标，坚持追击，捕捉歼灭，行动地区不受限制，神速灵活行动，努力利用夜间进行急袭和奇袭，加以捕捉。4天前，日伪在治安肃正要纲的附件中，开出捕杀杨靖宇的赏金为1万元，而且作为"匪首"，名列第一。

日本人肯出如此大的价钱，一是对杨靖宇实在恨之入骨，必欲去之而后快；二是对杨靖宇惧之至魂魄，必欲除之而后安。

杨靖宇让敌人最恨最怕的是，他专往日本人肉疼心痛的要害地方下刀子。

九一八事变后，日本人的所谓"国防资源调查团"，在东边道各地勘测矿业资源，特别是战争急需的钢铁、煤炭和稀有金属，结果一片惊呼："东边道——满洲的金库！"

资源匮乏的岛国人哪见过如此丰饶的土地啊?！东北大地的丰富矿藏，包括长白山百年的美人松、鹤岗、辽源乌金般的煤炭、金灿灿的大豆及珍珠般的大米，通过铁路被源源不断运往朝鲜，再转输上船，运往海那边的日本。

那可是中国的宝藏呀，凭什么无偿地运往岛国，1分钱也不付？不就是刺刀保护下的明抢吗？杨靖宇率队到辑安时，日本人组织设计施工的通（化）辑（安）铁路正干得热火朝天。该铁路修成后，东可与朝鲜平壤至满蒲铁路相接，北可与四（平）梅（河口）铁路贯通。

1938年3月，在距通化71公里的老岭隧道附近，杨靖宇"杀鸡用牛刀"，率军部直属部队500余人，分三路袭击了老岭隧道西口"东亚土木株式会社"工地现场、十一道沟发电所和十二道沟供应仓库。

这次战斗击毙、俘虏日军守备队及伪满铁路警备队员12人，烧毁工程事务所等建筑12栋及大批建材，毁坏了机器设备和电气设施，解放了全部劳工，同时缴获大米12包、面粉800袋等若干物资。日伪当局损失高达20万日元。这一事件被日伪当局称为"东边道肃正史上最巨大的一章"。

还未等日军从疼痛中缓过气来，杨靖宇又连续不断地在通辑铁路及沿线地区展开战斗。自6月上旬至7月末，规模较大的一次军事行动出动600余人，兵分三路，同时攻击了通（化）辑（安）铁路土口子隧道"东亚土木株式会社"，及第十一、十二老岭河桥梁工地等地，击毙守敌10人，俘虏80人，烧毁了工地设施及建筑。被解放的劳工中，有数十名青年加入抗联，给敌人造成直接经济损失22万日元。日伪当局称这是"通辑线建设史上用血染成的最悲惨的日子"。[17]

通辑铁路原计划1939年3月通车，由于杨靖宇不断予以袭击、破坏，直到1939年9月才完工，整个工期推迟半年多时间。半年，日夜不停的火车，得将多少东西运往日本？这种打击不仅仅是经济上的，也是军事上、政治上的。尤其在同年7月，美国宣布废除《日美通商航海条约》后，日方此前从美国大量进口战略物资的渠道被冰冻，从中国特别是东北掠夺战略物资就更加急迫。杨靖宇第一路军的铁路破袭战，具有重要战略意义，是东北抗战斗争史上光辉的诗篇。

杨靖宇本人也认识到了这一点，有抗联第一路军的牵制，敌人日夜不得安宁。中共南满省委书记兼东北抗联第一路军副总司令魏拯民在给中共代表团的报告中说:"当时我军横断满鲜国境,对日贼进行不停地猛攻,使日贼腹背受敌。"敌人将"主力匪军之一部约1万余名,转派到我军活动地区,积极地向我军进攻"。[18]

根据日军三浦司令官"以杨匪首为目标"的捕捉奸灭指令,伪第八军管区司令王之佑,在日军顾问立光大佐督导下,调集了伪混成第一、第三旅及伪步兵第六团共计1万人,专门对游击于安东、通化地区的第一路军实施剿杀,形势陡然紧张起来。

67.分兵,分兵,再分兵

杨靖宇、魏拯民主持会议,研究部队行动方向,会上有同志提出,敌我兵力悬殊,为保存实力,是否将部队转移到苏联境内。杨靖宇不同意这种方案。他说,我们是东北抗日联军,跑到苏联,还叫什么抗日联军?跑到苏联去,日本鬼子能自己跑回去?

有的同志提出,把一路军司令部撤入长白山深处,其余部队化整为零,打击扰乱敌人。杨靖宇知道大家是为自己安全考虑,但他拒绝得很坚决。他说,抗日,抗日,人走了这叫什么抗日?到长白山里"猫"起来,敌人能自己走吗?他耐心地对大家说,我们在这坚持下去,就能牵制敌人一部分力量,对关内全国抗日有利;我们走了,敌人就会集中兵力到关里去,给党中央增加压力。我们虽然力量不大,起码能拖住敌人一部分力量。

会议还发生了争论,杨靖宇说到激动处,声音非常大,但最后统一了意见:不过苏联,不躲进深山,就在辉南、桦甸、濛江、抚松等地坚持斗争。

杨靖宇的思想与决定很有战略性,这同他深入学习领会毛泽东的一系列抗战思想，尤其是东北抗战对日本关东军钳制的思想不无关系。据警卫员黄生发回忆，杨靖宇有一本油印的小册子《论持久战》，他带在身上，时常津津有味地阅读。尤其在 1939 年春夏之交，右腿中弹养伤那一段时间，他对《论持久战》中"多打死一个敌兵，多消耗一个敌弹，多钳制一个敌兵使之不能入关南下……"的论述，有着更深刻的感悟。

一名共产党员领导干部，处在远离组织与中央，孤悬敌后的险境之中，却能自觉学习党的路线方针政策，为了党的事业，全然不顾个人安危。杨靖宇的这种高度的政治自觉性，值得每个党员领导干部认真思索与学习。

简言之，杨靖宇不单单是一名不怕流血牺牲的英勇战士，也不仅仅是一位有较高军事指挥才能的将领，更可贵的是，他有高度的政治自觉与全局意识。

这种钳制的作用有多大？

程斌叛变后，第一路军从师改为路军直属与 3 个方面军，其兵力、编制情况为：第一方面军约 250 人（1938 年 8 月），[19] 第二方面军约 350 人（1938 年 11 月），[20] 第三方面军约 300 人（1939 年 7 月），[21] 路军直属主要警卫旅 500 余人（1938 年 8 月）[22] 及军直、少年铁血队等，计 1500 人左右。抗联第三路军 1939 年 5 月编成总兵力 800 余人，[23] 第二路军情况不会好于第一与第三路军。

也就是说，到 1939 年间，东北抗联整个兵力也就区区数千人，且分散在互不联系的多区域孤立作战。可就是这区区两三千人（而且重点是杨靖宇所部 1500 人左右），钳制了敌人多少兵力呢？1939 年 10 月至 1940 年 3 月的"野副大讨伐"，日方共调动兵力 7.5 万人。[24]

不要以为东北抗联只是在政治上与精神上有重大贡献，实际上，抗联在军事上、战略意义上的钳制作用贡献同样大。这是东北抗联对抗日战争的伟大贡献。

我兵虽少，但我就在你占据的"满洲"心脏部位，如同钻进铁扇公主肚子里的孙悟空，随时击打你的内脏最痛处。我武器差，但我不怕死，以命相搏，便可以一当十。我用一腔热血，溅沮你的侵略野心与意志。我身经百战，个个有特种兵的本事，又游击于自己家园，熟络各条河流、山沟。我专切断你的运输大动脉，焚毁你强夺的战略物资、木材、粮食。

即便我被你赶到了苏联，我仍然时不时越界回来打击你，侦察你，把你的底细翻个底朝天。我愿意舍命相搏，像马蜂一样叮你咬你，让你寝食不安，苦不堪言。你就是一头恶狼，我也要让你狂躁疲惫，累瘫在地。这便是毛泽东的游击战争。

在侵略统治别国上，日本人"积累"了数十年的"丰富经验"，除了大量利用汉奸外，他们的主要手段是"砍旗"。抗联是一面鲜血染红的耀眼旗帜，杨靖宇、赵尚志、周保中、李兆麟等人就是抗联的旗手，杨靖宇又是其中第一号旗手。为一举剿灭抗联第一路军，捕杀杨靖宇，日本关东军第六六九部队司令官野副昌德将调集的日伪军攻击重点对向第一路军。7.5万人，为此前的东边道北部"大讨伐"兵力的3倍。"野副大讨伐"同时也称"东南部治安肃正"和"三省联合大讨伐"，主要目标为杨靖宇。

应当承认，"野副大讨伐"最危险的对手不是凶悍的日军部队——他们离了汉奸基本上是聋子与瞎子，最危险的是由"中国通"伪通化省警务厅长岸谷隆一郎直接指挥的10个伪警察大队，每个大队约200至300人，其中包括程斌大队在内，原为抗联或山林队、义勇军成员，算是抗联堡垒内部跑出来的叛徒。这10支队伍得到授权可以跨省追剿。野副将3个伪省划为5个片区，分片包干地进行拉网式搜索，称之为"踩踏式""梳篦式"来回搜索。天上有飞机侦察，地上有警犬，还有各种招降的"工作班""谍报班"齐头并进。"讨伐"战斗风格要求要像

"壁虱"一样。

壁虱，东北老百姓叫"草爬子"。其特点是，不声不响将头钻入人的皮肤，你越打它、拉它，它越往里钻，宁可被拉断了头，也不退出来。壁虱是一种病原体媒介，可传染森林脑炎、出血热等可致残致死的疾病。这点，不得不佩服日本人的想象力。如果有队伍对抗联逼得不紧，日本人也绝不客气。

野副在桦甸召开会议，痛斥"讨伐"不力的指挥官，伪吉林省警务厅长森丰急火攻心，心脏病发作，当即死在会场里。

"壁虱"也好，拉网也好，对在山林中如林海游鱼一样的抗联来说，并不是最大危机，对于在森林中兜几个圈子，被牵鼻子兜蒙的敌人，抗联还可伺机敲打敲打。最大的危机是藏给养的密营，几乎都被程斌、胡国臣等带人捣毁了。战争中无数事例证明，断了粮道便等于断了部队的生存之路。与"野副大讨伐"同时出台的配套政策是，在抗联活动区域取消日用必需品市场，购买食盐3斤以上、面粉2袋以上、胶鞋5双以上，必须有伪警署发放的购买证。

在10支由叛徒汉奸组成的伪警队伍里，另一支威胁最大的是崔胄峰大队。崔胄峰九一八事变后曾与抗联一军配合过作战，并跟王凤阁一块打鬼子。投降了日军后，他与程斌一样成为洞悉抗联内情的可怕敌人。岸谷隆一郎便以程斌与崔胄峰两支队伍作为挺进队，专门负责追捕杨靖宇。

不得不承认，日军用抗联的叛徒打抗联，这一招太厉害了。1939年12月上旬，杨靖宇好不容易甩掉了敌人，结果又被崔胄峰跟上，后边还带了一大队伪军。杨靖宇指挥部队与崔胄峰部激战五六小时，部队牺牲6人，被俘1人。

形势越发严重了，主要是没有吃的。抗联幸存老战士沈凤山回忆，敌人轮流追，他们白天一伙晚上一伙轮班休息，部队根本没有喘息机会，没有躺下睡觉的时间，顶多只能眯二三十分钟，还不能点火，怕引来敌人。再就是，粮仓都被败类程斌毁掉了，树皮成了经常吃的东西，有钱也买不到东西。部队连累带饿，不少战士走着走着倒下来，便再也起不来了。

1940年1月上旬，杨靖宇做了一个重要决定。他再次分兵：由军部警卫旅政委韩仁和、旅一团政委黄海峰率60人向北转移，自己带机枪连一排、特卫排、警卫旅一团四连和少年铁血队200余人继续留在西岗地区活动。显然，杨靖宇一次次分兵，目的是让其他部队脱离危险区。

当时，杨靖宇之所以滞留西岗地区，是因为要与第一路军的军需处长全光相会，解决部队粮食与棉衣问题。可一连20来天过去了，也未等来全光。由于滞留西岗这一狭小危险区域时间过久，未能及时脱离险境，结果陷入"死地"而不得后生，这在军事行动上来说，应当是一个失误。全光久久不奉命来此相会，是因思想动摇。不久，他便下山叛降了敌人。

因给养断绝，杨靖宇派小部队下山筹粮，结果暴露了足迹，引来伪警察讨伐队与伪骑兵团的包围，连日来陷入不停战斗。在这样十分危急的形势中，警卫旅旅长方振声筹集粮食时不幸被捕遇害。不久，警卫旅一团参谋丁守龙于1月下旬被捕叛变，这个可耻的叛徒，向敌人供述了杨靖宇的所有军事计划安排。

如果说，1938年夏，程斌叛变导致第一路军行动被严重干扰，那么这一次，丁守龙的叛变，使第一路军陷入了重大危机。本来，韩仁和、黄海峰两部北上起到了诱敌作用，由于于守龙招供，使诱敌北上的计划失败。敌人不再去追击韩、黄两部，而是集中所有兵力全力围歼杨靖宇。可见，一个掌握内部高层机密与计划的叛徒，其破坏力抵得上两支精锐的疑兵。

敌人调集了大原、有马、小滨、有政等日军精锐，以及伪军第一旅、步兵第三团，加上程斌、崔胄峰等数支"挺进队"，一起向杨靖宇围来，部队陷入重重包围。

1940 年 1 月底，山谷中冷雾弥漫，数米外难见人影。迷雾中，杨靖宇部与敌遭遇，两军混战，击毙一批敌人；但部队损失甚大，伤亡约 70 人。几番交手，杨靖宇捕捉到敌包围圈薄弱处，率队杀出重围。

敌人很会算账，杨靖宇在共产党内的威望不仅仅在"满洲"。早在 1938 年，中共中央召开第七次全国代表大会，25 位有威望、有资历的同志担任了委员，杨靖宇位列第 24 位，其名列陈毅之后，高岗之前。[25] 尤其在中共六届六中全会上，毛泽东提议给以杨靖宇为代表的东北抗联官兵发致敬电，更让敌人惊恐万状。砍掉这杆猎猎飘扬的抗日大旗，胜过剿杀掉千军万马，他们也就不必动辄调动数万人马来进行"讨伐"了。如果这次让他逃出重围，只要他振臂一呼，立马会有成千上万人聚到他的抗日旗帜下。

少年铁血队指导员王传圣想挑选 20 多个年轻力壮的战士带上一两挺机关枪，帮杨靖宇找个安全地方隐蔽起来，无论如何，要保住这杆大旗，因为这不是杨靖宇个人的问题。

杨靖宇听到这个建议后，批评王传圣为什么让他离开部队，王传圣赶紧解释说，今年敌人下了血本针对司令部，"我们几个牺牲没啥。有你在，东北抗联就有希望"。

杨靖宇听后很不高兴地说："你们不怕死，难道我怕死吗？要死咱们一块死，要活咱们一块活。我为什么不能离开部队？道理很简单，我若离开了，这支队伍就会慢慢散了。我在这个队伍里，队伍不散，就能同日本鬼子坚持打下去。"

之后，大家谁也不敢让杨司令躲避了。1940 年 1 月底，交战中，王传圣右小腿骨被打断，杨靖宇看了伤势，叹了一口气，安排一位战士将他送到安全地方隐蔽。此时，杨靖宇身边只剩 60 余名战士了。

艰难与死亡，对抗战意志是最严峻的考验。2月初，司令部特卫排排长张秀峰携带枪支、机密文件、大量现金向敌人投降了。身边曾十分信任的人投降，进一步暴露了杨靖宇的行踪。次日，敌人集中包括日军渡边、吉森、乌畑部队及程斌等数支伪警大队，在飞机配合下疯狂进攻。双方兵力如此悬殊，日军指挥官认为已稳操胜券，却没料到杨靖宇竟然突围了出去。正在气恼之际，程斌自告奋勇率先寻踪追捕。对杨靖宇部了如指掌的程斌，不久便发现了杨靖宇的踪迹，杨靖宇率残部奋力抵抗，双方又是一场血战。2月7日（农历除夕日），杨靖宇身边只有15名战士了。

应当说，在敌人重兵围困中，杨靖宇以劣势的弱兵数次冲出敌人包围，无论其山地作战经验，还是指挥艺术都堪称完美。可不幸的是，在日军蒙头转向之际，叛徒程斌竟然再次找了上来。到2月12日，杨靖宇身边只剩下了7个人，其中4名是伤员。多年后，当年杨靖宇的警卫员黄生发仍然记得杨靖宇逼他们4名伤员离开的情景：

"司令说，现在情况很紧急，我们最好分开走。"

68．革命，总是会胜利的！

大家谁也不同意，表示不能离开司令。活，活在一起；死，死在一块。

杨靖宇耐心向大家解释：多活一个人，就多一份革命力量，死在一块有什么好处？他决定，由黄生发带刘福泰、老孙和脚被冻坏的洪瑞泰3名伤员，顺来路往回走，去找关系住下养伤。他带朱文范、聂东华两名警卫员向前走，去联系部队。

黄生发明白，往回走是较安全的，敌人都往前面去了，找个空儿就能钻出去；可往前走，危险就太大了。生死关头，杨靖宇再次把生路留给了受伤的同志。

杨靖宇与 4 个伤员一一握手告别说："同志们，为了革命，我们要坚持到底，就是死，也不能向敌人屈服。革命，不管遇到多大困难总是会胜利的！"[26]

实际上，杨靖宇决定为 4 位受伤战友引开敌人时，就已经做好了牺牲的准备，不然他不会那么郑重跟他们一一握手，殷殷嘱咐。

没有人愿意死，杨靖宇牺牲时，他的一双儿女都 10 多岁了，也就是说，他有 10 多年没回家了。杨靖宇是一个感情丰沛、热爱生活的人。闲空时，他也可能会想念自己的妻子儿女，其遗物中的一只口琴便是明证；但是在他心里，抗日救国的使命始终高于一切。他深知胜利之花需要鲜血来浇灌，需要骨灰滋养。在这条充满陷阱与雷区的胜利道路上，需要有人走在前边涉险蹚路。率先走在前边的人，就应当是中国共产党党员。共产党人吃亏吗？抗联战士姜德洲回忆杨靖宇时常说的一句话，做了很好回答："司令经常对大家说，咱们打仗别怕死，为国家牺牲了，下一代不就不当亡国奴了吗，死都不怕，还怕苦吗？你等我，我等你，谁来救国？等到把日本鬼子赶出中国，咱们就自己当家做主了。"[27]

2 月 15 日，在日本人眼睛中已经消失了的杨靖宇，又被走狗崔胄峰等嗅到了。他们发现了一道脚印，认为走一里半地就能发现"匪贼"，果然让他们猜对了。于是，数百敌人追击而来。日伪资料记载了那天的情况。

他（杨靖宇）已经饿了好几天肚子，但是跑的速度却很快，两手摆动得越过头顶，大腿的姿势，像鸵鸟跑的那样。[28]

下午 3 点，600 多名敌人终于将杨靖宇与两个警卫员追逼到了一处山顶上，双方在距离约 300 米处展开枪战。此时，日本警尉补伊藤向杨靖宇劝降，说他跑不跑了啦，归顺吧。

杨靖宇佯说，要想他归顺就立即停止射击，让伊藤一个人过来谈。伊藤听罢，高兴地站了起来，就在这一刹那，杨靖宇连射3枪，伊藤重伤倒地。

崔胄峰为向日本主子表忠心，挺身追上来，结果被杨靖宇击伤大腿，重伤倒地。此战，杨靖宇用毛瑟手枪毙敌1人，伤6人，再次甩掉敌人，但左臂却中了一弹。

天色暗下来，敌人从清晨起，在一天之内被杨靖宇拖得精疲力竭，600人的"讨伐队"逐渐落伍淘汰，由300人、200人、100人，到16日凌晨两点左右，仅剩50人。杨靖宇也精疲力尽了，这段时间他还患了重感冒，[29]加上饥饿，左臂受伤，不知是什么毅力支撑他做出如此超越人的生理极限的惊人之举！

敌人的战术终于起了作用。2月18日，杨靖宇在派警卫员朱文范、聂东华去附近村屯买食物时，有坏人向伪警分驻所告密。激战中，二人壮烈牺牲。敌人从二人身上搜出了杨靖宇的印章等若干物品。

两个警卫员放下感冒受伤的司令一齐出去搞吃的，这显然不是两个人的意见。或许他们要求留下一人保护司令，但却一起出去了。这种情况除了是杨靖宇的命令，找不出别的理由。外边杀机四伏，杨靖宇不放心让他们一个人出去。

2月22日，是中国农历的元宵节，杨靖宇在一个破窝棚里住了一晚，饥肠辘辘，臂伤剧痛，头昏眼花。他感到，必须要吃上几口食物才能有气力端起枪，才能让昏花的眼睛看清枪的准星缺口。

23日上午，杨靖宇遇见了4个打柴的农民，向他们讲抗日道理。他们知道了眼前如叫花子一般狼狈的大个子是打日本的，就劝他说："你还是投降吧，如今'满洲国'不会再对投降者杀头的。"

杨靖宇说："我是中国人，良心不允许这样做，这样做也对不起广大人民。"[30]

尽管杨靖宇在党内总讲共产党人的信仰、革命，但对 4 位农民，他没讲那些对共产党员的特殊要求。面对几个农民劝他投降日本人，他说明的理由除了"我是中国人，是不能向外国人投降的"之外，反复强调的理由是"良心"，投降"对不起广大人民"。

　　"中国人""良心"与"人民"之说，令笔者无比震撼。

　　作为军人，基本职责是保家卫国，保护老百姓不受外敌的欺压与蹂躏，国家被外敌侵占了，老百姓还在水深火热之中，你却放弃了军人的天职，良心何在？你的战友惨死在敌人的枪口下，你却拿战友的鲜血染你的"红顶子"，良心何在？你吃着老百姓手中的粮食，穿着老百姓做的军鞋、棉袄，老百姓把最宝贝的儿子送到你的部队里，你却降敌去享受高官厚禄，对得起老百姓吗？良心让狗吃了吗？

　　"投降"二字想想都臊得慌，别说去做了。史料记载，当听到几个农民说出"投降"二字时，原本态度和气耐心宣传救国道理的杨靖宇情绪突然激动起来，坚定地说出了上边两句话。

　　良心，在千百年来普通中国老百姓中，应当是判断人品与道德的基本标准，当然还有兑现诺言。

　　那 4 个农民中，为首的是伪军排长赵廷喜，他当面答应了杨靖宇的要求；但在回来的路上，赵廷喜碰到了日伪特务李正新，便违背了诺言，与丧良心的李正新一起去了伪警分驻所告了密，因为告密可让他们获得一大笔赏钱。

　　根据赵廷喜的描述，敌人认定此人就是杨靖宇，先后派出 5 批"讨伐队"，近 200 人。杨靖宇听到汽车声，判断敌人来了。后来在"讨伐"杨靖宇座谈会中，谈到 8 天前说他"跑得飞快……活像一只鸵鸟在飞奔"的精神头没有了，他是个左臂中弹的重伤员，他的手、脚、脸严重冻伤，还是个重感冒病人。最主要的，他是一个因饥饿几近虚脱的人。为保持能站起来，他将棉衣裸露的棉絮填进嘴里，就着雪一齐咀嚼吞咽，而使虚空的胃产生饱满感。劝降声音此起彼伏，回答劝降声音的是杨靖宇的枪声。

日本人在那个"座谈会"上说，原来不想要杨靖宇死，希望能让他在有益的方面发挥才能，所以才劝他投降的。而《通化省警务厅关于枪杀杨靖宇经过情况的报告》中说：

> 其间，讨伐队曾数次从缓攻击，劝其投降，但他毫无投降表现，两手拿着毛瑟一号手枪和考尔特式二号手枪（枪的种类和型号是枪杀后查明的），进行顽强的抵抗。[31]

杨靖宇依靠着一棵大树向敌人射击，交战约 20 分钟后被击中。洁白的雪，渗洒了殷红的血。枪声停止了，濛江的雪，无声地下着。

1940 年 2 月 23 日 16 时 30 分，杨靖宇心脏停止了跳动。

敌人围在这个令他们闻风丧胆的大个子"巨匪"遗体周围，一时茫然不知所措，在高呼"万岁"之后，竟"呜呜"地哭了起来。

敌人感到疑虑，自 2 月 15 日杨靖宇基本陷入包围，18 日被切断食物来源，这么些天他靠什么生存？

敌人下令对杨靖宇遗体解剖化验，发现胃肠里一点儿粮食也没有，见到的只是未能消化的草根、树皮和棉絮，被迫参加解剖的主刀医生、民众医院院长金源相为之动容，暗暗流下了眼泪。[32]

何谓强者？不能一概以一时之胜败论短长。

东北抗联第一路军在杨靖宇指挥下，历经 8 年浴血奋战，1932 年至 1940 年间，主要作战次数 348 次，缴获迫击炮 10 门，掷弹筒 11 个，重机枪 8 挺，轻机枪 90 挺，手提式 12 挺，步枪、匣枪 5002 支，军用无线电台 3 台；毙伤日军 2329 名，伪军 4919 名，俘虏 2324 名。[33]

从某种意义上说，杨靖宇在精神上对敌人的打击更甚于敌在军事上的损失，杨靖宇抗战的顽强意志与不屈精神，令敌人胆寒与敬佩。3月初，根据野副昌德的指令，日本人在濛江县西山关帝庙为杨靖宇举行慰灵祭大会，岸谷在松木牌上亲笔写了"杨靖宇之墓"，安置于保安村西岗上。[34]

何谓强者，令敌胆寒却不乏敬重。须知，日本侵略者对强硬的对手的礼遇，是不乏先例的。

人们都习惯以"九死一生"来形容奋斗的艰辛与代价，但对东北抗联说来，这个成语已难以概括。抗联最鼎盛时期达3万多人，那"一生"应该为3000人。实际上，据远东苏军司令部供应部第二方面军司令部侦察部的一份报告记载，至1945年8月25日，教导旅人员状况为1354人，其中：中国373人，朝鲜103人，那乃（在苏联境内的赫哲族）416人，俄罗斯476人。[35] 就是说，除去那乃与俄罗斯的战士之外，东北抗联在教导旅共有抗联官兵476人（中国与朝鲜）。

需说明的是，为配合苏军闪击关东军，在此前的7月下旬，抗联已从教导旅派出了340名官兵作为先遣队到苏军部队担任向导或执行特殊任务，其中不少人牺牲在苏军闪击日本关东军的战斗中。当然，还有一些在国内执行任务，在苏未加入教导旅的抗联战士。但怎么计算，3万抗联战士，最终剩下不足千人，他们或战死、饿死、病死、散失、叛逃，或在敌人监牢中。

但就是这经历千漉万淘、千锤百炼所剩下的抗联战士，成为狂雪暴雨中顽强不息的仅存的星星之火，终成抗日燎原之烽火。

"八一五"光复之后，330余抗联官兵在周保中、李兆麟率领下，配合苏军收复了东北57个城镇与要地，并迅速开展扩建人民武装东北人民自卫军的工作，到10月20日，编队人数已达4万以上。由各地抗联收缴的日伪武器有步枪6万支，轻机枪2000余挺，重机枪800余挺，掷弹筒500余个，迫击炮20余门，弹药1200万发。[36] 而此刻，欲争夺抗日胜利果实的国民党军，还远在大西南的峨眉山上。

1945 年 11 月 4 日，毛泽东发布《增兵东北之部署》，指出："现已任林彪为东北人民自治军总司令，吕正操、肖劲光、李运昌、周保中（义勇军领袖）为第一、第二、第三、第四副司令……"[37]

至此，东北抗日联军统一编入东北人民自治军。

更令东北抗联官兵们兴奋不已的是，此前的 9 月 25 日 18 时，周保中代表中共东北委员会正式向东北局彭真、陈云移交了东北党的组织关系。东北抗联官兵，东北广大共产党员，终于找到党中央，回到家了！

令人惋惜的是，曾苦苦寻找党中央的抗联领袖杨靖宇、赵尚志两位，没有享受到幸福的这一刻。

在抗联首任的 11 位军长中，李延禄与周保中是幸运的，不仅亲眼看到了日本人垮台，而且亲身感受了新中国诞生的喜悦。在抗联 3 个路军总指挥中，周保中与李兆麟是幸运的，亲眼看到了多年的凶残敌人缴枪投降，可惜李兆麟没有亲眼见到新中国的成立。

在抗联多位将领中，李兆麟被称为"福将"，无数次凶险作战，日本侵略者的凶残攻击竟未损伤他一根毫毛。14 年艰苦抗战中，数次威胁他生命的是饥饿。有一次，他断粮 20 余天，几乎丧命。令人遗恨与惋惜的是，连日本侵略者都无可奈何的抗日英雄，却惨死在国民党之手。1946 年 3 月 9 日，国民党军统特务在李兆麟身上连刺 7 刀（8 孔），使这位日本侵略者的炮弹机枪都无可奈何的抗日将领，倒在了中国反动派的屠刀下。

李兆麟的不幸遇害，使中国共产党和军队失去了一位久经考验的优秀党员与卓越将领，山河为之鸣咽。这又是一位没有死在外国侵略者手上，却死在中国反动派手上的英雄。

1949 年 3 月 25 日，毛泽东在北平西苑机场阅兵仪式上，特意接见了李兆麟的夫人，即抗联老战士金伯文。《人民日报》记载："毛主席和李兆麟将军夫人握手，全场无声，几百个人的视线都集中了。"[38] 这是毛泽东对十四年浴血奋战的抗联全体战士再次表示的尊重，是对英勇牺牲抗联官兵的深切缅怀。

什么是抗联精神？抗联是一支什么性质的军队？

1941 年 10 月，曾经指挥千军万马的赵尚志只有权带领包括自己在内的 5 人小部队；但赵尚志很满足，只要让他上战场打鬼子就行。3 个月后，他的队伍表面上看有 6 人（实际只有 4 人，4 人中 2 个是新兵，另 2 人是奸细），赵尚志却敢率队去攻打一个伪警察分驻所。

杨靖宇自 1939 年末率第一路军总部与直属队 400 余人进入濛江，一路作战，分兵、牺牲、失散、叛逃。到 1940 年 2 月 15 日，在所部只剩下了 3 个人的情况下，他仍然毙敌 1 人，伤敌 6 人。2 月 18 日后，只剩下了他 1 个人。面对一片劝降呐喊，他以子弹做回答，可谓生命不息，战斗不止。

东北抗联是一支有宗旨的队伍，他们的唯一宗旨是紧紧地和中国人民站在一起，全心全意为人民战斗。

"在这个宗旨下面，这个军队具有一往无前的精神，它要压倒一切敌人，而决不被敌人所屈服。无论在任何艰难困苦的场合，只要还有一个人，这个人就要继续战斗下去。"[39]

注释：

[1] 伪三江省警务厅:《关于射杀赵尚志向治安部警务司长谷口明山的报告》(1942 年 3 月)，黑龙江省档案馆；转引自赵俊清:《赵尚志传》，黑龙江人民出版社，2015 年 8 月修订版，第 341 页。

[2][3] 中央档案馆、中国第二历史档案馆、吉林省社会科学院:《日本帝国主义侵华档案资料选编 东北"大讨伐"》，中华书局，1991 年 4 月第 1 版，第 484 页，第 465 页。

［4］《霍占奎口述：赵尚志牺牲》（1961年）；转引自赵俊清：《赵尚志传》，黑龙江人民出版社，2015年8月修订版，第346页。

［5］中央档案馆、中国第二历史档案馆、吉林省社会科学院：《日本帝国主义侵华档案资料选编　东北"大讨伐"》，中华书局，1991年4月第1版，第483页。

［6］赵俊清：《赵尚志传》，黑龙江人民出版社，2015年8月修订版，《写在前边》第2页，正文第349页。

［7］张正隆、姜宝才：《最后的抗联》，人民日报出版社，2016年1月第1版，第36页。

［8］中央档案馆、辽宁省档案馆、吉林省档案馆、黑龙江省档案馆：《东北地区革命历史文件汇集》，甲60，第240页；转引自赵俊清：《杨靖宇传》，黑龙江人民出版社，2015年8月修订版，第324页。

［9］刘贤：《抗联一路军在濛江的战斗》，载《抗联一路军在濛江》，吉林大学出版社，1990年11月第1版；转引自赵俊清：《杨靖宇传》，黑龙江人民出版社，2015年8月修订版，第334页。

［10］姜殿元：《我在桦甸的抗联生涯》，载《桦甸党史资料》第一辑；转引自赵俊清：《杨靖宇传》，黑龙江人民出版社，2015年8月修订版，第335页。

［11］中央档案馆、中国第二历史档案馆、吉林省社会科学院：《日本帝国主义侵华档案资料选编　东北"大讨伐"》，中华书局，1991年4月第1版，第563页。

［12］［16］《东北抗日联军史》编写组：《东北抗日联军史》（下册），中共党史出版社，2015年9月第1版，第769页，第927—628页。

［13］中央档案馆、辽宁省档案馆、吉林省档案馆、黑龙江省档案馆：《东北地区革命历史文件汇集》，甲58，第178页；转引自《东北抗日联军史》编写组：《东北抗日联军史》，中共党史出版社，2015年9月第1版，第

774 页。

［14］吉林省档案馆:《东北抗日运动概况》,吉林文史出版社,1986 年 10 月第 1 版,第 88 页。

［15］《陈翰章战地日记》(摘录),载张正隆、姜宝才:《最后的抗联》,人民日报出版社,2016 年 1 月第 1 版,第 223—224 页。

［17］南满铁道株式会社,《通辑县建设工事志》(1942 年 11 月),存黑龙江省档案馆;转引自赵俊清:《杨靖宇传》,黑龙江人民出版社,2015 年 8 月修订版,第 295 页。

［18］《东北抗日联军史料》编写组:《东北抗日联军史料》(上),中共中央党史资料出版社,1987 年 12 月第 1 版,第 201—202 页。

［19］［20］［21］［22］［23］《东北抗日联军史料》编写组:《东北抗日联军史》(下册),中共党史出版社,2015 年 9 月第 1 版,第 756 页,第 760 页,第 771 页,第 749 页,第 841 页。

［24］［29］赵俊清:《杨靖宇传》,黑龙江人民出版社,2015 年 8 月修订版,第 353 页,第 365 页。

［25］《中国共产党中央政治局关于召集七次全国代表大会的决议》(1937 年 12 月 13 日),载中共中央文献研究室、中央档案馆:《建党以来重要文献选编》(一九二一——一九四九),第十四册,中央文献出版社,第 737 页。

［26］黄生发:《艰苦岁月的战斗》,载《吉林党史资料》1986 年第 2 期;转引自赵俊清:《杨靖宇传》,黑龙江人民出版社,2015 年 8 月修订版,第 367—368 页。

［27］《警卫员姜德洲回忆杨靖宇将军》(2001 年 9 月 19 日),载《永久的丰碑》,吉林文史出版社,2005 年出版,第 409 页;转引自赵俊清:《杨靖宇传》,黑龙江人民出版社,2015 年 8 月修订版,第 354 页。

［28］中央档案馆、中国第二历史档案馆、吉林省社会科学院:《日本帝

国主义侵华档案资料选编　东北"大讨伐"》，中华书局，1991年4月第1版，第569页。

［30］史义军：《最危险的时刻：东北抗联史事考》，中信出版集团，2016年9月第1版，第12页。

［31］中央档案馆、中国第二历史档案馆、吉林省社会科学院：《日本帝国主义侵华档案资料选编　东北"大讨伐"》，中华书局，1991年4月第1版，第559页。

［32］刘贤：《永远的杨靖宇》（2006年12月18日）；转引自赵俊清：《杨靖宇传》，黑龙江人民出版社，2015年8月修订版，第372页。

［33］中央档案馆、辽宁省档案馆、吉林省档案馆、黑龙江省档案馆：《东北地区革命历史文件汇集》，甲60，第248页；转引自赵俊清：《杨靖宇传》，黑龙江人民出版社，2015年8月修订版，第374页。

［34］史义军：《最危险的时刻：东北抗联史事考》，中信出版集团，2016年9月第1版，第14页。

［35］《远东供应部侦察处处长丘维林关于第88旅人员组成和分派情况的报告》（1945年8月25日）；转引自赵俊清：《李兆麟传》，黑龙江人民出版社，2015年8月第1版，第372页。

［36］周保中：《东北抗日游击战争和抗日联军》，载《周保中文选》，云南人民出版社，1985年出版，第429页；转引自赵俊清：《周保中传》，黑龙江人民出版社，2015年8月修订版，第406页。

［37］中共中央文献研究室：《毛泽东文集》（第四卷），人民出版社，1996年8月第1版，第63页。

［38］辽宁社会科学院地方党史研究所：《可歌可泣的诗篇：毛泽东与东北抗日联军》，中央文献出版社，2013年10月第1版，第157页。

［39］中共中央文献编辑委员会：《毛泽东选集》（第三卷），人民出版社，1991年6月第2版，第1039页。

致敬与参考书目

《"九一九"长春抗战史料辑录》，长春市政协文史资料委员会，长春市档案馆，2015 年 9 月

《百年春秋：二十世纪大事名人自述》（第二卷），方建文、张鸣主编，经济日报出版社，1997 年 8 月第 1 版

《本溪县文史资料》（第二辑），中国人民政治协商会议辽宁省本溪县委员会文史资料研究委员会编，1987 年 12 月

《本溪英烈》（第一辑），中共本溪市委党史工作办公室、本溪市民政局编，出版登记号（内）0131，1988 年 8 月

《长征》，王树增著，人民文学出版社，2006 年 9 月第 1 版

《朝阳县志》，朝阳县地方志编纂委员会编，辽宁民族出版社，2003 年 12 月第 1 版

《传染病学》，浙江医科大学主编，人民卫生出版社，1980 年 5 月第 1 版

《戴旭讲甲午战争：从晚清解体透视历代王朝战败的政治原因》，戴旭著，人民日报出版社，2018 年 12 月第 1 版

《地狱航船：亚洲太平洋战争中的"海上活棺材"》，（美）米切诺著，

季我努译，重庆出版社，2015年12月第1版

《东北！东北！》，童青林编著，人民出版社，2015年9月第1版

《东北地区革命历史文件汇集》（甲1-66，乙1-2），中央档案馆、辽宁省档案馆、吉林省档案馆、黑龙江省档案馆编，1988年—1991年

《东北共产抗日运动概况》（1938年—1942），吉林省档案馆编译，吉林文史出版社，1986年10月第1版

《东北抗联精神》，张洪兴著，白山出版社，2010年8月第1版

《东北抗联女兵》，刘颖著，黑龙江人民出版社，2015年8月第1版

《东北抗日联军第四军》，龚惠、马彦文著，黑龙江人民出版社，2005年5月第2版

《东北抗日联军史》，《东北抗日联军史》编写组著，中共党史出版社，2015年9月第1版

《东北抗日联军史》，朱姝璇、岳思平著，解放军出版社，2014年1月第1版

《东北抗日联军史料》，《东北抗日联军史料》编写组编，中共党史资料出版社，1987年12月第1版

《东北抗日义勇军人物志》，谭译主编，辽宁人民出版社，1987年1月第1版

《东北抗日义勇军史》，温永录主编，黑龙江人民出版社，1987年4月第1版

《东北抗战实录》，李书源、王明伟著，长春出版社，2011年5月第2版

《东北抗战史》，王明伟著，长春出版社，2016年8月第1版

《东京审判》，（苏）Л·Н·斯米尔诺夫、Е·Б·扎伊采夫著，李执中、史其华、林淑华译，军事译文出版社，1987年8月第1版

《冯仲云年谱长编》，国家图书馆中国记忆项目中心组织编撰，史义

军编写，国家图书馆出版社，2019年5月第1版

《高层的背叛：美国出卖盟友秘闻》，（新西兰）詹姆斯·麦凯著，何林荣译，中国城市出版社，1998年10月第1版

《共赴国难》，李骏虎著，北岳文艺出版社，2014年12月第1版

《顾维钧回忆录》，顾维钧著，中国社会科学院近代史研究所译，中华书局，1983年第1版

《汉奸内幕》，沈醉、徐肇明等著，中国文史出版社，2010年1月第1版

《华北治安战》，日本防卫厅研修所战史室编，樊友平、朱佳卿译，团结出版社，2015年12月第1版

《黄河青山：黄仁宇回忆录》，（美）黄仁宇著，张逸安译，生活·读书·新知三联书店，2007年2月第2版

《建党以来重要文献选编》（一九二一——一九四九），中共中央文献研究室、中央档案馆编，中央文献出版社，2011年4月第1版

《剑桥晚清中国史》（1800—1911），（美）费正清、（美）刘广京编，中国社会文献出版社，1985年2月第1版

《蒋介石》，（美）布赖恩·克罗泽著，内蒙古人民出版社，1995年7月第1版

《蒋介石传》，周海峰著，作家出版社，2006年2月第1版

《蒋介石日记揭秘》，张秀章编著，团结出版社，2007年1月第1版

《蒋介石与大国的恩恩怨怨》，王尧著，台海出版社，2013年7月第1版

《蒋介石与日本的恩恩怨怨》，翁有为、赵文远著，人民出版社，2008年1月第1版

《蒋梦麟自传：西潮与新潮》，蒋梦麟著，团结出版社，2004年10月第1版

《九·一八事变》，吉林省档案馆编，档案出版社，1991 年 9 月第 1 版

《菊与刀》，（美）鲁思·本尼迪克特著，一兵译，武汉出版社，2009 年 6 月第 1 版

《抗日战争》，王树增著，人民文学出版社，2015 年 6 月第 1 版

《可歌可泣的诗篇：毛泽东与东北抗日联军》，辽宁社会科学院地方党史研究所著，中央文献出版社，2013 年 10 月第 1 版

《苦难辉煌》，金一南著，华艺出版社，2009 年 1 月第 1 版

《李兆麟传》，赵俊清著，黑龙江人民出版社，2015 年 8 月第 1 版

《另一半二战史：1945·大国博弈》，丁晓平著，华文出版社，2015 年 7 月第 1 版

《六十年来中国与日本》，王芸生编著，生活·读书·新知三联书店，2005 年 7 月第 1 版

《马占山将军》，《马占山将军》编审组著，中国文史出版社，1987 年 10 月第 1 版

《毛泽东传》，（英）菲力普·肖特著，仝晓秋、杨小兰、张爱茹译，中国青年出版社，2004 年 1 月第 1 版

《毛泽东年谱》（一八九三——一九四九），修订本，中共中央文献研究室编，中央文献出版社，2013 年 12 月第 1 版

《毛泽东书信选集》，中共中央文献研究室编，人民出版社，1983 年 12 月第 1 版

《毛泽东文集》，中共中央文献研究室编，人民出版社，1996 年 8 月第 1 版

《毛泽东武略》，胡哲峰著，人民出版社，2001 年 5 月第 1 版

《毛泽东选集》，中共中央文献编辑委员会、中共中央毛泽东选集出版委员会，人民出版社，1991 年 6 月第 2 版

《民族魂：东北抗联》，庄严主编，吉林出版集团有限责任公司，2014年8月第1版

《南京大屠杀》，（美）张纯如著，谭春霞、焦国林译，中信出版社，2013年1月第1版

《诺门坎1939》，陈敦德著，解放军出版社，2015年8月第1版

《日本帝国主义侵华档案资料选编 九·一八事变》，中央档案馆、第二历史档案馆、吉林省社会科学院合编，中华书局，1988年8月第1版

《日本帝国主义侵华档案资料选编 伪满宪警统治》，中央档案馆、中国第二历史档案馆、吉林省社会科学院合编，中华书局，2001年1月版

《日本帝国主义侵华档案资料选编 东北"大讨伐"》，中央档案馆、中国第二历史档案馆、吉林省社会科学院合编，中华书局，1991年4月第1版

《日本帝国主义侵华档案资料选编 东北历次大惨案》，中央档案馆，中国第二历史档案馆、吉林省社会科学院合编，中华书局，1989年9月第1版

《日本宪兵队秘史：亚洲战场上的谋杀、暴力和酷刑》，（英）马克·费尔顿著，季我努译，范国平校，重庆出版集团重庆出版社，2017年11月第1版

《日伪暴行》，孙邦主编，吉林人民出版社，1993年10月第1版

《史证：中国教育改造日本战犯实录》，张辅麟、田敬宝、夏芒、张岩峰著，吉林人民出版社，2005年9月第1版

《世界通史》（现代卷），徐天新、许平、王红生主编，人民出版社，1997年4月第1版

《苏联出兵东北》，徐焰著，解放军出版社，2015年8月第1版

《台儿庄涅槃》，徐锦庚著，人民日报出版社，2015年8月第1版

《太平洋战争》(全三卷),(日)山冈庄八著,兴远、金哲译,金城出版社,2011年7月第1版

《伪满洲国十四年史话》,丘树屏著,长春市政协文史和学习委员会编,1998年4月

《为什么是毛泽东》,任志刚著,光明日报出版社,2019年5月第2版

《文史资料选辑》(第六十四辑),中国人民政治协商会议全国委员会文史资料研究委员会编,文史资料出版社,1997年7月第1版

《我的抗联岁月:东北抗日联军战士口述史》,国家图书馆中国记忆项目中心编,中信出版集团,2016年9月第1版

《我的前半生》(全本),溥仪著,群众出版社,2007年1月第1版

《雪冷血热》,张正隆著,长江文艺出版社,2011年4月第1版

《杨靖宇传》,赵俊清著,黑龙江人民出版社,2015年8月修订版

《拥抱战败:第二次世界大战后的日本》,(美)道尔著,胡博译,生活·读书·新知三联书店,2008年9月第1版

《张学良口述历史》,张学良口述,唐德刚撰写,中国档案出版社,2007年7月,第29页。

《张学良文集》,毕万闻主编,新华出版社,1992年第1版

《赵尚志传》,赵俊清著,黑龙江人民出版社,2015年8月修订版

《赵一曼传》,李云桥著,商务印书馆,2018年6月第1版

《真相:裕仁天皇与侵华战争》,(美)赫伯特·比克斯著,王丽萍、孙胜平译,新华出版社,2004年9月第1版

《中共中央与东北抗日联军》,尚金州著,中央文献出版社,2010年5月第1版

《中共驻共产国际代表团历史》,金尚州著,人民出版社,2019年10月第1版

抗联先辈们那种气吞山河、不惧一切困难的精神，那种忠于民族与人民的情怀，支撑、鼓舞、鞭策我坚持下来。写作中我已没有苦与累，有的是激奋、快乐。当写完本书最后一个字，扯掉右手中指骨节上的胶布，我一身轻松地发现，原准备去医院修补身体零件的计划（除眼疾外），竟然可以取消了，是抗联先辈们教会我如何抵抗病痛。郑重感谢吉林省委党史研究室相关领导与出版社陈琛先生给我找了接受思想、精神洗礼的机会。

自我评价，不敢说这是一本信史。准确地说，是从诸多专家、作家、学者的大作中摘取了若干精华（基本都标注了出处），自己再发表一点儿陋见而已。水平不高，谬误多多。这是真心话。在此一并表示感谢与敬意。

据说，有 50 年党龄者，今年可获一枚纪念章，我有幸呢。

李发锁

2021 年春

代　后　记

　　书写完了，作者就不该再说什么，一切评判权交给读者，故以下为多余的话。

　　古稀之年写这样的长篇，实属不自量力。此为进入创作后的感觉，但却不能半途退出。

　　两千多万字的资料、典籍，有一小半是省委党史研究室送到家的，有相当部分是其档案室内带编号的。人家车接车请，送我去听会，给我找抗联后代收集资料，联系安排我到红色遗址学习，数次召开专家座谈会，请我去听讲充电……出版社陈琛先生郑重提示我说，你应当把"有限"（这个词是我的理解，陈先生说的是"主要"）精力，写一个重大题材，随之送到家一大堆典籍、资料，还派两位主任编辑到家帮助梳理笔记、摘要、索引……

　　于是，近千个日夜就浸泡于半屋子的资料中，我不敢生病，不敢有事，即使牙疼、腿痛，我也只是往返于家与药店之间。解决眼疾的办法是将一夜睡眠分成两三段，用艾司唑仑硬性改变生物钟。太累，焦苦。渐渐浸泡进去，却渐渐乐此不疲，没了年节。过了70岁后，我已很少动情了，但面对这些史料，却时时鼻酸、眼湿、激动、惋惜、愤慨，是

《中国 1946》，张正隆著，白山出版社，2014 年 1 月第 1 版

《中国成语大辞典》，上海辞书出版社，1987 年 8 月第 1 版

《中国共产党辽宁史·第一卷》(1919—1949)，中共辽宁省委党史研究室著，辽海出版社，2001 年 6 月出版

《中国秘密战：中共情报、保卫工作纪实》，郝在今著，金城出版社，2015 年 1 月第 2 版

《中华民国史料丛稿 译稿 关于东北抗日联军的资料》，李铸、贾玉芹、高书全等译，中华书局，1982 年 1 月

《中华民国重要史料初编——对日抗战时期》(绪编)，(台湾)秦孝仪主编，(台湾)中国国民党中央委员会党史委员会，1981 年 9 月第 1 版

《中日秘密战》，郝在今著，解放军出版社，2015 年 8 月第 1 版

《中外旧约章汇编》，王铁崖编，生活·读书·新知三联书店，1962 年 3 月第 1 版

《周保中传》，赵俊清著，黑龙江人民出版社，2015 年 8 月修订版

《最后的抗联》，张正隆、姜宝才主编，人民日报出版社，2016 年 1 月第 1 版

《最漫长的抵抗》，萨苏著，西苑出版社，2013 年 6 月第 1 版

《最危险的时刻：东北抗联史事考》，史义军著，中信出版集团，2016 年 9 月第 1 版